MANUJA

DAS VERSCHWUNDENE WISSEN

AF286876

Ragfara und die Ostküste von Atlantis
(39.000 Jahre v.u.Z.)

Der Anhang enthält ein Personenverzeichnis. Einige Begriffe sind *kursiv* gesetzt, wenn es im Glossar eine Erläuterung gibt. Sofern es auf Fakten basiert, wird dort auch auf Quellen verwiesen.

Für eBook-Formate: Die *markierten* Begriffe sind direkt mit dem Glossar verlinkt.

Karsten Lehmann

MANUJA

DAS VERSCHWUNDENE WISSEN

ROMAN

Bibliografische Information der Deutschen Nationalbibliothek: Die Deutsche Nationalbibliothek verzeichnet diese Publikation in der Deutschen Nationalbibliografie; detaillierte bibliografische Daten sind im Internet über http://dnb.dnb.de abrufbar.

Die automatisierte Analyse des Werkes, um daraus Informationen insbesondere über Muster, Trends und Korrelationen gemäß §44b UrhG („Text und Data Mining") zu gewinnen, ist untersagt.

1. Auflage 2020
Neuauflage 2025
© 2020, 2025 Karsten Lehmann

Covergestaltung: KLB-Design
Nicht im Quellenverzeichnis aufgeführte Abbildungen stammen aus dem Archiv des Autors.

Verlag: BoD · Books on Demand GmbH, In de Tarpen 42, 22848 Norderstedt, bod@bod.de
Druck: Libri Plureos GmbH, Friedensallee 273, 22763 Hamburg

ISBN: 978-3-8192-2620-5

www.karsten-lehmann-books.de

Das Buch

Die *Manujas* sind Nachkommen einer hoch entwickelten Zivilisation. Sie nennen ihren Planeten *Achala*, auf dem sie sich mit Menschen den Lebensraum teilen. Auf den nördlichen Landmassen herrscht ein raues und eisiges Klima, aber ihr Kontinent profitiert von den warmen Meeresströmungen des Ozeans. Die Lebensbedingungen verschlechtern sich, weil immer mehr Naturkatastrophen auftreten. Sie nutzen das Wissen ihrer Vorfahren, den *Alten Meistern*, doch die Wissenschaft ist durch Dogmen belastet. Nun erfordern die Probleme dringendes Handeln, aber kaum noch jemand kennt die Geheimnisse des Universums. Unklar ist auch, warum immer weniger Meister die hohen Ausbildungsgrade erreichen. Manche im Volk ahnen bereits, dass die negative Entwicklung etwas mit ihrer Lebensweise zu tun hat. Schließlich nutzen dunkle Kräfte die Situation aus und versuchen, ihren Einfluss im Volk zu vergrößern. Das Verhältnis zwischen Menschen und *Manujas* wird dadurch immer schwieriger und das könnte den Verlauf der Geschichte gravierend verändern.

Mhia, die Tochter des Statthalters von *Basileia*, ist eine Ausnahme unter Gleichaltrigen. Besonders klug und ausgestattet mit sozialer Intelligenz, erhält sie eine spezielle Aufgabe. Dafür scheint eine geheime Organisation im Hintergrund die Fäden zu ziehen. Mit ein paar Freunden tritt sie schließlich eine riskante Reise an, um die Quelle des alten Wissens zu finden und deren Geheimnisse zu ergründen. Ihr Ziel ist es, den Wissensspeicher ihrer Vorfahren auch für nachkommende Generationen zu erhalten.

41.000 Jahre später lebt die hochbegabte Anna in einer mittelgroßen Stadt in Deutschland. Von der Existenz einer sehr alten Zivilisation weiß sie bereits. In ihrer speziellen Ausbildung erfährt sie auch von anderen alten Kulturen und wie deren spirituelles

Leben funktionierte. Dass sie von vielen Zeitgenossen für hochbegabt gehalten wird, macht ihr das Leben nicht leichter. Anna muss auch bald erfahren, dass es nicht alle gut fänden, wenn die wahre Geschichte der Menschheit ans Licht käme.

Wenn wir heute in Museen gehen, finden wir manchmal Ausstellungsstücke, die man Artefakte nennt und die oft nur mit dem Vermerk »Verwendungszweck unbekannt« versehen werden. Die meisten Menschen sind wahrscheinlich wie du und ich. Manche von uns beginnen aber schon langsam zu sehen und zu fühlen, welche unfassbaren Geschichten diese Artefakte erzählen können.

Wer die Vergangenheit beherrscht, beherrscht die Zukunft. Wer die Gegenwart beherrscht, beherrscht die Vergangenheit.

George Orwell

Δ

1 – Vorboten

Berlin, Deutschland, Juni 2019

Der Ostbahnhof war an diesem Dienstagmorgen ungewöhnlich leer. Anna marschierte mit ihrem Rucksack immer einen Schritt vor ihrer Mutter und dem jüngeren Bruder her. Sie war aufgeregt, denn es war der Tag, an dem die Fernsehaufzeichnung für eine Casting-Musikshow in Berlin Adlershof stattfinden würde.

Zum zigsten Mal schaute sie aufs Handy und dachte: *Ich dreh' durch! Nur noch zwei Stunden Zeit und Mutter will jetzt noch in den Buchladen.*

Anna hatte wochenlang Songs geübt und keinen Grund, sich vor ihrem Auftritt zu fürchten. Ihre Mutter wusste das und freute sich ebenfalls über die Chance, welche das Casting ihrem Kind bot. Wie vor jeder Prüfung, würde sie ihre Aufregung auch heute mit einem speziellen mentalen Training bekämpfen.

Die Musik war nicht ihr einziges Hobby. Sie wurde als hochbegabt eingestuft, obwohl es nie einen offiziellen Tests dafür gegeben hatte. Ein Psychologe hatte den Eltern geraten, noch ein paar Jahre zu warten, bevor sie öffentlich über Annas besondere Fähigkeiten sprachen. Der Grund für diese Zurückhaltung sollte den Eltern auch bald klar werden.

Das Abitur beendete Anna kurz vor dem zwölften Geburtstag und begann danach mit dem Studium an der Musikhochschule. Obwohl sich die theoretische Ausbildung auf Fächer wie Musikpädagogik, Tonsatz und Harmonielehre konzentrierte, beschäftigte sie sich nebenbei auch gern mit Mathematik und Physik. Das gehörte schon während der Schulzeit zu ihren Lieblingsfächern.

Wenn sich Anna mit einem Thema beschäftigte, tat sie das mit außerordentlichem Ehrgeiz. Für den Rest der Familie war es anstrengend, denn besonders in den letzten Jahren kamen immer mehr Interessen hinzu. Ihre Eltern versuchten, sie so gut es ging zu fördern. Manchmal war es auch für die Eltern schwierig, den komplizierten Themen zu folgen oder adäquate Gesprächspartner für das quirlige Kind zu finden.

Annas Reise nach Berlin passte eigentlich nicht so richtig in ihren Zeitplan. Sie hatte sich für Kurse angemeldet, die manchmal sogar zeitgleich stattfanden. Den versäumten Stoff arbeitete sie deshalb oft selbständig nach. Freie Tage waren selten. Das Musikstudium hätte sie schon längst abschließen können, wären da nicht zeitgleich diverse Veranstaltungen an der Universität in Freiburg. Dort nahm sie seit zwei Jahren an Testreihen und speziellen Kursen teil, wo ein internationales Team aus Wissenschaftlern Jugendliche mit außergewöhnlichen Fähigkeiten untersuchte und trainierte. Den Begriff Experiment versuchten die Verantwortlichen möglichst zu vermeiden. Bei einem schlechten Image oder negativen Pressemeldungen konnten schnell die Sponsoren ausbleiben. Für die Labormitarbeiter und Probanden gab es deshalb strikte Regeln für den Sprachgebrauch und die Geheimhaltung.

Nach den anstehenden Tests sollte entschieden werden, ob Anna in Freiburg oder anderswo in der Welt eine spezielle Zusatzausbildung erhalten würde. Dabei könnte sie lernen, ihre Begabung zielgerichtet und auch beruflich zu nutzen. Sie hatte die Fähigkeit, sich mit anderen Menschen telepathisch zu unterhalten. Diese Gabe war bei einigen Gleichaltrigen in ihrer Testgruppe sogar noch weiterentwickelt, aber Anna hatte ein paar Besonderheiten in ihrer Physis. Die Temporalregion im Großhirn und die Zirbeldrüse im Zwischenhirn waren aktiver und auch etwas stärker ausgebildet als beim Menschen üblich.

Seit dem Alter von 14 Jahren konnte Anna ohne Zustimmung der Eltern an der Spezialausbildung teilnehmen. Einer der Ärzte hatte ihr gesagt, dass man die besten Ergebnisse erzielen würde, wenn das Training schon im Alter von zwei Jahren begann. Viele verloren mit dem Erwachsenwerden ihre außergewöhnlichen Fähigkeiten wieder. Eine wirkliche Erklärung wurde dafür aber noch nicht gefunden.

Der Arzt und Privatdozent, von dem Anna in Freiburg betreut wurde, war anders als die meisten dort. Er hatte viele Jahre in Asien gelebt und konnte fließend Sanskrit lesen. Er sprach mit jedem offen darüber, dass in den indischen Veden mehr wissenschaftliche Erkenntnisse zu finden seien als in allen westlichen Fachbüchern zusammen. Der Überlieferung nach wurden die Veden von Brahma einst als Verse verfasst und durch Gesang mündlich an die Menschheit übergeben. Viel später erst wurden die Texte aufgeschrieben. Die moderne Wissenschaft begann nun damit, die alten Schriften neu zu interpretieren. Obwohl die Schriften der Veden 2008 von der UNESCO in die Liste des immateriellen Kulturerbes aufgenommen wurden, zählten sie in Indien immer noch zum Geheimwissen. Dennoch, in Asien war man offener gegenüber alternativen Denkweisen. Manche Forscher begannen zu ahnen, dass die westliche Einstellung schon bald in eine Sackgasse führen könnte.

Anna bemerkte im Alter von sechs Jahren, dass andere ein Problem damit hatten, außergewöhnliche Dinge offen anzusprechen. Abweichungen von der westlichen Philosophie mit ihrer materialistischen Denkweise, führten oft zur Abgrenzung in der Gesellschaft. Während der vergangenen Jahrhunderte wurde man zum Außenseiter und oft bei der eigenen Karriere behindert, sobald man zu stark von religiösen Dogmen abwich. Unglücklicherweise entwickelte sich der Materialismus im neunzehnten und zwanzigsten Jahrhundert zum Paralleldogma. Statt alte Dogmen abzubauen, war es in vielen Teilen der Welt also lediglich gelungen, eine neue, konkurrierende Doktrin zu etablieren.

An der Freiburger Uni erfuhr Annas Vater bei Gesprächen mit Dozenten, dass einige Fördermittel aus unbekannten privaten Quellen stammten. Es war auch nicht immer klar, wo manche der Spezialisten eigentlich herkamen. Die Forschung an paranormalen Dingen hatte immer noch den Ruf, eine Pseudowissenschaft mit esoterischen Wurzeln zu sein. Das war es, was Anna und ihren Eltern am meisten zu schaffen machte. Wer wollte schon gern als Scharlatan oder Spinner bezeichnet werden.

Wenn ihr ein Lied gefiel, lernte Anna den Songtext schon beim Hören im Radio. Die Melodien konnte sie dann auch schnell auf ihrem Keyboard nachspielen. Dabei fielen ihr manchmal Disharmonien auf und sie lernte, dass diese in den meisten Fällen gewollt waren. Sowohl Harmonien als auch Störungen konnten beabsichtigte Stimmungen erzeugen. Welche Wirkung diese Tonverzerrungen auf die Psyche haben konnten, würde sie später noch schmerzhaft erfahren müssen. Auch die Frage, ob ein Lied ein Hit wurde, hing nicht selten davon ab, was der Klang der Töne im Gehirn verursachte. Spätestens seit sie sich mit der Physik und hier besonders mit *Quantenfeldern* und Schwingungen beschäftigte, war es für sie klar: Der gesamte Planet und wohl auch alle übrigen kosmischen Objekte befanden sich in einem gigantischen Schwingungssystem.

Gern beschäftigte sie sich auch mit den geheimnisvollen *Skalarwellen*, die von Pyramiden und megalithischen Steinanlagen rund um die Erde ausgestrahlt wurden. Offiziell wurde daran gar nicht geforscht, nur ein paar Hobby-Wissenschaftler trauten sich, darüber zu publizieren. Privat finanzierte Wissenschaftler hatten es aber auch schwer, Genehmigungen vor Ort zu bekommen. Von den bekanntesten Orten hatte Anna bisher nur Stonehenge in England und Carnac in Frankreich besuchen können. An solchen Plätzen verspürte sie jedes Mal eine Veränderung in ihrem Körper. Später erinnerte sie sich manchmal an Details, die ihr vor Ort gar nicht aufgefallen waren. Außerdem hatte sie an solchen energiereichen Orten das Gefühl, zuhause zu sein.

Einmal waren sie ganz im Norden von Schottland, um einen Onkel zu besuchen. Der Zwillingsbruder ihres Vaters wusste von Annas Interesse an steinzeitlichen Anlagen und sie fuhren nach Skara Brae, um eine ausgegrabene Siedlung zu besichtigen. Der Onkel hatte eine private Steinsammlung vom Vater der beiden Brüder übernommen, nachdem dieser keinen Platz mehr dafür hatte. Weil sich Anna für einen eiförmigen Stein mit merkwürdiger Gravur interessierte, bekam sie ihn geschenkt. Die Oberfläche war mit Spiralen und Zeichen verziert, die den keltischen Runen etwas ähnelten. Auf einer Seite des Steins gab es Verfärbungen. Vielleicht war er mal mit irgendeiner Chemikalie in Berührung gekommen. Man konnte Bilder von ähnlichen Steinen im Internet finden. Es gab sie besonders häufig in Schottland und

Costa Rica. Etwas Ähnliches, nur viel größer, fand man auch im europäischen Bosnien-Herzegowina. Einige davon waren perfekte Kugeln, aber die Entstehung war immer noch ein Rätsel. Der Onkel wies Anna auf Videos im Internet hin, in denen so etwas mit Durchmessern zwischen vier Zentimetern und anderthalb Metern gezeigt wurde. Auch über deren Alter wurde bislang nur spekuliert.

Im nächsten Herbst sollte es dann endlich auch mal nach Ägypten gehen, um einmal in der Nähe der großen Pyramide zu sein. Irgendwie verband sie schon immer eine wahnsinnige Sehnsucht mit diesem Teil der Erde. Ihre Eltern waren froh, dass Anna mit der Musik auch noch ein ganz normales Talent und Hobby hatte. Zumindest dachten sie das bis zum Abend dieses Tages.

Noch drei Minuten bis zum Auftritt. Eine digitale Anzeige zählte die verbliebene Zeit herunter, bis Anna die Bühne betreten sollte. Zwanzig Minuten zuvor befand sie sich noch in Selbsthypnose und hatte danach einen völlig normalen Puls. Dummerweise musste sie vor dem Auftritt ein kurzes Interview geben. Die Nervosität des Moderators strahlte dann doch wieder auf sie ab.

Ihre Titelwahl sollte etwas Besonderes sein und so wählte sie eine eigene Version eines aktuellen Hits und begleitete sich selbst auf dem Klavier. Bei der Generalprobe hatte alles funktioniert. So komisch es klingen mag, aber Anna hätte es lieber gehabt, wenn ein kleinwenig schief gegangen wäre. Sie war in manchen Dingen abergläubisch. Dazu gehörte ein kleiner Tick, wonach sie sich einbildete, dass nach jedem erfolgreichen Durchgang ein Missgeschick passieren würde.

Jetzt stand sie hier, ihre Mutter und der Bruder seitlich der Bühne und im Publikum eine Menge Menschen. Alle warteten nur auf Annas Auftritt. Dass da auch noch eine Jury saß, von deren Entscheidung das Weiterkommen im Wettbewerb abhing, hatte sie für einen Moment vergessen. Etwas war anders als bei der Generalprobe am Vormittag. Jetzt hatte sie ihren Talisman dabei. Der gravierte Stein hing in einem Stoffsäckchen um den Hals.

Das Ticken des Taktstocks ertönte und Anna begann das Intro auf dem Klavier zu spielen. Als sich ihre Stimme dem ersten Pre-Chorus näherte, war der ganze Körper tief abgetaucht in die Geschichte des Liedes. Den Songtext hatte sie etwas abgeändert, damit er besser zu ihrem Leben passte. Als die Stimmung im zweiten Chorus einen weiteren Höhepunkt erreichte, schien sie für einen kurzen Moment schwerelos zu sein. Nichts in diesem Studio kam ihr während dieser Sekunden real vor. Solche Momente kannte Anna, in denen Stimme, Finger und der Rest des Körpers wie automatisch funktionierten. Sie hatte keine Kontrolle darüber. Das Vibrato in der Stimme übertrug sich vom Kopf bis in die Fußzehen und es war eine Gefühlsexplosion, als wären Text, Musik und Körper eins geworden.

Anna bemerkte nicht, dass sich im Publikum etwas völlig Verrücktes ereignete. Je länger sie sang, desto ruhiger wurde es in den Sitzreihen. Als die Musik verklang, blieb es für ein paar Sekunden totenstill. Nur zögerlich setzte Applaus ein. Dann entstand Unruhe. Ein paar Zuschauer waren in ihren Sitzen zusammengesunken und rührten sich nicht mehr. Hilferufe erschrockener Menschen hallten durch das Studio, als die regungslosen Personen bemerkt wurden. Studiomitarbeiter eilten herbei und versuchten zu helfen. Nun brach bei den Veranstaltern Panik aus und alles schien auf ein Chaos hinauszulaufen.

Was war passiert?

Auch die Jurymitglieder saßen nun nicht mehr auf ihren Stühlen und liefen verstört umher. Während Annas Auftritt hatten sich alle von ihnen schon nach wenigen Takten für sie entschieden. Anstatt das Urteil der Jury abzuwarten, lief Anna von der Bühne zu ihrer Mutter, die ebenso wenig wusste, was passiert war. Dann rannen ihr Tränen übers Gesicht, das sie mit ihren Händen zu verbergen versuchte.

Als eine knöchrige Hand auf die Schulter des Mädchens gelegt wurde, strömte Wärme in ihren Körper. Anna hörte die Stimme eines älteren Mannes sagen:»Es ist alles gut. Niemandem ist etwas passiert.«

Annas Mutter war genauso verunsichert und fragte den hochgewachsenen Greis:»Aber was ist denn hier gerade geschehen?«

Der alte Mann beugte sich zu Anna herunter und sagte:»Du hast mit deinen eigenen Harmonien Stimmungen erzeugt, die bei manchen Menschen tranceähnliche Zustände verursachen. Sie werden sich schnell erholen und dann gar nicht mehr wissen, was passiert ist.«

Anna schluchzte.»Okay, … aber eigentlich wollte ich nicht, dass man bei meinem Auftritt einschläft.«

Nach dem Trockenwischen ihres Gesichtes schaute sie ihn genauer an:»Ich kenne Sie irgendwoher. Kann es sein, dass ich Sie in Freiburg schon mal gesehen habe?«

»Möglich. Ich bin Psychotherapeut und betreue eine andere Gruppe von Probanden in Freiburg. Um ehrlich zu sein, bin ich heute deinetwegen hier.«

»Warum?«

»Ich habe die Testberichte über dich gelesen. Vor vielen Jahren betreute ich eine junge Frau, die so war wie du. Ihr ist etwas Ähnliches passiert, als sie während eines Vortrages zu einer großen Menschenmenge sprach.«

»Was macht sie heute?«

»Ich weiß nicht. Als wir das letzte Mal Kontakt hatten, begann sie gerade eine Karriere bei einem amerikanischen Investor. Zwei Mal trafen wir uns, weil sie meinen Rat wollte. Sie sagte beim letzten Mal, dass sie das Problem jetzt im Griff habe. Seitdem hat sie sich nicht mehr gemeldet.«

»Bin ich verrückt?«

»Ja, völlig verrückt! Und wahrscheinlich lieben dich deshalb so viele Leute«, sagte der Mann, was die Umherstehenden amüsierte.

Mit diesem Auftritt war Annas Musikkarriere erstmal beendet. Der Sender hatte diesen Teil der Aufzeichnung nicht übertragen. Nicht einmal Handyvideos von dem Geschehen waren in den sozialen Netzwerken zu finden. Hier hatte sich jemand Mühe gegeben, den Vorfall nicht öffentlich werden zu lassen.

In den folgenden Monaten erhielt Anna eine spezielle Ausbildung, die zur Vorbereitung auf eine anstehende Prüfung dienen sollte. Einige Dozenten nannten sich Meister und kamen aus der ganzen Welt. Aber eines hatten alle gemeinsam: Sie kannten aus Tibet die *Bön-Religion*, einen Vorgänger des Buddhismus. Die Dozenten erzählten nur selten Details über ihre Ausbildung in Tibet. Nur allgemein hieß es, man könne dort die Antwort darauf finden, warum die Menschen und Völker so uneins und intolerant seien. Es klang sonderbar, wenn sie erzählten, dass es in Tibet jenes Kind gäbe, welches das Resultat aus männlicher und weiblicher Vereinigung dieser Welt sei. Anna wusste zu diesem Zeitpunkt noch nicht, welche Geheimnisse sich dahinter verbargen.

Nun waren es nur noch ein paar Monate bis zur Prüfung, mit der sie den elften Ausbildungsgrad erreichen konnte. Sie hatte versucht herauszufinden, was genau von ihr verlangt werden würde. Darauf bekam sie von den Meistern immer dasselbe zu hören. Die Prüfung solle stattfinden, wenn sie selbst bereit sei. Zu den Prüfungsinhalten sagten sie, es gehörten naturwissenschaftliche Grundlagen dazu. Ein weiterer Teil sei ihre Fähigkeit, Körper und Geist im Sinne des Allgemeinwohls einzusetzen. Etwas beiläufig wurde mal erwähnt, dass dazu auch gehörte, die eigene Angst zu beherrschen.

Eine Zeit lang hatte sie den Verdacht, dass dies etwas mit den Freimaurern zu tun haben könnte. Diese hielten ähnliche Rituale ab und hatten ebenfalls ein Ausbildungssystem bis zum dreiunddreißigsten Grad. Sie las viel darüber und erfuhr von einem Historiker, dass die allgemein bekannte Freimaurerei rein gar nichts mit dem gemein hatte, was sie selbst lernte und wie es ihr beigebracht wurde. Deren gelebten Rituale hätten auch nicht viel mit dem ursprünglichen Wissen gemeinsam, auf dessen Basis sich die Freimaurer einst gründeten. Er war der Meinung, dass die meisten Dinge im Laufe der Jahrhunderte verfälscht wurden oder verloren gingen. Insbesondere im angelsächsischen Raum teilten Männer in Logen und Großlogen untereinander erzkonservative Ansichten. In diesen Kreisen würde seit geraumer Zeit nicht einmal mehr der freie Gedankenaustausch zugelassen. Die zunehmende Abspaltung dieses Ordens vom Geist des normalen Volkes könnte darauf zurückzuführen sein.

Mit diesem Wissen begriff Anna schließlich, dass die ursprünglich aus Ägypten stammenden Grundideen der Freimaurer etwas außerordentlich Wichtiges verloren hatten: die weibliche Komponente. Damit wurden Naturgesetze wie die Dualität verletzt. Freies Denken, offene Diskussionen und die Fähigkeit, mit dem Herzen zu denken, all das verschwand mit der Zeit.

$$\Delta$$

Basileia in Atlantis, Sommer im Jahr 410.360 (Zeitrechnung der Manujas)

Ein ungewöhnliches Geräusch musste die fünfzehnjährige Mhia geweckt haben. Vielleicht war es *Rahik*, ein kleiner Vulkan nördlich der Stadt *Basileia*. Seit einigen Tagen war er wieder aktiv und die Bewohner spekulierten ständig über die möglichen Folgen.

Eigentlich konnte man bei Atlantis nicht mehr von einem richtigen Kontinent sprechen. Es war inzwischen nur noch eine Gruppe von großen und kleinen Inseln. Im Westen, wo es früher noch Festland gab, entstand ein flaches Meer mit vielen Inselketten. An dieser Stelle senkte sich seit langer Zeit die Planetenkruste ab und würde irgendwann vollständig vom Wasser bedeckt sein. Dafür kletterten östlich der Hauptinsel junge Vulkane aus dem Meer heraus, was sich schon einige Zeit vorher mit aufsteigendem Dampf ankündigte. Zu jener Zeit gab es auf dem Planeten kaum einen Ort wie diesen, wo sich die Landschaft innerhalb weniger Jahre so gravierend veränderte.

Bevor Mhia die Augen aufschlug, versuchte sie noch einmal, in ihren letzten Traum zurückzufinden. Ihr ging eine Frage nicht aus dem Kopf: *Bilden sich die Leute alles nur ein oder finden im Moment wirklich so viele Veränderungen statt?*

Der telepathische Austausch mit ihrem Meditationspartner MhiaKha hatte sie am Abend zuvor wieder veranlasst, über die Zukunft nachzudenken. MhiaKha konnte sie spannende Geschichten entlocken und auch sonst alle möglichen Fragen stellen. Alle *Manujas* bekamen im frühen Jugendalter einen *Mentor* als Meditationspartner. Dieser existierte nur in einer feinstofflichen Welt und begleitete sie, solange beide es wünschten. Diese Beziehung hatte einen entscheidenden Vorteil. Das Kind erhielt die Möglichkeit, sich zu entwickeln, ohne dass es von den Eltern in eine vorgegebene Richtung gelenkt wurde.

Wenn die Kinder ein bestimmtes Alter erreichten, sollte sich die Erziehung der Eltern darauf beschränken, deren Talente zu fördern. Ein *Manuja* konnte auf verschiedene Arten *telepathisch* Verbindung zu anderen Wesen aufnehmen. Kinder lernten bereits die Grundregeln der Meditation und die Fähigkeit, ihren Geist von den äußeren Reizen abzukoppeln. Damit war eine Fokussierung auf den eigenen Körper möglich. In der zweiten Stufe lernte man, sich selbst zu hypnotisieren und wieder in den Wachzustand zurückzubringen. Entscheidend für eine telepathische Kontaktaufnahme war die Beherrschung des Trancezustandes. Dabei wurden die Schwingungen des Gehirns auf die Frequenz des Gesprächspartners eingepegelt. Der Trancezustand konnte auch für komplexere Dinge als die Kommunikation genutzt werden. In dieses Wissen wurde Mhia aber noch nicht eingeweiht.

Einige beherrschten die Telepathie sogar ohne Meditation und Selbsthypnose. Das hing von der Zuneigung der Kontaktpartner, dem Umfeld und auch von der Übung ab. Was die Beziehung zwischen Manujas und ihren *Mentoren* betraf, funktionierte das nicht immer reibungslos und dann konnte so eine Verbindung auch nicht lange bestehen. Manchmal war die Sympathie einfach nicht vorhanden. Mentoren wurden auch Schutzgeister oder Lichtgeister genannt. Wenn sich Manuja und Mentor nicht von selbst fanden, konnte ein Meditationslehrer dabei helfen. Diese Helfer wurden *Meister* genannt, weil sie im Volk die höchsten Ausbildungsgrade erreichten.

Manches von dem, was Mhia von ihrem Mentor MhiaKha erfuhr, verstand sie noch nicht. Aber je öfter sie miteinander sprachen, desto tiefer tauchte sie in seine Welt ein. Dabei begann sie auch, sich ein Dasein ohne Körper und ohne feste Stoffe vorzustellen. Sie konnte ihm Dinge anvertrauen, die sonst bei Unterhaltungen mit ihren Freunden tabu waren.

Mhias Mutter sagte mal, dass sie lernen müsse, die Meditationszeit zu begrenzen. Eine zu enge Beziehung zu einer charismatischen Persönlichkeit, egal, ob sie aus Fleisch und Blut bestand oder feinstofflich war, barg ihrer Meinung nach auch Gefahren. Die Fokussierung auf eine einzelne Person könnte die Sicht auf den Rest der Welt verfälschen und auch von dieser Person abhängig machen.

Ihre Mutter sprach auch aus persönlicher Erfahrung darüber, dass eine Beziehung zu einem feinstofflichen Wesen, visuelle und körperliche Kontakte nicht ersetzen könne. Im Gegenteil, ein heranwachsender *Manuja* musste gerade über persönliche soziale Kontakte lernen, seine anderen Sinne sowie Körpersprache und Stimme zu trainieren. Jeder Organismus sei von Strahlungs- und Energiefeldern umgeben. Das fing bei der Körperwärme an und ging über Gehirnströme bis zur Aura. All das konnte ein normaler Manuja nur durch persönlichen Kontakt wahrnehmen. Ihre Mutter hatte auch immer wieder betont, dass Empathie-Fähigkeit überlebenswichtig sei für Arten, die in Gruppen zusammenleben.

Mhia machte sich manchmal Sorgen darüber, ob sie allen Freunden genügend Aufmerksamkeit schenkte. Heute beschäftigte sie aber etwas anderes. MhiaKha hatte auch Fragen zu ganz banalen Dingen, die ein so kluges Wesen eigentlich selbst wissen müsste. Heute hatte er wissen wollen, wie die Energie für die vielen technischen Apparate, Heizungen und Fahrzeuge von den Manujas erzeugt wurde. Dabei glaubte sie, ihm das zuvor schon einmal erklärt zu haben. Zumindest das, was sie aus dem Unterricht über die Energiebilanz ihres Planeten und die Wechselwirkungen in der Natur behalten hatte.

Wenn Mhia träumte, hatte sie manchmal das Gefühl, dass sie selbst ebenfalls ein Wesen aus dem *Aka* sei. Nach Auffassung der Manujas war das Aka eine feinstoffliche Welt. Jeder Körper sei von einer Aura umgeben, die auch die gesamte materielle Welt durchdringen könne. Die Manujas glaubten an das Prinzip, wonach es möglich sei, zwischen der feinstofflichen und der materialisierten Welt zu reisen. Diese Vorstellung stammte von den Bewohnern der östlichen Hemisphäre, dem *Gelben Land.*

Manchmal grübelte Mhia darüber nach, wo sich all das, wovon MhiaKha erzählte, überhaupt befinden könnte. Seine Welt schien ebenso real wie ihre. Er konnte so wunderbar Dinge beschreiben, die es nur in seinen Gedanken und eben im *Aka* gab. Es waren die fantastischen Landschaften auf fremden Planeten mit der bunten Welt von Pflanzen und Tieren. So soll es einst auch auf dem Planeten seiner eigenen Vorfahren ausgesehen haben. Er konnte andere Wesen präzise beschreiben, auch wenn er mit ihnen nie direkten Kontakt hatte. Diese Erfahrungen tauschten die Wesen im Aka untereinander aus und lernten dadurch ständig weiter. Neues Wissen über die stoffliche Welt konnten sie jedoch nur über den gedanklichen Austausch mit Wesen aus eben dieser stofflichen Welt sammeln.

In diesem Sinne existierte eine wirkliche Symbiose zwischen beiden Seiten, denn jeder profitierte von den Vorteilen der anderen Welt. Wie das genau funktionierte, verstand Mhia noch nicht richtig. Für solche Fragen wäre eigentlich ein *Meister* da. Dafür hätte sie ihm aber Details aus ihren Gesprächen mit MhiaKha preisgeben müssen und das war ihr im Moment etwas unangenehm. Immerhin tauschte sie sich mit ihm auch über sehr private Themen aus.

Nach dem Aufstehen fühlte sich Mhia gut. Vor dem Spiegel sitzend, betrachtete sie ihre dünnen rotblonden Haare. Sie beneidete die Menschenmädchen, weil sie ihre langen schwarzen Haare kunstvoll flechten konnten. Sie selbst schnitt sich die Haare immer kurz, weil sich die störrischen Locken am langen Hinterkopf nicht richtig binden ließen. Die meisten Manujas trugen sowieso ständig Kopfbedeckungen, vor allem, um die empfindliche helle Haut vor der Sonne zu schützen.

Die morgendliche Schönheitsdiskussion mit ihrem Spiegelbild war beendet. Sie wickelte ihr buntes Tuch um und zog einen weiten leichten Mantel an.

»Habt ihr das auch gespürt?«, hörte Mhia ihre Cousine am Ende der großen Frühstückstafel fragen. Weil Mutter für längere Zeit verreist war, speisten die Kinder der benachbarten Verwandten oft gemeinsam in Mhias Elternhaus. Dort war am meisten Platz.

Gleichzeitig konnten die großen Kinder ein Auge auf die kleineren werfen.

Da war es wieder, dieses Grollen in der Ferne. Ihr Bruder Rhe saß Mhia ausnahmsweise mal gegenüber. Vielleicht hatte er wieder etwas ausgefressen und brauchte Mhias Rat. Dieses Mal hatte er aber etwas anderes auf dem Herzen:»Papa meinte, die neuen Energietürme werden rechtzeitig fertig, bevor die alte Stromversorgung zusammenbricht. Er hat gesagt, dass die Arbeiten wegen der vielen Beben zwar länger dauern, aber trotzdem alles nach Plan läuft.« Dann beugte er sich etwas zu Mhia nach vorne und flüsterte:»Weiß MhiaKha vielleicht, was da wirklich passiert? RheKha scheint nichts von dem, was ich sie frage, zu kapieren. Sie weicht diesen Fragen ständig aus.«

RheKha, also Rhes *Mentorin*, beantwortete eigentlich alles sehr geduldig. Sie kannte sich aber auch nicht überall aus und manchmal versprach sie, ihre Gefährten später danach zu fragen. Nach den Meditationen war Rhe dann häufig unzufrieden. Es lag wohl daran, dass er zu quirlig war, den ausführlichen und manchmal sehr blumigen Erklärungen von RheKha zu folgen.

»Ich werde MhiaKha fragen, wenn er heute Zeit für mich hat«, antwortete Mhia ihrem Bruder.»Übrigens war ich gestern im Dorf und habe mit Set und Pia geredet. Die Menschen dort sind verängstigt wegen des Vulkans und sie meinen, die Schutzgeister sind verärgert wegen der riesigen Bauplätze entlang der Küste.«

»Du weißt, dass Papa es nicht mag, wenn du mit den Menschen über solche Dinge sprichst. Sie sind voller Aberglauben und haben kaum Kenntnisse über unsere Projekte und die Technologie der *Alten Meister*.«

Mhia flüsterte ihm zu:»Ich glaube, es gibt auch kaum noch Manujas, die alles verstehen, was uns die *Alten Meister* überlassen haben. Vielleicht fürchtet Papa, die Menschen könnten glauben, dass uns die Götter nicht mehr gut gestimmt sind und die Manujas dadurch etwas von ihrer Macht verlieren könnten.«

»Mhia, das ist doch Quatsch! Wir sollten erst mal recherchieren, was der Grund für die Stromausfälle ist und warum die alten

Energietürme nicht mehr richtig funktionieren. Wenn es uns keiner sagen kann, müssen wir es eben selbst herausfinden.« Damit klang auch an, dass Rhe keine Lust mehr hatte, mit seiner Schwester über dieses Thema zu sprechen.

Δ

Seit dem letzten Vollmond tagte der Stadtrat in seiner Jahressitzung. Hauptthema waren aktuelle und künftige Projekte. Den Regeln entsprechend, musste das innerhalb eines Monats abgeschlossen und anschließend dem Weltrat von *Terra Atla* vorgetragen werden. Es blieben also noch zwei Wochen. Terra Atla war das globale Reich der Manujas und bestand im Wesentlichen aus den verbliebenen Inseln des Kontinents Atlantis mit der Hauptstadt Basileia. Dort befand sich auch der Sitz der Weltregierung. Nach dem Glauben der Manujas entstand die erste Zivilisation auf diesem Planeten noch vor den *Alten Meistern* und auf einem anderen Kontinent, viel weiter im Osten.

Parallel zur Jahressitzung fand in diesem Jahr auch die Neuwahl des Stadtrates statt, was einige Mitglieder nervös machte. Da waren viele Fragen seit der letzten Sitzung offengeblieben und auch das Problem mit der Energieversorgung war noch nicht gelöst. Im Gegenteil, es war nicht klar, warum das Energienetz in unregelmäßigen Abständen Fehlfunktionen aufwies. Ob die neu gebauten Energietürme besser funktionieren würden als die mehrere tausend Jahre alte Konstruktion, wusste niemand. Versuche mit kleineren Modellen waren erfolgreich, aber das war etwas anderes als ein globales Netz. Das erste Ziel war, einen neuen Ring aus Türmen rund um den Planeten zu bauen. Die Standorte waren entscheidend für die Funktion der gesamten Anlage. Jeder Energieturm musste mit Wasser geflutet werden können. In Basileia geschah das durch die Gezeitenströme des Atlantiks. Wo es die Besiedlung zuließ, sollten die neuen Standorte der Energieanlagen etwas näher am Landmassen-Äquator sein. Dort, wo es ein Gleichgewicht zwischen den Landmassen der Nordhalbkugel und der Südhalbkugel gab. Hierfür war nicht nur die Flächenverteilung entscheidend, sondern auch die Stärke der

Planetenkruste. Da sich der Planet in einer Kaltzeit befand, mussten auch die massiven Eismassen in die Berechnung einbezogen werden. Wegen des zurückgehenden Eises an den Polen hatten sich aber die idealen Standorte für die Türme im Laufe der Jahrtausende verschoben. Alle Städte der Manujas waren an das globale Energienetz angeschlossen. Sie befanden sich deshalb oft in der Nähe dieses Landmassen-Äquators oder auf einer der globalen Energielinien. Energietürme waren immer die höchsten Bauwerke einer Stadt. Basileia war zwar Regierungssitz aber nicht die flächenmäßig größte Stadt. Allerdings war ihr Aufbau mit drei ringförmigen Kanälen etwas Besonderes und wurde vor langer Zeit von den Vorfahren erbaut. Den Legenden nach soll Basileia nicht die erste Stadt der *Alten Meister* gewesen sein. Aber wo die ersten Siedlungen waren, wusste man nicht. Basileia wurde erst viel später als Schutzanlage errichtet, um ihre Bewohner vor Feinden, Stürmen und hohen Wellen zu schützen. Ursprünglich lag Basileia direkt am Meer. Im Laufe der Zeit hob sich das Küstengebiet an. Der Kanal, welcher als Hafenzufahrt diente und alle drei Ringkanäle miteinander verband, musste deshalb immer wieder verlängert werden. Schließlich brauchten die Bewohner zu Fuß für die Strecke vom äußeren Stadtring bis ans Meer bereits eine Stunde.

Die ursprünglichen Gebäude gab es inzwischen nicht mehr. Die Ringstruktur mit ihren drei Wasserkanälen wurde allerdings immer beibehalten. Das System der Ringe und Kanäle war nicht zufällig so angeordnet. Im zentralen kreisförmigen Teil gab es einen steinernen Turm. Wie alle Türme dieser Art hatte er ein Fundament, das tief in den Boden reichte. Diese Fundamente wurden entweder aus zerkleinertem Gestein zu riesigen Quadern gegossen oder auch in Blöcken aus dem Felsen geschnitten. Ein wichtiges Merkmal aller Fundamente und Mauern war, dass jeder Stein eine etwas andere Größe und Form hatte. Dennoch waren die Steine lückenlos aneinandergefügt. Fugenmaterial wurde nur benutzt, um die Mauern gegen Wasser abzudichten. Damit konnten sich die Steine bei Beben etwas bewegen, rutschten aber anschließend immer wieder in die ursprüngliche Position zurück.

Sogar gegen Schallwaffen waren solche Mauern resistent. Durch die unterschiedliche Form der Steine brachen sich die Schallwellen, bevor zerstörerische Resonanzen auftreten konnten. Der zentrale Turm bestand aus 216 Steinschichten von je einem *Meh* Höhe und hatte eine mit edlen Metallen verkleidete Spitze. Die Einheit Meh war im Volk auch als *Königselle* bekannt. Der Turm befand sich zu einem Drittel unter und zu zwei Dritteln über der Oberfläche. Eine ebenfalls mit edlen Metallen verkleidete Mauer minimierte die elektrostatischen Effekte und hielt Personen und Tiere vom Turm fern. Es gab noch ein weiteres Gebäude aus massiven Steinquadern im kreisrunden Stadtzentrum. Im Innern befanden sich mehrere große Behälter aus Granit, die in der Vergangenheit auch für zeremonielle Handlungen genutzt wurden. Inzwischen dienten sie nur noch zur Aufbewahrung von technischen Apparaturen. Außerhalb der Granitbehälter waren sonst kaum metallische Gegenstände vorhanden. Diese hätten die Energiefelder gestört.

Um das Stadtzentrum herum verlief der mit Wasser geflutete innere Ringkanal. Er umschloss den inneren Ring der Stadt und gleichzeitig heiligsten Bereich mit einem Durchmesser von genau 1440 *Meh*. Der zweite Landring war am dichtesten mit Wohn- und Zweckgebäuden bebaut. Im Untergrund existierten Forschungseinrichtungen, der Regierungssitz, spirituelle Stätten und technische Anlagen, wie beispielsweise die Wasseraufbereitung. Dieser Landring wurde wieder vom Wasser umschlossen. Hier befanden sich die alten Hafenanlagen. Auf dem danach folgenden dritten Landring standen Wohngebäude, Freizeiteinrichtungen und Sportplätze. Allerdings fanden dort schon lange nicht mehr alle Bewohner Platz zum Leben. Entlang des Kanals, der von der Stadt bis zum Meer verlief, waren deshalb auch schon Wohngebäude und der neue Hafen gebaut worden.

Δ

Nach einer Essenspause fanden sich die Stadtratsmitglieder langsam im Meditationssaal ein. Mhias Vater Thom war als Statthalter von Basileia für die gesamte Verwaltung verantwortlich.

Zudem ließ er sich regelmäßig über die Projekte informieren. Darüber hatte er anschließend an den König und den Senat zu berichten. Er war mit zwei weiblichen Manujas im Gespräch und fragte:»Warum hat sich eigentlich noch niemand vom Energieinstitut bei uns gemeldet? Die hätten schon heute Morgen ihre Messergebnisse mitteilen müssen.«

Er meinte das Experiment aus dem Großprojekt, mit dem die weltweiten Störungen im Informations- und Energienetz behoben werden sollten. Dieses Mal wollten sie testen, ob sich mit einem neuen Verfahren auch Daten übertragen ließen, so wie es früher auch das alte Netz konnte.

Thom drehte sich zu einem seiner Assistenten um und sagte:»Jemand soll ins Institut gehen und nachfragen. Vielleicht gab es Probleme, Verbindung mit uns aufzunehmen.«

Wegen der unregelmäßigen Unterbrechungen funktionierten auch die persönlichen Übertragungskanäle nicht immer. Die Manujas nutzten das weltweite Netz auch ohne technische Hilfsmittel, wenn sie telepathisch kommunizierten. Da jedes Lebewesen eine einzigartige Energiesignatur besaß, konnte das als Sende- und Empfangsadresse genutzt werden. Natürlich waren diese Signaturen auch im *Aka* zu empfangen und das umfasste den gesamten Raum des bekannten Universums. Deshalb war es vor der Kontaktaufnahme nicht notwendig zu wissen, wo sich der Gesprächspartner gerade aufhielt.

Beim gemeinsamen Abendessen sagte Mhia zu ihrem Vater:»Ich habe heute im Zentralarchiv das Register für Planetenkunde durchsucht, aber keinen Artikel zum Funktionsprinzip der Energieerzeugung gefunden. MhiaKha hatte mich danach gefragt. Er wollte wissen, wie wir unsere Energie gewinnen. Manche seiner Fragen habe ich nicht verstanden und wollte etwas darüber lesen.«

»Es stimmt, einige Themen sind nicht für alle zugänglich«, bekam sie von Thom als Antwort.

»Aber ich dachte, das Lernen sei für unser Überleben wichtig?«

»Ja, Kleine.«

Bei dieser Anrede verzog Mhia ihr Gesicht. Thom erkannte sofort, dass er ins Fettnäpfchen getreten war, denn immerhin hatte seine Tochter mit fast sechzehn Jahren schon den zehnten *Ausbildungsgrad* erreicht. Für gewöhnlich schafften die meisten Manujas im Laufe ihres Lebens nur wenig mehr als elf von insgesamt dreiunddreißig Ausbildungsstufen.

Thom sprach in einer Stimmlage weiter, die ein Gespräch auf Augenhöhe ausdrücken sollte:»Das ist richtig. Das Wissen der Alten Meister ist aber so mächtig, dass es auch missbraucht werden kann. Wir haben es in der Vergangenheit erlebt. Erinnerst du dich an die Geschichte über die Bewohner in *Brahmas Land*? Im Streit um die Macht hatten ihre Vorfahren mit ihrer Energie einen ganzen Teil des Planeten zerstört. Wo genau das passierte, weiß heute keiner mehr. Als die Überlebenden das Reich neu gründeten, wurde der Zugang zu diesem heiligen Wissen eingeschränkt. In unseren Datenspeichern gibt es deshalb Filter, die es nur autorisierten Manujas erlauben, darauf zuzugreifen.«

»Werden auch die Menschen Zugang zu diesem Wissen erhalten?«

»Schrittweise. Ihre kognitiven Fähigkeiten müssen sich dafür erst noch entwickeln. Bis dahin lernen sie von uns alles, was sie für ihr Leben benötigen.«

»Dann erkläre mir doch noch mal, wie unser Energienetz funktioniert!«

»Das ist mir auch nicht in vollem Umfang zugänglich. Aber ich kann versuchen zu erklären, was ich darüber weiß: Der ganze Planet ist ein gigantischer Akkumulator und hat eine Resonanzfrequenz von etwa acht Schwingungen pro Minute. Dadurch, dass die Atmosphäre und die Planetenkruste ständig in Bewegung sind, reiben sich die Teilchen permanent aneinander. Diese Reibungskräfte erzeugen Wärmeenergie und laden die verschiedenen Schichten elektrisch auf. Zusätzlich erreicht uns aus dem Kosmos Strahlungsenergie. Alles zusammen heizt den Planeten auf und wird zu einem großen Teil ungenutzt wieder in den Weltraum abgestrahlt. Oft entlädt es sich auch in Stürmen und Gewittern. Unsere Energietürme sind also Antennen, die diesen Planetenakkumulator anzapfen. Ich weiß auch, dass die

Planetenoberfläche, die Magnetosphäre und die Ionosphäre dabei zusammenspielen.«

»Und wenn wir Nachrichten nicht telepathisch versenden, werden sie dann auch über den Energiespeicher übertragen?«

»Ja.«

»Wie werden denn Strom und die Nachrichten auseinandergehalten?«

»Da der Planet mit einer konstanten Frequenz schwingt, kann sie als Trägerfrequenz genutzt werden. Das ist wie bei einem Fahrzeug, das mit verschiedenen Paketen beladen wird. Das Fahrzeug kann man sich wie die Trägerfrequenz vorstellen. In ein großes Paket könnte man beispielsweise den Strom stecken. In einem kleineren Paket würde dann eine andere Frequenz drin sein. Damit könnten wir ein paar Fotos von der Unordnung in eurer Kammer an Mama schicken. Da sich bei Mamas Forschungsstation mehrere Antennen befinden, bekommt sie über die eine Antenne den Strom und über eine andere den Schock wegen des Chaos.«

Ein kleines Schmunzeln konnte Mhia nicht verbergen, aber dann fragte sie gleich weiter: »Es ist doch gefährlich für uns, direkt bis zum Turm zu gehen, stimmts?«

»Genau genommen für alle Lebewesen. Wobei die meisten Tiere es spüren können und die Türme deshalb meiden.«

»Ich verstehe, aber so viel Neues war da jetzt auch nicht dabei.«

»Moment mal, sagtest du nicht, MhiaKha hätte dich danach gefragt?«

»Ja.«

Obwohl Thom wusste, dass er damit Mhias Privatsphäre verletzten könnte, fragte er mit leicht erhöhtem Puls: »Für was genau interessiert er sich denn da? Ich meine, du weißt doch, dass die *Wächter des Wissens* gerade beim Thema Energie auf Geheimhaltung drängen.«

»Ach, das habe ich sicher wieder einmal falsch verstanden.«

Ihren Vater beruhigte die Antwort nicht. Er beschloss, sie später noch einmal danach zu fragen. Ihn wunderte auch, wieso ein

Mentor aus dem *Aka* solche banalen Dinge wie Energieerzeugung nicht kennen sollte.

Bald würden wieder zwei aufeinanderfolgende Feiertage kommen, die die Manujas dem Erbe der *Alten Meister* widmeten. Der nächste Tag diente eigentlich zur Vorbereitung darauf. Während der offiziellen Feierlichkeiten fanden in ganz *Terra Atla* rituelle Handlungen und spirituelle Veranstaltungen statt.

Die Menschen allerdings, die meist in kleinen Dörfern um die Städte der Manujas lebten, feierten an diesen Tagen die erste Ernte des Jahres. Es war dann eine fröhliche Ausgelassenheit zu sehen und manche ahmten sogar Rituale der Manujas nach. Dabei veranstalteten sie Opferrituale zu Ehren ihrer Schutzgeister. Die Rituale waren von Ort zu Ort verschieden. Zumindest in Atlantis war für die Manujas wichtig, den Menschen nicht ihr spirituelles Leben aufzuzwingen. Hierzu gab es aber auch andere Meinungen.

»Wirst du heute wieder spät kommen?«, fragte Mhia, aber ihr Vater war in Gedanken vertieft. Dessen Anspannung war zu spüren, nachdem er die ganze Nacht wach gelegen und mit vielen Leuten gesprochen hatte. Nachts war die Datenverbindung derzeit stabiler und deshalb nutzten einige die Nachtstunden zur Kommunikation.

Weil sie ihren Bruder Rhe nicht beunruhigen wollte, hakte Mhia telepathisch bei ihrem Vater nach, indem sie sich auf seine Frequenz konzentrierte: »*Papa, sag mir bitte, was los ist. Ich spüre deinen hohen Puls und dass du gar nicht richtig bei uns bist.*«

Thom antwortete ebenfalls auf diesem Weg: »*Ich muss ins Energieinstitut. Da ist etwas zu klären und ich werde mich heute auch nicht um die Feierlichkeiten kümmern können. Deshalb kann ich auch nicht versprechen, dass wir uns pünktlich zum Essen sehen.*«

»*Hat das etwas mit den Mitarbeitern zu tun, die ihr nicht erreichen könnt?*«

Thom erschrak. Er hatte nicht erwartet, dass Mhia schon so fortgeschrittene Telepathie beherrschte. Von nun an musste er vorsichtiger sein, welche Bilder er im Kopf entwickelte. Offenbar hatte sie schon das Stadium erreicht, mit dem Gedanken gelesen oder Bilder und Muster erkannt werden können, wenn zwischen Sender und Empfänger eine starke innere Verbindung bestand. Sehr Erfahrene verstanden so auch andere Lebewesen, ohne dass diese bewusst einen Kanal dafür öffnen mussten. Das Wissen über diese speziellen Techniken der Telepathie war aber nicht öffentlich zugänglich.

»*Bitte, sag was los ist! Hier passieren doch schon seit einiger Zeit komische Dinge. Ich bin kein Kind mehr und du kannst es sowieso nicht verheimlichen.*«

»*Weißt du was? Morgen nehmen wir uns mal richtig Zeit zum Reden*«, versprach Thom.

»*Sagst du mir dann auch endlich, warum sich Mama schon so lange nicht mehr gemeldet hat?*«

»*Kind, ich habe euch gesagt, dass sie die Rückreise mit dem Flugboot erst antreten kann, wenn das Kommunikationsnetz wieder stabil ist. Ich bin mir sicher, dass es dort allen gut geht und es gibt keine Notwendigkeit, das Risiko einer Reise ohne Autopiloten einzugehen.*«

»*Thom...*«, so nannte Mhia ihren Vater immer dann, wenn sie ihren Erwachsenenstatus betonen wollte. »*...ich glaube, dass du dir da gar nicht sicher bist. Du unterdrückst Bilder von Mama und ihrem Expeditionsteam in deinem Kopf.*«

Dass Mhia hier eine Schwäche bei ihrem Vater erkannte, die ihn in Kürze in Schwierigkeiten bringen würde, ahnte zu diesem Zeitpunkt keiner von beiden.

Später im Stadtrat

»Ich kann nicht glauben, dass wir sie nicht finden können«, regte sich Thom noch mal auf. Gerade hatte er vom Projektverantwortlichen erfahren, dass die zwei Mitarbeiter aus dem Institut tatsächlich verschwunden waren.

»Um wen handelt es sich eigentlich?«

»Chlora und Theara. Diese Frauen sind zwei unserer besten in der Forschung. Und die Aufzeichnungen über das Experiment sind ebenfalls verschwunden.«

»Was ist mit den übrigen Daten des Projekts?«

»Die sind da, allerdings sagt das *Ei*, dass es die Vollständigkeit nicht prüfen kann, solange hierfür keine Autorisierung durch ein Mitglied der *Großen Reihe* vorliegt.«

Mit dem Ei meinte er den Zentralcomputer oder genauer die Terminals, mit denen Zugang zum zentralen Datenarchiv von Terra Atla möglich war. Die Bezeichnung stammte eigentlich von den Menschen. Sie bekamen diese Terminals manchmal zu sehen, während die Manujas darüber mit dem Zentralcomputer kommunizierten. Die Terminals ähnelten einem im Raum schwebenden Ei und waren in Wirklichkeit Holografie-Projektoren. Die Kommunikation war über Sprache und in geringem Umfang auch telepathisch möglich.

Die Menschen verehrten dieses sprechende Wunder, das scheinbar Allmacht und unbegrenztes Wissen verkörperte. Manche Menschen besaßen einfache und kleinere Replikate aus Holz oder Stein, die auch in ihre rituellen Handlungen eingebunden wurden. Auch die Manujas besaßen gravierte eiförmige oder kugelförmige Steine und in seltenen Fällen auch Bergkristalle, die aber eine ganz andere Funktion hatten. Diese Eier und Kugeln existierten seit einer Ewigkeit und wurden von einer Generation zur nächsten weitergegeben. Niemand konnte genau sagen, wer sie einst hergestellt hatte. Aber vielleicht war das auch eines der nicht öffentlich zugänglichen Geheimnisse der *Alten Meister*.

Etwas später legte sich Thom auf eine Liege im Meditationsraum, um nachzudenken. Er war sich nicht sicher, ob er die soeben erhaltene Nachricht mit jemandem teilen konnte. Sie hatte ihn schockiert. Wenn ihm das *Ei* den Zugang verweigerte, könnte ihm bald die Kontrolle aus den Händen gleiten. Wie würde er die Autorisierung eines Mitgliedes aus der *Großen Reihe* bekommen? Er kannte persönlich nur König Rhenus, der ein Mitglied dieser auserwählten Kaste war. Die Amtszeit des jetzigen Königs endete traditionell nach einem Königsjahr, das

360 Jahren auf diesem Planeten entsprach. Das Königsjahr endete in Kürze und deshalb sollte bald ein neues Oberhaupt gewählt werden. Schied der König hingegen wegen Krankheit oder Tod vor Ablauf der Amtszeit aus, konnte er im Testament selbst einen Nachfolger vorschlagen.

Während der ein Jahr andauernden Zeremonie zur Amtsübergabe stand König Rhenus nur sehr begrenzt für Audienzen zur Verfügung. Um an ihn ranzukommen, blieb also nur der inoffizielle Weg und hierfür musste sich Thom etwas einfallen lassen. Vielleicht sollte er Ohlak bitten, ihm zu helfen. Er war Leiter des Wissenschaftsrates in Basileia und hatte dadurch oft mit Rhenus zu tun. Zudem nutzte er regelmäßig Verbindungen zu verborgenen Quellen, die auch Thom in der Vergangenheit schon manchmal geholfen haben. Persönlich mochte er ihn nicht so. Vielleicht kam das daher, weil sich Ohlak nicht so gern mit ihm meditativ unterhielt. Er kommunizierte lieber auf akustischem Weg. Bei Typen wie Ohlak hatte Thom das Gefühl, sie verbargen einen Teil ihrer Gedanken. Aber das musste gar nichts bedeuten. Manchmal hatten solche *Manujas* einfach schlechte Erfahrungen gemacht und wollten Missverständnisse vermeiden.

Thom beschloss, sich trotzdem an Ohlak zu wenden und stellte telepathisch Kontakt über dessen Frequenz her. Er bekam sofort Verbindung: *»Hey Thom, dass ich heute von dir höre, wo du doch bestimmt einen vollen Terminkalender hast? Wie geht es deiner Familie und ist Rhia schon zurück?«*

»Alles gut bei uns. Rhia kommt zurück, sobald ein sicherer Flug möglich ist. Von den Feierlichkeiten habe ich mich etwas ferngehalten, da sich ein paar Probleme ergaben. Ich würde dich gern in einer Sache um Hilfe bitten. Es wäre gut, wenn wir uns persönlich treffen könnten. Wo bist du jetzt?«

»Nicht so günstig im Moment«, antwortete Ohlak zögerlich. *»Ich verbringe die Feierlichkeiten an der Westküste. Die 200* **Iteru** *möchte ich tagsüber nicht fliegen. Es ist einfach zu unsicher im Moment. Ich fliege in den nächsten Tagen dann nachts zurück.«*

»Verstehe. Lass mich kurz erklären, worum es geht. Zwei Mitarbeiterinnen des Energieinstituts sind verschwunden und die

*Messergebnisse von Experimenten ebenso. Außerdem haben wir Probleme, auf Projektdaten der Energieforschung zuzugreifen. Es wird die Autorisierung eines Mitglieds der **Großen Reihe** benötigt.«*
»Ich weiß nicht, ob ich dir dabei helfen kann«, antwortete Ohlak. Dabei klang er, als sei er gedanklich abwesend. Thom wurde schnell klar, dass aus ihm nicht viel herauszubekommen war und bat Ohlak nur noch: *»Wenn dir etwas einfällt, lass es mich bitte wissen.«*
»Das mache ich. Viel Erfolg!«

Forschungsstation im Atlasgebirge

Als sich alle Anwesenden in ihre Unterkünfte zurückgezogen hatten, konnte Rhia einen Augenblick in Ruhe an ihr Zuhause denken. Sie musste heute versuchen, Kontakt mit Thom aufzunehmen. In den vergangenen Tagen hatten sie hier in der Forschungsstation so viele neue Dinge entdeckt, dass sie diese erstmal ordnen musste. Sich mit Thom auszutauschen, half ihr in solchen Situationen, die Prioritäten zu setzen. Allerdings war es schwierig, die offiziellen Kanäle dafür zu nutzen. Die Forschungszentrale hatte ihrem Team eine Nachrichtensperre verordnet. Die gewonnenen Erkenntnisse sollten zunächst noch einmal geprüft werden, um Panik zu vermeiden. Die Zentralregierung und den zentralen Datenspeicher wollten sie nur mit gesicherten Fakten versorgen. Shoa, die Leiterin der Forschungsstation, teilte Rhias Standpunkt. Das war wichtig, weil Shoa wegen ihres hohen Ausbildungsgrades großes Ansehen genoss.

Der offizielle Bericht musste zunächst mit Fakten untermauert werden. Vor allem wollten sie vermeiden, einer starken Lobby angreifbares Material in die Hände zu geben. Damit hätten diese ein leichtes Spiel, weiter auf ihren veralteten Ansichten zu beharren. Der scheidende König hatte sich wegen der Amtsübergabe etwas zurückgezogen. Für die Beamten entstand dadurch ein rechtsfreier Raum und Bürger beklagten Willkürentscheidungen von Beamten in niedrigeren Instanzen.

Das Königsjahr endete zu einem ungünstigen Zeitpunkt. Gerade sollte eingeführt werden, dass Regierungsbeamte regelmäßig ihre Zuständigkeit wechseln, wie es früher schon mal der Fall war. Dadurch war es Lobby-Gruppen schwerer gefallen, den Beamtenapparat zu unterwandern.

»Ich bin gespannt, wie das neue Oberhaupt dieses Thema angehen wird«, äußerte Shoa im Beisein von Rhia. Sie meinte aber vor allem die Beziehungen zu den Menschen. Es schien einen Trend gegen die alten Regeln zu geben. Diese besagten, dass es Pflicht der Manujas sei, den Fortbestand aller intelligenten Humanoiden zu sichern. Dazu gab es allerdings schon immer verschiedene ethische Auffassungen. Eine zu dieser Zeit größer werdende Gruppe unter den Manujas sah die rasante kulturelle Entwicklung der Menschen kritisch. Diese könnten eines Tages im Wettbewerb mit ihnen selbst stehen.

Das Problem begann schon vor langer Zeit, als eine Gruppe Manujas anfing, eine weitere humanoide Spezies zu schaffen. Damit handelten sie gegen den galaktischen Kodex und niemand konnte später sagen, ob der Verstoß unwissentlich geschah. Sie hatten das Erbgut der auf dem Planeten lebenden Primaten mit Teilen ihres eigenen Erbguts verändert. Die gentechnischen Hürden waren nicht so groß, denn auch die Manujas waren ursprünglich auf der Basis von Primaten entstanden. Das Ziel war ein robuster Humanoide, der bei der schweren körperlichen Arbeit und im Bergbau helfen konnte. Schließlich kam es aber dazu, dass sich einige von den neu geschaffenen Wesen auch zu gelehrigen Gefährten im Alltag entwickelten. Eine gemischte Fortpflanzung sollte niemals stattfinden, aber dieses Problem war nicht so einfach zu lösen.

Schließlich erblickten die ersten gemischten Nachkommen von Manujas und Menschen das Licht der Welt. Die Wissenschaftsleitung glaubte zu dieser Zeit, das Problem im Griff zu haben. Durch Ausnutzung der Eigenschaft von Blut, unter bestimmten Bedingungen Antikörper zu bilden, sollte die Fortpflanzung von Elternpaaren mit bestimmten Blutgruppen unterbunden werden. Diese Methode erwies sich im Laufe der Zeit als ungeeignet. Die Natur fand immer wieder einen Weg, diese Barriere zu überwinden.

Eine andere Methode wurde gefunden. Dieses Mal sollten Antikörper in der Geschlechtsdrüse gebildet werden, welche bei Männern die Lusttropfen und bei Frauen die Scheidenflüssigkeit produzierten. Die Veränderung bewirkte die Schädigung des Spermas, sollten Manujas Sex mit Menschen haben. Natürlich war auch dieses Verfahren nicht hundertprozentig sicher. Aber jedenfalls würde die Befruchtung der verschiedenen Spezies auf natürlichem Wege kaum noch möglich sein. Da alle geborenen Manujas im zentralen Register erfasst wurden, war eine gezielte Impfung und deren Überwachung kein großes Problem. Die bereits routinemäßig durchgeführten Impfungen mussten nur durch eine weitere ergänzt werden. Es war vorgesehen, die Wirksamkeit mit Langzeitbeobachtungen zu kontrollieren.

Als der Aufwand für die Impfungen immer weiter anstieg, erhöhte sich auch der Widerstand im Senat. Schließlich wurde die Einflussnahme auf das Immunsystem zu einem Dauerstreitthema. Es ging nicht um die Impfungen an sich. Ohne die Stärkung der Immunabwehr wäre ihre Art in diesem Lebensraum kaum überlebensfähig. Nein, problematisch war für einige, dass diese spezielle Impfung nicht zur Abwehr natürlicher Erreger diente. Hier wurde die Kreuzung mit Menschen verhindert, obwohl die Natur keine natürliche Sperre vorsah. Es gab sogar Befürchtungen, dass dieser Eingriff in die Fortpflanzung eines Tages auch dauerhafte Schäden oder Mutationen verursachen könnte. Diese Stimmen waren dann aber irgendwann nicht mehr zu hören.

Etwas Gutes hatte der Streit aber auch. Mit der Zeit sahen immer mehr Senatsmitglieder ein, dass man Entscheidungen solchen Ausmaßes künftig nicht mehr allein dem Wissenschaftsrat überlassen durfte. Zur Zeit der Ausbildung von Rhia konnten sich die Verfechter des Wissens der *Alten Meister* noch durchsetzen. Es gab aber auch schon Diskussionen darüber, ob Teile des Kodexes nicht überholt seien. Rhias Lebenspartner Thom hatte hier oft hitzige Diskussionen geführt und die Regeln verteidigt. Auch für Genmanipulationen wurden immer wieder Anträge zur

Genehmigung vorgelegt. Neue Pflanzen- und Tierarten sollten mit den veränderten Klimabedingungen besser klarkommen. Außerdem stieg der Bedarf an exklusiven Speisen, was eine effizientere Nahrungsmittelproduktion erforderlich machte. Auch die lebensverlängernde Medizin bei Menschen war ein Diskussionspunkt. Menschen waren inzwischen zu wertvollen Arbeitsmitteln geworden. Deren Lebenserwartung betrug zu jener Zeit aber nur maximal fünfzig Jahre.

Letztlich hatte die kaum reglementierte Gentechnik zur Folge, dass sich zwei Meinungen manifestierten, und damit bestand die Gefahr einer Spaltung des Volkes.

Rhia ging in die Mannschaftsküche und machte sich etwas zu essen. Nach den intensiven Diskussionen im Forschungsteam hatte sie das Bedürfnis, allein zu sein. Außerdem wollte sie sich danach noch mal die Aufzeichnungen der anderen anschauen. Nicht dass sie ein bestimmtes Ziel verfolgte, aber sie hatte das Gefühl, irgendetwas übersehen zu haben.

»Öffne das Protokoll ›Magnetfeldanalyse‹ vom Tag 183, Jahr 410360«, lautete ihr Befehl an das *Ei*. Eine holographische Darstellung baute sich auf, die eine Zusammenfassung der Ergebnisse enthielt. Der Computer hatte die Daten schon in verschiedenen Kategorien zusammengefasst und wie es seine Aufgabe war, gleich einige Hypothesen erarbeitet. Diese standen im Widerspruch zu allen Voraussagen der vergangenen Jahre.

»Bist du unzufrieden mit den Daten?«, fragte das Ei. »Soll ich die Auswertung noch um weitere Optionen ergänzen? Im Moment sind alle möglichen Lösungen ab einer Eintrittswahrscheinlichkeit von 50 Prozent berücksichtigt.«

»Zeige mir die größten Einflussfaktoren auf das Ergebnis!«, befahl Rhia.

Das Bild änderte sich und eine Grafik mit der Abbildung des Planetensystems, zu dem *Achala* gehörte, erschien. Von der Sonne aus gezählt, sah man die ersten sechs Planeten des Systems auf ihren Bahnen. Der zweite, dritte und fünfte Planet waren rot hervorgehoben. Diese reihten sich wie bei einer Parade auf einer Linie mit der Sonne auf.

Die Stimme des Projektors erklärte:»Hier ist das Ergebnis unserer Simulationen:

Die Magnetfelder von Sonne und *Achala* beeinflussen sich gegenseitig. Außerdem schwächt ein extrem starker Sonnenwind das Magnetfeld unseres Planeten. In einem Rhythmus von 11,07 Jahren schwankt die Aktivität der Sonne, während sie mit dem zweiten, dritten und fünften Planeten eine besondere Konstellation einnimmt. Die dabei wirkenden Gravitationskräfte beeinflussen die Gezeitenwirkung auf den zentralen Stern. Gegenwärtig reagiert die Sonne besonders stark auf diese Einflüsse.«

»Zeige mir die direkten Auswirkungen auf unser eigenes Magnetfeld!«, forderte Rhia das *Ei* auf.

Die Grafik änderte sich und eine farbige Simulation war zusehen: Auf der linken Seite die Sonne und rechts daneben *Achala*. Beide Himmelskörper waren von schwarzen Feldlinien umgeben, welche die Magnetfelder darstellten. Die Feldlinien waren ständig in Bewegung und besonders bei *Achala* verbogen sie sich zu extremen Figuren. Während die Simulation lief, zeigte eine Uhr am unteren Rand die Jahreszahl an. Die Simulation begann 200 Jahre zuvor und zeigte dann die Veränderungen in den kommenden 600 Jahren im Zeitraffer.

»Die Abweichungen von den Vorhersagen der Alten Meister habe ich rot markiert«, erklärte das Ei.

Man konnte erkennen, dass das Magnetfeld vor etwa 100 Jahren schwächer wurde und vor zehn Jahren zu flackern begann. Zum gegenwärtigen Zeitpunkt war das Flackern am stärksten und während weitere 300 Jahre vorwärts gezählt wurden, kehrten sich Nord- und Südpol um und sprangen kurz danach wieder in die ursprüngliche Position zurück.

Rhia traute dieser Simulation nicht und erklärte dem Ei, was sie davon hielt.»Das ist nicht möglich. Irgendetwas Wichtiges haben wir übersehen. Alle bisherigen Forschungsergebnisse und auch die Informationen aus den Archiven besagen, dass sich unser Magnetfeld alle 500.000 Jahre einmal umkehrt. Auch geologische Untersuchungen an den Gesteinsschichten mit magnetischen Einschlüssen bestätigen das. Der letzte Polsprung war vor 740.000 Jahren. Auch wenn der nächste damit bereits überfällig ist, dauerte dieser Prozess immer einige tausend Jahre. Eine so schnelle Veränderung wie in der Simulation kann es nicht geben.«

Rhia beschloss, das Problem mit Thom zu besprechen, bevor sie am nächsten Tag mit Shoa und dem Rest des Teams weiter diskutieren würde. Wegen der Brisanz der Sache, wäre vielleicht die Unterstützung von Wissenschaftlern anderer Fachrichtungen hilfreich. Dabei könnte Thom ihnen helfen.

Rhia legte sich auf eine Meditationsliege und nahm ihren *Portstein* in die Hand, der ihr die telepathische Verbindung zu Thom erleichtern sollte. Den Stein besaß sie seit ihrer Jugend. Sie hatte ihn von ihrem Großvater, der ihr riet, ihn zu nutzen, wenn sie sich in ihrem Leben einmal nicht entscheiden könne. Großvater hatte ihr nicht mehr sagen können, woher der Stein ursprünglich stammte. An Rhias zwanzigstem Geburtstag verunglückte er bei einem Flug über den Atlantik. Er und die anderen Passagiere des Flugbootes wurden nie gefunden. Seit diesem Tag trug sie den Stein bei sich.

»*Lass es zu!*«, flüsterte jemand nach einigen Minuten Selbsthypnose, die ihr mehr Energie für die Gedankenübertragung zu Thom geben sollte. Rhia wusste, dass sich von ihren Kollegen niemand in der Nähe befand. Und wieder merkte sie, dass jemand Kontakt aufnehmen wollte: »*Lass mich rein!*«

Sie konnte sich einfach nicht richtig konzentrieren und versuchte erneut, die Verbindung mit Thom aufzunehmen. Möglicherweise war die Gelegenheit nicht günstig. Wie auch immer, seine Stimme kurz zu hören, würde ihr jetzt schon reichen. Thom müsste in dem Moment eigentlich mit der Vorbereitung der Feierlichkeiten beschäftigt sein. Sie wollte es dennoch weiter probieren.

»*Es ist alles gut. Lass es zu! Nimm meine Stimme auf!*«

»*Wer bist du?*«, fragte Rhia den unbekannten Telepathie-Partner. Es war nicht ungewöhnlich, dass sie auf diesem Wege von jemandem kontaktiert wurde, aber eigentlich geschah das nicht so persönlich, wenn sich beide Partner nicht vorher einander öffneten.

»*Ich bin RhiaKha. Erinnerst du dich nicht mehr?*« Rhia erschrak. Sie hatte seit vielen Jahren keinen Kontakt mehr zu ihrem früheren *Mentor*. Seit einer Viruserkrankung im Alter von 19 Jahren funktionierte das nicht mehr. Der Arzt hatte es mit einer einhergehenden und mehrere Tage andauernden Fehlfunktion in ihrer Zirbeldrüse begründet. Normalerweise verloren die Manujas mit dem Erwachsenwerden oder spätestens, wenn sie Nachwuchs bekamen, automatisch die Verbindung zu ihren Mentoren. Rhia wurde damals damit getröstet, dass sie nun reif für einen neuen Lebensabschnitt sei.

Sie erinnerte sich an RhiaKha, als wäre es erst gestern gewesen. Ihre Verbindung war sehr intensiv. Sie kannte viele Details aus seinem und er aus ihrem Leben. In RhiaKhas Welt benötigen Wesen keine Körper. Weil auch die Wesen im *Aka* eine Geschlechtsidentität kannten, verstanden sie die Sexualität nicht nur als biologische Notwendigkeit für die Fortpflanzung. Genau genommen wusste Rhia, dass auch die feinstofflichen Wesen den Orgasmus kannten. Aber danach und wie es bei ihnen funktionierte, hatte sie ihren Mentor nie gefragt. Die *Kha* hatten ihre Körper vor langer Zeit abgelegt, als sie aus der stofflichen in die feinstoffliche Welt aufstiegen. Wie Rhia wusste, war dieser Aufstieg irgendwann für alle höher entwickelten Lebewesen notwendig, um dem Aussterben zu entgehen. Spätestens wenn der lebenspendende Stern sein Ende erreichte und kein neuer Planet besiedelt werden konnte, war dieser Zeitpunkt gekommen. Die Kha waren nicht die einzigen Wesen im Aka, jedoch waren sie den Bewohnern von Achala so ähnlich, dass diese eine Symbiose eingehen konnten. Wenn die Manujas das Wissen der fremden Welten begreifen wollten, mussten sie den dafür erforderlichen Ausbildungsgrad erreichen. Das bedeutete harte Arbeit und dauerte manchmal ein ganzes Leben. Nicht alle Manujas wollten so lange mit Lernen verbringen.

Auf der anderen Seite sammelten auch die Kha neue Erfahrungen von stofflichen Wesen wie Rhia und gaben diese untereinander weiter. Es gab keinen Eigennutz im Dasein jener Kha, mit denen Rhia zu tun hatte. Jedoch existierten auch dunkle Kräfte in deren Welt.

Die Manujas entschieden im Übrigen selbst, welches Geschlecht ihre Mentoren haben sollten. Nach allgemeiner Auffassung sei es hilfreich, sich vor Erlangen der Geschlechtsreife mit der Sexualität umfassend auseinanderzusetzen. Ihre Vorfahren hatten dadurch gelernt, dass die Selbstbestimmung der sexuellen Identität zur Bewusstseinserweiterung beitragen würde.

Nachdem sie ihre kurze Verwirrung abgeschüttelt hatte, fragte Rhia:»*Wieso meldest du dich nach so vielen Jahren plötzlich und wieso funktioniert das jetzt auf einmal wieder? Ich hatte mich von dir verabschiedet, nachdem wir getrennt wurden. Ich wurde krank und man sagte mir, dass eine erneute Verbindung mit dem Erreichen des Erwachsenenalters immer schwieriger werden würde.*«

»*Ich wusste nicht, warum wir damals plötzlich keinen Kontakt mehr haben konnten*«, erwiderte RhiaKha.»*Ich hatte es immer wieder versucht, aber dann geglaubt, dir sei etwas passiert oder du habest mich nicht mehr treffen wollen. Jedenfalls habe ich nie aufgehört, an dich zu denken.*«

Ihre innere Uhr verriet Rhia, dass bereits Stunden vergangen waren. Sie gab zu verstehen, dass sie ihre Unterhaltung ein anderes Mal fortsetzen sollten.

Bevor sie ihr ursprüngliches Vorhaben wieder aufnahm, dachte Rhia noch einmal über das Gespräch nach. Es kam ihr anders vor, als sie es in Erinnerung hatte. Damals fühlte sie während der Verbindung immer eine gewisse Wärme. Lag es an der langen Kontaktpause oder daran, dass sie inzwischen eine erwachsene Frau war? Seine Worte und Schwingungen kamen ihr nicht mehr vertraut vor. Sie maß dem keine größere Bedeutung bei, umklammerte ihren Portstein mit der linken Hand und legte diese auf ihre Brust. Dann konzentrierte sie sich wieder auf Thoms Frequenz.

Dieses Mal schaute sie sich auf dem Rücken liegend die einfache Ausstattung des Raumes an. Die Decke war naturbelassen und bestand aus grob bearbeitetem Felsen. Die Maschinen hatten beim Bau der provisorischen Unterkunft Spuren hinterlassen, aber auch die natürlichen Strukturen freigelegt. Rhia liebte die Linien und Einschlüsse im Gestein. Sie erzählten Geschichten, die das Material in Millionen Jahren erlebt hatte. Besonders Kalk- und Sandstein enthielten eine Menge Informationen. Diese hatten sich angesammelt, während sich das Mineral aus losem Sand oder totem organischen Material bildete. Es hatte unterschiedlichste Umweltbedingungen, hohen Druck, Sonnenstrahlung, Wasser und Wind ausgehalten und diente nun als Schutz für Lebewesen vor genau diesen Gefahren.

Die gesamte Forschungsstation war vor Monaten von einem Bautrupp errichtet und ausgestattet worden. Alle Materialien stammten aus der Umgebung. Meist wurde Gestein als Grundbaustoff verwendet. Dieses Material konnte mit Licht geschnitten oder auch fein zerkleinert werden. Komplexe oder häufig verwendete Bauelemente wurden aus zuvor verflüssigtem Gestein hergestellt. Rhia wusste aus Dokumenten der *Alten Meister*, dass diese noch ein anderes Verfahren zur Herstellung von Steinblöcken kannten. Leider verstand niemand mehr, wie das funktionierte. Da es ein Verfahren gewesen sein soll, das ausschließlich auf den Gedanken der Baumeister beruhte, hielt man die Erzählungen darüber für unvollständig und verstand es als Mythos.

Die Ausstattung der Gebäude bestand wie überall üblich, hauptsächlich aus Holz und anderen festen Pflanzenmaterialien. Harzgetränkte, mineralische Stäube bildeten das Basismaterial für Gegenstände des täglichen Bedarfs.

Es gelang Rhia während der nächsten Stunde nicht, Kontakt zu Thom herzustellen. Schließich schlief sie erschöpft ein. Kurz vor Dienstbeginn am nächsten Morgen ging sie in die Hygieneräume, um sich frisch zu machen und neue Kleidung zu holen.

Als sie danach das Labor betrat, war Shoa schon dabei, sich die Simulationen vom Vortag anzuschauen. Sie begrüßte Rhia besorgt:»Du siehst müde aus. Bist du gestern noch fündig geworden? Ich habe kein gutes Gefühl bei den Ergebnissen der Berechnungen. Da stimmt doch irgendetwas nicht.«

Rhia nickte und schlug vor:»Lass uns bitte alles nochmal mit anderen Parametern durchrechnen. Wir müssen einen wichtigen Faktor übersehen haben.«

Shoa wirkte skeptisch:»Vielleicht sind aber auch die Daten im Zentralarchiv nicht vollständig oder die *Alten Meister* kannten damals bestimmte Faktoren noch nicht.«

»Wir könnten uns Hilfe aus Basileia holen. Ich würde gern mit Thom sprechen, aber ich kann ihn schon seit Tagen nicht erreichen.«

»Wir werden die Berechnungen wiederholen. Bitte versuche weiter, Kontakt mit Basileia aufzunehmen. Außerdem brauchen wir mehr Daten aus dem Zentralarchiv. Erreichen wir niemanden, fliege ich morgen zurück«, erklärte Shoa.

»Du musst mich unbedingt mitnehmen.«

»Nein, wegen des instabilen Magnetfeldes und der unzuverlässigen Navigation ist das Risiko zu groß. Außerdem musst du mich hier vertreten.«

»Aber mir macht noch etwas anderes zu schaffen. Du hattest mich neulich beauftragt, Daten in das Archiv nach Basileia zu senden. Es ging um die Aufzeichnungen über die Expedition in den Höhlen, die wir in der Nähe fanden.«

»Ja, und?«

»Später wollte ich über die gefundenen Wandmalereien noch etwas nachlesen. Dabei habe ich festgestellt, dass alle Filmaufnahmen von den Zeichnungen fehlen.«

»Und das kann nicht an den Übertragungsproblemen liegen?«

»Nein, das Sendeprotokoll zeigt eindeutig, dass alles übertragen wurde. Ich habe mir dann die Aufzeichnungen aus dem Speicher der Station angesehen. Und hier sind die Filme noch vorhanden.«

»Klingt merkwürdig. Aber speichere sicherheitshalber die Originaldaten noch einmal in einem tragbaren Kristall ab. Ich nehme ihn dann mit nach Basileia.«

Als nächstes sprachen sie mit den anderen ihres Teams über die Pläne. Deren Meinung sollte auch noch eingeholt werden.

Das Problem mit den fehlenden Daten im Zentralarchiv erwähnten sie allerdings noch nicht.

Nach dem Teamgespräch machte sich Rhia gleich an ihre Aufgabe, die Originaldaten noch mal zu sichern. Sie forderte das *Ei* auf, ihr die entsprechenden Aufzeichnungen auf den Speicherkristall zu kopieren, der an ihrem Handgelenk befestigt war. Die Antwort des Projektors lautete:»Die angeforderten Informationen sind nicht mehr verfügbar. Sie wurden letzte Nacht gelöscht.«

»Von wem wurden die Daten gelöscht?«

»Du selbst hast den Befehl dazu gegeben.«

Δ

2 – Der Unfall

Bevor es dämmerte, war Set schon lange wach und auf dem Weg zum Meer. Er wollte die Sonne heute Morgen als erster treffen. Dafür nahm er wie immer den Weg vom Dorf durch die kleinen Pinienhaine und die schroffen Felsen. Der Mond gab genügend Licht. Die scharfen Kanten der Felsen kannte er und konnte ihnen so auch im Dunkeln ausweichen. Dieser Weg stellte sicher, dass ihm kein Manuja in seinem Fahrzeug begegnete. Er wusste, dass nicht alle Fahrer Rücksicht auf Menschen nahmen, wenn diese die Straßen der Manujas benutzten.

Meist waren es Dreiräder, die ihm aber mittlerweile keine Angst mehr machten. Auch vor den Flugbooten fürchtete er sich nicht mehr. Eigentlich war Set neugierig und würde gern in der Stadt bei den Manujas arbeiten und lernen, so wie einige erwachsene aus seinem Dorf. Bei den Manujas gab es so viele Wunder, die ihn neugierig machten. Er hatte dort aber auch schon Freunde gefunden, wie zum Beispiel Mhia und Rhe. In letzter Zeit dachte Set darüber nach, ob die ihm vielleicht ein paar dieser Wunder zeigen und erklären könnten.

Nur noch einige Schritte bis zum letzten großen Stein, hinter dem er sich auf einen kleinen Vorsprung setzen wollte. Diese Stelle war von einem darüber liegenden und vorstehenden Felsen überdacht. Das bot den Luxus von Schatten und Regenschutz. Hier war er auch schon mal eingeschlafen. Niemand außer ihm kannte diesen Ort, zumindest dachte er das. Als er das letzte Hindernis überwand und um die Ecke schaute, grinste ihn seine Zwillingsschwester Pia an. Sie bemühte sich sichtbar, die Liegefläche mit ihrem Körper vollständig auszufüllen und sagte: »Wer früher aufsteht, kann den Letzten kommen sehen!«

»Was machst du hier, woher kennst du diese Stelle?«

Ohne eine Antwort abzuwarten, wetterte er weiter: »Ich will allein sein und du verschwindest jetzt!«

»Ich will mich nicht mit dir streiten. Ich wusste, dass du heute hierherkommen würdest. Du hast im Schlaf gesprochen und die Stelle kenne ich schon lange. Außerdem redest du manchmal mit deinem Ei, als ob es um dich herum nichts anderes gäbe. Aber ich habe auch Ohren!«

Während sie sprach, rutschte sie zur Seite, sodass sich Set auch noch auf die kleine Liegefläche quetschen konnte.

Es stimmte, Set besaß ein aus Holz geschnitztes Ei, das den steinernen der Manujas ähnelte. Er wusste von seiner Mutter, dass die Manujas damit Kontakt zu ihren Göttern aufnehmen konnten. Es gab auch die durchsichtigen und eiförmigen Lichter, die manchmal in deren Häusern hingen. Diese Eier konnten sogar sprechen und bewegte Bilder zeigen. Sein eigenes hatte er sich vor einiger Zeit selbst geschnitzt. Es war etwas kleiner als ein Hühnerei und mit Ornamenten versehen. Wie seine Großeltern ihm erzählten, besaßen die Gravuren und Zeichnungen auf diesen magischen Gegenständen himmlische Kräfte. Sie ließen den Besitzer in die Welt der Tiere und Pflanzen eindringen. Wer sensibel genug war, konnte es spüren und manchmal erzählten die Toten von ihrem früheren Leben oder sie warnten die Lebenden vor Gefahren. Allerdings wusste Set auch, dass er fest daran glauben musste, damit es funktionierte.

Set sprach nur dann mit seinem Holzei, wenn er glaubte, allein zu sein. Es ärgerte ihn, dass seine Schwester ihn belauscht hatte. Er sprach mit seinem Ei, als wäre es sein bester Freund Ami, der vor etwa einem Jahr gestorben war. Ami wurde beim Fischen mit seinem Vater von einer Welle verschluckt und wie einige in seinem Dorf sagten, von den Wassergeistern aufgenommen. Seit Amis Tod fingen die Fischer viel öfter den *Pamu*-Fisch, der größer als ein Mensch werden konnte. Es hieß, die Wassergeister gaben ihnen diese Fische als Dank für das Opfer.

Set glaubte nicht an alle Geschichten der alten Dorfbewohner. Darin war er sich mit seiner Schwester einig. Das lag sicher daran, weil ihre Mutter als Medizinfrau oft mit Aberglauben und fragwürdigen Ritualen zu kämpfen hatte, wenn sie versuchte zu heilen. Manchmal hielten die Bewohner in den Dörfern die Methoden ihrer Heilkundigen für bösen Zauber. Das passierte wohl immer dann, wenn die Verbindung zwischen Menschen und Natur durch irgendetwas gestört wurde.

»Kannst du mir auch so ein Ei schnitzen, Set?«

»Es reicht nicht, es einfach zu schnitzen. Mhia sagt, die Eier der Manujas haben ihre magische Kraft nur deshalb, weil sie das Material aus einem Stück Felsen schneiden, der lange Zeit von der Energie des Planeten durchflossen wurde. Sie haben diese Pfeiler und Steinkreise, die nach langer Zeit manchmal durch neue ersetzt werden müssen. Dann nehmen sie das alte Material und machen diese Steine daraus. Mhia sagt auch, dass sich diese Felsen alles merken können, was sie in der Vergangenheit gehört haben. Die Steine kennen auch den Weg zu den Verstorbenen und helfen ihrem Besitzer, mit ihnen Kontakt aufzunehmen. Allerdings muss der Stein eine bestimmte Gravur bekommen. Ich glaube sie meinte, die Gravur zeige auf den Ort, an dem das Wissen gespeichert ist, oder so ähnlich.«

»Aber dein Ei ist aus Holz!«

»Ja, aber der Baum, aus dem es gemacht wurde, hat lange genug gelebt, und es reicht, um die Schwingung des Baumes zu spüren. Außerdem kennt der Baum Ami noch, denn wir haben viele Stunden gemeinsam in seinem Schatten gesessen. Mhia sagt, jedes Material, egal ob es lebt oder tot ist, kann mit dir Verbindung aufnehmen.«

»Ich weiß das. Mutter spricht auch mit den anderen Menschen darüber. Manchmal ist sie traurig, dass sie nicht alle trösten kann, wenn ihre Verwandten sterben. Einige ziehen sich nach dem Tod ihrer Mitmenschen zurück und hören auf, sich über schöne Dinge zu freuen«, antwortete Pia.

»Mhia meint, es sei nicht der Verlust der Angehörigen, sondern der fehlende Kontakt zu ihnen. Sie finden nicht den Weg zu jenem Ort, an dem ihre Verstorbenen weiterleben.«

»Magst du Mhia?«

»Ja«, kam sofort von ihm zurück. Dabei ärgerte er sich auch gleich darüber, es Pia verraten zu haben.

»Du sagst kein Wort zu ihr. Sonst sage ich Mutter, dass du allein ans Meer gehst. Und dass du von ihren Salben nimmst.«

»Du blöder Kerl!«

»Selbst schuld. Denkst du, ich weiß nicht, wozu du die Medizin brauchst?«

»Du weißt gar nichts.«

»Und was ist mit dem alten Fischer unten am Strand? Ich habe gesehen, dass du zu ihm gehst.«

»Du weißt doch, dass er nicht in sein Dorf zurückkann. Er weigert sich, den Wassergeistern Opfergaben zu bringen, so wie es die anderen tun. Deshalb wollen Sie ihn nicht mehr dulden.«

»Du hast recht, Pia. Es war nicht gerecht, den Fischer wegzuschicken.«

»Aber der Fischer hat mir erzählt, dass er nicht allein sei, und ich soll mir keine Sorgen machen. Nachts, wenn er sich ausruht, ist der ganze Ozean bei ihm und er schwimmt im Traum mit den großen Fischschwärmen. Am nächsten Morgen weiß er dann, wo sie zu finden sind und wirft sein Netz aus.«

»Glaubst du, dass es wahr ist?«

»Was wahr ist?«

»Dass man die Fischschwärme so finden kann?«

»Wenn die Manujas sogar mit Göttern reden können, vielleicht können die Menschen dann auch mit dem Meer und den Fischen reden.«

»Du sagst doch, dass dein Ei hilft, mit Ami Kontakt aufzunehmen. Vielleicht könnte uns ein Ei von den Manujas die Fragen beantworten?«

»Ach Pia, ich würde gern mehr über die Magie der Manujas wissen. Für uns Menschen ist das alles zu kompliziert. Viele im Dorf fürchten sich vor der Stadt und den Maschinen dort. Es ist aber aufregend und wenn Mhia und Rhe keine Angst haben, kann es auch nicht so gefährlich sein.«

Pia setzte sich auf die Kante des Absatzes. Sie rieb sich den schmerzenden Ellenbogen, mit dem sie sich abgestützt hatte und fragte: »Kommst du mit zu Mhia und Rhe? Wir könnten sie fragen, wo wir so ein Ei aus Stein finden, wie es manche Manujas bei sich tragen. Vielleicht können wir uns eines davon ausleihen?«

»Das würde mich wundern. Es sind heilige Gegenstände. Die gibt niemand so einfach her.«

»Aber dann erfahren wir vielleicht, wie man sich eins bauen kann.«

»Mutter bat uns, heute beim Kräutersammeln zu helfen.«

»Wir holen uns zu Hause etwas zu Essen und sagen Mutter, dass wir die Kräuter am Abend sammeln, wenn der Wind nachgelassen hat.«

»Na dann los«, gab Set schließlich nach und rappelte sich auch zum Gehen auf. Inzwischen konnten sie schon sehen, wo die Sonne jeden Moment aus dem Meer aufsteigen würde. Pia ging voraus. Der Pfad entlang des schützenden Felsens war sehr schmal. Als sie um die Ecke schauen konnte, blieb sie abrupt stehen und starrte zum nordwestlichen Horizont. Sie stand nur da, zeigte mit dem Zeigefinger auf etwas und brachte kein Wort heraus. Irgendetwas musste sie erschreckt haben.

»Was ist, warum gehst du nicht weiter? Hier kann ich kaum richtig stehen«, fauchte Set sie von hinten an.

Neugierig schob er seinen Kopf um die Ecke, um ebenfalls etwas sehen zu können. Worauf Pia zeigte und sie starr werden ließ, machte auch seine Knie für einen Moment weich. Kurzzeitig musste er sein Gewicht auf das rechte Bein verlagern, mit dem er sowieso schon kaum Halt fand. Das ließ ihn kurz taumeln. Seine Finger versuchten sich blitzschnell in den Felsen zu krallen. Ein Fingernagel brach dabei schmerzhaft ab, woraufhin er schnell noch einmal nachfasste, um das Gleichgewicht nicht zu verlieren. Zu spät. Er hatte nur mit einem Teil des rechten Vorderfußes Platz auf dem vorstehenden Felsen und die Ledersohle verrutschte mehr und mehr in Richtung Innenknöchel. Schuhe, deren Sohlen nur mit ein paar dünnen Riemchen befestigt waren, eigneten sich kaum fürs Klettern.

Hastig mit den Armen rudernd, verlor er nun doch das Gleichgewicht und rutschte über die Kante den Hang hinunter. Seine Hände versuchten, eine vorstehende Kante oder einen Pinienzweig zu greifen. Nach ein paar Sekunden krachender Geräusche, gefolgt von einem plumpen Aufprall, wurde es still und Pia geriet in Panik. Würde Set da unten leblos liegen? Sollte sie hinunterschauen?

Sie verdrängte ihre Panik, ging auf die Knie und rutschte vorsichtig an die Stelle, wo Set gerade verschwunden war. Sie streckte ihren ganzen Oberkörper in die Länge, um etwas zu sehen. Außer abgebrochenen Zweigen und einer Schleifspur bis zur nächsten Felsenkante konnte sie nichts erkennen. Also musste er doch bis ganz nach unten gefallen sein. Sie rief mehrmals seinen Namen, bekam aber keine Antwort. Sie schätzte die Fallhöhe unter der Felsenkante auf mindestens fünf Menschenlängen. *Aus dieser Höhe springt nicht mal eine Kletterziege,* dachte sie. Das würde auch das schreckliche Aufprallgeräusch erklären. Sie versuchte sich zu konzentrieren und ging in Gedanken alle Möglichkeiten durch: *Wo kann ich Hilfe holen? Das dauert alles zu lange. Set braucht jemanden, der ihn von da unten nach Hause schleppen kann. Ich muss es versuchen.*

Etwas weiter südlich gab es einen Trampelpfad zum Fischer. Von dort könnte sie am Strand entlanggehen, um die Unglücksstelle zu erreichen.

Inzwischen war die Sonne aufgegangen und während sie rannte, ging ihr durch den Kopf, was vorhin die ganze Aufregung verursacht hatte. Sie drehte im Laufen ihren Kopf noch mal kurz nach Nordwesten, konnte aber nichts Ungewöhnliches sehen. In diesem Moment wusste sie auch gar nicht mehr, ob sie sich das alles nur eingebildet hatte.

Sie stoppte und schätzte noch einmal, was schneller gehen würde, direkt zur Absturzstelle oder gleich zur Mutter zu laufen. Der Instinkt ließ sie dann in Richtung Dorf weiterrennen. Sollte Set stark verletzt sein, würde nur Mutter ihm helfen können.

Nach einer gefühlten Ewigkeit kam sie völlig erschöpft am Dorfrand an. Mutter kam ihr schon entgegen und fragte:»Was ist passiert, wo ist Set?«

Pia brachte nur»Felsen...Strand...abgestürzt« heraus.

Mutter winkte einigen Männern zu, die etwas abseits warteten. Ein paar von ihnen bewegten sich sofort in ihre Richtung. Sie zerrten einen Esel mit, der scheinbar noch nicht willens war, so früh am Morgen zu arbeiten.

Pia war zu erschöpft, Mutter danach zu fragen, warum sie und die Männer schon im Dorf gewartet hatten. Von dem schreienden

Esel begleitet, bewegte sich der kleine Trupp nun in Richtung Unfallstelle.

Δ

Viel früher als sonst schlug Mhia ihre Augen auf und bemerkte flackernde Lichter durch das Holzgeflecht vor dem Fenster ihrer Schlafkammer. Sie freute sich auf den Tag, weil es am Abend Musik und Tanz geben sollte. Sie hatte vor, Pia und Set zu fragen, ob sie mit ihr zusammen dort hingehen würden. Traditionell fanden sich die Manujas auf dem großen Sportplatz ein und spielten in Kostümen Geschichten der Vorfahren nach. Im letzten Jahr waren auch Menschenkinder aus dem nächsten Dorf dabei.

Mhia fühlte eine innere Unruhe. Sie dachte darüber nach, was die Ursache für das rötliche Licht da draußen sein konnte. Vielleicht hatten schon ein paar Fleißige begonnen, die Feierlichkeiten vorzubereiten. Wer sonst würde um diese Zeit so viele Lichter anzünden? Von der Neugierde getrieben, sprang sie dann doch aus dem Bett und versuchte leise an Rhe vorbei aus dem Haus zu kommen. Draußen sah sie ein paar andere Manujas in einer Gruppe stehen und zum Himmel in Richtung Nordwesten schauen. Der Anblick ließ sie nur ein lautes »Oh …« rufen. Mhia hörte neben sich eine besorgt klingende weibliche Stimme sagen: »Es fängt an …«

Bevor sich Mhia Gedanken über die Bedeutung machen konnte, spürte sie einen kurzen Schmerz in ihrer Brust und ein merkwürdiges Gefühl im Bauch. Sie wusste, dass sowohl Angst als auch Euphorie starke Gefühle in der Bauchregion auslösten. Nur, was hatte das jetzt zu bedeuten?

Sie ging ins Haus zurück, um Vater zu fragen. Seine Liege war ordentlich zurecht gemacht. Entweder hatte er gar nicht geschlafen oder war schon wieder unterwegs. Sie setzte sich auf ihr eigenes Lager und konzentrierte sich darauf, mit ihrem Vater telepathisch Kontakt aufzunehmen. Schon nach ein paar Sekunden spürte sie jedoch etwas anderes: Set. Irgendetwas musste mit ihm passiert sein. Er rief sie um Hilfe und das jetzt schon seit ein paar Minuten.

Wie kann das funktionieren? Menschen haben nicht die Fähigkeit, auf diese Weise mit uns in Kontakt zu treten, überlegte sie kurz und versuchte dann einfach, auch Set zu kontaktieren: *»Wo bist du und was ist passiert?«*

»Mhia! Ich weiß nicht, was passiert ist. Ich spüre meinen Körper nicht. Vielleicht träume ich nur. Ich sehe mich komisch verdreht am Strand liegen und Pia ist nicht mehr da. Wir waren eben noch zusammen am Meer.«

»Wo denn am Meer?«

»An meiner geheimen Stelle. Ich bin dort oft, wenn ich allein sein will.«

»Na großartig, wie soll ich dir helfen, wenn ich dich nicht finden kann ...«, gab Mhia in ihrer Verzweiflung zur Antwort.

»Ich will noch nicht sterben. Gibt es einen Weg zurück?«

Diese Worte verursachten Schmerzen in Mhias Herz und sie dachte: *Es kann doch nicht sein, dass ich nicht helfen kann!*

Telepathisch wieder direkt an Set adressiert, rief Mhia: *»Sag mir jetzt sofort, wo du bist. Ich hole Hilfe!«*

Was von Set zurückkam, war nur eine kleine Filmsequenz. Mhia konnte dadurch mit Sets Augen sehen: Die Morgendämmerung hatte begonnen. Set und seine Zwillingsschwester Pia lagen unter einem Felsvorsprung an den Klippen. Dann ein Blick zum Himmel mit roten und gelben Farbschleiern. Schwindelgefühl. Das Vorbeirauschen von Pinienästen. Schmerz. Ein Moment ohne räumliche Orientierung. Wieder Schmerz. Ein Blick entlang des Strandes auf eine kleine Hütte, ganz weit weg und kaum zu sehen. Dann Dunkelheit.

Kaum zu einem klaren Gedanken fähig, versuchte Mhia, den Film noch einmal im Kopf ablaufen zu lassen. Sie musste doch herausfinden, an welchem Ort Set verunglückt war und nun hilflos dalag. Dann erinnerte sie sich, dass er ihr einmal erzählt hatte, es gäbe am felsigen Abschnitt östlich seines Dorfes unzugängliche Stellen, wo man ganz allein mit dem Meer sein konnte. *Die Hütte müsste dem Fischer gehören, der dort lebt. Das muss der Ort sein*, dachte sie.

»Rhe, ... Rhe wach auf! Es ist etwas passiert«, versuchte Mhia ihren Bruder wach zu bekommen. Normalerweise beantwortete der solche Weckversuche nur mit knurrenden Geräuschen. Wie durch ein Wunder stand er aber blitzschnell vor seinem Bett und begriff, dass es ein Notfall war.

»Set ist etwas Schlimmes passiert. Wir müssen ihn finden, sonst stirbt er.«

»Hol Papa, der wird uns helfen!«

»Er ist nicht da!«

»Dann lass uns mein Dreirad nehmen und Set suchen«, schlug Rhe vor.

In dem Dreirad fanden bequem zwei bis drei erwachsene Manujas Platz. Mhia und Rhe waren noch nicht ganz ausgewachsen und zudem viel schmaler gebaut als Menschen. Deshalb könnten sie Set auf der hinteren Sitzfläche gut unterbringen, sollten sie ihn rechtzeitig finden. Das Gefährt hatte ein gelenktes Vorderrad. Der Antrieb bezog seine Energie aus der Atmosphäre, verstärkt durch Teilchen aus dem Weltraum.

Seit Rhe sein Fahrzeug besaß, beschäftigte er sich mit dem seltsamen Verhalten der Weltraumteilchen. Der Motor in seinem Fahrzeug war ein einfach zu bauendes Modell. Spiralförmig um einen Zylinder angeordnete Magnete und eine Welle, die ebenfalls mit Magneten versetzt war. Der Drehimpuls stammte von der Wechselwirkung zwischen den *Ionen* in der Atmosphäre und den künstlich erzeugten Magnetfeldern. Besonders in der Nähe von fließendem Gewässer gab es genügend Ionen in der Luft, um auch die Energiespeicher der Gebäude aufzuladen.

Rhe hatte noch Wasser und Verbandsmaterial eingepackt. Mhia brachte zwei Seile und eine Plane aus *Sisal* mit.

Zunächst fuhren sie ein Stück in Richtung Süden auf das Dorf zu. Der direkte Weg zum Meer wäre zwar besser befahrbar gewesen, aber der führte nur zu den neuen Siedlungen an der Kanaleinfahrt. An der Mündung gab es dann nur noch den Leuchtturm und rundherum Steilküste.

Als sie schließlich im Menschendorf ankamen, waren schon viele Bewohner in Bewegung. Eigentlich wollten sie keinen Stopp einlegen aber ein kleiner Mann winkte ihnen aufgeregt zu. Rhe bremste und als sie vor ihm zum Stehen kamen, erkannten sie ihn. Es war einer der Älteren aus dem Dorf. Er zog oft mit seiner Schafherde an der Ostküste entlang, aber sonst sah man ihn selten. Er sprach die Sprache der Manujas nicht gut, und drückte sich deshalb etwas ungeschickt aus:»Set... Unfall! Mutter sagen... du kommen. Ich zeigen... wohin fahren.« Also wussten die Dorfbewohner schon von Sets Unfall. Aber woher sollte Sets Mutter wissen, dass Mhia kommen würde? Das war irgendwie merkwürdig, aber es gab jetzt Wichtigeres zu klären. Ohne zu fragen, stieg der alte Mann ins Dreirad und zeigte zum Trampelpfad, der zum Meer führte. Wie es sich Mhia auch schon gedacht hatte, navigierte der alte Mann sie zuerst in Richtung Strand, wo der Fischer lebte.

Δ

3 – Intrige

Keiner in Basileia ahnte etwas von der kleinen Gruppe, die sich zu diesem Zeitpunkt in der Nähe der Westküste des Kontinents einfand. Treffpunkt war im Wohnbereich eines Gebäudekomplexes mit großem Innenhof. Dieses Anwesen war schon sehr alt, aber komfortabel und aus massiven Steinquadern gebaut. Die Gebäude hatten leicht abgeschrägte Holzdächer. Wie bei Steingebäuden üblich, waren die Fassaden mit Rank-Pflanzen bewachsen. Die Verdunstung an den Blättern verhinderte im Sommer die Aufheizung. Im Winter schützte der immergrüne Bewuchs wie eine zweite Haut vor Auskühlung. In der Mitte des Innenhofs stand ein Steinpfeiler, der zweimal so hoch war wie die Gebäude. Ein schweres Holztor führte vom Hofplatz in eine im Untergrund liegende Tunnelanlage. Gäste des Hauses erhielten jedoch niemals Zutritt zu diesem Bereich.

Ein paar Minuten Fußmarsch entfernt gab es ein kleines Dorf mit Menschen, die den Manujas bei der Bewirtschaftung ihres Anwesens halfen und die Versorgung mit Nahrung sicherten. Die Menschen erhielten im Austausch für ihre Dienste praktische Dinge, die ihr Leben vereinfachten. Das waren zum Beispiel Werkzeuge, Fischfanggeräte, aber auch Alkohol zur Konservierung und Zubereitung von Medizin. Die Menschen hielten Schafe in kleinen Gruppen und lernten von den Manujas, die Wolle zu verarbeiten. Im Gegenzug lieferten sie Milch und Fleisch. Die eigentlichen Hauptnahrungsquellen der Menschen bestanden aus selbst angebautem Getreide, gesammeltem Obst sowie Fischen aus dem Meer. Langsam begannen sie die Essgewohnheiten der Manujas anzunehmen. Durch die Schafzucht hatte sich ihr Speiseplan um Milch und Fleisch erweitert.

»Hey Shuk, hallo Khi, willkommen in meinem Königreich!«, scherzte Ohlak beim Begrüßen seiner Gäste.

»Was ist mit Pha und warum habt ihr euren Hund nicht mitgebracht?«

»Pha wollte nicht mit. Er ist bei seinen Freunden geblieben.« Ihren Sohn gleich noch in Schutz nehmend, fügte sie hinzu: »Es ist ihm zu langweilig, jedes Jahr die Feiertage hier zu verbringen. Oh, ich meine …, natürlich schätzt er deine Einladung.«

»Schon gut, muss dir nicht peinlich sein. Ich weiß, dass es für einen 17-jährigen hier nicht viel Aufregendes gibt. Vielleicht können ihm seine Freunde in Basileia auch einmal etwas Nützliches beibringen.«

Der Sarkasmus in Ohlaks Antwort entging zumindest Khi nicht. Shuk schleppte sich schon mit dem Gepäck ab. Froh, ein neues Thema gefunden zu haben, ergänzte Khi noch: »Ach, du hattest nach dem Hund gefragt. Wir dachten, er stört vielleicht und wegen der Schafe müssten wir ihn sowieso einsperren. Die Hütehunde wussten letztes Mal nicht, ob sie auf die Schafe oder auf unseren Hund aufpassen sollten.«

»Ja, das war wirklich unpraktisch. So ein Stadthund ist eben kein nützliches Tier.«

In ihrer Schlafkammer angekommen, flüsterte Khi zu ihrem Mann: »Das fängt ja gut an. Er ist noch schlechter gelaunt als letztes Jahr. Warum müssen wir uns diese Besuche überhaupt antun?«

»Wir müssen. Du weißt doch, ohne ihn werden wir die Menschenfreunde im Rat nicht überstimmen können.«

»Mach dich nicht abhängig von ihm, Shuk.«

»Ich bin von niemandem abhängig.«

»Ich glaube, das sieht Ohlak anders, sonst würde er dich nicht so behandeln.«

»Er behandelt alle so. Wir haben die gleichen Ziele und nur zusammen können wir uns gegen die neuen Ideen zur Wehr setzen.«

»Er behandelt nicht alle so wie uns. Seine engsten Vertrauten sind jene, die sich seiner Meinung immer gleich anschließen. Ohlak genießt es, im Mittelpunkt zu stehen und gelobt zu werden. Du hast ihm schon ab und zu widersprochen. Genauso wie Pha. Weißt du noch, als unser Kind sich erlaubte, Ohlak im Beisein von anderen zu erklären, welche Fakten er verwechselt hatte? Pha hat die Ehrlichkeit von dir geerbt. Das ist heute keine gute Voraussetzung für eine Karriere. Das lässt Ohlak uns nun spüren.«

»Gut, dass Pha selbst entschieden hat, nicht mitzukommen. Du hast recht, er ist zu ehrlich, um sich Ohlaks Ego unterzuordnen. Die dauernden Gemeinheiten und Sticheleien von ihm schaden seiner Entwicklung. PhaKha muss das wohl auch schon gemerkt haben.«

»Hat Pha dir das erzählt?«

»Ja. Und er sagte auch, dass PhaKha die Stimmung in unserem Hause für menschenfeindlich hält.«

»So weit kommt's noch. Ich halte diesen Kha für keinen guten *Mentor*. Das kann uns noch Schwierigkeiten machen.«

Bis zum Abendessen waren alle Gäste eingetroffen. Einige hatten schon die Annehmlichkeiten des Hauses genutzt. Khi und Shuk badeten im geheizten Schwimmbecken an der Südseite des Wohngebäudes. Im letzten Jahr hatten hier ein paar Kinder ausgelassen gespielt. Dieses Mal hatten auch keine der anderen Gäste Kinder mitgebracht. Jedenfalls hörten sie heute nur Vögel zwitschern, die in den schattenspendenden Bäumen und Sträuchern rund um die Gebäude saßen. Menschliche Hausdiener legten um den Schwimmbereich große weiche Tücher und leichte Mäntel aus. Das war die übliche Freizeitkleidung der Manujas von Atlantis. Sie bestand meist aus diesen leichten, nur mit Seilen zugebundenen Umhängen.

Im Westen und Süden von Atlantis unterschied sich das Klima im Sommer und Winter kaum. Die Temperaturen lagen an den Küsten tagsüber selten über 25 und nachts nicht unter 6 *Bur*. Der Null-Punkt der *Bur*-Temperaturskala entsprach der Temperatur, wo Wasser sein geringstes Volumen und damit auch seine größte Dichte hat. Auf der Hauptinsel wurde es im Landesinnern tagsüber sehr heiß. Die Bewohner trugen deshalb meistens universelle Kleidung. Richtig kalt wurde es dagegen nur im Winter auf den Inseln ganz im Norden. Als Arbeitskleidung und außerhalb der Gebäude wurden eher weite Hosen und Jacken mit langen Ärmeln getragen. Direkt am Körper trugen sie zusätzlich dünneres und weiches Material. Das nannten sie Hautkleidung. Die Manujas wussten auch, dass sie Ihre empfindliche Haut vor der Sonne schützen mussten.

Bei Sonnenuntergang trafen sich alle auf der überdachten Terrasse zum Essen. Khi und Shuk begrüßten die anderen und merkten gleich, dass weniger Gäste gekommen waren als in den letzten Jahren. Nicht zu übersehen war der hochgewachsene Pheso. Er war stellvertretender Stadtrat von Basileia. Ihn konnte man wie einen Fahnenmast in jeder Gruppe erkennen. Man hörte ihn laut und mit vollem Mund mit Mhilea sprechen, der bekannten Ozeanologin, die im gleichen Institut wie Ohlak arbeitete. Mhilea hatte wieder ihren Gefährten Shorak mitgebracht, der ebenfalls Ozeanologe war. Mhilea und Shorak lebten nicht ständig zusammen, unternahmen aber gern Reisen gemeinsam.

Die Süd-Fassade des Hauses war dicht bewachsen und verbreitete mit den elektrischen Lampen-Ketten eine gemütliche Atmosphäre. Auf einer Gruppe kleiner Stehtische wurden Speisen angeboten, von denen sich die Hungrigen nach Bedarf bedienten.

Als Ohlak sah, dass sie vollzählig waren, rief er über die Terrasse: »Lasst uns mal alle an diesem Tisch zusammenkommen. Ich möchte euch etwas zeigen.«

Er machte sich an einem Holzverschlag zu schaffen, wonach sich über dem niedrigen Tisch eine holographische Darstellung aufbaute. Gleichzeitig begann Ohlak mit einem Vortrag.

»Wir fanden vor einiger Zeit merkwürdige Hinweise im Zentralarchiv. Es wurde auf einen Ort hingewiesen, an dem vielleicht ein uns noch unbekanntes Versteck für geheimes Wissen der *Alten Meister* sein könnte.«

Der Projektor begann ein paar Bildsequenzen einzublenden, während Ohlak seine Erklärungen fortsetzte: »In der Zwischenzeit waren schon ein paar meiner Mitarbeiter dort und haben sich das angesehen. Die Stelle liegt im Nordwesten von *Ragfara*.«

»Leider ist das Gebiet schwer zugänglich und liegt unter Wasser«, beschrieb Ohlak die Fundstelle.

Die Luftaufnahme zeigte ein Bild aus einer Höhe von etwa zwei *Iteru*. Es war ein riesiger See zu sehen. Weitere Bilder zeigten einen Rundflug um den See, welcher von mehreren Flüssen gespeist wurde.

»Ich vermute, dass das Versteck ursprünglich nicht unter Wasser lag. Es wurde zu einer Zeit gebaut, als es in dieser Gegend viel trockener war. Die Kaltzeit der letzten Jahrtausende hat dem Kontinent viel Regen gebracht.«

Nordwesten von Ragfara und Ostküste von Atlantis,
Forschungsstation und Expeditionsziele

Shuk warf darauf in die Runde: »Warum haben die *Alten Meister* ein unzugängliches Versteck ausgesucht? Sie müssen doch gewusst haben, dass das Gebiet eines Tages überschwemmt sein würde.«

Mit dem Mund voller Essen rief jemand von der anderen Seite des Tisches: »Kann auch Absicht gewesen sein.«

Und schon erschienen neue Filmsequenzen. Ein kleines Tauchboot schwamm auf dem Wasser und tauchte gerade ab. Die Kameraperspektive wechselte und zeigte jetzt ins trübe Wasser. Der Scheinwerferkegel erfasste eine Gesteinsformation in Form einer abgeflachten Pyramide. Das Wasser war hier nicht sehr tief, denn es gelangte noch schwaches Tageslicht bis zum Grund. Die Kamera schwenkte von oben auf den Pyramidenstumpf, um auf eine gesäuberte Stelle zu fokussieren. Es sah wie poliertes Gold aus. Das Bild fror ein und zeigte dann eine von Schmutz befreite Stelle auf der Platte mit ein paar Zeichen, die von den Anwesenden nicht entziffert werden konnten.

»Was ihr hier seht, ist tatsächlich eine mit Gold überzogene Platte. Was sich darunter befindet, wissen wir noch nicht. Es könnte eine Antenne sein, mit der Energie an das Umfeld abgestrahlt und empfangen wird. Vielleicht so ähnlich wie bei unseren Energietürmen.«

»Wie kommst du darauf?«

»Wir haben die Auswirkungen gespürt. Nachdem der Roboterarm des Bootes einen Teil der Oberfläche gesäubert hatte, sahen wir noch diese Zeichen, vermutlich in einer frühen Sprache der *Alten Meister*. Es könnten Warnhinweise sein. Aber es war zu spät. Ein Blitz traf das Tauchboot und hat es zerstört.«

In gleichbleibender Tonlage und ohne irgendwelche Emotionen zu zeigen, sprach er dann weiter: »Der Pilot verbrannte. Da es keine genehmigte Aktion war, haben wir erstmal beschlossen, das Ganze nicht öffentlich zu machen.«

»Wie seid ihr auf die Koordinaten der Pyramide gestoßen?«

»Das war Zufall. Derzeit gibt es eine Forschungsstation an der Atlantikküste im Nordwesten von *Ragfara*. Sie liegt am Fuße des Atlasgebirges. Shoa ist die Leiterin der Mission. Die Gruppe sendet regelmäßig ihre Daten an das Zentralarchiv. Sie forschen nach den Ursachen für die Störungen bei der globalen Energieversorgung. Dabei suchen Sie nach Anomalien in der Nähe des Landmassen-Äquators. Das Atlasgebirge ist im Gebiet um die Forschungsstation von Höhlen durchlöchert wie ein Käse. Das Gebirge mit den Höhlen liegt übrigens viel weiter nördlich des Sees, in dem wir die Pyramide fanden. Bei den Erkundungen der Höhlen fanden meine Leute noch etwas anderes.«

Jetzt zeigte der Projektor Bilder aus einer Höhle, in der sich einige Manujas mit Kletterausrüstung bewegten. Die Kamera schwenkte auf eine farbige Zeichnung an der Wand.

»Sieht aus wie die Karte einer Stadt«, stellte Shuk fest.
»Wir wollten die Zeichnungen nicht von den Landvermessern prüfen lassen und haben sie selbst mit den Daten aus dem Zentralarchiv verglichen. Zunächst kam nichts Vergleichbares heraus. Deshalb hatten wir schon angenommen, dass diese Strukturen auf *Achala* nicht mehr existieren oder die Abbildung auf einen anderen Himmelskörper verweist. Dann half wieder ein Zufall. Für ein anderes Projekt bekam ich die Sondergenehmigung zur Datenanalyse im geschützten Teil des Archivs. Damit wurde mir der Zugang zu uraltem Kartenmaterial möglich und ratet mal, was da zum Vorschein kam?«

»Du wirst es uns sicher gleich sagen?«

»Die Formation der Gebäude auf der Höhlenzeichnung stimmt maßstabsgerecht mit dem Grundriss einer Stadt überein, die sich genau dort befand, wo wir die Pyramide unter Wasser fanden. Nur hat die Karte aus dem Archiv ein gewaltiges Alter, nämlich mehr als 200.000 Jahre.«

»Woher kennst du das Alter der Karte?«

»Wir wissen, dass die *Alten Meister* mit Schiffen zu anderen Himmelskörpern flogen und auch den Mond besuchten. Die gefundene Karte zeigt Ragfara aus dem Weltraum mit einer sehr hohen Auflösung. Der Perspektive nach zu urteilen, etwa aus einer Höhe von 25 *Iteru*. Das entspricht einer niedrigen Umlaufbahn um unseren Planeten. Mit den Daten der Kontinentalverschiebung, der Bodenerosion und der damaligen Höhe des Meeresspiegels konnten wir das Alter errechnen: Die Satellitenaufnahme ist mindestens 200.000 Jahre alt.«

»Warum bist du so scharf darauf, die alte Stadt zu finden?«, fragte Pheso, der während des ganzen Vortrags Essen in sich hineinstopfte.

»Vielleicht hat dein Gehirn während der letzten Minuten zu wenig Blut erhalten, es selbst zu erkennen«, stichelte Ohlak. Pheso schien es nicht zu stören, auf diese Weise angesprochen zu werden, denn er erwiderte:»Die Alten Meister haben an ungezählten Orten ihr Wissen archiviert. Wahrscheinlich auch auf dem Mond und im Weltraum. Allerdings hatten alle bis heute gefundenen Verstecke etwas gemeinsam. Überall fanden wir nur identische Kopien. Wir können zwar noch nicht alles entschlüsseln, aber warum sollte an der neu gefundenen Stelle etwas anderes liegen?«

»Ich will euch mal auf die Sprünge helfen.«

Die holografische Darstellung zeigte noch einmal die Zeichnung in der Höhle. Dieses Mal war ein Ausschnitt mit zwei aufrechtstehenden Wesen zu sehen. Daneben noch zwei kleinere Gestalten. Die kleineren waren eindeutig Menschen, ein Mann und eine Frau. Alle vier hielten sich an den Händen.

»Wenn die großen Wesen die Alten Meister darstellen, warum tragen die dann Raumanzüge? Meines Wissens lebten sie wie wir auf diesem Planeten.«

Ohlak fuhr mit seinem Vortrag fort. »Ich glaube nicht, dass es Raumanzüge sind. Wie wäre es mit Taucheranzügen? Und schaut mal, was der außenstehende große Bursche in der Hand hält. Wonach sieht das aus?«

»Sieht vielleicht aus wie …, wie eine Tasche mit einem bügelförmigen Henkel. Und der Henkel ist im Vergleich zur Tasche sehr massiv. Könnte bedeuten, dass der Inhalt ziemlich schwer ist. Das alles werden nicht die Alten Meister selbst gezeichnet haben. Dafür ist die Maltechnik viel zu primitiv.«

»Stimmt. Ich denke auch, dass es von Menschen gemacht wurde und die haben nur gezeichnet, was sie gesehen oder erlebt haben«, antwortete Ohlak.

Darauf ergänzte Pheso: »Wir müssen noch mal das Alter der Zeichnungen bestimmen.«

»Wieso?«

»Da die abgebildete Stadt damals nicht unter Wasser lag, muss sie vor der Überflutung gebaut und genutzt worden sein. Oder …, ja du hast recht. Man sieht das Pärchen in Taucheranzügen. Die Zeichnung könnte demnach auch viel später entstanden sein. Es wirkt auf mich wie eine Schatzkarte, die aber zu einem bestimmten Zeitpunkt gefunden werden soll. Wer die Stadt finden will, muss Zugang zur ursprünglichen Karte aus dem Weltraum haben, und die Zeichnung in der Höhle finden.«

»Dein Gehirn scheint wieder zu arbeiten, nachdem es sich bis jetzt nur ums Essen kümmern musste. Vielleicht doch noch etwas Obst?«

Die anderen lachten, aber eher aus Höflichkeit, denn Ohlaks Humor basierte meist auf Kosten von anderen.

Mhilea gefiel diese Theorie nicht: »Da gibt es noch zu viele Ungereimtheiten. Auf so eine Menge an Zufällen kann doch damals niemand spekuliert haben, wenn ihr mich fragt. Deshalb müssen wir herausfinden, was der Anlass für diese Zeichnungen war. Wenn wir das Alter kennen, erfahren wir vielleicht im Zentralarchiv, wer die Taucher waren und für wen die Botschaft vorgesehen ist.«

»Wenn wir nur wüssten, was es mit der Tasche auf sich hat. Vielleicht ist es der Schlüssel zum Versteck«, murmelte Shuk vor sich hin.

»Das ist noch ein weiterer Grund, warum wir dorthin müssen. In den Höhlen finden wir sicher die fehlenden Hinweise«, antwortete Ohlak.

»Du hast uns sicherlich nicht zufällig eingeladen. Was sollen wir in dieser Sache tun?«, fragte Khi.

»Wir müssen eine Expedition zusammenstellen. Dazu brauchen wir ein größeres Flugboot und eine Menge Ausrüstung. Dabei musst du uns helfen, Pheso. Als Stellvertreter von Thom musst du ihn und die übrigen Mitglieder des Stadtrats von der Wichtigkeit der Hilfsaktion für die Forschungsstation überzeugen. Thom wird mich dann mit der Leitung der Mission beauftragen.«

»Warum sollte er dich beauftragen?«

»Weil er meine Hilfe benötigt. Aber das lasst ruhig mein Problem sein. Khi, du berichtest in deiner Position als Beamtin regelmäßig an die Regierung über die wichtigsten Projekte. Deine Aufgabe ist es, nur die von uns freigegebenen Informationen weiterzuleiten. Damit kann unser Vorhaben eine Weile geheim bleiben. Das Ganze muss eine geeignete Tarnung bekommen. Shuk, du organisierst alles, was wir für die Expedition sonst noch brauchen. Außerdem musst du die Mannschaft noch vervollständigen. Wenn wir dann während der Expedition auf die

Stadt stoßen, wird das für nicht Eingeweihte wie ein Zufall aussehen. Dabei kommt uns gelegen, dass die Forschergruppe von Shoa derzeit in Schwierigkeiten steckt. Sie haben von ihrer Station keine stabile Verbindung zur Außenwelt, obwohl sie dringend Unterstützung aus Basileia benötigen. Sie wollen ihre neuesten Erkenntnisse dort prüfen lassen. Hierfür steige ich in das Geschehen ein. Und zwar noch heute Nacht.«

Δ

4 – Freunde und Feinde

Set sah sich selbst aus mehreren Perspektiven verletzt am Strand liegen. Mit Worten könnte er es gar nicht beschreiben. *Bin ich es, der dort liegt? ... Was bedeutet eigentlich das Wort ICH?* Niemand war zu sehen und das bedeutete, er konnte keine Hilfe erwarten. *Ist das der Tod? Das will ich nicht. Ich muss einen Weg finden, zurückzukommen. Aber es ist niemand da!* Diese Gedanken verblassten mehr und mehr und Set verlor die Sicht auf seinen Körper und auf die Welt, in der er bisher gelebt hatte. Langsam verschwamm auch der Blick auf das Umfeld, nur noch gedämpftes Licht und ein größer werdender Schatten umgaben ihn. Er bemerkte nicht mehr, dass sich eine Gruppe Menschen näherte, darunter seine Mutter und seine Zwillingsschwester Pia. Dann machte sich ein herrliches Gefühl der Freude in ihm breit, ohne Angst und Sorgen. Minuten später blieb nur noch sein lebloser Körper am Strand zurück.

Rhe fuhr viel zu schnell. Sein Dreirad hoppelte mit luftgefüllten Reifen über die Steine auf dem Trampelpfad in Richtung Fischerhütte. Das Gesicht des kleinen Mannes auf dem Rücksitz hatte sich vor Panik weiß gefärbt. Die beiden Hände, mit denen er sich festhielt, waren bereits blutleer.

Als sie an der Küste ankamen, gabelte sich der Weg. Rechts ging es zur Fischerhütte, links sahen sie nur die steinigen Klippen und der schmale Fußweg führte steil hinunter.

»Weiter kommen wir nicht«, musste Rhe einsehen. Also stiegen sie aus und rafften die mitgebrachten Sachen zusammen. Mhia wollte den Weg rechts zur Fischerhütte einschlagen, aber der kleine Mann hielt sie am Arm fest und zeigte in die andere Richtung. Einen Moment später erreichten sie den Strand. Sie mussten über Steine steigen und auch einmal durch hüfttiefes

Wasser waten. Mhias Ungeduld wurde größer, weil noch immer nichts von Set zu sehen war. Ihre Füße spürten den Schmerz nicht, den ihr die scharfkantigen Steine zufügten. Schließlich sahen sie eine kleine Gruppe Menschen und einen Esel. In der Ferne beugte sich Sets Mutter über einen leblosen Körper und rief seinen Namen. Mhias Panik war sofort zurück. War es schon zu spät?

Endlich an der Unglücksstelle angekommen, drückte sich Mhia an den anderen vorbei. Set lag auf dem Bauch, den rechten Arm unter dem Körper begraben. Der linke Arm war verdreht und schien gebrochen zu sein. Auch das linke Bein war stark verdreht. Ein Stück Oberschenkelknochen drückte sich durch das Fleisch.

Nach einer kurzen Untersuchung hatte Sets Mutter festgestellt, dass er nicht mehr atmete. Sie hielt nur noch seine blutige linke Hand an ihr Gesicht und weinte.

Pia stand da und beobachtete die Szene, als sei sie in eine Starre gefallen. Sie spürte, wie sich etwas sehr Schweres auf ihre Schultern legte. Danach hockte sie sich hin und schluchzte. So ein starkes Gefühl von Schuld und Scham war ihr bis zu diesem Tag unbekannt. Sie hielt ihre Hände vor das Gesicht, als ob sie dadurch von niemandem gesehen werden könnte und nun brach es aus ihr heraus: »Es ist meine Schuld. Meinetwegen ist er abgestürzt.«

Mhia kniete sich neben Set. Sie fand dort das hölzerne Ei. Es war ihm aus der Hosentasche gefallen. Sie nahm es in ihre linke Hand, und drückte diese auf ihre Herzgegend. Die rechte Hand legte sie auf Sets blutigen Kopf und gab einen gleichförmigen Brummton von sich. Kurze Zeit später spürten alle ein Vibrieren in der Luft.

»Er ist nicht tot! Ich kann ihn noch spüren!«, schrie sie plötzlich. Mhia gab ihrem Bruder ein Zeichen, das er sofort verstand. Rhe half ihr erstmal, Set auf den Rücken zu legen. Dann sah man, dass das rechte Auge mit Sand und Blut verschmiert war. Ohne dass es einer Anweisung bedurfte, begann Rhe mit seinem ganzen Körpergewicht wiederholt auf Sets Brust zu drücken. Nach ein paar Sekunden ließ er von ihm ab und machte für Mhia Platz,

MANUJA – DAS VERSCHWUNDENE WISSEN

die mit einer Hand Sets Nase zuhielt und mit ihrem Mund Luft in seinen Rachen blies. Der Mann mit dem Esel wollte die beiden Manujas daran hindern, weil das auf ihn wohl furchteinflößend wirkte. Bei den Menschen in dieser Gegend waren Körperkontakte mit dem Mund nur bei speziellen rituellen Handlungen üblich. Aber Sets Mutter spürte instinktiv, dass Mhia und Rhe hier etwas taten, das Set noch helfen konnte.

Nach einigen Minuten wiederholter Versuche, wich Rhe völlig erschöpft zurück und sagte:»Es ist zu spät.«

Aber Mhia wollte es nicht wahrhaben. Sie überwand die Erschöpfung und löste Rhe bei der Druck-Massage des Herzens ab. Dann noch einmal die Beatmung durch den Mund und wieder von vorn. Alle schauten regungslos zu. Nur der Esel schrie unaufhörlich, als wollte ihm jemand den Garaus machen.

Plötzlich gab Set einen kurzen Schmerzenslaut von sich und öffnete sein linkes Auge ein winziges Stück. Mhia legte ihm ihre Hand nochmal auf den Kopf und begann wieder zu Brummen. Einen Augenblick später wurde Set ruhig und schaute Mhia an. Es schien, als hätte er nun keine Schmerzen mehr.

»Wir müssen ihn in die Stadt bringen!«

Zwei Männer hatten schon begonnen, die mitgebrachte Plane an einer Seite des Eselgeschirrs zu befestigen. Dann legten sie die Plane über den Rücken des Tiers und hielten sie so straff auseinandergezogen, dass sich eine flache Liegefläche ergab. Sets Mutter band seine Beine mit einem der Seile zusammen, um das gebrochene Bein zu fixieren. Der kleine Mann und der Eselbesitzer hoben Set dann vorsichtig auf die provisorische Eseltrage. Nun konnte der Trupp ins Dorf ziehen. Dieses Mal lief der Esel mit, ohne zu klagen. Am Dreirad angekommen stellten sie fest, dass die Transportvariante mit dem Esel für Set bequemer war und ein Umladen keinen Sinn machte. Rhe fuhr dann dem Esel hinterher bis an die erste Brücke, welche über den äußeren Ringgraben zur Stadt führte. Hier gab es eine Diskussion mit der Stadtwache. Menschen war der Zutritt nur gestattet, wenn sie ein von der Stadtverwaltung ausgehändigtes Lederarmband mit Siegel trugen. Das gewährte Zutritt für bestimmte Gebäude. Nach einigen Diskussionen einigten sie sich mit der Wache, dass die

4 – Freunde und Feinde | 65

Träger des verletzten Jungen und Sets Mutter hineindurften. Der Transport des Verletzten wurde von der Wache im Krankengebäude angemeldet. Ein paar Eselschritte weiter kamen ihnen dann schon zwei Personen mit einer Transportkarre entgegen. Es war nicht ungewöhnlich, dass Menschen in Basileia behandelt wurden. Das geschah aber meistens nur, wenn sie sich bei der Arbeit in der Stadt verletzt hatten. Allerdings wurden sie dann in einem separaten Gebäudeteil untergebracht.

Der Arzt informierte Sets Mutter schon nach ein paar Minuten, dass er ihn jetzt für zwei Tage in Schlaf versetzen würde und sie sich keine Sorgen machen müsse. Der Arzt hatte auch beobachtet, dass Mhia ständig versuchte, mit Set telepathisch Kontakt aufzunehmen und sagte zu ihr:»Für die schnelle Heilung ist es besser, wenn du ihn jetzt schlafen lässt. Ich denke, er weiß auch so, dass du dir Sorgen machst. Wenn du möchtest, komme einfach in zwei Tagen wieder und führe deine Schmerzbehandlung durch. Dann brauchen wir ihm nicht so viel von den schweren Kräutern geben. Das hast du wirklich gut hinbekommen. Wer hat dir das beigebracht?«

»Mutter nutzt die Resonanztherapie, wenn in unserer Familie jemand Schmerzen hat.«

»Aber dafür braucht man einen sehr starken Resonanzverstärker. Was hast du denn benutzt?«

Mhia zeigte ihm das hölzerne Ei, das aus Sets Hosentasche gefallen war. Der Arzt schaute etwas ungläubig, legte eine Hand auf Mhias Schulter und sagte:»Das muss ein besonderer Ort sein, an dem dieses Holz gewachsen ist.«

Δ

Den Rest der Feiertage verbrachten die Kinder des Statthalters mit der Recherche über die Lichterscheinungen, die sie am Morgen gesehen hatten. Mhia fragte die Nachbarin, die mit ihr neulich gemeinsam zum Himmel geschaut und so etwas wie »es fängt an« vor sich hingemurmelt hatte. Sie antwortete aber nur, dass es etwas mit dem Magnetfeld des Planeten zu tun habe und es müsse vielleicht noch gar nichts bedeuten.

Mit der Antwort unzufrieden, recherchierte sie gemeinsam mit Rhe im Zentralarchiv. Ihr Bruder war darin sehr geschickt, denn er nutzte selbst geschriebene Suchalgorithmen, weil die gesprochenen Anfragen bei bestimmten Themen nicht so schnell zum Ziel führten. Er erzählte, dass einige seiner Freunde vermuteten, die Suche nach bestimmten Themen wäre möglicherweise gar nicht gewünscht.

Die Recherche ergab schließlich, dass es sich um Polarlichter handelte und dass diese Leuchterscheinung nur an den Polen von Planeten mit starken Magnetfeldern auftraten. Gespannt warteten sie auf die Dämmerung und tatsächlich, da es an dem Tag nur wenige Wolken gab, konnten sie am nordöstlichen Horizont wieder rote und gelbe Lichtschleier erkennen.

Die Geschwister trafen ihren Vater dann noch sehr spät und erzählten, was sie erlebt hatten. Thom erklärte ihnen, dass der Stadtrat entschieden hatte, eine weitere Forschungsgruppe zusammenzustellen. Diese sollte sich um die Anomalien des Magnetfeldes von *Achala* kümmern. Er versuchte sie zu beruhigen: »Ihr solltet euch keine Sorgen machen. Das Magnetfeld von Planeten schwankt in regelmäßigen Abständen. Dazu kommt, dass die Sonne derzeit eine sehr aktive Phase hat und mehr elektrisch geladene Teilchen auf die Atmosphäre schleudert als sonst. Dann können solche Polarlichter auch in niedrigeren Breitengraden auftreten. Wie ihr wisst, arbeitet Mama auch an einem Projekt zur Erforschung solcher Anomalien.«

Thom war froh, dass die beiden nicht weiter nach ihrer Mutter fragten, denn es war ihm auch heute nicht gelungen, Kontakt mit Rhia aufzunehmen.

Δ

Eigentlich sollte Mhia am zweiten Schultag nach den Feiertagen an einem Ausflug ans Meer teilnehmen, aber sie entschied sich stattdessen für einen Krankenbesuch bei Set.

Als sie im Krankenflügel für die Menschen ankam, fand sie Set zunächst nicht. Es war auch niemand da, den sie fragen konnte. Sie schaute in alle Kammern, die sie als Besucher betreten durfte. Die anderen Türen waren mit Symbolen gekennzeichnet, die vor dem Zutritt warnten. Weil die Suche erfolglos blieb, begann Mhia an den Türen zu lauschen. Es schien ihr, als hätte sie Geräusche aus dem Kellergeschoß gehört und so nahm sie die Treppe nach unten. Auch dieser Weg war eigentlich nur für befugtes Personal. Unten angekommen, sah sie mehrere Labore, die von einem Flur abgingen. Am Ende des Flurs konnte sie in einem großen Raum Schatten sehen und Stimmen hören. Vorsichtig trat sie ein. Die Ausstattung war nicht so komfortabel wie Mhia es aus dem Manuja-Krankengebäude kannte, aber die meisten Apparate kamen ihr bekannt vor. Die beiden männlichen Personen, die sich dort unterhielten, hatten wohl keinen Besuch erwartet. Da sich Mhia aber zielstrebig zu bewegen schien, wandten sie sich nach einem kurzen skeptischen Blick wieder ihrem eigenen Thema zu. Sie führten ihre Unterhaltung in einem technischen *Mani,* einer Sprache, die unter Wissenschaftlern üblich war und viele Begriffe der *Alten Meister* beinhaltete. Diese Sprache wurde im Alltag nicht mehr verwendet.

Endlich fand sie Set auf einer Liege angeschnallt. Er trug einen großen Helm. Die Unterhaltungen der Mitarbeiter im Krankengebäude mussten sich für ihn wie Zaubersprüche angehört haben. Ohne um Erlaubnis zu fragen, trat Mhia an die Liege heran und begrüßte ihn: »Hallo, wie geht's, hast du noch Schmerzen?«

»Ach, geht so.«

Die beiden Manujas trugen unterschiedliche Kleidung. Einer der beiden war Arzt, denn seine Jacke wies ihn als Mitarbeiter der medizinischen Abteilung aus. Der andere trug ein gesticktes Logo der Forschungsinstitute. Beide zogen sich etwas später in eine Ecke des Raumes zurück und unterhielten sich weiter, behielten Set und seine Besucherin aber im Auge.

Mhia versuchte, Sets Stimmung aufzuheitern und scherzte: »Der Helm, den sie dir verpasst haben, sieht aus, als ob sie dich zum Mond schicken wollen.« Dabei hatte Mhia nicht übertrieben und wegen ihrer fröhlichen Art konnte sie selbst ein lautes Lachen nicht zurückhalten. Der Helm war viel zu groß für Sets Kopf und deshalb mit Stoff ausgepolstert. Außen waren mehrere Antennen angebracht und zwei Kabel verbanden das Monstrum mit je einem Saugnapf auf dem Brustkorb. Das rechte Auge und die offene Wunde am Bein hatten sie mit Pflanzenblättern zugeklebt. »Nein, nicht zum Mond schicken. Die wollen mich als verspäteten Feiertagsbraten grillen. Die Kräuter haben sie auch schon drauf getan. Schau dir dieses Zeug hier an. Es ist so heiß in dem Helm, dass der Schweiß herausläuft. Und kratzen darf ich mich auch nicht.«

»Ein Braten auf dem Grill kann sich auch nicht kratzen«, sagte Mhia, aber da Set offenbar noch nicht richtig mitlachen konnte, tat er ihr schon wieder leid.

»Tut es sehr weh?«

»Nur, wenn sie mich von einer Liege auf die andere legen und wenn du mich zum Lachen bringst. Ich glaube, sie tun mir etwas in den Tee gegen die Schmerzen.«

»Möchtest du, dass ich die Schmerzen lindere?«

»Es geht schon.«

»Haben sie dir erklärt, was sie mit dem Helm vorhaben?«

»Hab gefragt, aber ich verstehe nicht alles. Die haben auch gesagt, dass ich tot wäre, wenn Rhe und du nicht da gewesen wärt. Stimmt das?«

»Ja, kann sein«, antwortete Mhia mit bescheidener Untertreibung.

»Was genau habt ihr mit mir gemacht?«

»Das erzähl ich dir ein anderes Mal.«

Mhia war froh, dass Set zu erschöpft war, um noch mehr Details zu erfragen und schwenkte einfach auf das nächste Thema.

»Was haben die dir noch so erzählt?«

»Das Auge und die Knochenbrüche sollen in ein paar Tagen verheilt sein und dann sagten sie noch, dass sie herausfinden wollen, wie ich mit dir sprechen konnte, während ich ohne Bewusstsein war.«

In diesem Moment fiel Mhia das Holzei ein, das sie mitgebracht hatte. Sie holte es aus ihrer Hosentasche und zeigte es ihm.

»Hiermit haben wir kommuniziert. Dein Ei funktioniert wirklich gut. Ich habe es die ganze Zeit bei mir gehabt und heute Nacht von deinem Freund Ami geträumt. Ich denke, wir erzählen nichts von diesem Ei. Sonst nehmen sie es dir vielleicht weg. Soll ich es noch behalten, bis du wieder zu Hause bist?«

»Ja, das ist wohl besser.«

Set sprach nun plötzlich vor Erschöpfung immer langsamer und hatte ein schmerzverzerrtes Gesicht. Mhia hielt mit der linken Hand das Holzei umklammert, und legte ihre rechte Hand auf seine Stirn, so gut es der Helm erlaubte. Jetzt war wieder das Brummen zu hören und Set schlief mit entspanntem Gesicht ein.

Bevor einer der beiden Männer an Sets Liege ankam, um nachzusehen, was Mhia dort trieb, hörte sie mit der Schmerzbehandlung auf, schlenderte in Richtung Tür und verabschiedete sich mit: »…komme morgen wieder!«

Δ

Einen Tag nach Sets Unfall wurde Ohlak von einem seiner Assistenten aus dem Institut angerufen.

»Entschuldige die Störung, wir sollten dir Bescheid geben, sobald außergewöhnliche Informationen im Archiv eingehen.«

»Was ist denn passiert?«

»In Basileia wird ein verletzter Menschenjunge behandelt und die üblichen Untersuchungen haben Auffälligkeiten ergeben. Er entwickelt keine Antikörper gegen andere Blutgruppen.«

»Wenn ich mich nicht irre, kommt das bei Menschen selten vor. Es soll ein Relikt der ersten Genmanipulationen an Primaten sein. Warum hältst du es für wichtig?«

»Der Junge hat zusätzlich noch einen Gendefekt, der wiederum nur von männlichen Manujas vererbt werden kann.«

»Manujas? Kennen wir die Eltern?«

»Wir haben die Mutter im angrenzenden Dorf ausfindig gemacht. Der Vater soll angeblich vor der Geburt ihrer Zwillinge verschwunden sein. Und nun setze dich mal hin. Wir kennen nur zwei Manujas mit dem gleichen Gendefekt.«

»Ich sitze, du kannst das Rätsel auflösen.«

»Da gibt es einen *Mentor* im *Gelben Land*, der aber schon seit mehr als 120 Jahren nicht mehr in Atlantis war und somit hier

keine Menschenfrau getroffen haben kann. Und dann ist da noch Thom, unser Statthalter.«
»Verstehe«, antwortete Ohlak und bemühte sich, gelangweilt zu klingen. Dann fügte er noch hinzu:»Wir müssen den Zusammenhang nicht im Archiv vermerken. Das ist Thoms Privatsache. Außerdem können wir nicht ausschließen, dass es noch mehr Manujas mit diesem Gendefekt gibt und die deshalb als Vater des Jungen in Frage kämen.«
»Aber da ist noch etwas anderes mit dem Jungen. Er kommuniziert telepathisch mit einem Manuja-Mädchen. Wir wissen noch nicht genau, wie seine Physis aufgebaut ist. Offenbar hat er nicht nur den Gendefekt von seinem Vater geerbt.«
»Dann müssen wir ihn so lange beobachten, bis wir sicher sind, dass es keine vererbbare Mutation ist. Behaltet den Jungen in der Stadt. Vielleicht kann er als Krankenpfleger ausgebildet werden. Und noch etwas: Alle gesammelten Informationen werden ausschließlich von Khi im Zentralarchiv gespeichert. Sie legt auch fest, was nach draußen gelangt!«, befahl Ohlak.

Δ

Nach einem ausführlichen Vieraugengespräch mit Pheso verabschiedete Ohlak seine Gäste am Abend des zweiten Feiertages. Danach ging er in seinen Meditationsraum und nahm sich vor, seinen Plan ausgiebig zu durchdenken. Am Morgen nach den Feiertagen wählte er Thoms Frequenz, um mit ihm zu sprechen. Es dauerte eine Weile, bis er sich endlich meldete.
»Hallo Ohlak, was gibt's, bist du noch auf deinem Anwesen?«
»Ja, ich bleibe noch etwas. Entschuldige, mir lässt die Sache mit den verschwundenen Mitarbeiterinnen keine Ruhe. In der Zwischenzeit habe ich auch mit Pheso darüber gesprochen. Wir sind der Meinung, dass eine weitere Expedition zusammengestellt werden sollte, um die Forschung zur Energieversorgung zu forcieren. Ich würde gern die Leitung der Mission übernehmen und mein eigenes Team mit einbinden. Wir haben uns bisher nur auf die Landmassen konzentriert, aber wir wissen noch nicht viel über Magnetanomalien unter Wasser.«

»Wir haben hier gestern auch schon darüber gesprochen, das Forschungsteam aufzustocken. Die Leitung des Projektes hat aber Shoa bereits. Du solltest dich mit ihr abstimmen.«

Es war einen Versuch wert, dachte Ohlak. Aber hier würde er eine andere Taktik benötigen. Den Trumpf gegen Thom, den er kürzlich in die Hand bekam, wollte er an dieser Stelle noch nicht ausspielen. Jetzt galt es erstmal, die Expedition vorzubereiten. Die Zeit arbeitete gegen ihn. Niemand konnte sagen, wie lange die Kommunikation zu Shoas Forschungsteam noch blockiert werden konnte.

Δ

Rhia war verwirrt. Sie hatten alle ein paar anstrengende Tage hinter sich. Wegen der Vielzahl an Problemen, mit denen sich das Forschungsteam herumschlug, waren die Erholungspausen eher dürftig ausgefallen. Sie war sich aber sicher, keinen so gravierenden Fehler gemacht zu haben. Die fehlenden Daten wurden genau zu dem Zeitpunkt gelöscht, als sie mit RhiaKha telepathisch Kontakt hatte. Gab es ein Problem mit ihrem Erinnerungsvermögen und konnte sie vielleicht deshalb mit Thom keine Verbindung herstellen? Oder war die Sitzung mit RhiaKha nur eine Vision gewesen? Sie war ratlos. Der vernünftigste Plan schien jetzt die Offensive zu sein, weshalb sie sich geradewegs zu Shoa aufmachte, um von den gelöschten Daten zu berichten.

»Das klingt alles sehr merkwürdig, Rhia. Ich werde in Basileia versuchen, jemanden mit einer höheren Berechtigungsstufe zu finden. Vielleicht kann derjenige tiefer im Archiv nachsehen, und manchmal lassen sich Daten dabei auch wieder auffinden.«

»Aber glaubst du denn, ich könnte die Daten selbst gelöscht haben?«

»Lass uns abwarten, was wir herausfinden können.«

Nach diesem Gespräch stieg Shoa in das kleinste von den drei vorhandenen Flugbooten. Sie wollte so schnell wie möglich nach Basileia fliegen. Dieses Fluggerät konnte maximal vier Personen aufnehmen und wurde sonst für die regelmäßigen Ausflüge rund um den Forschungsstandort benutzt. Wegen der Angst vor einem

Ausfall der Navigation, wollte sie es manuell steuern. Jetzt wurde ihr bewusst, dass sie in den letzten Jahren versäumt hatte, sich mit der manuellen Navigation zu beschäftigen. Die Piloten waren es nicht gewöhnt, sich auf ihr technisches Wissen und den Instinkt zu verlassen. Shoa sicherte alle Gegenstände, schnallte sich fest und nahm die Landkarte aus einem Staufach. Jetzt ging es um die Flugroute. Die Karte war so verstaubt, dass Shoa niesen musste.

»Mädchen, jetzt blamiere dich nicht und zeige, dass du deine Flugausbildung mal als Beste der Gruppe absolviert hast«, sprach sie laut vor sich hin, um sich selbst Mut zu machen. Nun musste sie sich darauf konzentrieren, was für den Flug wichtig sein würde. Rhia wäre in diesem Moment eine gute Hilfe gewesen, aber sie war in der Forschungsstation nicht zu ersetzen.

Die kürzeste Flugstrecke von der Station bis nach Basileia betrug 135 *Iteru*. Allerdings führte diese Strecke hauptsächlich über das Meer. Als Navigationshilfen auf den üblichen Flugrouten dienten vor allem die Energielinien des Planeten. Diese Linien und das Magnetfeld waren auch die wichtigsten Orientierungsmerkmale für die automatische Navigation. Auch alle für das spirituelle Leben wichtigen Standorte befanden sich auf diesen Linien. Sie stellten damit auch gleichzeitig gut erkennbare Landmarken dar. Rund um die Landeplätze und an wichtigen Flugbahnkreuzen wurden großflächige Markierungen angebracht, die aus allen Himmelsrichtungen präzise Anflughinweise für Fluggeräte aufzeigten. Da die magnetischen Pole nicht konstant waren, wurden diese Linien im Laufe der Zeit immer wieder korrigiert und die Navigationskarten entsprechend angepasst. Die Orientierung über Land sollte also nicht so schwierig sein.

Die Strecke wird etwas länger sein, weil ich mich an markanten Landmarken orientieren muss. Verdammt, die Sicht über dem Atlantik wird schlecht sein und es wird sehr windig werden, machte sich Shoa klar.

Über dem offenen Meer bestand die Gefahr, die Orientierung zu verlieren. Bei Sichtflug betrug die maximale Flughöhe einen halben *Iteru*. Wenigstens hatte sie einen zuverlässigen Höhenmesser. Der Magnetkompass hingegen war nicht zu gebrauchen.

Die Orientierung an Längen- und Breitengraden war damit nicht zuverlässig. Shoa entschied, erstmal der Kontinentalküste von *Ragfara* ein Stück in Richtung Süden zu folgen, bis sie auf den ersten größeren Fluss traf. Von dort konnte sie sich in Richtung Westen wenden und würde schon in weniger als einer Flugstunde auf die erste vorgelagerte Insel von Atlantis stoßen. Bei dichter Bewölkung musste sie unter den Wolken bleiben. Die hohen Berge würde sie also umfliegen. Mit etwas Glück war der Himmel bis dahin schon wieder zu sehen, so würde die Sonne eine Orientierungshilfe sein.

Noch etwas machte ihr Sorgen. Das Flugboot war ein aerodynamischer Gleiter mit Ionenantrieb. Die Bauweise machte das Fluggerät anfällig für starken Wind und Turbulenzen. Zum Starten und Landen konnten vier Propeller ausgefahren werden. Leider fehlte Shoa die Übung, denn der Autopilot übernahm normalerweise die Steuerung, wenn sich das Fluggerät einem bewohnten Gebiet oder einem Flugplatz näherte.

Wenigstens funktionierte der Bordcomputer, aber kaum war die anfängliche Unsicherheit überwunden, kam eine Meldung: »Warnung! Manuelle Steuerung erfordert Koordinaten zur Kursbestimmung.«

Shoa gab einen Sprachbefehl: »Wir nehmen die Koordinaten der Forschungsstation, des Energieturms von Basileia und die Sonne als Referenzpunkte.«

»Eigener Standort wurde gespeichert«, bestätigte der Bordcomputer.

Der senkrechte Start mit Propellerantrieb brachte sie auf eine Höhe von 200 *Meh*. Hier schlug der Bordcomputer die Umschaltung auf Ionenantrieb vor. Nach einer Stunde Flug wurden die Berge des Küstengebirges flacher und es kamen wie erwartet dichte Wolken auf. Etwas später überquerte sie den Fluss, obwohl die Karte auf ihrem Bildschirm den eigenen Standort noch mindestens einen *Iteru* vom Fluss entfernt zeigte. *Das fängt gut an*, dachte Shoa und ärgerte sich darüber, dass sie bei der Standortberechnung irgendetwas übersehen haben musste.

Sie korrigierte den Kurs manuell und flog parallel zur Flussmündung aufs offene Meer hinaus. Ein Autopilot hätte den

Piloten an dieser Stelle aufgefordert, die manuelle Kurskorrektur in die Flugbahnberechnung zu übernehmen. Auch eine entsprechende Warnung kam nicht.

Nach einer halben Stunde tauchte auf ihrem Bildschirm der Umriss der ersten Insel auf. Die Sicht betrug kaum zwei *Iteru*. Deshalb wunderte sich Shoa auch nicht darüber, dass sie beim Blick aus dem Fenster noch kein Land sehen konnte. Nach einer weiteren halben Stunde änderte sich ihre Stimmung drastisch. Laut Karte sollte sie die erste Insel bereits überflogen haben, aber der Blick aus dem Fenster ließ rundherum nur Wasser erkennen. Zudem blies der Wind stark aus Norden, weshalb sie sich auf die Steuerung konzentrieren musste. Viel lieber hätte sie jetzt in den Navigationsanleitungen geblättert, um sich mehr Sicherheit zu verschaffen.

»Benötige Hilfe bei der manuellen Navigation«, bat sie ihren Bordcomputer.

»Empfehle Wasserlandung und neue Standortbestimmung.«

Natürlich, wie dumm von mir. Ich habe das Grundwerkzeug der Navigation vergessen, den Sextanten.

Im Cockpit war ein mechanischer Sextant angebracht. Shoa schaltete auf Propellerantrieb um. Danach falteten sich Teile der Tragflächen zusammen und das Flugboot lag stabiler in der Luft. Nachdem die Propeller die Balance hergestellt hatten, konnte Shoa weich auf dem Wasser aufsetzen. Und schon war es wieder vorbei mit der Ruhe. Die hohen Wellen wirbelten das kleine Flugboot umher. Sie versuchte den Sextanten zu bedienen und begriff schnell, dass es keinen Sinn hatte, solange sie sich an keinem Fixpunkt orientieren konnte. Es gab nun zwei Möglichkeiten. Entweder die Sonne kam raus und das Meer wurde ruhiger, damit sie den Horizont anpeilen konnte, oder der Sternenhimmel würde ihr in der Nacht die Orientierung ermöglichen. Letzteres war die zuverlässigere Option. Der Vergleich mit dem Kartenmaterial des Computers versprach nämlich eine höhere Genauigkeit und Sterne boten sichere Fixpunkte.

Jedes Fluggerät sendete ein automatisches Funksignal, was die Ortung für Suchtrupps vereinfachte. Im Moment gab es aber noch keinen Grund, sie zu suchen. Jetzt blieb ihr nur zu warten und vielleicht zu versuchen, eine telepathische Verbindung mit Basileia aufzunehmen. Das Meditieren würde vielleicht auch noch die notwendige Ruhe zurückbringen. Shoa meditierte, konnte aber niemanden erreichen. Schließlich schlief sie ein und mit der Dunkelheit wurde auch die See ruhiger.

Die Wellen plätscherten regelmäßig am Rumpf und Shoa schlief tief, als es plötzlich fürchterlich krachte. Das Flugboot war auf einem Hindernis zum Stillstand gekommen. Mit den Scheinwerfern konnte sie den kurz unter der Wasseroberfläche liegenden Felsen erkennen, der ihre Fahrt nun erstmal beendete.

»Verdammter Mist! Wieso gibt es für alles Mögliche Warnmeldungen, nur nicht für ernsthafte Gefahren?«

»Schadensanalyse«, befahl sie dem Bordcomputer.

»Keine Schäden bekannt«, war die Antwort, was für den Moment erst mal beruhigend klang. Auf ihrer Karte waren rund um die nahen Inseln keine Untiefen eingezeichnet. Wahrscheinlich handelte es sich um einen der jüngeren Vulkane, der gerade aus dem Meer herauszuwachsen begann.

Shoa wollte einen Notfallplan aufstellen. Zuerst die Vorräte. Sie fand die vorgeschriebenen zwei Kanister Trinkwasser, was ein paar Tage reichen sollte. Das Paket mit Trockennahrung war schon so zerfallen, dass der Inhalt weggepustet werden konnte. Offenbar wurde das Paket bei keiner der letzten Wartungen ausgetauscht. *Na ja, Chamäleons haben auch gelernt, Futter mit der Zunge aufzunehmen. Außerdem kann eine Diät helfen, dass der Klimaanzug wieder passt*, dachte sie, um sich selbst Mut einzureden.

Ein flüchtiger Blick ins Bordbuch ließ sie dann doch noch mal zurückblättern. Hier waren alle Systemüberprüfungen seit der Inbetriebnahme vor 52 Jahren aufgezeichnet. Die letzte Wartung fand in Okasara statt. Diesen Ort gab es seit zwölf Jahren nicht mehr, nachdem er wegen Überflutung aufgegeben werden musste. Wut kam in Shoa auf, denn es wurde einfach versäumt, notwendige Abläufe neu zu organisieren. *Solche Missstände sind symptomatisch für unsere Organisationsstrukturen. Wenn das so weiter geht, wird es Chaos geben.*

Das Wichtigste war nun die Positionsbestimmung. Mit Sternenkarte und dem Sextanten war das in wenigen Minuten erledigt. Sie zeichnete zusätzlich alles in ihre Papierkarte ein, weil sie dem Bordcomputer allein nicht vertrauen wollte. Schließlich wusste sie, dass sie fünf *Iteru* südlich vom Kurs abgekommen und somit an der angepeilten Insel vorbeigeflogen war. Wenn sie jetzt direkt den neuen Kurs einschlug, würde sie bei guter Sicht nach einer Stunde Flug auf das Festland treffen. Von dort könnte sie dem Küstenverlauf in Richtung Norden bis Basileia folgen. Auf der Karte waren noch ein paar sehr kleine Inseln in der Nähe eingezeichnet, was aber ein Umweg sein würde.

Als es dämmerte, erledigte Shoa ihre Morgentoilette und nahm etwas von der pulverisierten Trockennahrung zu sich. Letzteres ließ sie dann schnell wieder, denn das Zeug schmeckte nur nach Mehl und ob es ihr bekommen würde, war auch nicht klar. Nun konnten die Startvorbereitungen losgehen.

»Initialisierung und Überprüfung der Systeme!«

»Die Energiereserve liegt bei 15 Prozent und derzeit ist keine Aufladung der Batterien möglich«, war die Antwort.

»Schadensanalyse!«

»Keine Schäden bekannt.«

»Was ist dann die Ursache für den Energieverlust?«

»Der Energieverbrauch ist normal, aber es gibt atmosphärische Störungen und das verhindert die Aufladung der Batterien. … Warnung! Erhöhte Sonnenaktivität. Nach dem Sonnenaufgang wird eine große Menge Teilchenstrahlung erwartet. Aufenthalt im Freien sollte auf ein Minimum begrenzt werden.«

Basileia

Der Stadtrat traf sich heute zu einer außerordentlichen Sitzung. Erster Tagesordnungspunkt sollte der Bericht des Energieinstituts sein. Am Abend zuvor wurde Thom eine anonyme Nachricht zugestellt. Es war eine Warnung, dass ein falscher Freund möglicherweise mit Enthüllungen von unangenehmen Dingen aus seiner Vergangenheit drohen könnte. Thom konnte sich bestimmt nicht an alles erinnern, was er in seinen 162 Lebensjahren

alles falsch gemacht hatte. Die Nachricht war nebulös und deshalb würde Thom erstmal wachsam bleiben müssen.

Die Sitzung begann wie geplant. Ohlak stellte einen ausführlichen Plan zur Durchführung einer Expedition vor. Er erläuterte
das Ziel und wie er es erreichen wollte. Zudem hatte er auch
schon einen Vorschlag für die Zusammensetzung der Mannschaft. Zum einen sollte die Forschungsstation im Atlasgebirge
unterstützt werden. Zum anderen wollte er eine Ausweitung der
Forschung auf die riesigen Seen im Nordwesten von *Ragfara*
vornehmen. Hierfür wurden erstmals Ozeanologen in die Ener-
gieproblematik involviert. Die Leitung der gesamten Mission
würde weiterhin bei Shoa bleiben. Als Stellvertreter hatte sich
Ohlak selbst vorgeschlagen. Vor der Abstimmung meldete sich
noch Pheso, der die Anwesenden darüber informierte, dass Shoa
gestern eigentlich in Basileia zurückerwartet wurde. Es bestünde
seit 24 Stunden weder zum Flugboot noch zur Forschungsstation
Kontakt. Es sei mit einem Unglück zu rechnen. Ein Suchtrupp
sollte zunächst die üblichen Flugrouten nach Shoas Flugboot absuchen, während die neue Expedition unmittelbar zur Forschungsstation aufbrechen würde.

Der Rat einigte sich dann auch sehr schnell darauf, dass Ohlak
unter diesen Umständen vorübergehend die Leitung der Mission
übernehmen müsste.

Δ

5 – Die Expedition

Ohlak rief sein Expeditionsteam zusammen. Genau genommen standen die wichtigsten Teilnehmer schon lange fest. Alle hatten inzwischen ihre Aufgaben erhalten und begannen bereits, die beiden Flugboote startklar zu machen. Die ETANA war das größere der beiden und für den Transport der Lasten vorgesehen. Dazu gehörte auch ein Tauchboot, zwei kleine Landfahrzeuge mit Bohr-Ausrüstungen und diverse Messgeräte. Größere Flugboote wie die ETANA wurden mit einem Gravitationswellengenerator angetrieben, was trotz des Gewichts hohe Geschwindigkeiten möglich machte. In der Vergangenheit mussten die Alten Meister auch Schiffe für den Weltraum besessen haben, die mit ähnlichen Antrieben zur Überwindung der Massenträgheit ausgestattet waren. Im Zentralarchiv konnte man Informationen und die verschiedensten Bezeichnungen hierzu finden, nicht aber die benötigte Technologie zur Herstellung.

Ohlak war davon überzeugt, dass sein Plan so gut funktionierte, weil er mit seiner außerordentlichen Intelligenz bis in jedes Detail vorausgedacht hatte. Auch die nächsten Schritte würden gut vorbereitet werden und damit sein Vorhaben gelang, hatte er sich die Besten ins Team geholt. Er war sich sicher, jeden Manuja und wahrscheinlich auch jeden Menschen von seinen Ideen überzeugen zu können. Er verstand unter Evolution, dass sich das Wirksamere im Laufe einer Zeitspanne durchsetzen würde. Für ihn war klar, dass sich nun endlich ein neuer Zeitgeist ausbreiten könne. Er, Ohlak, würde die Zivilisation auf Achala zur alten Größe führen, nach dem Vorbild der Alten Meister.

Δ

»Wir fliegen zwei Stunden nach Sonnenuntergang los«, begann Mhilea mit den letzten Instruktionen an die Besatzung. Als Ozeanologin hatte sie auch genügend Übung beim Fliegen. Bei dieser

Expedition würde sie die ETANA steuern und gleichzeitig die Kommunikation und Navigation überwachen. Notfalls könnte sie auch die manuelle Steuerung übernehmen. Das kleinere Flugboot übernahm Ohlak selbst. Die Flugzeit von etwa vier Stunden wurde vom kleineren und langsameren Fahrzeug bestimmt. Gegen Mitternacht näherten sich die beiden Flugboote der Forschungsstation. Während der letzten Flugstunde bestand dann auch eine stabile Verbindung zur Station. Mhilea hatte die Annäherungsautomatik ausgeschaltet, da es am Ziel keine vorgegebenen Standplätze gab. Sie mussten sich also selbst einen geeigneten Landeplatz suchen.

»Bis auf Ohlak und mich bleiben erstmal alle an Bord. Wir werden erst morgen entscheiden, wer sein Quartier in der Station bezieht. Zuerst kümmern wir uns um die Suche nach Shoa. Shuk wird den ersten Wachdienst übernehmen und den Luftraum nach Signalen von Shoa absuchen«, informierte Mhilea die Mannschaft und verlies dann gemeinsam mit Ohlak die ETANA in Richtung Forschungsstation.

Die Eingangstür war eine stabile Holzkonstruktion. Daneben waren einige Antennen angebracht. Dort wartete Rhia schon auf die Ankömmlinge. Die Station selbst lag im Inneren eines Berges. Mehrere, etwa fünf *Meh* hohe Tunnel verbanden die Räume. Um diese Tageszeit war alles mit einem gleichmäßig gedimmten Licht beleuchtet.

In der Zentrale angekommen, begann Ohlak zu erklären: »Rhia, wie du sicherlich erfahren hast, werde ich bis zur Rückkehr von Shoa das Kommando über die Forschungsstation übernehmen.«

»Verstehe, allerdings haben wir hier keine offizielle Information erhalten.«

Ohlak ließ sich nichts anmerken, obwohl er die gereizte Stimmung registrierte und sprach in eindringlichem Ton weiter: »Die Lage ist ernst. Zuerst werden wir die Suche nach Shoa unterstützen. Dann muss die Ursache der Magnetanomalien gefunden werden. Oder habt ihr hierzu inzwischen neue Erkenntnisse erhalten?«

»Suche nach Shoa? Was ist mit ihr? Ich dachte, ihr seid hier, weil Shoa euch in Basileia um Hilfe gebeten hat?«, fragte Rhia erstaunt.

»Shoa ist nicht in Basileia angekommen. Wir haben nur erfahren, dass sie auf dem Weg dorthin war. Seit dem Überqueren des Atlantiks empfangen wir kein Signal mehr von ihrem Flugboot. Zunächst war der Abbruch des permanenten Funksignals mit den üblichen Störungen begründet worden, aber das Flugboot hätte ja am gleichen Tag noch ankommen müssen. Da eine Havarie oder gar ein Notfall nicht ausgeschlossen werden konnte, stimmte der Rat einer sofortigen Entsendung dieses Expeditionsteams zu. Rhia hatte die ganze Zeit intensiv in Ohlaks Augen geschaut und mitbekommen, dass dessen Körpersprache eine ganz andere Geschichte erzählte. Das verhieß nichts Gutes. Sie würde deshalb nicht weiter hinterfragen, wieso seine Expedition bereits nach einem Tag zusammengestellt und abflugbereit war. Stattdessen ging sie auf die ursprüngliche Frage nach neuen Erkenntnissen ein.

»Es gibt tatsächlich Neuigkeiten, die aber dringend von weiteren Experten geprüft werden sollten. Der Computer hat verschiedene Simulationen erstellt. Alle davon sagen einen bevorstehenden Polsprung des Magnetfeldes voraus.«

Als Rhia Mhileas erstarrtes Gesicht bemerkte, versuchte sie gleich zu beschwichtigen. »Es gibt noch sehr viele Fragezeichen bei dieser Sache. Darum wollten wir Basileia um Hilfe bitten. Wegen der instabilen Datenverbindung konnten wir uns seit Tagen nicht mit dem Institut austauschen. Das war der Grund, warum Shoa selbst zurückfliegen und um Unterstützung bitten wollte. Euer plötzliches Auftauchen ließ mich annehmen, ihr seid aus diesem Grund hier.«

Bevor Ohlak darauf antworten konnte, fragte Mhilea: »Welche Fragezeichen meinst du?«

»Am besten, wir schauen uns die letzte Simulation gemeinsam an.«

Rhia gab dem *Ei* den Befehl: »Öffne letztes Protokoll zur Magnetfeldanalyse. Gib uns nur die Zusammenfassung!«

Daraufhin baute sich ein holografisches Bild auf und das *Ei* erklärte:

»Im Moment stehen der zweite, dritte und fünfte Planet auf einer Linie und auf einer Seite der Sonne. Das verursacht eine starke Gezeitenwirkung bei der Sonne, woraufhin sich häufigere und stärkere Strahlungsauswürfe ergeben. Hier die Darstellung der Auswirkungen auf das Magnetfeld von *Achala*...«

Die Simulation lief wieder im Zeitraffer von 800 Jahren. Die in den kommenden 100 Jahren stattfindende Polumkehr mit anschließender Wiederherstellung der ursprünglichen Polung wurde gezeigt. Rhia erklärte hierzu: »Es macht uns ratlos, dass dieser Polsprung so schnell vonstattengehen wird, obwohl alle bisherigen Polumkehrungen mehrere Tausend Jahre dauerten. Auch die Daten im Zentralarchiv widersprechen den neueren Simulationen.«

Ohlak begriff schnell, dass diese These seinen Plan durcheinanderbringen würde. Eigentlich hatte er auf wochenlange Ausflüge gehofft, um die eigenen Forschungen voranzutreiben. Jetzt musste eine Strategieänderung her. Es ging nicht anders. Wenn er an seinem eignen Vorhaben festhalten wollte, müsste er die gerade vorgelegte Theorie in Frage stellen. Dennoch war es riskant, denn die Fakten waren erdrückend. Es blieb nichts anderes übrig, als erst mal alle Berechnungen anzuzweifeln. Das wäre auch ein passender Vorwand, warum sein Team zur Hügelkette im Westen von *Ragfara* fliegen und mit den Bodenanalysen am Grund des großen Sees beginnen sollte. Zuvor brauchte er aber noch Gewissheit über den kompletten Umfang der Höhlenzeichnungen. Aber dafür sollte ein Tagesausflug reichen.

Bevor sich alle in ihre Schlafräume zurückzogen, tauschten sie sich noch darüber aus, was über den Flug von Shoa bekannt war. Daraufhin wurde festgelegt, dass nach Sonnenaufgang das kleinere der beiden neu angekommenen Flugboote auf die Suche nach Shoa gehen würde. Ohlak hatte Mhilea für diese Aufgabe vorgesehen.

»Starte Logbucheintrag«, begann Rhia am nächsten Morgen die aktuellen Ereignisse zu protokollieren. »Tag 189, Jahr 410360, Stunde 8–3–5. Aufzeichnung begonnen«, bestätigte der Bordcomputer und das *Ei* im Kommandoraum der Forschungsstation wiederholte alle Information auf einer Projektionsfläche.

»Registriere alle Besatzungsmitglieder der Flugboote. Synchronisiere anschließend die Bordbücher und Navigationsdaten mit dem Datenspeicher der Station.«

Mit dieser Maßnahme wollte Rhia erreichen, dass jeder Abbruch der Verbindung zum Flugboot sofort Alarm auslösen würde. Dadurch könnte man den letzten Standort eines künftig in Not geratenen Fluggerätes einfacher ermitteln.

»Zugang zum Bordcomputer der ETANA nicht autorisiert«, war die Antwort des Computers.

Interessant. Hier hat Ohlak schon mal vorgesorgt, dachte sich Rhia, behielt ihre Erkenntnis aber für sich. Sie wusste nun, dass sie die ETANA während ihrer Ausflüge nicht zu jedem Zeitpunkt orten konnte. Allerdings kam ihr noch eine Idee. Die Flugvorschriften gaben vor, dass die Überwachung der Flugdaten jederzeit sicherzustellen sei. Sie selbst war für diese Aufzeichnungen verantwortlich. Das würde eine kleine List rechtfertigen.

Sie mischte sich unter die Besatzung der ETANA. Die waren gerade dabei, mitgebrachten Proviant und sonstige Ausrüstung auszuladen und in der Station zu verstauen. Rhia gab vor, beim Entladen zu helfen. Den Transport bewerkstelligten sie mit den mitgebrachten Landfahrzeugen, wovon eines gerade wieder zur ETANA zurückfuhr. Rhia schwang sich auf die Ladefläche und ab ging es. Die Ladeluke des riesigen Flugbootes stand offen und Shorak reichte Bündel nach unten. Er warf Rhia eins zu, das sie im Fahrzeug ablegte. Danach sprang sie wie selbstverständlich auf die Rampe, um geradewegs ins Cockpit zu gehen. In der Hoffnung, keine Aufmerksamkeit erregt zu haben, drehte sie sich nicht um. Im Cockpit sortierte ein Mannschaftsmitglied kleine Wasserbehälter in ein Staufach. Sie kannte ihn, hatte aber seinen Namen vergessen.

»Ich bin Rhia. Zeigst du mir bitte, wo die Landkarten liegen?«
»Klar, gerne. Was willst du damit?«
»Ich trage neue Landmarken ein, die wir bei unseren Erkundungsflügen installiert haben. Das wird euch bei atmosphärischen Störungen die Orientierung erleichtern.«

Glücklicherweise kannte er sich aus und zog einen Stapel ordentlich zusammengelegter Karten aus einem Fach direkt unter dem Steuerpult.

»Hilfst du mir bitte, die Karten abzugleichen? Du könntest die Koordinaten ansagen, während ich die Korrekturen zeichne.«

»Mach ich. Ich bin übrigens Bharu, der Copilot. Naja, eigentlich der Pilot, weil Mhilea nicht an Bord ist.«

Sie brauchten 30 Minuten, um etwa 20 Landmarken und ein paar Positionssender auf die Karte zu kopieren. Bharu wollte die Karte danach selbst verstauen, aber Rhia sagte:»Ich mach' schon, ...muss auch prüfen, ob alles vollständig ist.«

Mit einem wachsamen Auge kontrollierte er jeden Handgriff von Rhia. Es gelang ihr dennoch, im Kartenfach einen kleinen Gegenstand zu verstecken.

»Es sieht aus, als ob wir bald alles entladen haben. Kann ich noch etwas für dich tun oder möchtest du, dass ich dir die Station zeige?«, fragte Rhia, bevor sie das Cockpit verließ.

»Vielleicht nach unserer Rückkehr, aber danke. Ich darf die ETANA nicht verlassen. Ohlak ist ziemlich streng.«

»Melde dich, wenn du noch etwas benötigst. Wachdienst kann langweilig werden.«

Rhia fand den Piloten sympathisch und verließ das Cockpit mit einem ehrlich gemeinten Lächeln. Dann fiel ihr noch etwas ein und sie drehte sich zu ihm um:»Ach Bharu, wenn du möchtest, können wir unsere persönlichen Signaturen austauschen.«

Bharu wusste natürlich, dass das in Notfällen für Piloten eine große Hilfe sein würde. Damit könnte er Rhia telepathisch direkt kontaktieren.

»Das ist wirklich freundlich, Rhia. Wir werden auf unbekannten Routen unterwegs sein und bei den derzeitigen Bedingungen kommt mir jede Unterstützung gelegen.«

Daraufhin stellten sich beide gegenüber, legten ihre Handflächen aneinander und konzentrierten sich ein paar Sekunden lang. Damit hatten beide Körper die Frequenz des anderen abgespeichert. Bharu wusste, dass Rhia ihm mit dieser Geste ein großes Vertrauen entgegenbrachte.

Als Rhia beim Verlassen der ETANA von der Laderampe sprang, kam ihr Ohlak entgegen und eilte geradewegs ins Cockpit, um Bharu zu fragen:»War Rhia hier?«

»Ja, sie hat mir die Koordinaten der neuen Landmarken gebracht. Wir haben sie auf die Papierkarten übertragen.«

Ohlak überlegte kurz und zog die Schublade auf. Er nahm die Karten heraus, ohne sich für die eingetragenen Punkte zu interessieren. Dafür schaute er sehr genau in das Fach hinein und fragte dann:»Hat sie noch was anderes gesagt?«

»Nichts Besonderes. Sie hat mir aber einen Rundgang in der Station …«

Ohlak ließ ihn nicht ausreden und sagte:»Dafür haben wir jetzt keine Zeit.«

Ihm noch zu erklären, dass der Rundgang erst nach seiner Rückkehr stattfinden sollte, ersparte er sich. Als Ohlak die ETANA wieder verlassen hatte, dachte Bharu noch darüber nach, was die Gründe für Ohlaks Misstrauen gegenüber Rhia sein könnten.

Δ

Das kleine Flugboot war seit etwa einer Stunde unterwegs in Richtung Süden. Mhilea hatte die Aufgabe, die Suche nach Shoa aus Richtung Osten vorzunehmen. Aus Basileia war ein anderer Suchtrupp nun schon den zweiten Tag unterwegs. Erschwerend für Mhilea war die dichte Bewölkung über dem Atlantik. Diese Wolken bildeten sich fast das ganze Jahr über in Äquatornähe und wurden vom stetigen Südwestwind in Richtung Nordwestküste von *Ragfara* getrieben. Am lang gezogenen Atlasgebirge stauten sich die Wolken und regneten dort ab. Das bewirkte ein feuchtes und fruchtbares Klima. Südlich und östlich des Küstengebirges existierte hingegen ein trockenes und warmes

Kontinentalklima. Am Süßwassersee, der das eigentliche Ziel von Ohlaks Expedition war, herrschten das ganze Jahr über gleichmäßige Temperaturen und es gab nur selten Wetterextreme. Es war zu vermuten, dass die gesuchte alte Stadt einschließlich Pyramide ursprünglich am Ufer eines Flusses lag und später, mit Beginn der Kaltzeit, überflutet wurde. Aber genaueres würden sie erst vor Ort wissen.

Als Mhilea den Fluss erreichte, drehte sie wie kürzlich auch Shoa, in Richtung Westen ab. Über dem Atlantik hatte Shoas Funksignal aufgehört zu senden. Nun bedurfte es hoher Konzentration, während sie das Meer und die kleinen Inseln mit den Augen absuchte. Zusätzlich gab es Außenkameras, die alles aufzeichneten und bei verdächtigen Objekten Alarm geben würden. Sie musste unter den Wolken bleiben. Deshalb dauerte es auch länger, das Suchgebiet abzufliegen.

Nach einigen Stunden nahm sie Kontakt zur anderen Suchmannschaft auf, die immer noch über dem Festland von Atlantis nach Shoa suchte. Von ihnen erfuhr sie, dass diese jetzt das Küstengebiet erreichten und dann bis zum nächsten Morgen erstmal Pause machen würden.

Mhilea musste vor Einbruch der Dunkelheit ebenso nach einem Landeplatz suchen, denn bald würde sich auch bei ihr die Müdigkeit einstellen. Sie suchte sich eine der kleinen Inseln aus, die neben dem schroffen Lavagestein auch ein bisschen flaches Land bot, auf dem sie sich die Beine vertreten konnte. Als sie sich dem Zwischenziel näherte, dämmerte es bereits. Dabei stellte sie das gleiche Problem fest wie Shoa am Vortag. Laut Cockpitbildschirm sollte die Insel genau unter ihr sein, war aber mit den Augen nicht zu sehen. Ihre Koordinaten stimmten also nicht. Sie musste die Insel jetzt ohne Navigation finden. Eine Neukalibrierung konnte sie dann auch im Dunkeln auf der Insel vornehmen. Da die Wolken nicht mehr so dicht waren, flog sie etwas höher. Durch die Lücken müsste die Insel jeden Moment zu sehen sein.

Für einen winzigen Augenblick dachte sie, einen roten Fleck auf dem Wasser gesehen zu haben. Danach hatten ihre Augen schon den ganzen Tag Ausschau gehalten. Vielleicht eine

Sinnestäuschung wegen Übermüdung? Und da! Der Bildschirm zeigte ein sehr schwaches Signal, das Notsignal des Flugbootes mit der Kennung OOA2. Sie hatte Shoa gefunden!

Mhilea schaltete auf Propellerantrieb um und flog die Strecke zurück. Sie näherte sich dem Ort, wo das schwache Signal herkam. »Das darf nicht wahr sein!«, fluchte sie vor sich hin. Das Flugboot von Shoa war auf eine Untiefe aufgelaufen und hing dort schräg im Wasser. Das Cockpitdach war aufgeklappt, so dass man den gesamten Innenraum sehen konnte. Shoa war nicht da. Konnte sie rausgefallen und ertrunken sein? Es wäre unmöglich, die Strecke bis zur nächsten Insel zu schwimmen.

Sie durfte keine Zeit verlieren und beschloss, das Meer trotz aufkommender Dunkelheit rundum abzusuchen. Zunächst ging sie aber noch einmal ganz tief runter und leuchtete ins Cockpit. Sie konnte weder Shoa noch einen Hinweis auf ihren Verbleib finden. Dann flog sie langsam und nur etwa 100 *Meh* über der Wasseroberfläche die Umgebung ab. Währenddessen nahm sie mit der Forschungsstation Kontakt auf und berichtete über ihren Fund. Dann überlegte sie, wie hier die Meeresströmung verlief. Im Kopf entstand daraufhin ein Plan, in welche Richtung Shoa abgetrieben sein konnte. Manujas waren keine guten Schwimmer. Da sich fast alle Siedlungen am Wasser befanden, war es aber üblich, den Kindern frühzeitig Schwimmen beizubringen. Trotzdem, viel länger als eine Stunde würde sich Shoa ohne Hilfsmittel nicht über Wasser halten können. Somit konnte Mhilea nur hoffen, dass sie sich eine geeignete Schwimmhilfe mitgenommen hatte. Aber warum hat sie das Flugboot überhaupt verlassen? Es machte keinen Sinn, da es für mehrere Tage Wasser und Proviant an Bord gab. Zudem sollte sie wissen, dass sie sich im Moment nicht ungeschützt in der Sonne aufhalten durfte. Ihre Haut wäre selbst unter den Wolken heute stark verbrannt worden.

Bevor sie mit der Suche begann, bat sie Ohlak, Hilfe zu schicken. Mhilea suchte die ganze Nacht hindurch und versuchte auch immer wieder, telepathisch Kontakt mit Shoa aufzunehmen. Mehrmals dachte sie, dass es funktionieren würde, was ihr dann jedes Mal neuen Antrieb gab weiterzusuchen. Nicht mal eine Pause für die Notdurft gönnte sie sich.

Eine Antwort von Ohlak auf ihren Hilferuf bekam sie in dieser Nacht nicht. Dafür kam mit der Morgendämmerung die Erschöpfung und es liefen ihr die Tränen übers Gesicht. Sie fühlte sich elend und Hilfe war immer noch nicht unterwegs. Mhilea musste schweren Herzens den Rückflug ohne Shoa antreten.

In der Forschungsstation angekommen, erfuhr Mhilea von den anderen, dass Ohlak bereits in der Nacht den Verlust von Shoas Flugboot nach Basileia gemeldet hatte. Im Protokoll konnte sie lesen, dass Shoa verschollen sei und sie derzeit keinen Kontakt zum Flugboot der Rettungsmannschaft hätten.

»Der Rettungsmannschaft?«, wiederholte Mhilea laut. »Meint er mich oder ist da doch noch jemand auf die Suche geschickt worden?«

Nach einem Blick in die Logbücher wusste sie, dass alle Fluggeräte am Boden waren. Basileia meldete zu dem Sucheinsatz, dass auch sie die Suche eingestellt hatten, nachdem ein leeres, im Meer treibendes Flugboot gefunden wurde.

Nach Mhileas Rückkehr und einer traurigen Abschlussbesprechung zu dem Rettungseinsatz, ging Rhia in ihren Schlafraum. Es war ihr egal, dass es noch eine lange Aufgabenliste gab. Sie musste das Geschehene nun erstmal verkraften. Im Moment war mehr denn je das Bedürfnis da, Kontakt mit ihrer Familie aufzunehmen und mit Thom über die Ereignisse zu sprechen.

Sie nahm sich vor, solange zu meditieren, bis es ihr gelang. Bevor sie in die Meditation abtauchte, kam ihr eine Idee. Mit elf Jahren bekam sie einen sehr alten Meister als Meditationslehrer zugeteilt. Das hatte ihr zunächst gar nicht gefallen. In ihrem Freundeskreis sprachen viele davon, dass die alten Lehrer streng an den Traditionen festhielten. Diesen Eindruck hatte Rhia allerdings nicht. Zumindest passierte nicht, was sie sich unter alten Traditionen vorgestellt hatte. Sie erlebte zum ersten Mal in ihrem Leben, dass ihr jemand begeistert zuhörte und sie nicht in ihrem ständigen Redefluss unterbrach. Wenn der Meister dann mal selbst zu Wort kam, brachte er ihr anhand von praktischen Beispielen etwas Wichtiges bei. Beim Erzählen von Geschichten sollte sie sich Gedanken darüber machen, warum sie es jetzt gerade erzählte und welche Rolle die Zuhörer dabei spielten. Es wurde zunehmend ein Spiel daraus, das darauf zielte, jemand anderen für etwas zu begeistern. Rhia wusste schon damals, dass sie mit ihrer Unruhe und dem ständigen Redebedürfnis anderen auf die Nerven ging. Doch es musste einfach immer aus ihr heraus. Erst später verstand sie, was das Problem war. Weil sich die anderen in den erzählten Geschichten nicht selbst wiederfanden, wurde bei ihnen auch keine Emotion ausgelöst.

Mit der Zeit kam auch die Erkenntnis, dass sich der Erfolg einer Konversation mit jedem zusätzlichen Teilnehmer verstärkte. Man konnte sagen: je größer das Netzwerk, desto intensiver die hinterlassenen Eindrücke. Damit lernte Rhia eine neue Grundregel: Wenn sie erfolgreich sein wollte, musste sie andere nicht nur überzeugen, sondern auch begeistern. Die Erinnerung daran, dass Intelligenz ein Produkt von Vernetzungen ist und dass diese Netze überall sind, ließ sie auf eine geniale Idee kommen.

Sie lud für den nächsten Morgen alle in den Gemeinschaftsraum ein. Es sollte eine Erinnerung an Shoa werden und im Anschluss mit einem gemeinsamen Essen ausklingen. Fast alle waren gekommen, sogar Ohlak. Die von Rhia vorbereitete Zeremonie verlief unkompliziert. Es war ein sonst nur unter Verwandten oder sehr guten Freunden übliches Ritual, doch es wurde von allen gut angenommen. Sie saßen im Kreis und hielten sich an den Händen. Es dauerte nur einen Moment, da erfuhr Rhia die erhoffte Gefühlsexplosion in ihrem Innern. Die starke Ausstrahlung der zwanzig Teilnehmer bewirkte, dass sich Rhia sofort mit dem *Aka* verbinden konnte und hier traf sie auf das Netzwerk, das sie zu finden hoffte.

Dennoch klappte es wieder nicht mit der Verbindung zu Thom. Aber sie genoss gemeinsam mit den anderen die Stimmung der Trauer. Als die große Gefühlsexplosion abebbte und die Tränen getrocknet waren, wagte Rhia einen Blick in die Runde. Tatsächlich waren noch einige dageblieben. Zu Rhias Idee gehörte, dass wahrscheinlich nur diejenigen bis zum Schluss bleiben würden, die auch echtes Mitgefühl empfanden und damit ihre persönlichen Schwingungen verstärken konnten. Der verbliebene Meditationskreis rutschte zusammen. Rhia legte ihre linke Hand nun auf die Brust und konzentrierte sich dieses Mal auf RhiaKha. Sein unerwartetes Auftauchen vor einigen Tagen und dessen Frequenz hatten sich in ihre Erinnerung eingebrannt. Die Verbindung schien zu gelingen, aber als sie sich dem Feld ihres alten Mentors näherte, kam es ihr anders vor als vor sieben Tagen. Sie spürte die Energie des Aka mit all den verwobenen Strukturen der vielen Wesen in dieser Welt. Daraufhin konzentrierte sie sich weiter und suchte nach dem Weg zu RhiaKha. Vielleicht hoffte sie in Wirklichkeit, noch einmal in ihre eigene Vergangenheit zu gelangen.

Ohne die vergangene Zeit einschätzen zu können, war da plötzlich etwas völlig Neues, aber trotzdem sehr vertrautes um sie herum. Anstatt auf ihren ehemaligen Mentor zu treffen, fühlte sie auf einmal die Nähe ihrer Tochter Mhia. Einen kurzen euphorischen Moment lang freute sie sich, dass die Idee mit dem Netzwerk erfolgreich war. Doch dann erschrak sie, denn gerade musste etwas Außergewöhnliches passiert sein: *Wenn ich Mhia im Aka treffe, bedeutet das, dass wir beide eine Verbindung zum gleichen Wesen aufgenommen haben. Wir sind sozusagen gemeinsam an den gleichen Ort gereist. Oder wie lässt sich das sonst erklären?*

»Mama!«, wurde Rhia von ihrer Tochter begrüßt, die wohl ebenso überrascht war, auf diese Weise kontaktiert zu werden. *»Wie geht es dir und was ist bei euch passiert?«*

»Mir geht es gut. Es gab einen Unfall und wir denken alle an Shoa, die seit ein paar Tagen verschollen ist.«

Dass sie von Shoas Tod ausgingen, erzählte sie nicht. Sie hoffte innerlich noch, dass es ihr irgendwie gelungen war, sich selbst zu retten.

»Mama, hier ist viel passiert und ich habe so viele Fragen. Wann kommst du wieder nach Hause?«

»Ich werde schon bald wissen, wann sich der nächste Flug ergibt. Bist du gerade beim Meditieren gewesen?«

»Ja. Ich versuche, mehr darüber zu erfahren, welche Unterschiede es in der Physis zwischen Manujas und Menschen gibt. Weißt du, Set hatte einen Unfall und er wird im Krankenflügel

für Menschen behandelt. Die haben ihm einen Helm verpasst und überall verkabelt.«

»Mit wem warst du denn gerade im Gespräch?«

Bevor Mhia antworten konnte, mischte sich MhiaKha ein, nachdem er sich zunächst zurückgehalten hatte: *»Sei gegrüßt, Rhia. Ich habe während der Unterhaltung mit Mhia deine Frequenz gespürt und zunächst gezögert, die Verbindung zu öffnen.«*

»Warum gezögert?«

»Ich war mir nicht sicher, ob du es wirklich bist. Wäre Mhia nicht deine Tochter, hätte ich keine weitere Person in die Verbindung aufgenommen.«

»Du kennst Mama?«, fragte Mhia ihren Mentor.

»Sehr gut sogar. Vor vielen Jahren war mein Name RhiaKha.«

»Warum hast du mich vor Tagen eigentlich kontaktiert, hatte das etwas mit Mhia zu tun?«, fragte Rhia, wobei sie zögerte, den Namen von RhiaKha auszusprechen. Es kam ihr selbst albern vor, aber war sie eifersüchtig? Immerhin unterschied sich ihre einst wichtigste Vertrauensperson von der Vertrauensperson ihrer Tochter nur im Namen.

Ohne in diese Richtung weiterzudenken, schüttelte sie diese merkwürdigen Gedanken schnell ab. Doch dann antwortete RhiaKha: *»Ich habe dich nicht kontaktiert, Rhia. Unsere letzte Verbindung kam zustande, als du 19 Jahre alt warst. Plötzlich brach alles ab und ich nahm an, du hättest einen neuen Lebensweg eingeschlagen.«*

Diese Nachricht schockierte sowohl Rhia als auch ihre Tochter. Allerdings jeweils aus unterschiedlichen Gründen. Mhia fühlte sich plötzlich aus ihrer Privatsphäre herausgerissen. Sie konnte nicht fassen, dass ihre Mutter derselben Person vielleicht die gleichen intimen Fragen gestellt haben könnte, wie sie selbst. Für Rhia war es eher die Tatsache, dass RhiaKha ihr nicht die Wahrheit sagte und nun nicht wusste, wie er aus dieser Nummer rauskommen sollte. Obwohl, sie neigte eigentlich dazu, RhiaKha beziehungsweise MhiaKha zu glauben.

»Du hast letzte Woche also nicht mit mir gesprochen? Wer hätte dann deine Identität annehmen können und zu welchem Zweck?«

Diese Fragen mussten nun erstmal unbeantwortet bleiben. Dafür gab es für Rhia aber noch etwas anderes zu klären: *»Ich bekomme seit Tagen keine Verbindung zu Thom. Da kam ich auf die Idee, dass der Umweg über das* Aka *vielleicht funktionieren könnte.«*

»Und ob das geht«, sprang Mhia wieder dazwischen.

»Wie meinst du das?«

»Ich kann Papa jederzeit mit in die Verbindung aufnehmen.«

»Das würde mich aber sehr wundern. Solche Mehrfachverbindungen können nur wenige von uns aufbauen.«

»Dann hast du heute eine davon kennen gelernt«, gab Mhia freudig zurück.

»Lass erstmal sehen, bevor du damit angibst.«

Mhia konzentrierte sich mehrere Minuten auf die Frequenz ihres Vaters und als die Verbindung endlich stand, begrüßte sie ihn mit den Worten: *»Hallo Papa. Willkommen im schrägsten Familientreffen, das wir jemals hatten ...«*

»Rhia, Liebes, bist du es wirklich? Ist bei dir alles in Ordnung? Ich meine ..., bis auf die Sache mit Shoa.«

»Es geht mir gut, Thom. Es gibt eine Menge zu erzählen und ich brauche deine Hilfe bei ein paar Dingen, die uns hier nicht ganz klar sind.«

Fast eine Stunde hatte Rhia Zeit, sich mit Thom auszutauschen. Sie erfuhr dann auch, was in Basileia über die verschwundenen Wissenschaftlerinnen bekannt war. Rhia war beunruhigt, weil Chlora und Theara zuletzt an ähnlichen Dingen geforscht hatten wie sie selbst. Thom bat seine Partnerin deshalb, nun besonders vorsichtig zu sein. Auch Mhia hörte anfangs interessiert zu, obwohl sie wusste, dass ihre Eltern solche Gespräche sonst nicht in ihrer Gegenwart führten. Als MhiaKha seine ursprüngliche Unterhaltung mit ihr wieder aufnahm, bemerkte Mhia, dass sie in der Zwischenzeit gut selbst steuern konnte, mit wem sie einen Gedankenaustausch vornahm und mit wem nicht. Somit erlebte sie ihre erste Mehrkanal-Meditation.

Könnte später noch mal nützlich sein. Vielleicht auch, wenn ich in einer peinlichen Situation mal einen Rat brauche, dachte Mhia nur für sich.

Als sich Rhia von Thom, Mhia und MhiaKha verabschiedet hatte, öffnete sie die Augen. Von den anderen waren nur noch die zwei Stationstechniker Rhikeo und Lheson im Gemeinschaftsraum geblieben. Sie hatten ihre Meditation noch nicht beendet. Rhia holte sich etwas zu essen aus der angrenzenden Küche und betrachtete die beiden, während sie etwas vom kalten Fleisch kaute.

Eigentlich kannte sie die zwei Männer noch gar nicht richtig. Rhikeo war kahlköpfig und der kleinere von beiden. Er strahlte immer gute Laune aus und machte zu jedem Thema einen Scherz, ohne aufdringlich zu wirken. Lheson dagegen schien eher in sich gekehrt zu sein und hatte sich wohl seinem dominanteren Freund Rhikeo untergeordnet. Aber das konnte auch täuschen. Die beiden sah man eigentlich immer zusammen. Ob sie ein Paar waren, konnte Rhia nicht beurteilen. Die getrockneten Fleischstreifen hatten das Hungergefühl beseitigt und sie machte sich auf den Weg zum Datenspeicher. Dort wollte sie einen Blick in die Liste der Stationsbewohner werfen.

Ach, siehe da, hier hatte schon jemand die gleiche Idee. Im Logbuch stand, dass Shorak kurz zuvor Informationen über das gesamte Team abgefragt hatte. Vermutlich, um die Mannschaften für die Expeditionen zusammenzustellen. Es waren alle Namen drauf. Bis auf …, ja tatsächlich, ihr Name und der von Shoa fehlten. Bei Shoa war das verständlich. Was sie selbst betraf, vermutete sie, Shorak würde sie bei keiner der Expeditionen dabeihaben wollen. Sie wollte ihn bei passender Gelegenheit danach fragen.

In den zwei Tagen seit Ankunft der Verstärkung gab es eine Reihe merkwürdiger Begegnungen. Sie war nun froh, Thom darum gebeten zu haben, die Mannschaft von Ohlak einmal anzuschauen und vor allem herauszufinden, nach welchen Kriterien er seine Besatzung ausgesucht hatte. Die ganze Sache wurde ihr langsam unheimlich. Allerdings war Thom von dieser Idee nicht begeistert, stimmte am Ende aber doch zu.

Was die Stationstechniker Rhikeo und Lheson betraf, fand sie heraus, dass Shoa die beiden schon in früheren Projekten immer wieder auf die Mannschaftsliste gesetzt hatte. Demnach vertraute sie ihnen. Das sollte Grund genug sein, es ihr gleich zu tun.

Zur gleichen Zeit hob das kleine Flugboot mit Ohlak, Shorak und zwei männlichen Technikern ab. Shorak hatte im Bordbuch eingetragen, dass ihr Ziel südlich der Forschungsstation läge. Dort wollten sie einige bisher noch nicht untersuchte Höhlen kartographieren und falls noch Zeit bliebe, eine der Höhlen untersuchen. Die Rückkehr sollte noch vor Sonnenuntergang sein.

Einer der Techniker steuerte das Flugboot manuell. Obwohl die Zielkoordinaten bereits eingegeben waren, zeigte Ohlak dem Piloten seine Karte und sagte:»Lass uns diese Koordinaten nehmen. Das ist der Standort, an dem Shoas Mannschaft neulich Höhlen besuchte. Dort werden wir die Untersuchungen fortsetzen. Zuerst machen wir Luftbilder und dann teilen wir uns auf. Shorak und ich gehen nördlich und ihr beiden geht südlich der bekannten Route.«

»Ich möchte euch darauf hinweisen, dass wir aus Sicherheitsgründen mindestens drei Personen je Höhleneinstieg benötigen. Einer sollte immer zur Sicherung am Höhleneingang bleiben, weil wir aus der Höhle nicht nach draußen kommunizieren können«, sagte der bislang unbeteiligte Techniker und Ohlak antwortete:»Das ist ein wichtiger Hinweis. Aber es reicht, wenn wir die Einstiege mit Seilen sichern und nur auf Seillänge einsteigen. So werden wir Zeit sparen und mehr Höhlen in die Karten eintragen können. Es bleibt also bei den zwei Gruppen. Wir halten uns an den ursprünglichen Plan. Über die Höhlen erhalten wir Zugang zum Inneren dieses Gebirges und messen dort den Magnetismus. Morgen lassen wir uns vom Stationscomputer berechnen, welche Höhlen noch interessant sein könnten.«

Am Ziel angekommen, sicherten sie gemeinsam das Flugboot und teilten sich wie besprochen auf.

»Wir melden uns nach jedem Höhlenbesuch beim Flugboot fürs Protokoll, mindestens aber einmal pro Stunde. Abflug ist zwei Stunden vor Sonnenuntergang!«, war Ohlaks letzte Anweisung, bevor sie sich trennten. Shorak bat die beiden Techniker noch, vorsichtig zu sein.

Ohlak und Shorak fotografierten zuerst die Umgebung und markierten dabei vermutete Höhleneingänge an den Hängen entlang des Pfades. Sicherlich waren diese Bilder bereits im Archiv zu finden. Es wäre aber schwer zu erklären, warum sie so zielstrebig nur eine bestimmte Höhle ansteuerten.

Als sie ihr eigentliches Ziel schließlich erreichten, scherzte Ohlak: »Wir werden jetzt diese Pinie hier zu unserem dritten Teammitglied befördern.«

Er machte ein Seil am Stamm fest, während er weitersprach: »Der Raum mit den Wandzeichnungen soll nur 210 *Meh* vom Höhleneingang entfernt sein. Diese kurze Strecke können wir zu zweit einsteigen. Er hakte Shorak und sich selbst mit einer Öse am Seil ein und betrat als erster die Höhle. Ehrfürchtig schritt Shorak hinterher. Ihm ging durch den Kopf, dass hier vor vielen Jahrtausenden etwas hinterlassen wurde, das die Zukunft der Manujas verändern könnte.

Im Raum mit den Zeichnungen merkten sie, dass das Licht ihrer Lampen keine gute Farbwiedergabe ermöglichte. Shorak nahm trotzdem erstmal alles mit seiner Kamera auf. Ohlak kratzte Farb-Proben von den Zeichnungen ab und stopfte sie in kleine Glasröhrchen. Dann fing er an, den Boden am unteren Rand der Zeichnungen mit seinem Spaten frei zu graben. Und tatsächlich, es kamen weitere Teile der Wandmalereien zum Vorschein. Als er den Felsboden erreicht hatte, grub er an der Wand entlang. Shorak kam ihm mit seinem Spaten von der anderen Seite entgegen. Als sie die ganze Wand freigelegt und gesäubert hatten, dokumentierten sie alle Details mit ihren Kameras.

Das Ganze hatte bereits mehr als eine Stunde gedauert und Shorak ging deshalb zurück zum Eingang, um sich beim Flugboot zu melden. Als er wieder zurück war, traute er seinen Augen nicht. Ohlak hatte angefangen, die gesamte Zeichnung mit einem

Lasermesser abzutrennen. Die Farbreste verdampften, wo der Strahl sie traf.

Shorak rastete aus und schrie:»Du verdammter Mistkerl, was machst du denn? Von Zerstören der Zeichnungen war nicht die Rede. Das ist unwiederbringlich verloren!«

»Ja natürlich. Genau das ist meine Absicht. Oder sollen wir unser Wissen etwa mit den anderen teilen?«

Shorak kam sich ziemlich hilflos vor und sah im Moment keine Möglichkeit, sich gegen diesen Zerstörungswahn zu wehren. Er fing auch an, an seiner Einstellung zu dieser Mission zu zweifeln. Letzten Endes war er so tief darin verwickelt, dass es kein Zurück mehr gab. Wenigstens hatten sie alles sorgfältig dokumentiert und er wollte dafür sorgen, dass die angefertigten Aufnahmen nicht verloren gingen.

Nach dem Verlassen der Höhle lockerte Ohlak Teile des Felsens, bis diese schließlich den gesamten Eingang verschütteten. Dieses Geröll könnte nur mit größerem Gerät wieder zur Seite geschafft werden. Die Forschungsstation hatte jedenfalls nicht die notwendige Ausrüstung dafür.

Erschöpft, aber zufrieden setzte sich Ohlak an den Baum, an dem noch das Ende des Sicherungsseils hing.

»Du Idiot!«, fluchte Shorak, als er bemerkte, dass auch ein ganzes Stück Seil von den Felsbrocken verschüttet wurde.

»Hier haben wir jetzt ordentlich unsere Marke hinterlassen.«

»Reg dich nicht auf. Wir schneiden das Ende des Seils unter dem Felsen ab. Selbst wenn das restliche Seil jemals gefunden werden sollte, wird niemand auf die Idee kommen, dass es von uns stammt.«

Als sie ihre Spuren verwischt hatten, machten Sie sich auf den Weg zurück zum Flugboot. Sie nahmen einen kleinen Umweg, um noch weitere Aufnahmen der Berghänge zu archivieren. Die verbliebene Zeit bis zur Rückkehr der beiden Techniker verbrachten Sie mit der Sichtung ihrer Filmaufnahmen.

Der neue Teil der Höhlenzeichnungen bestand aus einer Reihe von Gebäuden, darunter auch Pyramiden, deren Anordnung zunächst keinen Sinn ergaben. Auffällig war allerdings eine Gruppe humanoider Wesen, die im Kreis standen und sich an den

Händen hielten. Im Zentrum dieser zwölf Figuren sahen sie ein perfekt gezeichnetes Symbol, filigran und mit großer Detailtreue dargestellt. Die Form dieses Symbols erinnerte an die Perfektion einer Blüte wie bei einer Dahlie, weswegen es auch am besten als Blütensymbol bezeichnet werden konnte. Diese Zeichnung unterschied sich wesentlich von den anderen Malereien, denn sie war nicht als Farbauftrag entstanden. Hier war etwas mit hoher Temperatur in den Stein gebrannt worden.

Symbol aus der Höhle nahe der Forschungsstation

Es gab kein Farbmaterial, das entnommen und chemisch auf sein Alter und die Zusammensetzung hin untersucht werden konnte. Deshalb hatte Ohlak ein flaches Stück des Steins mit dem dargestellten Symbol abgetrennt und in einem Beutel verstaut. Die Details des Symbols könnten am besten beschrieben werden als eine Blume, die mit 19 sich überlappenden Kreisen gemalt wurde. Der Rand bestand aus zwei Kreisen, die das Blumensymbol einschlossen. Die Perfektion der Zeichnung passte gar nicht richtig zu den zwölf einfach dargestellten Wesen, die rundherum angeordnet waren.

»Warum sind die Teile der Zeichnung so unterschiedlich ausgeführt? Waren hier verschiedene Künstler am Werk?«

»Ich habe von allen Stellen Proben entnommen. So sollte sich herausfinden lassen, welcher Teil der Zeichnungen wann entstand und welches Material sie verwendet haben«, antwortete Ohlak.

Als die beiden Techniker zurückkehrten, hatte Shorak bereits im Protokoll eingetragen, welche Route sie kartographiert hatten und er vermerkte auch, dass der Eingang einer bereits bekannten Höhle verschüttet vorgefunden wurde.

Wieder in der Forschungsstation angekommen, zogen sich Ohlak und Shorak in die ETANA zurück und begannen sofort mit Analysen der mitgebrachten Proben. Die Farben waren unterschiedlich alt. So könnten Teile der Zeichnung 30.000 Jahre, andere zwischen 10- und 15.000 Jahren alt sein. Hier zeigte sich, dass Ohlak einen gravierenden Fehler gemacht hatte. Er hatte die Proben nicht systematisch durchnummeriert. Damit war nicht mehr herauszufinden, welcher Teil der Zeichnungen welches Alter hatte.

Bei der Gesteinsprobe des Blumensymbols war es noch schwieriger. Dessen Alter war nur auf Grund der Patina zu schätzen. Das ergab grob 30.000 bis 50.000 Jahre. Eine Schlussfolgerung konnte aber ganz klar gezogen werden. Das Blumensymbol war von hoher Qualität und wie mit einer Schablone angebracht und es war auf jeden Fall die älteste Darstellung. Shorak hatte Ohlak deshalb empfohlen, sich auf folgende Schlussfolgerung zu einigen:

»Auf Grund der Fakten wissen wir, dass die Wandzeichnungen erst entstanden, als das Gebiet um die Pyramide bereits unter Wasser lag. Also ist anzunehmen, dass die Stadt nach Beginn der derzeitigen Kaltzeit überflutet wurde. Wir wissen noch nicht genau, wann das war und was mit den Bewohnern geschah. Dafür werden geologische und archäologische Untersuchungen unter Wasser benötigt.«

Δ

Die Vorbereitungen auf die große Expedition zum See, waren inzwischen abgeschlossen. Die mehr als 100 Jahre alte ETANA startete fast lautlos zu ihrem großen Abenteuer. Mhilea war wieder als Pilotin eingeteilt:»Starte Logbucheintrag.«

»Tag 191, Jahr 410360, Stunde 9-3-0. Beginne Aufzeichnung.«, bestätigte der Bordcomputer.

»Die ETANA ist auf dem Weg zum See, östlich des *Wadi-Rag*. Dem See im Zielgebiet gebe ich hiermit den Namen

Maata-Shoa. Unsere Zielkoordinaten am Nordufer des Sees sind: 21,72 Grad nördlicher Breite und 8,61 Grad östlicher Länge.« Die *Alten Meister* hatten einst festgelegt, dass der Null-Längengrad für *Achala* durch das Zentrum von Basileia verlief. Die Vorschriften besagten übrigens, dass neu entdeckte namenlose geologische Strukturen vom Entdecker benannt werden durften. Der See, welcher Ziel dieser Reise war, hatte nach den Aufzeichnungen und Karten bisher noch keinen Namen. Da Mhilea momentan das Kommando auf dem Flugboot hatte, kam sie so den anderen zuvor und nahm dieses Recht wahr.

Nach Ankunft am See flog die ETANA das gesamte Zielgebiet ab. Die Navigationskarten wurden aktualisiert, neue Landmarken festgelegt und die Bodenbeschaffenheiten untersucht. Anschließend errichteten sie ein Basislager in der Nähe des Nordufers. Ohlak hatte drei Gruppen festgelegt. Zum einen die Basismannschaft, welche auf der ETANA verbleiben und die beiden anderen Gruppen aus der Luft unterstützen würde. Diese Gruppe wurde von Bharu geleitet. Dann eine Gruppe, die das Gebiet des *Wadi-Rag* untersuchen sollte. Dabei handelte es sich um ein ausgetrocknetes Flussbett westlich des Sees. Auch hier sollte nach Magnetfeldanomalien gesucht werden. Die dritte Gruppe würde diese Untersuchungen am Grund des Sees mit Hilfe kleiner Tauchroboter und einem Tauchboot durchführen. Natürlich gehörten die beiden Ozeanologen Mhilea und Shorak zu dieser Gruppe. Shorak bat aber darum, Mhilea nicht mit ins Tauchboot zu nehmen. Sie sollte die Gruppe von der ETANA aus unterstützen.

Nach der Landung rief Ohlak die gesamte Mannschaft zusammen. Er wollte die weitere Vorgehensweise bekannt geben. Die einsetzende Diskussion über die Gruppenaufteilung beendete er sofort. Dafür gestand er der Mannschaft zu, wenn nötig, später auch neue Teams zu bilden.

Der erste Arbeitstag endete damit, dass jeder Leiter seinen Plan für die Gruppe vorstellte. Hier gab es dann beim gemeinsamen Abendessen noch die Möglichkeit, Vorschläge zu diskutieren. Am Abend saßen sie um ein Lagerfeuer. Die Zeit nach

Sonnenuntergang war besonders angenehm, weil sie sich dann nicht mehr vor jedem Sonnenstrahl schützen mussten. Bei Bharu merkte man, dass er es mit dem Sonnenschutz nicht so genau nahm. Seine helle Haut war im Gesicht und am langen Hinterkopf sehr rot. Auch seine Hände und Füße hatten schon viel Strahlung abbekommen. Dabei war es so einfach, sich mit wenig Mühe wenigstens für eine gewisse Dauer vor Sonnenbrand zu schützen. Speisen, denen ein Pflanzenextrakt des *Pupo-Farns* zugesetzt wurde, schützten die Haut durch ihre natürlichen Antioxidantien. Das Öl des *Butterbaums* gestattete auch ein paar Stunden im Freien, allerdings nur bei normalen Strahlenwerten.

Im Moment schien Bharu irgendwas zu beschäftigen. Er saß allein in einer Ecke und beobachtete die anderen aufmerksam mit seinen leuchtend blauen Augen. Dessen Rückzug aus der Gruppe war bis dahin niemandem aufgefallen.

Am nächsten Tag ging es dann los. Als zweite Gruppe startete die Tauchmannschaft. Sie hatten zunächst dafür zu sorgen, dass ihr Tauchboot mit Hilfe der ETANA im Wasser abgesetzt wurde. Das ging nicht anders, weil das Ufer in der Nähe des Landeplatzes sumpfig und mit bis zu sechs *Meh* hohem Sauergras, einer sehr verbreiteten Art von Papyrus, bewachsen war.

Schließlich an Bord des Tauchboots, probierten Ohlak und Shorak erstmal die zusätzlich installierten Geräte aus. Da gab es einen Bohrer, mit dem eine Sonde tief in den Seeboden geschickt werden konnte. Vorausgesetzt, kein Felsen versperrte den Weg. Zur Ausrüstung gehörten zwei kleine ferngesteuerte Tauchroboter, die schwer zugängliche Stellen erreichen konnten. Neben Ohlak und Shorak waren noch die beiden Techniker Thim und Chira dabei. Die beiden hatten auch die Exkursion zu den Höhlen begleitet. Sie waren mit der Konstruktion der meisten Geräte vertraut und konnten kleinere Reparaturen selbst durchführen. Bei den Tauchrobotern handelte es sich um sehr agile Objekte. Am Bug gab es zwei Arme, die auch jeweils mit einer sehr beweglichen Greifzange endeten. Als die beiden Techniker eine Weile mit Tests verbracht hatten, begann Thim mit seinem Tauchroboter zum Spaß einen Angriff auf den anderen. Er näherte sich von hinten und schaltete den zweiten einfach über den am Heck angebrachten Drehschalter aus. Worauf dieser dann hilflos im Wasser trieb.

»So schnell kann die Fahrt zu Ende sein, wenn man immer nur nach vorne schaut!«, witzelte der Sieger.

Kurz darauf gingen auch die Lichter von Thims »Siegerroboter« aus.

»Was hast du gemacht?«

Chira grinste, lehnte sich in seinem Stuhl zurück und antwortete: »Das war es dann wohl mit deiner Voraussicht!«

»Ich wusste gar nicht, dass wir auf die Dinger von außen zugreifen können.«

»Können wir eigentlich auch nicht. Ich habe die Frequenz für die Stromversorgung deines Bootes gestört. Danach schaltet sich alles ab. Schau mal hier ...«, Chira zeigte auf einen Schaltplan vom Tauchroboter und erklärte: »Hier ist nicht alles abgesichert. Wer baut denn so was? Innerhalb von Hohlräumen könnte uns das Schwierigkeiten machen. Jede elektromagnetische Störung wäre das Aus. Wir sollten uns noch etwas einfallen lassen, sonst verlieren wir schnell einen der Roboter.«

»Ist das Tauchboot auch gefährdet?«

»Im Prinzip ja, aber solange das Boot von einem Manuja gesteuert wird, kann dieser notfalls eingreifen.«

»Da sieht man, wie anfällig diese drahtlose Stromübertragung ist. Wir sollten in die Tauchroboter noch kleine Batterien einbauen, mit denen das Gerät zumindest steuerbar bleibt, wenn die Hauptversorgung ausfällt.«

In der Zwischenzeit hatten Ohlak und Shorak ihre selbst mitgebrachte Karte studiert und deshalb kaum auf ihr Umfeld geachtet.

»Die Strukturen sind nur noch einen *Iteru* entfernt. Wir starten sofort, bleiben aber erstmal kurz unter der Oberfläche, um nicht mit höheren Gebäuden zu kollidieren«, sagte Ohlak.

Thim unterbrach ihn: »Wir würden gern die Tauchroboter umbauen. Sie sind noch zu anfällig, um damit ins Innere von Gebäuden zu fahren.«

Shorak nickte und übernahm die Navigation des Bootes, was Thim als Zustimmung wertete und mit der Demontage des ersten Roboters begann.

»Wir nähern uns dem Ziel«, sagte Shorak und starrte auf die Bildschirme, während er die Geschwindigkeit drosselte.

Ohlak schaute nur auf seine Karte. »Wir fahren zunächst die Umrisse der Ruinen ab und vergleichen sie mit unseren Daten. Zuerst wird alles kartographiert.«

»So wie es aussieht, sind hier unzählige Gebäude unter dem Sedimentboden verborgen. Es muss tatsächlich eine ganze Stadt gewesen sein. Womit wollen wir starten?«, wollte Chira wissen.

Shorak bekam schon Zweifel, ob es gut sei, Ohlak dabei zu haben. Möglicherweise würde er auch dieses Mal wieder etwas zerstören. Aber er hatte als oberster Wissenschaftler das Sagen und konnte selbst entscheiden, an welchen Aktionen er persönlich teilnahm. Deswegen machte es auch keinen Sinn, sich dagegen zu wehren. Außerdem war die Neugierde auch bei Shorak zu groß, als dass er jetzt irgendetwas stoppen wollte.

»Wir werden mit der Pyramide starten, die etwas aus dem Boden herausragt«, legte Ohlak fest.

Die Karte enthielt bereits Vermerke über Magnetfeldanomalien. Das stärkste Magnetfeld gab es in der Nähe der Pyramide. Inzwischen waren sie am Ziel angekommen und schwebten in Sichtweite davon still im Wasser.

»Was könnte diese Anomalie verursachen?«, wollte Shorak von den anderen wissen.

»Vielleicht wurde magnetisiertes Gestein verbaut.«

»Solche Gesteinsarten gibt es hier nicht. Es könnte eher eine Quelle für Elektromagnetismus sein, das wäre dann aber künstlichen Ursprungs.«

»Wenn sich hier seit Jahrtausenden niemand mehr aufgehalten hat, dürften doch auch keine technischen Anlagen mehr in Betrieb sein, oder?«

Chira stimmte zu und weil ihm außer technischen Gründen nichts für die Anomalie einfiel, legte er mit einer ganz anderen Theorie nach: »Dann müssen in dieser Pyramide vielleicht

Riesen wohnen, die auf einer Eisenplatte mit großen Magnetsteinen Kriegsspiele veranstalten.«

Ohlak war verärgert und wies ihn zurecht:»Du solltest mal etwas Vernünftiges machen und Thim beim Zusammenbau des Tauchroboters helfen. Die vielen Schrauben und Steckverbindungen auf dem Boden sehen ziemlich chaotisch aus.«

Von Thim kam darauf prompt als Antwort:»Das Chaos ist mein kleinstes Problem. Wegen des starken Magnetfeldes der Pyramide fangen ein paar Teile schon an, magnetisch zu werden. Schaut mal hier ...«, sagte er und hob dabei sein Schraubwerkzeug an. Daran klebten kleine Teile fest.

»Ich habe keine Ahnung, was das für Auswirkungen auf die Funktion haben wird. Vielleicht verschwinden wir besser erstmal wieder.«

»Können wir die Magnetisierung rückgängig machen?«

»Ja, zum Beispiel durch Erhitzen. Aber es sind nun auch schon verbaute Teile magnetisch geworden. Die können wir nicht alle auf 250 *Bur* erwärmen. Wenn wir ins Basislager zurückkehren würden, könnten wir uns mit den Werkzeugen der ETANA ein Wechselmagnetfeld bauen. Damit kann das ganze Tauchboot auf einmal entmagnetisiert werden.«

»Dann bleibt uns nur, so schnell wie möglich fertig zu werden.«

Während Chira und Thim den Tauchroboter wieder zusammenbauten und die hinzugefügte Batterie testeten, fuhr Shorak einmal langsam um die Pyramide herum. An der Nordseite lag das Wrack des vor einiger Zeit verunglückten Tauchbootes. Die Glaskuppel war von innen geschwärzt und beide Druckluftbehälter geborsten. Thim sah es und obwohl er keine Ahnung hatte, wie dieses Tauchboot hierhergekommen war, unterließ er es lieber zu fragen. Ohlak sagte dann:»Wir werden uns später darum kümmern. Jetzt bleibt dafür keine Zeit.«

»Haltet auf jeden Fall Abstand von der freigekratzten Platte auf dem Pyramidenstumpf. Dort hat sich schon jemand zu schaffen gemacht und wie das ausging, seht ihr da unten.«

Nach diesem Hinweis war Chira und Thim die Lust vergangen, mit der Pyramide zu experimentieren. Sie beschlossen, das

Wrack zunächst erst mal etwas wegzuziehen. Beim Umrunden des Bauwerkes hatten sie die sichtbaren Oberflächen gescannt und im Bordcomputer abgespeichert. Dann wurde die Bohrsonde benutzt, um die Gesamtausmaße zu ermitteln. Deren Spitze war mit mehreren Sensoren ausgestattet. Diese erlaubten es, das Bohrloch ständig zu überwachen und Messungen am vorgefundenen Material vorzunehmen. Wegen der lockeren Sedimentablagerungen am Boden des Sees waren beim Bohren keine Probleme zu erwarten. Die vier Seiten der Pyramide hatten eine glatte und helle Kalksteinoberfläche, an der die Sonde ohne Widerstand bis zum Sockel gleiten konnte.

Nach Auswertung der neuen Daten standen die Ausmaße des Bauwerks fest. Höhe von der Grundfläche bis zur Oberkante des Pyramidenstumpfes ergaben 267 *Meh*. Sollte jemals eine Spitze darauf gestanden haben, wäre diese 13 *Meh* hoch gewesen. Als der Bordcomputer eine Zeichnung auf den Bildschirm projizierte, staunten sie. Es handelte sich um zwei Gesteinsschichten an den Pyramidenflächen. Die innere Schicht hatte aber nicht vier, sondern acht Seiten. Die vier großen Flächen waren in der Mitte leicht geknickt.

»Diese aufwendige Konstruktion ist beeindruckend«, staunte Shorak und fragte im Zentralarchiv an, welche Gründe es dafür geben könnte. Die Antwort überraschte ihn:»Bei komplexen Schwingungssystemen verhindern solche Unterbrechungen ungewollte Resonanzen. Außerdem kann man Wellen damit gezielt reflektieren. Sollte die Hypothese mit dem Schwingungssystem stimmen, müssten sich diverse Hohlräume im Innern befinden, die in der Gesamtheit den Resonanzkörper ergeben.«

Somit war klar, sie mussten unbedingt hinein und sich Gewissheit verschaffen. Was sie aber nicht gefunden hatten, war ein Eingang. Deshalb sprach erstmal alles dafür, dass das Bauwerk nicht dafür gedacht war, regelmäßig betreten zu werden. Niemandem war bekannt, dass die *Alten Meister* derartige Gebäude geschaffen hätten, noch war in den Aufzeichnungen etwas darüber zu finden, welchen Zweck so eine Konstruktion haben könnte.

Ohlak grübelte und dachte laut nach:»Wäre es ein technisches Bauwerk, müsste es jederzeit zugänglich sein. Alle technischen Anlagen müssen irgendwann mal gewartet werden.«»Nicht unbedingt«, widersprach Thim.»Wir sollten nicht vergessen, dass die Natur ein komplexes geschlossenes System darstellt, das auch nicht gewartet werden muss. Ich schließe deshalb nicht aus, dass die Pyramide zur Energiegewinnung diente. Wir haben in Basileia ein ähnliches System mit dem Energieturm im Zentrum. Dort waren auch seit Jahrhunderten keine Instandsetzungen nötig.«

»Wenn es ein Energieturm wäre, müsste dieser von Wasserkanälen umgeben und auch im Innern mit einer Wasserversorgung versehen sein.«

»Das könnten wir mit Tiefen-Scans feststellen. Sollten wir unter dem Seeboden einen Wasserlauf finden, wäre das für uns auch der Zugang zum Innern.«

»Glaubst du immer noch, dass es sich um einen Wissensspeicher handelt?«

»Ja. Und auch wenn es lediglich eine technische Anlage sein sollte, würden wir Kenntnisse über das Funktionsprinzip erlangen. Damit wären wir vielleicht weniger von dem instabilen Magnetfeld abhängig. Wenn die Simulationen real sind, die uns Rhia gezeigt hat, werden die derzeit im Bau befindlichen Energietürme keines unserer Probleme lösen.«

Ohlak behielt die nächste Überlegung für sich. Er dachte daran, dass er mit dem Wissen über die Lösung des Energieproblems sein Ansehen im Volk wesentlich aufbessern könnte. Bezüglich des anstehenden Regierungswechsels wäre das kein schlechter Zeitpunkt.

Bis zum Abend hatten sie mit Bohrungen eine Karte des Untergrundes erstellt. Wie sie vermuteten, gab es ein Gangsystem im Umfeld. Das sprach für ein ehemaliges Wasserleitungssystem unter den Gebäuden. Es gab tatsächlich unter dem Seeboden einen langen Tunnel bis zum ehemaligen Flussbett. Möglicherweise könnte dieser Weg versiegelt sein, aber das wollten sie mit dem Tauchroboter herausfinden.

Vor Sonnenuntergang tauchten sie auf und ließen sich von der ETANA wieder abholen. Ursprünglich war geplant, auf dem See zu ankern und auch die ganze Ausrüstung dort zu lassen. Da das Boot aber entmagnetisiert werden musste, wollten sie alles noch einmal zurück zum Lager bringen. Chira und Thim fingen am Abend noch mit dem Bau einer Vorrichtung zur Entmagnetisierung an.

Ohlak versuchte währenddessen gemeinsam mit den anderen herauszufinden, was mit den wenigen Piktogrammen anzufangen war, die sie auf der vergoldeten Platte vorfanden.

Mhilea kannte sich mit alten Schriften aus und war begeistert: »Die *Alten Meister* verwendeten eigentlich nur wenige Schriftzeichen. Alles deutet darauf hin, dass sie diese Schrift nur zur Kommunikation mit anderen Wesen nutzten. Was uns heute noch bekannt ist, besteht aus wenigen Hieroglyphen und Piktogrammen. Das meiste davon wird in abgewandelter Form noch benutzt. Manche der ursprünglichen Glyphen verstehen wir allerdings nicht mehr.«

»Was bedeuten denn nun die Zeichen auf der Goldplatte?«

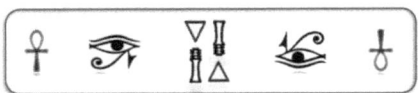

Piktogramme / Hieroglyphen von der Pyramide

Mhilea ließ sich alles vom *Ei* anzeigen. Die Darstellung mehrerer Piktogramme und die Umrandungen waren im Hochrelief gefertigt. Die Zeichen traten also aus dem Material hervor, sodass das Symbol dreidimensional wirkte. Bevor sie ihre Erklärung fortsetzte, betonte Mhilea, dass ihr Wissen darüber aus jüngeren Epochen stammte, aber eher wage Interpretationen seien.

Dann beschrieb sie den Inhalt: »Das erste Zeichen sollte jedem bekannt sein. Es zeigt das Symbol für das empfangene Leben, es steht aber auch für das Wissen und die Macht des Geistes. Das Zweite zeigt das wachsame Auge. Das wird an anderer Stelle auch manchmal als drittes Auge beschrieben. Das ist aber eher ein Hinweis auf das Sehen mit einem erweiterten Bewusstsein. Heute verwenden wir es auch an Stellen, wo wir die Aufmerksamkeit auf etwas lenken möchten oder um vor etwas zu warnen. Deswegen weist das Symbol in der Mitte wahrscheinlich auf eine Gefahr hin. Vielleicht ist die elektrische Entladung gemeint. Das zu wissen, hätte dem Pilot des verunglückten Tauchbootes wohl das Leben gerettet. Es fällt auf, dass zwei Dreiecke mit ihrer Spitze jeweils auf das Symbol für Energie zeigen. Dass Pfeiler und Spitze gegenläufig ein Pärchen bilden, könnte bedeuten, dass mit dem Strom auch Informationen ausgetauscht werden. Aber wie gesagt, bis jetzt ist es nur eine Hypothese.«

Shorak ergänzte:»Die Darstellung in der Mitte bedeutet meiner Meinung nach das Prinzip von Polarität und Dualität.«

»Aber warum sind auch die beiden äußeren Zeichen paarweise und auf den Kopf gedreht dargestellt?«, fragte jemand.

»Darüber können wir erstmal nur Vermutungen anstellen.«

Bharu wies dann noch auf etwas anderes hin:»Unter diesen Piktogrammen ist noch ein Kreis mit Zeichen zu sehen, die wir noch weniger verstehen. Innerhalb dieses Kreises sind 24 Punkte angebracht. Es gibt auch so etwas wie Zahlen in einer unbekannten Schreibweise. Außerhalb des Kreises sind auch noch drei unterschiedlich große Pyramidensymbole zu sehen. Habt ihr nicht auch drei Pyramiden am Seeboden gefunden?«

»Ja. Mindestens drei größere davon muss es geben.«

»Dann haben die vielleicht etwas miteinander zu tun. Innerhalb des Kreises sieht man eine Art Text, vielleicht eine Linearschrift. Ganz anders als die Piktogramme darüber. Sie sind im Hochrelief und dadurch viel ausdrucksstärker. Ich würde das gern einem Freund in Basileia schicken, der sich damit besser auskennt.«

»Das kommt nicht in Frage. Alle Informationen für Basileia werden an Khi geschickt. Sie übernimmt die Weiterverteilung«, antwortete Ohlak.

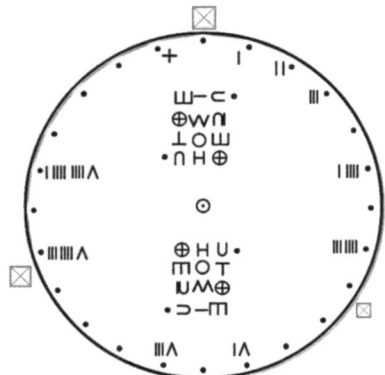

Kreis mit Symbolen als Teil der Schriftzeichen
auf der Pyramide im See

Bahru war enttäuscht, dass ihn Ohlak so schroff zurückgepfiffen hatte. Trotzdem wollte er noch nicht aufgeben und nahm am Abend telepathisch Kontakt mit Rhia in der Forschungsstation auf. Ihr schickte er auch die Bilder der verschiedenen Zeichen. Er vertraute ihr und bat sie um Hilfe, ohne die Quelle zu verraten. Damit, so dachte Bharu, hätte er nicht gegen Ohlaks Anweisung verstoßen und auch keine Informationen an Basileia weitergegeben.

Rhia war froh, etwas Neues von der ETANA zu hören und versprach, sich darum zu kümmern. Schnell fiel ihr ein, dass sich Rhikeo mit diesen Dingen gut auskennen müsste. Weil er in der Station nicht auffindbar war, versuchte sie ihn telepathisch zu erreichen. Sie hatte in Shoas Aufzeichnungen gelesen, dass er nicht nur ein technisches Genie war, sondern auch immer bei anderen Fachbereichen nachfragte.

»Hallo Rhia, wie kann ich helfen?«, antwortete Rhikeo mit seiner freundlichen Art.

Rhia erklärte, dass sie etwas Hilfe mit Schriftzeichen brauchen würde, aber im Zentralarchiv nicht viel zu finden sei.

»Lheson und ich sind draußen unterwegs. Schick' mir die Bilder mal rüber. In der Zwischenzeit werde ich Lheson mit in unsere Verbindung holen, wenn du erlaubst.«

»Ja natürlich.«

Ein paar Minuten später spürte Rhia, wie Rhikeo und Lheson sich unterhielten, ohne dass sie ihre Sprache verstand. Dann meldete sich Rhikeo wieder:

»*Wir haben uns schon erste Gedanken darüber gemacht, aber mehr als eine Vermutung haben wir nicht. Wir wollen das mal mit meinem früheren **Meister** besprechen, weil der sich mit Schriftsprachen besser auskennt.*«

»*Verstehe. Lasst von euch hören, wenn ihr was rausgefunden habt. Gute Nacht!*«, verabschiedete sich Rhia.

Zufrieden und mit einem Lächeln im Gesicht, zog sie sich danach in ihre Schlafkammer zurück.

Während der kommenden Tage blieb das Team von Ohlak im Lager. Chira und Thim beschäftigten sich mit der Konstruktion der Pyramide, werteten die Bodenbeschaffenheit aus und ließen vom Computer eine hypothetische Bauzeichnung anfertigen. Mit den Ergebnissen sollte die Orientierung vor Ort einfacher werden. Die Scanner konnten ein kleines Stück unter die Oberfläche vordringen. Dabei fiel etwas Merkwürdiges auf. Ab etwa einem Drittel der Bauwerkshöhe verlief unter der Oberfläche eine spiralförmige Rampe bis zur Spitze. Das sah aus wie ein ehemaliger Tunnel mit einem Steigungswinkel von sieben Grad. Diese Rampe muss vor dem Anbringen der äußeren Hülle mit Steinen verfüllt worden sein. Chira vermutete, dass sie während des Baus verwendet wurde, oder auch ein verborgener Zugang zu Hohlräumen sein könnte. Am unteren Ende dieser Rampe könnten sie dann vielleicht auch den Eingang finden.

Ohlak und Shorak grübelten in der Zwischenzeit über weitere Theorien zu den Piktogrammen. In Basileia hatten sie Khi kontaktiert, um die Analyse der unbekannten Schriftzeichen in Auftrag zu geben. Außerdem schickten sie ihr auch das Blumensymbol aus der Höhle. Sie hofften, dass Khi mit ihrem persönlichen Zugang zum Zentralarchiv mehr über diese unbekannte Sprache herausfinden würde. Sollte das nichts bringen, könnten sie immer noch weitere Forscher einweihen.

Am Morgen des siebten Tages nach dem ersten Ausflug brachte die ETANA das Tauchboot und Ohlaks Team wieder zur Pyramide. Obwohl sie in den letzten Tagen wenig Schlaf hatten, waren Chira und Thim guter Laune. Heute würden sie sicherlich einen Weg in die Pyramide finden. Hätte einer von beiden die Fähigkeit zum Hellsehen gehabt, wäre dieser Tag sicherlich ganz anders verlaufen.

Als das Tauchboot am Ziel ankam, merkte Thim gleich, dass sich etwas verändert hatte. Das Wasser war viel klarer als beim letzten Mal. Ein Stück entfernt von der Pyramide sahen sie das Wrack des verunglückten Tauchbootes liegen, das sie Tage zuvor dorthin geschleppt hatten. Zum ersten Mal fielen ihnen auch Fische auf, die ungestört umher schwammen. Thim war verunsichert:»Beim letzten Mal habe ich hier keinen einzigen Fisch gesehen.«

Und noch etwas anderes war auffällig. Das elektromagnetische Feld war verschwunden. Und gerade dafür hatten sie während der vergangenen Tage den großen Aufwand betrieben.

»Was ist denn jetzt los, wo ist das Feld hin?«, fragte Shorak.»Was ist anders als beim letzten Mal?«

»Wir haben das Wrack von der Pyramide weggezogen.«

»Und wir haben inzwischen die Piktogramme gelesen, die ja wahrscheinlich eine Warnung an uns sind«, ergänzte Chira.

»Was soll denn das Lesen der Warnung für einen Einfluss auf den Magnetismus haben?«

»Ich habe nur aufgezählt, was sich noch verändert hat. Und wenn es das auch nicht ist, dann haben die Riesen vielleicht ihr Magnetspiel weggeräumt«, witzelte Chira.

Mit Kopfschütteln und verärgert über Chiras kindische Äußerung, schaute Shorak wieder auf die Monitore im Cockpit und suchte nach Auffälligkeiten. Dennoch ging ihm die Bemerkung über die Riesen nicht aus dem Kopf. Chira war für seinen tiefgründigen Humor bekannt. Dann murmelte er leise vor sich hin:»Vielleicht hat der Bursche recht. Wenn uns keine logische Erklärung einfällt, müssen wir auch unkonventionelle Ideen in Betracht ziehen.«

Aber bevor sie nach Chiras »Riesen« suchen würden, wollte er erst mal alle anderen rationalen Ursachen ausschließen. »Lasst uns das Wrack nochmal an die ursprüngliche Position ziehen. Dann können wir diese Option beurteilen«, schlug Shorak vor.

»Das ist schnell erledigt!«

Sie näherten sich dem beschädigten Wasserfahrzeug. Thim fuhr einen Greifarm aus und zog es ganz langsam an die Stelle, wo sie es ursprünglich vorgefunden hatten. Alle starrten gespannt auf die Anzeigen im Cockpit.

»Nichts, keine Änderung!«

»Lasst es noch eine Weile hier liegen. Wenn die Pyramide ein Schwingungssystem ist, könnte die Magnetfeldänderung eine Nebenwirkung des gestörten Schwingkreises sein. Das baut sich nur langsam auf«, sagte Chira.

Genauso war es dann auch. Die Feldstärke erhöhte sich mit jeder Minute und zusätzlich konnten sie eine Frequenz im Ultraschallbereich messen. Gleichzeitig wurde das Wasser trüb.

»Schaut hin. Der Ultraschall erzeugt einen Staudruck bei den Molekülen und das führt zum Ausgasen. Das ist im Wasser aber ganz normal.«

Zumindest hatten sie damit die Ursache für das trübe Wasser gefunden. Sie warteten noch, bis sich die Messwerte nicht mehr veränderten und zogen dann das Wrack wieder von der Pyramide weg. Doch zuvor schauten alle etwas genauer in das zerstörte Cockpit. Die organischen Teile waren verschmort und keinerlei Reste von dem Piloten zu sehen. Allerdings schwammen dessen Kleidungsstücke frei im Cockpit herum. Ein Schuh des Piloten klemmte zwischen den Fußpedalen.

»Wo ist der tote Pilot geblieben? Wäre er geborgen worden, hätte man ihn doch nicht vorher ausgezogen«, wunderte sich Chira.

»Die Kuppel kann nur außerhalb des Wassers geöffnet werden. Es sieht aus, als hätte sich sein Körper aufgelöst.«

»Wir können hier nichts mehr tun. Jetzt suchen wir weiter nach einem Eingang in die Pyramide«, sagte Ohlak.

Thim hätte schon gern mehr über den Verbleib des Piloten erfahren. Immerhin waren sie ebenfalls in Gefahr. Die Vorstellung, wie ein verdampfter Geist im eigenen Cockpit zu treiben, ließ ihn immer nervöser werden.

Ohlak schaute sich den Plan vom Seeuntergrund genauer an. Die Auswertungen ließen schon mal eine Schlussfolgerung zu: Das Fundament wurde auf massivem Felsgestein errichtet. Bis in eine Tiefe von mindestens 40 *Meh* gab es Tunnel im Gestein. Tiefer konnten die Sensoren nichts mehr erfassen, was aber nicht bedeutete, dass keine weiteren Hohlräume vorhanden waren. Sie konnten auch nicht erkennen, welcher der Gänge in die Pyramide führte.

»Nun lasst uns mal zusammenfassen, was wir wissen«, begann Shorak.

»Von der Basis gemessen, hat das Objekt eine Höhe von 267 *Meh*. Davon stecken 220 im Seeboden. Wir müssten also eine dicke Schlammschicht abtragen, um an einen der Tunnel zu gelangen, ohne zu wissen, welcher in die Pyramide führt.«

»Du hast recht, das wäre Unsinn«, bestätigte Ohlak. »Wir können nur von oben in das Bauwerk eindringen.«

»Oh nein! Wie das enden wird, seht ihr am Beispiel des Geisterpiloten. Lasst uns einen anderen Weg finden!«

Thim hatte eine Idee: »Wenn es sich um ein technisches System handelt, worauf derzeit alles hindeutet, müssten die Schwingungen ein spezifisches Muster ergeben.«

»Richtig«, bestätigte Chira. »Zu diesem Thema gibt es ausnahmsweise mal genügend Unterlagen im Zentralarchiv. Soweit ich weiß, befasst sich trotzdem kaum noch jemand ausgiebig mit dieser Wissenschaft. Aber nach der Theorie unserer Vorfahren, sollte diese Art von Muster sowohl bei lebender als auch bei toter Materie existieren. Wir nennen das *formgebende Felder*.«

»Was hat das mit unserem Problem zu tun?«, fragte Ohlak.

»In den *formgebenden Feldern* sind Form und Struktur eines jeden Körpers abgespeichert. Ein Baum weiß zum Beispiel, welche Form seine Baumkrone und seine Blätter haben werden. Auch die Kristallstruktur in einem Mineral wird in so einem Feld gespeichert, genauso wie die Information darüber, welche Form

und Größe ein Manuja haben soll. Ich könnte das endlos weiter-
führen. Die Informationen sind übrigens kumulativ. Das Feld
wird also mit neuen Daten aktualisiert, wenn der Organismus
eine dauerhafte Mutation erfahren hat. Manchmal können sich
die aktualisierten Felder auch auf nicht mutierte Lebewesen aus-
wirken, aber darüber steht nichts Genaues im Zentralarchiv.«

»Jetzt komme doch mal auf den Punkt«, drängelte Ohlak, wobei er Thim herablassend anschaute.

»Also …, wenn die Pyramide von einem *formgebenden Feld*
umgeben ist, dann müssten wir es messen können. Im Ergebnis
erhalten wir die komplette Struktur des Objektes. Das ist so ähnlich wie bei einem Hologramm. Kennst du einen Teil davon,
kennst du auch das Ganze.«

»Ist das alles nur Theorie oder hast du das passende Messgerät
schon im Gepäck? Und überhaupt, müssen wir uns jetzt in eine
Pyramide verwandeln, um das Feld einer anderen lesen zu können?«

Chira wunderte sich über Ohlaks Bemerkung und kam Thim
zu Hilfe. »Wir haben schon als Kinder gelernt, dass *Achala* ein
riesiger Organismus ist. Der Planet lebt sozusagen.«

»Ja und?«

»Wenn der ganze Planet ein lebender Organismus ist, sind
alle vorhandenen Felder mit dem *Aka* verbunden. Wir müssten
demnach zeitgleich einen Kontakt mit dem Aka und der Pyramide herstellen. Dann sollten wir ihr Feld lesen können. Die *Alten Meister* haben auch mit Achala gesprochen. Wahrscheinlich
haben heute nur noch die *Wächter des Wissens* davon genaue
Kenntnis.«

Während Chira sprach, dachte Shorak darüber nach, was er
selbst als junger Manuja über die Mutter *Achala* und ihren Organismus gelernt hatte. Es waren nämlich nicht nur die *Wächter des
Wissens*, die darüber Bescheid wussten. Sein eigener *Mentor*
hatte ihm das alles erklärt. Aber für sein eigenes Leben und seine
Forschung im Institut sind diese Dinge im Laufe der Zeit unwich-
tig geworden. Jetzt kam ihm auch der Verdacht, warum ihm das
kreisförmige Symbol in der Höhle bekannt vorkam.

In Chira machte sich Unbehagen breit. Sollte sich Ohlak dafür entscheiden, die Pyramide anzubohren und damit ihre Struktur zu beschädigen, würde sie vielleicht nie wieder richtig funktionieren.

Shorak hatte sich in der Zwischenzeit daran erinnert, was er in seiner Jugend über die Energiefelder der Materie gelernt hatte. Gleichzeitig stellte er eine Anfrage an das Zentralarchiv, wo er dieses Mal erstaunlich schnell eine Antwort bekam. Das Ergebnis erschien auf dem Cockpit-Monitor, aber sie konnten damit zunächst nichts anfangen.

Während Shorak den unverständlichen Text las, fielen ihm Details der Zeichnungen aus der Höhle ein. Er hatte dort gesehen, dass neben der großen Pyramide eine Sonne oder ein roter Kreis gezeichnet war. Einer der Lichtstrahlen war länger als die anderen und endete auf der Spitze der Pyramide. Shorak erklärte den anderen, was er vermutete:»Wir müssen uns direkt über der Pyramidenspitze positionieren. Dort gibt es eine Energiekonzentration, die der arme Kerl im defekten Tauchboot bereits zu spüren bekam. Solange wir genug Abstand halten, besteht keine Gefahr. Ich vermute, dass uns die senkrecht zur Pyramidenspitze vorhandenen Schwingungen weiterhelfen werden.«

Nun war klar, was zu tun war, um das *formgebende Feld* der Pyramide lesen und vielleicht auch in das Feld eindringen zu können. Thim und Chira waren froh, dass Ohlaks Idee vom Anbohren vom Tisch war. Sie steuerten das Tauchboot knapp unter die Wasseroberfläche und direkt über die Pyramide. Es dauerte nicht lange, bis sie ein leichtes Vibrieren spürten.

»Wir müssen jetzt gemeinsam meditieren und uns in Trance versetzen. Dann treffen wir uns telepathisch im *Aka* wieder«, sagte Shorak bereits mit leiser und entspannt klingender Stimme. Chira hatte das Tauchboot auf Autopiloten gestellt, damit es die aktuelle Position hielt. Von den vier Insassen war Shorak als erster in tiefe Trance gefallen.

In dieser unbekannten Umgebung fühlte er sich unsicher. Ihm kam hier alles bedrohlich vor. Es war dunkel und Shorak war allein. Er spürte jeden Teil seines Körpers, allerdings ohne Kontrolle über seine Gliedmaßen, als ob er … ja, als wäre er in einem

Felsen eingegossen worden. Er kämpfte gegen die aufkommende Panik an. Das Gefühl von Platzangst in seiner schlimmsten Ausprägung machte sich in ihm breit, aber er versuchte sich einzureden, dass nur seine Gedanken in dem Stein eingeschlossen seien. Anderenfalls wäre er schon längst erstickt.

Ich kann jetzt nicht einfach zurückkehren. Aber wo sind die anderen geblieben? fragte sich Shorak verzweifelt, während er regungslos im Gestein verharrte. Je länger die Situation andauerte, desto unangenehmer wurde es. Nun entschloss er sich doch, die Selbsthypnose zu beenden. Doch schon tauchte das nächste Problem auf. Er hatte vergessen, was er für die Rückkehr aus dem Trancezustand tun musste.

Auf was für eine verrückte Idee habe ich mich hier eingelassen? Ich weiß nicht, wo mein Geist gestrandet ist und ich kenne den Rückweg nicht mehr. Es ist wirklich traurig, auf diese Art zu sterben!

Ohlak erging es zeitgleich wesentlich besser. Er war wie die anderen in Trance gefallen und befand sich nun in einer von Wasser umgebenen Welt mit diffusem Licht. Es schien ein riesiges Wasserbecken zu sein und er konnte sich darin ohne Anstrengung schwimmend fortbewegen. Die räumliche Orientierung fehlte, aber es fühlte sich rundum behaglich an.

Bis die anderen hier auftauchen, werde ich mal den Raum erkunden, dachte er. Die Seitenflächen hatte er bereits zweimal umrundet und mit seinen Händen die steinernen Wände abgetastet. Sowohl das Wasser als auch die Wände fühlten sich warm an. Schließlich begann er daran zu zweifeln, dass die anderen ebenfalls hier auftauchen würden. Scheinbar war die Idee des gemeinsamen Meditierens doch nicht so gut gewesen und er beschloss, aus der Selbsthypnose zurückzukehren.

Einen kurzen Moment später überlegte er, was er gerade vorgehabt hatte. Es fiel ihm nicht mehr ein. Sein Gesicht entspannte sich und er ließ sich einfach nur noch durchs Wasser gleiten. Jegliche Sorgen verflogen und er starrte nur noch auf einen vor sich liegenden imaginären Punkt.

Ohlak wusste nicht, wieviel Zeit vergangen war, als sich sein Verstand wieder aufklarte. Er hatte das Verlangen, sich in die hellste Ecke des Raumes zu bewegen. Während er an der Wand entlangglitt, hatte er kurz das Gefühl, etwas gesehen zu haben. Vielleicht eine Zeichnung oder sogar eine Tür? Er schwamm zurück und tastete die Wand ab. Nichts, er war wohl schon wieder vorbeigeschwommen und es war einfach zu dunkel, um es wiederzufinden. Noch ein Versuch, wieder zurück. Nur zwei Handbreit entfernt, bewegte er seinen Kopf an der Wand entlang. Irgendwas hatte er gesehen. *Ich muss es finden, einfach nur konzentrieren,* versuchte sich Ohlak einzureden.

Aufmerksam suchte er noch einmal ein Stück weiter unten. Während der langsamen Bewegungen kam plötzlich etwas ins Blickfeld, das sein Herz für einen Moment stillstehen ließ. Jemand hatte auf die Wand einen Fuß gezeichnet. Oder? Nein, es war keine Zeichnung. Der Fuß war real und steckte in der Wand drin. An dieser Stelle war sie durchsichtig wie unregelmäßiges Glas. Vor Schreck wich er ein Stück zurück, doch die Neugierde siegte und er näherte sich wieder. Dieses Mal schob er den Kopf nach oben und prüfte, ob noch mehr als ein Fuß in der Wand steckte. Es gehörte tatsächlich ein kompletter Körper dazu.

Wer macht denn sowas? dachte Ohlak und ging mit seinen Augen weiter nach oben. *Himmel noch mal...,* wieder ergoss sich ein Adrenalinschub ins Blut und das Herz schien aus seinem Körper rausspringen zu wollen. Was er hier sah, überstieg jedes bisherige Gruselerlebnis. Nach dem Zurückzucken näherte er sich noch einmal dem Gesicht in der Wand, das ihn mit aufgerissenen Augen und völlig regungslos anstarrte.

Verfluchte Scheiße, Shorak! Was machst du denn in dieser Wand? dachte er, ohne wirklich eine Antwort zu erwarten.

Ohlak blickte in Shoraks Gesicht, das zwar ohne jede Regung aber dennoch irgendwie lebendig erschien und dachte: *Ob er tot ist?*

»*Wenn du noch lange wartest, wird es bald so weit sein*«, empfing er Shoraks Gedanken.

Wie aus einem Reflex heraus griff er nach dem Arm in der transparenten Wand und konnte Shorak herausziehen. Was wie

Glas aussah und seinen Körper umschloss, hatte eine gelartige Konsistenz.

»Wie lange wolltest du mich denn noch anstarren?«, sendete ihm Shorak auf telepathischem Weg. *»Ich konnte mich überhaupt nicht bewegen und hatte mit dem Leben schon abgeschlossen. Was hat mich denn daran gehindert, selbst herauszukommen?«*

»Das muss der Kalk in deinen Gelenken sein. Du machst einfach zu wenig Sport.«

»Ich frage mich, wo wir hier überhaupt gelandet sind. Es muss eine virtuelle Realität sein, in die unsere Gedanken abgetaucht sind. Wir atmen nicht, empfinden keine körperlichen Schmerzen und doch fühlt es sich irgendwie real an.«

»Wo sind Chira und Thim geblieben?«, wollte Shorak wissen.

»Ich weiß es nicht. Sind wir hier im Aka oder vielleicht in der Pyramide?«

*»Wenn meine Theorie stimmt, könnten wir in Trance in das **formgebende Feld** eingedrungen sein. Demnach sind wir sowohl im Aka als auch in der Pyramide.«*

»Du meinst, wir bewegen uns in dem Feld, als ob wir durch die Pyramide spazieren würden?«

»Genau, erinnere dich: Das formgebende Feld ist eine Art energetischer Bauplan. Wir befinden uns vermutlich in einer Kopie der Pyramide und unser Bewusstsein steckt ebenfalls in einer Kopie von uns selbst. Das klingt so verrückt, dass ich es kaum glauben kann. Jedenfalls hatten wir alle dasselbe Ziel. Wir wollten am gleichen Ort in diesem Feld landen. Allerdings müssten dann Chira und Thim auch hier sein.«

»Was, wenn die beiden so wie ich vorhin, an einer ganz anderen Stelle in der Wand stecken und Hilfe brauchen? Lass uns nochmal alles absuchen.«

Das Licht im Wasser wurde heller, je mehr sich die Körper darin bewegten. Der Grund war eine hydroelektrische Reaktion auf Grund der Bewegungsenergie. Das regte die Wassermoleküle zum Leuchten an.

Ohlak und Shorak wussten nicht, dass sich die beiden anderen während der Selbsthypnose mit den Händen festhielten. Damit waren deren Körper fast synchron in Schwingungen geraten. Als Resultat landeten sie am gleichen Ort. Das machte es für die beiden Techniker aber nicht besser. Sie fanden sich plötzlich in völliger Dunkelheit wieder und hatten das Gefühl, eng aneinandergepresst worden zu sein. Es war einfach unangenehm. Sie konnten sich beide telepathisch unterhalten, aber ihre Körper schienen von etwas festgehalten zu werden. Thim versuchte, seine Arme in eine bequemere Position zu bringen und streifte dabei Chiras Ohr.

»Was machst du denn? Es ist so eng hier, da kannst du nicht anfangen zu schwimmen.«

»Ich schwimme nicht. Wieso liegen wir so dicht zusammen, was für ein Ort ist das hier?«

»Irgendwie unter Wasser in einem Gefäß oder einer winzigen Kammer. Irgendeine Idee, wie wir wieder zurück ins Tauchboot kommen?«

»Wir sind wohl gemeinsam in Trance geraten und haben unsere Körper verlassen.«

»Wenn wir unsere Körper verlassen hätten, könntest du mich nicht so zusammenquetschen.«

»Reg dich nicht auf. Du könntest dich auch selbst etwas dünner machen. Strecke mal dein Bein aus, du spießt mir das Knie in den Bauch. Was auch immer mit uns passiert ist, es ging richtig schief! Anstatt das Feld der Pyramide zu vermessen, sitzen wir irgendwo eingesperrt in einem Aquarium ohne Fenster. Das war wohl keine so kluge Idee.«

»Irgendwie fühlt es sich an, als ob man oben raus kommt. Ich probiere mal, ob sich etwas ertasten lässt.«

»Hoffentlich stecken dort keine hungrigen Fische.«

»Es fühlt sich an, als ob wir in einer Kammer zwischen zwei Verschlusssteinen hängen. Die Steinplatten sind oben aufgehängt, bewegen sich aber kein Stück.«

Nach dieser Erkenntnis versuchte sich Thim zu konzentrieren und herauszufinden, wie sie sich aus dieser Lage befreien könnten. Obwohl es ihm schwerfiel, einen zusammenhängenden Gedanken zu formulieren, versuchte er es zu erklären:

»Hier stimmt etwas nicht. Wir können unmöglich grundlos in einem wassergefüllten Behälter gelandet sein. Wie konnten wir nur so dumm sein und uns auf so etwas einlassen?«

»Es gibt für alles einen Grund.«

»Sag ich doch. Der Grund ist unsere Dummheit. Wir sollten so schnell wie möglich aufwachen und in unsere Körper im Tauchboot zurückkehren. Allerdings habe ich das Gefühl, die Kontrolle über meinen Bewusstseinszustand zu verlieren. Ich weiß nicht mehr, wie ich aus der Selbsthypnose zurückkommen kann. Wieviel Zeit ist eigentlich vergangen?«

»Möglicherweise gibt es in diesem Feld kein Zeitgefühl. Wir nehmen die Zeit nicht mehr wahr, weil unsere Körper in einem anderen Schwingungszustand verharren. Das könnte auch zum Verlust der Selbstkontrolle geführt haben, die uns nicht mehr aus der Trance zurückkommen lässt. Wir müssen herausfinden, was diesen Zustand erzeugt hat, und es wieder rückgängig machen.«

»Dein Optimismus ist wirklich beeindruckend. Ich kann mich nicht konzentrieren, Chira. Es fällt mir schwer, einen klaren Gedanken zu fassen.«

»Ich frage mich, ob die beiden alten Herren auch irgendwo gestrandet sind. Was meinst du, wie lange kann man in Trance bleiben? Unsere Körper im Tauchboot könnten sterben, wenn dort ein technischer Defekt auftritt und dabei die Sauerstoffproduktion abgeschaltet wird.«

»Das Boot hat viele Sicherheitsvorrichtungen, die so etwas verhindern. Auch die Batterien reichen aus, um mehrere Tage Sauerstoff zu produzieren. Zudem sollten sie sich in dieser geringen Wassertiefe auch noch selbständig aufladen.«

»Ich glaube, der starke Energiestrahl an der Pyramidenspitze verursacht auch Störfelder in unserem Boot. Wir haben nicht bedacht, dass dadurch die Aufladung der Batterien beeinträchtigt sein könnte.«

»Solltest du recht haben, sind die Batterien irgendwann leer und es wird kein Sauerstoff mehr produziert. Dann bekommt deine Gesichtshaut hässliche blaue Flecken.«

»Du wirst auch nicht besser aussehen, schätze ich. Ich verstehe nicht, wieso wir in bestimmter Hinsicht einen Körper haben und etwas fühlen, andererseits aber nicht atmen müssen und deshalb hier nicht ertrinken können. Und dann frage ich mich noch, warum man hier trotzdem bestimmte Bedürfnisse hat.«

»Was meinst du?«

»Naja, ich müsste mal ... denkst du, ich könnte ...«

»Wage es nicht!«

»Ich glaube, uns läuft die Zeit davon. Der Grund für die Konzentrationsschwierigkeiten könnte sein, dass der Sauerstoff im Tauchboot knapp wird.«

»Du hast recht. Wenn uns nicht schnell was einfällt, sind wir bald mehr als nur angepisst.«

Einen nicht messbaren Augenblick später spürten Chira und Thim Vibrationen. Es fühlte sich an, als ob jemand schwere Gegenstände auf einem Boden aus Stein schieben würde.

»Thim, was geht hier vor?«

»Hoffentlich bohrt dieser verrückte Kerl nicht die Pyramide an, bevor wir wieder in unseren Körpern zurück sind.«

»Immerhin würde es bedeuten, jemand sitzt im Tauchboot und kann für Strom und Sauerstoff sorgen.«

Bei der Suche nach den beiden Technikern suchten Ohlak und Shorak auch den Boden des Raumes ab. In einer Ecke waren sie auf einen quadratischen Schacht gestoßen. Der hatte eine Breite von etwa zwei *Meh*. Es ging aber nur ein kleines Stück hinein, dann versperrte eine Art Steinplatte den Gang. Ein Mechanismus zum Öffnen war nicht zu sehen.

Als ihre Hände die steinerne Platte berührten, konnten sie die Präsenz von Chira und Thim fühlen. Also mussten die beiden irgendwo stecken. Beide gingen gleichzeitig auf die Knie und fanden am Boden zwei Einkerbungen, in die sie ihre Hände stecken und unter die Steinplatte fassen konnten. Nachdem sie etwas gerüttelt hatten, ließ sich die Platte geräuschvoll nach oben schieben. Mit diesem Mechanismus konnte die Platte in jeder Position verharren, ohne wieder zurückzufallen.

»Merkwürdige Technik. Es sieht aus, als soll die Öffnung variabel verstellbar sein. Wozu kann das gedient haben?«

»In einem kleineren Maßstab kenne ich das bei Blasinstrumenten. Die Größe der Mundöffnung beim Hineinblasen entscheidet über die Tonhöhe.«

»Aber dann muss es dahinter irgendwie weitergehen. Meinst du, dass in diesem Raum Töne mit einer bestimmten Höhe erzeugt wurden?«

»Oder es sollten nur Töne mit einer bestimmten Frequenz hineingelangen. Diese verschiebbaren Steine wären dann ein Ventil, das die Tonhöhe bestimmt.«

Als der Spalt groß genug war, fanden sie dahinter keinen verborgenen Schatz, sondern die blassen Gesichter von Chira und Thim. Der plötzliche Lichteinfall ließ die beiden erschrocken aussehen.

Die Freude über die erfolgreiche Suche musste Ohlaks Stimmung verbessert haben, denn er begrüßte die verschollen geglaubten mit:*»Hey, seid ihr nicht zu alt für so ein Versteckspiel? Aber der verrückte Kerl hat euch trotzdem gefunden!«*

Während er das übermittelte, stemmte Shorak mit ihm den Stein so weit nach oben, bis die Körper aus der winzigen Falle herauskriechen konnten.

Als sich schließlich alle vier in dem wassergefüllten großen Raum bewegten, wurde es noch heller. Sie sahen, dass sich außer einem steinernen Behälter nichts anderes darin befand. Nur der Deckel, der ein Drittel des ganzen Behälters ausmachte, stand hochkant daneben.

»Man könnte meinen, es wäre ein Sarkophag, der noch auf seinen Inhalt wartet«, schlug Chira vor.

Auch die Stelle, an der Shorak aus der Wand gezogen wurde, war nicht mehr auszumachen. Nichts mehr zu sehen, von dem gelartigen Material, das ihn umschlossen hatte. Außer dem kleinen Schacht in der Ecke am Boden und dem merkwürdigen Behälter gab es nichts, auch keine Andeutung einer technischen Apparatur.

Offenbar hatten alle inzwischen mit dem Sauerstoffmangel zu kämpfen, denn ihre telepathische Kommunikation wurde weniger und die Sätze unverständlicher.

»Uns muss schnell etwas einfallen, denn viel Zeit dürfte nicht mehr bleiben«, sagte Shorak, mehr als Bestätigung für alle.

»Lasst uns zusammenfassen, was wir wissen«, schlug Ohlak vor.

»Nachdem wir in Trance gefallen sind, kamen alle etwa am gleichen Ort an. Das heißt, unser Bewusstsein hat den Körper irgendwie verlassen, und ist an ein gemeinsames Ziel gereist. Wir wollten in das formgebende Feld der Pyramide eindringen.«

Thim meinte: *»Da wir hier nicht nur unser Bewusstsein, sondern auch so etwas wie unsere Körper vorfanden, müssen wir gleichzeitig in unsere eigenen formgebenden Felder eingedrungen sein. Es ist also genau das eingetreten, was wir wollten.«*

»Diesen Effekt muss der Energiestrahl bewirkt haben, den die Pyramide an ihrer Oberseite ausstrahlt. Ob beabsichtigt oder nur als Nebeneffekt, wir sind auf diesem Strahl gemeinsam gereist.«

»Du meinst, es handelt sich um ein Transportsystem?«

»Und wenn das Transportsystem von irgendjemandem erfunden wurde, hat er hoffentlich auch an den Rückweg gedacht.«

»Ich glaube, das ist genau der richtige Ansatz«, mischte sich Chira wieder ein.

»Wir müssen genauso zurückkehren, wie wir hierhergekommen sind. Am besten, wir fassen uns an den Händen, denn das hat ... Moment mal. Das ist es!«

»Was meinst du?«

»Wenn meine Theorie über die Pyramide stimmt, befindet sich ihr Energiezentrum in diesem Raum, vielleicht in dem Steinbehälter. Thim und ich sind an der gleichen Stelle gelandet, weil wir uns während der Hypnose synchronisiert haben. Das könnte ein Weg zurück sein.«

»Wir denken möglicherweise in die falsche Richtung. Wenn das einmal ein Transportsystem war, diente es wohl kaum dazu, lediglich von außen nach innen zu gelangen. Hier ist eher von einer Reise größerer Dimension auszugehen«, sagte Shorak.

»Du meinst, es könnte ein Tor in eine andere Dimension oder in eine andere Daseinsebene sein?«

»Das meine ich. Durch Telepathie konnte unser Bewusstsein schon immer Kontakt mit anderen Wesen aufnehmen. Unsere Körper blieben dabei allerdings am gleichen Ort. Dieses Transportsystem hier kontaktiert nicht nur andere Wesen, es scheint in der Lage zu sein, die Informationen über den biologischen Körper zu transportieren. Auf jeden Fall schickt es auch das Bewusstsein an einen anderen Ort. In diesem Fall ist unser Geist in eine Kopie unserer eigenen Körper gereist. Die formgebenden Felder sind dann tatsächlich der Bauplan allen Seins. Und der Energiestrahl ist ein wichtiger Teil dieses Transportmittels.«

»Dann frage ich mich nur, in welche Richtung die Reise ging. Befinden wir uns in der Pyramide am Boden des Sees oder vielleicht in einer Pyramide am anderen Ende der Übertragung, vielleicht auf dem Mars oder sonst wo im Universum?«

»Da wir von Süßwasser umgeben sind, spricht vieles für die Pyramide in unserem See.«

»Somit sollten wir nicht versuchen, den Steinbehälter für die Rückkehr zu benutzen. Das Ziel der Reise könnte uns vielleicht noch weniger gefallen ... und dann würde der Behälter am Ende zu unserem eigenen Sarkophag werden«, sagte Ohlak und er musste sich schon anstrengen, die Worte zu formulieren. Auf die Idee, einen Ausgang mit Hilfe des Schachtes zu finden, in dem Chira und Thim eben noch gesteckt hatten, kam keiner von ihnen. Wahrscheinlich waren alle schon zu schwach, um ein Problem rational anzugehen.

Shoraks schwerfällige Gedanken beschäftigten sich noch eine Weile mit dem Steinbehälter. Dass der Deckel daneben lag, musste einen Grund haben. Entweder der Inhalt sollte noch hineingegeben werden oder der Behälter ist aus irgendeinem Grund geleert worden. Vielleicht, um den Inhalt vor der drohenden Überschwemmung in Sicherheit zu bringen. Es war auch anzunehmen, dass die Funktion der Pyramide ohne den Inhalt nicht wie ursprünglich vorgesehen funktionieren würde.

Während Ohlak und Shorak sich noch langsam und mühevoll unterhielten, konnten Chira und Thim der Konversation schon nicht mehr folgen. Ihre Körper wechselten in einen Dämmerzustand und sanken ganz langsam auf den Boden der Kammer. Ohne es selbst zu bemerken, hatten bald auch Ohlak und Shorak dieses Stadium erreicht.

Schon Stunden zuvor war in der ETANA Alarm ausgelöst worden. Das Team von Ohlak hatte sich nicht wie vereinbart gemeldet. Es war seit Stunden dunkel und Bharu blieb mit der ETANA in jenem Gebiet, wo sie die vermisste Gruppe vermuteten. Das schwache Transpondersignal konnte nach einer Weile lokalisiert werden. Das Tauchboot lag immer noch fünf *Meh* tief unter der Wasseroberfläche. Da niemand antwortete, musste etwas passiert sein. Möglicherweise waren sie manövrierunfähig und das bedeutete, dass ihnen irgendwann der Sauerstoff ausgehen könnte. Vielleicht war es auch schon zu spät.

Die Mannschaft der ETANA versuchte, das Tauchboot fernzusteuern. Dessen Bordcomputer antwortete jedoch, dass er den Befehl hatte, die festgelegte Position auf keinen Fall zu verlassen. Somit hatten Antrieb und Autopilot höchste Priorität. Bharu konnte den empfangenen Daten entnehmen, dass die Sauerstoffproduktion bereits eingestellt war. Es gelang ihm nicht, den Bordcomputer davon zu überzeugen, die Priorität zu ändern und die verbliebene Energiereserve umzuleiten.

Bharu und seine Mannschaft wussten sich keinen Rat mehr. Dann legte sich Bharu in seinem Pilotensitz zurück und versuchte, eine Verbindung mit Rhia aufzubauen. Als hätte sie die gleiche Idee gehabt, bekam er auch sofort Kontakt. Rhia war nicht überrascht, von dem Notfall zu hören. Sie hatte schon ein ungutes Gefühl. Zwar wusste sie noch nicht, was Ohlaks Team mit dem Tauchboot angestellt hatte, aber als sie vom Tauchunfall hörte, wollte sie sich zuerst auf die Rettungsmaßnahmen konzentrieren.

Ihr erster Rat an Bharu war: *»Du musst die Energieversorgung trennen und dabei den Bordcomputer neu starten.«*

»Das haben wir schon versucht. Das System startet aber sofort wieder mit der alten Programmierung.«

»Verstehe. Es gibt noch eine Sicherheitseinrichtung, mit der man ein defektes Steuerungsprogramm umgehen kann. Das könnte euch helfen«, erklärte Rhia und beschrieb weiter: »Bevor das zuletzt ausgeführte Programm wieder aufgenommen wird, sucht das System das nähere Umfeld nach Personen und neuen Anweisungen ab. So eine Anweisung könnte dann das alte Programm abbrechen. Bharu, einer von euch muss zum Tauchboot runter und diesen Befehl telepathisch erteilen, während ihr aus der ETANA einen Neustart ausführt.«

»Wo bekomme ich den Code für die Steuerung des Bootes her? Es wird doch nicht einfach meinen Sprachbefehl annehmen.«

»Richtig. Für solche Notfälle habe ich vor eurer Abreise einen Sender in das Kartenfach der ETANA gelegt. Das Gerät ist nicht größer als ein Handteller. Mit dem Sender kannst du ein Fahrzeug orten und notfalls auch fernsteuern. Ohlak weiß nichts davon. Ich fürchtete, er würde diese Art Einmischung nicht wollen.«

»Ich weiß, ich habe den Sender gefunden und sicherheitshalber in meiner Kabine versteckt.«

»Der Sender funktioniert nur im Cockpit. Du musst ihn wieder dorthin bringen. Dann kann ich den Freischaltcode darauf kopieren«, war Rhias letzte Antwort, bevor Bharu den Sender aus dem Versteck holte und ins Cockpit zurückeilte.

Die ETANA hatte zwar Tauchanzüge an Bord, das Anlegen hätte aber wertvolle Zeit benötigt. Bharu entschied deshalb, soweit nach unten zu gehen, bis jemand direkt über dem Tauchboot ins Wasser springen konnte.

Bevor die endgültige Position für den Absprung erreicht war, kam das Tauchboot plötzlich von selbst aus dem Wasser geschossen und das Dach des Cockpits öffnete sich. Dort lagen alle vier Insassen bewegungslos in ihren Sitzen. An den Alarmmeldungen im Cockpit konnten sie erkennen, dass die Batterien restlos leer waren. Das hatte offenbar zum Notauftauchen geführt. Der Systemneustart war nun auch überflüssig.

Bharu holte das Boot mit dem Kran ins Ladedeck. Die vier Insassen bekamen eine Taucher-Atemmaske aufgesetzt. Die

Biosensoren der ETANA erkannten zwar akuten Sauerstoffmangel, aber alle waren am Leben. Nun blieb nur zu hoffen, dass niemand Hirnschäden davongetragen hatte.

Nach ein paar Minuten fing Shorak an zu zittern und seine Augenlieder flackerten, als hätte er einen aufregenden Traum. Dann erschien auf einem der Cockpit-Bildschirme die folgende Nachricht:

»Wir müssen zurückkehren. Ein Teil unseres Bewusstseins befindet sich noch in der Pyramide. Positioniert die ETANA direkt darüber. Dort gibt es einen Energiestrahl, den wir zur Rückkehr benötigen. Die Zeit wird knapp. Auf keinen Fall dürft ihr ...«

Die Nachricht brach ab und Shorak lag wieder ruhig auf seiner Liege.

»Na großartig. Ohne zu wissen, wovor wir gewarnt werden sollten, kann ich das Risiko nicht eingehen«, meinte Bharu.

»Wir sollten den ersten Teil der Botschaft befolgen. Uns bleibt nichts anderes übrig. Den unvollendeten Teil müssen wir unserem Instinkt überlassen«, schlug Mhilea vor, während sie Shoraks leblose Hand streichelte.

»Vielleicht betraf die Warnung den geistigen Zustand der vier. Falls sie sich in Trance versetzt haben und ihr Geist mit Hilfe dieses Energiestrahls an einen anderen Ort gereist sein sollte, dürfen wir sie auf keinen Fall aufwecken, bevor der Transfer abgeschlossen ist.«

»Das macht Sinn. Dann beeilen wir uns besser!«

Mehr als zwei Stunden schwebte die ETANA genau über der Pyramide und befand sich damit inmitten eines senkrecht zur Planetenoberfläche gerichteten Feldes. Nach und nach weckten die vier Verunglückten von selbst auf und waren auch bald wieder ansprechbar. Die medizinischen Untersuchungen ergaben, dass alle vier leichte Hirnschäden erlitten hatten. Die Reparatur der Zellen würde eine Spezialtherapie erfordern. Allerdings hatte keiner von ihnen Gedächtnislücken. Der Transfer aller Erinnerungen aus einer noch nicht näher beschriebenen höheren Ebene, hatte wie das Zurückkopieren eines Backups funktioniert. Wie das funktionierte, konnte sich zu diesem Zeitpunkt noch niemand aus dem Expeditionsteam erklären. Kaum hatte sich Ohlak einigermaßen erholt, fing er an, über die gewonnenen Kenntnisse nachzudenken. Die Möglichkeit, dass solche Pyramiden als Transportmittel zu einem entfernten Ort oder in eine höhere Bewusstseinsebene dienten, faszinierte ihn. Das Wissen darüber könnte unvorstellbare Macht bedeuten. Der nächste Ausflug an diesen Ort musste viel besser vorbereitet werden, nahm er sich vor. Das Ziel, den genauen Aufbau der Pyramide festzustellen, hatten sie bei dem kürzlich missglückten Versuch jedenfalls nicht erreicht. Vielleicht würden sich die Baupläne aber im geheimen Teil des Zentralarchivs finden lassen. Dann könnte er diese Maschine auch an einem anderen Ort nachbauen.

Δ

Seit sich Set mit einer Gehhilfe im Krankengebäude bewegen durfte, musste er seinen Helm nicht mehr tragen. Mhia und Rhe kamen regelmäßig vorbei und staunten nicht schlecht, als sie von ihm erfuhren, dass er dortbleiben dürfe und eine Ausbildung erhalten würde. Rhe zeigte Set, wie er Zugang zum öffentlichen Teil des Datenarchivs erhielt. Damit ließ er sich von nun an alles erklären, was für seine Arbeit wichtig war. Set brauchte auch gar nicht lange, bis er *Mani* fließend lesen konnte. Er hatte sich vorgenommen, sofort mit dem Lernen der vielen neuen Wörter anzufangen.

»Papa, meinst du, Set könnte einen *Mentor* bekommen? Ihm würde das bei seiner Ausbildung helfen«, hatte Mhia am Abend während des gemeinsamen Essens gefragt. Die Frage holte Thom aus seinen Gedanken. Ihn beschäftigte eine immer länger werdende Problemliste, mit der er sich als Statthalter rumzuschlagen hatte.

Trotzdem antwortete er:»Dafür ist die Genehmigung der *Großen Reihe* notwendig. Im Moment bekomme ich aber keinen Kontakt zu ihnen, obwohl ich auch ganz dringende Fragen habe.«

»Welche denn?«

»Ich kann nicht über alles mit euch sprechen.«

Sowohl Mhias als auch Rhes Körpersprache verrieten Thom, dass die beiden gerade etwas aushecketen und so sprach er gleich eine Warnung aus:»Denkt nicht daran, eure *Mentoren* mit den Menschen zu teilen. Das kann seelische und körperliche Schäden bei ihnen verursachen.«

Thoms Verdacht war nicht unbegründet, weil Mhia schon bewiesen hatte, dass sie beim Meditieren ein Netzwerk im *Aka* aufbauen konnte. Das war eine sehr fortgeschrittene Fähigkeit, mit der er sich selbst nicht gut auskannte.

Für Mhia erschloss sich nicht, wieso ein Mensch nicht die gleiche Chance haben sollte, zumal Set ja scheinbar ähnlich weit entwickelt war, wie sie.

In einem der Kellerlabore des Krankengebäudes fand zur gleichen Zeit eine angeregte Diskussion statt. Der betreuende Arzt und ein paar Mitarbeiter des biologischen Instituts werteten gerade Sets Gesundheitsbericht aus. Es traten immer merkwürdigere Erkenntnisse ans Licht. Neben dem für Menschen viel zu schnellen Heilungsfortschritt war aufgefallen, dass das Gehirn angefangen hatte, schubweise Wachstumshormone auszuschütten. Die Mengen waren zwar gering, aber dennoch mehr, als ein fast ausgewachsener Mensch normalerweise produzierte.

»Haben wir das durch irgendein Medikament ausgelöst?«

»Sehr unwahrscheinlich. Wir haben ihm nur solche pflanzlichen Mittel gegeben, die Menschen auch sonst zur Heilung verwenden. Da ist nur diese eine Ausnahme hier …«, sagte der Arzt, während er im Bericht mit dem Finger auf die Zeile mit dem verabreichten Schmerzmittel zeigte. Alle waren sich aber einig, dass auch dieses Medikament keine Hormonausschüttung ausgelöst haben konnte.

»Wie groß sind die Unterschiede in der Physis des Patienten, verglichen mit einem Manuja?«, fragte ein über das *Ei* zugeschalteter Mitarbeiter.

»Erstaunlich gering. Zwar ist der Hinterkopf nicht so lang, wie bei einem durchschnittlichen Manuja, allerdings auffallend länger als bei einem Menschen. Zudem sind Haut und Haare hell. Übrigens, was die Wachstumshormone langfristig bei dem Jungen bewirken, wissen wir noch nicht. Bis jetzt konnten wir aber feststellen, dass sich seine Nervenzellen in beiden *Hippocampi* plötzlich rasant miteinander vernetzen. Jede Gehirnhemisphäre besitzt je einen solchen *Hippocampus* und diese Bereiche sind für die Lernprozesse essenziell.«

»Solch eine Veränderung ist doch nur bei einer Abstammung vom Manuja möglich!«

Da nun immer mehr Personen Kenntnis von den außergewöhnlichen Merkmalen der Zwillinge hatten, war die genetische Abstammung von Set und Pia bald kein Geheimnis mehr. Bei der Diskussion ging es dann aber erst noch mal um etwas anderes.

»Die Verwendung des Helmes könnte beim Anzapfen der Hypophyse ungewollte Reaktionen ausgelöst haben.«

»Was wolltet ihr mit dem Helm eigentlich erreichen?«

»Zunächst haben wir den normalen Tag- und Nacht-Rhythmus überwacht und die Schlafzyklen dokumentiert. Dabei ist aufgefallen, dass die Länge des Tiefschlafs ähnlich der von Manujas ist.«

»Warum ist das so interessant?«

»Bei Menschen mit einem ausgeprägten Sozialverhalten beträgt der Anteil des Tiefschlafs etwa 15 Prozent von neun Stunden. Das Sozialverhalten bewirkt, dass sich ein Individuum in der Gruppe sicher fühlt und in einen Tiefschlaf fallen kann, ohne in der Wildnis gefressen zu werden. Manujas benötigen 30 bis 40 Prozent von etwa acht Stunden für die Regenerierung des Nervensystems und die Abspeicherung der Erinnerungen. Bei diesem Jungen liegt der Tiefschlafanteil aber ebenfalls bei 40 Prozent. Das ist sehr außergewöhnlich.«

»Und dann haben wir den Helm noch dazu genutzt, die vom *Hypothalamus* ausgehenden Hirnströme zu messen, ohne dass sie zuvor von anderen Teilen des Hirns beeinflusst werden. Damit lassen sich alle Verbindungen …«

»Schon klar, ihr wolltet seine Gedanken lesen. Das ist doch verboten.«

»Das Verbot gilt aber nur für Manujas«, rechtfertigte sich der Arzt.

»So wie es aussieht, sind sowohl der Junge als auch die Zwillingsschwester keine Menschen. Damit sind wir verpflichtet, die beiden zu registrieren.«

»Was ist mit ihren Namen? Wenn sie neue Namen erhalten, sollten sie davon Kenntnis haben.«

»Für die Registrierung reicht es aus, wenn wir das heilige Symbol im alten Namen einsetzen. Da der Buchstabe stumm ist, spielt es erstmal keine große Rolle. Die Bedeutung des heiligen Symbols im Namen werden sie noch früh genug erfahren.«

Die Registrierung in den amtlichen Archiven geschah dann auch, allerdings kümmerte sich niemand darum, die Mutter darüber zu informieren, dass ihre Kinder jetzt als **Ph**ia und **Sh**et in das Register der Manujas aufgenommen wurden.

Δ

6 – Das neue Königsjahr

Die leise Musik im Zeremoniensaal entstand in einem angrenzenden Gang. Die Räume und Gänge dieses königlichen Areals befanden sich unter dem Zentrum von Basileia. Die Akustik war überwältigend. Anwesende hatten den Eindruck, mehrere Streichinstrumente würden sich aus verschiedenen Richtungen miteinander unterhalten. Dabei waren die einzelnen Klänge so sauber und klar, als stünde man unmittelbar neben dem Instrument. An den Wänden leuchteten farbige Lampen und diverse Spiegel reflektierten das Licht, so dass es sich unzählige Male wiederholte. Töne und Farben bildeten eine gleichgeschaltete Harmonie, deren Schwingungen einen Körper in verschiedene Stimmungen versetzen konnte. Es sollte wohl eine Liebesbekundung an die Unendlichkeit und Schönheit der Natur sein. Wer in der Lage war, diese Reize mit seinen Sinnen zu verarbeiten, konnte in eine höhere Schwingungsebene eintreten. Das gelang zumindest bis auf jene Ebene, die einem Wesen der stofflichen Welt vergönnt war.

»Bist du bereit, für den Empfang?«, hörte König Rhenus eine Stimme in seinem Kopf sprechen.
»Ich kann nicht sagen, ob ich bereit bin. Mein Körper hat an Kraft verloren und es mag nun an der Zeit sein, dass ein anderer diese Aufgabe übernimmt.«
»Drei Aufgaben sind dir von deinem Volk anvertraut worden:

Dein Volk zu einen und zu führen, ihm Demut und Respekt gebühren,
Natur und Leben musst du achten, so wie die Alten es einst machten,
Jedes Wissen ist zu ehren und deinem Volk zu lehren.

Konntet ihr mit dem Senat eine Wahl treffen und einen Nachfolger bestimmen, der diese Aufgaben künftig übernehmen wird?«

*»Ich bin seit Jahren auf der Suche. Keinen fand ich, der die ursprüngliche Bedeutung des Amtes heute noch versteht. Unser Volk lebt nicht mehr nach den Werten der **Alten Meister**. Viele von ihnen möchten neue Wege gehen und sehen das als Teil der Evolution. Die ursprüngliche Idee, wonach es nur den einen Weg zum Aufstieg des Geistes in die nächste Ebene geben kann, wird in Frage gestellt. Die Vielfalt der Natur wird als Vorwand genannt, auch andere Wege zu gehen. Viele glauben, man käme nach dem körperlichen Tod ganz automatisch und auch ohne Kenntnis der Naturgesetze, in höhere Ebenen. Schlimmer noch, die Natur sehen viele nicht mehr als höchstes Gemeingut an. Die geistige Freizügigkeit nimmt nun einen größeren Platz im Wertesystem ein.«*

»Dein Nachfolger wird dieses Problem lösen müssen oder dein Volk entwickelt sich zurück. Ein schwerer und langer Weg steht euch bevor. Ihr müsst das alte Wissen über die Abhängigkeiten in der Natur neu erlangen. Künftige Generationen werden das wiederentdecken müssen. Wenn dem so ist, wie du beschreibst, hast du die drei Aufgaben nicht erfüllt.«

»So ein hartes Urteil? Wer bist du, dass du über mich richtest?«

*»Gericht wird am Ende von anderen abzuhalten sein. Meine Aufgabe als **Mentor** war immer, dir meine Erfahrungen anzubieten, aber niemals, deinen Willen zu beeinflussen. Deine Entscheidungen hätte auch ich nicht besser treffen können, weil Konsequenzen selten vorhersehbar sind. Du hättest vielleicht den Mut haben müssen, einen falsch eingeschlagenen Weg zu korrigieren. Es gibt Momente, an denen ein steiniger Weg den Alltag ablösen muss. Auch keiner deiner Vorgänger hat seine Aufgaben vollständig erfüllen können. Es gibt keine Allmacht, die das jemals vermochte. Und bedenke, neue Ideen und freizügiges Handeln widersprechen nicht den Werten eurer **Alten Meister**. Die Zeit dieses Universums reicht nicht aus, um alles richtig zu machen.«*

»Meinst du, es könnte eine Allmacht geschaffen werden, die dem Volk den richtigen Weg weist?«

»Du meinst sicher eine göttliche Instanz oder eine Religion. Unsere Vorfahren kannten auch Religionen. Vielleicht werden auch die Menschen, mit denen ihr euch den Platz auf diesem Planeten teilt, eines Tages Religionen entwickeln. Derzeit schreiben sie individuellen Geistern die Macht über die Natur zu. Je größer eine Population wird, desto schwieriger gestaltet sich ein friedliches Zusammenleben und die Einhaltung kultureller Normen. In dieser Phase kommt meist ein Mächtiger und stellt neue Regeln auf. Hierbei kann eine Religion hilfreich sein. Zur Überwachung von gesellschaftlichen Normen gehört auch, Regelverstöße zu handhaben. Ein Strafsystem wie die Manujas es pflegen, wird dann nicht mehr reichen.

Doch um nun deine Frage zu beantworten: Ja, unter gewissen Umständen mag das mit einer Religion funktionieren. Das Oberhaupt der Gemeinschaft kann sich immer darauf berufen, im Auftrag der Götter zu handeln.

Aber trotz der Nachteile, birgt eine Religion auch Chancen, Krisen zu überdauern. Besonders solche Krisen, in denen die Wissenschaft nicht mehr zum Allgemeinwohl eingesetzt wird. Dann werden die schlausten Köpfe einen Weg finden, verschlüsselte Botschaften in den Texten zu hinterlassen. Damit ließen sich länger andauernde Phasen des Stillstandes überbrücken. Sogar nach Ersetzung dieser Religion durch eine neue würden spätere Nachforschungen auf diese Botschaften stoßen. Doch Vorsicht! Vor mutwilliger Zerstörung des Wissens wäre ein solches Verfahren auch nicht geschützt.

Bei all dem solltest du aber noch etwas beachten: Die Manujas haben sich über dieses Stadium schon hinausentwickelt. Mit einer neuen Religion müsstet ihr euer heutiges spirituelles Leben aufgeben oder zumindest ändern. Ein freier Zugang zum **Aka** *und damit zum Wissen des Universums, stünde vielleicht im Widerspruch zur Religionslehre. Und bedenke: In anderen Welten haben konkurrierende Religionen zum Stillstand der kulturellen Entwicklung geführt. Es besteht die Gefahr, dass sich Kulturkreise dem Dogma eines einzelnen Mächtigen unterordnen. Eine*

freie Entwicklung des Geistes und der Wissenschaft, aber auch die Vermischung und Anreicherung von Kulturen, könnte somit unterbunden werden.«
»RhenusKha, ich danke dir für deinen Rat. Mein Weg als König von **Terra Atla** *endet nun bald. Ich werde die* **Große Reihe** *aufsuchen. Sie sollen über meine Nachfolge entscheiden.«*

Δ

Auf Wunsch von Rhenus kam der Senat zu einer Regierungssitzung zusammen. Zur Aufgabe des Königs gehörte, einen Lagebericht zu geben und seine Senatoren von notwendigen Maßnahmen zu überzeugen. Einer der Tagesordnungspunkte sollte die Diskussion über seinen Nachfolger sein. Der Senat würde dann die Kandidaten festlegen und der *Großen Reihe* zur Entscheidung vorlegen. Da ein Teil der Mitglieder *Kha* waren, traf sich das gesamte Gremium nur in Meditationssitzungen. Zuvor stellten sie alle einen Kontakt zum *Aka* her. Nach welchen Regeln die Zusammenkünfte stattfanden, war nur den Mitgliedern selbst bekannt.

Der Senat hingegen repräsentierte das Weltreich *Terra Atla* und wurde von jeweils drei Mitgliedern aus jedem der fünf dazugehörigen Länder vertreten. In der letzten Regierungsperiode kam das *Regenland* hinzu. Es wurde von ehemaligen Siedlern aus dem westlichen Atlantis gegründet, nachdem dieser Teil des Kontinents im Meer zu versinken begann. Das Regenland lag auf dem westlichsten aller Kontinente nördlich des Äquators.

Neue Orte für Siedlungen wurden vor allem danach ausgewählt, ob in diesem Gebiet genügend Menschen lebten, die beim Bau der Infrastruktur helfen konnten. Anders als früher wurden die Siedlungsgebiete nicht mehr hauptsächlich nach energetischen Gesichtspunkten ausgewählt. Viele Gelehrte im Volk sahen deshalb ihr spirituelles Leben gefährdet. Einige Umsiedler haben sich auch Gebiete an der Ostküste des alten Kontinents gesucht. Hier gab es aber häufig Gebietsansprüche der einheimischen Manujas, die dann von den Stadträten zu regeln waren. Manche Familien haben diese Regelungen nie akzeptiert und ihren Groll tief im Bewusstsein abgespeichert und an nachkommende Generationen weitergegeben. Einige Wissenschaftler vermuteten, dass auch die Ostküste von Atlantis eines Tages im Meer versinken könnte. Dieses Wissen galt jedoch nicht als gesichert, da es von den *Alten Meistern* nicht dokumentiert wurde.

Nachdem Rhenus und die Regionalkönige stundenlang geredet hatten, stellten die Senatoren ihre Themen und Anträge vor. Als Beamtin der Stadt Basileia leitete Khi auch die Senatssitzungen und führte das Protokoll. Nach einer formellen Grußformel begann sie, die Reden und Anträge zusammenzufassen.

»Zu folgenden Themen soll der Senat nun Entscheidungen treffen …

Erster Antrag:
Die Infrastruktur ist vernachlässigt worden. Es gibt keine planmäßige Entwicklung mehr. Der Antrag beinhaltet die Schaffung eines Instituts für Infrastruktur.

Zweiter Antrag:
Im Datenarchiv tauchen immer mehr Lücken auf. Vieles lässt sich nicht mehr entschlüsseln. Die ehemaligen Hüter dieses Wissens haben ihre Geheimnisse mit ins Grab genommen. Der Antrag lautet auf Gründung eines Wissenschaftsrates zum Wiederauffinden der alten Informationen.

Dritter Antrag:
Bei der Schulbildung verlassen wir uns fast ausschließlich auf *Meister* und *Mentoren*. Neue Lehrer für höhere Schulen wurden nicht mehr ausgebildet. Bei diesem Antrag geht es um die Gründung eines Rates für Bildung.

Vierter Antrag:
Es fehlen menschliche Arbeitskräfte. Manujas müssen oft selbst harte körperliche Arbeit verrichten. Immer mehr Menschen

weigern sich, den Manujas zu dienen. Der Antrag lautet, ein neues System zur Rekrutierung von Menschen einzuführen.

Fünfter Antrag:
Dieser stammt vom Statthalter Thom. Angeblich soll der Planet vor einem Polsprungs stehen. Die aufgeführten Indizien für ein derartiges Ereignis stammen von seiner Partnerin Rhia. Entsprechende Belege wurden aber noch nicht mitgeliefert. Thom schlägt auch vor, Rhia die wissenschaftliche Leitung dieses Projektes zu übertragen.«

Khi hatte nicht alle Informationen zum Thema Polsprung in das Senatsprotokoll aufgenommen. Zum Beispiel unterließ sie es zu erwähnen, dass es sich bei den Unterlagen um Ergebnisse einer ganzen Gruppe von Wissenschaftlern handelte. Dass die Daten von der ehemaligen Leiterin Shoa bereits bestätigt wurden, hatte sie auch nicht erwähnt.

Rhenus hatte dem Senat schon vor der Sitzung mitgeteilt, dass er Vorschläge für seine Nachfolge hören wolle. Wer für die meisten der ungelösten Probleme eine Lösung vorweisen konnte, sollte in die engere Auswahl kommen. Kandidaten für das höchste Amt durften nach dem geltenden Kodex aus dem gesamten Volk stammen.

Nun setzten sich die Senatoren zusammen, um sich mit jedem einzelnen Antrag zu beschäftigen. Den ersten vier Anträgen wurde recht schnell stattgegeben.

Als der fünfte und letzte Antrag aufgerufen wurde, blieben alle Anwesenden erstmal still. Thom war nicht eingeladen worden. Somit hatte er auch keine Gelegenheit, seinen Vorschlag selbst zu begründen.

»Welche Hinweise gibt es, die Rhias Theorie untermauern würden?«, fragte Rhenus.

Dhalius begann die Diskussion:»Ich habe mir das Phänomen der Polarlichter einmal erläutern lassen. Demnach ist unbestritten, dass es auf *Achala* derzeit ein Problem mit dem Magnetfeld gibt. Auch der Einfluss der Planetenkonstellation auf die

Sonnenaktivität und auf die verstärkte Vulkanaktivität rund um den Planeten kann bestätigt werden. Vieles deutet darauf hin, dass die Magnetfeldanomalien auch für die Störungen bei der Energieversorgung verantwortlich sind.«

Für Dhalius war es eine der ersten Senatszusammenkünfte, weil er erst vor ein paar Jahren das Amt des Regionalkönigs im *Regenland* übernommen hatte.

»Was sind die Spezialgebiete von Rhia?«, fragte Rhenus.

Bevor jemand antworten konnte, mischte sich Khi ein, obwohl sie eigentlich als Protokollführerin nicht direkt in Entscheidungen eingebunden war: »Rhia hat sich hauptsächlich mit Geologie und Kommunikationstechnik beschäftigt, glaube ich.«

»Lasst uns herausfinden, was im Zentralarchiv über die Polausrichtung unseres Planeten zu finden ist.«

Daraufhin erläuterte das in der Mitte des Raumes platzierte *Ei*, dass Polsprünge durchschnittlich alle 500.000 Jahre auftraten und der letzte schon lange überfällig war. Der Polsprung selbst sei aber ein langsamer Prozess, der sich über mehrere tausend Jahre hinziehen würde.

»Dann ist die von Rhia erstellte Hypothese eher unwahrscheinlich. Eine ambitionierte Wissenschaftlerin sollte besser recherchieren, bevor sie das Wissen der *Alten Meister* in Frage stellt«, sagte Rhenus und da ihm niemand widersprach, galt dieser Antrag als abgelehnt.

Jeder Kandidat für das Königsamt hatte nun drei Monate Zeit, um für alle genehmigten Anträge Konzepte vorzulegen.

Nun musste der Senat noch die Kandidaten prüfen. Einer der Kandidaten hatte sich selbst vorgeschlagen: Ohlak.

Δ

7 – Große Veränderungen

Am Abend hatte Mhia wieder lange mit ihrem *Mentor* gesprochen. Sie wurde dann irgendwann müde und bekam seine letzten Sätze nicht mehr mit. Es ging um hochentwickelte Wesen, mit denen er regelmäßig Kontakt hatte. Es gäbe dort gerade eine rasante technische Entwicklung. Seine Freunde im *Aka* würden sich um besonders begabte Forscher kümmern, und ihnen bei der Lösung wissenschaftlicher Probleme helfen. Vorrangig wollten sie aber Fehler vermeiden, die ganze Zivilisationen gefährden könnten. MhiaKha und seine Freunde wollten auch nur denen helfen, die sich nicht persönlich bereichern würden.

Für Mhia klang es, als bedauerte er, wie ihr Volk im Moment lebte. Er sprach auch von einem Schützling aus einer Welt, die der von Mhia sehr ähnlich sei.

Wie sie nun in ihrem Bett wach lag, erinnerte sie sich an einige Details aus dem Gespräch, obwohl sie das meiste davon nur im Dämmerzustand mitbekommen hatte: *Eigentlich ist das doch richtig spannend. Über MhiaKha könnte ich vielleicht ein Netzwerk mit anderen Welten aufbauen!*

Diese Idee ließ sie dann auch lange nicht mehr los. Nach der Schule ging Mhia wieder ins Krankengebäude und besuchte Shet. Er hatte heute aber keine Zeit für sie. Es gab zu viele Kranke und jede Hand wurde gebraucht. Dafür versprach Shet, am Abend bei Mhia vorbeizukommen. Sie trafen sich auch wie geplant und Mhia konnte es kaum erwarten, ihm von der Idee mit dem Netzwerk zu erzählen. Zuerst wollte sie auch mit Rhe darüber reden, aber der erzählte eigentlich immer erstmal, warum es nicht funktionieren würde. Obwohl, am Ende konnte sie ihn dann meistens überreden. Wie dem auch sei, mit Shet war es etwas anderes, irgendwie anders halt.

Wie immer hatte er auch dieses Mal sein Holzei dabei. Einfache Meditation kannte er schon von seiner Mutter, die es manchmal mit ihren Kindern praktizierte. Dabei nutzte die Mutter Kräuterdämpfe, die sie in ihrer Hütte gemeinsam einatmeten. Allerdings kannte Shet noch nicht die Möglichkeiten, mit denen sich Manujas in verschiedene Bewusstseinszustände versetzen konnten. Telepathisch unterhielt er sich schon mit Mhia, obwohl es ihn immer noch verwirrte. Nach jeder Sitzung war er erstmal stundenlang durcheinander.

Es wurde gerade dunkel, als Shet eintraf. Zu den Hausbewohnern gehörten alle in Basileia lebenden Generationen aus Mhias Familie. Sie saßen auf der Dachterrasse und unterhielten sich angeregt. Nach den Großeltern kam noch eine Tante dazu, die zu Besuch war. Rhe hatte ein Holzfeuer gemacht, worin sie sich an langen Stäben Heuschrecken grillten. Thom kümmerte sich um den Rest des Abendessens und bereitete verschiedene Soßen vor. Seine Gewürzmischungen machten die gerösteten Tiere noch köstlicher.

Während sie aßen, erzählte er, was es bei Rhia Neues gab. Offenbar waren sie inmitten des Kontinents auf eine alte Stadt gestoßen. Die geheimnisvollen Gebäude sollten fast vollständig im Schlammboden eines Sees verborgen sein. Das war so spannend, dass Mhia fast vergaß, was sie heute Abend noch vorhatte. Als das restliche Sonnenlicht verschwunden war, konnten sie wieder die rötlichen Lichter am Himmel sehen. Gelegentlich schossen lange Strahlen vom Himmel, als würde ein Drachen auf Basileia zufliegen und seinen wütenden, brennenden Atem auf die Stadt schleudern. Thom hatte gesagt, dass davon keine Gefahr ausging. Wirklich sicher war er sich allerdings selbst nicht.

Ihr ursprüngliches Vorhaben, heute Abend mit Shet zu meditieren, konnte Mhia erstmal vergessen. Wie würde es sich anhören, wenn sie vorschlug, sich nun mit ihm zurückzuziehen, während sich die anderen am Feuer spannende Geschichten erzählten.

Für den nächsten Tag war eine Sonnenfinsternis angekündigt. In der Nähe des Zentrums von Basileia befand sich ein riesiger Apparat, der alle größeren Himmelskörper in einem beweglichen Planetarium zeigte. Die Manuja-Kinder kannten es. Hier konnten sie lernen, wie die Planeten ihre Bahnen um die Sonne zogen.

Weil es in diesem Jahr eine außergewöhnliche Planeten-Konstellation geben sollte, war der Andrang besonders groß. Aus diesem Anlass trafen sich viele Bewohner und vor allem Schüler am Planetarium. Dieses Mal war auch Shet und seine Schwester dabei. Mhia musste deren Mutter erst überzeugen, auch Phia für einen Tag in die Stadt zu lassen.

Die Himmelskörper des Planetariums bewegten sich frei im Raum, als würden sie von einer unsichtbaren Kraft geführt. Obwohl das physikalische Prinzip der *Levitation* bekannt war, beeindruckte dieser Apparat jeden Betrachter. Die Nachbildung des Planetensystems hatte dann noch etwas Unheimliches an sich. Am äußeren Rand sah man eine kleine schwarze Kugel schweben, die auf einer sehr elliptischen Bahn um die Sonne zog. Über diese schwarze Kugel war nicht viel bekannt. Im Zentralarchiv wurde dieser Himmelskörper als *Dvar* bezeichnet und man erfuhr nur, dass es sich um die ältesten Gebilde in unserem Universum handelte. Niemand könne diese Körper sehen, aber sie würden eine viel größere Masse haben als alles, was sie sonst so kannten. Zudem konnten sie erfahren, dass ein *Dvar* alle Informationen speicherte, die es im Laufe seiner Existenz sammelte. Die Wissenschaft ging davon aus, dass Informationen nicht verloren gehen konnten. Sie ließen sich nur in andere Formen umwandeln. Bekannt war auch noch etwas anderes, über dessen Theorie aber nur noch selten gesprochen wurde. Was für die Erhaltung der Energie und Informationen galt, sei in der Welt jenseits des Sichtbaren auch für die Zeit gültig. Leider waren Zeitreisen auch für Manujas nur ein Wunschtraum. Ihre biologischen Körper könnten sich innerhalb der Zeit nicht bewegen, ohne Form und Zustand zu verändern. Für einen Körper aus festen Stoffen wäre eine Zeitreise demnach immer eine Reise ohne Rückkehr.

Das Planetarium befand sich außerhalb der zweiten Mauer um den Energieturm. Es fanden kaum alle Besucher Platz. Wenigstens war es kaum bewölkt, sodass die Chance bestand, die verdunkelte Sonne zu sehen. Als es zu dämmern begann, verstummten die Besucher. Diese Szene hatte etwas Gespenstisches.

Jemand in der Menge erklärte:»Diese Konstellation von Sonne, Planeten und Mond wird es erst wieder in 41.017 Jahren geben.«

Shet war fasziniert. Er hatte sich am Morgen noch alles über die Sonnenfinsternis angeschaut. Hier zu stehen, machte ihn stolz. Er fragte sich, was die Menschen in seinem Dorf darüber denken würden, wenn sie die Sonne verschwinden sahen. Mhia hatte der Mutter und dem kleinen Mann im Dorf von der Sonnenfinsternis erzählt und dass es für Phia eine einmalige Gelegenheit wäre, etwas darüber zu lernen. Seit Shets Unfall vor ein paar Wochen, hatten Mhia und Rhe einen festen Platz in der Dorfgemeinschaft. Die meisten Bewohner betrachteten die beiden jungen Manujas seitdem als Freunde der Menschen.

Während sie die Sonne mit gefärbten Kristallscheiben beobachteten und sich leise unterhielten, spielte sich zur gleichen Zeit im Dorf der Menschen ein Drama ab. Einer der älteren Männer zeigte zum Himmel und schrie die Dorfbewohner zusammen. Manche warfen sich ehrfürchtig auf den Boden und murmelten verzweifelt Gebete. Einer der Älteren schrie und prophezeite den Untergang der Welt als Resultat des Ungehorsams anderer Dorfbewohner. Es wurden noch keine Namen gerufen aber jeder wusste, gegen wen sich der Vorwurf richtete. Die Mutter der Zwillinge sei es gewesen, die schon gestern vom bevorstehenden Ereignis erzählt hatte.

Als die Sonne zurückgekehrt war, beruhigten sich die meisten aber schnell wieder und gingen an ihre Arbeit. Der ältere Mann, der mit seiner Hysterie andere angesteckt und Panik verbreitet hatte, versammelte ein paar Dorfbewohner in seiner Hütte. Dort schaukelte sich die Stimmung noch einmal auf und sie sahen düstere Zukunftsaussichten für die Menschen voraus, wenn sie nicht umgehend handeln würden. Am Ende waren sich alle einig, dass es nur eine Lösung geben konnte…

Am Nachmittag nahm Mhia die Zwillinge mit nach Hause. Rhe war schon da und saß im Hauptraum des Hauses. Er ließ sich vom *Ei* Landkarten an die Wand projizieren und zoomte verschiedene Details heraus. Mhia ging mit den Gästen geradewegs in ihre

Kammer, ohne den verblüfften Rhe zu beachten. Zunächst tat dieser so, als würde es ihn nicht interessieren. Schließlich hielt er es vor Neugierde nicht mehr aus und fragte durch den geschlossenen Vorhang:»Habt ihr etwas vor?«
»Wie kommst du denn darauf?«, antwortete Phia und kicherte. Daraufhin betrat er die Kammer und setzte sich auf Mhias Lager. Shet holte dann etwas aus seiner Tasche und erklärte:»Ich wollte das schon lange tun, aber ich hatte noch keine Gelegenheit.«
»Was hast du denn da?«
Er breitete ein Stück gefaltetes Schreibpapier auf dem Boden aus, während die anderen erstaunt darauf starrten.
»Hast du das gezeichnet?«, wollte Mhia wissen.
»Ja, hab's vom Ei im Krankengebäude abgemalt. Ist für euch, als Dankeschön für meine Rettung.«
»Das ist fantastisch!«
»Aber… ist das etwa… das ist doch so etwas wie ein Stammbaum, oder? Sogar mit Geburtsdatum.«
»Ja. Ich habe versucht, die Gesichter eurer Familie so gut es geht abzumalen.«
»Moment mal, hast du die ganzen Bilder da drin gefunden? Da steht auch noch, mit wem Großvater vor Großmutter zusammen war und die Frau davor auch noch und dass er eine Tochter hat, die jetzt 246 Jahre alt ist, wusste ich auch nicht. Danach muss ich ihn heute gleich mal fragen!«
»Das lässt du mal schön bleiben, du Trottel!«, sagte Mhia.
Shet wurde blass und sagte:»Es tut mir leid, wenn ich was falsch gemacht habe.«
»Du kannst nichts dafür. Ich frage mich nur, wie du an Einwohnerdaten gekommen bist, die nicht für die Öffentlichkeit zugänglich sind«, beruhigte ihn Mhia.»Es ist ein super Geschenk und auch ein schönes Andenken. Vielen Dank!«
»Die Zeichnung ist eigentlich nicht fertig geworden. Es fehlen einige Verzweigungen aber ich dachte, es würde euch trotzdem interessieren.«
»Hey, ich hätte nicht gedacht, dass du so gut malen kannst.«

»Sehen aus wie Fotografien. Du hast ein richtiges Talent«, schwärmte Mhia. »Ich schlage vor, es bleibt unser Geheimnis.« Mhia merkte Shet an, dass er noch etwas auf dem Herzen hatte: »Was hast du?«

»Du wolltest mir noch erklären, wie ihr mich gerettet habt. Mutter erzählt nur, dass es die Dorfbewohner verwundert hat. Es hat für sie ausgesehen, als hättet ihr mich von den Toten zurückgeholt«, beschrieb Shet.

»Ach so… ja… aber das kann Rhe besser erklären.«

Nicht ohne Grund drückte sich Mhia um die Antwort, weil sie wusste, dass körperliche Kontakte mit dem Mund bei den Menschen überhaupt nicht üblich waren.

Shet sah Rhe an, aber der feixte und sagte: »Mhia hat dir mit ihrem Mund Luft in die Lungen geblasen, bis du wieder von selbst atmen konntest. Und wir haben dein Herz so lange gepresst, bis es wieder zu schlagen begann.«

Shets Gesicht bekam daraufhin nur noch mehr Farbe, aber damit hatte sich die Sache dann erledigt.

Mhia wollte gerade vorschlagen, gemeinsam zu meditieren, als es draußen anfing zu knistern und zu poltern. Kurz danach gab es einen dumpfen Knall und es stieg eine riesige schwarze Rauchwolke über der Stadt auf. Im Raum lag plötzlich eine merkwürdige Spannung. Rhe fasste sich an die Brust. Phia war neugierig und rannte aus dem Haus, um nachzuschauen. Draußen rief eine Frau: »Geh sofort wieder rein, Mädchen, sonst verbrennst du!«

Mhia folgte ihr mit etwas Abstand und bemerkte, dass ihre Freundin draußen wie erstarrt dastand. Die Warnung der Frau hatte so einen Schreck hinterlassen, dass es ein paar Sekunden dauerte, bis Phia begriff und ins Haus zurückrannte. Mhia hatte die Warnung noch rechtzeitig erreicht, bevor sie das Haus verlassen hatte. Wieder zurück im Hauptraum fragte sie die anderen: »Was war denn das?«

Rhe versuchte, den Hauscomputer wieder in Gang zu bekommen. »Es funktioniert gar nichts mehr. Was ist hier los?«

»Wir müssen zu Vater, der kann uns das sicher erklären.«

»Ich würde nicht raus gehen«, sagte Shet und starrte Phia an, deren Haut jetzt ganz rot aussah.

»Du hast einen Sonnenbrand. Wie kann das so schnell gehen?«

»Die Frau da draußen hat gesagt, ich würde verbrennen, wenn ich nicht sofort wieder reingehe.«

»Scheint was dran zu sein.«

Mhia suchte die Salbe vom *Butterbaum* und trug sie vorsichtig auf Phias Haut auf. In dem Moment bemerkten die anderen, dass sie selbst auch schon einen leichten Sonnenbrand im Gesicht und an den Händen hatten. Die Sonne musste also schon am Nachmittag intensiv gewesen sein. Rhe erinnerte daran, dass Mutter von möglichen Problemen mit der Sonne erzählt hatte. Keine Stunde später gab es wieder einen riesigen Knall und ein Grollen, das wie das Geräusch klang, das *Rahik* in letzter Zeit manchmal machte, nur viel stärker. Kurz darauf vibrierte das Haus und in der Küche fiel Geschirr aus den Regalen.

»Ein Beben!«

»Das kann doch nicht alles auf einmal passieren. Was ist hier los? Wir können nicht nur rumsitzen, ohne etwas zu tun. Ich will jetzt mit Vater sprechen«, rief Mhia ziemlich aufgeregt und lief im Raum umher.

»Wir können nur warten, bis es dunkel wird. Ansonsten verbrennen wir uns noch mehr.«

Bevor Vater zurück sein würde, wollte sie auch MhiaKha um Rat fragen. Auf Anweisung von Mhia legten sich alle vier im Kreis auf den Boden. Mit den Köpfen in der Mitte, hielten sie sich an den Händen. Shet sollte sein Holzei zusätzlich in die linke Handfläche nehmen. Er wusste ja nun, dass dieses Stück Holz als Schwingungsverstärker geeignet war. Letzteres hatte den Effekt, dass nur Mhia die Frequenz von MhiaKha anwählen musste und sich die Übertragung dann gleichzeitig auf die anderen verteilte.

Nach einer halben Stunde war noch keine Verbindung aufgebaut. Lag das an der Aufregung oder an den Umweltbedingungen draußen? Schließlich spürte Mhia doch die Gegenwart ihres *Mentors* und die Freude darüber ließ die Energie schließlich ungehindert zwischen ihnen fließen. Lediglich Phia spürte noch nichts. Trotzdem versuchte sie, sich zu konzentrieren. Sie hatte Vertrauen zu Shet und tat einfach alles, was er vormachte.

»Ich freue mich so sehr, dass es dir gut geht«, wurde Mhia von MhiaKha begrüßt.

»Warum betonst du das so, weißt du schon, was bei uns passiert ist?«

»Ja. Eine starke Energie wirkt auf euren Planeten ein und ich kann das spüren. Die Schwingungen werden immer stärker und ich fürchte, es könnte ein großes Problem werden.«

»Kannst du uns erklären, was da passiert?«

»Aha, du bist nicht allein. Ich hatte schon sowas gespürt, aber ich kenne diese Signaturen nicht. Willst du mir die anderen nicht vorstellen?«

»Da ist noch mein Bruder Rhe und unsere Freunde Phia und Shet.«

»Ich kann die Signaturen der anderen nur schwer ausmachen, Mhia. Du könntest mir ihre Frequenzen schicken. Dann kann ich die Verbindung von meiner Seite aus aufnehmen.«

Das tat Mhia und kurz danach hatte Phia zum ersten Mal das reale Erlebnis einer telepathischen Verbindung. Es kam ihr vor, als würde vom Kopf warmes Wasser ihren Körper hinabfließen und sie vollkommen umhüllen. Ein herrliches Gefühl der Geborgenheit.

»Es tut mir so leid, euch das sagen zu müssen aber ich glaube, ihr seid wirklich in Gefahr. Ein gewaltiger Sonnensturm wirbelt das Magnetfeld durcheinander. Es ist, als ob der Wind eine offene Flamme umherwirbeln würde. Die Wirkung auf biologische Wesen ist enorm.«

»Woher weißt du von der erhöhten Strahlung?«

*»Ich spüre es an euren Körpern. Sie wehren sich dagegen. Genauer gesagt, versucht das Gehirn, eine Abwehrreaktion zu erzeugen. Das machen alle Lebewesen unbewusst. Besonders höher entwickelte Lebewesen spüren das. Hält der Zustand länger an, können sogar die **formgebenden Felder** zerstört werden. Diese enthalten aber alle Informationen über euren Körperaufbau. Fehlt ein Teil dieser Informationen, wächst das Gewebe chaotisch und auch Verletzungen heilen nicht mehr richtig.«*

»Haben die Alten Meister *keinen Rat für so etwas?«, fragte*
Rhe.

»Soweit ich weiß, haben sich eure Vorfahren bei hoher Son-
nenaktivität immer mal wieder unter die Planetenoberfläche zu-
rückgezogen. Es muss bereits viele Höhlen und Gänge geben, die
von ihnen stammen.«

»Aber das ist doch furchtbar! Niemand möchte ohne Sonnen-
licht leben.«

»Vielleicht beruhigt sich das alles schnell wieder. Das eigent-
liche Problem ist allerdings der Schutzschild eures Planeten.«

»Was können wir denn nun tun?«

»Hinter dicken Steinmauern oder unter der Oberfläche seid
ihr relativ sicher... Ich spüre gerade, dass eure Mutter versucht,
Kontakt mit Mhia aufzunehmen. Ich werde mich für sie jetzt öff-
nen...«

»Geht es euch gut?«, wollte Rhia.

»MhiaKha hat gesagt, das Magnetfeld ist gestört und die
Sonne ist so intensiv, dass wir unter die Oberfläche gehen sol-
len.«

»Er hat recht. Wir messen hier verrückte Werte und ein Teil
unserer Technik ist schon ausgefallen. Ihr müsst mir jetzt genau
zuhören: Stellt alles, was ihr an Steinen finden könnt vor die
Fenster und haltet euch nur im Untergeschoss auf. Geht tagsüber
nicht nach draußen. Wir werden eine Lösung finden. Und dann
noch eins: Reibt euch mit der Salbe vom Butterbaum ein, auch
wenn ihr im Dunkeln rausgeht. Ein Teil der Strahlung wird von
der Atmosphäre reflektiert und kommt auch noch nachts am Bo-
den an. Ich muss jetzt dringend mit Papa sprechen. Kannst du
wieder versuchen, uns mit ihm zu verbinden?«

»Warte, ich versuche es...«

Phia hatte die ganze Zeit fasziniert zugehört, aber nun wurde
sie von Kummer und Angst überwältigt. Wie würde es Mutter
und den anderen rund um ihr Zuhause ergangen sein? Nun brach
es aus ihr heraus und sie fing trotz tiefer Hypnose bitterlich an zu
weinen. Das steckte auch Shet an, der instinktiv die Hand fester
drückte, mit der er sowohl das Holzei als auch Phias Hand hielt.

MhiaKha hatte die Angst der beiden Menschenkinder gespürt und sagte zu ihnen:

»Die Strahlung ist zwar auch für Menschen schädlich, aber diese haben einen besseren natürlichen Hautschutz als ihr Manujas. Sie können deshalb ein wenig mehr Sonnenlicht vertragen.«

»Aber Shet und ich sind doch auch Menschen und meine Haut war ganz schnell verbrannt.«

»Ich möchte eure Gefühle nicht verletzen, aber ich spüre, dass ihr beide nicht nur Gene eines Menschen habt. Das sagen mir eure Energiesignaturen.«

Phia wusste nicht viel über Gene, aber sie verstand die Botschaft trotzdem. Die Antwort von MhiaKha versetzte ihr einen solchen Schock, dass sie kurz danach aus ihrer Trance aufwachte und sich völlig verwirrt in eine Ecke des Raumes kauerte. Dann wachte auch Shet auf und hockte sich neben seine Schwester. Die Nähe des anderen tat beiden gut. Sie waren von der Hypnose und der Telepathie so geschwächt, dass sie schon bald in dieser Haltung einschliefen.

Es war bereits dunkel, als Thom und die anderen Hausbewohner nach Hause kamen. Thom hatte sich eine mit Gold beschichtete Plane umgehängt und davon einen ganzen Stapel mitgebracht. Sie werden im Institut benutzt, um empfindliche Messgeräte von ionisierender Strahlung abzuschirmen. Er erklärte den vier Kindern: »Tragt sie ab jetzt immer, wenn ihr euch im Freien aufhaltet!«

»Wie sieht es draußen aus?«, wollte Rhe wissen.

»Der größte Teil hat unseren Planeten auf der Südhalbkugel getroffen. Im *Goldland* sollen die Wälder brennen. Basileia ist da scheinbar noch gut weggekommen. Allerdings ist der zentrale Energieturm nun zerstört.«

»Und wie lange kann so etwas dauern?«

»Der Ausbruch selbst ist schon abgeklungen. Aber das Magnetfeld ist geschwächt. Es sieht so aus, als ob die Planetenkonstellation mehr Auswirkung auf die Sonne und unseren Planeten hat, als vorausberechnet. Und da ist noch etwas anderes.

Vielleicht habt ihr das heute im Planetarium gesehen. Da ist dieser kleine dunkle Himmelskörper, den wir *Dvar* nennen. Er kommt der Sonne und den inneren Planeten auf seiner Bahn nur selten so nahe wie im Moment. Die Alten Meister haben herausgefunden, dass dieser Körper mindestens zehnmal so schwer ist wie Achala.«

Der Großvater hatte sich schon vor einer Weile dazugesetzt und bis jetzt nur zugehört. Nun mischte er sich ein:»Und es sieht so aus, als ob das Ding an unserem Planeten so stark zieht, dass es hier alles durcheinanderbringt. Diese Kräfte erhitzen auch das Innere des Planeten und das führt zu höherem Druck im flüssigen Teil des Kerns. Wir merken das an häufigeren Vulkanausbrüchen aber auch daran, dass die magnetischen Pole zu wandern beginnen. Aber es tritt noch ein anderes Phänomen auf. Ein alter Freund aus der damaligen Forschung hat mich darauf aufmerksam gemacht, dass sich die Gletscher auf den zugefrorenen nördlichen Kontinenten merkwürdig verhalten.«

»Was meinst du mit merkwürdig?«

»In den Archiven finden wir heute nur Hinweise darauf, dass Eiszeiten wesentlich von der Temperatur unserer Atmosphäre und der Temperatur in den Meeren abhängen. Das mag vielleicht für die kleinen Eiszeiten und die normalen Schwankungen stimmen. Gegenwärtig geschieht aber noch etwas anderes.«

»Nun mach es doch nicht so spannend!«, drängelte Rhe.

»Naja, es sieht so aus, als ob das Eis von unten abschmelzen würde. Und meine alten Freunde sind darauf gekommen, weil sich die Gletscher seit einiger Zeit immer schneller bewegen. Man müsste annehmen, dass die kleinen Gletscher schneller schmelzen als die großen, weil sie sich schneller durch die Luft erwärmen lassen. Dem ist aber nicht so. Es passieren merkwürdige Dinge. Die größten Gletscher bewegen sich am schnellsten und rutschen in die Täler und Meere. Die Forschung hat herausgefunden, dass sich zwischen dem Gestein und dem Eis immer mehr Wasser bildet. Das Wasser wirkt wie ein Gleitmittel. Der Grund ist, dass die Gletscher auch von unten erwärmt werden und die Wärme kommt aus dem Planeteninneren.«

»Und was bedeutet das?«

»Es sieht aus, als ob die gegenwärtige große Eiszeit bald zu Ende geht. Wenn all das Eis auf der Nordhalbkugel abschmelzen sollte, könnte der Meeresspiegel um einige hundert *Meh* ansteigen. Bis es so weit ist, vergehen sicher noch einige tausend Jahre. Aber in der letzten Phase des Abschmelzens beschleunigt es sich noch einmal. Gegen Ende der Eiszeit könnten die riesigen Gletschermassen innerhalb weniger Jahrzehnte ins Meer rutschen und dann wird es gigantische Wellen und Überflutungen an allen Küsten geben.«

»Dann ist das Schmelzen des Eises eine Folge kosmischer Ereignisse?«

»Nicht ganz. Ihr dürft nicht vergessen, dass es für fast alle Dinge eine Verkettung mehrerer Ursachen gibt, die sich wechselseitig beeinflussen. Dass zurzeit Ebbe und Flut an den Küsten zu etwas anderen Zeiten kommen als bisher, hat auch mit der starken Gravitationswirkung der benachbarten Planeten und des *Dvars* zu tun. An der Südküste von Atlantis ist der Wasserspiegel etwas gesunken. Die Bewohner berichten von flachen Inseln, die plötzlich im Meer auftauchen. Dafür ist im Norden des Kontinents ständig etwas Hochwasser.«

»Aber Mama hatte doch auch davon gesprochen, dass sich die Pole umdrehen würden.«

Großvater legte seinen Kompass auf den Tisch, während alle gespannt darauf starrten. Ab und zu schwenkte die Nadel in Richtung Norden, wollte sich aber nicht so richtig für eine Position entscheiden.

»Aber wenn du die Ursache schon kennst, warum wissen das die anderen nicht und schicken Expeditionen los, um das Phänomen zu untersuchen?«, fragte Mhia.

»Ich wurde vom Wissenschaftsrat ausgeschlossen, bevor ich den zweiundzwanzigsten Ausbildungsgrad abschließen konnte. Damals hatten wir kosmische Ereignisse erforscht und anders beschrieben, als es in den Zentralarchiven dargestellt war. Seit dieser Zeit werde ich nicht mehr ernst genommen und darf auch keine Schüler mehr ausbilden«, antwortete der Großvater.

»Wer war denn damals Leiter des Forschungsinstituts?«

MANUJA – DAS VERSCHWUNDENE WISSEN

»Seit ich denken kann, ist Ohlaks Familie für die Forschung verantwortlich. Kurz nach meinem Ausscheiden wurde Ohlak dann leitender Wissenschaftler von Atlantis.«

Rhe wollte das Gespräch wieder auf das ursprüngliche Thema lenken:»Wenn Mama Recht hat, ändert das Magnetfeld gerade seine Ausrichtung. Und es scheint ja so, als ob sie von dir viel gelernt hat, Großvater.«

»Wir können nur hoffen, dass die Neuausrichtung schnell geht. Ein instabiles Magnetfeld ist schwach und dann ist auch die Schutzwirkung gegen die Sonnenstrahlung gering.«

Thom wollte nicht im Beisein der anderen darüber reden, aber er hatte bereits erfahren, dass der Senat seinen Antrag auf Erforschung des bevorstehenden Polsprungs abgelehnt hatte. Das würde nun auch nichts mehr ändern. Er fürchtete jedoch, dass sie nun keine ausreichenden Schutzmaßnahmen für die Stadtbewohner vorbereiten konnten. Es gab genügend Platz unterhalb der Stadt. Aber diese Gänge und Hallen sind zu großzügigen Freizeit-Zentren für einige Bewohner umgebaut worden. Allein die Königsfamilie bewohnte fast ein Drittel des Stadtkerns unter dem ersten Ringgraben.

Thom setzte sich neben Rhe und sagte zu ihm:»Du kannst mir vielleicht helfen. Ich brauche Informationen vom Zentralarchiv und will für Mama etwas recherchieren. Soweit ich weiß, ist der Zugang im Forschungsinstitut noch intakt. Allerdings kann ich dort nur unter Kontrolle eines *Meisters* Daten abfragen. Die sind nun aber alle zu ihren Familien geeilt.«

Shet war wieder aufgewacht und hatte sich zu den anderen gesetzt, nachdem er seine Schwester auf Mhias bequemes Lager gelegt hatte. Er antwortete Thom ungefragt:»Ich kann dir vielleicht helfen.«

Der lächelte freundlich zurück und schüttelte den Kopf. »Danke, Shet. Aber wir brauchen jemanden, der sich mit den Terminals gut auskennt und vielleicht auch eine Zugangssperre überwinden kann.«

»Dann ist Shet vielleicht gar keine schlechte Wahl«, sagte Rhe.»So wie es aussieht, hat er im Krankengebäude Zugang zu

150 | 7 – Große Veränderungen

Daten, auf die ich bis jetzt noch nicht gestoßen bin. Wer weiß, auf was er sonst noch alles Zugriff hat.«

Thom hatte Zweifel, aber auch keine bessere Idee:»Dann lasst uns aufbrechen.«

Mhia sprang auf und gab Shet einen der goldenen Umhänge. Der warf ihr einen schüchternen Blick zu und folgte Thom und Rhe.

Seit dem ersten Beben wurde das Haus noch mehrere Male erschüttert. Glücklicherweise gab es kaum Schäden. Es fielen nur hin und wieder Gegenstände um.

Mhia machte sich am Abend noch auf den Weg zu den Menschen und wollte die Mutter der Zwillinge besuchen. Sicher machte sie sich schon Sorgen und nebenbei konnte sie die Dorfbewohner vor der Sonne warnen. Dort angekommen, faltete sie den goldenen Umhang zusammen, um niemanden zu erschrecken. Sie fand die Hütte aber leer vor. Eines der Schafe hatte sich losgerissen und stand im Kräuterbeet des Vorgartens. Die Kräuter waren restlos abgefressen. Das war nicht so klug von dem Tier, denn es stand nun ziemlich wackelig auf den Beinen.

Nicht weit entfernt wohnte der kleine Mann. Mhia rief von draußen nach ihm. Er kam heraus und erklärte umständlich, dass die Mutter der Zwillinge aus dem Dorf gejagt wurde, weil sie die Sonne verzaubert hätte. Er zeigte ihr seinen Sonnenbrand an Händen und Füßen. Wohin die Mutter gegangen war, wusste keiner im Dorf.

Wütend und mit Tränen im Gesicht ging Mhia zurück zur Hütte der Mutter. Vielleicht war noch Zeit gewesen, eine Nachricht für ihre Kinder zu hinterlassen. Sie machte eine Harzlampe an und suchte die Hütte ab. Beinahe hätte sie es übersehen. Im Kamin war die Asche breitgezogen und eine Zeichnung zu erkennen. Mhia sah zwei Bäume, in deren Mitte zwei rechteckige Steine gezeichnet waren. Im Pinienwald standen solche Steine mit geglätteten Seiten und Mhia wusste, wozu sie einst dienten. Diese Monolithen waren so etwas wie eine Kultstätte aus der Gründungszeit von Basileia. An dem Platz hatte sie früher oft gespielt, aber Menschen trauten sich dort eigentlich nicht hin. Sie schaute sich um und packte ein paar Sachen zu einem Bündel zusammen, darunter die Lederschuhe der Mutter und zwei Schaffelle. Dann machte sie sich auf den Weg zum Pinienwald. Als sie ihr Ziel fast erreicht hatte, wurden die Kopfschmerzen stärker. Zudem fühlte sich ihr Unterbauch an, als käme ihre monatliche Blutung jeden Moment. Das sollte eigentlich erst in ein paar Tagen geschehen. In der Hoffnung, die Schmerzen würden von allein verschwinden, lief sie etwas langsamer. Tage später erfuhr sie in der Stadt, dass das auch anderen Frauen so ging. Die Ärzte fanden heraus, dass eine erhöhte Strahlungsintensität Einfluss auf den Hormonaushalt haben konnte, was auch die Regelblutung beeinflusste.

Der Weg zum Wald war gut zu sehen, da der Himmel trotz Bewölkung wie angeleuchtet erschien. Besonders aus nördlicher Richtung flackerte es unregelmäßig auf, als würden sich über den Wolken Blitze entladen. Kein Wunder, dass sich die Menschen völlig verstört in ihren Hütten vergruben.

Mhia musste nicht lange suchen. Sie fand die Frau erschöpft an einem der Steine hockend. Die beiden umarmten sich und Mhia erzählte, dass es den Zwillingen gut ging. Sie hatte sich fest vorgenommen, die erschöpfte Frau ins Krankengebäude zu bringen. Schon nach den ersten Schritten erzählte die Mutter, dass sie sich ab jetzt wieder Tata nennen würde. Das war ihr ursprünglicher Name. Der stammte von früheren Dorfbewohnern, als diese noch mit den Heilmethoden und den Ratschlägen ihrer eigenen Vorfahren etwas anzufangen wussten. Tata hatte starken Sonnenbrand an allen Körperteilen, die nicht von mehreren Lagen Stoff bedeckt waren. Sie gingen oder schleppten sich langsam an den Stadtrand. Eine Wache gab es nicht. Sicherlich hatten die im Moment andere Probleme.

Das Krankengebäude war seltsamerweise ruhig. Mhia hatte erwartet, dass es wegen der Sonnenbrände viele Behandlungen geben würde. Sie gingen durch den notdürftig beleuchteten Eingang zum Krankenflügel für Menschen. Überall lagen Gegenstände auf dem Boden rum. Im Gang begegnete Mhia ein bekannter Geruch. Jemand aus ihrer Familie war also hier. Sie folgte dem Geruch bis ans Ende des Gangs und tatsächlich, dort hörte sie Rhe laut sprechen. Sie betraten den Raum und blickten in drei erschrockene Gesichter.

»Wir müssen sie sofort behandeln«, rief Shet überflüssigerweise, während er Mhia half, Tata auf eine Liege zu legen. Mhia begann dann mit der Resonanztherapie, um die Schmerzen zu lindern. Hierfür gab Shet seiner Mutter das Holzei in die Hand. Sie dankte das mit einem schwachen Lächeln. Die beste Medizin war jetzt, ihre Kinder in Sicherheit zu wissen. Als Mhia ihre rechte Hand auf Tatas Stirn gelegt und mit dem tiefen Ton zu brummen begonnen hatte, schlief die Mutter kurzerhand ein. Etwas später kam auch jemand vom Pflegepersonal und erkundigte sich, was los sei. Sie schien froh zu sein, dass sich Shet darum kümmern konnte, denn außer ihr war niemand sonst für die Kranken da.

Als sich Shet wieder dem *Ei* im Raum zuwandte, hatte Mhia erstmals Zeit, über die bizarre Situation nachzudenken. Eine ganze Gruppe von Leuten machte sich an dem Computer zu schaffen und keinem in diesem Gebäude kam das merkwürdig vor. Es musste einfach so sein; die ganze Welt schien anders zu ticken.

»Papa, was macht ihr hier eigentlich?«

»Wir müssen ins Zentralarchiv. Mutter braucht dringend Informationen über die aktuellen Veränderungen auf dem Planeten. Sie will übrigens versuchen, mit der ETANA nach Basileia zurückzufliegen.«

Thom hatte den Satz noch nicht beendet, als wieder alles zu vibrieren begann. Es dauerte lange, bis die letzten Geräusche im Gebäude verklungen waren. Das Knirschen von aneinanderreibenden Steinen hörte sich gruselig an. Inzwischen konnte kaum noch etwas aus den Regalen fallen. Licht spendeten nur noch die Lumineszenz-Röhren. Die gewannen ihre Energie aus der Luft im Raum und bei Bedarf konnten sie auch Wärme abgeben. Dafür hatten sie aber keine große Lichtausbeute.

Offenbar war der zentrale Stromzufluss gestört. Trotzdem funktionierte die Datenverbindung. Thom erklärte dem Ei, was der Computer für ihn zusammenstellen sollte: »Ich brauche die Stärke der Sonnenaktivität, die Werte des Magnetfeldes, die

Standorte von Vulkanausbrüchen sowie die Stärke aller gemessenen Beben rund um den Planeten.«

Zunächst zeigte die Projektionsfläche alle weltweit verteilten Messstationen. Die meisten befanden sich in der Nähe von Städten oder Forschungsstationen. »Ausfallrate der Messstationen 82 Prozent. 45 Prozent aller Sonden liefern bereits seit mehr als einem Jahr keine Daten mehr«, war die erste Auskunft und dann gab es weitere Erklärungen: »Die wenigen Messdaten werden keine globale Übersicht ermöglichen. Ich versuche, die fehlenden Daten zu simulieren oder zu interpolieren, um Lücken so gut es geht zu schließen. Sollte es eine Freigabe dafür geben, könnte ich auch Satellitendaten verwenden.«

Als Thom das hörte, schimpfte er halblaut vor sich hin: »Seit Jahren hat sich niemand um die Instandsetzung der Messstationen gekümmert. Es wird immer erst reagiert, wenn es zu spät ist. Jetzt sehen wir das Resultat. Moment mal… bitte wiederhole den letzten Satz!«

»Wiederholung des letzten Satzes: Sollte es eine Freigabe dafür geben, könnte ich auch Satellitendaten verwenden.«

»Was meinst du mit Satellitendaten? Ich dachte, es gibt schon seit langer Zeit keine funktionstüchtigen Satelliten mehr. Wer betreibt sie?«

»Für diese Information liegt keine Legitimation vor. Du benötigst eine Freigabe durch ein Mitglied der *Großen Reihe* oder eine Person mit ähnlicher Freigabestufe.«

»Kann ich jemanden aus dem Senat erreichen?«

»Ja. Du hast einen Antrag beim Senat eingereicht. Der wurde zwar abgelehnt, aber alle Antragsteller haben bis zum Fristablauf Zugang zu den Unterlagen. Außerdem müssen die Senatsmitglieder zu diesen Themen Auskunft erteilen.«

»Versuche, ein Mitglied zu erreichen, es ist dringend!«

Es vergingen Minuten, bis Thom eine Verbindung mit König Rhenus hatte. Der fragte gar nicht, was der Grund für Thoms Anruf war. Stattdessen sagte er: »Gut, dass du dich meldest, Thom! Wir müssen alles über den Umfang der Naturkatastrophe und die Zerstörungen wissen. Was hast du schon erfahren?«

»Sei gegrüßt, Rhenus. Das passt aber gut. Für das, was du wissen möchtest, brauche ich eine Freigabe zu einer höheren Sicherheitsstufe. Wir sind hier im Krankengebäude, dem einzigen Ort, wo die Computer noch funktionieren. Wegen der zerstörten Messstationen benötige ich Zugang zu den Satelliten. Nur so können wir eine globale Übersicht bekommen.«

»Woher weißt du von den Satelliten? Das sind geheime Informationen!«

»Der Computer hat uns darüber informiert.«

»Dann sind die Systeme bereits im Notfallmodus. In diesem Fall bleiben uns auch nur noch die Satelliten.«

»Aber wozu sind die Satelliten da und wer betreibt sie?«, bohrte Thom weiter.

»Das ist ein globales Überwachungssystem, einst noch von den *Alten Meistern* installiert.«

»Aber warum ist das geheim?«

»Deren wahrer Zweck muss geheim bleiben. Es hängt mit dem Schutz des Planeten zusammen. Ich kann dir das jetzt nicht näher erklären und du darfst die Information auch nicht weitergeben. Ich werde dir die Freigabe geben, aber halte mich auf dem Laufenden!«

Kurz darauf meldete sich das *Ei* von selbst:»Freigabe wurde erteilt. Die Daten der Satelliten fließen nun in die Berechnung ein…«

Immer mehr Einzelheiten kamen zusammen und wurden auf eine Wand projiziert:

»Die Magnetfeldstärke über dem Äquator beträgt nur noch 75 Prozent des Normalwertes. Der magnetische Nordpol befindet sich aktuell auf dem fünfunddreißigsten Breitengrad und wandert immer weiter nach Süden. Die Ausrichtung ist chaotisch. Die magnetische Abschirmung vor der Sonnenstrahlung ist deshalb nicht ständig gewährleistet. Eine Prognose zum Verlauf der Polwanderung und zum Magnetfeld kann wegen fehlender Vergleichswerte noch nicht erstellt werden.

Die Oberfläche des Planeten ist entlang der Kontinentalplatten stark eruptierend. Zurzeit sind mindestens 1.000 Vulkane an der Oberfläche aktiv. 2.500 submarine Vulkane kommen noch

dazu, vermutlich sind es aber noch mehr, da die Ozeane nicht vollständig erfasst werden.
Die Prognose für Atlantis ist verheerend. *Rahik*, der aktivste Schichtvulkan, ist auseinandergebrochen und die Lava ergießt sich in Richtung Osten. Basileia könnte langfristig auch gefährdet sein.
Die größte Bedrohung geht allerdings vom Auseinanderdriften der beiden großen Kontinentalplatten aus, die den Atlantik teilen. Der Graben verläuft mitten durch das verbliebene Festland von Atlantis. Der Boden westlich des Grabens sinkt mit einer Rekordgeschwindigkeit von einem *Meh* pro Monat ab. Sollte es bei dieser Geschwindigkeit bleiben, sind alle heutigen Küstengebiete im Westen des Kontinents in zwei Jahren überflutet. Eine derart schnelle Veränderung hat es seit Beginn der Aufzeichnungen noch nicht gegeben.
Das Auseinanderdriften der Platten verursacht ein Ausdünnen der Planetenkruste, vor allem westlich des Grabens. Die Spannungen an diesen Stellen der Kruste und das Eigengewicht des atlantischen Restkontinents, drückt auf die dünner werdende Kruste. Das verstärkt das Absenken noch mehr...«

Thom überraschte diese Prognose nicht. Allerdings hatte er bis zu diesem Moment noch gehofft, dass sich Rhia und das Forschungsteam bei den Berechnungen geirrt haben könnten. Dann sagte er laut:»Das sind wirklich keine guten Nachrichten. Ich muss jetzt mit den Ratsmitgliedern einen Notfallplan erstellen. Vielleicht wird mein Antrag vom Senat nun doch noch mal geprüft.«
Thom wollte schon mit dem Bericht für Rhenus beginnen. Dann überlegte er sich, dass es besser sei, zuerst noch mal mit Rhia zu sprechen. Während er sie kontaktierte, starrten die beiden Jungs gebannt auf die angezeigte Holografie. Nach und nach kamen immer mehr Informationen von den Satelliten rein. Aus unerklärlichen Gründen verlangte der Computer aber keine weitere Legitimation mehr dafür.
Beide interessierten sich für die Gegend, in der das Forschungsteam mit der ETANA unterwegs war. Auf den

Satellitenbildern konnten sie einen großen flachen See erkennen. Unter der Oberfläche gab es Strukturen, die einer Stadt ähnelten.

Als Rhe die Daten hierzu abrief, kam ein Hinweis, dass es im Bereich des Sees seit einigen Tagen starke geologische Veränderungen gäbe. Sie fanden schließlich auch aktuelle Aufnahmen davon. Da es in diesem Gebiet seit Tagen durchgängig bewölkt war, waren das aber nur Infrarotbilder. Trotzdem konnten sie eine Ringstruktur erkennen. Die gleiche Stelle war noch kurz zuvor vollständig mit Wasser bedeckt.

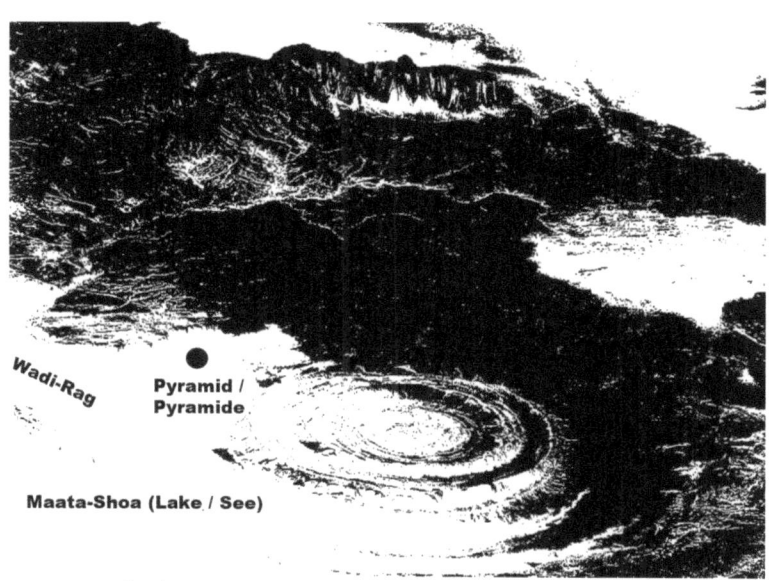

Stadt mit Ringstruktur und Resten des Sees Maata-Shoa [36]

»Was hat das zu bedeuten?«, staunte Shet und richtete eine weitere Frage an das Ei: »Kannst du feststellen, was sich während der letzten Tage verändert hat?«

»Der flache See *Maata-Shoa* hat 40 Prozent seines Wassers verloren. Die Ursache ist ein Grabenbruch westlich des Sees. Wegen dieses Grabens wird nun das Flusstal *Wadi-Rag* geflutet. Das Wasser fließt hierüber in den Atlantik ab. Aufgrund des

Höhenprofils wird der See etwa 60 Prozent seines Wassers verlieren.«

»Worum handelt es sich bei der abgebildeten Ringstruktur?

Das sieht aus wie…«, fragte Rhe und gab die Antwort gleich selbst:»Das sieht doch aus wie unsere Stadt Basileia, nur viel größer… Gib uns mal die Maße und was du sonst noch über diese Struktur herausfinden kannst!«

»Die Struktur besteht aus vier konzentrischen Ringen. Gesamtdurchmesser etwa fünf *Iteru*. Zum Vergleich: Basileia hat einen Durchmesser von einem *Iteru*. Dem Höhenprofil nach zu urteilen, waren die vier ringförmigen Gräben einst mit Wasser gefüllt. Die Wassereinspeisung erfolgte über Flussläufe aus dem angrenzenden Gebirge. Unter dem Sedimentboden des heutigen Sees sind Strukturen zu sehen, die Staudämmen ähneln. Überschüssiges Wasser ist demnach über das *Wadi-Rag* ins Meer abgeflossen.«

»Aber was bedeutet das?«

»Die wiederentdeckten Gebäude und die Pyramide scheinen nur ein kleiner Teil einer viel größeren Anlage zu sein. Möglicherweise hat es dort vor langer Zeit eine riesige Stadt gegeben.«

»Gibt es Hinweise auf die Erbauer und was ist mit ihnen geschehen?«, fragte Rhe.

»Um diese Frage zu beantworten, benötige ich die Freigabe durch eine autorisierte Person oder ein Mitglied der *Großen Reihe*. Am einfachsten wäre es, wenn Shet die Anfragen an mich stellt.«

»Shet bekommt die Antwort und ich nicht?«

»Richtig. Die Zwillinge Shet und Phia besitzen auf Grund ihres genetischen Codes eine ähnlich hohe Freigabestufe wie die Mitglieder der *Großen Reihe*.«

Thom, der an einem Terminal in einer anderen Ecke des Raumes saß und an seinem Bericht arbeitete, hatte mit einem Ohr zugehört. Der letzte Satz ließ ihn kurzerhand aufspringen. Dabei stieß er mit dem Kopf an eine offenstehende Schranktür, die daraufhin mit Getöse zuschlug. Die schmerzende Stelle reibend, sah er nun in vier erschrockene Gesichter und murmelte eine

Entschuldigung wegen des Lärms. Dann richtete er an das *Ei* die Anfrage:»Wiederhole den letzten Satz!«

»Die Zwillinge S**h**et und P**h**ia besitzen auf Grund ihres genetischen Codes eine ähnlich hohe Freigabestufe wie die Mitglieder der *Großen Reihe.*«

»Das nenne ich ja mal eine Karriere«, staunte Thom und alle lachten. Tata, die von der Schmerzbehandlung noch etwas benommen war, konnte die Tragweite dieser Neuigkeit nicht gleich erfassen. Sie fragte deshalb erstmal:»Was bedeutet *Große Reihe?*«

Thom erklärte es folgendermaßen:»Das sind die dreizehn wichtigsten Führer der Manujas. Sie legen Regeln fest, nach denen wir leben sollen und sie wählen den König von *Terra Atla.* Nicht alle Mitglieder der *Großen Reihe* sind Manujas, manche kommen aus anderen Daseinsebenen.«

»Ich habe davon schon gehört. Andere Daseinsebenen bedeutet also, es sind auch Geister darunter?«

»Wir nennen sie anders. Es sind Lebewesen, aber sie benötigen keine Körper wie wir.«

»Kennst du alle von ihnen und werden sie gut zu meinen Kindern sein?«

»Ich kenne nur einige, aber ich bin sicher, dass sie weise genug sind, die richtigen Entscheidungen zu treffen. Übrigens weiß ich nicht, ob und wann deine Zwillinge künftig Kontakt mit ihnen haben werden. Vielleicht kann uns das Ei mehr dazu sagen?«

Die Antwort kam prompt:»P**h**ia und S**h**et haben zwar eine genetische Verbindung mit der *Großen Reihe,* aber sie gehören dieser Kaste nicht automatisch an. Welche Beziehung sie später einmal haben werden, ist unbestimmt. Auch in den Archiven findet sich hierzu kein Hinweis. Es ist aber bekannt, dass auch die *Wächter des Wissens* einige dieser genetischen Merkmale haben müssen. Ich kann auch sagen, dass die *Große Reihe* in der Lage ist, fast jedem intelligenten Lebewesen die notwendigen genetischen Eigenschaften zuzuweisen. Durch dieses Verfahren können sich die neu Hinzugekommenen in ein Mitglied der *Großen Reihe* transformieren. Das passiert zum Beispiel, wenn ein neuer König gewählt wird, der noch nicht zur höchsten Kaste gehört.«

»Kannst du uns mehr über diese Gene erzählen und erklären, wie das funktioniert?«, fragte Shet.

»Ich versuche es einfach zu erklären, weil das komplette Wissen darüber erst nach dem Erreichen des zweiundzwanzigsten Grades verstanden werden kann:
Gene enthalten bekanntlich den Bauplan und alle einzelnen Funktionen eines Organismus. Sie werden auf die nächste Generation vererbt.
Es gibt verschiedene Arten von Genen. Ein Teil davon ist vorprogrammiert. Ihnen wurde also bereits eine Funktion zugewiesen. Von diesen Genen sind aber nicht alle ständig aktiv. Die inaktiven Teile können je nach Bedarf ein- oder ausgeschaltet werden.

Komplexere Lebewesen schalten solche Teile der Gene selbst ein- oder aus und nehmen sogar manchmal Neuprogrammierungen vor. Das kann durch selbst produzierte Hormone, im Körper erzeugte Schwingungen oder auch eine Störung im *formgebenden Feld* geschehen. Ein Beispiel ist die Metamorphose bei Insekten oder die Bestimmung der Königin bei den Bienen.

Bei den Manujas sind neun Prozent des gesamten Genmaterials bereits vorprogrammiert. Aber davon sind nicht alle Gene aktiv. Wann und wozu der nicht aktive Teil benötigt wird, ist mir nicht zugänglich.

Die übrigen 91 Prozent des Erbguts sind ohne Aufgabe und warten noch auf eine Programmierung. Das geschieht durch ein Signal, mit dem ihnen eine Funktion zugewiesen wird. Dieser Teil des Programmcodes von Lebewesen gehört auch zum geschützten Wissen. Ich finde in den Archiven, dass es nicht einmal den *Alten Meistern* erlaubt war, dieses Wissen anzuwenden.«

Rhe dachte noch eine Weile nach, warum Tata als Mutter so überrascht war. Sie hätte es doch wissen müssen, wenn der Vater ein Manuja wäre. Die Zwillinge hatten immer erzählt, dass sie ihren Vater nie kennengelernt hatten, weil er schon vor der Geburt verschwand. Auch niemand im Dorf wusste etwas darüber und mit ihren Kindern sprach Tata nicht über das Thema. Rhe nahm sich vor, RheKha mal zu fragen, was für Probleme es geben konnte, wenn Menschen und Manujas Kinder bekamen. Darüber zu sprechen, schien auch bei den Manujas tabu zu sein. Natürlich kannte er die biologischen Voraussetzungen und dass es früher oft sexuelle Beziehungen zwischen diesen Spezies gab. Er hatte bisher geglaubt, dass die gemischte Fortpflanzung heute gar nicht mehr funktionieren würde. Wie dem auch sei, dass der Vater einfach verschwand, war schon merkwürdig.

Nach der ganzen Aufregung wegen der genetischen Abstammung der Zwillinge hatten sie ganz vergessen, sich vom *Ei* die Frage nach den Erbauern der gefundenen Stadt beantworten zu lassen.

In der Forschungsstation

Rhia hatte nun seit einigen Wochen wieder die Verantwortung in der Station. Während sich Ohlak und seine Tauchbootmannschaft in Basileia von dem Unfall an der Pyramide erholten, wurde die Arbeit für die anderen Teams neu verteilt. Die verbliebene Mannschaft der ETANA wurde zur Stammbesatzung der Station geschickt. Sie hatten nun die Aufgabe, gemeinsam das gesammelte Material auszuwerten und zu archivieren.

Die meisten Computer funktionierten zwei Tage nach dem Sonnensturm wieder. Die Datenverbindungen waren zwar instabil, aber es funktionierte. Der Transfer von Informationen dauerte nur länger. Sie beschäftigten sich ausführlich damit, das neu eingegangene Material mit den vorhandenen Daten zu vergleichen.

Rhia war inzwischen von Thom über alle Neuigkeiten aus der Hauptstadt informiert worden. Einiges davon war auch S**h**et zu verdanken, der nun in der Lage war, sich mit Hilfe des Eis Informationen zu verschaffen.

Thom beschäftigte sich fast ausschließlich damit, Rhenus einen Katastrophenplan vorzulegen. Damit sollte das Überleben in den betroffenen Gebieten gesichert werden. Den Plan und alle Erkenntnisse wollten sie den Ländern von *Terra Atla* zur Verfügung stellen. Einige befürchteten nun aber Chaos, weil der Senat festgelegt hatte, dass sich jedes Land selbst um die notwendigen Maßnahmen kümmern musste.

Nachdem Thom mit Mitgliedern des Stadtrats zwei Tage und Nächte daran gearbeitet hatte, stellten sie den Notfallplan beim Senat vor. Nach langen Diskussionen wurden einige der vorgeschlagenen Maßnahmen auch sofort eingeleitet.

Alle Bewohner von Basileia, die keine eigenen Höhlen und Gänge unter der Oberfläche besaßen, sollten in die Gewölbe der Stadt umziehen dürfen. Allerdings hatte sich das der Rat einfacher vorgestellt. Es war eine riesige logistische Herausforderung. Von den 61.000 Einwohnern mussten 15.000 innerhalb kürzester Zeit umziehen. Es würden sicherlich noch mehr werden, denn viele Verwandte wollten zu ihren Familien in die Hauptstadt ziehen. König Rhenus hatte seine unter der Stadt liegenden privaten Räume zur Verfügung gestellt. Nicht öffentlich zugänglich blieben aber die spirituell genutzten Einrichtungen.

Die Lebensmittelversorgung war das größte Problem. Viele Menschen in den weiträumigen Gebieten mussten ihre Arbeit im Ackerbau und in der Viehhaltung einstellen. Selbst wenn man sie dazu bringen konnte, weiter für die Manujas zu arbeiten, verkümmerten Vieh und Getreide innerhalb von Monaten wegen der erhöhten Strahlung. Resistente Tiere und Nutzpflanzen mussten erst gezüchtet werden. Für die Schaffung robuster Arten wurden alle in Biologie und Gentechnik ausgebildeten Manujas eingespannt.

Zusätzlich wurden die flugfähigen Geräte unter die Verwaltung eines Transportrates gestellt. Ohlak setzte sich durch und übernahm die Leitung dieser Gruppe. Diese hatten aus entfernteren Siedlungen der Menschen Lebensmittel aufzutreiben.

Und dann war da auch noch ein zweiter, geheimer Plan, mit dem das Überleben von Atlantis gesichert werden sollte. Dieser Plan berücksichtigte nur die Rettung von Atlantis, nicht aber das Überleben aller Bewohner. Diese Maßnahmen waren von einem Teil des Senats vorgeschlagen und zuvor mit einer kleinen Gruppe von Beamten und ambitionierten Beratern ausgearbeitet worden. Diese Gruppe stand König Rhenus nicht nahe. Selbst

Thom wurde als Statthalter von Basileia nicht eingeweiht. Dabei ging es um folgendes:

Arbeitskolonnen, die bereit waren, im Freien zu arbeiten, sollten besondere Privilegien erhalten. Dazu gehörte eine bessere medizinische Betreuung. Um die Strahlenschäden zu beheben, sollten sie die königlichen Regenerationsmaschinen nutzen dürfen, die auch zur Lebensverlängerung genutzt wurden. Was niemand erfahren durfte, war, dass es diese Maschinen gar nicht gab. Die lange Lebensdauer einiger Manujas hatte ganz andere Gründe, was aber zum geheimen Wissen gehörte.

Langfristig sollte eine neue humanoide Spezies gezüchtet werden, die besser an die künftigen Lebensbedingungen angepasst sein würde.

Die Hauptstadt Basileia sollte an einem anderen Ort neu entstehen. Eine Umsiedlung der Einwohner gehörte nicht zu diesem Plan, dafür ein völlig neuer Staatsaufbau.

Auch der Zugang zum Zentralarchiv musste neu geregelt werden. Das Wissen der *Alten Meister* und die Erlangung höherer Ausbildungs-Grade sollte nur noch ausgewählten Teilen des Volkes möglich sein. Es war geplant, die *Wächter des Wissens* durch ausgesuchte Priester abzulösen. Für Priester müssten dann eigene Tempelanlagen mit spirituellen Energiezentren erbaut werden, in denen sie auch andere Priester ausbilden konnten.

Die Priester würden ein neues Volk erziehen. Hierfür sollte eine geeignete Religion eingeführt werden, die den moderneren Staatsaufbau unterstützt. Das neue Volk würde so den künftigen Anforderungen gerecht werden und sich einfach sozialisieren lassen.

Δ

Während der nächsten Tage änderte sich das Leben für Rhia und ihre Familie noch einmal entscheidend. Der Senat hatte entschieden, den Betrieb der Forschungsstation einzustellen. Sie sollte die Mannschaft mit der ETANA zurückbringen. Mit der ETANA sollten die Aktivitäten in der Hauptstadt vorangetrieben werden.

Rhia hatte den Verdacht, dass diese Maßnahme von Ohlak initiiert wurde, der sich inzwischen persönlich um die Rettungsmaßnahmen für Atlantis zu kümmern schien. Sie bereitete zunächst alles für die Evakuierung der Station vor und schickte schon mal einen Teil der Mannschaft nach Basileia. Eigentlich wollten auch die meisten zurück, um sich zu Hause um ihre Familien zu kümmern. Sie achtete darauf, dass der zu Ohlaks Team gehörende Teil der Mannschaft zuerst abreiste. Nur mit Bharu sprach sie vorher, ob er bereit wäre, noch so lange zu bleiben, bis die Mission erledigt sei. Sie ahnte nun schon, dass Bahru für sie mehr als nur Freundschaft empfand. Deshalb hatte sie auch ein wenig Skrupel, sie würde seine Zuneigung ausnutzen. Aber er sagte gleich ganz offen, dass es ihm am liebsten sei, weiter für Rhia zu arbeiten.

Dann ging es auch für Rhia erstmal nach Basileia zurück, wo Thom schon auf ihre Hilfe wartete. Mhia und Rhe waren mit einem eigenen Hilfsprojekt beschäftigt. Deshalb brauchten sie ihre Mutter im Moment gar nicht so sehr. Sie hatten zusammen mit Tata und den Zwillingen Aufgaben für die Krankenversorgung übernommen. Tata und Phia gingen nun doch wieder regelmäßig in ihr Dorf zurück und boten den Bewohnern ihre Heilkunst an. Inzwischen hatten diese auch gelernt, sich und ihr Vieh so gut es ging vor der Sonne zu schützen. Ein Teil der Menschen war schon in Höhlen oder Erdlöcher gezogen.

Bharu hatte die provisorische Leitung der Forschungsstation im Atlasgebirge übernommen und mit Rhia vereinbart, einmal täglich Kontakt aufzunehmen. Seine Aufgabe war es auch, die Station zu tarnen. Niemand sollte merken, dass diese weiter bewohnt blieb.

Nach Shoas Verschwinden hatte Bharu auf Anweisung von Rhia das verunglückte Flugboot geborgen. Es stellte sich heraus, dass es sich mit wenig Aufwand reparieren ließ, was Rhikeo und Lheson als willkommene Abwechslung sahen. Nun stand dieses Flugboot versteckt an einer unzugänglichen Stelle abseits der

Station, zusammen mit ein paar anderen Reserveausrüstungen und wartete auf einen neuen Einsatz.

Δ

8 – Visrishti

Seit Wochen saßen Chlora und Theara nun in ihrem Verlies ohne Tageslicht. Es kam ihnen vor, als sei es ein komfortabel ausgebautes Kellergewölbe. Schon mehr als einen Tag lang hatte sich hier unten niemand mehr sehen lassen. Davor kamen mehrmals täglich zwei Menschenfrauen, um Essen oder frische Wäsche zu bringen. Die Frauen sagten zwar kein Wort und schienen völlig verängstigt, aber wenigstens war das eine kleine Abwechslung im tristen Tagesablauf. Wahrscheinlich wurde den Menschen jeder Kontakt mit den Gefangenen verboten.

Die Kommunikation über das *Ei*, von dem sich auch in diesem Verlies eins befand, ließ nur sehr beschränkt Zugang zum Zentralarchiv zu. Anders als vor ihrer Entführung akzeptierte der Computer nun kaum noch Befehle. Früher wurden die beiden immer sofort mit ihrem Namen angesprochen. Jeder kannte sie, aber nun schien ihre Identität wie ausgelöscht. Die telepathische Kommunikation war ebenfalls unterbunden. Entweder lag die Anlage zu tief im Gestein oder es gab eine Abschirmung, um die von ihren Gehirnen erzeugten Schwingungen zu unterdrücken.

Der Wasservorrat würde noch ein paar Tage reichen, aber langsam bekamen die beiden Hunger. In den letzten Tagen hatte es mehrere Beben gegeben und für einige Stunden war auch der Strom ausgefallen. Auch das Geräusch der Raum-Belüftung setzte erst vor ein paar Stunden wieder ein. Zusätzliche Sorgen machten sie sich, weil die Wände der Räume ein paar Risse bekommen hatten, die offenbar auch größer wurden. Vielleicht war der Eingang zu dieser Anlage durch die Beben verschüttet worden und die Menschenfrauen wussten sich nicht zu helfen. Möglicherweise waren sie hier zur Versorgung angestellt, auch wenn sich keine Manujas in der Nähe aufhielten. Ob die Frauen Anstrengungen unternehmen würden, sie beide zu retten? So ängstlich, wie sich diese Menschen hier unten bewegt hatten, würden sie wahrscheinlich nichts unaufgefordert unternehmen.

Sie fanden keinen Hinweis darauf, was das für ein Ort war und wem die Anlage gehörte. Die Räume waren aus massivem Kalkstein herausgearbeitet, also nicht magmatischen Ursprungs. Somit konnten sie sich nicht in der Nähe von Basileia befinden, wo das Gestein fast ausschließlich vulkanisch entstand. Welcher Manuja hätte ein Interesse daran, sie einzusperren und was bezweckte er? Theara hatte von Anfang an den Verdacht, dass ihre Entführung mit dem aktuellen Projekt zu tun haben könnte. Inzwischen war auch Chlora dieser Meinung. Vor ihrer Entführung hatten sie hoch interessante Daten von der Forschungsstation im Atlasgebirge erhalten. Rhia hatte versprochen, die neuesten Computersimulationen zu schicken. Parallel recherchierten Theara und Chlora selbst und erhielten dabei erstaunliche Messergebnisse über die geologischen Aktivitäten rund um den Planeten. Am Tag vor ihrem Verschwinden sollten sie dem Rat einen Bericht erstatten und wollten dabei auch Rhias Simulationen vorstellen. Aber dazu war es nicht mehr gekommen. Keine von beiden wusste, wie sie hierhergekommen waren.

Sie erinnerten sich noch an den letzten Tag im Institut, an dem sie nicht nach Hause gingen, weil sie länger an ihrem Bericht arbeiten wollten. Sie hatten sich am Abend etwas aus der Institutsküche geholt und gingen gemeinsam in den Meditationsraum, um zu entspannen. Als nächstes wachten sie in diesem bequem eingerichteten Gefängnis auf. In den ersten Tagen danach hatten sie jeden Winkel abgesucht und alle möglichen Tricks ausprobiert, um irgendwie in die Außenwelt vorzudringen. Alles erfolglos.

Eine Sache war allerdings unübersehbar: Für irgendjemanden mussten sie entweder sehr wertvoll sein oder sie stellten eine Gefahr dar. Oder es traf beides zu. Theara hatte schon den Verdacht, dass etwas im Essen sein könnte und sie deshalb die Fähigkeit verloren, sich in Trance zu versetzen. Jede von ihnen hatte daraufhin zwei Tage nur verschiedene Sachen gegessen und schließlich ließen sie beide für weitere zwei Tage komplett die Nahrung weg. Es half nichts, die Meditationsfähigkeit blieb aus. Das Trinkwasser hielten sie nicht für die Ursache, weil es wie gewohnt, nur leicht nach Mineralien schmeckte. Außerdem konnten sie das Wasser ohnehin nicht weglassen.

Wenn sich das Licht nicht abends automatisch abdimmen würde, wäre ihre innere Uhr sicherlich schon durcheinander. Theara hatte neben der Physik auch Biologie als Fachgebiet. Somit kannte sie sich mit den Steuerungsmechanismen und dem Hormonhaushalt im Körper ganz gut aus. Deshalb war ihr auch aufgefallen, dass trotz des regelmäßigen Hell-Dunkelzyklus etwas mit ihrer Schlafhormon-Ausschüttung nicht stimmen konnte. Dieses Hormon wurde bei Dunkelheit in der Epiphyse produziert und steuerte unter anderem die innere Uhr.

Die Epiphyse war aber auch das zentrale Organ im Gehirn, das die Schwingungen regelte, mit denen Bewusstseinszustände reguliert und das Gehirn in den Trancezustand gebracht werden konnte. Das Kleinhirn, der hintere Teil des Gehirns, war bei den Manujas etwas größer ausgebildet als bei Menschen. Dort befand sich auch der Abschnitt, mit dem die Motorik gesteuert wurde. Einige Bereiche der Temporalregion im Großhirn dagegen waren für Selbsthypnose und Telepathie besonders wichtig.

Die Verbindung zum Kleinhirn wurde von den Manujas als Antenne im Gehirn bezeichnet. Ohne diese Antenne konnte keine telepathische und telekinetische Übertragung stattfinden. Wie die Wesen auf diesem Planeten zu dieser Fähigkeit gekommen waren und welche kosmischen Zusammenhänge es hierbei gab, gehörte zum geheimen Wissen der *Alten Meister*.

Es gab Leute, die behaupteten, dass die *Wächter des Wissens* diese Kenntnisse in den Aufzeichnungen und in ihren kulturellen Hinterlassenschaften immer wieder kopierten, und das seit Anbeginn der Zeit. Nun schien eine Phase gekommen zu sein, wo kaum noch jemand fähig oder willens war, diese Botschaften zu verstehen. Chlora hatte sich deshalb schon gefragt, ob die Wächter des Wissens jene Botschaften vielleicht selbst nicht mehr verstanden, sondern nur noch kopierten. Warum sonst machten die Herrscher daraus solch ein Geheimnis?

Chlora hatte in ihrem Umfeld oft erzählt, dass sie sich gern auf die Suche nach den Wächtern des Wissens machen wollte. Dann könnte sie ihnen diese Fragen stellen. Theara hatte sie allerdings davor gewarnt, diesen Wunsch so offen auszusprechen.

Natürlich verstanden sie den Kodex, der allen Manujas vorschrieb, das Wissen selbst, aber auch dessen Wächter zu schützen. Dazu gehörte auch eine gewisse Geheimhaltung. Mehr und mehr stellte sich Chlora aber die Frage, ob diese Geheimhaltung nicht das Gegenteil bewirken würde, nämlich die Ausbreitung des Vergessens. Oder steckte ein Plan dahinter?

Schon ab dem dritten Tag in diesem Verlies schrieben sie ihre Tagesabläufe auf Papier, das es hier in ausreichender Menge gab. Es bedurfte einiger Übung, weil erwachsene Manujas selten mit der Hand schrieben. Man konnte dem *Ei* ja sein Anliegen diktieren. Mit dem Papier waren sie aber unabhängig und verfügten dadurch über ein Tagebuch mit Kalender.

»Ist dir aufgefallen, dass das Wasser im Bad nicht richtig abfließt?«, fragte Theara nach ihrer Morgentoilette.

»Ja, in der Nacht schon. Ich werde mich gleich darum kümmern.«

Beide untersuchten das Problem und ihnen fiel noch etwas anderes auf. Die Wand hinter der Abortmulde war feucht, Wasser sickerte heraus.

»Vielleicht hat es ein Unwetter mit Überschwemmung gegeben?«

»Möglich, wenn diese Räume in eine natürliche Höhle gebaut wurden, könnten sie bei Starkregen auch volllaufen.«

»Jetzt lass uns nicht gleich in Panik geraten.«

»Falls der Mistkerl kein völliger Idiot ist, wird er das auch gemerkt haben und uns bald rausholen.«

»Ich bin nicht so optimistisch. Wir sollten unsere Befreiungsstrategie verbessern. Das Ausbleiben der Essenlieferung spricht jedenfalls dafür, dass dort draußen etwas nicht stimmt.«

Bis zur nächsten Nachtphase wurde das eindringende Wasser weniger, sodass es vielleicht doch nur gestautes Regenwasser war. Zwar hatte sich auch heute niemand sehen lassen, aber ihnen blieben noch ein paar Vorräte an verpacktem Gebäck.

»Vielleicht sollen wir auch einfach nur getestet werden. Ich meine, so eine Art psychischer Belastungstest. Was meinst du?«, wollte Chlora das Gespräch nach endlosen Minuten des Schweigens wieder in Gang bringen. Beide merkten, dass ihnen mit jedem Tag die Lust an ausgiebiger Konversation verging. Es gab keine geistige Herausforderung und irgendwas hinderte sie daran, strukturiert und analytisch auf die Lösungssuche zu gehen. Als das Licht am Abend gedimmt wurde, legten sie sich wieder zusammen auf eine Liege. Die körperliche Nähe gab ihnen ein besseres Gefühl. Das taten sie schon vom zweiten Tag an. Bereits in der ersten Nacht waren ihnen unheimliche Geräusche aufgefallen. Es klang wie Tiere, die schaben, schmatzen und brüllen würden. Eigentlich fanden sie keine passende Beschreibung für die Geräusche. Es war einfach zu weit weg. Die Wände schienen auch manchmal Vibrationen zu übertragen. Aus den Lüftungsschächten klang es gelegentlich, als ob jemand gegen ein Gitter schlagen würde.

Auf der Seite liegend, schmiegte sich Chlora an den Rücken von Theara. Ihre Wärme floss sofort durch den ganzen Körper und vermittelte Behaglichkeit. Diese Art der Kommunikation konnte beruhigen und sie spürten bald, wie sich ihre Frequenzen synchronisierten und sich selbst die Atmung anglich. Bald würden die Geräusche wiederkommen und der Körperkontakt könnte es erträglicher machen. Ein leichter Bauchschmerz durchfuhr Theara und sie begann, ihren Unterbauch zu massieren. Das merkte Chlora natürlich auch und fragte:»Regelschmerzen?«

»Möglich, aber es ist noch nicht die Zeit dafür.«

»Ich hatte meine letzte Blutung auch viel früher als sonst, obwohl das bei mir sehr selten vorkommt«, meinte Chlora und rutschte noch dichter heran, so dass ihr eigener Bauch am unteren Rücken von Theara anlag. Ihre Wärme strömte sofort in Thearas Rücken. Dazu legte sie ihren Arm um Thearas Körper, damit sie ihre Hand auf die schmerzende Stelle legen konnte. Zunächst war die Hand nur aufgelegt, doch dann fing sie an, den Unterbauch der Freundin zu massieren. Theara ließ es zu und die schmerzstillende Wirkung setzte bald ein.

Chlora spürte, wie sich der Rhythmus ihrer Bewegung auf den Körper von Theara übertrug. Die Handbewegung verursachte eine gleichmäßige Schwingung bei beiden. Inzwischen waren Angst und Unbehagen etwas in den Hintergrund geraten und die Leichtigkeit der rein körperlichen Bedürfnisse schien sich in den

Vordergrund zu drängen. Schon fast komisch kam es Theara vor, dass sie gerade in diesem Moment daran dachte, was sich in einer solchen Situation in einem weiblichen Körper abspielte. Sie kannte den Ablauf sehr gut, der mit bestimmten äußeren Reizen begann und die Produktion verschiedener Hormone anregte. Dazu gehörten auch Hormone, die das Empfinden bestimmter Körperfrequenzen verstärkten.

Bald zeigten sich auch Reaktionen an bestimmten Körperstellen, verbunden mit veränderter Körpersprache. Theara spürte eine zunehmende Erregung, was ihr zunächst auch etwas unangenehm war. Chlora entging diese Anspannung nicht und sie begann, die Kreisbewegungen ihrer Hand auszuweiten. Mit der steigenden Atemfrequenz verringerte sich bei beiden die Hemmschwelle. Theara führte einfach Chloras Hand zwischen ihre Schenkel, um ihr zu zeigen, dass es ihr gefiel. Leicht pulsierende Finger streichelten die Innenschenkel entlang der empfindlichen Hautstellen, um ab und zu auch die wärmste Körperstelle zu berühren. Schließlich hatte sich die Hand auch bis zur feucht gewordenen Gegend vorgearbeitet, um dort mit leichten Fingerbewegungen zu verharren. Das Signal nahm Theara zum Anlass, Chlora mit leichtem Druck auf ihre Hand anzudeuten, wo sie weitermachen sollte. Die Massage des Schwellkörpers steigerte die Erregung bei beiden noch einmal und Chlora begann nun, ihren Mund zärtlich über Schulter und Hals zu führen, bis sich die Lippen der beiden berührten und miteinander spielten. Chlora wusste dann gar nicht mehr, wie sie beide plötzlich eine Stellung eingenommen hatten, in der ihre Zungen jeweils die Schwellkörper der Partnerin liebkosten.

Später vollzogen die Kleinhirne der beiden eine Kopplung, die dann gemeinsam vielfältige Muskelspannungen auslösten. Die Gesichtszüge zeigten im Moment höchster Anspannung eine gewisse Wesensveränderung an, bis das Hirnfeuerwerk schließlich vorbei war. Danach genossen es beide, sich gegenseitig in einer bequemeren Lage noch weiter zu stimulieren, bis ihre Kräfte allmählich nachließen.

Auf dem Rücken liegend fragte Theara schließlich: »Weißt du was komisch ist?«

»Was denn?«
»Ich hatte kurzzeitig das Gefühl, in Trance zu geraten und habe die Frequenz meines Sohnes gespürt.«
»Wenn es hier unten irgendwas gibt, das unsere Kommunikationsmöglichkeit im Gehirn einschränkt, hat der Orgasmus vielleicht bewirkt, dass diese Sperre für einen Moment aufgehoben wird.«
»Könnte etwas anstrengend werden, nur auf diese Weise nach außen zu kommunizieren. Ich glaube, es wäre auch schwierig, meinem Gesprächspartner telepathisch zu sagen; warte mal einen Moment, ich komme gerade...«
Beide kicherten noch eine ganze Weile, nachdem sie sich diese Szene vorgestellt hatten.
»Also sollten wir noch mal überlegen, was genau im Gehirn während des Orgasmus' abläuft, damit wir es vielleicht künstlich reproduzieren können«, schlug Chlora vor und ergänzte noch: »Man kann diesen Effekt auch mit pflanzlichen Mitteln erreichen. Leider ist das Kräutersammeln im Moment etwas schwierig.«
Nach ein paar Minuten wollte sie noch wissen: »Wie alt ist dein Sohn jetzt eigentlich?«
»Vierundsechzig.«
»Und wo lebt er?«
»Er wollte eine Weile in *Brahmas Land* bleiben, aber unser letzter Kontakt liegt schon ein Jahr zurück. Er will die dortigen spirituellen Regeln studieren, weil er sie für weiter fortgeschritten hält als unsere.«
»Interessant.«
»Wieso?«
»Mag sein, dass ich in die falsche Richtung denke, aber es sieht mir nicht wie Zufall aus, dass du gerade seine Frequenz gespürt hast. Vielleicht ist er schon etwas weiter mit seiner meditativen Technik als wir.«
Etwas später schliefen beide tief und lange, bis sich das Licht am Morgen wieder einschaltete, um kurz danach gleich wieder auszugehen. Sekunden später schaltete sich eine Lumineszenz-Röhre als Notbeleuchtung ein.

»Was ist los«, fragte Theara, als sie in Chloras erschrockenes Gesicht schaute. Die stand neben der Liege bis über die Knöchel im Wasser.

»Du, das ist Salzwasser!«

»Dann müssen wir am Meer sein. Vielleicht eine Sturmflut oder ein Wirbelsturm, der das Wasser ansteigen lässt?«

»Schau doch mal, es steht ungleichmäßig hoch. Im Bad ist es am höchsten. Der Boden muss sich auf einer Seite gesenkt haben.«

»Jetzt sollte uns aber bald etwas einfallen. Wir brauchen Hilfe. Oder wir mischen etwas zusammen, das sich als Sprengstoff eignet.«

»Sieh mal an, Angst macht erfinderisch.«

Die zunehmende Luftfeuchtigkeit machte das Raumklima unbehaglich. Noch funktionierte die Luftzirkulation. Sowohl Zufuhr als auch Abzug befanden sich an derselben Wand ein paar Handbreit unterhalb der Decke, sodass der Sauerstoff nicht gleich ausgehen sollte. Theara vermutete als Antrieb für die Zirkulation einen ganz normalen Magnetmotor, wie er üblicherweise in Raumluftsystemen Verwendung fand. Solange der Lufteinlass nicht unter Wasser geriet, würde der durch *Ionen* angetriebene Lüftermotor auch ohne externe Stromversorgung funktionieren.

Die Frage war, ob das Lüftungssystem als Fluchtweg taugte. Es schien zunächst unwahrscheinlich, dass eine erwachsene Manuja durch den Schacht passen würde. Chlora sagte dann aber: »Du kennst die alte Weisheit, dass man es erst wirklich weiß, wenn man es ausprobiert hat.«

Also gingen die beiden der einzigen Idee nach, die sie hatten und zeichneten ein theoretisches Modell des Belüftungssystems auf Papier.

»Nicht so einfach, ohne die Ausdehnung der Anlage zu kennen.« Außerdem erklärte Theara, was sie sich zu dem System schon überlegt hatte: »Lass uns schrittweise vorgehen. Wir hören sowohl im Lufteinlass als auch am Absauggitter ein Rauschen wie von einem Lüfter. Mit Hilfe physikalischer Eigenschaften der Luft und des Schalls muss sich doch die Entfernung bis zu diesem Lüfter messen lassen. Für die Wartung und zur Reinigung wurden die Motoren sicher über der Oberfläche angebracht. Das wäre dann also außerhalb der Anlage.«

Chlora hatte auch schon eine Idee dazu:»Die Länge des Luftkanals könnten wir mit Hilfe der Tonhöhe messen. Der Ton muss mit zunehmender Länge tiefer werden, wie bei einem Blasinstrument. Außerdem haben wir noch die Möglichkeit, die Echolaufzeit zu ermitteln.«

Dazu probierten sie erstmal mehrere Geräusche aus, die sie in den Kanal schickten. Da Chlora ein ausgezeichnetes Tonhöhengedächtnis und musikalisches Gehör hatte, konnte sie den Ton gut bestimmen. Zur Bestätigung ließen sie das vom Computer noch überprüfen. Sie wählten eine Kupferschüssel als Tonerzeuger, auf die mit einem Holzlöffel geschlagen wurde. Es funktionierte tatsächlich. Der Ton des Echos, das aus dem Schacht wieder herauskam, war viel niedriger. Nun war der Computer dran, die Wegstrecke im Schacht zu ermitteln. Das *Ei* erklärte, wie Ungenau diese Messung sei, berechnete aber trotzdem eine Schachtlänge von 34 *Meh*. Dann machten sie noch ein paar Versuche mit dem Schall. Sie forderten das *Ei* auf, die Zeit zwischen erzeugtem Ton und empfangenem Echo zu messen. Aufgrund der bekannten Schallgeschwindigkeit in Luft ergab das eine Länge von 37 *Meh*. Sie entschieden sich schließlich für diesen Wert. Das Ganze wiederholten sie auch noch im Abluftkanal. Die Messergebnisse waren ähnlich, aber sie gingen davon aus, dass es dort konstruktionsbedingt weniger Hindernisse geben würde. Die Freiheit war also nur eine Rutschparty durch diesen ekligen Schacht entfernt.

»Meinst du, das kann funktionieren? Daran wird der Entführer doch auch gedacht und Vorkehrungen getroffen haben!«, gab Theara zu bedenken.

»Wir haben im Moment nur diesen einen Plan. Auch wenn es unappetitlich werden könnte, würde ich den Abluftschacht nehmen. Der scheint etwas größer zu sein. Mein Becken ist schmaler als deins. Deshalb ist meine Chance größer, nicht in den Abbiegungen stecken zu bleiben«, entschied Chlora.»Ich werde auch ein Hebelwerkzeug brauchen, denn sicher ist das andere Ende mit einem Gitter versperrt.«

Als Werkzeug sollte eine der beiden Haltestangen dienen, womit bis jetzt ein Tisch an der Wand abgestützt war. Die Eisenstange band sich Chlora am Fuß fest. Vorher musste sie sich aber schon einmal bewähren, als Theara damit das innere Lüftungsgitter raushebelte. Das gelang nur mit Mühe, obwohl es an dieser Stelle viel Platz zum Ansetzen des Hebels gab. Sie hofften, dass das Gitter an der Außenseite schon etwas verrottet sei und dadurch schneller nachgeben würde.

Nun begann Chloras Krabbeltour in den Abluftschacht. Bevor sie ihren Kopf hineinsteckte, blickten sich beide nochmal lange in die Augen. Auch ohne telepathische Übertragung sagten die Gesichter genug. Beide verstanden es, der anderen mit einer positiven Ausstrahlung Mut zu machen.

Nach einer Armlänge Schacht kam das erste Hindernis, ein Neunziggradwinkel. Der war noch leicht zu nehmen. Aber nun fing die Dunkelheit an. Die Stange schepperte jedes Mal, wenn Chlora ihr Bein anzog. Nun ging es ein Stück senkrecht nach oben. Hier zeigte sich schon der Nachteil des Abluftschachtes. Die steinernen Wände waren schmierig vom Fett aus der verbrauchten Luft. Das Abstützen funktionierte dank der klebrigen Konsistenz aber doch ganz gut. Der Geruch war nicht das Schlimmste. Als der Schacht wieder waagerecht verlief, spürte Chlora die Hinterlassenschaften von Mäusen.

Sie musste nun schon die Hälfte des Weges zurückgelegt haben und entschied sich, erstmal eine Pause einzulegen. Der Strick, mit dem sie die Stange am Fußgelenk festgebunden hatte, schnitt schmerzhaft in die Haut ein. Nach zwei weiteren senkrechten Abschnitten ging es wieder waagerecht weiter. Sie dachte kurz darüber nach, wieviel Schacht hinter ihr lag und dass das nichts für schwache Nerven war. Zwar hatte Chlora in engen Räumen bisher keine Probleme, allerdings schien sich das gerade zu ändern.

Ihrem Gefühl nach hätte sie jetzt langsam am Ende des Schachtes ankommen müssen. Stattdessen stieß sie auf eine dünne Metallplatte, die drei Viertel des Querschnittes versperrte. Sie bog diese einfach an die Seite. Dann kam eine weitere an der gegenüberliegenden Seite und dann noch eine wieder gegenüber.

Auch die ließen sich ohne Probleme zur Seite biegen. Das Vorhandensein der Luftleitbleche bedeutete aber auch, dass sie bei der Längenermittlung einen entscheidenden Fehler gemacht hatten. Diese Bleche dienten zur Geräuschdämpfung. Der Schall wurde an deren Oberflächen reflektiert und das hatte alle Messungen verfälscht.

Wie lang der Schacht tatsächlich sein würde, war also wieder unbekannt und der Weg in die Freiheit weiter als erhofft. Mit Wut im Bauch und Tränen in den Augen, ließ Chloras Kraft nach dieser Enttäuschung schlagartig nach. In diesem besonderen Moment in Angst, Wut und Stress wurde in ihrem Gehirn, genauer gesagt im *Amygdala*, ein Signal in die Region des *Hypothalamus* gesendet. Dabei schossen diverse Hormone in ihren Körper und bewirkten eine totale Wesensveränderung. Anders als Menschen und Tiere, konnten mental gut trainierte Manujas steuern, welche der Hormone vorrangig zum Einsatz kamen. Im Tierreich war das Adrenalin zum Beispiel für eine schnelle Flucht hilfreich. Wenn das Individuum aber intelligent genug war, die Situation zu analysieren, konnten die Hormone viel zielgerichteter und dosierter eingesetzt werden. Ein Beispiel war hier die Selbsthypnose, welche die Manujas in einer ähnlichen Form mit ihren eigenen Gedanken steuern und sich somit in Trance versetzen konnten.

Chlora war in den letzten Minuten vor Erschöpfung einfach liegen geblieben. Thearas Rufen holte sie zurück in die Realität. Sie schlug dreimal mit der Eisenstange an den Luftschacht, was das vereinbarte Signal für »alles in Ordnung« war.

Chlora wusste in diesem Moment noch nicht, dass Theara bereits bis zur Hüfte im Wasser stand. Sie hatte die Zeit genutzt, um alle überlebenswichtigen Dinge so hoch wie möglich zu lagern. Das Wasser war auch alles andere als sauber. Mit dem letzten Wassereinbruch flossen auch Fäkalien zurück.

Die Pause hatte Chlora gutgetan und ihr Optimismus überwog wieder. Sie fühlte sich auch für Theara und für ihre beiden Familien verantwortlich. Das hatte bei ihr schließlich die Neuordnung der Gedanken beschleunigt und depressive Tendenzen zurückgedrängt. Jetzt wollte sie sehen, was sich am Ende des Schachtes befand und drückte sich an den verbogenen Blechen vorbei, weiter in den Schacht hinein. Keine Körperlänge weiter kam sie an einen Abzweig. Ein Schacht verlief geradeaus und der andere bog nach rechts ab.

Logisch denken! Hier wird dein technisches Verständnis benötigt, dachte sie. *Der Luftzug müsste mir eigentlich den Weg nach draußen weisen.*

Der geradeausführende Schacht blies ihr schrecklich riechende Luft ins Gesicht, wohingegen der abbiegende Schacht mit dem Luftstrom verlief. Der übelriechende Geruch musste also aus einem anderen Kellergewölbe kommen und das lud nicht zu einem Abstecher ein. Also hieß es abbiegen. Kurz danach waren wieder drei Bleche im Weg, die sie schon zur Seite drücken wollte, als sie von hinten ein fürchterliches Heulen vernahm. Dieses Geräusch erschütterte sie bis ins Mark. Kein Zweifel, das war ein Tier und es hörte sich an wie Schmerzensschreie. Gleichzeitig spürte sie einen Schwall negativer Schwingungen, als ob sich alles Böse dieser Welt an diesem Ort vereint hätte. Nun waren Adrenalinproduktion und Fluchtinstinkt erwacht. Die dabei verliehene Kraft ließ sie die Luftleitbleche wie Papier zur Seite biegen.

Ein Stück weiter war Schluss. Die Enttäuschung und die vor ihr liegende Felswand mit vielen kleinen Löchern vom Durchmesser eines Armes, machten jeden Optimismus wieder zunichte. Jetzt wurde ihr klar, warum der Entführer sich über diese Fluchtmöglichkeit keine Sorgen machen musste.

Das Brüllen hatte sie nicht noch einmal gehört. Dafür aber andere unheimliche Geräusche. Als ob jemand Gegenstände an die Wand warf und dazu wildes Schaben und Kratzen. Sie rutschte bis zur Abbiegung zurück und steckte ihren Kopf in den Schacht, der zurück zu Theara führte, um zu horchen. Da war alles still. Sie rief nach Theara und bekam kurz danach dreimaliges Schlagen zur Antwort. Obwohl sie sich nicht so fühlte, antwortete sie auch wieder mit dem Signal für »alles in Ordnung«.

Es blieb eigentlich nur eins: Chlora musste nachsehen, wo die Geräusche herkamen. Das war die letzte Chance, doch noch einen Fluchtweg zu finden.

Allen Mut zusammennehmend, schob sie sich dem stinkenden Luftstrom entgegen. Mit jedem zurückgelegten Stück fühlte sie, wie die negativen Schwingungen stärker wurden. Aber da waren kurzzeitig auch andere Schwingungen. Sie konnte das nicht näher definieren. Es hatte eine positive Wirkung und verursachte ein Glücksgefühl, als würde in ihrem Gehirn *Dopamin* produziert. Ganz kurz kam ihr der Gedanke, das könnte eine Art Lockruf sein, wie es manche Raubtiere benutzten, um ihre Beute zu hypnotisieren, die sich daraufhin geradewegs ins Maul ihres Fressfeindes bewegten.

Sie verdrängte diesen Gedanken schnell wieder und kroch weiter. An einigen Stellen war ihre Haut schon abgerieben und würde bald zu bluten anfangen. Nach einer weiteren Abbiegung musste sie kopfüber ein Stück nach unten kriechen. Das widerstrebte ihr natürlich, denn jeder Weg nach unten, würde auch von der Freiheit wegführen. Allerdings war dort Licht und das weckte neue Hoffnung. Das letzte Stück abwärts konnte sie sich nicht mehr mit den Händen abstützen und rutschte ab. Sie kam unglücklich auf und verstauchte sich ein Handgelenk. Ein Schmerzenslaut war unvermeidbar. Als Antwort bekam sie ein Brüllen vom fast erreichten Schachtende zu hören. Dieses Mal strahlten die empfangenen Schwingungen Angst aus. Eine Art Knurren, als ob sich ein Hund im Dunkeln vor einem Angreifer zurückziehen würde, war nun zu hören. Das Geräusch einer Kette bestätigte ihren Verdacht, dass dort ein Tier angekettet war.

Es half nichts, sie musste ihren letzten Mut zusammennehmen und weiterrutschen. Jedes von ihr verursachte Geräusch wurde mit Knurren beantwortet.

Jetzt konnte sie von innen durch das Lüftungsgitter schauen. Was der beschränkte Blickwinkel hergab, ließ ihr das Blut in den Adern gefrieren. Sie sah verschiedene Kreaturen. Alle schienen in einem schlechten Zustand zu sein. Eine davon bewegte sich auf vier Beinen und hatte einen Menschenkopf mit völlig verfilzten Haaren. Das Gesicht war eigentlich hübsch, strahlte aber Angst aus. Von einer anderen Kreatur sah sie nur die Beine. Allein der Fuß war so groß wie Chloras Unterschenkel. Mit dem angeketteten Hund hatte sie sich nicht geirrt. Dieser stand in angespannter Haltung aber mit eingezogenem Schwanz vor einer Gittertür. Dieses Gitter versperrte den Ausgang. Der Hund starrte in Richtung Luftschacht und wusste genau, dass Chlora darin steckte. Die Länge der Kette war so bemessen, dass an dem Hund kein Vorbeikommen war. Der Raum ähnelte ihrem eigenen Verlies, allerdings war hier noch kein Wasser eingedrungen. Hinter der Gittertür konnte sie weitere Kreaturen sehen, die sich apathisch bewegten. Ein etwa zwei *Meh* großes menschliches Wesen versuchte mit der Hand einen Holzeimer zu erreichen, indem es den Arm durch das Gitter steckte. Seine Augen waren auf den Hund gerichtet und er schien jederzeit bereit, den Arm zurückzuziehen. Für Chlora war klar, dass das Wesen Durst hatte und an den Saufeimer des Hundes gelangen wollte. Somit bestätigte sich, dass diese ganze Anlage nicht mehr versorgt wurde. Da draußen musste etwas passiert sein.

Inzwischen stand das Wasser bei Theara so hoch, dass es in Kürze in die Luftschächte fließen würde. Sie hatte immer noch Hoffnung, es würde endlich aufhören zu steigen. Alles in diesem Verlies war nun schon nass geworden oder zumindest kurz davor, überspült zu werden. Den vollen Wasserkanister hatte sie ganz oben deponiert, ein teilweise gefüllter Kanister schwamm auf dem Wasser. In Kürze müsste sie sich entscheiden, ob sie ertrinken oder in den Schacht klettern und dort drinnen vielleicht für immer feststecken würde. Chlora war nun schon mindestens eine Stunde verschwunden. Das letzte Klopfen hatte sie nicht mehr beantwortet. Dafür hörte Theara unregelmäßig dumpfe Geräusche. Vielleicht war das Gitter am Ausgang doch massiver als gehofft und Chlora würde nun am Ende ihrer Kräfte sein.

Wie von einem Startsignal aufgeschreckt, wurde Theara jetzt aktiv und schwamm zu dem herumtreibenden Wasserkanister. Den stellte sie im Luftschacht ab und tauchte zum Boden, um eine weitere Eisenstange zu holen. Da unten lagen außerdem noch zwei Seilstücke, die sie ebenfalls brauchen würde. Während des Tauchens spürte sie Vibrationen, die offenbar von einem Beben herrührten. Wieder am Luftschacht angekommen, band sie

Stange und Wasserkanister jeweils an einem Fuß fest und kroch nun Chlora hinterher auf einem Weg ins Ungewisse.

Δ

Shet saß in den letzten Tagen manchmal nur da und dachte nach. Er wusste nun, dass er und Phia von den Manujas die neuen Namen erhalten hatten. Anfangs kam ihnen das noch gar nicht komisch vor. Die zwei recherchierten, was es mit diesem zusätzlichen Buchstaben im Namen auf sich hatte. Phia nutzte derzeit auch jede freie Minute zum Lernen der Schriftsprache *Mani* sowie der weltlichen und spirituellen Regeln.

Sie fanden heraus, dass das »h« an zweiter Stelle des Namens nicht ausgesprochen wurde, dafür aber die Zugehörigkeit zur *Zweiten Reihe* bedeutete. Dieser Grad konnte nach dem Kodex der Manujas nur erlangt werden, wenn das Wesen Zugang zur höheren Bewusstseinsebene bis in die feinstoffliche Welt hatte. Die notwendigen Erbanlagen dafür hätten grundsätzlich alle höher entwickelten Lebewesen. Trotzdem waren diese Organismen nicht automatisch in der Lage, in die höheren Schwingungsebenen vorzudringen. Dazu musste der benötigte Bereich des Erbgutes aktiviert sein. In den Archivdaten konnte man lesen, dass sich ab dieser Stufe das dritte Auge zu öffnen begann.

»Kannst du dir vorstellen, was es mit diesem dritten Auge auf sich hat?«, fragte Shet seine Schwester.

»Ja. Ich denke das bedeutet, du kannst mit einem dritten Auge mehr sehen als mit zwei«, gab sie selbstbewusst zur Antwort und erklärte dann noch: »Aber da wir kein drittes sehen können, muss es ein verstecktes Organ sein. Ich denke, wir fragen MhiaKha, falls er uns seine Zeit schenkt.«

Sie suchten den Meditationsraum im Krankengebäude auf. Beide waren noch etwas ungeübt bei der Selbsthypnose, wobei es Phia schon schneller gelang, in Trance zu gelangen. Händehaltend und mit Shets Holzei als Hilfe, hatten sie heute schnell den Dreh raus. MhiaKha begrüßte die beiden und gab zu, bei der Kontaktaufnahme geholfen zu haben. Er hatte bemerkt, welche

Energiesignaturen sich ihm näherten. Dann sprach er beide auf telepathischem Wege an:

»Es freut mich, wenn ich euch helfen kann. Aber erwartet nicht zu viel. Ich bin nicht allwissend und manches von dem, wovon ich erzählen werde, wird euch erstmal verwirren. Hier sollten wir vorsichtig vorgehen.«

Phia drückte sich unsicher aus, war aber auch wissbegierig: *»Wir haben viele Fragen aber heute interessiert uns erstmal, was es mit dem dritten Auge auf sich hat.«*

»Phia, ich glaube du kennst die Antwort und hast schon richtig erkannt, dass es ein inneres Auge ist. Nur die Tragweite ist euch vielleicht noch nicht bewusst. Übrigens wissen auch nicht alle Manujas, wie wertvoll dieses Sinnesorgan ist und viele von euch nutzen es auch nur zu einem kleinen Teil.«

Dann mischte sich auch Shet in das Gespräch ein: *»Hat das mit der telepathischen Fähigkeit zu tun und was macht man mit dem inneren Auge noch? Und wo finden wir es?«*

»Ich beantworte das gern, aber zuvor solltet ihr etwas wissen: Soweit ich weiß, geben auch Mythen und Symbole Antworten darauf. Die Alten Meister haben sie euch hinterlassen und ihr findet sie überall. Selbst die Menschen kennen und benutzen schon manche dieser Symbole. So zum Beispiel die Spirale. Sie hat in der Natur universelle Bedeutung. Jedenfalls drückt die Spirale viele Gesetzmäßigkeiten des Universums aus. Darin verbirgt sich auch ein wichtiger Teil des Zahlensystems. Viele Dinge in der Natur bilden spiralförmige Strukturen aus und nicht zuletzt ist der Aufstieg vom Niederen zum Höheren immer ein spiralförmiger Weg.«

»Wir werden uns darüber wohl noch Gedanken machen müssen«, gab Phia zu und MhiaKha fuhr fort:

»Nun lasst mich zu eurer Frage nach dem dritten Auge kommen. Es handelt sich um nichts anderes als den zentralen Teil eures Gehirns, den **Thalamus**. *Dieser Teil stammt noch von den ersten Tieren und war dort das Zentrum des Nervensystems. Bei frühen Lebewesen saß es noch an der Oberfläche und hatte gleichzeitig die Funktion des Sehorgans. Bei den Reptilien sind die Zellen dieses Organs heute noch lichtempfindlich. Im Laufe*

der Entwicklung ist es dann ins Innere des größer gewordenen Gehirns gewandert. Den Namen Inneres Auge verdankt es aber vor allem seinem Aussehen. In der Mitte aufgeschnitten sieht es wie ein Auge aus. Und weil in der Natur alles dual aufgebaut ist, sind es eigentlich auch zwei innere Augen. Eins für die weibliche und eins für die männliche Hälfte des Gehirns.«

MhiaKha formte für die beiden ein Bild in ihrem Geist, woran sie den Aufbau des Gehirns bildlich erkennen konnten.

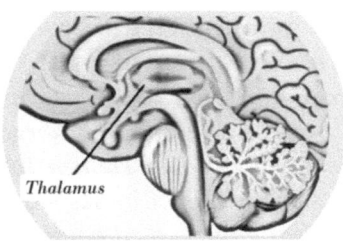

Querschnitt der zentralen Hirnregion

»Zusammen mit anderen Teilen des Gehirns kann es für die Kommunikation mit der feinstofflichen Welt genutzt werden. Eure Vorfahren drückten es durch ein markantes Symbol aus. Hier habt ihr ein gutes Beispiel für ein wichtiges Schriftzeichen der Alten Meister. Es war euren Vorfahren sehr wichtig. Die Botschaft kann aber nicht nur optisch, sondern auch energetisch gelesen werden.«

»Was für ein Schriftzeichen meinst du?«

MhiaKha formte erneut ein Bild, das die beiden dann in ihrem Geist lesen konnten:

Symbol für das innere Auge (drittes Auge)

»Aber dieses Schriftzeichen sieht ja tatsächlich so aus, wie dieser Teil des Gehirns, wie hieß das nochmal... Thalamus!«

»Es freut mich, dass ihr so unvoreingenommen an die Sache herangeht«, schwärmte MhiaKha. *»Du hast richtig erkannt, was*

die Symbolik andeuten will. Leider muss der Betrachter noch etwas anderes beherrschen, um die gesamte Botschaft lesen zu können. Er muss das Symbol mit seinen Händen berühren. Wenn ihm die geistige Fähigkeit dazu gegeben wurde, wird ihm auch der Rest offenbart. Das ist auch der Grund, warum das Zeichen oft falsch interpretiert wird.

Ich merke gerade, dass euch meine Erklärungen etwas überfordern. Aber ihr habt genug erfahren, um die Natur nun etwas anders zu beobachten und dabei auf weitere Dinge zu stoßen.«

Damit war die Verbindung beendet und sowohl Phia als auch Shet fühlten sich überwältigt. Sie ahnten schon, dass sie die Tragweite des Gehörten noch gar nicht richtig einschätzen konnten. In jenen Tagen meinten sie noch, dass sie den Manujas in so vielem unendlich weit nachstehen würden. Aber schon bald würden sie die Erfahrung machen, dass ein großer Teil der Manujas längst nicht so wissbegierig war, wie sie selbst. Nur einige von ihnen wussten von den Dingen wie dem eben Gelernten.

Im Verlies

Chlora war mit ihrer Kraft am Ende und hatte Schmerzen im linken Handgelenk. Die Innenwände klebten und stanken, sodass das Vorankommen eine Qual war. In den rechtwinklig abbiegenden Abluftschacht gepresst, wünschte sie sich, hier einfach nur liegen bleiben zu können, bis sie tot sein würde. Die Situation schien aussichtslos. Durch den Schacht zurück kriechen konnte sie vergessen. Das würde sie nicht mehr schaffen. Wenn sie das Lüftungsgitter von innen aufbrechen und zu den Kreaturen in das Verlies hinabsteigen würde, wäre sie für die Hungrigen ein willkommenes Mahl. Vielleicht wären nicht alle Exemplare aggressiv. Wie es aussah, wurde sie aber als Gefahr wahrgenommen. Wären nicht auch noch die negativen Schwingungen gewesen, hätte sie vielleicht einen Versuch unternommen.

Der Kopf lag einige Minuten lang still auf ihrem ausgestreckten Arm, als sie schabende Geräusche hinter sich hörte. Das

Adrenalinpaket, welches sich in ihren Körper ergoss, weckte erneut etwas von den verborgenen Kräften. Konnte das Theara sein? Natürlich, nachdem Chlora nicht mehr geantwortet hatte, war sie nun vielleicht auf der Suche nach ihr.

Als Theara an der Abzweigung ankam, musste sie sich genauso wie Chlora für den richtigen Weg entscheiden. Zunächst kam sie auf die gleiche Lösung wie ihre Freundin. Die ekelerregenden Gerüche aus dem geradeausführenden Schacht enthielten aber auch etwas Vertrautes: den Geruch von Chloras Schweiß. Damit war klar, wohin sie musste. Ein paar Abbiegungen später konnte sie dann zwei Füße sehen. Instinktiv berührte sie diese nur, um sich bemerkbar zu machen. Die aus dem Lüftungsgitter hereinkommenden Geräusche der Kreaturen machten nun auch Theara klar, was da vorn auf sie wartete. Dennoch wagte sie es, die Gefährtin flüsternd anzusprechen:

»Ich habe Wasser dabei.«

Der flach gedrückte Behälter wurde nun an ihren Körpern vorbei nach vorn geschoben. Etwas umständlich gelang es Chlora, im Liegen davon zu trinken. Ihre zitternden Hände verschütteten allerdings ein bisschen. Es kam, wie es kommen musste. Sie verschluckte sich und konnte ein Husten nicht unterdrücken. Anders als erwartet, kam aus dem Verlies keinerlei Reaktion. Oder doch, es wurde totenstill. Die Kreaturen schienen wie hypnotisiert und lagen erstarrt auf dem Boden. Nur der Hund knurrte noch leise. Erstaunlicherweise schien er sich aber zu entspannen, denn seine Kette lag plötzlich locker auf dem Boden. Was war geschehen? Wirkte der Husten wie ein codiertes Signal?

»Es wird nichts helfen, wir müssen den Luftschacht hier verlassen«, flüsterte Theara.

»Gut. Ich versuche jetzt, das Gitter aufzubekommen.«

Chlora setzte die Eisenstange als Hebel an. Es gab auch ein Stück nach, federte aber jedes Mal wieder zurück.

»Ich habe noch die zweite Stange hier!«

Es war nicht genug Platz im Schacht, um beim Aufhebeln zu helfen. Auch ein Platztausch kam nicht in Frage. Sie kämen niemals aneinander vorbei. Dafür müssten beide erst rückwärts bis zur Abbiegung zurückrutschen. Beim Gedanken an den senkrechten Abschnitt des Schachtes verwarfen sie diese Idee schnell. Chlora musste mit dem Problem aus ihrer Startposition heraus allein klarkommen. Mit beiden Stangen sprang das Gitter dann endlich heraus und als das Scheppern des fallenden Metalls abgeklungen war, warteten beide wie erstarrt auf die Reaktion der Kreaturen. Nichts passierte. Die Wesen schienen lediglich auf etwas zu warten, zeigten aber kein aggressives Verhalten. Und nun spürte Chlora auch, dass die negativen Schwingungen verschwunden waren.

»Ich werde mich jetzt aus dem Schacht herausschieben. Gib mir mit der Eisenstange Deckung von hinten, falls mich eines der … wer weiß, wie man die Wesen nennen soll, angreift.«

Chlora war sehr beweglich, befürchtete aber trotzdem, sich beim Herabfallen die Arme zu brechen. Theara versuchte, das schnelle Abrutschen abzubremsen, indem sie Chloras Füße umklammerte.

Geschafft! Und das ging besser als gedacht, obwohl der Schmerz nun in ihrem verstauchten Handgelenk hämmerte wie verrückt.

Es war unglaublich, aber die Kreaturen schauten sie an, als würde sie schon immer dazugehören. Der Hund hatte sich vor die Gittertür gelegt. Sein Kopf lag zwischen den Vorderpfoten und seine Augen verfolgten gelangweilt Chloras Bewegungen. Nur der Mensch, ein Junge von höchstens acht Jahren, hockte noch hinter dem Gitter. Er zeigte mit der Hand auf den Wassereimer, den er immer noch nicht zu fassen bekam.

»Hilf mir raus! Zu zweit können wir uns besser wehren«, flüsterte Theara aus dem Schacht und Sekunden später standen beide, bewaffnet mit ihren Eisenstangen, vor einer unbekannten Anzahl unheimlicher Wesen. Jetzt bemerkten sie auch, dass die Kreaturen Kleidung trugen und dass es wie in ihrem eigenen Verlies auch ein Bad gab. Dem Gestank nach zu urteilen, war das von den »Bewohnern« auch benutzt worden. Das Geruchsproblem musste durch die unterbrochene Wasserversorgung entstanden sein. Sicherlich waren in diesen Räumen sonst auch Menschen mit der Reinigung beauftragt. Aus diesem Grund hatten sich die Bewohner wohl auch an regelmäßige Besuche gewöhnt.

Als ob beide gleichzeitig an Wasser gedacht hätten, reichte Theara den Kanister zu Chlora, die auch gleich gierig etwas davon trank. Das hatte allerdings Folgen. Sofort waren alle Blicke auf den Kanister gerichtet und mehrere Kreaturen bewegten sich aus ihren Ecken auf Chlora zu. Der Durst war wohl stärker als die Angst. Der Riese konnte in diesem Raum gerade noch aufrecht stehen. Er schien sich seiner Größe und Kraft allerdings nicht bewusst zu sein. Ängstlich hingen seine Augen an den Eisenstangen, die beide Frauen abwehrend in ihren Händen hielten. Das deutete darauf hin, dass er auch schon geschlagen wurde.

Fast einen Herzschlag erlitten die beiden Neuankömmlinge, als der Junge hinter der Gittertür plötzlich auf *Mani* zu ihnen sagte:»Ihr braucht keine Angst zu haben. Der Große tut nichts. Nur der Hund hört nicht immer auf mich.«

»Wie heißt du und wieso seid ihr hier?«

»Wir sind vom großen Gott Aum erschaffen worden und sollen helfen, die Welt von den Plagen zu befreien«, sprach der Junge und ergänzte dann noch:»Mein Name ist Nutzlos. Jedenfalls wurde ich in letzter Zeit so genannt.«

»Wie lange bist du schon hier?«

»Wie meinst du das?«

»Ich meine, seit wann bist du in diesem Keller eingesperrt?«

»Ich weiß nicht, was du meinst. Ich komme aus diesem Raum dort…« Er zeigte mit der Hand auf eine Holztür, die noch weiter hinten lag und flehte Chlora dann inständig an, ihm den Wassereimer an das Gitter zu schieben.

Chlora nahm ihren Mut zusammen und redete mit ruhiger Stimme auf den Hund ein, um klarzumachen, dass sie ihn nicht bedrohte. Der schien aber keine Notiz zu nehmen, sodass sie mit dem Fuß den Eimer ans Gitter schieben konnte.

Unglaublich geschickt schöpfte der Junge mit beiden Händen Wasser heraus und trank. Sofort kamen von hinten noch ein paar andere Geschöpfe, um zu trinken. Sie sahen Nutzlos ähnlich, schienen aber älter zu sein und hatten Gesichter ohne Ausdruck.

Theara hatte inzwischen ein bisschen Wasser in eine Holzschüssel gegossen und reichte diese unter den Kreaturen herum. Alle verstanden es, aus der Schüssel zu trinken. Unter den beiden

Manujas machte sich der Verdacht breit, dass es sich hier um ein genetisches Versuchslabor handeln könnte und Theara sagte: »Ich möchte nicht wissen was mit denjenigen passiert, die nicht dem gewünschten Zuchtergebnis entsprechen.«

Darauf sagte der Menschen-Junge: »Wer die Prüfung nicht besteht oder gegen Aums Willen handelt, wird diese Treppe hinaufgeschickt, und endet als Futter für die Wächter der neuen Welt. Dabei zeigte er mit seinem Arm in eine dunkle Ecke.

»Woher weißt du das alles und wer hat dir unsere Sprache beigebracht?«

»Aum spricht in seiner großen Weisheit mit uns, wenn es Zeit ist. Wenn der Ruf ertönt, begeben wir uns zum *Stein des Meisters* und erhalten die Lehre des Meisters. Wer seine Prüfung danach nicht besteht, wird zu den Tieren geschickt. Manche bekommen auch eine neue Aufgabe als Diener der Drachen.«

Das hörte sich für Chlora und Theara angsteinflößend an. Es war aber auch verwirrend, weshalb sich beide Gedanken machten, ob sie jemals erfahren würden, was für ein Plan sich hinter dem Ganzen verbarg.

»Wohin führt diese Treppe?«, fragte Theara.

»Wer sie hinaufsteigt, wird nie mehr zurückkehren!«, antwortete Nutzlos ängstlich.

Wenn du wüsstest, wie sehr ich mir das wünsche, dachte Chlora.

»Wie können wir diese Tür öffnen?«

Der Junge schob einen Stein in der Wand zur Seite und nahm einen kleinen schwarzen und würfelförmigen Gegenstand heraus.

»Ich habe beobachtet, wie die Wärter die Tür damit öffnen«, erklärte er.

Den Stein steckte er in eine passende Öffnung am Tor und sprang danach schnell ein Stück zurück. Ein klickendes Geräusch verlautbarte, dass die Tür nun offen war. Vermutlich ein magnetischer Schließmechanismus. Die beiden Frauen untersuchten vorsichtig den Treppenaufgang. Dieser Weg nach oben wurde wohl durch die Todesangst der Insassen geschützt. Am Ende der Treppe gab es eine schwere Tür. Deren Schließmechanismus funktionierte wie unten an der Gittertür. Das massive Holztor konnten sie öffnen und standen dann in einem schwach beleuchteten aufsteigenden Gang. Hier war die Luft schon viel frischer. Fast rennend liefen Chlora und Theara hinauf, um endlich ans Tageslicht zu kommen.

Am Ende trennte sie nur noch eine unverschlossene Holztür von einem Innenhof, der von zweistöckigen Gebäudeteilen umschlossen war. Sie verließen den Hof durch ein steinernes Portal und gingen die Außenwände der Gebäude ab. Dort stießen sie auf eine großzügige Terrasse. Das Anwesen befand sich auf einem Hügel, der wie eine Halbinsel teilweise von Wasser umgeben war. Nun wurde Chlora klar, was hier passiert sein musste. Bäume und kleinere Hütten standen im Wasser. Sie konnten in der Ferne lauter Inseln sehen. Die Gegend wurde also nach einer Überschwemmungskatastrophe verlassen.

»Wir können die Kreaturen da unten nicht verhungern lassen!«

»Natürlich nicht. Ich gehe noch mal zurück und sage dem Jungen, dass hier draußen keine Gefahr droht.«

Kurz nachdem Theara zurückkam, schaute auch der Junge aus dem Innenhof in die »neue Welt«. Sein Wissensdurst war wohl größer als die Angst.

Der Junge schien gar nicht überwältigt von dem, was er hier draußen sah, suchte aber gleich die Nähe der beiden Manujas. Theara legte lächelnd ihre Hand auf seinen Kopf und sagte zu ihm: »Du hast uns das Leben gerettet. Wir geben dir einen neuen Namen, der deiner würdig ist: Bodhana.«

Er schien die Bedeutung dieser Geste zu verstehen. Die Freundlichkeit dieser Manuja-Frauen ließ sein Gesicht strahlen. Es beeindruckte ihn derart, dass in seinem Bauch ein überwältigendes Glücksgefühl aufkam. Theara wollte gerade ihre Hand zurückziehen, da passierte mit ihr etwas, das sie noch nie erlebt hatte. Sie spürte eine emotionale Erregung, ebenfalls verbunden mit dem unglaublichsten Glücksgefühl in ihrem Bauch, das sie so noch nie erlebt hatte.

Was hat dieser Junge für eine Kraft in seinem Körper, dass er so eine Energie an mich abgeben kann ..., dachte Theara und sogar Chlora, die einen Schritt entfernt stand, konnte das spüren. Für einen Moment hatte Theara gedacht, dass ihre Fähigkeit zu meditieren wieder zurück sei.

»Wir sollten uns nach etwas Essbarem umschauen.«
Chlora rieb sich ihre verstauchte Hand. Dabei fiel ihr auf, dass sie in der kurzen Zeit im Freien einen Sonnenbrand bekommen hatte.

Sie gingen zu dritt um das Haus herum und stießen auf ein überflutetes Schwimmbecken, das ihnen den Weg versperrte. Die andere Richtung um das Gebäude war von einem Graben blockiert, der bei einem Beben frisch entstanden sein musste. Einen nicht verschlossenen Eingang ins Gebäude fanden sie dann schließlich im Innenhof. Im Haus gab es eine Küche mit angeschlossener Speisekammer. Dort fanden sie genügend getrocknete Lebensmittel. Das Trocknungsverfahren über die Luftionisierung funktionierte noch.

Als Bodhana die ordentlich sortierten Speisen sah, zog er seine Jacke aus und packte ein Bündel davon zusammen. Den fragenden Blick von Chlora beantwortete er mit:»Ich bringe den *Jakkas* etwas zu Essen.«

Mit Jakka meinte er die Versuchstiere aus dem Keller. Das beeindruckte Chlora. Obwohl sie sich immer noch vor ihnen fürchtete, wollte sie die Wesen natürlich nicht verhungern lassen. Bodhana sah Chlora in die Augen und verstand wohl, welche Bedenken sie hatte und sagte:»Kein Jakka wird uns etwas tun. Ich werde ihnen sagen, dass sie frei sind und ab sofort für sich selbst sorgen müssen.«

»Du kannst mit ihnen reden?«
»Wir können alle sprechen. Nur der Hund ist anders. Er hört nur auf den weißen Manuja.«

»Wer ist der weiße Manuja?«
»Das ist auch ein Diener des Gottes Aum. Er holt uns regelmäßig in sein Labor. Dort werden wir gemessen und geprüft.«

Das ist furchtbar. Der weiße Manuja wird der Eigentümer dieses Anwesens sein. Solche Forschungen dürfen nur mit Genehmigung der **Großen Reihe** *vorgenommen werden,* dachte Chlora und sagte dann:»Gut, wir schaffen etwas Essen in den

Hof und du sagst ihnen, dass sie dann ihren eigenen Weg gehen müssen.«

Bodhana antwortete:»Du musst mitkommen, Chlora. Ohne dich kommen die *Jakkas* nicht aus dem abgetrennten Raum heraus.«

»Woher kennst du meinen Namen? Ich habe ihn dir noch nicht gesagt.«

»Aber Theara hat ihn schon mehrmals gedacht.«

Das hatte auch Theara gehört und die Erkenntnis, dass Bodhana ihre Gedanken lesen konnte, war ein Schock. Chlora schaute ihre Gefährtin an:»Was hat dieses Ungetüm in den Kellern gezüchtet und wozu sollten wir beide dienen?«

»Das werden wir herausfinden. Aber jetzt kümmern wir uns um die Jakkas und dann müssen wir sehen, wie wir wieder nach Basileia gelangen können.«

Wie Bodhana gesagt hatte, war der angekettete Hund in Chloras Nähe ganz ruhig. Sie öffneten die Gittertür und brachten den Hund in den Innenhof, um ihn dort anzubinden. Aus den Verliesen im Keller kamen neben schaurigen Gestalten und ein paar hübsch anzusehenden Wesen auch vier Riesen heraus. Sollten sie diese vielleicht sechs *Meh* großen Kreaturen nicht dazu bewegen können, wegzugehen und sich selbst zu versorgen, hätten sie bald ein Problem mit ihren Vorräten.

Bodhana verbrachte die nächsten Tage zusammen mit den Frauen in den komfortablen Wohnräumen. Natürlich hatten die Erwachsenen Pläne diskutiert, wie sie von dem Ort fliehen konnten. Dem standen zwei Hindernisse im Weg. Zum einen konnte es sein, dass sie sich auf einer Insel befanden und auf dem Landweg nicht weit kommen würden. Inzwischen hatten sie aber auch bemerkt, dass sie sich nicht lange im Freien aufhalten konnten, ohne ihre Haut zu verbrennen. Glücklicherweise fanden sie im Haus ausreichend Paste vom Butterbaum. Während einer wochenlangen Flucht zu Fuß wäre die Sonne aber ein tödliches Hindernis.

Es gab einen Meditationsraum, in dem auch ein *Ei* installiert war. Theara bekam darüber zwar Zugang zum Zentralarchiv, der war aber genauso eingeschränkt wie unten im Verlies. Aber sie staunten nicht schlecht, als Bodhana aus Neugierde einmal eine Frage stellte und diese vom Ei ohne Probleme beantwortet bekam. Ihm wurden dann auch fast alle anderen Fragen beantwortet. Nun war die Herausforderung, ihn die richtigen Fragen stellen zu lassen, obwohl er sie selbst meist gar nicht verstand. Die Fähigkeit zur Telepathie war für die Manuja-Frauen jedoch weiterhin blockiert.

Sie fanden in den Räumen des Anwesens Hinweise darauf, dass es sich um einen Besitz von Ohlak handeln könnte. Die Recherche im Archiv bestätigte, dass Ohlaks Familie schon seit langer Zeit Eigentümer dieses Stück Landes war. Dennoch könnte die Entführung auch ohne das Wissen von Ohlak passiert sein.

Obwohl es ein Risiko sein würde, entschlossen sie sich, im Archiv eine Nachricht für ein paar Personen zu hinterlegen, denen sie vertrauten. Sie hofften nur, dass weder Ohlak noch der tatsächliche Entführer es bemerken würden.

$$\Delta$$

9 – Erste Offenbarung

Aufgrund der unzähligen Notverordnungen gab es in Basileia inzwischen kaum noch Beamte, die alle neuen Regeln überblickten. Das führte dazu, dass sich die Verantwortlichen zunehmend selbst organisierten. Als sei das nicht schon schlimm genug, fühlten sich manche nun plötzlich für Dinge verantwortlich, für die sie nicht zuständig waren und schlimmer noch, von denen sie keine Ahnung hatten. Auch König Rhenus war inzwischen einiges klar geworden. Sollten sie das beginnende Chaos nicht bald in den Griff bekommen, wäre die Bildung von anarchischen Strukturen nicht mehr zu verhindern. Ein Machtvakuum könnte schlimmstenfalls auch von inkompetenten Leuten ausgefüllt werden. Er rief deshalb regelmäßig den Senat zu virtuellen Sitzungen zusammen. Da die Länder außerhalb von Atlantis aber aufgefordert waren, sich selbst um die Auswirkungen der Katastrophe zu kümmern, hatte man dort kaum noch Interesse an den zentralen Sitzungen. Aus allen Ländern des Weltreiches wurden nur noch Forderungen gesendet. Jeder fragte nach Hilfslieferungen. Es ging um Lebensmittel und Futter, aber vor allem auch um Menschen, die bei der Arbeit helfen sollten. Rhenus wurde langsam klar, dass sich keiner mehr um globale Probleme kümmern würde, solange sie in den eigenen Ländern mit Notständen zu kämpfen hatten.

Rhenus machte sich selbst Vorwürfe, denn sein Mentor hatte erst ein paar Tage zuvor davor gewarnt, was nun tatsächlich eintrat. Das Verhalten des Volkes war widersinnig. Würden sich alle gemeinsam um die Ursachen der Katastrophe kümmern, hätten sie die globalen Auswirkungen schnell im Griff. Dabei hatte er schon kaum noch Möglichkeiten durchzugreifen und hoffte darauf, dass ihn jemand beraten könnte. Kein lebender Manuja hatte Erfahrungen mit so einer globalen Katastrophe. Wie auch in den letzten Tagen, zog sich der scheidende König wieder in den zeremoniellen Energieraum zurück, um sich mit RhenusKha zu beraten.

»Unsere Gesellschaft scheint sich in zwei Lager zu teilen«, erklärte Rhenus seinem *Mentor.*

»Wenn das so schnell vonstattengeht, muss die ideologische Abspaltung bereits vor der Katastrophe geschehen sein. Kennst du die Ungehorsamen? Falls ja, solltest du sie noch rechtzeitig vom Volk isolieren. Bedenke aber, dass ich dir keine moralischen Vorschriften machen kann. Für dein Handeln bleibst du selbst verantwortlich.«

»Wir haben keine Zeit für Experimente. Mir scheint, als ob sich ein Teil der treuen Untertanen von mir und dem rechten Weg abwenden.«

»Du setzt deinen Weg mit dem rechten Weg gleich. Das kann sowohl Weisheit als auch Dummheit bedeuten. Der Weise würde vor jeder Entscheidung einen Rat suchen. Der Dumme dagegen nicht.«

»Du hast recht, RhenusKha. Ich verliere nicht nur die Untertanen, mir droht auch die Demut abhanden zu kommen.«

»Ich kenne Beispiele anderer Zivilisationen, wo solche Probleme bereits gelöst wurden. In einer Situation, in der die Einheit eines Volkes nicht mehr aufrecht zu erhalten ist, kann die Aufteilung in mehrere Völker nützlich sein. Aber Vorsicht. Das hat auch manchmal kriegerische Auseinandersetzungen zur Folge gehabt. Immerhin geht es oft um den Besitz von hart erarbeitetem Wohlstand, Territorien und Wissen. All das muss aufgeteilt werden. Hier werdet ihr kluge Entscheidungen brauchen.«

»Ich werde mit dem Senat besprechen, ob er Atlantis in verschiedene Völker aufteilen würde. Auch die gewünschte Abtrennung der anderen Länder von Terra Atla muss noch endgültig beschlossen werden. Ich selbst hoffe immer noch, dass wir die Einheit erhalten können. In jedem Fall wird es einen Weltrat brauchen, der zur Regelung von interterritorialen Konflikten oder Vertragsverletzungen angerufen werden kann.«

Δ

Angeführt von Ohlak, hatte eine Gruppe Wissenschaftler den Bericht über die Maßnahmen in Basileia fertigzustellen. Ohlak wollte diesen Bericht dann dem Senat vortragen. Bei dieser Anhörung hatte er die Gelegenheit, sich als würdiger Nachfolger von Rhenus zu präsentieren. Ohlaks Anhänger saßen im Energieinstitut zusammen. Das waren diejenigen, mit denen er für Atlantis einen neuen Weg einschlagen wollte. Natürlich wusste Ohlak, dass ihm einige auch nur aus Angst vor Rache folgen würden. Aber dieses Prinzip hatte in seiner Familie schon immer funktioniert. Eine günstigere Gelegenheit würde nicht so schnell wiederkommen. Das Volk war mit dem Überleben beschäftigt und rief nach einer starken Führung. König Rhenus war nicht gewillt, den Herrschaftsanspruch der Manujas gegenüber den Menschen auf dem Planeten durchzusetzen. Er wollte die Regeln der *Alten Meister* beibehalten, obwohl seine Methode schon lange keinen Fortschritt mehr brachte. Auch außerhalb von Atlantis war kaum noch Unterstützung für das Königreich zu erwarten. Außerdem ging dessen Regierungszeit nun zu Ende. Dieses Machtvakuum wollte Ohlak jetzt ausfüllen. Natürlich musste vermieden werden, künftige Entscheidungen vom Senat treffen zu lassen. Dafür waren dessen Mitglieder allerdings noch zu überzeugen. Hartnäckige Gegner seiner Strategie müssten schlimmstenfalls eliminiert werden. Entsprechende Reformpläne, mit denen die Entmachtung eingeleitet werden könnte, hatte er bereits durchdacht.

Khi saß Ohlak gegenüber. Wie üblich hatte sie die Protokollführung übernommen. Als Beamtin konnte sie für solche Unterlagen einen nicht öffentlichen und besonders abgesicherten Bereich im Zentralarchiv nutzen. Ohlak gefiel das eigentlich nicht. Er traute niemandem und schon gar nicht den *Wächtern des Wissens*, die sich vermutlich zu allen Daten Zugang verschaffen konnten. Allerdings hatten Regierungsmitglieder und höchste Beamte die Möglichkeit, diese Bereiche des Archivs mit ihrem genetischen Code zu sichern. Das erfolgte einfach durch ein oder zwei der biometrischen Merkmale.

Khi nutzte ihre Stimme und ein Kennwort zur Absicherung. Um das Kennwort zu empfangen, las der Computer die

Hirnströme des Absenders, die ein individuelles Frequenzmuster erzeugten. Dieses Verfahren und die Tatsache, dass er jederzeit auch selbst auf diese Daten zugreifen konnte, überzeugten Ohlak schließlich.

Ohlak sprach in ruhigem Ton zu seinen Anhängern:»Thom versucht wohl gerade, eine Gruppe seiner Beamtenfreunde um sich zu scharen. Dumm von ihm, dass er seinen Stellvertreter Pheso für einen treuen Mitarbeiter hält. Pheso informiert uns regelmäßig darüber, was im neuen Stadtrat vor sich geht. Vielleicht ist es gar nicht schlecht, dass Thom als Statthalter noch einmal bestätigt wurde. Wir kennen ihn und das macht seine Politik für uns kalkulierbar.«

Einige Stadtratsbeamte wurden von Thom aus ihrer Pflicht entlassen, weil er deren Dienste nicht mehr wollte. Von ihnen fanden einige mit Ohlak einen charismatischen Führer. Allerdings wollte der auch nur jene, die nicht wegen Faulheit stadtbekannt waren.

In gewisser Weise schätzte Ohlak seinen Widersacher Thom. Er war ein würdiger Gegner und manches hatte er auch von ihm gelernt, auch wenn er das niemals zugeben würde. Thom dagegen wusste inzwischen, dass er von Ohlak keine Unterstützung für seine Pläne erwarten durfte. Er hatte auch irgendwoher erfahren, dass sich Ohlak mit einem geheimen Plan an den Senat gewandt hatte. Dass nicht einmal Rhenus vom Inhalt dieses Planes wusste, konnte nichts Gutes bedeuten. Jedenfalls nichts Gutes für das Volk der Atlanter. Und so viel war klar: auch nichts Gutes für Thom und seine Familie.

Shorak, der seit seinem verunglückten Unterwasser-Ausflug wesentlich ruhiger geworden war, fragte:»Was ist mit den Plänen, die von Chlora und Theara erstellt wurden? Ihr Wissen könnte uns doch hilfreich sein!«

Für diese Frage erntete er einen zornigen Blick von Ohlak. Das Thema verschwundene Wissenschaftler und besonders deren Namen, sollten in allen Gesprächen tabu sein. Khi bemerkte die Szene sofort und machte sich darüber Gedanken, ob Ohlak etwas mit dem Verschwinden der beiden zu tun haben könnte. Jedenfalls traute sie ihm so etwas zu. Ohlak konnte die Frage nun nicht mehr so einfach ignorieren. Allen war klar, dass er die Antwort kennen würde, da Shorak ihn so direkt darauf ansprach. Seine Antwort war vielleicht einer seiner gravierendsten Fehler, als er äußerte: »Die Unterlagen sind sicher verwahrt.«

Aber das reichte den Anwesenden noch nicht und jemand hakte nach: »Haben Chlora und Theara bei den Naturkatastrophen der jüngsten Zeit etwas abbekommen? Ich meine, wir werden sie für die Schaffung einer neuen Spezies dringend brauchen.«

Erst jetzt bemerkte Ohlak seinen Fehler und versuchte sich mit einer Notlüge aus der Situation zu retten: »Die beiden sind schon dabei, die letzten Zuchtergebnisse auszuwerten. Vorläufig müssen wir aber noch Stillschweigen darüber bewahren.«

Seinen Stimmungswechsel konnte Ohlak gegenüber Khi nun nicht mehr verbergen, obwohl er seine Emotionen normalerweise im Griff hatte. Anderen fiel es auch sonst unheimlich schwer, in Ohlaks Kopf einzudringen. Aber in einem kleinen Moment seiner Unbeherrschtheit erkannte Khi, dass es den beiden Frauen nicht gut ging.

Die gestohlenen Unterlagen sind möglicherweise in seinem Anwesen an der Westküste versteckt. Dann könnten vielleicht auch Chlora und Theara dort sein, dachte sie.

Khi hatte den Vorgang bis zum Abend schon wieder vergessen, als sie vom Senat zu einer Dringlichkeitssitzung gerufen wurde. Am späten Abend saßen dann die aus Atlantis stammenden Mitglieder des Senats und König Rhenus zusammen. Im Meditationsraum des Regierungssitzes wollten sie sich über die aktuellen Ereignisse informieren.

Das *Ei* zeigte riesige Überschwemmungen an der gesamten Westküste von Atlantis und kommentierte es so: »Mindestens 5.000 Flächen-*Iteru* der Küstenbereiche stehen unter Wasser. Bei der Senkungsgeschwindigkeit werden in einigen Monaten 20.000 Flächen-*Iteru* des restlichen Festlandes und der großen Inseln verschwunden sein.«

Rhenus reagierte nervös: »Nach unseren wissenschaftlichen Daten fanden solche Veränderungen in der Vergangenheit sehr langsam statt. Warum passiert das jetzt auf einmal so schnell?«
»Die starken Gezeitenkräfte ziehen den Meeresboden an der *mittelatlantischen Schwelle* weiter auseinander. Die ozeanische Kruste wird an dieser Stelle immer dünner. Der Effekt wird verstärkt, weil sich Wirbel im Planetenmantel gebildet haben und Magma an die Oberfläche treiben. Die Magma-Wirbel verursachen auch Magnetfeld-Wirbel, was unsere Satelliten derzeit messen können. So wie ein Wirbelsturm in seinem Zentrum Wasserdampf über dem warmen Meer ansaugt, saugen diese Magma-Wirbel flüssiges Material vom Planetenkern an die Oberfläche. Weil es an vielen Stellen auf einmal geschieht, staut sich die Wärme an den oberen Magmaschichten. Dazu kommt das Gewicht des atlantischen Festlandes, das die von unten aufgeschmolzene Kruste immer schneller absinken lässt. Der Westen des Kontinents ist für immer verloren. Ein flaches Meer und tausende Inseln werden übrigbleiben.«

Als Khi später allein zuhause war, fielen ihr die beiden entführten Wissenschaftlerinnen wieder ein. Mit Theara und ihrer Familie hatte sie früher viel Zeit verbracht. Sie überlegte, ob sie Shuk um Rat bitten sollte, hatte aber Zweifel, was seine Einstellung zu Ohlak betraf. Er war sonst eigentlich der Meinung, dass ihre Familie bessere Karriere-Chancen hätte, wenn sie sich auf die Seite von Ohlak schlagen würden. Damit bot sich ihnen die Möglichkeit, in die höheren Grade des Wissens eingeweiht zu werden. Ohne Ohlak, so glaubten sie, würde ihnen auch der Aufstieg in eine höhere Kaste verwehrt bleiben.
Dass Ohlak harte Maßnahmen einleiten musste, um seine Pläne in die Tat umzusetzen, war ihr klar. Sie selbst wollte diesen neuen Weg auch mitgehen, obwohl sie nicht alles gut fand. Ohlaks Idee beispielsweise, den Atlantern aus Basileia die

MANUJA – DAS VERSCHWUNDENE WISSEN

Herrschaft über die Welt zu geben. Immerhin war zu vermuten, dass er damit seine persönliche Herrschaft meinte. Unbestritten war, dass es Ohlak mit seiner Ausstrahlung verstand, bei seinen Anhängern genau die Themen anzusprechen, die diese hören wollten. Er fand immer einfache Antworten, weswegen ihm jene zuerst folgten, denen die Wissenschaft zu kompliziert war. Trotzdem ließ sie der Gedanke an die verschwundenen Wissenschaftlerinnen nicht los. Falls Ohlak die beiden bei sich versteckt hielt, wären sie in Lebensgefahr, während sein Anwesen im Meer versank. Khi fing an, im Archiv nach Hinweisen zum Verbleib der beiden zu suchen. Sie fand auch etwas Ungewöhnliches. Es gab immer wieder Anfragen an das Zentralarchiv von jemandem, der nicht im zentralen Register erfasst war. Und es wurde noch verrückter. Diese Anfragen wurden von jemandem ohne Namen autorisiert. Das konnte unmöglich mit rechten Dingen zugehen. Sie besorgte sich eine Liste aller Anfragen. Außerdem forderte sie Auskunft darüber, wer die namenlose Person war. Die Liste bekam sie nicht, aber dafür eine sehr merkwürdige Antwort:

»Die Anfragen wurden von einer unbekannten weiblichen Manuja gestellt, die keinerlei Zugriff auf das Kommunikationsnetz hat. Deshalb musste jede Information von einer legitimierten Person freigegeben werden, deren genetischer Code den Zugang zu diesem Bereich erlaubt. Diese autorisierte Person besitzt keinen registrierten Namen.«

»Kannst du feststellen, wo die Anfragen herkamen?«

Die Antwort überraschte sie dann auch nicht mehr: »Der Standort befindet sich an einem Schnittpunkt der globalen Energielinien im Westen von Atlantis. Das ist eine bergige Hochebene mit dem Namen *Berge der Stille*. Hier gibt es derzeit nur noch zwei intakte Energietürme. Einer davon in der Stadt *Roanalua* und der andere etwas südlich, in einer winzigen Siedlung.«

Khi begriff, dass ihre Vermutung richtig war. Sie kannte die Gegend bei den *Bergen der Stille*. Dort befand sich Ohlaks Anwesen, wo sie sich gerade erst vor ein paar Monaten mit ihm getroffen hatten. Vor langer Zeit gab es in diesem Gebäudekomplex

198 | 9 – Erste Offenbarung

eine Forschungsstation und ein Genlabor. Es wurde nie bekannt, welche Experimente dort wirklich stattfanden. Glaubt man den Legenden, sollen Riesen erschaffen worden sein, die später wegen Verhaltensmängeln durch speziell gezüchtete Viren wieder ausgerottet wurden. Die verlassene Station wurde danach von Ohlaks Vorfahren zu einem komfortablen Wohngebäude umgebaut. Ohlak hatte erzählt, dass seine Eltern und alle drei Geschwister mit ihren Familien vor Jahren ins *Goldland* ausgewandert seien. Seitdem bewohnte er das Anwesen allein.

Khi fragte das *Ei* noch: »Kannst du mir Informationen über den aktuellen Status der kleinen Siedlung geben?«

»Es liegen keine Informationen darüber vor. Die Datenverbindung zum dortigen Energieturm wurde von Ohlak geschützt. Er hat im Archiv auch hinterlegt, dass er über alle Anfragen zu seinem Anwesen informiert werden möchte.«

So ein Mist, ich bin in seine Falle getappt! Jetzt weiß er, dass ich recherchiert habe. Nun brauche ich eine gute Ausrede, ärgerte sich Khi über ihren eben begangenen Fehler.

Δ

Mhia fühlte sich krank. Ihr Kopf brummte und alle Glieder taten weh. Anstatt ihren Körper mit ein paar meditativen Übungen wieder ins Gleichgewicht zu bringen, hatte Sie die Anzeichen einer Erkrankung zwei Tage lang ignoriert.

Viel mehr machte ihr jedoch zu schaffen, dass sich immer mehr Bewohner nur noch um ihre eigenen Probleme kümmerten. Zwar wurde fleißig an den neuen Unterkünften gearbeitet und Pläne für die Zukunft geschmiedet, aber es machte sich auch Unzufriedenheit über die Regierung breit. Der König wurde regelmäßig von einigen Gruppen kritisiert. Das hatte den Effekt, dass automatisch auch die Anhänger und Gleichgesinnten von Rhenus in die Kritik gerieten. Damit waren sie schon von vornherein für eine Wahl zum neuen König diskreditiert. Ein Teil des Volkes gab Rhenus persönlich die Schuld dafür, dass niemand auf so eine Naturkatastrophe vorbereitet war.

Die Infrastruktur war nicht belastbar. Es gab zu wenig Fahrzeuge und viele spirituelle Einrichtungen konnten nicht mehr genutzt werden. Dadurch hatten Manujas kaum noch Möglichkeiten, neue Energie zu tanken. Automatisch wurde auch die Kommunikation untereinander weniger. Manche klagten über Schwierigkeiten, telepathisch in Kontakt zu treten und die jüngeren unter ihnen hatten Probleme, ihre Mentoren im Aka um Hilfe zu bitten.

Inzwischen war für alle offensichtlich geworden, dass sich ein Teil der Ratsmitglieder in Basileia vom Stadtrat abwandten, um eigene Wege zu gehen. Klare Vorstellungen, wie sie die Probleme lösen wollten, hatten sie nicht. In einem waren sie sich aber einig. Der alte Stadtrat musste weg und Basileia sollte künftig unabhängig vom Senat regiert werden.

Die entstandene Gruppierung nannte sich Neues Basileia. Sie bekamen immer mehr Anhänger, weil sich zunehmend auch Angst ausbreitete. Angst vor denjenigen, die in Massen aus den Überflutungsgebieten in die Hauptstadt strömten und dort auf Hilfe hofften. Im Moment war das noch unkritisch, weil alle Hände gebraucht wurden. Es ließ sich aber schon absehen, dass irgendwann Auseinandersetzungen um die neu gebauten Anlagen und natürlich auch Neid aufkommen würde.

An diesem Abend kam Thom völlig erschöpft nach Hause. Nach dem Essen gingen alle Hausbewohner auf die Dachterrasse. Dort wollten sie am offenen Feuer sitzen, denn die warmen Nächte des Sommers lagen schon ein paar Wochen zurück. Die nachlassende Strahlung der Sonne erlaubte es inzwischen schon wieder, sich nachts ohne Schutz im Freien aufzuhalten. Phia und Shet waren auch da, aber Mhia hatte sich in ihr Bett zurückgezogen.

Thom erzählte von den endlosen Diskussionen innerhalb des Stadtrats. Inzwischen wandten sich auch schon Bürger an ihn, um seine Vorgehensweise zu kritisieren. Manche beschwerten sich über angebliche Vorfälle, die irgendjemand erfunden hatte.

Er erzählte aber auch von einer wirklich beunruhigenden Nachricht, die ihn am Abend erreichte. Aus den Siedlungsgebieten im Westen hatten sich große Gruppen Manujas und

Menschen zu Fuß auf den Weg nach Osten gemacht. Schon in ein paar Wochen sei mit den Neuankömmlingen zu rechnen. Pheso hatte angekündigt, dass er im Namen der Gruppe Neues Basileia beim König die Erlaubnis einholen wolle, die Karawanen schon vor der Stadt abzufangen. Notfalls müsse sich Basileia vor dem unkontrollierten Zuzug schützen dürfen.

Normalerweise erzählte er zuhause keine Details über die Streitigkeiten innerhalb des Stadtrats. In diesem Fall wollte er das seiner Familie aber nicht vorenthalten.

Als sie später allein waren, unterhielt er sich weiter mit Rhia darüber, was ihn ganz persönlich bedrückte. Er war vor allem von Pheso enttäuscht, der viele Jahre mit ihm den Rat führte. Jede Entscheidung hatte Thom mit ihm abgestimmt. Nun tat Pheso so, als ob Thom alle Entscheidungen allein getroffen und nie auf seine Warnungen gehört hätte.

Obwohl sich Ohlak im Moment gar nicht so in die Streitigkeiten einzumischen schien, wurde Thom das Gefühl nicht los, dass er hinter dem ganzen Aufruhr stecken könnte.

Δ

In dieser Nacht wachte Mhia schweißgebadet auf. Sie hatte einen langen und unangenehmen Traum. Er war so detailreich, dass sie sich aufsetzte und darüber nachdachte: *Bin ich so krank, dass meine Fantasie mir einen Streich spielt? Oder ist das eine der Visionen, von denen MhiaKha schon mal sprach?*

Sie erinnerte sich an eine intensive telepathische Sitzung mit ihrem Mentor. Der hatte erzählt, dass es auch *Kha* gab, die sich in das Leben der Wesen in unseren Welten einmischten, indem sie ihnen Anleitungen zum Handeln übermittelten. Angeblich sollten diese Anleitungen dazu dienen, Unheil abzuwenden oder Wissbegierigen unter ihnen bei der Findung bestimmter Erkenntnisse zu helfen.

An einige Details des Traumes erinnerte sie sich ganz deutlich. Da waren unzählige Kreaturen und sie flohen vor einer heranrollenden Wasserwand. Und dann gab es ein Haus mit einem Energieturm in einem Innenhof. Auf der Spitze des Turms war ein kleiner Junge kopfüber angebunden und rief irgendwelche *Jakkas* um Hilfe. Mhia konnte sich nicht an diesen Begriff erinnern. Wer aber recherchierte, erfuhr, dass man früher gentechnisch hergestellte Versuchstiere so nannte, für die es noch keine Artenbezeichnung gab.

Mhia grübelte, ob die fliehenden Kreaturen etwas mit den Jakkas zu tun haben könnten. Aber warum sollte der Junge sie um Hilfe bitten?

Ein anderes Detail des Traumes war, dass Mhia an den zwei Monolithen stand, bei denen sie vor einiger Zeit Tata im Wald gefunden hatte. Sie legte jede Hand auf ein spiralförmiges Symbol. Die Szene wiederholte sich immer wieder. Sobald sie mit den Händen die Symbole an den Steinen berührte, wurde es dunkel und die Szene begann wieder von vorn.

Mhia kletterte von ihrer Liege und schaute nach, ob jemand im Haus wach war. Alle schliefen. Dann machte sie sich auf den Weg ins Krankengebäude. Sie hoffte, Shet dort zu treffen und wollte ihm von ihrem Traum erzählen. Sie fand ihn schlafend auf einer Liege im Flur, aber er war sofort wach, als sich Mhia näherte.

»Was ist passiert?«

»Ich glaube, jemand möchte, dass ich zum Wald gehe, um an den großen Steinen etwas zu empfangen.«

»Etwas empfangen… hast du Fieber? Natürlich hast du Fieber! Du strahlst Wärme aus wie ein Backofen.«

»Kann sein, aber so schlecht geht es mir nicht. Ich traue mich nur nicht allein hin. Falls ich ohnmächtig werde, könntest du Hilfe holen.«

»Warum solltest du…, ach was solls, du wirst es mir schon erklären.«

Sie machten sich auf den Weg. In dieser Nacht war es völlig dunkel. Shet hatte eine kleine Lumineszenz-Röhre an seinem Arm, die er auch im Krankengebäude ständig bei sich trug und die ihnen nun den Weg etwas ausleuchtete. Je mehr sie sich von Basileia und damit vom Wasser entfernten, desto schwächer wurde das Licht. Als sie einen kleinen Bach übersprangen, leuchtete die Lampe wieder etwas auf. Kurz vor Erreichen des Waldes fing sie an zu flackern und ging schließlich aus. Nun waren sie erstmal blind, bis sich ihre Augen an die Dunkelheit gewöhnt hatten und die Umrisse der ersten Bäume erkennen konnten. Als sie den Steinen näherkamen, fing die Lampe wieder an zu leuchten. Jetzt fiel Shet auf, dass Mhia irgendwas vor sich hinmurmelte. Es hörte sich nicht wie eine Sprache an, eher wie ein leises Brummen. Auf seine Frage reagierte sie überhaupt nicht und fing an, ihre Hände zu reiben. Als ob sie genau wüsste, was sie tun müsse, stellte sich Mhia zwischen die beiden großen Steine und drückte je eine Hand dagegen. Die Handflächen lagen auf den spiralförmigen Symbolen auf. In dem Moment ging die Lampe aus. Shet bemerkte nicht sofort, dass seine Freundin in Trance fiel. Sie fing nun auch an, mit jemandem zu sprechen. Ihre Stimmlage wechselte dabei ständig, als ob sie einen Gefühlswechsel erlebte.

Shet wusste nicht, ob er etwas tun oder nur abwarten sollte. Da es bereits dämmerte, konnte er Mhias Mimik und Körperbewegung beobachten. Ihm fehlte die Erfahrung mit solchen spirituellen Dingen. Da blieb ihm nur, auf Mhias Intuition zu vertrauen.

Als die Hände die Oberflächen der beiden Steine berührten, spannte sich jeder Muskel in ihrem Körper. Instinktiv zuckten ihre Hände zurück. Als seien diese magnetisch, blieben sie aber am Stein haften. Mhia spürte Wärme in den linken Arm hineinfließen und ihren Körper über den rechten Arm wieder verlassen, als ob sich ein Kreislauf geschlossen hätte. Je länger das andauerte, desto angenehmer fühlte es sich an.

Dann passierte etwas in Mhias Körper. Sie hatte das schon mehrmals erlebt, aber noch nie so intensiv wie an diesem Tag. Jemand sprach direkt zu ihr im Kopf. Es war, als wären es mehrere *Kha* zur gleichen Zeit. Eine Weile verging, bis sich ihre Gedanken ordneten und sich daraus ein klares Bild formte.

Shet hatte seinen Blick inzwischen nicht von Mhia gelassen. Seine Neugierde wurde stärker und nun hielt er es nicht mehr aus. Er stellte sich genauso wie Mhia zwischen die Steine, blickte seiner Freundin ins Gesicht und berührte ebenfalls die Symbole an den Steinen.

Zunächst passierte gar nichts. Dann kribbelte es etwas in seinen Händen, aber weiter geschah nichts. Er vermutete, falsch herum zu stehen und versuchte die andere Richtung. Sofort hörte er jemanden laut sagen: »*Willkommen Shet!*« Vor Schreck zog er die Hände vom Stein zurück und drehte sich um. Da war niemand. *Habe ich das nur in meinem Kopf gehört?*

Die Hände wieder an den Steinen, kam sofort die Reaktion: »*Ich bin es, MhiaKha. Mhia ist bereits ein Stück voraus auf dem Weg ins* Aka. *Eine Gruppe von uns möchte euch vor einer Gefahr warnen. Ich werde dich jetzt mitnehmen, es wird euch nichts passieren. Du kannst dich jederzeit vom Tor entfernen, um die Verbindung zu trennen.*«

»*Du meinst, die Steine sind ein Tor?*«

»*Ja. Mit der Berührung stellt sich dein Körper auf die Schwingungen im Stein ein. Diese Frequenz ermöglicht es deinem Gehirn, in eine höhere Schwingungsebene zu gelangen. Deinem Körper ist es noch nicht möglich, das Tor vollständig als Transportmittel zu benutzen. Eure Vorfahren gaben diesen Toren, von denen es tausende gibt, den Namen* **Steine der Meister**. *Ihr könnt damit kosmisches Wissen aus einer höheren Schwingungsdimension empfangen. Du musst das jetzt noch nicht verstehen. Der Weg bis dahin ist noch weit, aber wir werden dich dorthin begleiten, sofern es dein Wille ist. Nur eines muss dir klar werden. Dieses Wissen wird jedem gegeben, der es in die höhere Schwingungsdimension schafft. Somit könnte es auch für negative Zwecke verwendet werden.*«

»*Du sprichst von negativen Zwecken, warum verhindert ihr das nicht?*«

»*Alles im Kosmos ist in Bewegung. Es schwingt und jede Schwingung hat einen positiven und negativen Ausschlag. Das folgt dem Gesetz der Dualität und Polarität. Das gilt auch für den eingeschlagenen Weg eines intelligenten Wesens. Würde alles immer nur geradeaus, also positiv verlaufen, gäbe es keine Höhen und Tiefen. Es würde zum Stillstand kommen, aber die*

*Natur funktioniert anders. Es ist also unzulässig festzulegen, welche Handlungen gut und welche schlecht sind. Es hängt von der Aufgabe ab, die wir in unserem Dasein erfüllen. In **Brahmas Land** wird diese Aufgabe **Dharma** genannt.«*

»Das verstehe ich noch nicht. Wenn es Gut und Böse geben muss, warum wollt ihr uns dann helfen, etwas Böses von uns abzuwenden?«

»Dharma bedeutet auch, dass sich ein Wesen bewusst für einen Weg zu entscheiden hat. Natürlich gibt es auch jene, die sich nur treiben lassen und dadurch von anderen leicht manipuliert werden können. Ich persönlich habe mich für eine Seite entschieden, die ich selbst für die positive halte. Ich sehe meine Aufgabe darin, denen, die meinem Weg folgen, so viel Wissen wie möglich zu vermitteln.«

»Verstehe.«

*»Dann werde ich dich nun dorthin mitnehmen, wo Mhia und die anderen **Kha** bereits auf uns warten. Bitte beachte: Alles, was du dort siehst, entspringt deiner Fantasie, weil es in unserer Welt keine materiellen Dinge gibt. Aber was du sehen wirst, erleichtert es dir, dich zu orientieren. Wo es sinnvoll ist, werden wir Bilder in deinen Kopf schicken. Damit lassen sich komplizierte Dinge einfacher erklären.«*

Einen Augenblick später betrat Shet einen Raum, nachdem er vorher einen schmalen und niedrigen Gang durchqueren musste. Inmitten des Raumes standen Mhia und vier ihm unbekannte, hochgewachsene Gestalten. Sie unterhielten sich.

Als Shet näherkam, rannte ihm Mhia entgegen, umarmte ihn und sagte: *»Ich bin so froh, dass du auch hier bist. Ich hatte schon befürchtet, ich müsste alles allein lernen.«*

»Wer sind diese Wesen dort und warum tragen die so einen komischen Kopfschmuck?«, fragte Shet.

»Wo siehst du Kopfschmuck? Ich sehe nur vier Kha mit Umhängen über den Schultern. Der Rechte von ihnen ist übrigens MhiaKha. Schau mal, wie gut der aussieht!«, flüsterte Mhia in Shets Ohr.

Das war bestimmt das Letzte, was Shet von Mhia hören wollte. Doch dann wurde ihm langsam klar, dass hier sowieso etwas nicht stimmen konnte. Der Hochgewachsene, den Mhia so gutaussehend fand, trug diesen lächerlichen Kopfschmuck mit Federn und sah so alt aus, als wäre er schon bei der Erschaffung des Universums dabei gewesen.

Dann kam eben dieser »alte Mann« auf die beiden zu und sagte:
»*Bitte wundert euch nicht, dass jeder von euch etwas anderes sieht. Wie ich Shet vorhin schon erklärt habe, ist alles, was euch hier begegnet oder was ihr mit den Händen fühlt, eine Erfindung eurer Gedanken. Nichts Materielles existiert hier. Die Fähigkeit eures Gehirns, das Problem mithilfe eurer Fantasie zu lösen, ist aber ganz praktisch. Anders könntet ihr euch in unserer Welt gar nicht orientieren.*«

Das war Mhia nun wirklich peinlich. Sie hatte MhiaKha also so gesehen, wie sie sich ihn in Gedanken vorgestellt hatte und es Shet auch noch ganz euphorisch erzählt. Jetzt würde der vielleicht etwas Falsches von ihr denken.

Im Raum wurde es dunkel und in der Mitte baute sich eine holografische Darstellung auf. Die ersten Bilder bewegten sich etwas zu schnell, um Details erfassen zu können, aber dann wurden einige der Darstellungen wiederholt und man erkannte Aufnahmen aus der Luft. Auf dem gesamten Planeten bewegten sich Menschenmassen, Manujas und wilde Tiere.

»Euer Planet verändert sich. Ein großer Teil der Lebensräume wird im Moment zerstört. Was ihr sehen könnt, sind Vorhersagen, die wir berechnet haben. Wir stellen fest, dass es Gruppen gibt, die dieses Chaos ausnutzen und Angst unter der Bevölkerung schüren. Damit gelingt es ihnen, die alte Führung vom Volk abzuspalten mit dem Ziel, als neue Heilsbringer und Retter des Volkes an die Macht zu gelangen. Wir sind der Auffassung, dass dieses Verhalten in eurem genetischen Code hinterlegt ist. Dadurch bleibt eure Spezies manipulierbar. Dieses Merkmal wurde inzwischen auch von den Manujas auf die Menschen vererbt.

Wir können das nicht ändern, aber wenn ihr rechtzeitig euer Volk darüber aufklärt, werden sich die starken unter ihnen vielleicht der Manipulation entziehen können.«

»Aber was können wir denn nun sofort tun?«, fragte Mhia ungeduldig.

»Die erste Aufgabe ist die schwierigste. Ihr müsst das Vertrauen der Mehrheit im Volk gewinnen. Am besten eignet sich eine ehrliche Kommunikation. Erzählt allen, was ihr vorhabt und was eure Gegner vorhaben. Jeder kann lernen, die Lügen der anderen zu durchschauen. Wer die Strategien beider Seiten öffentlich und vergleichbar macht, kann darauf vertrauen, dass das Volk auf lange Sicht die richtige Entscheidung trifft. Hier wird es Rückschläge geben, weil jedes intelligente Wesen erst sein **Dharma** *erfüllen muss und dafür braucht es manchmal mehr als einen Anlauf. Euer Volk ist dabei, ein wichtiges Instrument zur Erhaltung der Harmonie zu verlieren: die Spiritualität. Dazu haben auch die aktuellen Naturkatastrophen beigetragen, weil viele Energielinien des Planeten gestört sind. Wer diese Linien nicht mehr spürt, ist auf sich allein angewiesen und auf Dauer wird die Fähigkeit, Kraft aus dieser Quelle zu schöpfen, verloren gehen.*

Die zweite Aufgabe ist, eine Strategie zu entwickeln. Vielleicht hilft euch dabei etwas, das auch für uns noch geheimnisvoll ist. Wir wissen von einem Ort, der bereits seit langer Zeit existiert und von euren Vorfahren gebaut wurde, bevor sie euren Planeten wieder verlassen haben. Dieser Ort bietet wegen seines Energieniveaus Schutz. Der Schutzschirm ist so mächtig, dass auch wir ihn nicht durchdringen können. So sehen wir auch nicht, was sich dort wirklich befindet. Wir vermuten, dass es eine Art geistiges Zentrum ist oder früher einmal war, das vor negativen Kräften geschützt werden soll. Deshalb wird es vielleicht auch keine Heimat für alle Manujas werden können. Zunächst solltet ihr die Klügsten dorthin schicken. Diese Stadt muss eine besondere Funktion haben, aber das müsst ihr selbst herausfinden. Man kann sie finden, wenn man im Osten von **Ragfara** *nach einem Kreuzungspunkt von zwei starken Energielinien sucht.«*

»Wie sollen wir herausfinden, wer die Klügsten in unserem Volk sind?«, wollte Shet wissen.

»Dazu seid ihr ganz sicher in der Lage! Denn euch sind ein paar besondere Dinge gegeben worden. Zum einen die Fähigkeit, mit uns zu kommunizieren und unsere Worte zu verstehen. Das erfordert nämlich Demut, soziale Intelligenz und vor allem Vertrauen in die Zukunft. Und dann ist da noch etwas anderes. Euer drittes Auge ist nicht nur in der Lage, in eine höhere Schwingungsdimension vorzudringen, wie ihr heute bewiesen habt. Ihr seid sogar in der Lage, den Weg zu den **Wächtern des Wissens** *zu finden und damit noch höhere Ausbildungsgrade zu erreichen.«*

»Warum gerade wir?«, fragte Mhia.

»Das wissen wir nicht. Möglicherweise hat die **Große Reihe** *diese Entscheidung getroffen, weil ihr ihnen besonders geeignet zu sein scheint.*

Bevor ihr wieder geht, solltet ihr noch etwas anderes erfahren. Der Planet **Achala** *ist voll von heiligen Stätten, die von den Alten Meistern errichtet wurden. Vielleicht wisst ihr auch schon davon. Kürzlich wurde im Nordwesten von* **Ragfara** *eine alte Stadt entdeckt. Sie lag lange Zeit unter Wasser. Meidet diesen Ort! Er ist voll von negativen Energien, weil sich einst an dieser Stelle ein Krieg ereignet hat. Ein Teil der Überlebenden soll danach Basileia in Atlantis erbaut haben. Ein anderer Teil ist spurlos verschwunden.*

Das folgende Geheimnis solltet ihr nur mit denen Teilen, die euch auf diesem Weg bis zum Ende begleiten werden:

Es gibt Hinweise darauf, dass der verschwundene Teil des Volkes an jenen Ort im Osten umgesiedelt ist, der seitdem so gut geschützt wird. Wir vermuten, dass die von ihnen neu gebaute Stadt der einzige Ort auf eurem Planeten ist, wo die Alten Meister noch ihr gesamtes Wissen hinterlassen haben. Es gibt aber noch eine Besonderheit, von der uns Freunde des galaktischen Rates berichteten. Das Wissen eurer Vorfahren kann nicht gestohlen werden, aber man könnte es vernichten, sollte die Stadt von dunklen Kräften gefunden werden.

Sucht den Kreuzungspunkt von Energielinien, um die Stadt zu finden. Eure alten Satelliten sind so programmiert, dass sie an diesen Koordinaten keine Bilder anfertigen. Jedes Wesen, das

*mit dem weiblichen und dem männlichen Teil seines dritten Au-
ges sehen kann, sollte in der Lage sein, an diesen Ort zu gelangen. Mehr konnten wir leider nicht herausfinden.*
*Ein letztes noch, bevor wir euch wieder zurückbringen müs-
sen. Ein paar uns freundlich gesinnte Wesen aus dem Aka warnen vor Ohlak, einem ehemaligen Weggefährten deines Vaters,
Mhia. Er soll einen schrecklichen Plan haben. Möglicherweise
züchtet er bereits eine neue Spezies, die ihm künftig dienen soll.
Wir haben von anderen Kha erfahren, dass es einen Hilferuf von
einem Ort gab, den ihr Berge der Stille nennt. Es ist wahrscheinlich, dass dort jemand dringend Hilfe benötigt.«*

Wenig später standen Mhia und Shet wieder allein zwischen den
beiden Monolithen. Immer noch wie in Trance, gingen sie langsam zur Stadt zurück. Nach dem ersten Ringgraben verabredeten
sie sich für den Abend bei Mhia zuhause. Während Mhia sich auf
ihr Lager legte und sofort einschlief, kehrte Shet ins Krankengebäude zurück. Er hatte ein schlechtes Gewissen, weil die Kranken seinetwegen wahrscheinlich auf ihr Frühstück warten mussten. Niemand sprach ihn darauf an. Sie ahnten, dass es für Shets
Zuspätkommen einen wichtigen Grund geben musste. Tata war
für ihn eingesprungen, als ihr sein Fehlen aufgefallen war. Sie
war eine derjenigen, die sich Tag und Nacht um die Kranken
kümmerten. Sie hatte hier das gefunden, wonach eigentlich jeder
suchte: Anerkennung und Wertschätzung ihrer Arbeit.
Als Mhia zu Hause ankam, wollte sie das Erlebte mit Vater
besprechen, aber sie legte sich dann doch erst mal hin. Sie schlief
den ganzen Tag und die darauffolgende Nacht und wachte erst
auf, als Shet mit seiner Hand über ihr Haar strich. Sie spürte seine
Anwesenheit bereits, bevor er sie berührte. Gleichzeitig nahm sie
seinen Geruch wahr, ein Gefühl, das Geborgenheit verbreitete.
»Mhia, möchtest du mit uns frühstücken? Deine ganze Familie ist da.«
»Ja, ich komme gleich. Lass mich nur kurz prüfen, ob ich
mich so sehen lassen kann«, antwortete sie lächelnd. Als Shet aus
der Kammer raus war, schlüpfte sie in ihre Sachen und riskierte
einen Blick in den Spiegel.

Das wird auch kein Kamm retten können, dachte sie und beließ es bei einer kurzen Begegnung mit kaltem Wasser. Am Tisch saß die ganze Familie einschließlich Phia und Shet, als ob alle auf sie gewartet hätten.

Rhia fing auch gleich an zu erzählen:»Shet war gestern Abend hier und hat von eurem Ausflug ins *Aka* gesprochen. Er hat auch erzählt, dass ihr mit dem, was ihr dort erfahren habt, ganz vorsichtig umgehen sollt. Wir haben uns schon ein paar Dinge überlegt, und wollen deine Meinung hören.«

Stolz erklärte Phia:»Deine Mama hat mir gestern gezeigt, wie sie bei dir die Resonanztherapie anwendet, um die Infektion zu bekämpfen. Du hattest Fieber und auch im Schlaf gesprochen.« »Und Phia stellt sich ganz gut dabei an«, bestätigte Rhia.

Thom wirkte als einziger nachdenklich und strahlte keine Freude aus:»Wenn MhiaKha und seine Freunde recht haben, müssen wir uns auf eine schwierige Zeit vorbereiten.«

»Uns war doch schon länger klar, dass es nicht so weitergehen kann«, antwortete Rhia.»Als erstes sollten wir uns um den Hilferuf aus den Bergen der Stille kümmern. Wie Mhias Mentor sagte, haben Mhia und Shet die Fähigkeit, mit dem dritten Auge mehr zu sehen als andere. Damit sind ihre Chancen am größten, diese verborgene Stadt zu finden.« Direkt an die beiden gewandt meinte sie:»Irgendjemand will, dass ihr beide zu den *Wächtern des Wissens* geht. Das bedeutet, es gibt noch irgendwo da draußen Hilfe für unser Vorhaben.«

Thom schlug vor, sich aufzuteilen. Rhia war auch gleich einverstanden, selbst die Suche nach den verschollenen Wissenschaftlerinnen aufzunehmen. Mhia und Shet bat sie, im Archiv nach Hinweisen über die verborgene Stadt zu suchen.

Δ

10 – Gefährliche Begegnungen

Rhia meldete sich telepathisch bei ihren Freunden Lheson und Rhikeo. Die warteten allein in der Forschungsstation auf die nächste Mission. Sie hatten mit Rhia vereinbart, bis auf ihre eigenen *Mentoren* und einen ihrer alten *Meister* niemanden zu kontaktieren. Es sollte keine Aufmerksamkeit erregt werden. Dass die Station im Atlasgebirge noch in Betrieb war, durfte vor allem niemand von Ohlaks Leuten erfahren. Bharu hatte die Stationsleitung vor ein paar Tagen an Lheson übergeben, weil er selbst als Pilot der ETANA gebraucht wurde.

Als Lheson mit Rhia verbunden war, konnte er seine Neuigkeiten nicht mehr zurückhalten: *»Endlich meldest du dich mal! Rhikeos früherer Meister hat Erstaunliches über die Hieroglyphen herausgefunden...«*

»Warte mal! Bevor wir uns darum kümmern, muss ich euch um etwas bitten«, unterbrach ihn Rhia, aber Lheson blieb trotzdem euphorisch: *»So langweilig, wie es hier im Moment ist, kommt uns jede Herausforderung gelegen!«*

»Mhia und Shet bekamen eine Aufgabe, bei der ihr ihnen helfen könnt. Ich bitte euch, die beiden heute noch aus Basileia abzuholen. Thom und ich machen sich Sorgen, dass sie hier nicht mehr lange sicher sind. Den Rest der Geschichte können sie euch dann selbst erzählen. Ist das alte Flugboot von Shoa einsatzbereit?«

»Das Boot funktioniert wieder einwandfrei und kann es ebenso wenig erwarten wie wir, endlich loszufliegen«, meldete sich Rhikeo, der bis dahin nur zugehört hatte.

»Dann sehen wir uns heute Abend hier in Basileia. Wir sind auf eure Neuigkeiten gespannt. Fliegt vorsichtig!«

Δ

Mit einsetzender Dämmerung starteten die beiden Techniker in Richtung Basileia. Der Flug sollte knapp vier Stunden dauern. Eine Flugüberwachung gab es nicht mehr und bei dem Durcheinander von Versorgungsflügen würde das kleine Flugboot auch niemandem auffallen.

Lheson steuerte manuell. Als Unterstützung beobachtete Rhikeo die Instrumente und den Kurs. Das Wetter zwang sie, die gleiche Route zu nehmen, wie damals Shoa, als sie auf dem Weg nach Basileia verunglückte. Nachdem sie die ersten Inseln überflogen hatten und das Festland von Atlantis erreichten, leuchtete eine Alarmmeldung auf. Der Inhalt war unleserlich. Es sah aus wie eine unbekannte Sprache.

»Was soll das denn jetzt? Unsere Signatur ist ausgeschaltet. Wie kann uns trotzdem jemand kontaktieren?«, fluchte Lheson vor sich hin. Rhikeo konzentrierte sich dagegen auf die eingehende Nachricht. Nach einer Weile meinte er:»Ich habe das Gefühl, jemand will uns etwas mitteilen. Da immer wieder die gleichen Zeichen in kurzer Folge wiederholt werden, könnte es sogar ein Notruf sein.«

»Kannst du den Standort des Absenders ausmachen?«

»Nein, aber ich versuche mal, ob ich durch Meditation telepathisch Kontakt bekomme.«

Weil das Signal abrupt abbrach, flogen sie ein Stück zurück und tatsächlich tauchte die Meldung wieder auf. Nach ein paar Minuten in Trance schreckte Rhikeo auf und sagte:»Du wirst mir nicht glauben, mit wem ich gerade gesprochen habe...«

Es war schon spät, als Lheson und Rhikeo in Basileia ankamen. Trotzdem gab es eine ausgelassene Begrüßung mit ein paar Tränen. Das Flugboot hatten sie im Flugpark nahe dem Energieinstitut geparkt. Dort würde es am wenigsten auffallen.

Hausbewohner und Gäste machten es sich auf der Dachterrasse gemütlich und aßen verschiedene Gebäckstücke, die mit einem kleinen Stück Fleisch gefüllt wurden. Noch gab es in der Stadt ausreichend davon.

Während die letzten noch aßen, baute Rhia den Hologrammprojektor in der Mitte der Terrasse auf und fing an zu erzählen, was Mhia und Shet herausgefunden hatten. Außerdem berichtete Thom über die aktuelle Situation im Stadtrat und den Gefahren, die von einer Spaltung des Volkes ausgehen könnte. Thom hatte mit König Rhenus vereinbart, dass Rhia die ETANA für die Rettungsaktion in den Bergen der Stille bekommen sollte. Sie wollten los, sobald diese von ihrem derzeitigen Einsatz zurück sein würde. Dass ihr Ziel Ohlaks Anwesen war, hatten sie sonst niemandem erzählt.

Rhikeo und Lheson konnten es kaum erwarten, auch ihre eignen Neuigkeiten loszuwerden. Endlich fragte Rhia nach:»Und was habt ihr über die Hieroglyphen herausgefunden?«

»Wie wir vermutet haben, weiß kaum noch jemand, wie die Schrift der *Alten Meister* zu lesen ist. Wir erfuhren aber, dass solche Hieroglyphen, wie sie von Ohlaks Team auf der Pyramide gefunden wurden, manchmal komplexe Informationen enthalten. Also... das ist etwas kompliziert zu beschreiben.«

Rhikeo forderte vom *Ei* einige Bilder aus seinem persönlichen Archiv an, die er auch gleich erklärte:»Solche Symbole können auf verschiedene Arten gelesen werden. Wir haben den Verdacht, dass die Alten Meister damit mehrere Informationsebenen nutzten. Sowohl der Schreiber als auch der Leser muss das System kennen. Verstehen kann man es aber nur, wenn man die Dualität in den Details findet. Das muss mit der Natur zusammenhängen, wo auch alles auf Dualität basiert. Wenn wir richtig liegen, könnte folgendes in der Schrift versteckt sein:

Die erste und einfachste Ebene bei Hieroglyphen ist **optisch**. Dual ist sie deshalb, weil Licht und Schatten den nötigen Kontrast für das Auge liefern.

Die zweite Informationsebene kann man **fühlen**. Dafür wurde die Oberfläche im Hochrelief gefertigt. Es gibt also eine Form und die Hand kann die Kontur ertasten.

Eine dritte Ebene ist **energetisch** und erscheint uns am spannendsten. Auf einer Seite ist die Kristallstruktur im Gestein, in der ebenfalls Informationen gespeichert sind. Die andere Seite ist unser Organismus, aber er muss in der Lage sein, die Schwingungen des Kristalls wahrzunehmen.

Leider ist es uns noch nicht gelungen, die gespeicherte Energie in den fünf Hieroglyphen zu lesen. Darüber können wir also erstmal nur spekulieren. Vermutlich haben wir Manujas das dafür notwendige Sinnesorgan lange nicht mehr benutzt.

Rhia hatte noch Zweifel:»Aber was ist mit unserer Sprache, also den Tönen und Worten? Da sind doch auch Informationen enthalten wie beispielsweise Gemütsstimmung, Lautstärke, Betonung und so weiter.«

»Mag sein, aber hier darf man nicht zu kurz denken. Sprachmelodie und Betonung haben kulturelle Hintergründe. Man kann sich darüber streiten, aber ich bin der Auffassung, dass die Lautsprache in unserem Fall keine Rolle spielt.«

»Warum nicht?«

»Weil das von Wesen mit einem anderen kulturellen Hintergrund missverstanden werden könnte. Eine Lautsprache zur Verständigung zu nutzen, macht nur Sinn, wenn man die Fremdsprache mit ihren Besonderheiten genau kennt. Die Ursprache der *Alten Meister* scheint eine universelle Sprache gewesen zu sein, die man überall im Universum verstehen konnte, auch wenn die Kulturen unterschiedliche Normen und Ästhetik nutzten. Übrigens sagten unsere Kontakte im *Aka*, dass die Hieroglyphen nicht zur Ursprache des Kosmos gehören. Die *Alten Meister* hätten eine viel ältere und noch kompliziertere Sprache übernommen. Mit den Hieroglyphen haben sie diese auch für weniger hoch entwickelte Kulturen lesbar gemacht.«

Und dann fügte Lheson noch hinzu:»Schaut euch mal die Symbole genau an…«

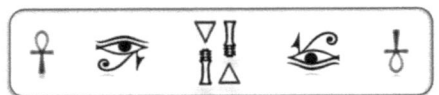

Piktogramme / Hieroglyphen von der Pyramide

»Das Zeichen ganz links soll etwas mit der Erhöhung der Energie im Körper zu tun haben. Ich verstehe es nicht wirklich, aber es gibt eine Regel, die besagt, dass man sein Potential nur dann erhöhen kann, wenn man seinem Bewusstsein mehr Energie zuführt.

Das zweite Symbol ist das geistige Auge. Wir brauchen es, um die dreidimensionale materielle Welt zu verlassen. So können wir mit einer höheren Schwingungsdimension kommunizieren. In der Mitte seht ihr einen Energiepfeiler, auf dessen Kopf eine Pfeilspitze zeigt. Unserer Meinung nach kennzeichnet es den Empfang kosmischer Informationen. Gleich daneben hat man die Symbole einmal auf den Kopf gestellt, was vielleicht für das Senden von Informationen in die Gegenrichtung steht.

Dass alle Symbole noch einmal als Spiegelbild abgebildet sind, beweist die Dualität oder Polarität, wenn ihr so wollt. Dem Schreiber war es wohl wichtig, dass positiv und negativ gleichberechtigt sind und vielleicht nicht mit gut oder böse gleichgesetzt werden dürfen. Leider lernen die Kinder nicht mehr, dass es sich dabei um ein Naturgesetz handelt. Ohne Schwankungen nach oben und unten würde jede Gesellschaft zum Stillstand kommen.

Wir haben lange darüber nachgedacht, aber wenn man alle gefundenen Zeichen zusammen betrachtet, könnten sie den Verwendungszweck der Pyramide beschreiben und eine Art Bedienungsanleitung sein. Leider fehlt uns eben der energetische Teil. Dafür müssten wir jemanden hinschicken, aber wer hat den dafür notwendigen Ausbildungsgrad? Meines Wissens hat es nur Shoa so weit geschafft, aber genau weiß ich es auch nicht.«

Nach einer kurzen Pause sprach Lheson weiter: »Trotzdem stehen wir nicht mehr ganz am Anfang. Wir haben uns gefragt, was sich mit der Botschaft anfangen lässt. Der Computer hat uns auf diese Frage eine irrsinnige Antwort gegeben.«

»Nun sag schon!«

»Wer klug genug ist, diese Botschaft zu lesen und wer die Stufe der Erkenntnis erreicht hat (wer mit dem weiblichen und dem männlichen geistigen Auge sehen kann), wird hier kosmisches Wissen empfangen. Im Austausch dient sein eigenes Wissen zur Vervollkommnung des kosmischen Bewusstseins.«

Nach einem Moment des Schweigens fragte Rhia:»Was ist mit dem Kreis, der sich unterhalb dieser Hieroglyphen befand. Habt ihr darüber auch etwas herausgefunden?«

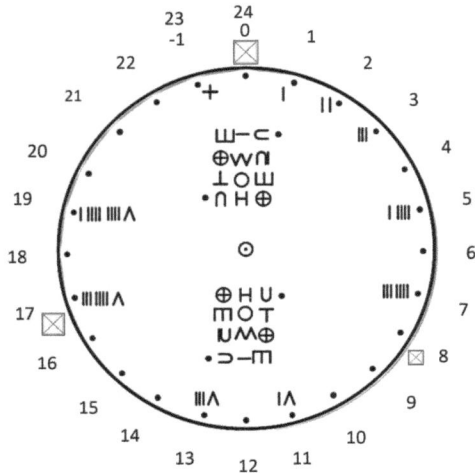

Kreis mit Zahlen und Schriftzeichen von der Pyramide
(Die Ziffern -1 bis 24 außerhalb des Kreises dienen der Erläuterung)

»Ja und Nein, da sind noch einige Unklarheiten. Es muss mathematische Zusammenhänge geben. Der Kreis ist innen mit 24 Punkten versehen. Das könnten die Stunden des Tages sein. Es gibt auch einige Zahlen in einer uns unbekannten Schreibweise. Aber man erkennt ein System, wobei die Schreibweise für minus 1 (+) etwas ungewöhnlich ist. Offenbar werden negative Zahlen mit einem waagerechten Strich versehen. Wir haben mal zur Veranschaulichung außen am Kreis die Zahlen in unserer Schreibweise angebracht. Ihr könnt erkennen, dass es die kosmischen *Ursprungszahlen* von -1 bis 19 sind.

Mit den Zeichen in der Mitte haben wir noch mehr Probleme. Man erkennt, dass es zwei identische Blöcke sind, nur gespiegelt und gedreht angeordnet. Außerhalb des Kreises seht ihr noch drei unterschiedlich große Pyramidensymbole. Was das alles zu bedeuten hat, bleibt wohl erstmal ein Rätsel.

Aber es gibt doch noch etwas. Der schriftkundige *Meister,* den wir zu den Zeichen befragten, wurde etwas später auch von

Khi kontaktiert. Sie fragte ihn nach der Bedeutung eines Blumensymbols, das auch aus einer Höhle im Atlasgebirge stammen soll. Da der alte Mann unser Interesse an solchen Dingen kennt, wollte er uns auch gleich davon erzählen. Er war ganz aufgeregt, denn seiner Meinung nach handelt es sich um codiertes Wissen über den Aufbau des Universums.«

Rhikeo schickte Rhia das Symbol zu und sie einigten sich darauf, auch diese Spur weiter zu verfolgen. Als Rhikeo fertig erzählt hatte, blieben alle Zuhörer nachdenklich sitzen.

Erst Thom brach die Stille:»Ich habe den Verdacht, dass sich derzeit ein Wettlauf um die ungelösten Rätsel anbahnt. Übrigens haben Mhia und Shet Unterstützung aus dem *Aka* bekommen. Jetzt wissen wir, dass sich die Manujas nicht in die Nähe der alten versunkenen Stadt begeben sollen.«

»Was ist das Problem mit diesem Ort?«, wollte Lheson wissen.

»Dort muss es eine Katastrophe gegeben haben. Das zeigt auch die Bodenstruktur auf einem Satellitenbild. Genau wissen wir es nicht, aber es könnte eine Kernexplosion gewesen sein. Es sind nur noch die Gebäude erhalten geblieben, die sich außerhalb der ringförmigen Stadt befanden. Von den verschont gebliebenen Gebäuden schaut nur die Spitze der größten Pyramide aus dem Schlamm heraus. Das ist auch der Ort, wo Ohlaks Leute die Zeichen gefunden haben.«

Nun erzählte Rhia, was sie geplant hatten, um die noch unbekannte Stadt im Osten von *Ragfara* zu finden:»Wir möchten euch bitten, Mhia und Shet dorthin zu begleiten. Wir wissen, dass der Ort durch irgendeinen Mechanismus geschützt ist. Aber möglicherweise haben die beiden Kinder…«

»Mama, Kinder solltest du auf keinen Fall dorthin schicken!«, unterbrach Mhia ihre Mutter mit ihrem typisch ironischen Unterton.

Amüsiert schauten sich die Gäste an und Rhia erzählte weiter:»Nun ja… die fast erwachsenen Kinder haben möglicherweise die Gabe, diese Art von Sicherung zu überwinden. Mehr wissen wir nicht. Das sollt ihr gemeinsam herausfinden. Es wäre auch eine Gelegenheit, euch alle aus dem Blickfeld von Ohlak zu nehmen.«

Noch in dieser Nacht flogen Rhikeo, Lheson, Mhia und Shet zur Forschungsstation zurück.

Bevor sich Rhikeo verabschiedete, zog er Rhia noch einmal zur Seite und offenbarte ihr mit gedämpfter Stimme:»Ich habe noch eine gute Nachricht: Shoa hat ihren Unfall überlebt. Sie wurde von Fischern eines Menschendorfes gerettet. Mit dem Ort ihrer Rettung steht sie mental in Verbindung. Als wir das Gebiet überflogen, muss sie das gespürt haben und hat uns ein Signal geschickt. Wir konnten uns dann kurz telepathisch unterhalten. Es geht ihr gut, aber sie ist nun an einem geheimen Ort. Sie bat mich, vorerst nur dir und Thom davon zu erzählen. Sie glaubt, dass der Ort, an dem sie sich befindet, auch weiterhin geheim bleiben sollte, um dessen Bewohner nicht in Gefahr zu bringen. Mehr hat sie nicht erzählt.«

Δ

Eine lange Nacht ging zu Ende. Das Flugboot setzte im Morgengrauen vor der Forschungsstation auf, doch sie waren zu aufgedreht, um gleich schlafen zu gehen. Selbst Mhia war hellwach, obwohl sie sich immer noch etwas krank fühlte. Zu groß war die Aufregung davor, was sie nun in den nächsten Wochen vorhatten. Als sie die mitgebrachten Verpflegungspakete entladen und das Flugboot versteckt hatten, machten sie sich gemeinsam ein Frühstück.

Beim Essen sagte Lheson ganz allgemein, obwohl er dabei eigentlich Mhia und Shet meinte:»Nun, da wir hier mit wissenschaftlichem Auftrag unterwegs sein werden, muss ich euch über die Regeln aufklären. Ich bin für eure Sicherheit verantwortlich. Unsere Aufgaben werden täglich besprochen und ich werde unerträglich sein, wenn uns jemand durch Regelverstöße oder Alleingänge in Gefahr bringt.«

»Ich weiß schon eine angemessene Strafe für Shet«, scherzte Mhia.

»Was denn?«, schaute der empört auf.

»Einen Tag ohne Zentralarchiv sollte für dich Folter genug sein.«

»Fühlst du dich vernachlässigt?«

»Bilde dir nicht so viel ein! Gemeinsam lernen macht einfach mehr Spaß.«

Mit vollem Mund erinnerte Lheson noch einmal an das eigentliche Thema:»Bevor wir in Richtung Osten aufbrechen, sollten wir das Zielgebiet eingrenzen.«

»Die *Kha* haben von einem Punkt gesprochen, wo sich die globalen Energielinien kreuzen.«

»Alle heiligen Stätten der *Alten Meister* wurden auf diesen Linien gebaut, so wie auch Basileia. Ich erinnere mich, dass es eine merkwürdige Anomalie auf dem Planeten gibt. Danach können wir ja zuerst im Archiv suchen.«

»Seid vorsichtig, damit wir keine Spuren hinterlassen«, warnte Lheson.

Rhikeo schlug dann aber erstmal etwas anderes vor:»Bevor wir irgendetwas tun, müssen wir einen gemeinsamen Schlafrhythmus finden. Was mich betrifft, ich bin todmüde und ihr rettet heute auch keine Welt mehr.«

Damit waren alle einverstanden und verabredeten sich für den frühen Nachmittag. Mhia hatte die Schlafnische ihrer Mutter bekommen und Shet eine Kammer, die direkt neben dem Gemeinschaftsraum lag. Wenig später kehrte Ruhe in der Station ein.

Δ

Zeitgleich saßen Rhia, Thom, Phia und Großvater beim Frühstück und besprachen den Rettungsplan für Chlora und Theara. Es hatte die ganze Nacht geregnet und seit dem frühen Morgen gab es auch wieder kleinere Beben. So ein Wetter hatte wenigstens den Vorteil, dass der Aufenthalt im Freien für eine Weile erträglich war. Das hatten auch die Menschen schnell begriffen und kümmerten sich an solchen Tagen um ihre Felder.

Rhia sah plötzlich Phias Gesicht erstrahlen. Als sie nachsah, was diese Freude auslöste, trottete ein völlig durchnässter Hund in den Gemeinschaftsraum. Nach der Feuchtigkeit an der Wand zu urteilen, musste er sich gerade geschüttelt haben. Ohne zu zögern, lief er auf Phia zu, legte sich vor ihr ab und ließ sich streicheln.

»Kennst du diesen Hund, Phia?«

»Nein, aber er scheint mich zu kennen. Oder es ist ihm draußen einfach zu nass.«

»Du hättest dich vor deinem Besuch wenigstens waschen können. Dein Gestank vertreibt sogar die Mäuse!«, redete Rhia auf den Hund ein. Dem schien das aber egal zu sein, denn er schaute sie nur an und wedelte mit dem Schwanz.

Thom sah das Tier misstrauisch an. Rhia ahnte, was ihn störte und wollte seinem Einwand zuvorkommen: »Er kann doch bleiben, bis der Regen aufgehört hat. Er wird schon kein Spion sein und sicherlich von allein wieder nach Hause laufen.«

Gegen jede Vernunft flog dem Hund ein Schafsknochen zu, den Großvater aus dem Vorratsraum geholt hatte. Rhia fand das nicht gut:»Großartig, jetzt weiß er, wo es Futter gibt!«

Thom fragte:»Sieht der nicht aus, wie der unerzogene Hund von Shuk und Khi, der gelegentlich ausbüxt, um die Hühner der Menschen zu jagen?«

»Stimmt, das könnte er sein, aber das ist ihm heute wohl zu weit«, bestätigte Phia und das Thema war dann erstmal erledigt.

Während der nächsten Stunden planten sie den Verlauf der Rettungsaktion. Die ETANA wurde für den späten Nachmittag zurückerwartet. Rhia hatte Bharu schon informiert, dass es einen heiklen Einsatz geben würde. Er wusste auch, dass diese Mission nur einem kleinen Personenkreis bekannt war.

Als Bharu schließlich eintraf, kam er mit schlechten Nachrichten:»Die ETANA muss repariert werden. Magnetische Störungen und die Wanderung der Pole haben die Messgeräte durcheinandergebracht. Die Abweichungen machen das Fliegen immer gefährlicher. Wir müssen die Geräte kalibrieren lassen. Ich habe Chira darum gebeten, weil ich ihm vertraue.«

»Wie lange wird das dauern?«

»Vielleicht bis morgen Abend.«

»Aber bitte sage ihm nicht, wohin die nächste Reise geht!«, beschwor ihn Rhia.

»Was macht die Mission so geheimnisvoll?«

»Das Problem ist Ohlak. Er hat höchstwahrscheinlich Chlora und Theara entführt und hält diese auf seinem Anwesen im Westen von Atlantis gefangen.«

»Im Westen? Dann wird das wohl wieder eine Tauchfahrt? Dort ist doch schon fast alles im Meer versunken.«

»Das Anwesen liegt am Rande einer flachen Gebirgskette, den *Bergen der Stille*. Die höheren Lagen sind zu Inseln geworden. In dieser Gegend hat es einen Notruf gegeben.«

»Heilige Scheiße«, ließ sich Bharu gehen, was ihm dann aber auch sofort leidtat. Seine Argumente ließen ahnen, dass er der Sache noch skeptisch gegenüberstand.

»Ohlak ist nicht unbedingt derjenige, mit dem wir uns anlegen sollten. Er hat sehr einflussreiche Freunde, die uns das Leben schwer machen können. Aber wir müssen in dieser Gegend auch aus anderen Gründen vorsichtig sein. Schon bevor sich das Magnetfeld verändert hat, gab es dort eine Anomalie. Das Navigieren ohne funktionierende Energietürme ist sehr gefährlich.«

Rhia klang optimistischer:»Das wissen wir. Es ist ein bekanntes Gebiet und du bist vielleicht der beste Pilot. Aber von welcher Anomalie hast du gesprochen, Bharu?«

»Da gibt es eine seltene Magnetfeldverzerrung. Das ist ein Wirbel, mit dem sich die Feldausrichtung ständig ändert. Außerdem treten wie aus dem Nichts elektromagnetische Störungen auf. Es sollen auch schon Flugboote verschwunden sein. Aber darüber haben wir keine konkreten Angaben. Weil die Kommunikation zeitweilig unterbrochen wird, hat man diese Gegend vermutlich *Berge der Stille* genannt. Aber manche Erzählungen sind wohl auch nur Legenden.«

»Was ist an diesem Ort anders?«, wollte Phia wissen.

»An dieser Stelle kreuzen sich gleich mehr als zwei Energielinien. Das kommt nicht so oft vor.«

Rhia klang besorgt:»Wir sollten die Mannschaft auf ein Minimum beschränken. Wieviel Leute brauchst du für die ETANA, Bharu?«

»Ich brauche einen Copiloten und einen zusätzlichen Navigator.«

»Die Navigation übernehme ich«, entschied Rhia.

»Dann würde ich noch Chira und Thim bitten. Bessere Techniker finden wir nicht. Die beiden sind nicht auf Ohlaks Seite. Sie sind von seinen ständigen Stimmungswechseln genervt. Er äußert auch nie echte Wertschätzung. Außerdem sind sie uns allen körperlich überlegen, was bei einer Befreiungsaktion hilfreich sein könnte.«

Während dieser Unterhaltung hatte Thom vom Energieinstitut eine Nachricht bekommen. Ohlak soll von Pheso ein Flugboot angefordert haben.

»Es wurde von Shorak auch schon abgeholt und wir müssen davon ausgehen, dass er damit bereits unterwegs ist.«

»Wohin will er?«, fragte Rhia, obwohl sie die Antwort schon ahnte.

»Uns läuft die Zeit weg. Wir müssen zu Chira und schauen, wie weit er mit der Reparatur der ETANA ist.«

Bharu lief zum Hangar und fand Chira im Cockpit. Er hatte ein Messgerät auf dem Schoß und starrte konzentriert auf die Anzeigen.

»Hallo Bharu, falls du dich erkundigen willst, wie weit ich mit meiner Arbeit bin, dann frag ruhig. Ich werde aber nicht antworten.«

»Wieso, was ist los?«

»Es geht wieder mal alles schief, was schief gehen kann.«

»Nun sag schon, wie weit bist du?«

»Ich habe alle Geräte neu kalibriert und ein paar Ersatzteile getauscht. Mir fehlt jetzt noch ein Gyroskop. Eins der vier eingebauten ist fehlerhaft. Ohne die Gyroskope können wir die Fluglage nicht einwandfrei feststellen. Außerdem macht mir einer der vier Schwerkraftgeneratoren zu schaffen. Er zeigt einen Fehler an, ich finde aber keinen.«

»Dummerweise bringe ich auch noch ein Problem mit. Wir müssen nämlich dringend losfliegen, sonst könnte uns Ohlak zuvorkommen. Es geht um Leben oder Tod!«, drängelte Bharu und Chira antwortete:»Eine defekte ETANA kann uns alle das Leben kosten.«

»Wie hoch wäre das Risiko, wenn wir sofort starten würden?«

»Lass mich den Bordcomputer fragen…«

Dessen Antwort kam unmittelbar: »Die Ausfallwahrscheinlichkeit des Schwerkraftgenerators liegt bei vier Prozent. Die Dauerbelastung darf deshalb siebzig Prozent nicht überschreiten. Das Problem mit dem Gyroskop kann durch manuelle Steuerung kompensiert werden. Das erschwert allerdings die Flüge bei Dunkelheit.«

»Was meinst du, können wir es riskieren, sofort zu starten?«, wollte Bharu von Chira wissen.

»Ich denke, ein kurzer Einsatz zu den Inseln im Westen ist vertretbar. Aber du bist der Pilot und musst entscheiden.«

Chira meldete dann die ETANA für einen Testflug an, was den Start unauffällig machte.

Eine Stunde später landeten sie vor der Stadt auf einer kleinen Freifläche, wo Thim und Rhia zustiegen. Die bequeme Lade- und Einstiegsluke der ETANA konnte bis zum Boden heruntergefahren werden. Als alles verstaut war, hörten sie Thim fragen: »Wo kommst DU denn her? Vierbeinige Passagiere nehmen wir nicht mit!«

Rhia erschrak. Der Hund muss ihr hinterhergelaufen sein und sie redete gleich auf ihn ein: »Lauf sofort nach Hause! Verschwinde!«

Der wedelnde Schwanz machte jedoch klar, dass der Hund ganz andere Vorstellungen hatte und nicht daran dachte, jetzt irgendwo anders hinzulaufen. Wenn sie das Tier zurückbringen müssten, würden sie wertvolle Zeit verlieren. Also kam nur eins in Frage, er musste mit.

»An Bord muss jeder einen Namen und eine Aufgabe haben«, legte Bharu fest. Sie einigten sich auf den Namen Aron.

»Wir geben Aron die Aufgabe, auf die ETANA aufzupassen, wenn wir nicht an Bord sein werden«, sagte Thim und Rhia amüsierte das: »Hoffentlich versteht er unter Aufpassen dasselbe wie wir. Und falls es doch ein Spion ist, wird er auf einer Insel ausgesetzt.«

Als hätte Aron die Worte verstanden, legte er den Kopf zwischen die Vorderpfoten und richtete die Augen vorwurfsvoll auf Rhia.

»Wollen wir mal hoffen, dass der zusätzliche Passagier nicht die ganze Zeit so viel Aufmerksamkeit braucht. Wir haben noch anderes zu tun!«

Als die ETANA ein paar Minuten unterwegs war, suchte Rhia mit Thim die Position von Ohlaks Flugboot.

»Wieviel Vorsprung hat er?«

»Die Entfernung zum Ziel beträgt 205 *Iteru*. Sie werden für die Strecke vier Stunden brauchen. Wir sind zwar etwa doppelt so schnell, aber ihr Vorsprung beträgt schon zwei Stunden. Somit kämen wir etwa zur gleichen Zeit an. In der Luft haben wir eine klare Überlegenheit. Sollten wir uns aber am Boden begegnen, kann das ein Problem werden.«

»Ist irgendetwas an Bord, das als Waffe taugt?«, wollte Rhia wissen.

Bahru schaute verwundert: »Nicht das ich wüsste.«

»Wogegen müssten wir uns eigentlich verteidigen?«, mischte sich Chira ein und Bharu überlegte laut: »Wir können davon ausgehen, dass Ohlak die beiden Frauen von seinem Versteck abholen und an einen anderen Ort bringen will. Da das Flugboot nur vier Personen trägt, kann er also maximal einen Begleiter dabei haben.«

»Wir fliegen etwa doppelt so schnell wie die anderen. Wegen der Störung im Antrieb ist es aber auch das Maximum.«

»Bharu, wir müssen früher da sein, wenn wir uns nicht auf einen Kampf am Boden einlassen wollen«, drängte Rhia.

»Ich werde noch bis 80 Prozent der Antriebsleistung gehen, aber sobald es Warnmeldungen gibt, landen wir!«

Sie hatten kaum ihre Geschwindigkeit erhöht, da kam auch schon eine Warnung, dass das Kraftfeld der ETANA in Kürze instabil werden könnte. Daraufhin drosselte Bharu die Leistung wieder auf 70 Prozent. Das brachte keine Besserung, also drosselte er noch weiter. Somit war klar, dass sie niemals vor Ohlak ankommen würden.

Zur gleichen Zeit flog das kleine Flugboot voraus über die großen Steppengebiete des Restkontinents. Gelegentlich konnte man

Gruppen am Boden sehen, die in Richtung Osten zogen. Einige trieben auch ihr Vieh mit.

»Das wird noch richtig Probleme machen, wenn die alle nach Basileia wollen«, sagte Ohlak.

»Aber die Viehherden und die Menschen, die sie treiben, können wir gut gebrauchen. Du hast doch nicht wirklich vor, die beiden Frauen nach Basileia zu bringen, oder?«

»Natürlich nicht. Aber so werden wir herausfinden, ob sich jemand nicht an meine Anweisung hält und unerlaubt diese Neuigkeiten verbreitet. Wir bringen sie erstmal nach *Roanalua*. Dort wird Ihstriala auf sie aufpassen. Sie hat noch ein kleines Labor aus alten Zeiten, bevor Rhenus den Senat dazu brachte, die Zucht zu verbieten. Außerdem will ich sehen, was wir von den *Jakkas* noch gebrauchen können. Vielleicht evakuieren wir alles Brauchbare später mit einem größeren Flugboot.«

Es dämmerte schon, als Shorak zur Landung ansetzte. Zunächst war Ohlak froh darüber, dass von den Hauptgebäuden noch nichts unter Wasser stand. Ein paar Dinge wären vielleicht noch zu retten. Er hoffte immer noch, dass die Kellerräume nicht überflutet wurden. Anderenfalls müsste er die ertrunkenen Kadaver entsorgen. Er fragte sich aber auch, ob das Anwesen überhaupt noch genutzt werden konnte. Von dem Dorf und seinen menschlichen Bewohnern war aus der Luft nichts mehr zu sehen. Ohne die Menschen könnte er die Gebäude nicht unterhalten.

Das kleine Flugboot stand nun auf einer Wiese vor dem Eingang. Als die beiden herauskletterten, roch Ohlak Rauch. *Jemand ist im Haus! Vielleicht hat sich das Pack aus dem Dorf hier eingenistet*, dachte er.

Ohlak lief ohne Shorak mit schnellen Schritten in den Innenhof und erkannte eine gerade gelöschte Feuerstelle. Hier hauste also jemand schon eine Weile. Essenreste, Asche und verkohlte Holzstücke lagen überall herum. Er erschrak, als aus dem Dunklen ein Knurren zu hören war. Dort sah er den Umriss des Hundes, den jemand aus dem Verlies geholt und hier oben angekettet hatte.

Ihm wurde unwohl: *Wenn der Hund hier oben ist, werden auch die **Jakkas** frei herumlaufen. Lauern auch Chlora und*

Theara irgendwo? Freundlich empfangen werden sie mich je-denfalls nicht! Die Riesen wären für ihn aber nur dann eine Gefahr, wenn sie sich bedroht fühlten. Bei hohem Adrenalinausstoß konnte man sie noch nicht gut kontrollieren. Das war auch der Grund, warum er die Forschung an dieser Art schon einmal aufgeben wollte. Allerdings würden diese großen Wesen sich besonders für schwere Arbeit und notfalls auch als Krieger eignen. Nun bestand aber auch die Gefahr, dass sie sich vielleicht unkontrolliert vermehrten, sollte ihnen die Flucht von hier noch gelungen sein. Er wollte auch gar nicht daran denken, dass sich diese Wesen später vielleicht mit Menschen kreuzen könnten. Das würde ein noch größeres Chaos anrichten. Darum wollte er sich aber erst später kümmern. Jetzt gab es andere Prioritäten.

Ein Griff in die Taschen seiner Jacke machte Ohlak klar, dass er nichts bei sich hatte, das als Waffe taugte. Deshalb ging er erst noch mal zum Flugboot zurück, wo Shorak wartete. Mit einem kleinen Laserschneider bewaffnet, konnte er zwar keine großen Gegner töten, aber zumindest eine Weile abwehren.

Viel interessanter war für ihn, wo sich Chlora und Theara herumtrieben. Er musste sich nun entscheiden, ob er mit Shorak gemeinsam das Anwesen durchsuchen oder ihn lieber als Wache am Flugboot lassen sollte. Es hatte keine besondere Diebstahlsicherung. Ohlak entschied deshalb, dass Shorak den Bordspeicher mitnehmen sollte, der in die Hosentasche passte. Ohne dieses Teil konnte man nicht einfach wegfliegen.

Danach begaben sich die beiden auf die Suche ins Hauptgebäude. Die Tür zum Haus befand sich im Innenhof und stand offen. Auch dahinter war es unordentlich und Essenreste lagen herum, wovon aber einige noch frisch aussahen.

»Lass uns erstmal unten alles durchsuchen«, befahl Ohlak und sie liefen mit schnellen Schritten durch die Räume in der unteren Ebene. Das zweistöckige Gebäude war unübersichtlich und hatte mehrere Ausgänge. Eigentlich konnte hier jeder vor einem Verfolger weglaufen, ohne in der Falle zu stecken. Das Problem im Haus war das fehlende Licht, denn die Lampen funktionierten nicht mehr, obwohl die Notbeleuchtung in Betrieb sein müsste.

Wie die Lumineszenz-Röhren im Keller, benötigten diese keine zusätzliche Stromquelle. Als Shorak an einer dieser Lampen vorbeikam, leuchtete diese schwach auf, ging aber wieder aus, sobald er sich entfernte.

»Komisches Verhalten«, murmelte er und holte dann für jeden eine Notlampe. Auch die gaben nicht mehr viel Licht ab, aber es war besser als gar nichts.

Im unteren Stockwerk dieses Gebäudes fanden sie niemanden. In den Kammern war es eigentlich ordentlich. Nur in den Gängen und im Aufgang zum Obergeschoss lagen wieder Essenreste und kleine Gegenstände herum.

»Mir kommt es vor, als ob die beiden Frauen in meinem Haus mit den Jakkas gehaust haben, ihnen aber nicht erlaubten, sich in den Wohnräumen aufzuhalten. Irgendwie riecht es auch gar nicht so schlimm wie erwartet. Das bedeutet, die Jakkas haben sich benommen.«

»Du hast von diesem Menschenjungen erzählt, wie hattest du ihn genannt?«

»Nutzlos.«

»Warum dieser Name? Hat er deine Erwartungen nicht erfüllt?«

»Nein, …ich meine Ja. Obwohl die Menschen nicht dazu fähig sind, hatte ich manchmal den Eindruck, er könne meine Gedanken lesen und somit voraussehen, was ich vorhabe. Dann wurde es immer verrückter. Ich bekam plötzlich mit, dass er oft schon wusste, was ich tun würde, noch bevor ich mich selbst entschieden hatte.«

»Dann kann er nicht nur deine Gedanken lesen, sondern vielleicht sogar in eine bestimmte Richtung lenken!«

»Ich glaube kaum, dass das möglich ist. Mit ein wenig Intuition kann er Ärger aus dem Weg gehen und macht mich glaubend, er sei ein loyaler Diener. Außerdem scheint er ausgesprochen selbstbewusst zu sein und das wollte ich bei einer neuen Spezies eigentlich herauszüchten.«

»Ohlak! Weißt du eigentlich, mit was für einem gefährlichen Gegner wir es hier zu tun haben?«

»Jetzt übertreibe nicht! Unseren Geist zu bezwingen, bedarf es anderer Kräfte als einen achtjährigen Menschenjungen.« Shorak sah das anders, wollte ihm aber nicht widersprechen. Ein Kind, das den Geist eines erwachsenen Manujas manipulieren konnte, war nichts, was sie so einfach ignorieren durften. Außerdem war der Junge noch nicht einmal spirituell ausgebildet. Nicht auszudenken, wenn ihm jemand die Handhabung der Meditation zeigte und ihn in die höheren geistigen Ebenen einführen würde. Dieses Kind könnte eine echte Waffe sein und vielleicht würde es hier sogar irgendwo frei herumlaufen. Shorak wusste, dass Ohlak in seinem übertriebenen Selbstbewusstsein manchmal seine eigene Realität schuf. Eine von Ohlaks Schwächen war, dass er die Fähigkeiten anderer meist unterschätzte. Das hatte sie in der Vergangenheit schon manchmal in Schwierigkeiten gebracht.

Als sie das Untergeschoss durchsucht hatten, versuchten sie es gemeinsam in den oberen Räumen. Dort leuchteten einige der Lumineszenz-Röhren noch schwach. Shorak dachte darüber nach, warum die Lampen nicht richtig funktionierten. Wegen des Hochwassers rund um das Anwesen gab es genügend fließendes Wasser. Deshalb war der Anteil geladener Ionen in der Luft hoch genug, um diese Lampen mit Strom zu versorgen. Was könnte hier so viel Energie verbrauchen?

In den Räumen fanden sie auch niemanden. Nur ein Lager, in dem offenbar mehrere Personen geschlafen hatten. Ohlak fiel dann noch auf, dass die Gegenstände in allen Räumen an anderen Stellen standen, als er es in Erinnerung hatte. Warum sollten sich die ungebetenen Gäste die Mühe gemacht haben, alles umzuräumen? Außerdem kam ihm auch sonst so manches verändert vor. Er konnte aber nicht sagen, was es war.

Diese verdammte Dunkelheit kann einen wirklich verwirren!

Shorak fand etwas, das ihn ebenfalls beunruhigte. Eine Kinderhose, ordentlich auf einer Truhe abgelegt. Die wurde offenbar kürzlich provisorisch zusammengenäht. Dabei musste er wieder an den Jungen mit dem idiotischen Namen denken.

Ich muss mich darauf konzentrieren, mich nicht von jemandem manipulieren zu lassen, dachte Shorak und versuchte, seine Furcht zu verdrängen. Einen Moment später spürte er hinter sich eine Wärmequelle. Er sprang herum, weil es sich anfühlte, als sei jemand unmittelbar hinter ihm. Es war nichts zu sehen. Auch als er mit seiner Hand die Luft abtastete, konnte er nichts fühlen. Da war es wieder, direkt hinter ihm. Auf seinem Rücken spürte er deutlich die Wärme.

Ohlak war schon weitergegangen und rief: »Wo bleibst du denn?«

»Komm noch mal zurück!«, worauf Ohlak den Raum betrat und fragte, was los sei.

»Ich spüre hier irgendetwas. Es strahlt Körperwärme ab, aber ich sehe nichts.«

Ohlak lief mit ausgebreiteten Armen langsam durch den Raum. Und tatsächlich, an einer Stelle konnte er für einen kurzen Moment die Wärmequelle und danach einen kleinen Luftzug spüren.

»Das ist verrückt, aber vielleicht spielt uns unser Gehirn nur einen Streich. Lass uns hier verschwinden. Wir suchen jetzt im Haus gegenüber weiter.«

Als sie den Innenhof der Anlage durchquerten, war es schon dunkel. Mond und Sternenhimmel spendeten etwas Licht. Man musste nicht feinfühlig sein, um sie zu spüren, die Totenstille. Selbst die sonst leise rauschenden Lüftungsschächte in den Mauern waren nicht zu hören. Das prüfte Ohlak auch gleich und legte ein Ohr an den nächsten Lüftungsausgang. Der Luftzug war vorhanden. Die Lüftungsmotoren liefen also und trotzdem war nichts zu hören.

»Bin ich taub geworden oder hörst du auch keine Geräusche?«, fragte er Shorak, der sich ebenfalls verwundert umsah.

»Ich höre nur unsere eigenen Stimmen, aber gedämpft, als ob wir ein Stück Stoff vor dem Mund hätten.«

An langen Gräsern im Hof konnte man sehen, dass ein leichter Wind wehte, aber das erwartete Rauschen blieb aus.

»Wir können nicht beide zur gleichen Zeit ein Problem mit dem Gehör haben. Da muss etwas auf unsere Sinne Einfluss nehmen«, spekulierte Shorak und bekam zur Antwort: »Hier geht etwas ganz Eigenartiges vor. Aber wir werden es herausfinden. Los jetzt, folge mir…«

Während die beiden sich auf den Weg ins gegenüberliegende Gebäude machten, fiel Ohlak etwas ein. Sein Großvater hatte ihm als Kind erzählt, dass das Gestein, aus dem die Fundamente dieser Gebäude gebaut wurden, aus einem speziellen Steinbruch stammten. Großvater sprach davon, dass auf dem Steinbruch ein Fluch lag, die Manujas aber vergessen hatten, was der Grund dafür war.

Großmutter hatte immer beschwichtigt und auf Großvater geschimpft, er solle den Kindern nicht unnötig Angst machen. Und außerdem gäbe es so etwas wie Flüche überhaupt nicht. Daraufhin hatte Großvater erklärt, dass das Gestein in den *Bergen der Stille* ungefährlich sei, solange die Natur im Gleichgewicht bliebe. Allerdings war diese Gegend besonders magnetisch. Sollten die Naturkräfte außer Kontrolle geraten, würden die Steine zu schwingen beginnen. Die entstehenden Resonanzen könnten bis zur totalen Zerstörung von Gebäuden führen.

»Stopp!«, rief Ohlak und blieb stehen.

»Was ist?«

»Kann es sein, dass die Mauern dieser Gebäude in Schwingung geraten sind und sich deswegen die Schallwellen nicht richtig ausbreiten können?«

Shorak überlegte einen Moment, bevor er antwortete: »So einfach geht das nicht. Schallwellen können sich zwar gegenseitig auslöschen. Dafür müssten die erzeugten Wellenlängen aber identisch sein, und sich phasenverschoben überlagern. Für so einen Effekt müsste ein System aktiv eingreifen. Ich kann mir nicht vorstellen, dass sich diese Mauern so gezielt in Schwingung versetzen lassen.«

»Wir sollten uns jetzt vielleicht beeilen, bevor unser Flugboot noch Schaden nimmt«, sagte Ohlak und beide betraten das Haus. Die untere Ebene wurde früher für Labore genutzt und heute waren hier hauptsächlich Gegenstände abgestellt.

»Ideale Bedingungen für ein Versteckspiel. Es erschwert die Suche, wenn wir nicht hören, ob jemand durch die Räume schleicht«, sagte Shorak und in seiner Stimme schwang nun auch noch Angst mit.

Sie teilten sich auf und durchsuchten wieder alle Räume. Ohlak kannte eine Stelle, an der er sich als Kind manchmal versteckt hatte. Es gab ein Mauerstück, das sich verschieben ließ, wenn man den Öffnungsmechanismus kannte. Er probierte es aus, fand den Hohlraum dahinter aber leer vor. Die Durchsuchung der Räume im Obergeschoß war ebenfalls erfolglos. Danach blieben nur die Kellerräume übrig und Ohlak stieg mit Shorak den langen Gang zu den Verliesen hinab.

Je tiefer sie kamen, desto besser konnten sie sich wieder hören. Hier schien es den Effekt mit den Interferenzen nicht zu geben. Shorak war kein ängstlicher Typ aber der Weg in die Verliese ließ ihn erschauern. Er wusste zwar von Ohlaks Laborversuchen, aber diesen Bereich des Anwesens hatte er noch nie gesehen. Das machte ihm auch klar, dass er noch längst nicht alle Geheimnisse aus Ohlaks Leben kannte.

Der absteigende Gang führte zu einer Gabelung. Ein Weg führte in das etwas tiefer liegende Verlies, wo Chlora und Theara eingesperrt waren. Sie gingen zuerst dorthin. Schnell konnten sie sehen, dass alles überflutet war. Es gab kein Weiterkommen.

Sie gingen zurück und versuchten es mit dem Gang zu den Laboren. Auch hier versperrte das Wasser den Zugang. Da eine der Lampen unter Wasser noch schwach leuchtete, konnte der Zeitpunkt der Überflutung nur wenige Tage zurückliegen. Die Möglichkeit, dass alle Insassen der Verliese ertrunken waren, zog Ohlak auch in Betracht. In diesem Fall wären die Besucher in seinem Haus vielleicht doch Dorfbewohner gewesen. Für die wahrscheinlichste Variante hielt er allerdings, dass sich alle Insassen der Verliese oben irgendwo herumtrieben oder inzwischen geflohen waren.

Beim Nachdenken stieß Ohlak plötzlich auf eine beunruhigende Idee. Mit großen Schritten lief er zurück nach oben.

»Was ist los?«, wollte Shorak wissen, während er hinterhereilte. Aber dann sah auch er den Grund. Der Weg nach draußen war verschlossen. Fluchend rüttelte Ohlak an dem Tor, das zum Innenhof führte. Es war von der Außenseite verriegelt. Er saß in seiner eigenen Falle. Alle anderen Ausgänge lagen unter Wasser. So gezielt konnten nur die beiden Frauen vorgegangen sein. »Gut, dass wir den Speicher mitgenommen haben. Ohne den können sie nicht verschwinden«, beruhigte sich Ohlak selbst und sah dabei zu, wie Shorak seine Hand in die Hosentasche steckte, um nach dem Speicher zu fassen. Shorak wurde blass und seine Knie knickten ein.

»Sag jetzt nicht, du hast den Speicher im Boot gelassen!«

»Ich bin ganz sicher, dass ich ihn mitgenommen habe. Ich muss ihn verloren haben oder…«

»Oder was?«

»Dieser warme Luftzug oben im Haus. Vielleicht hat ihn mir jemand aus der Tasche gezogen?«

»Ich fasse es nicht! Du hattest eine einzige Aufgabe und genau das ging schief!«

Schnell wurde Ohlak klar, dass sie die Aufregung kein Stück weiterbringen würde. Ein hoher Puls minderte die Konzentrationsfähigkeit und das erschwerte die Lösungsfindung. Ohlak suchte mit den Händen eine bestimmte Stelle in der Mauer neben der Tür und hielt beide Hände dagegen. Auf diesem Stein waren nebeneinander zwei Petroglyphen in Form von gegenläufigen Spiralen eingraviert.

Er legte seine Hände darauf und summte einen tiefen Ton. Bereits nach wenigen Sekunden fiel er in Trance. Dabei veränderten sich auch seine Gesichtszüge. Der Mund bewegte sich abartig, als ob er krampfhaft versuchen würde, Worte zu formen. Shorak kannte das Ritual und vermutete, dass Ohlak nun mit einem seiner befreundeten *Kha* aus dem *Aka* in Kontakt getreten war.

Er erzählte selten etwas davon, worüber er sich mit ihnen austauschte. Fest stand aber, dass er nach solchen Sitzungen meist motivierter und mit vielen neuen Ideen ins normale Leben zurückkehrte.

»*Wie soll ich meine Aufgabe erfüllen, wenn ich von den Gefähr-*
ten um mich herum keine wirkliche Hilfe erhalte?«
»*Jammere nicht, Ohlak. Die anderen sind nicht der Grund für*
dein Versagen. Zu wenig teilst du deine Pläne mit ihnen. Strate-
gie ist kein Spiel für Einzelkämpfer. Du musst dich erinnern, was
wir dir beigebracht haben. Bilde Gruppen Gleichgesinnter. Hier-
für ist eine gemeinsame Philosophie notwendig. Ihr müsst eine
verschworene Gemeinschaft werden. Das muss wachsen und sich
entwickeln können. Deine Aufgabe ist es, einen Bund zu gründen,
der allen Mitgliedern einen neuen Lebenssinn vermittelt. Erfolg-
reich werdet ihr sein, wenn die gesellschaftlichen Strömungen
euren Idealen folgen. Die Mentoren der Menschenfreunde sind
schwach. Sie werden aber irgendwann auch versuchen, Geheim-
bünde zu gründen, um unsere Pläne zu durchkreuzen. Wir wer-
den mit dir und deinen Gefolgsleuten verhindern, dass sich Wis-
sen und Macht in diesem Teil des Kosmos ungehemmt verbreiten.
Deine eigene Macht hängt also davon ab, wie stark dein Bund
Einfluss auf das Volk nimmt. Du sollst deren Anführer werden
und wir zeigen dir den Weg.«
»*Nun brauche ich erstmal Hilfe dabei, hier wegzukommen.*
Ich muss verhindern, dass Chlora und Theara das Anwesen ver-
lassen. Mein Gefährte taugt nicht mal für einfache Aufgaben. Ich
bin ein geplagter Führer.«
»*Du hast immer noch nicht erkannt, was du wirklich brauchst.*
Zum einen benötigt ihr beide Hilfe. Zum anderen musst du dei-
nem Gefährten zuhören und ihn an der Sache teilhaben lassen.
Gib ihm das Gefühl, Teil deiner Ideen zu sein. Wenn er dir nur
erzählt, was du hören willst, belügst du dich selbst. In diesem
Fall wirst du ihn irgendwann verlieren. In eurer aktuellen Lage
können wir euch kaum helfen. Nutze einfach euer gemeinsames
Potential. Wir spüren hier den Klang der Steine um euch herum.
Nutzt ihn. Die Kraft dahinter ist gewaltig. Wir müssen uns jetzt
verabschieden, denn die Schwingungen in eurer Umgebung ma-
chen die Verbindung schwierig.«

Die Sitzung war beendet und Ohlaks Gesicht entkrampfte sich
wieder. Er brauchte noch einen Augenblick zum Nachdenken.

Was meinte er mit den Schwingungen? Vielleicht verursacht die aktuelle Naturkatastrophe eine Störung der Energielinien, die diesem Ort die Kraft verleihen, dachte Ohlak. Er hatte wieder nicht danach gefragt, warum sein Mentor immer vom WIR sprach. Vor einiger Zeit hatte er diese Frage schon mal gestellt, aber nur eine ausweichende Antwort erhalten. Es klang so, als vereine OhlakKha mehrere Wesen in sich und sprach deshalb von sich selbst im Plural.

»OhlakKha kann uns nicht helfen, hier rauszukommen. Wir sollen unsere Kräfte bündeln«, erklärte Ohlak. Wie Shorak vermutete, hatte sich Ohlaks Stimmung schnell verbessert, was darauf schließen ließ, dass er eine Lösung gefunden hatte.

Beide konnten Telekinese in beschränktem Umfang praktizieren. Diese Fähigkeit war für den Alltag allerdings kaum zu gebrauchen, weswegen sie auch keine Übung darin hatten. Gegenstände, Lebewesen oder Flüssigkeiten in Gefäßen und sogar in lebenden Körpern ließen sich mit der Kraft der Gedanken bewegen und auch deren molekulare Struktur konnte man verändern. Um einen Körper im Raum bewegen zu können, bedurfte es eines Kraftfeldes, das aber nicht direkt vom Gehirn erzeugt werden konnte. Diese Kraftfelder waren in der Natur bereits allgegenwärtig. Man musste deren Feldlinien nur ausrichten können, um den gewünschten Effekt zu erzielen. Die Fähigkeit dazu war auch bei den Manujas nur selten entwickelt. Allerdings kann eine Gruppe ihre Kräfte bündeln und somit erstaunliche Wirkung erzielen. Ohlak wusste, dass die Manujas in früheren Zeiten große Lasten nur mit Hilfe ihrer Gedanken transportieren konnten. Shorak hatte hierrüber auch Grundkenntnisse. Um aus der misslichen Lage herauszukommen, mussten sie diese nun nutzen.

Zunächst nahmen die beiden eine bequeme Position auf den Knien ein. Ihre Hände berührten das massive, mit Metallbeschlägen verstärkte Tor. Dann begannen sie sich selbst in eine leichte Hypnose zu versetzen. Der dabei entstandene geistige Zustand unterschied sich von einem normalen Trancezustand. Es musste eine viel weitreichendere Kopplung der beteiligten Gehirne hergestellt werden. Das gelang nur medial hochgradig begabten

Manujas. Wenn es dann aber funktionierte, konnten sie bei vollem Bewusstsein die Kraftlinien bündeln, die jeden Gegenstand umgaben. Die Idee war, den auf der Außenseite des Tors angebrachten schweren Riegel aus seiner Schließposition zu schieben.

Die beiden merkten schnell, dass sie es nicht gewöhnt waren, sich mental aufeinander einzustellen. Das zu üben, dauerte eine Weile.

Δ

»Mir wird jetzt wirklich kalt. Das Klappern meiner Zähne könnte uns verraten«, flüsterte Chlora. »Die schwere Tür im Hof wurde schon vor einiger Zeit zugeschlagen. Meinst du, Ohlak sucht uns immer noch in den Verliesen?«

»Weiß nicht. Die müssen inzwischen ja gemerkt haben, dass dort alles unter Wasser steht.«

»Aber wo ist der Junge?«

Kaum ausgesprochen, hörten sie sein Rufen aus dem Innenhof. Beide rutschten auf dem Bauch an den Rand des leicht geneigten Daches und schauten vorsichtig über die Dachkante.

»Kannst du etwas sehen?«

»Nein.«

Ein paar Sekunden später hatten sich ihre Augen an die Dunkelheit im Hof gewöhnt. Der Junge stand im Hof und winkte mit beiden Armen. Er musste sich also sicher fühlen. Theara sprach dann mit gedämpfter Stimme nach unten: »Wo sind die anderen hin?«

»Die Männer sind hinuntergegangen und ich habe die Tür verschlossen. Ihr müsst euch beeilen. Ich kann ihre Sinne nicht mehr lange täuschen!«

»Was meint er damit?«, fragte Theara und sah Chlora an, die mit ihrer Mimik klarmachte, dass sie darauf keine Antwort kannte. Chlora war hier wieder die Entschlossenere und zeigte mit ihrem Kopf an, dass sie jetzt nach unten klettern sollten.

»Irgendwann werden die sowieso auf die Idee kommen, auf dem Dach nachzusehen«, flüsterte Chlora und fing an, in

Richtung Außenfassade bis zur Dachkante zu rutschen. Die Neigung erlaubte gerade noch einen sicheren Halt. An der Kante mussten sie erstmal einen Ranken finden, der stark genug war, um daran herunterzuklettern.

»Wie sind wir bloß hier hoch gekommen?«

»Ich denke, es war weiter drüben. Da gibt es einen stärkeren Ast unter dem Dachüberstand.«

Die Suche nach einer Abstiegsmöglichkeit ließ bei Theara Panik aufkommen. Sie hatte schon immer Angst vor der Höhe. Nun erinnerte sie sich an eine Begebenheit, wo sie als Kind mit einem Jungen auf einen Baum geklettert war. Es war eine Wette, wer höher käme. Das hatte sie dann bald bereut, denn der Weg nach oben war leicht und sie gewann die Wette, nachdem sich der Junge auf einen zu dünnen Ast gewagt hatte. Der bog sich zu stark und brach. Bei der Überlegung, wie sie allein vom Baum herunterkommen sollte, war sie in eine Art Starre gefallen. Der Körper war in diesem Moment unfähig, etwas anderes zu tun, als ihre Arme um den Stamm zu klammern. Der Gedanke an diese Begebenheit schien nun denselben Effekt zu verursachen. Damals war der Junge mit verstauchtem Fuß zu seinem Vater gehumpelt, der sie dann schließlich vom Baum herunterholte. Theara hatte später noch oft daran gedacht und sich geärgert, nicht selbst den Mut aufgebracht zu haben. Vielleicht hätte sie gerade diese Erfahrung nun gebraucht.

»Hier ist die Stelle«, flüsterte Chlora, die dann auch gleich geschickt hinter der Dachkante verschwand. Theara rutschte dorthin und versuchte erstmal, mit den Händen den Ast zu ertasten.

»Was machst du denn?«, rief Chlora von unten, als sie sah, wie ungeschickt sich ihre Freundin anstellte.

»Ich schaffe das nicht!«

»Schiebe zuerst deine Beine über den Rand. Den rechten Fuß kannst du auf den Ast stellen. Mit der linken Hand fasst du nach unten. Dort gibt es genug Holz zum Festhalten.«

Theara lag nun mit ihrem Oberkörper auf dem Dach und hatte den rechten Fuß bereits auf dem Ast abgestellt. Sie dachte über den nächsten Schritt nach. Wenn sie nun eine Hand unter die

Dachkante führen würde, verlagerte sich der Schwerpunkt immer weiter zur Außenkante hin. Allein dieser Gedanke verursachte eine Blockade. Es war nicht mehr weit bis zur Situation aus ihrer Kindheit. Die Starre würde einsetzen und ihr Körper wäre auf der Stelle festgeklebt. Sie spürte schon, wie sich ihre Arme zu verkrampfen begannen. Danach wäre ans Klettern nicht mehr zu denken.

Von unten versuchte Chlora verzweifelt, Ratschläge zu geben. Sie ahnte aber nun schon, dass es das nicht besser machen würde. Es blieb ihr nichts anderes übrig, als wieder nach oben zu klettern und Thearas Gliedmaßen zu führen. Das sollte ihr Sicherheit geben und die Verkrampfung lösen. Sie schafften es schließlich, nacheinander die 18 *Meh* hohe Wand hinunterzusteigen. Unten angekommen, liefen sie zu Bodhana. Der stand immer noch im Innenhof und starrte auf die Tür zu den Verliesen. Der angekettete Hund knurrte ab und zu, während er ebenfalls die Tür anvisierte.

»Lasst uns sofort zum Flugboot laufen«, sagte Chlora, aber Bodhana bewegte sich kein Stück. Theara hockte sich vor ihn hin, umfasste seine Handgelenke und fragte: »Was ist mit dir? Wir müssen weg von hier!«

Er drehte seinen Kopf zu ihr und sagte sehr langsam, als sei er hochkonzentriert: »Geht voraus. Ich muss ihre Blicke zerstreuen.«

Ohne zu wissen, wie er es anstellte, ahnte Theara, dass er seine Kräfte dafür nutzte, ihre beiden Verfolger hinter der Tür aufzuhalten. Dann entschied Chlora: »Also gut, wir holen das Flugboot und holen dich hier ab.«

Theara war schon vorausgegangen und fand schnell die Stelle, wo die beiden Männer vor weniger als zwei Stunden gelandet waren. Das Glasdach des Cockpits war aufgeklappt. Als sie hineinkletterten, schaltete sich die Cockpitbeleuchtung ein. Eine Warnmeldung leuchtete auf: »Kein Speicherbaustein eingelegt«.

Chlora begriff sofort: »Ich habe mir schon gedacht, dass sie es uns nicht einfach machen und das Fluchtfahrzeug bereitstellen würden.«

»Eine Idee, was wir tun können?«

»Ohne Speicherkristall ist die Steuerung nur schwer möglich. Jedes Modul müsste manuell bedient werden. Ich kann so nicht fliegen.«

»Wir sind zu zweit. Wenigstens versuchen müssen wir es.«

»Ich weiß nicht mal, was man zuerst einschalten muss…«

In der Zwischenzeit hatten Ohlak und Shorak die Telekinese so weit trainiert, dass sie den Holzriegel zum Wackeln brachten. Nun mussten sie es nur noch schaffen, ihre Kraft gleichzeitig in eine Richtung zu lenken. Es gelang ihnen dann auch, den Riegel etwas zu bewegen, aber er schlug nur hart gegen den Torrahmen. Es war also die falsche Richtung. Ein weiterer Versuch und dann noch einer und der Riegel fiel auf einer Seite auf den Boden. Mit ein paar schwingenden Bewegungen gegen das Tor, sprang es dann schließlich auf. Sie hatten sich befreit.

Ohlak nahm sofort den Laser-Schneider in die Hand und lief los. Die Bewölkung hatte nachgelassen, so dass vom Mond ein wenig Licht ausging. Beim Rennen über den Hof bemerkte Shorak einen Gegenstand an seinen Knöchel schlagen. Er fasste an diese Stelle und stieß einen Glücksschrei aus.

Ohlak blieb stehen uns drehte sich um:»Was ist?«

»Ich kann Entwarnung geben. Der Speicher ist da. Er war in mein Hosenfutter gerutscht.«

»Du bist so ein Trottel. Hast du das nicht früher gemerkt? Diese Aufregung hat mich sicher ein paar Lebensjahre gekostet. Jetzt gib mir das Ding.«

Dennoch gingen die beiden weiter in Richtung Flugboot, wenn auch wesentlich entspannter. Vier Augen beobachteten sie dabei aus dem Dunkeln. Zwei davon gehörten Bodhana, der sich hinter dem schmalen Energieturm in der Mitte des Innenhofs versteckte und auf die Frauen wartete, wie ihm aufgetragen wurde. Die Anstrengung der letzten Stunde hinterließ nun ihre Spur bei dem Jungen. Er fühlte sich plötzlich müde und fing vor Kälte an zu zittern. Es war schon fast Winter und die Temperatur fiel nun nachts schon unter elf *Bur*. Obwohl der Innenhof etwas Schutz vor dem Wind bot, blies er gleichmäßig gegen seine schweißnassen Sachen. Was sollte er nur tun? Der Instinkt riet ihm, den beiden zu folgen, allerdings würden ihn Chlora und Theara dann nicht finden.

Die Frauen hatten ihm erzählt, dass Kinder wie er normalerweise eine Familie hatten, die ihnen die wichtigsten Dinge fürs Leben beibrachte. Er, Bodhana, hatte bis zu diesem Zeitpunkt alles von einem kalten Stein und den Gefährten gelernt, mit denen er seine kleine dunkle Welt teilte.

Nun wusste er auch, wie sich lebendige Mütter anfühlten, die ihn mit warmen Händen über seinen Kopf streichelten und da waren, wenn er einschlief oder aufwachte. Sie hatten ihm Sachen zum Anziehen genäht, die viel weicher waren als die kratzende Sisalhose. Chlora hatte zu ihm gesagt, sie sei nun immer für ihn da. Er wusste, dass seine neuen Mütter von hier wegwollten, in eine Welt, die er nur von ihren Gedanken kannte, wenn er sich in ihre Köpfe hineinwünschte. Sie hatten auch erzählt, dass sie früher auch die Fähigkeit hatten, sich über Gedanken auszutauschen.

Aus der Ferne hörte er plötzlich einen Schrei von Theara. Das Herz des Jungen erstarrte. Die Vorstellung, dass ihr etwas passiert sein könnte, machte Bodhana sofort wieder hellwach und er rannte aus dem Innenhof, um dem Schrei zu folgen.

Ein paar Augenblicke zuvor gab es rund um das Flugboot eine chaotische Szene. Ohlak traf vor Shorak dort ein. Die vier Motoren hatten gerade begonnen, die Propeller anzutreiben. Chlora schaffte es, sich die wichtigsten Handgriffe für das Abheben einzuprägen. Einmal in der Luft, so dachte sie, wären sie erstmal aus der Reichweite und müssten nur noch überlegen, wie sie Bodhana abholen würden. Theara konnte gerade noch das Dach des Cockpits schließen. Ein um die Cockpitverriegelung gewickelter Stoffgürtel sollte das Öffnen von draußen verhindern.

Schon rüttelte Ohlak an dem Verschluss und versuchte, die Kuppel zu öffnen. Er brüllte etwas Unverständliches. Der von den Turbinenblättern erzeugte Lärm war zu groß. In der Zwischenzeit versuchte auch Shorak, die Kuppel zu öffnen. Der Stoffgürtel würde dem nicht lange standhalten.

»Jetzt sollte uns langsam etwas einfallen!«, sagte Theara aber in dem Moment hob das Flugboot ab. Es hielt sich erstaunlich ruhig in der Luft, obwohl Shorak mit einem Arm daran hängen blieb. Theara sah, dass er sich mit seinem linken Ärmel am Verschluss verfangen hatte. Der Ärmel fing nun an einzureißen. »Halt!«, schrie Theara. »Wir müssen wieder runter, sonst stürzt er ab.« Auch Chlora wollte nicht, dass jemand zu Tode kam. Sie drosselte die Energiezufuhr und Sekunden später setzte das Flugboot wieder auf.

Deprimiert sagte sie: »Ich glaube, ohne den Speicherstein wäre es sowieso nicht gut gegangen.«

Shorak machte seinen zerfetzten Ärmel los und dankte den beiden Frauen, indem er ihnen erleichtert zunickte. Kaum war das Cockpit offen, sprang Ohlak hinein: »Es tut mir leid, dass wir nicht früher kommen konnten. Ich hatte keine Ahnung, dass ihr hier in Gefahr sein würdet. Euch sollte nichts geschehen.«

»Natürlich, du brauchst uns für deine perversen Experimente mit den *Jakkas*«, rief Chlora, um den Rotorenlärm zu übertönen. »Wie wolltest du uns dazu bringen, bei deinem Plan mitzumachen?«

»Ich verstehe eure Aufregung nicht. Ihr könntet bei mir ein exzellentes Leben führen. In Basileia wart ihr immer nur brillante Wissenschaftlerinnen, aber ohne eigene Verantwortung. Ihr habt doch gar nicht die Würdigung erhalten, die euch zusteht. Bei mir könntet ihr endlich auch Zugang zum geheimen Wissen bekommen und eure Forschung vorantreiben. Meine Pläne sind von allerhöchster Stelle abgesegnet.«

»Wenn du es Würdigung nennst, jemanden zu entführen und von der Außenwelt zu isolieren, dann muss mit deiner Wahrnehmungsfähigkeit etwas nicht stimmen.«

»Das ließ sich leider gar nicht anders machen. Ihr zwei wart zufällig und unwissentlich wichtige Zeugen eines ungeheuerlichen Verbrechens. Die Entführung war zu eurem Schutz geschehen. Auch die vorläufige Beeinträchtigung eurer telepathischen Kommunikation diente nur dazu, euch vor dem Zugriff dieser verbrecherischen Mächte zu schützen. Leider sind in den letzten Wochen eine Reihe Naturkatastrophen aufgetreten, die es mir nicht möglich machten, euch früher aus der misslichen Lage zu befreien.«

»Du hast das Talent, deine eigenen Verbrechen als Heldentaten darzustellen...«

Während dieser Diskussion hatte Shorak das Flugboot zum Abflug vorbereitet. Chlora verhinderte das Schließen des Cockpitdachs mit ihrem Körper und sagte:»Wir fliegen nicht ohne den Jungen!«

Ohlak spürte, dass sich hier noch ein Problem auftun könnte und versuchte zu beschwichtigen:»Den holen wir später. Wir können nur vier Personen transportieren.«

»Der Junge ist völlig verunsichert und wird hier allein nicht überleben, er muss mit!«

In östlicher Richtung konnte man die Suchscheinwerfer eines sich nähernden Flugbootes sehen. Offenbar suchten sie nach einer geeigneten Landestelle. Eine Konfrontation mit der Mannschaft eines anderen Fluggerätes wollte Ohlak unbedingt vermeiden. Einem wesentlich größeren Flugboot könnten sie nicht viel entgegensetzen. Ohlak rief:»Wir starten jetzt sofort!«

In der Zwischenzeit war Bodhana doch aus dem Innenhof herausgeschlichen. Er hatte dadurch beobachten können, dass den beiden Frauen fast die Flucht gelungen wäre. Nun saßen die vier Manujas in der Kuppel und die Motoren heulten wieder auf. Ihn überkam die Angst, dass sie ihn hier zurücklassen würden und er fing an zu rennen. Als das Flugboot abhob, stand das Dach des Cockpits immer noch offen. Bodhana hörte Chlora seinen Namen rufen. Er klammerte sich daraufhin an eine der Landekufen. Nun hatte er keinen Boden mehr unter den Füßen und sie stiegen immer höher, während ihm der Wind der Rotoren fast den Atem nahm. Chlora und Theara versuchten, den Jungen ins Innere zu ziehen, aber Ohlak versperrte ihnen den Weg. Wegen des Gerangels schwankte alles hin und her, wobei die Rotoren versuchten, das Fluggerät waagerecht zu halten.

Ohlak verlor die Geduld, stieg mit einem Fuß aus dem Cockpit und trat mit aller Kraft auf die Hände des Jungen. Ob der Lärm der Rotoren es übertönte oder Bodhana keinen Schmerzensschrei ausstieß, war nicht mehr auszumachen. Gegen die körperliche

Gewalt eines erwachsenen Manujas konnte der Junge nichts ausrichten. Der Schmerz gewann und ließ ihn die Umklammerung
lösen. Er fiel wie ein Stein. Von oben sah Chlora seine winzigen
Kinderhände immer wieder in die Luft greifen, als gäbe es noch
eine Chance, etwas von dem kurzen neuen Leben zurückzuholen.
In seinen letzten Gedanken war er nochmal in einer fantastischen
Welt, die ihm seine beiden Ersatzmütter beschrieben hatten.
Geschockt von Ohlaks Grausamkeit konnte sich Chlora nicht
von dem Anblick der großen Kinderaugen abwenden. Sie hatten
sein Vertrauen gewonnen, nachdem sie immer wieder versprochen hatten, für ihn zu sorgen. Nun würde er keine Chance mehr
haben, diese schöne Welt mit seinen Augen zu sehen. Sie hatten
es versprochen...

Bis auf Bharu, der sich auf die Steuerung der ETANA konzentrierte, hatten alle eine Stelle im Blick, wo die Bodenschein-
werfer eines Flugbootes wild umhertaumelten. Zuerst dachten
sie, es würde jemand Lichtsignale geben. Als sie näher kamen,
meinte Rhia:»Das muss Ohlaks Flugboot sein. Und irgendwas
stimmt nicht damit.«
Sie konnten erkennen, dass die Kuppel offenstand und sich
mehrere Personen bewegten. Es war zu dunkel, um Gesichter zu
erkennen. Eine Person stand außen auf einer Landekufe. Rhia rief
dann zu den anderen:»Seht doch, da hängt noch jemand unten
dran und... es scheint einen Kampf zu geben. Wer da auch immer
dranhängt, ist sehr klein oder... ich fasse es nicht, ...das ist ein
Kind. Es hält sich mit den Händen fest!«
Fassungslos mussten sie mit ansehen, wie dieses Kind plötzlich abstürzte. Jeder wusste, dass niemand einen Sturz aus dieser
Höhe überleben konnte. Nun musste die Besatzung blitzschnell
entscheiden, ob sie Ohlak verfolgen oder erstmal das tote Kind
bergen sollten. Rhia und Bharu waren sich schnell einig, dass sie
für das Kind erstmal nichts mehr tun konnten. Deshalb war die
Verfolgung von Ohlak und somit die Rettung der beiden entführten Frauen sinnvoller. Die Bergung des toten Körpers wollten sie
später nachholen.

Die Kollisionssensoren der ETANA hatten schon seit einer Weile Alarm gegeben, aber nun schaltete sich der Autopilot automatisch ein und verhinderte eine weitere Annäherung. Es blieb ihnen nichts anderes übrig, als mit Abstand hinterherzufliegen, nachdem das kleine Flugboot nach Osten abdrehte.

Shorak steuerte zunächst in Richtung Basileia, um ihr eigentliches Ziel *Roanalua* zu verschleiern. Worüber sich Ohlak und Shorak telepathisch unterhielten, bekamen Chlora und Theara nicht mit. Die beiden saßen angeschnallt auf ihren Sitzen und beobachteten durch die transparente Kuppel, wie ihnen das größere Flugboot folgte.

»Hast du eine Idee, wie wir die anderen abschütteln können?«, fragte Shorak.

»Es gibt eine Möglichkeit. Allerdings besteht das Risiko, dass wir dadurch die ETANA zerstören. Eigentlich hätte ich das geniale Flugboot gern später noch für mich genutzt. Es hilft nichts. Ändere den Kurs und fliege diesen Punkt hier an.« Dabei markierte Ohlak einen Ort auf dem Bildschirm, der in den Bergen lag.

»Ist das der Magnetberg, wo sich auch der Steinbruch befindet, von dem dein Großvater erzählt hatte?«

»Ja. Wir kommen mit unseren einfachen Antrieben dort gut zurecht, aber die ETANA hat einen Gravitationswellengenerator und der ist magnetisch freischwebend gelagert. Die ETANA wird das Gebiet automatisch meiden und jeder Pilot weiß, dass man dort auch mit manueller Steuerung Probleme bekommt.«

»Sie ändern den Kurs«, rief Bharu und Rhia versuchte gleich, mögliche Ziele auszumachen. »Sie steuern vielleicht das zentrale Tal in den *Bergen der Stille* an.«

»Das habe ich befürchtet. In diesem Gebiet befindet sich eine der ältesten Gesteinsformationen. Die Planetenkruste ist dort Milliarden Jahre nicht durch Plattentektonik eingeschmolzen worden. Das verursacht den starken Magnetismus, der noch aus der Frühzeit der Planetenentstehung stammt. Das Gestein ist hundertfach magnetischer als anderswo. Für den Antrieb der

ETANA ist das gefährlich. Wir müssen verhindern, dass sie uns dorthin entwischen.«

Shorak beschleunigte auf Maximalgeschwindigkeit. Lange würde das nicht funktionieren, aber viel bessere Optionen gab es im Moment sowieso nicht. Theara und Chlora unterhielten sich flüsternd. Sie merkten, dass die beiden anderen nur mit der Flucht beschäftigt waren.

»Was meinst du, wer in dem großen Flugboot sitzt? Der Größe nach zu urteilen, könnte es die ETANA oder ein Schwesterschiff sein.«

»Denkst du, es könnte wahr sein, was Ohlak sagte?«

»Du meinst, dass wir in Gefahr sind, weil wir Zeugen irgendeines Verbrechens gewesen seien?«

»Ja.«

»Weiß nicht, aber ich bin vielleicht auch nicht objektiv. Ich war mal in Ohlak verliebt und vielleicht hat das immer noch Einfluss auf mein Urteilsvermögen«, offenbarte Theara und erklärte weiter: »Mein Verstand sagt, dass er lügt, aber mein Bauchgefühl neigt dazu, ihm zu glauben.«

»Das sind eindeutige Zeichen dafür, dass Hormone die logischen Abläufe in deinem Gehirn beeinträchtigen.«

»Wieso wird der Abstand größer?«, fragte Rhia. Chira, der sich mit Thim schon den ganzen Flug über um den Antrieb gekümmert hatte, antwortete: »Wir haben nur 60 Prozent Leistung. Wenn wir höher gehen, wird eine Notlandung eingeleitet.«

»Wenn wir sie jetzt verlieren, haben wir keine Chance mehr, die Frauen zu befreien«, flehte Rhia ihre Freunde an und Chira wollte von Bharu wissen, welche Möglichkeiten es für eine Kaperung in der Luft gäbe.

»Darüber wollte ich gerade mit euch sprechen. Wir können die Ladeluke an der Unterseite öffnen. Dann lässt sich das Flugboot von oben mit den Greifern packen. Zuvor müssten wir mit Rhias Fernsteuerung Ohlaks Fluggerät in den Notfallmodus schalten. Nur dann können wir uns so weit annähern, dass es sich kapern lässt.«

»Können die anderen das verhindern?«

»Die haben ihr Transpondersignal ausgeschaltet, damit sie nicht von der Luftüberwachung gesehen werden. Dadurch sind sie auf manuelle Steuerung angewiesen und das ist die Voraussetzung für unseren Trick mit Rhias Fernsteuerungssender.«

»Der Abstand wird immer größer. Ich kann sie mit den Augen kaum noch erkennen. Wir müssen schneller fliegen. Das Risiko sollten wir eingehen.«

Bharu erhöhte die Leistung langsam auf 70 Prozent. Damit wurde der Abstand zwar nicht mehr größer, aber auch nicht kleiner. Alle schauten gebannt auf die Anzeigen und erwarteten irgendwelche Alarmmeldungen. Nun beschleunigte Bharu doch noch etwas und murmelte leise vor sich hin: »Hoffentlich ist es das Risiko wert.«

Sie holten auf. Fünf Minuten später sahen sie, wie Ohlaks Flugboot an Höhe verlor und sich einer Schlucht zwischen zwei Hügelketten näherte.

Chira rief: »Hier wird eine Warnung angezeigt. Wir nähern uns der Magnetanomalie. Es wird ein Ausweichmanöver angekündigt, sollten wir den Kurs nicht ändern.«

»Was sagt denn das Archiv dazu?«

»Thim und Rhia schauten nach und fanden schnell die Bestätigung dafür, was Bharu gerade erklärt hatte. Die Anomalie in den *Bergen der Stille* würde ihnen gefährlich werden und Fluggeräte sollten diesen Ort unbedingt meiden. Die Schwerkraftgeneratoren seien empfindlich gegenüber starken Magnetfeldern.

»Wir müssen sie jetzt auf der Stelle einfangen!«, schrie Rhia, während die Alarmmeldungen immer eindringlicher aufleuchteten.

Bharu beschleunigte noch einmal und als die akustische Warnung zu laut wurde, schaltete er sie genervt ab. Das kleine Flugboot war nun fast eingeholt. Es flog immer niedriger, um die Verfolgung in der schmaler werdenden Schlucht zu erschweren.

Nun kam auch noch eine Kollisionswarnung, die Bharu dann abstellte, bevor er zu Rhia sagte: »Jetzt musst du deinen Fernsteuerungssender aktivieren und das kleine Flugboot in den Notfallmodus versetzen.«

Es erschien wir ein Wunder, dass bis zu diesem Zeitpunkt noch nicht mehr schiefgegangen war. All diese Flugmanöver hatte die Besatzung niemals geübt. Unfälle konnte man nur mit viel Training und automatischen Flugassistenten verhindern. Ersteres hatte nicht stattgefunden und die Assistenten waren inzwischen fast alle abgeschaltet. Die nächsten Manöver würden das Glück noch einmal richtig herausfordern.

Rhia hatte sich inzwischen mit dem Sender für die Fernsteuerung beschäftigt und festgestellt, dass es der Pilot im vorausfliegenden Fluggerät unterlassen hatte, sich selbst als Pilot zu authentifizieren. Rhia vermutete, dass sie das Speichermodul zeitweise entfernt und in der Hektik des Abflugs keine Zeit mehr für diese wichtige Anmeldeprozedur hatten.

»Wir haben Glück«, erklärte sie den anderen. »Die haben doch tatsächlich versäumt, sich selbst für den Flug zu autorisieren. Damit können wir nicht nur den Notfallmodus einschalten, sondern ihr Boot sogar fernsteuern.«

Thim wusste genau, was sie vorhatte und assistierte ihr. Theoretisch war alles klar, praktisch hatten es beide aber noch nie gemacht. Rhia setzte sich an das Steuerpult des Copiloten und Thim übernahm die Navigation des zu kapernden Bootes. Bharu musste nun die Flugmanöver der ETANA so anpassen, dass sie den Anweisungen von Rhia nicht widersprachen.

»Warnung! Magnetfeldsynchronisierung ist gestört, Notbetrieb wird eingeleitet«, ertönte die Stimme des Bordcomputers.

Bharu stoppte die vom Autopiloten vorgenommene Selbstschutzprozedur. Dafür musste er noch einmal mehrere Warnungen ignorieren. Inzwischen blinkten schon fast alle Bildschirme wild. Dann fiel Chira auf dem Hauptbildschirm etwas auf. Die üblichen Anzeigen und Textinformationen wurden von einem helleren Fenster überdeckt. In der Mitte war ein ihnen inzwischen allen bekanntes Blumen-Symbol zu sehen. Immer oben beginnend und dann rechts im Kreis herum, leuchteten nacheinander verschiedene Zeichen rot auf. Es schien ein Code zu sein.

»Sieht aus wie Buchstaben aus dem Alphabet des *Tharal*«, erklärte Rhia, während Bharu damit beschäftigt war, den Flug zu stabilisieren.

Ein Teil der Zeichenfolge auf dem Cockpit-Bildschirm

Chiras fotographisches Gedächtnis war ausgezeichnet, weshalb ihm eine der Zeichenfolgen bekannt vorkam. Wie alle anderen wurde sie regelmäßig wiederholt. Chira schaute sich im Cockpit um und fand die gleichen Zeichen in den Schmuckelementen der Innenwände. Es war das Logo des Flugbootes mit den geschriebenen Buchstaben ETANA.

Chira war begeistert:»Es ist wirklich die Schriftsprache *Tharal* und es heißt, sie werde von den *Wächtern des Wissens* verwendet und von Eingeweihten jenseits des zweiundzwanzigsten Grades. Leider erkenne ich im Moment nur dieses eine Wort. Man muss es im Kreis rechtsherum lesen:

Logo der ETANA, geschrieben in Tharal

Bharu rief verzweifelt:»Wir können uns jetzt nicht damit beschäftigen. Ich versuche uns in der Luft zu halten, … das heißt, ich brauche hier scheinbar gar nichts mehr zu tun. Irgendjemand hat die Steuerung übernommen.«

Nun konzentrierte sich Chira auf den Rest der geschriebenen Botschaft. Es handelte sich um den Hinweis, dass die ETANA aus Sicherheitsgründen in den Notbetrieb geschaltet wurde. Die Steuerung sei deshalb vom Bordcomputer übernommen worden.

Ohne etwas tun zu können, schwebten sie bewegungslos einhundert *Meh* über dem Boden. Schon kurz danach wurden die Warnmeldungen weniger.

»So ein Mist, jetzt entwischen sie uns«, fluchte Bharu und lehnte sich im Pilotensitz zurück. Der vierbeinige Passagier stand plötzlich vor dem Schaltpult des Cockpits und schien einem Geräusch zu lauschen oder auf einen Punkt zu starren. Arons Schwanz war zwischen die Hinterbeine gezogen, was seine Anspannung ausdrückte. Zwischendurch knurrte er und jedem war klar, dass ihm hier irgendetwas nicht passte. Rhias Gesicht wurde blass und sie sagte: »Der Hund spürt vielleicht dasselbe wie ich. Wir sind hier nicht allein. Ich kann eine Aura fühlen, weiß aber nicht, was für ein Wesen es ist.«

»Was ist mit der Fernsteuerung. Kannst du das andere Flugboot noch erreichen?«

»Das Signal ist nicht mehr da. Wir haben sie verloren. Ich werde das Gefühl nicht los, dass Ohlak bei seiner Flucht Hilfe hatte. So viele Probleme auf einmal können nicht normal sein.«

Thim schlug dann vor: »Wenn wir herausfinden wollen, wohin Ohlak fliegt, sollten wir uns mal nach seinem Bekanntenkreis in dieser Gegend erkundigen. Die nächstliegende Stadt ist *Roanalua*.«

Aron bellte und schaute Rhia an. Wer weiß, was er ihr damit sagen wollte. Für die Mannschaft war die Situation frustrierend. Gegen Ohlak hatten sie bis jetzt nichts in der Hand. Es würde schwerfallen, ihm die Entführung nachzuweisen, wenn sie jetzt ohne Chlora und Theara zurückkehren müssten.

Die ETANA blieb während der nächsten Stunden weiter bewegungslos und manövrierunfähig an ihrem Standort. Die Automatik hatte die Kontrolle vollständig übernommen. Die Anzeigen gaben Statusinformationen darüber, welche Prüfroutinen gerade abliefen. Sehr merkwürdig war außerdem, dass Informationen über derzeit durchgeführte Reparaturarbeiten am defekten Antrieb angezeigt wurden. Der Mannschaft wurde immer mehr bewusst, dass sie sich nur sehr eingeschränkt mit dieser Technik auskannten und ihr zumindest in diesem Moment vollständig ausgeliefert waren.

Rhia nutzte die Zeit, um mit Lheson und Rhikeo Verbindung aufzunehmen. Natürlich wollte sie sich zuallererst nach Mhia und Shet erkundigen. Es galt aber auch nachzufragen, ob die beiden eine Idee hatten, was die Zwangspause der ETANA verursacht haben könnte. Ihren Verdacht, dass sich hier möglicherweise die *Wächter des Wissens* eingemischt haben könnten, behielt sie noch für sich. Ihr wollte nicht in den Kopf, wieso Ohlak Hilfe von ihnen erhalten haben sollte. Das würde Rhias Glauben an das Gute in der bestehenden Ordnung erschüttern. Oder hatte doch jemand anderes seine Hände im Spiel? Letztendlich konnte auch alles nur Zufall gewesen sein.

Δ

Telepathischen Kontakt konnte Rhia zuerst mit Rhikeo aufbauen. Er berichtete, wie sie sich in der Forschungsstation gerade auf die Expedition an den *Großen Fluss* vorbereiteten. Sie waren sich nun sicher, wo die Suche nach der verborgenen Stadt beginnen sollte. Es gab Anhaltspunkte, wonach sich ein bewohntes Gebiet etwa dreißig *Iteru* südlich der Küstenlinie befand.

Mhias Intuition war hilfreich. Oft war sie es, die bei den Recherchen als Erste auf Hinweise stieß. Mit Shets Hilfe hatte sie das Gefühl, jeden Tag tiefer in das Zentralarchiv vordringen zu können. Shet bedauerte allerdings, dass Rhe nicht dabei war. Von ihm hatte er in wenigen Wochen viel gelernt. Zusammen waren sie ein starkes Team. Trotzdem war Rhe nicht frustriert, dass er in Basileia bleiben musste. Im Gegenteil, er freute sich jedes Mal, wenn sie ihn für knifflige Suchanfragen kontaktierten.

»*Rhia, vielleicht solltest du noch etwas wissen*«, meinte Rhikeo, nachdem sie eine Weile Neuigkeiten ausgetauscht hatten. »*Mhias Mentor ist sich nun ganz sicher, dass das Volk in der gesuchten Stadt nicht gefunden werden will. Es könnte also auch sein, dass wir erfolglos zurückkehren müssen.*«

Lheson mischte sich in das Gespräch ein. Er war optimistischer und erzählte, dass sie Satelliten-Nachtaufnahmen gefunden hätten. Darauf wäre im Mündungsgebiet des Flusses ein großer Teppich aus lumineszierenden Kleinlebewesen zu sehen. »*Aber das gibt es doch auch anderswo in den Meeren. Was ist daran so besonders?*«, wunderte sich Rhia. »*Nicht in diesem Ausmaß! Diese blau leuchtenden Teppiche treten dort auf, wo das Meerwasser stark verwirbelt wird und jetzt halte dich fest! An all diesen Stellen liefern die Satelliten keine scharfen Aufnahmen des Küstengebiets.*«

»*Wo denn noch, zum Beispiel?*«

»*Das Phänomen taucht auch in dem Gebiet auf, wo Shoa neulich verunglückt ist. Nun fange ich an zu verstehen, was sie damit meinte, als sie mir sagte, sie wolle die Bewohner schützen, indem sie uns ihren Aufenthaltsort nicht verrät.*«

»*Ich verstehe noch nicht, was das mit den leuchtenden Teppichen im Meer zu tun hat. Meinst du, sie sind künstlichen Ursprungs?*«

»*Naja, der Leuchteffekt selbst wird von Plankton produziert. Bei starken Wasserwirbeln bildet es Formationen, die wie Teppiche aussehen. Komisch ist aber, dass es diese Ausmaße nur in manchen Küstengebieten gibt. Vielleicht hängt das mit den dortigen Bewohnern zusammen, die sich vor der übrigen Welt verstecken?*«

»*Das ist mir zu spekulativ. Ihr solltet euch erstmal umsehen. Vielleicht gibt es auch eine einfache Erklärung dafür*«, sagte Rhia, bevor sie auf ihr eigentliches Thema zu sprechen kam: »*Als der Bordcomputer die Steuerung der ETANA übernahm, erhielten wir Nachrichten in der heute nicht mehr gebräuchlichen Schriftsprache* **Tharal***. Interessant ist es deshalb, weil die Zeichen mit Hilfe des Blumen-Symbols dargestellt werden. Du weißt schon, dieses Symbol, das Ohlak in der Höhle gefunden hat. In diesem Blumensymbol verstecken sich offenbar noch viel mehr Geheimnisse. Außerdem mag es kein Zufall sein, dass auch das kreisförmige Symbol von der Pyramide große Ähnlichkeit damit hat. Auch hier kann man die Einteilung in 24 Segmente erkennen. Schau dir mal an, was dabei herauskommt, wenn man die beiden Zeichnungen übereinanderlegt. Es ist nur eine grobe Skizze, aber die Ähnlichkeiten sind sicher kein Zufall.*«

»Klingt spannend. Schicke mir alles darüber. Wir machen uns Gedanken. Darf ich meinen früheren **Meister** *noch einmal in diese Sache einweihen?«,* fragte Rhikeo.

»Wenn du ihm vertraust, ist es auch für mich kein Problem«, antwortete Rhia. Danach kontaktierte sie Thom. Er hatte in der Zwischenzeit Khi getroffen, die ihm erzählte, dass sie ihren Hund geschickt hätte, weil er bei der Suche nach Chlora und Theara helfen sollte. Der Hund wisse mehr als sie selbst darüber, weil er möglicherweise Zeuge der Entführung war.

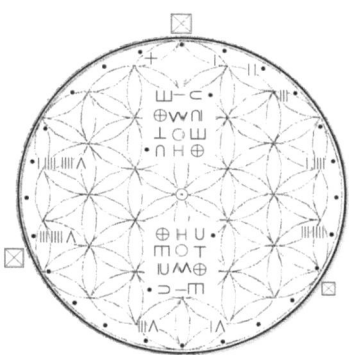

Blumensymbol und Symbol von der Pyramide übereinandergelegt

Da Ohlak entwischen konnte, spielte das für Rhia im Moment keine große Rolle mehr. Nach einigen Stunden und zu einem Zeitpunkt, als die ganze Mannschaft der ETANA gerade vor sich hin döste, meldete das Bordsystem, dass der Schwerkraftgenerator repariert sei. Der Weiterflug in Richtung Magnetfeldanomalie müsse aber unterbleiben, um einen erneuten Ausfall zu verhindern.

Daraufhin beschlossen sie, nach Basileia zurückzukehren. Auf dem Rückweg lag Ohlaks Anwesen. Dort wollten sie sich bei der Gelegenheit erst noch mal umsehen.

Δ

11 – Land der Wächter

D ie Anspannung vor dem Abflug zum *Großen Fluss* war allen anzumerken. Besonders die Neuigkeiten von der ETANA, denn nun war anzunehmen, dass Ohlak irgendwo aus einem Versteck operieren könnte. Er würde niemals aufgeben, seine gefährlichen Pläne in die Tat umzusetzen. Wie Bharu berichtete, hatten sie bei der Durchsuchung von Ohlaks Anwesen gruselige Dinge gefunden. Mit ihrem Tauchroboter entdeckten sie unter der Oberfläche ein Gangsystem mit diversen Räumen. Sie wurden lange als Labore genutzt. Dort mussten noch vor kurzem gentechnische Experimente mit Menschen und Tieren stattgefunden haben. Etwas abgelegen vom Gebäudekomplex gab es ein Krokodilgehege. Die Tiere konnten den erhöhten Wasserstand zur Flucht nutzen. Knochenreste von Kadavern verrieten, dass sie mit den Ergebnissen missglückter Genexperimente gefüttert wurden. Bilddokumente davon sendete Rhia an Thom. Vielleicht könnten diese später als Beweise noch mal hilfreich sein. Die Leiche des abgestürzten Jungen fanden sie nicht mehr. Den hatten wohl inzwischen die Krokodile gefressen.

Shet wurde die Aufgabe des Protokollführers übertragen. Auch wenn er damit keine Erfahrung hatte, war es eine gute Übung. Er nahm das sehr ernst.

Für das kleine Flugboot war es eine große Entfernung. Mit einer Pause wollten sie es in sieben Stunden schaffen. Damit noch Zeit für die Suche eines Nachtlagers im Zielgebiet blieb, machten sie sich schon vor Sonnenaufgang auf den Weg.

Zwar funktionierte der Kompass nicht zuverlässig, aber entlang des dreißigsten Breitengrades existierte ein dichtes Netz aus Landmarken, das bei der manuellen Navigation half. Im Laufe der Jahrtausende hatte sich jedoch die Landschaft durch Erosion und Naturereignisse verändert. Ihre Karten enthielten Landmarken, die es schon lange nicht mehr gab. Lheson meinte:»Wenn sich mal einer die Mühe machen würde, den Grad der Erosion zu untersuchen, könnte man das Alter herausfinden.«

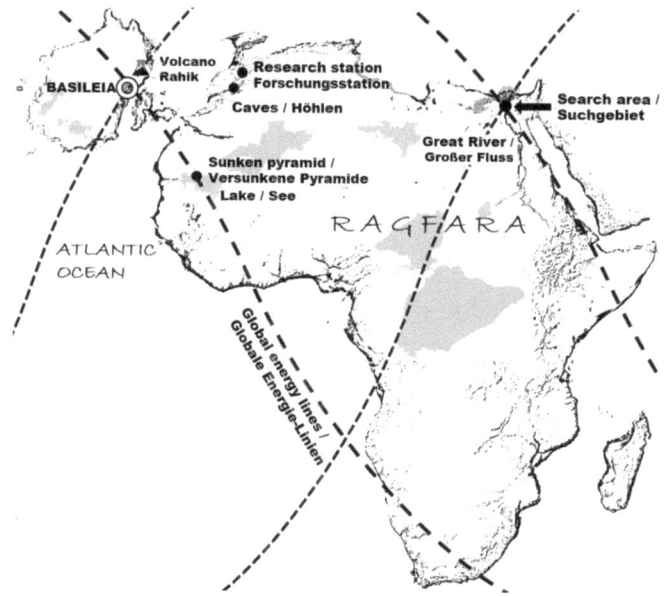

Das Suchgebiet der Expedition auf einem Schnittpunkt der Globalen Energielinien

Mhia war interessiert, aber sie verstand nicht, wieso sich darum niemand zu kümmern schien. An Rhikeos Erklärung erinnerte sich Shet später noch oft:»Es ist eben bequemer, einfach auf das Wissen im Zentralarchiv zu vertrauen. Dann muss man sich nicht mit den Leuten im Senat anlegen, für die der darin eingefrorene Datenstand heilig ist.«

Es gab an diesem Tag nur geringe Bewölkung, so dass sie in größerer Höhe fliegen konnten. Die gute Sicht erleichterte die Orientierung. Nach der halben Flugstrecke flogen sie entlang der Nordküste des Kontinents. Als sie einen riesigen Sandstrand entdeckten, entschieden sie sich für eine Pause. Lheson prüfte, wie lange sie sich bei der aktuellen Sonnenintensität im Freien aufhalten konnten. Sie wollten deshalb nicht länger als eine Stunde bleiben. Rhikeo landete das Flugboot in der Nähe des ruhigen

Wassers. Solche Strände mit goldgelbem Sand und kaum Wellen gab es in Atlantis nur wenige. Das brachte Mhia auf die Idee zu baden. Die Luft war heiß, aber das Wasser fühlte sich kälter an als zuhause in Basileia. Lheson erklärte, dass es im Norden dieses Meeres einzelne Gletscher bis fast an die Küsten geschafft hatten. Während Rhikeo und Lheson eine Mahlzeit zusammenstellten, gingen Mhia und Shet zum Wasser. Die Schritte von Shet wurden immer langsamer und Mhia ahnte schon, was mit ihm los war. Sie streifte Jacke und Hose und den Rest der Kleidung ab und warf alles auf einen großen Stein, der aus dem Sand herausragte. Mit langen Schritten sprang sie über die angespülten Algenbündel und drehte sich nach Shet um.

»Was ist? Das Wasser ist herrlich. Lass uns sehen, wer schneller schwimmen kann!«

Umständlich schlüpfte Shet aus seinen Sachen und trat nackt und schüchtern hinter dem Stein hervor. Mhia machte es ihm etwas einfacher und schaute so lange aufs offene Meer hinaus, bis er endlich auch ins Wasser kam. Obwohl es kühl war, verursachte das Baden ein Glücksgefühl. Shet schob es auf die Menge neuer Eindrücke. Obwohl er sich schon lange wünschte, Mhia so nahe zu sein, war es ihm in diesem Moment peinlich. Mhia merkte natürlich, dass er absichtlich einen großen Bogen um sie herum schwamm.

Die Kälte in ihren Gliedern kürzte das Schwimmvergnügen ab. Lheson und Rhikeo machten sich über die beiden lustig, denn die hatten nicht daran gedacht, wie sie trocken wieder zum Flugboot kommen sollten. Dann zeigten sie aber doch Mitleid und legten ihnen ein großes Tuch zum Abtrocknen hin. Dankbar nahmen die beiden jeweils einen Zipfel davon, während sie sich mit dem größtmöglichen Abstand voneinander abtrockneten.

Etwas später waren sie wieder unterwegs und konzentrierten sich auf die Landschaft. Als sie das Zielgebiet erreichten, drehte sich der Kompass wie verrückt und die Sensoren zeigten unaufhörlich Kollisionswarnungen, obwohl mit den Augen kein Hindernis auszumachen war.

Lheson murmelte vor sich hin:»Das wird eine Art Abwehrmechanismus sein.«

»Die *Kha* haben doch auch vermutet, dass die Stadt besonders geschützt sei. Vielleicht wird der Alarm durch ein Kraftfeld verursacht«, schlug Mhia vor und Rhikeo entschied, die Geschwindigkeit zu drosseln. »Bitte haltet Ausschau nach allem, was ungewöhnlich aussieht. «

»Wie willst du bei schlechter Sicht den Standort feststellen?«

»Feinfühlige Manujas können das Gitternetz des Planeten mit ihren biologischen Sensoren abtasten. Ich bin nicht gut darin, aber Mhia und du, ihr könntet es probieren.«

Mhia verstand sofort und meinte zu Shet: »Dazu müssten wir uns in Trance versetzen. Mit dem *Aka* verbunden, können wir die *formgebenden Felder* der Landschaft spüren. Damit sollten wir auch die Hindernisse erkennen können.«

Mhia machte einen nervösen Eindruck und wühlte ungeschickt in ihrem Beutel, wo sie ihre persönlichen Sachen aufbewahrte.

»Ich dachte schon, ich hätte es verloren«, sagte sie erleichtert und hielt den handtellergroßen Stein hoch, den sie vor der Abreise noch von ihrer Mutter bekommen hatte. Dazu erklärte sie den anderen: »MhiaKha ist der Meinung, dass wir mit diesem Stein, sollte es einer von den Originalen aus der alten Zeit sein, jedes energetische Tor finden. Damals hatte ich es gar nicht verstanden und hielt es wieder für einen seiner spirituellen Umschreibungen.«

»Warum hast du mir von diesem Stein noch nichts erzählt?«, fragte Shet vorwurfsvoll.

»Männern darf man nicht immer alles zeigen, sie fangen sonst gleich an, damit zu spielen, hat Mutter mich mal gewarnt.«

Dann griff sie mit ihrer rechten nach Shets linker Hand. Mit ihrer linken Hand umklammerte sie den Stein und legte die Faust auf ihre Brust. Beide starteten die Meditation und waren innerhalb weniger Minuten in einem leichten Hypnosezustand.

Rhikeo war skeptisch, ob er sich auf diese biologischen Sensoren verlassen sollte. Shet hatte doch keinerlei Erfahrung mit Energiefeldern. Über die Fähigkeiten von Mhia wusste er genauso wenig. Allerdings vertraute er Rhia, die ihre Tochter wohl niemals losgeschickt hätte, ohne von ihrer Reife überzeugt zu sein.

Mit höchster Anspannung schauten Rhikeo und Lheson nach vorn. Nach Abgleich mit den Landkarten müssten sie sich nun dem neunundvierzigsten Längengrad nähern und bald das Mündungsgebiet des *Großen Flusses* erreichen. Von dort wollten sie dem Flussverlauf in Richtung Süden folgen.

Aus der großen Flughöhe mussten sie die ersten Ausläufer des Flussdeltas übersehen haben, denn plötzlich war die klare Küstenlinie verschwunden und die Farbe des Meeres hatte von dunklem Blau in ein helles Grün gewechselt. Das war der Fluss, welcher sich langsam ins Meer ergoss und im Mündungsgebiet gigantische Ablagerungen aus Sand und Schlamm ansammelte. Rhikeo änderte nun den Kurs nach Süden.

Ihre Augen erfassten erstmal nur die dichten Wälder des Flussdeltas. Nach ein paar Flugminuten konnten sie im Süden die ersten Hügel erkennen. Zwischen den flachen Bergen war ein Tal auszumachen. Dort müsste der Fluss schmaler werden und dessen Verlauf deutlicher zu sehen sein. Nach Erreichen dieses Tals sahen sie zum ersten Mal einen tiefblauen Strom, dessen Breite sie auf anderthalb *Iteru* schätzten.

Der Flug ging nun entlang des Flusses, bis Rhikeo fragte: »Was ist das vor uns?«

»Sieht aus wie eine Nebelwand.«

»Wir müssen höher gehen, bis die Sicht besser wird.«

Mit zunehmender Höhe sah das Gebiet vor ihnen aus, als wäre es in eine scharf abgegrenzte Dunstglocke gehüllt.

»Vielleicht verdunstet sehr viel Flusswasser und der Nebel kann aus irgendeinem Grund nicht abziehen«, spekulierte Lheson.

Sie flogen zurück bis zur steil aufsteigenden Nebelgrenze. Dort ging Rhikeo wieder auf niedrigere Höhe. Die Sensoren zeigten keine Kollisionswarnung mehr.

Direkt unter sich sahen sie ein großes Boot mit gesetzten Segeln flussaufwärts in den Nebel fahren. Einige Personen waren auf Deck zu sehen, bevor alles im Dunst verschwand.

»Die Bootsbesatzung hat scheinbar kein Problem mit dem Nebel«, mutmaßte Rhikeo und beschloss, ebenfalls hinein zu fliegen. Sofort gab es keinerlei Sicht mehr, weswegen sich Rhikeo mit ungutem Gefühl auf die Bordinstrumente konzentrierte. Nach ein paar Minuten verschwand der Nebel und die Sicht erlaubte zwei bis drei *Iteru* flussaufwärts zu schauen. Die Flussufer waren immer noch dicht mit Wäldern bewachsen, unterbrochen von Seen, die vom Fluss gespeist wurden. Hier gab es noch mehr von diesen großen Booten, aber keines hatte Segel gesetzt.

»Ist es hier etwa windstill?«

Tatsächlich, der Windsensor zeigte nur geringe Luftbewegung an. Lheson hatte dann plötzlich Bedenken.

»Was meinst du, sollen wir Mhia und Shet aus ihrer Hypnose holen? Ich kann spüren, dass Mhia sehr intensiv kommuniziert. Ihr Energiefeld ist so aktiv, dass die Ionensensoren regelmäßig ausschlagen.«

»Du meinst, Mhia hat so einen starken Einfluss auf die *skalaren Felder*?«

»Es muss so sein. Seit die beiden meditieren, steigt der Anteil positiv geladener Ionen im Cockpit immer mehr an. Es gibt etwas, das so einen Effekt erzeugen kann. Immer dann, wenn sich Wesen aus dem Aka, die ja selbst keine Masse besitzen, an einem Ort konzentrieren, wird das Umfeld mit massereichen Teilchen angereichert. Es ist eigentlich nur eine Störung im gleichförmigen Energiegitter. Wenn sich *Kha* darin aufhalten, flattern die Energielinien, als seien es Fahnenbänder im Wind.«

Rhikeo war noch nicht überzeugt: »Aber es könnte auch einen anderen Grund für diesen Effekt geben.«

»Was vermutest du?«

»Wie wäre es, wenn es in diesem Gebiet generell eine hohe Konzentration von feinstofflichen Wesen gäbe?«

»Durchaus möglich! Aber es könnte auch einen ganz anderen Grund geben. Was wäre, wenn hier viele Manujas leben, die einfach einen sehr hohen Ausbildungsgrad erreicht haben und deshalb dauerhafte Verbindung zur feinstofflichen Welt pflegen. Mit jeder höheren Dimension steigen Frequenz und

Energiedichte. Gleichzeitig nimmt die Wechselwirkung mit der Materie ab. Das ist doch auch der Grund, warum wir Wesen in unserer materiellen Welt nur bis in die nächsthöheren Dimensionen Kontakt aufnehmen können. Um in noch höhere Stufen einzudringen, müsste unser Gehirn viel mehr Energie aufnehmen können.«

»Ja, das sehe ich auch so. Wir suchen doch den Schnittpunkt von Energielinien. Wenn unsere Vermutung stimmt, können die hier lebenden Bewohner die Energie der Umgebung besser nutzen als es uns in Basileia gelingt.«

»Ich bin echt gespannt, was wir am Ziel vorfinden werden, Rhikeo!«

»Erwarte nicht so viel, meist wird man dann enttäuscht.«

»Würde mich nicht wundern, wenn wir aussteigen und Ohlak begrüßt uns mit seinem typischen Grinsen«, scherzte Lheson und merkte in dem Moment, wie Shet aus der Hypnose aufwachte. Er schien noch nicht wieder richtig wach zu sein, als er leise vor sich hin murmelte: »Geburtstag, Mhia hat Geburtstag!«

Rhikeo schaute kurz im Archiv nach und stellte richtig, dass Mhias 16. Geburtstag erst am nächsten Tag sei.

Bei den Manujas wurde der Geburtstag nicht speziell gefeiert, dieser war im Rahmen der Ausbildung aber immer eine Art Zielpunkt, an dem bestimmte Ausbildungsschritte abgeschlossen werden sollten.

Als Shet sich wieder orientieren konnte, schien ihn plötzlich ein ganz anderes Thema zu beschäftigen: »Wir müssen Mhia aufwecken. Ich glaube, sie fühlt sich schwach und hat vielleicht Probleme, allein zurück zu kommen.«

»Was ist denn passiert?«

»Wir wurden von Thut-Ahma empfangen.«

»Thut-Ahma?«

»Er hat sich als Herrscher über dieses Land vorgestellt. Seine Herkunft sei ein altes Reich im Westen.«

»Das klingt für mich wie Atlantis. Und was hat er noch gesagt?«

»Wir sollen umkehren, es sei denn, wir tragen das Samenkorn der Götter bei uns.«

In der Zwischenzeit wachte Mhia von selbst auf und fing sofort an zu sprechen, als hätte sie jedes Wort der Unterhaltung mitbekommen: »Ich glaube, damit ist unser Erbgut gemeint. Falls wir das richtige Erbgut in uns tragen, sind wir willkommen.«

»Na großartig«, schimpfte Lheson. »Dann sollte ich jetzt wohl hier abspringen.«

Rhikeo gefiel dieses Benehmen nicht: »Du musst nicht so blöde Bemerkungen machen! Thut-Ahma vertritt die Bewohner dieses Landes und wir werden ihm erklären, dass unser Volk Hilfe benötigt und dass wir hergeschickt wurden, um eine neue Heimat zu finden. Sollten wir trotzdem nicht willkommen sein, müssen wir das am Ende auch akzeptieren.«

Mhia richtete ihren Körper auf und sprach sehr langsam und ernst: »Es wird wohl nicht so einfach. Ich habe viele Dinge gehört und fühlte mich, als ob mehrere Wesen auf mich eingeredet hätten. Der *Portstein* in meiner Hand hält die Verbindung zu ihnen immer noch offen. Sie betrachten den Stein als Medium zwischen ihnen und uns. Ich denke, Thut-Ahma wird nichts ohne das Einverständnis seines Volkes tun.«

Shet ergänzte noch: »Sie haben uns gesagt, dass wir sie treffen können. Sollten wir aber eine Gefahr für die hiesigen Bewohner sein, müssen sie diesen Teil unseres Gedächtnisses löschen.«

»Du lieber Himmel, ich kann mir schon so kaum etwas merken«, scherzte Lheson, was Rhikeo wohl nervte: »Du hast ein Talent, immer an unpassender Stelle Witze zu machen!«

Diese Zurechtweisung tat Rhikeo dann auch gleich wieder leid. Er war erfahren genug zu wissen, dass Lheson mit seinen Bemerkungen nur auflockern wollte. Außerdem konnte er mit solchen Beiträgen die eigene Unsicherheit überspielen.

»Jetzt lasst uns diesen Thut-Ahma und seine Gefährten erstmal finden. Die Stadt kann nicht mehr so weit weg sein.«

Obwohl sie alle auf Überraschungen eingestellt waren, gab es ein großes Erstaunen darüber, was sie nun erwartete. Als hätte jemand eine andere Filmsequenz eingeschaltet, tauchte etwas Atemberaubendes aus dem Dunst auf.

Auf beiden Seiten des Flusses waren die flachen Hügelketten bebaut. Statt des dichten Urwaldes sah man künstlich angelegte Parkanlagen mit weit ausgestreckten Baumalleen. Im Osten lag eine Stadt, mindestens doppelt so groß wie Basileia. Zumindest war sie aus dieser Perspektive nicht überschaubar. Der Große Fluss teilte sich hier in viele Nebenarme, die sich in alle Stadtteile schlängelten. Unzählige Boote transportierten Material zu den Baustellen, an denen neue Gebäude entstanden.

Es fiel ihnen sofort auf, dass die Bewohner verschiedene Hautfarben hatten und viele ohne Kopfbedeckung umherliefen. Das veranlasste Lheson gleich, die Strahlungsintensität zu prüfen. Zu seiner Überraschung waren die Werte weit niedriger als erwartet. Entweder war heute ein Tag mit sehr geringer Sonnenaktivität oder die Dunstglocke schirmte viel davon ab.

Shet zeigte mit einer Hand in Richtung Südwesten. Diese Seite war noch interessanter. Gigantische Bauwerke erstreckten sich ins Land hinein. Am beeindruckendsten wirkten drei unterschiedlich große Pyramiden, die in fast perfektem Weiß strahlten. Deren Oberflächen schienen so perfekt, als seien sie gerade erst poliert worden. Auch auf dieser Seite des Flusses verliefen Seitenarme. Rhikeo steuerte das Flugboot erstmal weiter nach Süden, vorbei an diesen monumentalen Bauwerken, damit sie sich einen Überblick verschaffen konnten. Bald war zu erkennen, dass der Fluss durch eine Reihe von Dämmen gezähmt wurde. Es gab sogar mehrere Schleusen, mit denen die Schifffahrt trotz der Stauanlagen möglich war.

Rhikeo wurde nun durch einige Warnmeldungen wieder zu seiner Aufgabe als Pilot zurückgeholt. Die elektromagnetische Feldstärke war hier überall etwas erhöht. Die Scanner zeigten die höchsten Werte in der Nähe der großen Pyramide an. Das konnte dem Flugboot gefährlich werden. Mhia sagte dann plötzlich ganz aufgeregt:»Bleib unbedingt östlich des Flusses. Wir wurden gerade davor gewarnt, uns den Pyramiden zu nähern.«

»Das ist ja interessant. Es sind die gleichen Wellen, die Ohlaks Team an der Pyramide im *Maata-Shoa* gemessen hat, nur wesentlich stärker.«

»Der Grundriss rund um die Pyramiden ähnelt dem Grundriss der überschwemmten Stadt im dortigen See. Ob das hier eine Kopie dieser alten Stadt sein könnte?«, wollte Lheson wissen.

»Zumindest was die drei Pyramiden angeht, denn deren Abmessungen ähneln sich doch auffallend«, stellte Rhikeo fest und änderte den Kurs zurück in Richtung Norden.

»Mhia, hat dir jemand verraten, wo wir Thut-Ahma finden werden? Wir können doch nicht die ganze Stadt absuchen.«

Ohne Mhias Antwort abzuwarten, sagte Rhikeo: »Ich lande einfach auf einem der freien Plätze und wir fragen jemanden.«

Als sie zur Landung ansetzten, schien niemand der geschäftig umherlaufenden Bewohner davon beeindruckt zu sein. Zumindest schenkten sie ihnen nicht mehr Aufmerksamkeit als kurze neugierige Blicke. Um die Bewohner nicht zu verärgern, wollte Rhikeo auf keinen Fall an einem spirituellen Ort landen. Selbst als das Flugboot am Boden stand und das aufgewirbelte Laub umherflog, nahm davon niemand besondere Notiz. Nur eine einzelne Person beobachtete die Ankunft der Besucher sehr genau. Dessen Schatten auf dem Dach eines Gebäudes bemerkten die Ankömmlinge allerdings nicht.

Als alle vier aus dem Cockpit gesprungen waren, kamen drei unterschiedlich große Personen auf sie zu. Die größte Person, eine weibliche Manuja, sprach sie freundlich an. Nach der Kopfform und den kleinen Ohren zu urteilen, waren ihre zwei Begleiter dunkelhäutige Menschen mit dichtem schwarzem Haar.

»Ihr habt euch also nicht abschrecken lassen. Willkommen. Mein Name ist Ahtla-Ahma. Ich bin die Wächterin des Platzes der aufgehenden Sonne, auf dem wir hier stehen. Man nennt mich auch Priesterin des ersten Weges. Thut-Ahma hat eure Ankunft beobachtet und bat mich, euch zu empfangen. Wenn ihr möchtet, werde ich euch in unser Leben einführen.«

»Wusstest du, wo wir landen werden?«, wollte Mhia wissen und Ahtla-Ahma lächelte: »Hier ist der Platz, wo jeder ankommt.«

Während sich die Gruppe auf ein langgestrecktes Gebäude zubewegte, dachte Lheson: *Die wissen scheinbar mehr über uns, als wir selbst…aber ich werde lieber nicht danach fragen.*

Kaum hatte er den Gedanken zu Ende gebracht, erhielt er die Antwort auf telepathischem Weg:»*Du musst deine Fragen nicht verstecken. Wer hierher kommt, sollte neugierig sein, denn das ist der Ort, an dem die Wahrheit zuhause ist. Hier zu sein bedeutet auch, sein Leben lang zu lernen und das erfordert neben Fleiß auch Mut. Es wird euch nicht möglich sein, das Unbequeme wegzulassen oder das Leid in eurem Kopf auszublenden. Die Wahrheit ist immer konsequent und ungefiltert. Demnach müsst ihr, ob ihr wollt oder nicht, auch die schrecklichen Dinge dieser Welt lernen. Das empfangene Wissen bezahlt jeder von euch mit einem hohen Preis. Wer die Wahrheit erfahren will, muss auch die Verantwortung für dieses Wissen übernehmen.*«

Diese Kommunikation hatten auch die anderen mitbekommen. Mhia und Shet waren nicht überrascht, denn Ähnliches hatten sie zuvor bereits von Thut-Ahma gehört. Sie waren nun gespannt, was sie hier als nächstes erwartete. Während die Gruppe über die langgezogenen und mit riesigen Steinplatten ausgelegten Wege lief, hielt Ahtla-Ahma immer wieder an. Dann verbeugte sie sich kurz in Richtung der Pyramiden, die man wegen des Dunstes von hier aus kaum erkennen konnte. Ihre beiden Begleiter warteten jedes Mal, ohne selbst eine Verbeugung zu machen.

Das Gebäude empfing die Besucher mit einem schmucklosen Portal. Dahinter wurden sie von leiser Musik überrascht. Die Töne hatten eine geringfügige Disharmonie. Das verursachte beim Hörer eine gewisse Anspannung. Lheson, der sensiblere von den beiden Erwachsenen, vermutete gleich, dass dies etwas mit ihnen selbst zu tun haben könnte. Die Antwort darauf erhielt er prompt von einer kleinen Person, die auf sie zukam.

»Wir möchten euch hier erstmal empfangen. Die Musik spiegelt euer Befinden und die körperliche Verfassung wider. Was damit gemeint ist und was es für euch bedeutet, werdet ihr bald wissen.«

Ahtla-Ahma bat sie dann, sich auf einem Teppich niederzulassen, wo sie Getränke in kleinen Tongefäßen und Schüsseln mit Obst und getrocknetem Fleisch vorfanden. Dann verabschiedete sie sich in Lautsprache:»Ich werde jetzt woanders benötigt. Bitte wartet hier, bis ihr abgeholt werdet. Eure Körper werden sich in den nächsten Stunden auf diesen Ort einstellen. Eure Wünsche könnt ihr den Menschen anvertrauen, die hier ihren Dienst tun. Sie werden helfen, solange es notwendig ist.«

»Das läuft alles so geordnet ab. Jeder scheint sich nach einem Plan zu bewegen«, staunte Lheson. Er stand auf und ging in der Halle umher, deren Decke von zwölf Säulen getragen wurde. Als er die Ecken der Halle abgelaufen und an dem Teppich bei den anderen wieder angekommen war, sagte er: »Wenn ihr euch in dem Raum bewegt, verändert sich die Musik. Die Töne klingen in der Ecke gegenüber am besten.«

Das probierte Shet gleich aus und als er zurückkam, widersprach er: »Ich finde, die Musik hört sich hier auf diesem Teppich am besten an. In der Ecke gegenüber höre ich fast gar nichts.«

Das wunderte Mhia und als auch sie zurückkam, hatte sie eine ganz andere Stelle gefunden, wo ihr der Klang am angenehmsten vorkam.

»Wie kommt es, dass wir die Schwingungen so unterschiedlich wahrnehmen?«

Ohne zu wissen, von wem, bekam sie die folgende Antwort: »*Diese Erfahrung ist das Ergebnis eurer ersten Unterrichtsstunde gewesen. Ihr habt festgestellt, dass jeder einen unterschiedlichen Schwingungszustand im Körper hat. Ich gehe davon aus, dass ihr auch verschiedene Ausbildungsgrade mitbringt. Wir werden euch morgen zeigen, was diese Stadt besonders macht und was euch noch erwartet. Mhia kann in Kürze bei Priesterin Ahtla-Ahma ihre Prüfung des elften Grades ablegen.*«

»Aber ich dachte, den elften Grad könnte nur ein *Meister* vergeben!«

»*Was ihr in eurem Land Meister nennt, nennen wir hier Priester. Der Zugang zum nächsthöheren Grad erfordert es, einen bestimmten Weg abzuschreiten. Das wird dir nach deinem morgigen sechzehnten Geburtstag ermöglicht.*«

Die Musik verstummte und weil sich alle Menschen plötzlich aus dem Gebäude bewegten, taten es die vier Besucher ebenfalls. Draußen auf dem Platz hatten sich Bewohner versammelt und blickten in Richtung Westen. Die Sonne war hinter den

Pyramiden am anderen Flussufer verschwunden und hinterließ ein beeindruckendes Schattenspiel, während sich der diesige Horizont blutrot färbte.

Nur Shet traute sich, etwas zu fragen:»Schauen die auf den Sonnenuntergang oder zu den Pyramiden?«

»Weder noch«, hörte er hinter sich jemanden in einem ganz freundlichen Ton antworten.

»Schau genau hin, am Flussufer steht unser oberster Wächter. Es ist der männliche Teil der weltlichen Einheit. Seine Partnerin finden wir im *Regenland*, im Süden des westlichsten Kontinents von *Achala*. Es gibt ein Kind, das aus dieser Beziehung hervorging. Wir finden es in *Brahmas Land*, ganz im Osten.«

Shet machte sich so lang, wie er konnte und erkannte im aufsteigenden Wasserdampf des Flusses ganz schwach einen liegenden Löwen. Dessen Kopf schaute nach Osten. Von diesem spirituellen Wissen kannte er noch gar nichts. Wieso sich der männliche und weibliche Teil sowie das daraus resultierende Kind jeweils auf verschiedenen Kontinenten befinden, leuchtete ihm nicht ein.

Wahrscheinlich sprach die angenehme Stimme aus diesem Grund auch weiter:»Was ich über den männlichen und weiblichen Teil und das Kind dieser Beziehung beschrieb, ist nur symbolisch gemeint. Das Prinzip wird dir klar werden, wenn du die kosmischen Zusammenhänge und den dualen Charakter unserer Existenz ausführlich studiert hast.«

Die nächsten Tage sollten sich die Neuankömmlinge ausruhen und viel meditieren. Alle hatten das Gefühl, dass ihnen seit ihrer Ankunft jede körperliche Bewegung schwerfiel. Sie schliefen in den ersten Tagen auch viel.

Die Nacht vor ihrer Prüfung hatte Mhia allein in einem separaten Gebäude verbracht. Lange vor dem Sonnenaufgang wurde sie geweckt und auf ihre sechzehnstündige Weihe vorbereitet. Kurz vor Sonnenaufgang wurden dann auch die anderen drei geweckt.

Alle vier trafen sich nach dem Frühstück zur Meditation in einem Raum, in dessen Mitte vier Steinsäulen standen. Sie markierten die Ecken eines Quadrats.

»Möchtet ihr Mhia zu ihrer Prüfung begleiten?«, fragte Ahtla-Ahma.

»Wenn es ihr nichts ausmacht, gern«, meinte Rhikeo und Mhia schien erleichtert, dass sie in Begleitung sein würde.

»Zuvor möchte euch aber noch jemand begrüßen.«

In diesem Moment betrat Shoa den Raum. Nur Lheson und Rhikeo erkannten sie aber deren Freude übertrug sich auch schnell auf Mhia und Shet.

Shoa ließ die anderen nicht lange auf die Erklärung warten. »Nach meinem Unfall haben mich Menschen mit einem Boot gerettet und zu einem *Meister* gebracht, den sie als Heiler der Manujas kannten. Er lebt allein unter den Menschen in ihrem Dorf und lehrt ihnen viele Dinge. Als er spürte, dass mein Leben zu Ende gehen würde, rief er um Hilfe bei den *Wächtern des Wissens*. Die gaben mir die Möglichkeit des Aufstiegs von einem atlantischen Meister zur Priesterin dieses Reiches am Großen Fluss. Ich darf in Kürze die mittlere Pyramide betreten. Danach werde ich endgültig die zweite Stufe erreicht haben. Ihr werdet auch bald erfahren, wie das alles zusammenhängt.«

»Wirst du nach Basileia zurückkehren?«, fragte Mhia, obwohl sie die Antwort schon ahnte.

»Nein, das kann ich nicht. Hier befinde ich mich auf einem höheren Energieniveau. Wenn ich mich längere Zeit an einem Ort aufhalte, wo es kein so hohes Potential gibt, verliere ich einen Teil meines Wissens wieder. Es gibt zwar Möglichkeiten, diesen Energiebedarf auszugleichen, aber das ist nicht sehr komfortabel. Ein anderes Mal wird es Gelegenheit geben, euch das genauer zu erklären.«

»Wird das später auch auf uns zutreffen?«, fragte Mhia zögerlich.

»Ja. Und ich möchte es auch nicht mit irgendwelchen Versprechungen schönreden. Dieser Ort ist durch besondere Schwingungen und Felder vor einigen Naturkatastrophen geschützt. Besonders die Sonnenstrahlen, die auch schon für die *Alten Meister* tödlich waren, werden an diesem Ort abgeschirmt. Vor anderen zerstörerischen Kräften, wie Beben und Hochwasser, schützen die großen Pyramiden auf der anderen Seite des Flusses ebenfalls.«

»Aber wie funktioniert das?«, interessierte Lheson.

Ahtla-Ahma kam Shoa bei der Antwort zu Hilfe:»Ich kann ein wenig darüber erzählen. Ihr müsst Geduld haben, denn nach und nach erfahrt ihr mehr von solchen Mysterien.«

»Bitte sag uns, ob diese Stadt für das Volk in Basileia eine neue Heimat werden kann. Du weißt doch, dass Atlantis immer weiter im Meer versinken wird.«

Ahtla-Ahma lächelte und sagte:»Ich denke, die Antwort darauf ist Ja und Nein. Ja deshalb, weil die Atlanter hier die Antwort darauf finden, wie sie dauerhaft überleben können. Die Aufgabe, eurem Volk die Antworten zu überbringen, habt ihr ja schon übernommen. Und Nein deshalb, weil diese Stadt der Mysterien kein Ort zum Leben aller Manujas und Menschen sein kann. Diejenigen, die bereit sind, in eine höhere Schwingungsebene aufzusteigen, werden hier einen Platz finden. Leider ist aber nur ein Teil des Volkes willens, sich auf diesen beschwerlichen Weg zu begeben. Es ist etwa so, wie einen sehr hohen Berg zu besteigen. Der Blick vom Gipfel ist der Lohn für Ausdauer und einen eisernen Willen. Ich muss das so deutlich sagen. Diese Stadt mit ihren Geheimnissen wird niemals für alle zugänglich sein. Sie muss geschützt werden vor Zwietracht, Neid und Machtstreben. Anderenfalls passiert das, was bereits in der Vergangenheit passierte: Die Zivilisation und mit ihr das Wissen werden zerstört und ein Neubeginn wird dann erst wieder nach vielen kosmischen Zyklen möglich sein. Es hängt damit zusammen, dass die Energieverhältnisse im Universum unterschiedlich verteilt sind. Dunkle Kräfte nutzen jede Schwäche der hellen Kräfte aus. Genau das könnte gegenwärtig mit *Achala* geschehen.

»Was genau könnte geschehen?«

Ahtla-Ahma antwortete weiter geduldig:»Die Sterne unserer Galaxis drehen sich nicht nur um das gemeinsame Zentrum, sondern alle Sterne beeinflussen ihre Bahnen gegenseitig. Somit kommt es zu spiralförmigen Bewegungen. Auf diese Weise bewegt sich auch die Sonne um das galaktische Zentrum. Dabei nähert sie sich an, um sich anschließend wieder etwas zu entfernen. Das Zentrum der Galaxie ist der Ort mit der höchsten Energiedichte. Auf dem Weg dorthin nehmen wir etwas davon auf. Vergrößert sich der Abstand vom Energiezentrum, müssen wir wieder etwas davon abgeben. Da sich die Sonne auf lange Sicht dem Zentrum nähert, nehmen künftige Generationen mehr Energie zu sich als die vorherigen. Und das ist auch dringend notwendig. Je mehr Wissen wir auf unserer Bewusstseinsebene dauerhaft speichern wollen, desto mehr Energie wird benötigt. Wenn wir kein Wissen verlieren und nichts vergessen wollen, muss der Energieverlust verhindert werden. Damit kommen wir zu einer der wichtigsten Funktionen der Pyramiden. Sie speichern die notwendige Energie, um unser geistiges Niveau auch zu erhalten, während sich die Sonne vom Zentrum wegbewegt.«

»Warum sind es drei Pyramiden und gibt es eine Abhängigkeit zwischen ihnen?«

»Der Aufstieg erfolgt in drei Stufen. Wesen wie wir müssen schrittweise lernen, weil im Gehirn biochemische Prozesse stattfinden und das Bilden neuer Netzwerke zwischen den Gehirnarealen braucht nicht nur Energie, sondern auch Zeit. Zudem findet in einer fortgeschrittenen Phase eine Transformation in unseren Zellen und im Erbgut statt. Erst dann kann unser drittes Auge scharf sehen. Zuviel auf einmal schadet also. Der wichtigere Prozess ist aber nicht biologischer Art, sondern die physikalische Komponente.«

»Was meinst du damit?«, bohrte Shet nach.

»Ich will nicht zu weit vorgreifen. Ihr habt noch viele Jahre Zeit. Nur so viel an dieser Stelle: Jedes Lebewesen ist von den Energienetzwerken des Planeten abhängig, auf dem es lebt. Jede Art hat ihr spezifisches Gitternetz, über das wir alle verbunden sind. Ihr kennt das sicher schon unter dem Namen *formgebende Felder*. Wir haben auch die Technik entwickelt, um das Wissen aus dem *Aka* zu nutzen und auch unsere eigenen Erfahrungen mit den Wesen dort zu teilen. Zunächst gehen wir zur kleinsten der drei Pyramiden, der Pyramide des elften Grades. Sollte Mhia die

Prüfung bestehen, kann sie heute in diesen Meistergrad gehoben werden. Auf dem Weg dorthin wird geprüft, ob ihr Bewusstsein bereits für die nächste Stufe bereit ist.«

Nun wand sie sich direkt an Mhia:»Übrigens, für den elften Meistergrad musst du noch nicht alle mathematischen Zusammenhänge der Pyramide kennen. Solltest du im nächsten Jahr die Prüfung zum zwölften Grad ablegen, muss du in der gleichen Pyramide noch weitere Wege abschreiten. Diese bleiben für dich so lange verborgen, bis du die Mysterien der geheimen Geometrie verstanden hast. Nun aber genug der Theorie. Es wird Zeit zu gehen, wir werden bereits erwartet.«

Basileia

Das hatte sich Thom ganz anders vorgestellt. Während er sich um seine Familie Sorgen machte und ansonsten mit der Versorgung der Flüchtlingsströme beschäftigt war, sollte er nun zu einer Senatssitzung kommen. Warum Rhia ebenfalls teilnehmen sollte, konnte er sich auch nicht erklären.

»Haben die keine anderen Probleme?«

Rhia antwortete besorgt:»Sicher geht es um den Rettungsversuch mit der ETANA. Es musste ja irgendwann herauskommen.«

Nach ihrer Anhörung sollte die Senatssitzung mit den Kandidaten für die Wahl zum König weitergehen. Das war deren Gelegenheit, ihre Lösungen vorzustellen. Khi leitete wieder die Sitzung. Heute schien sie nicht so agil und kampflustig zu sein wie beim letzten Mal. Einige Senatsmitglieder waren über das *Ei* zugeschaltet. Die *Große Reihe* war auch durch zwei Teilnehmer aus dem Aka vertreten. Sie nutzten eine telepathische Verbindung zum Zentralarchiv, so dass man ihre Wortmeldung über das Ei sehen und hören konnte. Als feinstoffliche Wesen war es den Kha freigestellt, ob sie mit einem simulierten Körper oder nur mit ihrer synthetischen Stimme teilnehmen wollten.

Als Rhia und Thom den Ratssaal betraten, war die Diskussion bereits voll im Gange. Es ging auch tatsächlich gerade um Rhia, die ihren Augen nicht traute, als sie Ohlak neben König Rhenus stehen und auf ihn einreden sah.

»Aha, seid gegrüßt. Ihr trefft gerade zum richtigen Zeitpunkt ein«, unterbrach Rhenus die Diskussion, als er die Ankömmlinge sah.

»Zum richtigen Zeitpunkt – das ist eine merkwürdige Wortwahl«, sendete Rhia an Thom auf telepathischen Weg. *»Wir sind doch erschienen, wie uns aufgetragen wurde.«*
»Reg dich nicht auf, Rhia. Wir werden unsere Nerven noch brauchen.«

Ohlak meldete sich zu Wort und sagte: »Den Befragten sollte es nicht erlaubt sein, sich ohne unsere Zustimmung telepathisch abzustimmen.«

Darauf gab es unterschiedliche Reaktionen. Während Rhenus nickte, sagte Dhalius, König des Regenlandes: »Das sollten wir den beiden selbst überlassen. Wir sitzen hier nicht zu Gericht und deshalb sind wir nicht verpflichtet, jede Kommunikation zu dokumentieren.«

Umständlich und zögerlich begann Pheso, die Vorwürfe gegen Phia vorzutragen:

»Der Computer der Forschungsstation hat kurz nach Shoas Unfall den Wissenschaftsrat darüber informiert, dass Rhia wichtige Daten vom Zentralarchiv löschen ließ. Am Tag 191 ging dann auch noch die Information ein, dass der Eingang einer Höhle im Atlasgebirge gesprengt wurde. Nach Zeugenaussagen von Teilnehmern einer früheren Expedition, wurden in dieser Höhle wertvolle historische Zeichnungen und eine verschlüsselte Karte gefunden. Genau diese Aufzeichnungen waren es, die am Tag 183 gelöscht wurden.

Vermutlich stehen weitere Vorkommnisse mit diesen Vorfällen im Zusammenhang. So sind seit dem Tag 182 zwei Wissenschaftlerinnen verschwunden und mit ihnen wichtige Projektunterlagen. Dass dieses mit den beiden vorgenannten Ereignissen im Zusammenhang steht, wurde von Ohlak recherchiert, denn sowohl am Tag des Verschwindens als auch beim Flug vor wenigen Tagen, wurde die ETANA in den *Bergen der Stille* gesichtet. Zumindest beim letzten Flug dorthin ist Rhia an Bord der ETANA gewesen.

Unmittelbar nach der Rückkehr der ETANA aus den *Bergen der Stille*, stellte Ohlak die Zerstörung seines Anwesens fest, das sich in diesem Gebiet befindet. Satellitenaufzeichnungen haben ergeben, dass sich die ETANA zuvor mehrere Stunden an diesem Standort aufgehalten hat.«

Nach einer kurzen Pause in totaler Stille, begann Rhenus die Befragung:»Rhia, du wirst verstehen, dass wir zu den beschriebenen Vorkommnissen eine Stellungnahme von dir hören möchten.«

Rhia war noch völlig benommen, denn einen solchen Angriff hatte sie nicht erwartet. Ihr war nun auch klar, dass es möglicherweise gar nicht gegen sie selbst, sondern viel mehr darum ging, die Reputation ihres Partners Thom zu zerstören. Anstatt selbst einiger Verbrechen beschuldigt zu sein, saß Ohlak nun auf der Seite der Anklage. Wie konnten sich die Rats- und Senatsmitglieder so von ihm täuschen lassen?

Rhia hatte da noch ein anderes Problem. Offenbar konnte sie ihre telepathischen Verbindungen nicht vor Ohlak abschirmen. Damit war ein privater Gedankenaustausch mit Thom oder anderen, die auf ihrer Seite standen, nicht möglich. Wie hatte er das geschafft? Eigentlich wäre so etwas nur möglich, wenn Rhia selbst diese Tür in ihrem Gehirn geöffnet hätte. Sollte Ohlak diese Fähigkeit wirklich besitzen, und alles sprach dafür, dann hatte er eine unschlagbare Waffe.

Gerade wollte Rhia beginnen zu sprechen, da konnte Thom sich nicht mehr zurückhalten und sagte:»Diese Vorwürfe sind gravierend! Weder Rhia noch mir ist vorher etwas darüber mitgeteilt worden. Gemäß dem Kodex der Manujas steht jedem Beschuldigten eine angemessene Zeit der Vorbereitung auf seine eigene Verteidigung zu. Ich weiß, dass dies nur bei einem Gerichtsverfahren vorgeschrieben ist. Dennoch bitten wir, uns dieses Recht auch für die Befragung einzuräumen. Sollte der Senat das ablehnen, werde ich dem Gericht der Stadt Basileia zunächst einen speziellen Fall vortragen. Der entsprechende Antrag ist bereits vorbereitet.«

Thom glaubte, die Sache mit dem Antrag sei eine gute Idee, denn eine solche Bitte konnte keinem Bürger der Stadt abgeschlagen werden. Außerdem hatte jeder Manuja in Basileia das Recht, gemeinsam mit einem *Mentor* vor Gericht zu erscheinen. Das verschaffte ihnen zumindest erstmal Zeit.

Ohlak ahnte, dass Thom einen Trick vorhatte und bestand darauf, die Stellungnahme jetzt zu hören. Darauf erklärte Rhenus: »Dem Gericht kann kein Anliegen in eigener Sache vorgebracht werden. Das bedeutet, ihr müsstet jemanden einer gesetzeswidrigen Tat beschuldigen. Du sprichst von einem speziellen Fall. Mit welcher Anschuldigung willst du vor das Gericht treten?«

»Ich werde Rhia wegen Diebstahls von wissenschaftlichen Unterlagen und der Zerstörung von Hinterlassenschaften alter Kulturen beschuldigen«, erklärte Thom.

Daraufhin musste sich Ohlak setzen. Er war wohl nicht nur überrascht von dem Verlauf, was ihm allen Grund zur Freude gab. Offenbar hatte Thom auch eingesehen, dass seine Karriere nur noch ohne und gegen Rhia weitergehen würde.

Rhenus gab Thoms Antrag statt und legte fest, dass der Gerichtstermin zwei Wochen später stattfinden sollte. Damit waren Rhia und Thom entlassen und der nächste Tagesordnungspunkt stand an: Die anstehende Wahl des neuen Königs. Zwei Kandidaten waren eingeladen worden. Jeder hatte zu begründen, warum er am besten geeignet sei, als König das Volk zu führen.

Ohlak sollte beginnen, aber zuerst bekamen alle vom Ei noch einmal die Aufgaben vorgestellt.

Ohlak hatte sich bereits vor dem Podium aufgestellt und begann seinen Vortrag. Im ersten Teil ging es darum, was Rhenus als amtierender König alles falsch gemacht hatte und dass er das Volk der Atlanter nicht vor dem drohenden Untergang bewahren konnte. Er, Ohlak, wäre nun stark genug und als einziger in der Lage, das Überleben der Manujas zu sichern. In weit ausschweifenden Erklärungen stellte er dar, welche hervorragenden Leistungen er als Wissenschaftler vorweisen konnte.

Dass sich Ohlak derart undankbar äußern würde, hatte Rhenus nicht erwartet und fiel vor Entsetzen in eine Art Starre. Er wunderte sich vor allem über das Verhalten mancher Zuhörer. Als seien sie auf ihre Rolle eingeschworen worden, gab es regelmäßige Zustimmungsbekundungen. Sogar deutliche Unmutslaute waren zu hören, wenn er kritisiert wurde. Derartige Sympathiebekundungen für einen Redner waren bisher in diesem Gremium nicht üblich.

Nun kam Ohlak auf seine Lösungsvorschläge zu sprechen. Einige Themen wurden vom Ei auch optisch untermauert: »Um zu überleben, müssen wir einige Dinge anders machen«, sprach Ohlak plötzlich mit ganz ruhiger Stimme, damit sich die Spannung im Saal hob.

Breitbeinig stand er inmitten des Saales und fuhr wieder etwas lauter fort: »Wie uns inzwischen bekannt ist, wird der alte Kontinent schon bald auf wenige kleine Inseln zusammengeschrumpft sein. Das wenige Land, welches den Atlantern dann noch bleibt, wird von Vulkanausbrüchen und ständigen Beben bedroht sein. Die Bewohner von Basileia werden sterben, sollten sie hierbleiben. Die jetzige Regierung hat für zusätzliche Schwierigkeiten gesorgt, weil sie zulässt, dass tausende Flüchtlinge aus dem Westen in die Hauptstadt strömen. Das wird das Ende des verbliebenen Wohlstands sein. Alle wissen nun, dass wir uns eine neue Heimat suchen müssen. In diesem Fall macht es auch keinen Sinn mehr, die alte Infrastruktur in Basileia zu modernisieren.«

»Wie willst du die vielen Manujas und Menschen umsiedeln und vor allem, wohin?«, wollte ein Mitglied der *Großen Reihe* wissen.

»Wir müssen nicht alle auf einmal umsiedeln. Zuerst benötigen wir treue Gefolgsleute, die bereit sind, für eine große Sache zu kämpfen und einem starken Führer zu folgen. Vor allem wird es nötig sein, nach neuen Regeln zu leben. Wir werden im neuen Lebensraum nicht genügend Menschen und Maschinen zum Arbeiten haben. Hierfür habe ich eine andere Lösung vorgesehen. Den Ort für eine neue Hauptstadt habe ich schon gefunden. Es handelt sich vermutlich um die ursprüngliche Hauptstadt der Alten Meister. Wir werden sie Neues Basileia nennen.«

Während Ohlak sprach, wurden die Satellitenbilder der alten Stadt am Grund des Sees gezeigt. Auch Bilder der Pyramidenspitze waren dabei. Eine Simulation brachte dann die ursprüngliche Stadt wieder ans Licht. Außerdem hatte Ohlak den Grundriss der Ringstruktur gezeigt. Da sah man auch die Schleusenanlagen, mit denen die Schifffahrt ermöglicht und der Wasserstand in den Kanälen reguliert wurde. Zudem muss Ohlak irgendwo Bilder des ursprünglichen Flusses gefunden haben. Der brachte das Wasser aus den angrenzenden Bergen und floss an der Stadt vorbei nach Westen in den Ozean. Wie Ohlak von seinem *Mentor* OhlakKha erfahren hatte, wurde dieser Ozean schon immer Atlantik genannt.

In den Reihen des Podiums rumorte es. Es gab begeisterte wie auch erschrockene Gesichter.

Dann meldete sich ein Kha über das Ei:»Ich bin seit vielen Generationen Mitglied der Großen Reihe. Wir kennen diese Stadt und wissen, warum sie zerstört wurde. Unter uns bestand bisher aber Einigkeit darüber, dass wir künftige Generationen vor diesem Ort schützen sollten. Auf der Stadt und der Umgebung lastet nicht nur ein unausweichliches Schicksal, sondern auch ein tödlicher Staub. Die Stadt war wirklich von den Alten Meistern bewohnt. Sie fiel einem Kampf zwischen zwei Lagern eurer Vorfahren zum Opfer.«

»Was ist mit dem unausweichlichen Schicksal gemeint?«, wollte Dhalius wissen.

»Es ist die alte Geschichte über die ersten Bewohner dieses Planeten, die uns bis in die heutige Zeit verfolgt. Der galaktische Kodex sichert jedem Ort Schutz zu, an dem sich Leben entwickelt hat. Zudem kann jede Art über ihr Schicksal selbst bestimmen, sobald sie ein Bewusstsein entwickelt hat. Obwohl auf *Achala* bereits hochentwickeltes Leben existierte, haben sich einige der Alten Meister gegen ihren eigenen Kodex entschieden. Sie haben Einfluss auf das Leben genommen. Um Arbeitskräfte für den Abbau von Metallen zu gewinnen, wurden bereits existierende Lebewesen genetisch verändert. Diese dienten zweihunderttausend Jahre lang als Sklaven. Bis zu jenem denkwürdigen Tag, als die Eizelle einer Menschenfrau auch den Stoff der

Erkenntnis enthielt und den Samen eines Manuja-Mannes empfing. Von dem Tag an war die gemischte Vermehrung möglich.
Was später geschah, sollte euch bekannt sein. Ohne die biologische Barriere zwischen Manujas und Menschen, schien alles außer Kontrolle zu geraten. Daraufhin ordnete die galaktische Allianz die Vernichtung der entstandenen neuen Spezies und des un-
heilbringenden Ortes an.«

Bevor der *Kha* mit seiner Erklärung fortfuhr, erinnerte er die
Zuhörer noch daran, dass die *Große Reihe* zwar wenig Einfluss
in der Galaxis hätte, aber dennoch zur galaktischen Allianz gehörte und damit auch zur Einhaltung des Kodex verpflichtet sei.

»Die Alten Meister sollten den Planeten verlassen, aber einige
widersetzten sich und blieben. Letztlich wurde auch ihre letzte
Stadt, eben die von euch wiederentdeckte Anlage, zerstört. Die
Alten Meister überlebten und wollten neu anfangen. Dieses Mal
aber streng nach den Regeln des alten Kodex. Mit ihnen überlebten auch einige Varianten der Menschen.«

»Warum nennt ihr es das unausweichliche Schicksal?«,
wollte Khi wissen.

»Das hat mit zwei kosmischen Zyklen zu tun. Die Sonne bewegt sich auf einer heliozentrischen Spirale um das galaktische
Zentrum. Dabei gibt es auch energetisch ungünstige Phasen. Der
zweite Zyklus wird durch die geneigte Planetenachse verursacht.
Während Achala dabei eine Taumelbewegung vollzieht, zeigt
der Nordpol einmal in Richtung Energiezentrum der Galaxis und
einmal von ihm weg. Die *formgebenden Felder* der Lebewesen
verlieren dabei regelmäßig den Kontakt zum wichtigsten Infor-
mationsspeicher der Galaxis, dem zentralen schwarzen Loch. Intelligente Wesen benötigen aber eine konstante Energiezufuhr
für ihre geistige Entwicklung. Die regelmäßigen Unterbrechungen sind deshalb ein unausweichliches Schicksal. In dieser Phase
werden meist die negativen Kräfte stärker. Die Alten Meister gaben diesem Zyklus den Namen *Großes Jahr*.

Aber seit einiger Zeit tritt euer Planet in eine besonders
schwierige Phase ein. Die beiden kosmischen Zyklen beginnen
sich gerade gegenseitig zu verstärken. Deshalb bekommen die
Wesen auf Achala weniger kosmische Informationen.

Und noch etwas solltet ihr wissen: Als dieser Zustand das letzte Mal eintrat, veränderte sich das Klima dramatisch. Die Meeresströmungen nahmen andere Wege, weswegen die Nordhalbkugel fast vollständig vereiste.«

An dieser Stelle versuchte Ohlak den *Kha* zu unterbrechen, um seinen eigenen Vortrag fortzusetzen. Er wurde aber schroff zurückgewiesen, da ihm nicht das Wort erteilt sei, solange ein Mitglied der *Großen Reihe* spreche. Dann setzte der Kha seine Erklärung fort:»Wir sollten bei jeder Entscheidung berücksichtigen, dass auf *Achala* gerade wieder ein neuer Zyklus begonnen hat. Das kann Einfluss auf das Überleben aller Arten haben…

Wir Kha nennen den gerade beginnenden Zyklus das Zeitalter des Erwachens. Verbunden mit Bewegungen im Innern und auf der Oberfläche des Planeten, erwarten wir wieder ein großes Massensterben der Arten.«

»Bitte erkläre uns das genauer«, bat Khi und keiner rügte sie für diese Unterbrechung.

»Alle Einflüsse zusammen haben gravierende Auswirkungen auf die Bewegungen der Kontinentalplatten und das Klima. Auch der Polsprung hängt damit zusammen. Vermutlich wird es noch 30.000 Jahre dauern, bis das Klima kollabiert und die Eismassen auf der Nordhalbkugel wieder zurückgehen werden. Dieses Mal wird es aber schlimme Folgen haben. Der Meeresspiegel wird um 200 *Meh* ansteigen. Riesige Überflutungen wird es geben und der Kontinent am Südpol wird komplett zufrieren. Das wird dann der Zeitpunkt sein, an dem der brüchige Meeresboden links und rechts des atlantischen Grabens dem Druck von Atlantis nachgeben wird. Zu diesem Zeitpunkt wird der Rest des Kontinents versinken.«

Khi war die Angst ins Gesicht geschrieben und deshalb wurde ihr wahrscheinlich erlaubt, weitere Fragen zu stellen.

»Wie könnt ihr das so genau vorhersehen. Ist das vielleicht schon einmal passiert?«

»Es wird passiert sein, wenn wir aus der Zukunft in die Vergangenheit schauen werden.«

»Aber wie könnt ihr heute bereits das Wissen der Zukunft haben?«

»Es gibt in kosmischen Verhältnissen weder Zukunft noch Vergangenheit. Die Zeit ist nur eine Eigenschaft des Raumes. Sie bewegt sich relativ zum Standort des Betrachters. Nur in eurem dreidimensionalen Raum wird die Zeit so wahrgenommen, als bewege sie sich immer in eine Richtung.«

»Das verstehe ich nicht!«, war dieses Mal aus einer ganz anderen Richtung zu hören.

»Das ist normal. Die physikalischen Gesetze in höheren Schwingungsebenen werden euch erst jenseits des zweiundzwanzigsten Ausbildungsgrades klar werden. Allerdings gibt es in Atlantis keine Meister mehr, die dieses Wissen vermitteln könnten. Euch erwartet ein langer Weg. Glücklicherweise haben eure Vorfahren Vorkehrungen getroffen. Sie haben die *Wächter des Wissens* erschaffen und es bis heute geschafft, die dunklen Kräfte von ihnen fernzuhalten.«

Dann wurde Ohlak von dem Kha direkt angesprochen, indem er ihn aufforderte, jetzt mit seinem Vortrag fortzufahren. Das Gesagte musste Ohlak etwas verunsichert haben. Er hätte gern mehr Zeit gehabt, seine Taktik neu zu überdenken. Trotzdem setzte er seinen Vortrag wie geplant fort:

»Wie wir alle wissen, haben wir weder genügend Transportmittel, um alle Bewohner umzusiedeln, noch gibt es im Neuen Basileia ausreichend Menschen, um den Arbeitsaufwand zu stemmen. Aus diesem Grund werden wir nur diejenigen umsiedeln, die für den Wiederaufbau nötig sein werden. Für die Energieversorgung wird zuerst die große Pyramide instandgesetzt. Außerdem habe ich Grund zur Annahme, dass wir in diesem und anderen Bauwerken das komplette Wissen der Alten Meister finden werden. In den Gebäuden haben wir Hohlräume gefunden, zu denen es keinen direkten Zugang gibt. Wozu sollten Kammern ohne Zugang dienen, wenn nicht als Versteck?

Ich werde eine neue Spezies erschaffen, die uns die Arbeit erleichtern kann. Für die Arbeit in den Steinbrüchen sind die gegenwärtig lebenden Menschen nicht stark genug. Außerdem sind sie zu sehr mit sich selbst beschäftigt und nicht bereit, den Manujas freiwillig zu dienen. Wir könnten mit der Züchtung dort weitermachen, wo die Manujas vor dem Verbot der Genversuche aufgehört haben. Die neue Art sollte keinen Zugang zum höheren Bewusstsein haben, damit wir nicht gegen den galaktischen Kodex verstoßen.

Für die künftige Ausbildung der Manujas schlage ich die Schaffung einer Religion vor. Dafür brauchen wir ausgebildete Priester. Die vermittelten Lehren müssen streng mit dem Kurs des Königs und des Senats abgestimmt werden. Weiterhin soll das Wissen der Alten Meister nur dieser Priesterkaste zugänglich sein.«

An dieser Stelle kam wieder ein Einwand: »Warum nur der Priesterkaste?«

»Wer das Wissen teilt, teilt die Macht. Und wie das ausgeht, haben wir in der Vergangenheit gesehen. Es wird immer Strömungen geben, die sich gegen die geltende Ordnung wenden. Dieses Bestreben kann eingedämmt werden, wenn die Geheimnisse der Technik und der Natur nicht für alle zugänglich sind.«

Ohlaks Vortrag folgte noch eine einstündige Diskussion. Dabei bildeten sich zwei Lager. Ohlak hatte am Ende den Eindruck, dass er die Mehrheit für sich gewinnen konnte, weil seine Maßnahmen zwar brutal waren, sie damit aber eindeutig neue Wege beschreiten würden. Einige Senatsmitglieder sahen ihren Besitzstand schwinden. Ohlaks Weg bot ihnen eine Chance, diesen Verlust aufzuhalten.

Kandidat Nummer zwei war Fhilo. Er hatte früher lange in Basileia gelebt und war schließlich in *Brahmas Land* ausgewandert. Seine Vorschläge waren eher moderat aber trotzdem könnten sie die konservativen Leute provozieren. Zu den wichtigsten Maßnahmen gehörte, dass alle von Überflutung bedrohten Städte an der Atlantikküste von *Ragfara* neu aufgebaut werden sollten. Die Zivilisation könnte sich dann schrittweise nach Osten ausbreiten.

Um die Einheit von Geist und Natur wieder herzustellen, müsse das spirituelle Leben eine größere Rolle spielen. Bei der Erziehung der Kinder müsse sich Grundlegendes ändern. Die analytisch-rationale und die intuitive Gehirnhälfte müssten künftig wieder gleichermaßen gefördert werden. Nur das stelle sicher, dass die Naturgesetze wieder verstanden und angewendet werden könnten.

Fhilos Vortrag war viel weniger spektakulär. Interessant war jedoch, dass er nachweisen konnte, wie sich die Manujas in den letzten Jahrtausenden verändert hatten. Letztendlich war klar, dass sie Technik anwendeten, ohne diese richtig zu beherrschen. In einigen Fällen schien es so, als würden Computer intelligenter sein als die Manujas und dadurch deren Leben bestimmen.

Damit sprach er an, was jeder dachte aber niemand auszusprechen wagte: Es wurde von Jahr zu Jahr schwieriger, die eingefahrenen Wege zu verlassen. Das Vertrauen auf Althergebrachtes und auf das Wissen des Zentralarchivs hatte starre Machtstrukturen geschaffen und Dogmen bestimmten den Alltag. Wie seine Chancen standen, als König gewählt zu werden, war zu diesem Zeitpunkt nicht absehbar.

Stadt am Großen Fluss

Als die Sonne aufging, wurde Mhia von zwei Menschenfrauen abgeholt und sie fuhren zusammen in einem kleinen Fahrzeug davon, das mit Lotusblüten geschmückt war. Sie erfuhr vorher noch, dass sie auf die Zeremonie vorbereitet und auch angemessen gekleidet werden würde. Nicht über alle Details der Zeremonie würde Mhia später etwas erzählen dürfen. Dafür müsste sie während der sechzehnstündigen Weihe einen Eid ablegen. Die gesamte Initiation sollte vier Stunden nach Sonnenuntergang enden.

Shet dachte schon, sie würden jetzt den Weg zum Fluss laufen müssen, um Mhia bei ihrer Prüfung zu begleiten. Aber dann wurden auch sie mit einem Wagen abgeholt. Nur war der offen und nicht mit Blumen verziert. Auf beiden Seiten war eine Kartusche mit Hieroglyphen angebracht, die sie schon kannten.

Rhikeo erinnerte sich daran, dass man die dreidimensionalen Hieroglyphen berühren musste, um alle Informationen zu lesen. Er fuhr mit der linken Hand darüber und spürte Energie in seinen Körper strömen. Das war eine neue Erfahrung, aber er hatte keine

Übung damit. Deshalb meinte er enttäuscht zu Lheson: »Ich spüre etwas, aber ich weiß nicht, was es bedeutet!«

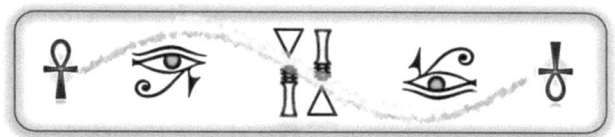

Hieroglyphen als Verzierung eines Transportwagens
(Ein Teil der energetischen Information wurde visualisiert.)

Ahtla-Ahma gab eine überraschende Antwort: »Du wirst es bald wissen. Was du eben gespürt hast, war **die Frequenz eines bestimmten Tons**. Den kann ein Priester mit seinem *Ankh*-Werkzeug erzeugen. Seht, an beiden Enden der Kartusche steht dieses Zeichen. Was die Tonhöhe zu bedeuten hat, erfahrt ihr später. Mit etwas Training wirst du noch mehr fühlen. Die **vierte Informationsebene** beinhaltet auch den **Ort, an dem sich die Hieroglyphe befindet**.«

»Wozu braucht man den Ort?«

»Jede Koordinate im Universum hat ein eigenes Energiemuster. So können sich Wesen im Raum orientieren, die nicht aus Teilchen bestehen. Es ist so etwas wie ein Kompass, nur dass er die Feldlinien der *formgebenden Felder* misst. Ein Wesen aus dem *Aka* kann dadurch feststellen, wo sich diese Hieroglyphe gerade befindet.«

»Aber wenn sich die Symbole mit einem Wagen bewegen, haben sie doch immer einen anderen Standort«, warf Lheson ein, aber noch bevor er es zu Ende gedacht hatte, kam er selbst auf die Antwort: »Man kann so erkennen, wie oft und auf welche Weise sich der Gegenstand bewegt!«

Ahtla-Ahma lächelte zustimmend: »Ich weiß, das ist sehr viel auf einmal. Dafür habt ihr Atlanter etwas, was den Aufgestiegenen wie mir manchmal fehlt. Es ist die Fähigkeit, sich mit ganz praktischen Sachen in der materiellen Welt zurechtzufinden. Nicht immer reicht das Spirituelle zum Überleben aus, vor allem dann, wenn man mal auf sich allein gestellt ist. Hier können wir auch von euch etwas lernen.«

Der Wagen stoppte am Flussufer und Mhia fühlte ein Kribbeln im Bauch. Was würde jetzt passieren und warum saß sie hier allein mit den beiden Menschenfrauen, die ihr keine Fragen beantworteten? Ein Boot näherte sich und der Wagen wurde darauf geschoben. Sie setzten zur anderen Seite des Flusses über. Der Morgennebel war über dem Fluss so dicht, dass man die Pyramiden nicht sehen konnte. Mhia wurde gebeten, auszusteigen und zwei mit dicken Stoffen bekleideten Männern zu folgen. Der Weg war mit weißen Kalksteinplatten ausgelegt, allerdings lief es sich darauf nicht besonders bequem. Mhia musste ständig ausweichen und über Hindernisse steigen, die wohl mit Absicht in den Weg eingearbeitet worden waren. Nun traten sie durch ein Tor in einer massiven Mauer. Dahinter thronte der riesige liegende Löwe, über den Mhia schon einiges erfahren hatte.

Aus einem Seitenflügel des angrenzenden Gebäudes trat Ahtla-Ahma heraus und sprach Mhia freundlich an:»Hier wirst du deine erste Aufgabe erhalten. Bitte schau dir den Obersten Wächter an. Wie der Name vermuten lässt, besteht seine gegenwärtige Aufgabe darin, über das Areal und die Geheimnisse dieses Ortes zu wachen. Beobachte genau seine Linien und sage mir, wann und zu welchem Zweck er ursprünglich errichtet wurde. Die Zeit ist vorbei, wenn der Löwe seinen eigenen Schatten sieht.«

Mhia fragte noch, welche Hilfsmittel sie benutzen dürfe. Die Antwort war:»Das entscheidest nur du!«

Bevor Mhia allein gelassen wurde, musste sie sich vor Ahtla-Ahma stellen. Die zeichnete mit Zeige- und Mittelfinger der rechten Hand zwei Striche auf ihren Brustkorb, als wolle sie den Buchstaben T schreiben. Dazu sprach sie die zwei Silben *Ah-ma* aus. Zuvor wurde Mhia erklärt, dass ihr Körper damit für das danach Folgende vorbereitet werde. Dieselbe Geste würde später jede Lektion abschließen.

Der Löwe schaute über den Fluss, also in Richtung Osten. Erst nach der Mittagszeit könnte er seinen eigenen Schatten sehen. Da die Sonne im Moment von Wolken verdeckt war, gab es aber keinen Schatten. Wie sollte sie diesen dann kontrollieren? Es half nichts, Mhia musste sich den Schatten anhand der ausgestrahlten Wärme vorstellen, die sie auf der Haut spüren konnte.

Die Augen des Löwen waren auf einen Punkt über dem Horizont fixiert. Das freundliche Gesicht wurde durch funkelnde Augen hervorgehoben. Diese Augen beeindruckten jeden Betrachter, als seien es Sterne am Himmel. *Vielleicht funkeln sie in Erwartung eines positiven Ereignisses? Möglicherweise einer Löwendame, die aus dem Osten kommt?*

Diesen Gedanken verwarf sie schnell als Unsinn und suchte nach weiteren Fakten. Dazu ging Mhia ein paar Schritte zurück und schaute genau von vorn auf den Löwen. Zwischen seinen Pranken stand eine Statue, die eine einfach gekleidete Frau darstellte. Die Verlängerung der Achse des Löwen lag auf einer Linie mit der Südseite der mittleren Pyramide. Irgendwie passte das nicht zusammen. Der Löwe war somit auf keine der Pyramiden eindeutig ausgerichtet. Einzige gemeinsame Ausrichtung waren die Himmelsrichtungen.

Nein, damit komme ich nicht weiter, dachte sie. Der Blick zum Himmel ließ den Standort der Sonne erahnen. Sie stand noch lange nicht im Zenit. Es blieb also noch genug Zeit. Schließlich kam sie doch wieder auf die Idee mit der Löwin zurück: *Jetzt wäre es gut zu wissen, ob dieser Einfall zuerst von meiner rechten, der gefühlsbetonten Gehirnhälfte ausging oder von der linken, der analytisch-rationalen.*

Seit Mhia Shet näher kannte, hatte sie das Gefühl, häufiger geschlechterbezogen zu denken. Ihr fielen plötzlich viel mehr Unterschiede zwischen Männern und Frauen auf. Nicht körperlich, sondern bei der Art, wie Männer und Frauen Probleme zu lösen versuchten.

Vielleicht mache ich einen Fehler, aber ich glaube, der Einfall war mehr analytischen Ursprungs, dachte sie und damit war die Entscheidung getroffen: Der Löwe wartete auf etwas, das irgendwann am Horizont auftauchen würde. Sie kletterte von hinten auf den Löwenrumpf und dann auf den Kopf. *Hoffentlich verstoße ich damit nicht gegen die Regeln*, dachte sie noch. Doch oben angekommen, konzentrierte sie sich auf den Horizont. Pech, dass dort nichts zu sehen war, nichts als bewaldete Hügel, die in einem Dunstschleier steckten.

Sie versuchte sich noch einmal zu erinnern, was ihre Aufgabe war:»Beobachte genau seine Linien und sage mir, wann und zu welchem Zweck er ursprünglich errichtet wurde.« Die Bewachung war also nicht seine ursprüngliche Aufgabe. So sehr sie ihr Ehrgeiz davon abhielt, sich Hilfe zu holen, in diesem Fall war es notwendig. Sie brauchte nicht lange, um eine telepathische Verbindung mit MhiaKha aufzubauen. Der hatte die Aufgabe schnell verstanden und suchte in seinen Quellen nach Hinweisen. Er ging zunächst davon aus, dass die Suche nur auf diesem Planeten Sinn machte, denn der Blick des Löwen reichte nur bis zum Horizont. Schließlich war das Firmament immer in Bewegung, so dass man dort keinen Fixpunkt anvisieren konnte..., oder? Nach einer ganzen Weile meldete er sich wieder.

»Mhia, ich habe da etwas. Es gab in der Vergangenheit auf mehreren Planeten solche steinernen Löwen. Einer davon ist besonders interessant. Den Stern, zu dem er gehört, nennt ihr Regulus. Er geht etwa alle 26.000 Jahre zum Zeitpunkt der Tagundnachtgleiche genau im Osten am Horizont auf. Regulus gehört zu einem Sternbild, das von den Alten Meistern Sternbild des Löwen genannt wurde. Auf dem dortigen Planeten existierte einst ein weibliches Gegenstück zu deinem Löwen. Leider ist der Planet nicht mehr bewohnbar und die steinerne Löwin längst von ihrer Sonne verbrannt worden. Also, so leid es mir tut, dein Löwe hat wohl Zeit seines Lebens vergebens auf seine Partnerin gewartet.«

»Wie lange hat er denn gewartet?«

»Nun ja, das sollten wir herausfinden können. Rechnet man alle Zyklen zurück, steht der Stern Regulus im Jahr 350.190 an genau der Stelle, auf die der Löwe blickt.«

»Aber dann wartet der arme Kerl ja schon 60.170 Jahre auf seine Gefährtin. Das nenne ich Liebe!«

Nachdem sich Mhia mit ihrem *Mentor* noch eine Weile darüber unterhalten hatte, zu welchem Zweck der Löwe letztendlich erschaffen wurde, wollte sie noch einmal sicher gehen und fragte ihn: »*Meinst du wirklich, dass er aus diesem Grund errichtet wurde?*«

»*Ich bin mir ganz sicher.*«

Als Mhia aus ihrer Trance zurückkehrte, saß Ahtla-Ahma neben ihr und lachte sie an. Ich habe geglaubt, du würdest es nicht rechtzeitig schaffen, aber dein Strahlen sagt mir, dass ich mich irrte.«

»Ich habe es herausgefunden, … ähm, eigentlich haben wir es herausgefunden.«

»Nun?«

»Die Alten Meister hatten eine Priesterin, die wie eine Göttin verehrt wurde. Sie nannten sie Nehit. Sie hat diese ganze Anlage hier geplant und deren Bau beaufsichtigt. Sie kamen von einem Planeten des Sterns Regulus. Der Löwe erinnert für alle Zeiten an die Herkunft des Wissens und den Zeitpunkt der Erbauung. Nehit und die Vertreter ihres Volkes hatten ihr Wissen mitgebracht und hier für die Ewigkeit hinterlassen.«

Tränen flossen Mhia beim Erzählen übers Gesicht. Sie konnte kaum fassen, dass doch noch jemand wusste, wo die *Alten Meister* herkamen. Wie konnten solche wichtigen Ereignisse bei den Manujas in Vergessenheit geraten? Oder gab es Gründe dafür, diesen Teil ihrer Geschichte geheim zu halten? Mhia beschloss, sich jetzt erstmal auf ihre Prüfung zu konzentrieren.

Ahtla-Ahma fragte auf telepathischem Weg: »*Hast du auch herausbekommen, wo sich Nehit heute befindet?*«

»*Mhia-Kha sagte nur, dass Nehit ein transdimensionales Wesen sei.*«

»*Du weißt, was das bedeutet?*«

»*Ich denke schon. Sie stammen aus einer dreidimensionalen Welt wie unsere und haben die Fähigkeit entwickelt, in andere Dimensionen und parallele Universen zu reisen. Das war auch dringend notwendig, weil der Stern Regulus ein viel kürzeres Leben als unsere Sonne hat. Der Planet, von dem sie zuletzt kamen, war auch nur ein Zwischenstopp, auf der Suche nach einer dauerhaft bewohnbaren Welt. Über diese Entfernungen reiste aber nur ihr Geist, nicht der Körper. Die Besonderheit von Nehit und ihrem Volk war wohl, dass sie anders als unsere Kha, nicht für immer in die feinstoffliche Welt aufsteigen wollten. So haben sie die stellaren Entfernungen bis zu uns überwunden und sich an diesem Ort wieder dreidimensionale Körper gegeben. Dafür wählten sie eine hier heimische Lebensform. MhiaKha vermutet, dass die Pyramiden auch dazu dienten, die Weiterreise eines Teils des Volkes zu ermöglichen.«*

Ahtla-Ahma antwortete: *»So etwa sehen wir das auch. Als Nehit und ihre Gefährten damals auf Achala ankamen, konnten sie noch nicht in andere Universen und damit auch noch nicht in der Zeit reisen. Genau wissen wir es nicht, aber wie du eben sagtest, dienten diese Pyramiden auch zur Weiterreise. Wohin sie gereist sind, wirst du vielleicht einmal herausfinden.«*

»Ist es meine Aufgabe, das herauszufinden?«

»Zunächst musst du das lernen, was vom Wissen darüber noch übrig ist. Gelingt es dir, wäre der nächste Schritt, es weiterzuvererben. Neues herauszufinden, wird nur gelingen, wenn die Anzahl der Wissenden wieder steigt. Vergiss nicht, es gibt auch die dunklen Kräfte, deren Ziele andere sind. Diese dunklen Gestalten sind überall und nicht immer leicht zu erkennen. Schlimmer noch, sie wissen oft gar nicht, dass sie Werkzeuge der dunklen Mächte sind und lassen sich erst blenden und dann manipulieren. Die dunklen Mächte möchten nicht, dass alle Wesen aufsteigen können. Dann müssten sie ihr Wissen über das Universum und ihre Macht teilen. Merke dir eins: An diesem bipolaren Prinzip zwischen dunklen und hellen Kräften, wie wir es nennen, wird sich wohl niemals etwas ändern. Das ist unser Schicksal. Und das ist das Schicksal aller auf uns folgenden Generationen.«

Ahtla-Ahma stand auf, stellte sich vor Mhia und führte Zeige- und Mittelfinger ihrer rechten Hand über den Brustkorb ihrer Schülerin. Wieder zeichneten die Finger ein T, während sie die Silben *Ah-ma* sprach. Danach zeigte sie zur kleinsten der drei Pyramiden:»Deine zweite Aufgabe steht nun an. Ich bringe dich jetzt zum dazugehörigen Weihetempel. Deine Aufgabe soll sein, den richtigen Eingang in die Pyramide zu finden und mir nach deiner Rückkehr zu sagen, was du darin gefunden hast. Kehre

zurück, wenn du weißt, was den elften Meistergrad ausmacht. Ich gebe dir noch ein paar grundlegende Hinweise mit auf den Weg.«
Ahtla-Ahma schrieb drei Zeilen in den Staub...
1. Stufe in der kleinen Pyramide = 11. Meistergrad
2. Stufe in der mittleren Pyramide = 22. Meistergrad
3. Stufe in der großen Pyramide = 33. Meistergrad
Danach zeichnete sie einen Kreis und teilte ihn in drei unterschiedliche Kreissegmente auf. Nun erklärte sie weiter: »Für jede Stufe muss der Prüfling eine bestimmte Strecke in der Pyramide abschreiten. Dein heutiger Weg hat die Länge von 123 *Meh*.
Die Meisterwege in allen drei Pyramiden ergeben zusammen eine Länge von 360 Meh.

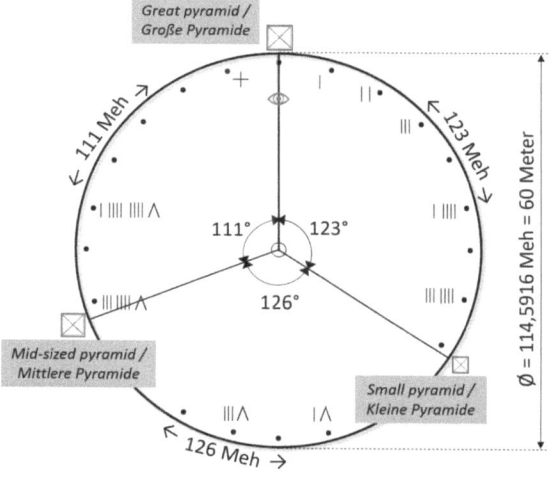

Länge der Meisterwege und Herleitung der Längeneinheit Meter

Du siehst also, dass die einzelnen Längen nicht zufällig gewählt sind. Der Kreis schließt sich nur für diejenigen, die zuvor die richtige Strecke gefunden haben. Ich erzähle das heute, weil du verstehen sollst, dass uns der Kreis mit seinen Mysterien zu weiteren wichtigen Maßen führen wird. Wie du in der Zeichnung sehen kannst, beträgt der Durchmesser genau 60 Meter, wenn der

Umfang 360 Meh, oder wie die Alten Meister sagten, 60 Königsellen lang ist. Merke dir die Einheit *Meter*. Du wirst sie später vielleicht noch einmal brauchen.«

Mhia konnte gar nichts mit der Längeneinheit Meter anfangen und dachte sich, dass eine Erklärung vielleicht noch folgen würde. Das war aber nicht so und weil auch keine Nachfrage kam, fuhr die Priesterin mit ihren Hinweisen fort: »Bevor wir zur kleinen Pyramide gehen, erfährst du noch eine Besonderheit der **großen** Pyramide. Sie weist uns auf den dortigen Abschluss der Ausbildung und die Vollendung des Kreises hin. Es gibt dort 216 innere Steinschichten (6 mal 6 mal 6). Dagegen liegen in der äußeren glatten Kalksteinverkleidung genau 144 Steine. Das ergibt von außen nach innen ein Verhältnis von 2:3, was den Übergang von der 2. zur 3. Meisterschaft symbolisiert. Zusammen sind es wieder 360 Steinschichten (144+216=360).«

Mhia wusste natürlich von der Einteilung des Kreises in 360 Grad. Ebenso kannte sie die Winkelfunktionen und die Grundlagen der Geometrie. Sie hörte aber niemals jemanden darüber sprechen, dass es sich um fundamentale Zusammenhänge im Universum handelte, die sogar die gesellschaftlichen Entwicklungsprozesse beeinflussten. Viele Manujas glaubten zu dieser Zeit, dass die Maßsysteme Erfindungen der Alten Meister waren. Dass sie sich da irrten, würde eine der wichtigen Erkenntnisse für Mhia werden.

Zu jeder Pyramide führte nur ein einziger Weg und jeder begann am Flussufer. Dort gab es dafür einen eigenen Anlegesteg und ein kleines Tempelgebäude, an dem Mhia nun empfangen wurde. Sie erfuhr noch einmal, dass die Tempel in erster Linie Arbeitsstätten der Priester waren. Diese Tempel hatten je nach Form und Ausstattung unterschiedliche Funktionen. Alle verband aber etwas Gemeinsames. Sie dienten der Ausbildung und dem Training von Körper und Geist. Auch Geburt und Tod spielten bei vielen spirituellen Handlungen eine Rolle. Im Moment dachte Mhia aber nur darüber nach, was als Nächstes kommen würde. Am Ufertempel angekommen, wurden sie von elf weiteren Priestern empfangen. Es waren männliche und weibliche darunter. Erst beim Näherkommen erkannte Mhia auch Shoa. Die begrüßte Mhia mit:»Deine Freunde sind auch schon da und Shet ist bestimmt genauso aufgeregt wie du!«

Mhia schaute sich verwundert um:»Ich kann sie nicht sehen!« »Sie werden im Taltempel der mittleren Pyramide bleiben. Ihr werdet euch aber dennoch sehen.« Mit den Priestern und Mhia waren es insgesamt dreizehn Personen, die nun gemeinsam den schnurgeraden Weg zur Pyramide liefen. Unterwegs fielen ihr Skulpturen auf. Teilweise aus Stein, teilweise aus organischem Material. Auffällig war, dass fast ausschließlich lustige Alltagsszenen dargestellt wurden, in denen sich der Betrachter häufig selbst erkennen konnte. In den meisten Szenen tauchten mehrere Personen auf, manchmal auch Tiere. Übertriebene Körperproportionen betonten den Charakter der Darsteller. Man konnte nicht an den Kunstwerken vorbeigehen, ohne mindestens einmal herzhaft zu lachen. So mancher wird sich dabei an komische Begebenheiten im eigenen Leben erinnert haben. Mhia fiel ein Satz ihres Großvaters ein. Der sagte mal, dass die guten Seelen auch über sich selbst lachen könnten, die Bösen nur über andere. In keiner Alltagssituation den Humor zu verlieren, sei ein Teil der Weisheit.

Der Weg endete am kleinen Weihetempel auf dem Vorplatz östlich der Pyramide. Im Innern setzten sich alle zwölf Priester jeweils vor eine Säule. Niemand sagte Mhia, was sie tun sollte. Intuitiv stellte sie sich auf einen Teppich, der in der Mitte des Raumes lag.

Als erstes bekam Mhia wieder das *Ah-ma,* indem Ahtla-Ahma ihre Hand über den Brustkorb führte. Danach war ihr Körper für die nächste Lektion bereit. Die Priesterin zog ein Werkzeug aus Metall aus ihrem Umhang. Mhia erfuhr nun, dass es sich um das *Ankh* handelte. Das wurde an diesem Morgen auch schon ihren Freunden erklärt. Ahtla-Ahma schlug es an einer Steinsäule an und es erklang ein tiefer und sauberer Ton. Das Ankh hielt die Priesterin nun für einen Moment vor Mhias Gesicht, sodass sie sich die Tonhöhe genau einprägen konnte.

Acht der anwesenden zwölf Priester begannen zu singen. Eigentlich war es kein Gesang. Mit unterschiedlicher Lautstärke stimmte jeder nur einen einzigen Ton an. Nach einer Weile ergab sich eine Harmonie. Später stimmten auch die vier restlichen Sänger mit ein. Sie hatten scheinbar die Aufgabe, die dazwischenliegenden Halbtöne zu erzeugen. Mhia kannte diese Art Gesang, weil es ihre Mutter auch bei der Resonanztherapie benutzte. Weil die Töne ein Schwindelgefühl verursachten, setzte sich Mhia bequem hin und stützte sich mit den Armen ab. Die beabsichtigte Wirkung ließ nicht lange auf sich warten. Der Trancezustand trat ein, ließ sie aber bei vollem Bewusstsein bleiben. Ohne zu wissen, ob es akustisch oder telepathisch zu ihr drang, hörte sie nun folgende Stimme:

»In Kürze wirst du den Raum betreten, wo du das Tor zu deinem nächsten Lebensabschnitt finden sollst. Der Raum liegt im Moment noch im Dunkeln. Deine Aufgabe ist es, den Eingang zu finden. Danach musst du einen Weg innerhalb der Pyramide abschreiten. Wer reif genug ist, wird intuitiv die richtigen Schritte gehen. Aber vorher schaue dir die Pyramide genau von außen an und finde heraus, was ihre äußeren Merkmale mit dir gemeinsam haben.«

Mhia stand auf und ging auf die Pyramide zu. Ihre Augen versuchten, alle Details zu erkennen. Mit den Händen berührte sie die Oberfläche. Ungewöhnlich war, dass die unteren Steinreihen aus rauen, an der Außenfläche fast unbearbeiteten Steinquadern bestand. Nur die Fugen waren perfekt, sodass kein Fingernagel dazwischen passte. Außerdem handelte es sich um sehr hartes Gestein. War es den Bauherren zu mühsam gewesen, die Oberfläche zu glätten? Das schien ihr nicht plausibel. Das gesamte Plateau um die Pyramide herum war mit härteren Steinplatten ausgelegt. Die waren so glatt, dass der Belag wie eine Wasseroberfläche glänzte.

Um die Perspektive zu ändern, beschloss sie, weiter zu gehen. Nun erkannte Mhia, was die kleinere Pyramide von den zwei Größeren unterschied: Nur hier bestand das untere Drittel aus anderem Material. Oberhalb dieser Reihen war die Oberfläche glatt und fast weiß. Nur dieser Teil reflektierte das Tageslicht.

Hier stimmt doch etwas nicht, dachte Mhia und überlegte mit geschlossenen Augen weiter, weil sie sich dabei an die gesehenen Details besser erinnern konnte.

Die gesamte Anlage ist perfekt angelegt. Bei den Steinquadern hat jeder einzelne Stein eine geringfügig andere Form und Größe und doch ist das Ganze präzise zusammengefügt. Nur alles zusammen bildet eine makellose, geometrische Form. Das muss eine Botschaft sein!

Jetzt öffnete sie ihre Augen wieder und sah sich um. Das brachte keine neue Erkenntnis, deshalb wollte sie wieder ihre analytische Hirnhälfte ansprechen und fing an, die Steinreihen der Pyramide zu zählen. Schon bald fiel ihr die Bedeutung der rauen Steine ein:

Natürlich! Es sind 16 Reihen raue Steine. Wir Manujas dürfen mit 16 Jahren die Prüfung zum elften Grad ablegen. So einfach ist es manchmal, Symbole im Stein zu hinterlassen. Und warum die unteren Steine rauer sind als die oberen, lässt sich nun auch beantworten!

Nach und nach kam sie den Antworten näher. Natürlich waren die Steine rau, weil es genau das widerspiegelte, was Mhia und alle anderen Manujas in ihrem Leben durchmachten. Am Anfang war niemand perfekt. Schritt für Schritt erlangte jeder die Kenntnisse und Fähigkeiten, bis die nächste Prüfung anstand. Der Grundaufbau jeder Pyramide ist stufenförmig. Was ihren Lebensweg betraf, befand sie sich an diesem Tag genau am Übergang vom rauen zum glatten Stein. Letztlich fiel ihr auch ein, warum jeder Stein eine andere Größe und etwas andere Form haben musste, obwohl alle zusammen eine perfekte Reihe ergaben: *Das ist genau wie bei den Manujas. Jeder sieht ein wenig anders aus, hat ein paar andere Eigenschaften und doch gehören alle zusammen. Es gibt einige, die auserwählt wurden, eine besondere Rolle zu spielen, so wie die Ecksteine, welche die Aufgabe haben, die äußere und innere Form zu bestimmen.*

Dann erinnerte sie sich an ein Detail an der Nordseite. Mit langen Schritten lief sie um die Ecke und stand davor. Hier gab es eine Stelle, wo die Steine anders waren. Sechs Steine hoch und etwas mehr als fünf Steine breit waren glattgeschliffen.

War es zu aufwendig, die komplette Fläche zu glätten? Unsinn, dachte Mhia. *Das passt nicht zum Gesamtkonzept. Diese Stelle markiert etwas. Vielleicht den Eingang? Ich sehe aber keine Tür. Oder muss ich selbst den Öffnungsmechanismus finden, wenn ich wie ein geglätteter Stein werden will?* Mehr fiel ihr aber auch nicht ein. Erst viele Jahre später würde sie selbst noch darauf kommen, warum die besondere Stelle an der Ostseite genau aus 32 geschliffenen Steinen bestand. Mhia überlegte, welche Hilfe sie bekommen könnte. Ahtla-Ahma hatte vorhin zu ihr gesagt, sie könne über ihre Hilfsmittel selbst entscheiden.

Als sie sich an diesem Morgen die festliche Kleidung angezogen hatte, war ihr aufgefallen, dass es darin keinerlei Taschen gab. Das hatte Mhia mit einem Schmunzeln aufgenommen und geglaubt, es sei Absicht. Daraufhin wollte sie schon ihren eiförmigen Stein bei den abgelegten Sachen lassen. Irgendwas sagte ihr dann aber, dass das kein unerlaubtes Hilfsmittel sein könne. So blieb ihr nichts anderes übrig, als den Stein in ihrer Hautkleidung zu verstauen. Das war etwas unbequem und er rutschte dann auch immer wieder an unmögliche Stellen. Inzwischen hatte sie aber schon gar nicht mehr daran gedacht.

Nun schob Mhia ihre Hand durch die dicken Stoffschichten und holte den Stein heraus, den Mutter auch manchmal als *Portstein* bezeichnet hatte. Sie staunte. Das sonst tiefblaue Material war nun auf einer Seite violett bis braun. *Hat mein Körperschweiß die Färbung verursacht?*

Der Stein war warm, vielleicht sogar wärmer als ihre Körpertemperatur. Mhia wusste, dass er hauptsächlich aus Silizium bestand, aber im Innern einen Einschluss kleiner Fluoritkristalle enthielt. Diese Kristalle bildeten oft interessante Gitterstrukturen. Als mögliche Ursache für die Verfärbung fiel ihr ein, dass sich diese Ionengitter verändert haben könnten. Auslöser könnte die chemische Energie in ihrem Schweiß gewesen sein oder vielleicht auch etwas in dieser Umgebung. Die Ionengitter der Fluorite hatten auch sonst eine sonderbare Eigenschaft. Deswegen behaupteten manche Manujas, dass diese Kristalle lebendige Wesen seien. Sie veränderten sich im Laufe ihres Lebens, und zwar so, dass sie ihre Würfelform (Hexaeder) in eine doppelte Pyramidenform (Oktaeder) ändern konnten und auch umgekehrt. Ein Oktaeder sah aus wie zwei an der Grundfläche zusammengeklebte vierseitige Pyramiden. Wann genau und warum das passiert, wusste Mhia nicht. Aber nun schien es so zu sein und irgendetwas an diesem Ort war der Grund.

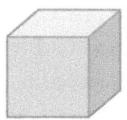 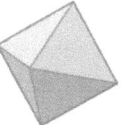

Hexaeder (Würfel) und Oktaeder (doppelte Pyramide)

Wie auch immer, sie nahm den Stein in die linke Hand und legte diese auf ihre Brust. Mit der rechten Hand berührte sie einen der glatt polierten Steine an der Pyramide. Wie damals im Wald bei den zwei Monolithen versuchte sie, ein Tor zum *Aka* zu öffnen.

In diesem Moment war ihr noch nicht klar, dass ihr Körper sowohl damals als auch an diesem Tag erhöhte Temperatur hatte. Nur dieses Mal war eine außergewöhnliche Hirnaktivität der Grund.

Mhias Augen waren offen und nahmen bis dahin nur die Wand vor sich wahr. Das änderte sich nun. Die Konturen verschwammen und es wurde dunkel. Sie fröstelte und ihr Körper zitterte, während sich Angst ausbreitete. Irgendwie ahnte sie schon, dass etwas auf sie zukommen würde. Ihr war nämlich gerade wieder eingefallen, dass der Weg zur Erkenntnis nicht nur das Positive, sondern auch alles Negative dieser Welt beinhaltete.

Es war komplett dunkel und die Wand vor ihr nicht mehr da. Panisch versuchte sie mit den Händen zu ertasten, wo sie sich befand. Sie stieß sich schmerzhaft den Kopf. Es war ein absteigender Gang, nur zwei *Meh* hoch. In gebückter Haltung krabbelte sie vorwärts. Die Anstrengung trieb ihr wieder Schweiß auf die Stirn. Das Frösteln hingegen war vorbei. Sie hatte 60 Schritte gezählt, bis der Gang plötzlich in einer Kammer endete, wo sie aufrecht stehen konnte. Sie erschrak. Die linke Hand war leer. Sie musste den *Portstein* verloren haben. Die absolute Dunkelheit und der Verlust des Steins machten noch etwas mit ihr. Angst durchfuhr sie und in der Bauchgegend kam ein ganz unangenehmes Gefühl dazu. Es war das Bedürfnis, ihren Darm zu erleichtern. *Das hat mir noch gefehlt. Was soll ich denn jetzt machen?* Es war reale Angst in einer Situation, der sie sich nicht entziehen konnte. Hingehockt und die Arme um die Knie geschlungen, musste dann irgendetwas im Gehirn passiert sein. Sie machte sich noch einmal klar, dass das alles Teil der Prüfung sei. Vorsichtig stand sie wieder auf und hielt dabei ihre Hand schützend vor den Kopf. Er schmerzte noch vom letzten Stoß. Mit einer Hand suchte sie vorsichtig die Wand auf der linken Seite ab. Dort gab es schmale senkrechte Nischen. Die waren etwa raumhoch aber nur so breit, dass die Finger geradeso hineinpassten. Ihre Hand fand die erste Nische gleich neben dem Eingang zu dieser Kammer. Diese untersuchte sie erstmal genauer und fuhr mit den Fingern in einen schmalen Spalt. Dabei durchfloss ihren Körper ein Glücksgefühl. Sie sah eine wunderschöne Landschaft mit einer Herde von Wildpferden. Auf einigen ritten Männer mit strahlenden Gesichtern, während sie die Herde vor sich hertrieben. Dann endete die Filmsequenz in ihrem Kopf.

Neugierig steckte sie die Hand in die nächste Nische und eine Welle negativer Energie schoss in ihren Körper. Der Reflex, die Hand zurückzuziehen, wurde durch irgendetwas blockiert. Sie sah Rauch, der sich gerade verzog und den Blick auf ein völlig verbranntes Dorf freigab. Die Häuser wurden von fließender Lava überrollt und sie sah zwei Kinder vor der Lavamasse davonrennen. Sie hielten sich an den Händen, bis eines der beiden stolperte und auf dem Boden aufschlug. Das zweite Kind wollte helfen, aber die Hitze des flüssigen Gesteins ließ die Haut beider Kinder verdampfen. Mhia hörte noch das kurze Schreien und dann atmete sie die Luft ein, die mit dem verdampften Fleisch geschwängert war. Während sie mit einem Brechreiz kämpfte, war nur noch glühendes, funkensprühendes Gestein zu sehen und diese Szene war vorbei.

Nie wieder stecke ich eine Hand in diese Nischen, dachte sie und stand in dem völlig dunklen Raum, allein und den Tränen nahe. Ob es ihr Unterbewusstsein war oder einfach nur die

Neugierde, jedenfalls tat sie zwei Schritte und übersprang ein paar der Nischen, bevor ihre Hand wieder in eine hineinfuhr. Aber es passierte nichts, nur ein Kribbeln im Arm, als hätte sie ein stromführendes Teil berührt. Danach versuchte sie einfach, den Ausgang zu finden. Der befand sich genau gegenüber vom Eingangsschacht und führte in einen weiteren Gang, ebenso schmal und niedrig wie der erste. Schon ein kleines Stück weiter versperrte eine steinerne Tür den Weg aus der Kammer. Es fand sich kein Spalt oder Öffnungsmechanismus.

So einfach wollen die es mir scheinbar doch nicht machen, dachte sie und ging wieder zurück. Dieses Mal fuhr sie mit der Hand alle Wände ab. Als sie die Finger über die bereits untersuchten Nischen führte, strahlten diese Wärme aus. Sie nahm ihren Mut zusammen und wählte die nächste, noch unerforschte Nische.

Ein Glücksgefühl fuhr in ihren Körper und Bilder schossen ihr durch den Kopf, die sie auch schon einmal in Basileia gesehen hatte. Zwei schwangere Frauen badeten in einer flachen Meeresbucht und mehrere Delfine tummelten sich um sie. Eine von beiden drehte sich auf den Rücken, während sie im flachen Wasser trieb. Sie schien völlig entspannt, und rief etwas in einer Sprache, die Mhia nicht verstand. Ein Mann trat heran, hielt aber ein paar Armlängen Abstand.

Dann ging alles schnell. Es dauerte nur Sekunden und das Wasser färbte sich trüb. Einer der Delfine stupste ein Neugeborenes an die Wasseroberfläche, während die Mutter einfach weiter auf dem Rücken liegend schwamm. Danach geschah etwas, das Mhia noch nicht gesehen hatte. Aus dem Geburtskanal schob sich etwas Blutiges, offenbar die Plazenta. Ein zweiter Delfin schnappte danach und verschwand damit im tiefen Wasser. Der Mann holte das Neugeborene, trennte es von den Resten der Plazenta und legte es der Frau auf den Brustkorb. Mhia hatte bereits Geburten gesehen. Aber dieser Anblick erzeugte ein besonderes Glücksgefühl und in der Bauchgegend ein wohltuendes Kribbeln.

Automatisch schob sie ihre Hand in die nächste Nische. Wie vermutet, begann das Erlebnis hier wieder mit negativer Energie, die dieses Mal aber durch die Füße in sie hineinströmte. Sie stand in einem schwach beleuchteten Gang, mindestens dreimal so hoch wie ihr Körper. Es stank fürchterlich nach Exkrementen, die überall herumlagen. Das Bild veränderte sich und Mhia sah riesige Gestalten mit Werkzeugen gegen die Wände schlagen. Andere Exemplare sammelten die Bruchstücke ein und legten sie in Transportwagen. Einer davon musste Schmerzen haben und heulte fürchterlich. Er wurde von einem kleineren Geschöpf angeschrien. Es hätte ein Manuja im Schutzanzug gewesen sein können, vielleicht weil die Atemluft an diesem Ort schädlich war. Als sich der Riese aufbäumte und wehrte, wurde er mit einem Stromschlag bestraft. Der markerschütternde Schrei hallte in Mhias Körper nach. Die Bildsequenzen liefen schneller weiter und sie stand in einem Steinbruch, wo große Blöcke bearbeitet und bewegt wurden. Auch die dortigen Riesen wurden mit Waffen zur Arbeit gezwungen. Die Bildfolge veränderte sich wieder und Mhia schaute auf eine Stadt, die offenbar mit diesen Steinen erbaut wurde. Dieser Ort kam Mhia nicht bekannt vor. Auch merkwürdige Tiere gab es hier. Sie hatte das Gefühl, nicht willkommen zu sein.

Wieder ein Wechsel der Filmsequenzen. Nun wurde der Himmel von einem gelben Nebel verdunkelt. Man sah eine kleine Stadt und umliegende Dörfer, in denen Riesen in kreisrunden Hütten lebten. Es waren auffallend viele Kinder zu sehen. Alle sahen irgendwie abgemagert aus und schienen auf engstem Raum zu leben. Die Kleinsten bewegten sich tollpatschig und wurden von größeren zurechtgewiesen. Ein paar Halbwüchsige spielten ein Spiel. Der Nebel näherte sich der Stadt und dann lief der Film im Zeitraffer ab. Zuerst trugen die Riesen einzelne tote Kinder aus ihren Hütten, dann wurden es immer mehr. Inzwischen spielten keine Kinder mehr draußen und am Dorfrand sah man Berge toter Körper liegen. Dieser Anblick war schon schrecklich genug, aber nun wurden die Toten aus der Nähe gezeigt. Geschwollene Augen und Lippen und an allen unbehaarten Stellen rotbraune Punkte, viele davon blasig oder bereits aufgebrochen.

»Warum passiert das und warum hilft hier keiner?«, rief Mhia laut. Der Zeitraffer lief weiter, bis Mhia nur noch geschwächte

Exemplare sah. Zudem lagen Leichen zwischen den Häusern herum, deren Verwesung weit fortgeschritten war. Einen Augenblick später änderte sich die Perspektive und die Bilder waren aus der Luft zu sehen, als würde ein Flugboot über die Landschaft fliegen. Dörfer mit toten Riesen, … die Landschaft wechselte und wieder nur noch Tote, an denen Tiere fraßen, … noch mehr verwesende Leichen, dann Knochenberge, … Wechsel der Jahreszeiten, … sich ausbreitende Vegetation, welche die Reste der Stadt überwucherte und dann war plötzlich alles vorbei.

Mhia setzte sich auf den kalten Steinboden, völlig durchgeschwitzt und verzweifelt: *Soll das nun so weitergehen? Ich werde die Hand aus den nächsten Spalten einfach schnell wieder herausziehen, vielleicht ist der Albtraum dann früher vorbei*, dachte sie. Aber das war ein Irrtum. An dieser Stelle angekommen, gab es für Mhia nur eine Möglichkeit, das Grauen zu beenden: Sie musste weitergehen.

Die nächste Nische müsste der Logik nach wieder ein schönes Erlebnis in ihrem Kopf projizieren. Das war dann auch so, allerdings wurden die darauffolgenden Ereignisse immer extremer.

Je länger Mhia diesen Eindrücken ausgesetzt war, desto mehr veränderte sich ihr eigenes Empfinden. Sie erlebte negative Eindrücke nicht mehr so emotional. Das war, als stumpfe sie ab, als kämen die schrecklichen Eindrücke nicht mehr an ihr Herz heran. In gleicher Weise empfand Mhia aber auch, dass die schönen Dinge, die sie anfangs mit Kribbeln im Bauch erlebte, kaum noch positive Regungen verursachten.

Schließlich näherte sich Mhia der vorletzten Nische am Ende des Raumes. Dieses negative Erlebnis erschütterte sie dann doch noch einmal besonders. Schwere Stürme zerfetzten die Küsten der Kontinente. Riesige Wellen peitschten weit ins Land und überspülten Städte und zogen auf dem Rückweg ganze Viehherden mit ins Meer hinein. Später sah sie aus der Luft etwas, das sie erst nicht erkannte. Die Sequenz wiederholte sich mehrere Male, bis ihr klar wurde, dass der *Große Fluss* das gesamte Areal überschwemmt hatte, einschließlich dieser Pyramiden. Der Fluss war so breit wie ein Meer. Von der kleinen Pyramide schaute nur noch die Spitze heraus. Mhia fragte sich, wann das geschehen sein konnte und ob es bereits so lange zurücklag, dass sich die lebenden Manujas nicht mehr daran erinnerten. Oder lag das Ereignis etwa in der Zukunft? Endlich waren alle dreizehn Nischen der linken Raumhälfte abgetastet und deren Botschaften ausgelesen. Die erste und die letzte Nische enthielten positive Nachrichten. Mhia hoffte, dass das kein Zufall war. Auf der rechten Raumseite ertastete sie ebenfalls dreizehn Nischen. Die enthielten allerdings keine Botschaften. Sie wusste nun aber, dass der Raum mit zweimal dreizehn Nischen ausgestattet war. Danach versuchte sie, die Kammer noch einmal an dem weiterführenden Gang zu verlassen. Das steinerne Hindernis war immer noch da und auch jetzt konnte sie keinen Öffnungsmechanismus ertasten. So versuchte sie das Gleiche wie am Eingang zur Pyramide. Dieses Mal legte sie aber beide Hände auf den Stein und als sei es ein Reflex, erzeugte sie den gleichen Ton, den sie sich vor dem Betreten der Pyramide eingeprägt hatte. Die Oberfläche wurde warm und tatsächlich veränderte sich dessen Konsistenz. Ein paar Sekunden später konnte sie die Arme durch den Stein stecken, als wäre er flüssig geworden. *Ist das real? Ich fühle meinen Körper, aber der kann doch nicht wirklich durch eine Wand aus Stein gehen, oder?*

Mhia versuchte es einfach und schob sich durch den Steinblock, dem noch zwei weitere folgten, bevor sie in den dahinterliegenden waagerechten Gang kriechen konnte. Etwas hatte sich hier allerdings verändert. Es war das Licht. Mit jedem Schritt wurde es ein wenig heller und sie stand schließlich wieder in einem Raum. Nur war der viel größer. Was für ein Glück, dass sie hier etwas sehen konnte, anderenfalls wäre sie vielleicht in den Schacht gefallen, der von der Mitte des Raumes schräg nach unten führte. *Soll ich hinunter gehen?* Sie tat es nicht, sondern ging erstmal um die Öffnung im Boden herum bis zum Ende des Raumes.

Zwischendurch wischte sie sich den Schweiß aus dem Gesicht und dachte: *Was bedeutet das denn nun schon wieder? Ich kann sehen, selbst wenn ich mir die Augen zuhalte. Ob das mein inneres Auge ist, das sich geöffnet hat?*

Die Theorie darüber kannte Mhia, seit sie zwischen den Steinen im Wald ins Aka gereist war. So wusste sie, dass Manujas ihr inneres Auge darauf trainieren konnten, die *formgebenden Felder* zu sehen, die jeden Körper umgaben. Man empfand sein Umfeld dann so, als wäre alles von Licht durchflutet. Sogar Farben konnten gefühlt werden. Diese Felder wurden nicht von den Augen, sondern von den Rezeptoren im Gehirn erfasst. Eine kleine Stufe nach unten führte in den hinteren Teil dieser Kammer. Das teilte den Raum in einen niedrigeren und einen höheren Bereich. Die Stufe war eher ein schräger Absatz und das war merkwürdig. Es schien keinen Sinn zu machen, eine so aufwendige Schräge anzubringen. Darüber wollte Mhia später noch einmal nachdenken.

Im hinteren Teil angekommen, fand sie eine rechteckige Mulde, die in den Boden eingelassen war. *Wozu dient das? Darin ist so viel Platz, dass ich mich bequem hineinlegen könnte. Ob das der Sinn dieser Mulde ist?* Ohne weiter darüber nachzudenken, stieg Mhia hinein. Als sie ihren Kopf hinlegen wollte, schmerzten die Augen, als würde jemand mit den Daumen darauf drücken. Sie versuchte es andersherum. So war es tatsächlich besser. Der Kopf zeigte nun nach Norden. In dieser Position entspannte der ganze Körper. Dabei fiel ihr wieder ein, dass einer der Priester gesagt hatte, sie solle immer das Gleichgewicht behalten und erst ruhen, wenn es an der Zeit sei. Wenn sie aber den richtigen Platz dafür gefunden hätte, müsse sie dort verweilen und den richtigen Ton finden. Damit könne sie schließlich das Tor öffnen.

Als der Priester das zu ihr sagte, hatte sie sich nicht getraut zuzugeben, nichts von seinen Worten verstanden zu haben. Nun lag sie hier und hatte das Gefühl, dass ihr Körper von den Füßen bis in den Kopf von einer wohltuenden Energie durchströmt wurde. *Das muss der Moment sein, wo ich den richtigen Ton finden soll*, dachte Mhia. Sie versuchte es und erzeugte mit ihrem Kehlkopf unterschiedlich hohe Summtöne. Es dauerte etwas, doch dann war es so weit. Sie glaubte vom Boden abzuheben und schwerelos ein Stück über der Mulde zu schweben. Das Gefühl war herrlich und sie sah keinen Anlass, jemals wieder damit aufzuhören. Am Ende hatte Mhia keine Ahnung, wie lange dieser Zustand andauerte. Sie richtete sich wieder auf, als sie plötzlich das Bedürfnis danach hatte.

Noch im Sitzen dachte Mhia darüber nach, was bis jetzt passiert war. Ihr kamen immer mehr Zweifel, ob sie den richtigen Weg gewählt hatte. Was war der Grund für die komplizierten geometrischen Formen und Maße dieser Kammerabschnitte? Eigentlich wusste sie ja, dass der Bau aller Gebäude auf dem Plateau von vornherein durchdacht wurde. Jedes Detail erfüllte einen Zweck. Aus der Architektur in Basileia wusste sie, dass jedes Detail etwas verbarg und auch einen Bezug zu anderen Details hatte. So musste es auch mit diesen Räumen sein.

Trotzdem fiel ihr nichts besseres ein, als alles genau auszumessen. Sie wollte diese Idee schon wieder aufgeben, als sie merkte, dass das Erfassen der Abmessungen ein Kinderspiel war. Sie musste nur ihre Hände langsam an allen Kanten entlangführen. So ging sie wieder zurück in den oberen Teil des großen Raumes. Dort überlegte sie, nach welchem Muster sie die Räume abschreiten sollte. Sie ahnte, dass es ihr inneres Auge war, dass die Abmessungen und sogar Materialunterschiede erfassen konnte. Ihr war aber bei weitem noch nicht klar, was das für Konsequenzen für ihren Körper und Geist haben würde.

Die Menge der Daten war so groß, dass sie zunächst erstmal alles in sich aufnahm und beschloss, später darüber nachzudenken. In ihrem Kopf schwirrten plötzlich nur noch Zahlen umher. Das wirklich Neue begriff sie aber erst, nachdem sie sich ein paar Minuten konzentrierte: *Hier gibt es verschiedene Maßsysteme und sie stehen in einem bestimmten Verhältnis zueinander!*

Das geläufigste Längenmaß war das *Meh-Nesut* oder auch einfach nur *Meh*. Man nannte es auch Königselle. Mhia hatte gelernt, dass eine Königselle den gleichen Wert hatte, wie der sechste Teil der *Kreiskonstante* (3,14159…). Das ergab 0,5236. Sie erinnerte sich auch noch daran, dass diese Zahl im Verhältnis zu einem anderen Maß des Kreises stand. Die Manujas nannten es die Kreisbasis. Nur wenn die Kreisbasis den Wert 1 hatte, entsprach der Umfang genau der Kreiskonstante. So ergab sich das

Verhältnis zwischen dem Längenmaß *Meh* (Königselle) und der Maßeinheit für den Kreisbogen (Grad).

Mhia hatte das Gefühl, noch etwas übersehen zu haben. Sie fing an, die Zahlen zu verarbeiten und was dabei herauskam, wurde immer verrückter. Hinter den Abmessungen dieser Räume schien sich ein Geheimnis zu verbergen.

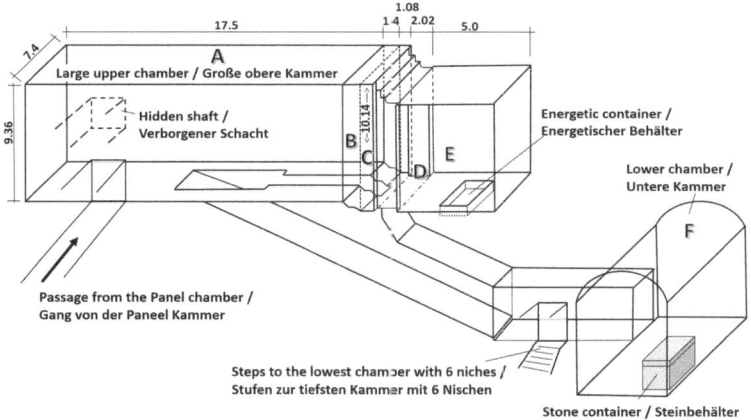

Haupt-Kammern der kleinen Pyramide mit Abmessungen[8.4]

Zunächst dividierte Mhia die Höhe des größeren Teiles der Kammer (9,36 Meh) durch die Höhe des hinteren Teiles der Kammer (10,14 Meh). Das ergab ein Verhältnis von zwölf zu dreizehn (12/13). Nun ahnte sie, warum es auf dem Weg in den hinteren Teil der Kammer einen Absatz gab, über den es ein Stück tiefer ging. Das hatte mit dem Übergang von der Zwölf zur Dreizehn zu tun. In der Natur stellte eine Stufe auch immer einen Qualitätssprung dar. Sie erinnerte sich an den Unterricht, wo ihnen ein Modell mit dreizehn Kugeln erklärt wurde. Da war zu sehen, dass sich um eine Kugel in der Mitte immer nur zwölf gleichgroße Kugeln anordnen lassen. Bei kreisrunden Objekten bildeten also immer nur dreizehn eine Einheit.

Mhia steigerte sich in die Mathematik dieser Räume hinein. Nun wollte sie auch herausfinden, was es mit der ungewöhnlichen Höhenänderung in dem Zwischenraum auf sich hatte. Im Kopf rechnete sie alle Werte zusammen: *Der größere Teil dieser Kammer(A) hat ein Volumen von 17, 5 x 7,4 x 9,36 = 1212,12 Raum-Meh.*

Das Volumen des Zwischenraumes(B) mit der Schwelle beträgt 1,4 x 7,4 x 9,75 (mittlere Höhe) = 101,01 Raum-Meh.
Beides addiert ergibt 1313,13 Raum-Meh.
Aber das ist doch völlig verrückt!
Wenn ich jetzt das Ergebnis von A durch B dividiere, ergibt es 12. Wieder diese Zahl!
Mhia überlegte, welche Rolle das für ihre Prüfung spielen könnte: *Bin ich im Moment vielleicht so etwas wie diese dreizehnte Kugel? Aber warum ausgerechnet die Zahl 13?*

Kugelhaufen, bestehend aus 12 + 1 = 13 Kugeln

Mhia war fast am Ziel. Sie stellte sich eine Liste aller Fakten zur rätselhaften 13 zusammen:

- *Maximale und minimale Höhe von Abschnitt B stehen im Verhältnis 12 zu 13.*
- *Die Summe der Abschnitte A und B ergeben 1313,13.*
- *Abschnitt D hat ein Volumen von 86,4 Raum-Meh. Woran erinnert mich die Zahl? Aber natürlich, mit 1.000 multipliziert, ergibt es die 86.400 Sekunden eines Tages!*
- *Der Senat von Terra Atla und die Große Reihe bestehen aus 13 Mitgliedern, wobei das 13. Mitglied die Führung übernimmt.*
- *Das Leben auf unserem Planeten basiert auf Kohlenstoff. Moment mal, was weiß ich darüber? Beim Kohlenstoff sind nur die Isotope 12 (C-12) und 13 (C-13) wirklich stabil. Ob*

Nehit als Architektin der Pyramiden darauf hinweisen wollte, dass auch ihr Körper einst aus Kohlenstoff bestand?

Sie ahnte nicht, wie nahe sie der Wahrheit schon gekommen war, aber ebenso wenig ahnte sie, welche Hinweise einen ungebetenen Besucher in die Irre führen sollten. *Haben die Priester nicht auch von der Kraft erzählt, die vom Humor ausgeht? Der Humor von intelligenten Wesen soll einen gewissen Schutz vor den dunklen Kräften bieten können.* Mhia vermutete, dass mancher Hinweis auf die 360 Grad nicht aus mathematischen Gründen gegeben wurde, sondern um Unbefugte im Kreis herumirren zu lassen.

Die Kopfschmerzen wurden stärker. Um das alles zu verarbeiten, würde sie mehr Zeit brauchen. Musste sie das denn unbedingt jetzt alles herausfinden oder würde es reichen, wenn sie zunächst das Prinzip erkannte? Hierfür ließ Mhia wieder ihre linke Hirnhälfte entscheiden.

Da sie für die Prüfung innerhalb der Pyramide insgesamt nur fünf Stunden Zeit hatte, musste die Erfassung des Prinzips erstmal ausreichen. Als nächstes schaute sie sich die obere große Kammer nochmal an und ging dann zurück zum Kammereingang. Nun wäre noch der Weg nach unten, über den absteigenden Gang, der über die große Öffnung im Boden zu erreichen war. Bevor sie hinunter ging, zögerte sie kurz und schaute sich die Wand über dem Eingang nochmal an. Eine Stelle in Kopfhöhe fühlte sich an, als befände sich dahinter ein Hohlraum oder ein verborgener Schacht. Es war aber nichts zu sehen und die Hand konnte sie auch nicht durch die Wand stecken. Da war nur das Gefühl, dass es dahinter noch irgendwie weitergehen könnte. Schließlich wand sie sich doch dem absteigenden Gang zu. Als sie den ersten Schritt nach unten tat, war sich Mhia nicht mehr sicher, ob sie überhaupt weitergehen sollte. Schon der Gedanke an das, was sie da unten erwarten könnte, ließ ihren Kopfschmerz stärker werden. Aber wozu sonst führte ein Weg nach unten? Schließlich stieg sie hinab und spürte mit jedem Schritt, den Druck in ihrem Kopf zunehmen.

Im letzten Stück des Gangs hinunter musste sie sich wieder bücken. Unten angekommen, führten auf der rechten Seite ein paar Stufen noch weiter nach unten. Sie wollte schon hinuntergehen, aber der Versuch wurde sofort mit Stechen im Kopf bestraft. *Vielleicht soll es nicht sein*, dachte sie und ging stattdessen weiter geradeaus, bis sie schließlich die nächste Kammer betrat. Diese war wesentlich kleiner als der Raum oben. Sie hatte dafür eine eigenartig abgerundete Decke. Zuerst vermaß sie die Kammer. Das passte nun wieder perfekt, denn damit kamen noch weitere Mysterien auf ihre gedankliche Liste:

Diese kleine Kammer hat ein Volumen von genau 360 Raum-Meh. Das kann doch kein Zufall sein, oder?
Was, wenn ich das Volumen der oberen Kammer mit dem der unteren addiere (1.800 + 360)? Das ergibt 2.160. Hat das etwas mit den Sternbildern zu tun? Der Durchlauf des Planeten durch ein Sternbild dauert doch genau 2.160 Jahre! Für alle 12 Sternbilder sind es 25.920 Jahre, was einem Großen Jahr entspricht. Immer dann, wenn der Löwe ein Großes Jahr lang gewartet hat, haben seine Augen einen Kreisbogen von 360 Grad gezeichnet.

War der Hinweis auf diesen Zyklus nur Zufall? Mit all den Daten wusste Mhia nun, dass die Einteilung des Kreises in 360 Grad, die Dauer eines Tages mit 86.400 Sekunden, und der Zusammenhang mit dem großen Zyklus der 12 Sternbilder, kein Zufall waren. Die Herkunft dieser Zahlen war in der Geometrie der Pyramiden und Tempel absichtlich abgespeichert.

Mhia ging zum hinteren Teil der Kammer, wo ein geschlossener Steinbehälter stand. Das war der einzige Gegenstand in der gesamten Pyramide. Dafür war er mit einem aufwendigen Relief versehen. Bevor sie noch weiter darüber nachdachte, fasste sie mit den Händen auf den Deckel, konnte aber nichts spüren. Der Deckel war so massiv wie der Behälter und ließ sich kein Stück bewegen. Um nach Hinweisen zu suchen, ging Mhia den hinteren Teil des Raumes in einer bestimmten Schrittfolge ab. Am Ende konnte sie nicht mehr sagen, warum sie genau diese Schritte gewählt hatte.

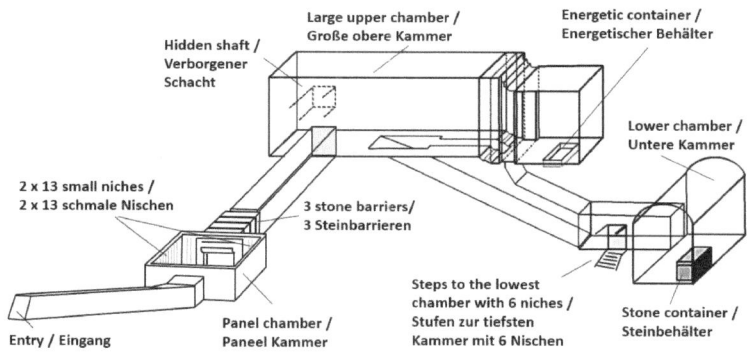

Von Mhia betretene Kammern in der kleinen Pyramide

Wieder am Steinbehälter angekommen, stolperte sie über eine Kante im Boden und wollte sich instinktiv auf dem Deckel des Behälters abstützen. Der Deckel gab nach, als sei er plötzlich nicht mehr aus festem Material. Fast wäre sie hineingestürzt, konnte sich aber mit dem Oberkörper noch schmerzhaft abfangen.

Ob ich mich auch in diesen Behälter legen soll?

Nach kurzem Zögern traute sie sich und stieg hinein. Wie schon in der Mulde der oberen Kammer, erzeugte sie auch hier einen Ton. Dieses Mal musste sie aber viel lauter Summen, bevor etwas geschah. Wieder durchströmte eine wohltuende Energie den Körper von den Füßen bis in den Kopf. Die Erlebnisse waren so beeindruckend, dass sich Mhia ihr Leben lang daran erinnern würde. Gerne hätte sie später alles mit ihren Freunden geteilt, aber leider war es ihr verboten.

Genau eine Stunde später machte sich Mhia wieder auf den Rückweg. Mit jedem Schritt nach oben ließ der Kopfschmerz nach. Irgendetwas war auf dem Rückweg anders. Hätte sie vor der Paneel-Kammer nicht wieder auf die drei Verschlusssteine treffen müssen, die ihr auf dem Hinweg den Weg versperrten? Sie waren verschwunden. Dafür tat ihr der Rücken weh, nachdem sie wieder in gebückter Haltung am Ende des aufsteigenden Gangs ankam. Sie hatte sich schon Gedanken darüber gemacht, wie sie aus der Pyramide herauskommen sollte. Ihren *Portstein* hatte sie nicht mehr, mit dem ihr die Öffnung der Steinwand am Eingang vermutlich gelungen war. Vielleicht waren auch noch nicht alle Fragen beantwortet und die Prüfung noch nicht bestanden?

Es kam anders. Kurz vor Erreichen des Ausgangs war der Blick nach draußen frei. Die Stelle, an der sie die Pyramide betreten hatte, war nun durchlässig, als hätte jemand die Wand mit den polierten Steinen verschwinden lassen. Von innen nach außen blickend, sah sie sich selbst mit gefalteten Beinen sitzen, immer noch in tiefer Trance. Ihr Körper hatte sich also seit Stunden nicht von der Stelle bewegt.

Mhia ging auf sich selbst zu und als sie ihren eigenen Körper berührte, wachte sie auf, hob den Kopf und die zwölf Priester lächelten ihr zu. Die linke Hand umklammerte immer noch den Portstein. Sie wollte aufstehen, aber ihre Beine knickten vor Schwäche ein und so ließ sie sich von den Priestern helfen. Alle zusammen gingen nun wieder zurück in das kleine Tempelgebäude mit den zwölf Säulen an der Ostseite. Dort wurde Mhia auf den Teppich gestellt und Ahtla-Ahma beendete die Prüfung mit dem *Ah-ma*. Als letzten Teil des Rituals bekam sie noch etwas überreicht. Es war ein quadratischer Latz aus feinem Stoff, in den ein Symbol eingewebt war.

Winkel des elften Meistergrades [8.3]

Das Symbol hatte Mhia zwar schon auf Kleidungsstücken der Priester gesehen, aber erst jetzt begriff sie, was es bedeutete. Es

sah aus, wie ein auf die Seite gekippter Winkel, der von einem
Kreis umschlossen war. Trug man den Latz auf der Brust, zeigte
die Spitze des Winkels auf das Herz.

Ahtla-Ahma erklärte ihr die Bedeutung:»Es ist das Zeichen
für **das rechte Maß, das mit Verstand und mit dem Herzen
abgewogen werden soll**. Der Winkel hat ein Seitenverhältnis
von 1 zu 2.«

Wie Mhia noch erfahren würde, war dieses Verhältnis keines-
falls zufällig gewählt. Die Priester wussten von allen Details, die
Mhia in der Pyramide erfahren hatte. Sie sagten, dass ihr in ein
paar Tagen klar werden würde, was sie da eigentlich alles gefun-
den hatte. Es waren in Stein festgehaltene Erinnerungen. Das
Symbol des Winkels sollte ihr helfen, nichts davon zu vergessen.
Mehr noch, in Mhia hatte während der vergangenen Stunden ein
Prozess der Bewusstseinserweiterung eingesetzt.

Am Ende fragte sie noch, wohin der Gang über die paar Stufen nach unten führte, den sie wegen der Kopfschmerzen nicht
betreten konnte. Ahtla-Ahma zögerte einen Moment mit der Antwort:»Mhia, dazu muss ich dir noch etwas erklären. Eigentlich
solltest du gar keine der unteren Kammern betreten. Der Weg
dort hinunter ist durch ein starkes Energiefeld geschützt und das
hat deine Kopfschmerzen verursacht. Normalerweise spüren die
Prüflinge zum elften Grad, dass an dieser Stelle für sie Schluss
ist. Dein starker Wille und deine weit entwickelte physische Be-
schaffenheit hat dich diese Barriere überwinden lassen. Eigentlich war die Prüfung schon nach dem Erlebnis in der Bodenmulde
beendet.«

»Aber was bedeutet das, habe ich etwas falsch gemacht?«

»Nein, es war nichts Falsches. Ohne es zu ahnen, hast du die
Prüfung zum zwölften Grad gleich mit abgelegt.«

»Ahtla-Ahma, warum hatte ich in der Mulde das Gefühl zu
schweben?«

»Mich hat dieser Moment damals auch sehr beeindruckt. An
dieser Stelle steht ein energetischer Sarkophag. Hat der Prüfling
darin das Gefühl, sein Körper würde schweben, ist der elfte Grad
der Meisterschaft erreicht. Du fragtest auch nach den Stufen, die
noch weiter nach unten führen. In ein paar Jahren wird es dir auch

gelingen, dort hinunterzugehen. Bis dahin muss es ein Geheimnis bleiben.«

Shoa fügte dem dann noch hinzu:»Bei deiner heutigen Prüfung haben zwölf Priester ihre Energie gebündelt. Zusammen mit deiner Kraft konnte der Eingang in die Pyramide geöffnet werden. Ein offenes Tor bedeutet, dass sich feste Strukturen für dich aufzulösen beginnen. Genauer gesagt, wird der Stein für dein *formgebendes Feld* durchlässig. Wie du ja bemerkt hast, hat sich eigentlich nur dein Geist in der Pyramide befunden. Mit Hilfe des Energiefeldes konntest du durch Steinmauern gehen und in den Behälter steigen. Wie das mit dem Übergang in diese Schwingungsebene funktioniert, werdet ihr auch bald lernen. Es ist alles nur Physik.

Für heute reicht es, wenn du weißt, dass Schwingungen diese Veränderungen hervorrufen. Solange dein Gehirn trainiert ist, diese Schwellen zu überschreiten, hat es auch Zugang zu dem dahinter verborgenen Wissen. Die Manujas in Atlantis hatten einst im Zentrum von Basileia einen Ort, wo dieser Aufstieg möglich war. Leider reicht die Energie heute nicht mehr aus und es gibt keine ausgebildeten Priester mehr. Die *Große Reihe* hatte mehrmals neue Städte errichten lassen. Immer wieder hatte Nehit dabei geholfen. Nun hat sie diese Aufgabe ihrem Sohn Thut-Ahma übergeben.«

Als Mhia später wieder am Fluss ankam, war es schon dunkel. Sie durfte in den Transportwagen mit den außen angebrachten Hieroglyphen einsteigen. Der Wagen wurde dann auf das Boot gebracht und während der Überfahrt schaffte es Mhia gerade noch, ihren Latz glatt zu streichen und stolz beide Hände darauf zu legen. Dann fiel sie in einen tiefen Schlaf.

Am Morgen nach der Prüfung warteten alle gespannt auf Mhias Bericht. Bevor sie zu erzählen begann, fragte sie ihre Freunde:»Was habt IHR gestern die ganze Zeit gemacht?«

Während sie auf die Antwort wartete, stopfte sie sich Essen in den Mund. Sie hatte einen Tag lang nichts gegessen.

Rhikeo antwortete:»Wir haben uns zuerst gewundert, weil wir nicht bei der kleinen Pyramide, sondern in der Nähe des Löwen abgesetzt wurden. Wir dachten, du würdest auch dort sein, aber uns wurde berichtet, dass wir dich von dort aus am besten unterstützen könnten und dass wir erfahren würden, was dich alles erwartet.

»Und, was habt ihr erfahren?«, wollte Mhia wissen.

»Nichts«, sagte Lheson.

»Das ist ja nicht viel!«

»Nun, so kann man das nicht sagen«, widersprach Shet und erzählte:»Wir waren im Taltempel unterhalb der mittleren Pyramide. Man hat uns dann in den Säulensaal gesetzt, und zwar genau an den Platz, wo sich das Energiezentrum befindet. Dort sollten wir meditieren. Die Priester erzählten, dass wir in Trance den kompletten Weg verfolgen könnten, den du abschreiten würdest. Außerdem sei es für dich hilfreich, wenn wir während der Meditation in deiner Nähe seien.«

Mhia traute sich gar nicht zuzugeben, dass sie weder die Nähe noch die Unterstützung ihrer Freunde gespürt hatte. Obwohl, so sicher war sie sich nun gar nicht mehr.

Shet erzählte weiter:»Zuerst wurde uns der Grundriss des Tempels erklärt und dass es sich bei dem Gebäude um ein Buch der Messkunst und der heiligen Geometrie handelt. Mit dem Wissen dieses Buches wurden die ganzen Anlagen um die Pyramiden errichtet. Uns wurde auch erzählt, dass du in den Künsten der heiligen Geometrie und im Messen und Abwiegen geprüft wirst. Sie sagten noch, dass du später selbständig andere Dinge der Meisterschaft erkennen wirst, sobald die Prüfung beendet sei.«

Als Mhia das hörte, fragte sie sich, an welcher Stelle sie etwas über das Abwiegen gelernt hätte: *Kann das geistige Abwiegen gemeint sein? Vielleicht habe ich aber auch die Stelle mit den Gewichten verpasst oder noch nicht verstanden? Irgendwas in der Art wird es sein.*

Nach einer Weile meinte sie:»Ich weiß nicht, wie ich an das Wissen über den Taltempel gelangt bin, aber jetzt, wo ihr davon erzählt, kommt mir das alles bekannt vor. Ich kenne nun auch ein weiteres Geheimnis dieses Taltempels. Es gibt zweimal acht

Säulen im Innern. Diese sechzehn Säulen sind wie Winkel angeordnet und geben einen Hinweis darauf, wie man die Pyramiden
verstehen muss.«

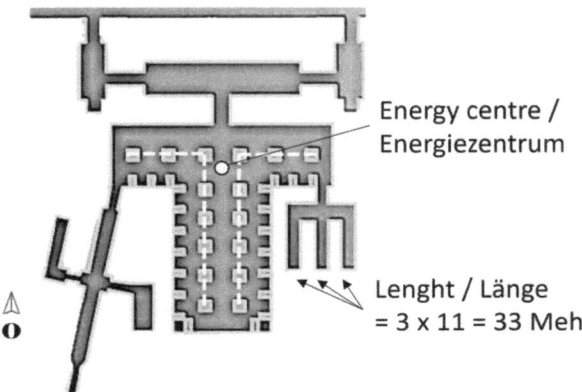

Energy centre /
Energiezentrum

Lenght / Länge
= 3 x 11 = 33 Meh

*Grundriss des Taltempels der mittleren Pyramide am Ufer des Großen Flus-
ses (ein anderer Name dieses Tempels ist Buch der Messkunst)*

Noch während Mhia sprach, erschrak sie über sich selbst:
Durfte ich das jetzt überhaupt erzählen?
Rhikeo hatte vielleicht als einziger verstanden, dass Mhia da
eben etwas ganz Entscheidendes erwähnte. Er fragte sich, ob es
einen Zusammenhang mit dem Blumensymbol geben könnte, das
damals in den Höhlen gefunden wurde. Der alte Schriftgelehrte
hatte doch gesagt, dass sich darin ein Teil des kosmischen Wissens verbergen würde.
Diesen Gedanken wollte er sofort loswerden: »Ich glaube, ich
weiß, was die winkelförmig angeordneten Säulen mit dem Blumensymbol zu tun haben! Da steckt eine geometrische Form dahinter, die wir überall in der Natur finden. Auch wir Manujas entsprechen im Grundaufbau dieser heiligen Geometrie. Gliedmaßen sind zum Beispiel immer nach einem vorgegebenen Verhältnis unterteilt, damit die Hebelkräfte richtig wirken. Jetzt weiß
ich, was mein *Mentor* mit diesem merkwürdigen Wort gemeint
hat.«
»Welches Wort?«

»Er sprach von einem *Goldenen Schnitt*. Die beiden Winkel im Tempel symbolisieren ganz sicher das Symbol *TAU*. Und wie der Mentor meinte, hat das mit der Universalkonstante **Phi** zu tun, die den Goldenen Schnitt mathematisch beschreibt. Aber ich glaube, das ist nur ein kleiner Teil der Wahrheit über das *TAU*. Es steckt noch mehr dahinter. Vielleicht können uns die Priester hier weiterhelfen«, sagte er und schaute hilfesuchend in Richtung Ahtla-Ahma.

Ahtla-Ahma lächelte und begann zu erklären: »Aber bitte bedenkt, dass wir heute nur ein kleines Stück in die Geheimnisse eintauchen können. Der Blick in die feinstoffliche Welt liegt hinter einem Schleier verborgen. Er wird verschwinden, wenn ihr gelernt habt, zu sehen, was eure Augen heute noch nicht zu erfassen vermögen. Mhia erwähnte vorhin die sechzehn Säulen im Taltempel. Wenn ihr genau hinschaut, kann man diese 16 Säulen nämlich auch in 6 und 10 Säulen aufteilen. Hier beginnt eines dieser Kapitel der höheren Magie. Vielleicht werde ich euch später eines der gehüteten Geheimnisse der räumlichen Geometrie verraten.

Zuvor aber erst noch einmal zurück zur Zahl **Phi**. Die Alten Meister haben uns beigebracht, dass das eine Zahl der kosmischen Ordnung ist. Wie Mhia richtig erkannte, beherbergt der Taltempel die Mathematik zur Beschreibung der Pyramiden. Um die heilige Bedeutung der Konstante Phi auszudrücken, wurde das Symbol **h** an zweiter Stelle eingefügt.«

Shet horchte auf: »Wie bei den Namen der Manujas?«

Ahtla-Ahma setzte sich auf den Boden, bevor sie antwortete: »So ist es. Rhikeo ist übrigens auf die richtige Idee gekommen, als er erkannte, dass der Goldene Schnitt **Phi** etwas mit dem Symbol *TAU* zu tun hat. Aber ich denke, euch fehlt immer noch der Schlüssel zu diesen Mysterien.«

Rhikeo dachte nun, er bekäme etwas über langweilige Geometrie zu hören. Doch was Ahtla-Ahma dann beschrieb, überstieg seine Erwartung bei Weitem.

»Ab heute werde ich euch in die Grundlagen der höchsten Mysterien einführen. Das erfordert aber eine regelmäßige Prüfung. Manche Dinge werden von weiblichen Priestern gelehrt und manche von männlichen. Erst danach werdet ihr wissen, welche energetischen Unterschiede in unseren Körpern vorherrschen und warum beide Seiten für die Harmonie unverzichtbar sind.«

Nachdem das Einführungsritual mit dem Ah-ma bei allen vollzogen war, spürte Rhikeo plötzlich eine innere Anspannung, eine Art freudige Erwartung.

Als nächstes bekamen die Schüler eine mystische Anomalie erklärt, die sich in der Konstante des Goldenen Schnitts versteckt:

Phi (=Goldener Schnitt) = **1,**6180339887...
Phi multipliziert mit sich selbst = **2,**6180339887...
1 geteilt durch Phi = **0,**6180339887...

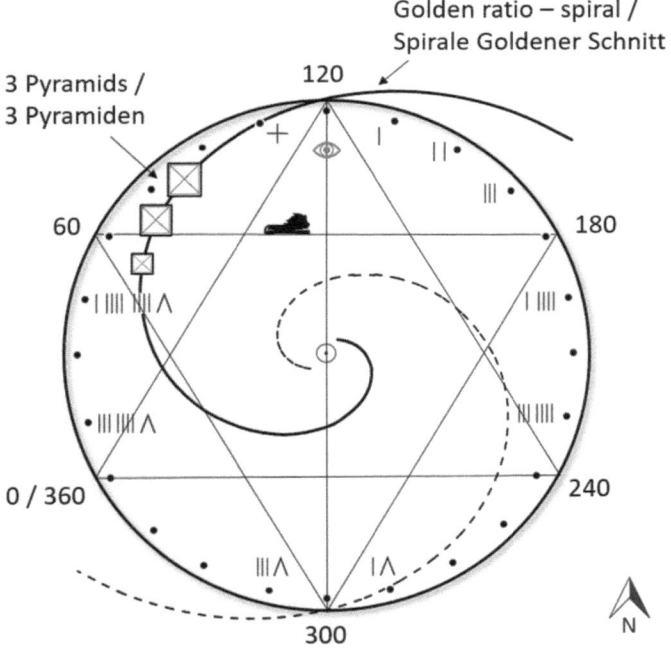

Heilige Geometrie in der Stadt der Mysterien

Ahtla-Ahma ließ das einen Moment wirken, bevor sie erklärte:»Die Zahlen unterscheiden sich nur vor dem Komma und diese Ziffern aneinandergereiht ergeben die Zahl 120. Die Nachkommastellen sind in allen Fällen identisch. Das gibt es nur bei dieser Zahl der kosmischen Ordnung! Nun merkt euch die 120, denn damit beginnt das nächste Mysterium.«

Ein paar Tempeldiener hatten inzwischen ein *Ei* herbeigeschafft, das auch sonst für Unterrichtsstunden verwendet wurde. Damit projizierte die Priesterin nun Zeichnungen auf den Boden. Als erstes sahen die Schüler das Symbol von der versunkenen Pyramide. Dann ließ sie die Schriftsymbole im oberen und unteren Drittel verschwinden. Die Begründung war, dass sie das, was die Schriftzeichen bedeuten, jetzt grafisch darstellen würde. Danach wurde der Kreis in 6 Abschnitte mit jeweils 60 Grad aufgeteilt, wobei die 120 Grad-Markierung oben angegeben war.

Das erklärte Ahtla-Ahma so:»Schaut genau auf die Zeichnung. Je mehr ihr herausfindet, desto mehr Details kommen zum Vorschein. Aber eins nach dem anderen…«

Die Zeichnung veränderte sich etwas bevor sie weitersprach:»Stellt euer Gehirn jetzt erstmal darauf ein, alles nur zweidimensional zu sehen. Die räumlichen Strukturen zeigen sich, je mehr ihr darüber nachdenkt.

Ihr seht zwei gleichseitige Dreiecke im Kreis. Eins zeigt mit der Spitze nach Norden und eins nach Süden. Die Dreiecke teilen den Kreis in sechs Teile auf. Ihr seht eine Spirale, die in der Mitte beginnt und nach dem Prinzip des Goldenen Schnitts bis zum Kreis geführt wird. Erinnert euch an die Bipolarität in der Natur. Um das zu zeigen, wurde im Süden eine zweite Spirale angedeutet.

Und nun schaut euch den Löwen an: Er liegt auf einer energetisch wichtigen Linie und schaut nach Osten. Auf der Originalzeichnung waren drei Pyramiden außerhalb des Kreises angedeutet. Durch die richtige Umrechnung der Einheiten haben sie schließlich ihren endgültigen Standort auf der Spirale bekommen. Die Anordnung der Pyramiden soll jedem Schüler klarmachen, dass sich dahinter immer Naturgesetze verbergen.«

»Was bedeuten die Zahlen innerhalb des Kreises? Es sind doch Zahlen, oder?«

»Vielleicht ist jemandem aufgefallen, dass es sich um *Ursprungszahlen* handelt, also Zahlen, die nur durch 1 und sich selbst geteilt werden können. Sie stehen für die energetisch wichtigen Stellen in Schwingungssystemen. Mehr werde ich heute nicht erklären. Es wird eure Hausaufgabe sein.

Nur eine kleine Hilfestellung: Weil die Pyramiden Schwingungssysteme sind, die ständig gebündelte Energie in die Erdkruste abstrahlen, können sich in ihrem Umfeld keine größeren Spannungen aufbauen. Das ist wie in einem Trichter voll Sand. Solange der Trichter geschüttelt wird, verstopft die Öffnung nicht. Das ist der Grund, warum es an diesem Ort keine stärkeren Beben gibt. Solange die große Pyramide funktioniert, schützt ihr Energiefeld auch die Bauwerke vor Erosion. Der Nebel ist ein Nebeneffekt, aber der schützt uns im Moment auch vor der Sonne.«

Mhia beschäftigte, worüber sie gestern schon während ihrer Prüfung nachgedacht hatte. Warum baut jemand ein Gebäude und verwendet dabei verschiedene Maßsysteme? »Ich muss gestern etwas übersehen haben. Weiß jemand, was es mit dem Längenmaß Meter auf sich hat? Ich bin mehrere Male darauf gestoßen.«

Shet fragte: »Wo ist dir das aufgefallen?«

»Es kommt mir vor, als ob noch viel mehr Maßeinheiten in einem bestimmten Verhältnis zueinander stehen. Ich komme nur nicht darauf, warum. Ahtla-Ahma erzählte vorhin, dass man die Pyramiden über einen Umrechnungsfaktor vom Kreis auf die Spirale positionieren kann. Das hat mich auf die Idee gebracht, ...«

Ahtla-Ahma schaute nun wirklich überrascht und wollte schon etwas sagen, aber dann meinte sie nur: »Du bist wirklich ein erstaunliches Mädchen! Sprich weiter, das Ziel ist nicht mehr weit.«

»Besonders bei der großen Pyramide fällt auf, dass man dort nicht alles mit dem *Meh-Nesut* messen kann. Es kommen immer wieder krumme Werte raus. Meiner Meinung nach hätte man die

Bauwerke gar nicht mit einem einzigen Längenmaß errichten können.«

Ahtla-Ahma lachte und sagte:»»Das sollte eigentlich eine Aufgabe für später werden. Aber wenn ihr schon mal dabei seid, könnt ihr ja gemeinsam das Rätsel lösen. Mhia, erinnerst du dich an deine Frage, warum die Meisterwege in den Pyramiden eine ganz bestimmte Länge haben? Denke an den Kreis, auf dessen Umfang die drei Pyramiden in bestimmten Abständen angeordnet sind. Das könnte euch helfen.«

Damit war für alle erstmal genügend zu tun. Das heißt, Lheson war während der letzten Minuten eingeschlafen. Shet wollte ihn wecken, doch Mhia meinte:»Lass ihn schlafen, er soll selbst entscheiden, was er sich an einem Tag zumuten will.«

Ahtla-Ahma ließ das Ei eine weitere Zeichnung anzeigen und dann blieben ihre vier Schüler mit der Aufgabe allein. Das Bild zeigte die große Pyramide von oben. An der Basis des Bauwerks war ein flacher Graben zu sehen, der auch regelmäßig mit Wasser geflutet wurde. Neben der Draufsicht gab es eine Skizze mit dem Grundriss der Pyramide. Dort war ein Doppelkreis eingezeichnet. Die Nord-Süd Achse des Bauwerks war durch eine gestrichelte Doppellinie markiert.

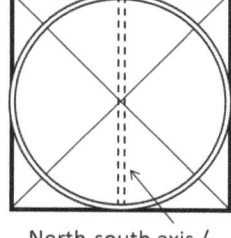

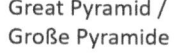
Great Pyramid /
Große Pyramide

North-south axis /
Nord-Süd Achse

Links=Draufsicht große Pyramide mit Wassergraben
Rechts=Grundriss und Markierung des Achsmaßes

Jeder äußerte ein paar Gedanken dazu, doch dann besorgten sie sich weitere Angaben vom Bauwerk. Rhikeo vermutete, dass der Doppelkreis im Grundriss den Planeten *Achala* mit seiner Atmosphäre darstellen könnte. Die Markierung der Nord-Süd Achse könnte bedeuten, dass diese Länge eine Rolle spielt. Aber warum eine Doppellinie? Keiner hatte eine Idee. Sie schrieben alles auf und strichen auch vieles wieder, wenn es keinen Sinn zu machen schien. Am Ende blieb ein interessanter Zusammenhang übrig. Sie zählten die Anzahl der Steinblöcke an der Basis des Bauwerks und dann die Anzahl der Fugen dazwischen. Das Ganze für zwei Seiten, ergab eine Verdoppelung, und dann dieses für alle vier Seiten, wieder eine Verdopplung. Schrieb man die Anzahl aller Steine und Fugen nebeneinander, ergab das die folgende Zahlenreihe...

1 2 7 1 2 7 2 5 4 2 5 4 5 0 8 5 0 8.

Rhikeo vermutete, dass Kreis und Achse ein Hinweis auf den Planetendurchmesser sein könnte. Deshalb suchten sie im Archiv nach dem Durchmesser an den Polen des Planeten. Sie erfuhren, dass der Poldurchmesser im Laufe der Zeit schwanken konnte.

Rhikeo merkte, dass die Längenangaben hier in vier Maßeinheiten angegeben wurden. Darunter auch *Meh* und *Meter*. Den *Meter* hatte zuvor niemand von ihnen benutzt, aber Rhikeo rechnete im Kopf ständig ein Verhältnis aus und plötzlich rief er:»Ich hab's! Die Einheit *Meter* könnte die Lösung sein. Im Archiv steht, dass es die Strecke ist, welche das Licht im Vakuum während der Dauer von 1/299792458 Sekunden zurücklegt. Ein *Meh* entspricht 0,5236 *Meter*. Ist das nicht auch ein Sechstel der Kreiskonstante? (3,1416 / 6 = 0,5236)«

»Da haben die Architekten wohl den Schlüssel zur Umrechnung von *Meh* in *Meter* versteckt. Wie war nochmal die Zahlenfolge aus Steinen und Fugen?«

Das Ei zeigte die angeforderte Zahl an:

1 2 7 1 2 7 2 5 4 2 5 4 5 0 8 5 0 8

»Und wie groß ist der Planetendurchmesser in Metern?«

1 2 7 1 2 7 2 5, 4 2 5 4 5 0 8 5 0 8 *Meter*.

»Gigantisch!«, staunte Shet. »Aber wozu muss das Achsmaß der Pyramide in einem Verhältnis zum Achsmaß des Planeten stehen? Und warum ist es so wichtig, die Umrechnung eines Maßsystems in ein anderes im Stein zu hinterlassen?«

Rhikeo konnte nur mit den Schultern zucken: »Das müssen wir wohl die Priester fragen.«

Mit ihrem Wissen bewaffnet, wollten Sie nun Ahtla-Ahma gegenübertreten. Doch weder sie noch ein anderer Priester ließ sich während der nächsten Tage sehen. Wenn sie nach ihnen fragten, erhielten sie die Antwort, dass in diesen Tagen viel Zeit für Meditation nötig sei. Auch die Schüler sollten die Tage nutzen, um ihren Geist auf die nächsten Lehrstunden vorzubereiten.

Noch ahnten sie nicht, was die Priesterin später zu der von ihnen gefundenen Lösung sagen würde.

Δ

12 – Geteilte Wege

In Basileia entwickelte sich das Leben zum Chaos. Selbst neu organisierte Dinge funktionierten nicht lange, weil die Regeln immer wieder geändert wurden. Dazu trug auch bei, dass das Volk in seiner Meinung über die Zukunft gespalten war. Ohlak hatte es geschafft, die Angst für sich zu nutzen. Nach gezielten Desinformationen glaubten viele der alten Führung nicht mehr und hielten Ohlaks radikale Methoden sogar für eine mögliche Alternative. Der Termin für die Wahl zum neuen König stand unmittelbar bevor. Von seinem Wahlsieg überzeugt, organisierte Ohlak schon mit Teilen des Senats den Aufbau eines neuen Basileia. Dabei wurden Fluggeräte zum Transport in dieses Gebiet genutzt, die von der Stadtverwaltung eigentlich für Versorgungsflüge eingeplant waren.

Jeder in der Stadt hatte den Eindruck, dass Thom damit beschäftigt war, sein Ansehen zu retten. Vor dem Gerichtstermin suchte er eine Menge Leute auf, die als Zeugen für ihn aussagen würden. Er dachte dabei auch an ehemalige Mitarbeiter der Forschungsstation.

Rhia suchte in der Zwischenzeit gemeinsam mit Bharu nach Freunden, die sich trauten, als Zeugen gegen Ohlak aufzutreten. Außerdem hatte Mhias *Mentor* seine Hilfe angeboten. Andere Freunde aus dem *Aka* wussten ebenfalls, dass es bei dieser Sache nicht nur um Rhia und Thom ging. Es blieb nur abzuwarten, wer sich wirklich trauen würde, der Übermacht Ohlaks etwas entgegenzusetzen.

Das Gericht bestand aus dreizehn Mitgliedern. Es gab zwölf Beisitzer. Der Kodex besagte, dass diese Weisen aus dem Volk gewählt werden mussten. Das Los sollte unter jenen Bürgern entscheiden, die mindestens den zweiundzwanzigsten Meistergrad erreicht hatten. In Basileia gab es aber keine so hohen

Meistergrade mehr. Deshalb behalf sich Rhenus einer Notlösung und bezog alle ehrwürdigen Stadtbürger in die Auslosung ein. Thom war besorgt, denn einige von ihnen kannte er gar nicht. Die dreizehnte Person war natürlich der Richter, der in diesem Fall durch den König selbst repräsentiert wurde.

Die Sitzung begann mit der Begrüßung des Gerichts. Dazu war es üblich, an allen dreizehn Personen vorbeizulaufen und sich zu verbeugen. Jeder, der den Saal betrat oder verließ, musste diese Ehre bezeugen. So auch Ohlak, der eine Viertelstunde zu spät kam und damit die erste Unterbrechung verursachte. Zudem nahm er geräuschvoll seinen Platz zwischen den Zeugen ein. Er dachte wohl, so die ihm zustehende Aufmerksamkeit erhalten zu können.

Zuerst stellte das Gericht klar, dass es heute nicht um eine Verurteilung ging. Es sollte darüber entschieden werden, ob die von Thom vorgebrachten Anschuldigungen gerechtfertigt seien. Er selbst hatte den Diebstahl und die Vernichtung von wissenschaftlichen Daten beklagt, dessen seine Partnerin Rhia beschuldigt wurde. Eine Anhörung vor dem Senat war ihm nicht genug. Er forderte sein Recht, vor Gericht gehört zu werden.

Das Ganze war allerdings riskant. Den Verurteilten drohte in schwerwiegenden Fällen sogar die Aberkennung der erworbenen Ausbildungsgrade. Das war auch mit einer Herabstufung des gesellschaftlichen Ansehens und oft auch mit dem Verlust der zugeteilten Aufgaben in der Gemeinschaft verbunden.

Thom beschrieb sehr genau alle Tatbestände und zählte die bekannten Fakten auf. Erstaunlicherweise blieb Rhia ruhig und versuchte gar nicht, in irgendeiner Weise zu widersprechen. Rhia hatte ebenfalls Zeugen mitgebracht. Dazu gehörte MhiaKha, den sie als *Mentor* unter dem Namen **Rhia**Kha hinzuziehen durfte. Es waren auch noch andere Zeugen angekündigt, die ebenso wie RhiaKha nur über das *Ei* zugeschaltet waren.

Gleich zu Anfang stellte Rhia den Antrag, alle im Zentralarchiv verfügbaren Fakten zu den Geschehnissen präsentieren zu dürfen. Das verursachte eine kurze Unruhe. Letztlich stimmte das Gericht aber zu.

Dann begann Rhia damit, von ihrer Jugend zu erzählen. Rhetorisch sehr gewandt gelang es ihr, für andere scheinbar unwichtige Ereignisse spannend darzustellen. Dazu gehörte auch, welche Themen sie mit ihrem damaligen *Mentor* besprochen hatte. Manche waren verwundert, dass Rhia auch ihre erste große Liebe erwähnte.

Mit sechzehn hatte sie einen damals achtzehnjährigen Jungen kennengelernt und war für Monate ein völlig anderer Mensch geworden. Die Liebe hatte ihr Leben so durcheinandergebracht, dass sie fast die Prüfung für ihren ersten Meistergrad geschwänzt hätte. Schnell hatte sie gemerkt, dass sie nicht das einzige Mädchen im Leben des Angebeteten war. Zur Konkurrenz gehörte sogar eine ihrer besten Freundinnen. Der junge Mann genoss sein Leben und dank seiner Ausstrahlung und dem Einfluss in der Stadt kam er auch immer wieder mit allem durch. Sogar die Mädchen verziehen ihm regelmäßig, dass sie nur ausgenutzt wurden. Nachdem Rhia das erste Mal Sex mit ihm hatte, kamen ihr erste Zweifel. In ihrer Vorstellung sollte das alles ganz anders ablaufen. Stattdessen geschah, was einer ihrer damaligen Schulfreunde vorhergesagt hatte.

Als Rhia nach dem ersten Mal für den Jungen nicht mehr interessant war, vertraute sie sich in ihrem Kummer ihrem *Mentor* an. Der hatte die ganze Geschichte natürlich mitbekommen. Seine Lebenserfahrung erlaubte es ihm, sich auf Rhias Stimmungswechsel einen Reim zu machen. Selbst ohne eigenen Körper waren die Sinne eines *Kha* viel geschärfter, als man es vermuten würde.

Den Zuhörern im Saal in die Gesichter zu schauen, hätte Eingeweihten eine Menge verraten, aber noch immer ließ Rhia nicht erkennen, worauf sie letztendlich hinauswollte. Somit konzentrierten sich die Zuhörer weiter nur auf sie und mit ein paar Blicken manchmal auch auf Thom. Vielleicht dachte der eine oder andere, dass das Paar jetzt anfangen würde, ihre privaten Streitigkeiten öffentlich auszutragen.

Nun kam Rhia aber zu einem wirklich interessanten Aspekt in dieser Geschichte. In ihrer Verzweiflung und aus Liebeskummer, bat sie damals nämlich ihren *Mentor,* ihrer großen Liebe den Zugang zu ihr und RhiaKha zu geben. Das funktionierte dann auch, nachdem Rhia ihre eigene Signatur und die ihres Kha an den Jungen verraten hatte. Eine solche Verbindung erlaubte es, tiefer in die Seele eines Manujas zu schauen. Damit hoffte Rhia, für ihre große Liebe wieder interessanter zu sein als die anderen Mädchen. Natürlich wurde ihr später klar, wie naiv das war und hatte früh genug die eigenen Kinder vor so einer Dummheit gewarnt. Als sollte es nur eine beiläufige Bemerkung sein, nannte sie plötzlich Ohlaks Namen im Zusammenhang mit ihrer Jugendliebe. Erneut breitete sich Unruhe unter den Anwesenden aus. Ohlak, der die ganze Zeit natürlich damit rechnen musste, wie es kam, verzog keine Miene.

Aus den Reihen der anderen Anwesenden kam nur ein Kommentar:»Schöne Geschichte, aber was soll das alles?«

Nun bat Rhia ihren treuen Freund Bharu, weiter zu berichten. Der erklärte, dass Rhia lange dafür brauchte, herauszufinden, wie jemand Daten aus dem Archiv mit ihrer Identität löschen konnte. Zunächst hatte sie sich selbst Vorwürfe gemacht, weil sie vor, nach und während der Arbeit mit anderen meditiert hatte. Rhia befürchtete, dass sie während der oftmals tiefen Trance ihre Handlungsfähigkeit nicht immer kontrollieren konnte. Jeder Manuja wusste, dass die Meditation auch Angriffsflächen für negative Kräfte bot.

An dieser Stelle war die Geduld des Gerichtes scheinbar am Ende und Bharu wurde gebeten, sich klar auszudrücken und zu sagen, was zu sagen sei.

Das tat er dann auch:»Hiermit unterstütze ich die Klage von Thom, möchte die Liste der Verbrechen aber noch erweitern. Unserer Meinung nach hat sich nicht Rhia, sondern Ohlak in allen aufgezählten Punkten schuldig gemacht. Und noch weitere Verbrechen müssen wir ihm zur Last legen…«

Hier wurde Bharu unterbrochen und darauf hingewiesen, dass es an diesem Tag nicht um Ohlak gehe. Immerhin sei dieser einer der Geschädigten und allein gegen Rhia lägen Beweise vor.

»Hier muss ich widersprechen. Bis jetzt beweist nichts von alldem Rhias Schuld. Lediglich eine Kette von Indizien lässt uns vermuten, dass ihr alles zusammen anzulasten sei«, sagte jemand aus dem Gremium. Daraufhin wollte der Richter mehr darüber wissen, inwiefern Ohlak in die Sache verwickelt sein könne.

Das versuchte Bharu zu beantworten: »In jener Nacht, als die Daten gelöscht wurden, hatte Rhia versucht, Thom telepathisch zu erreichen. Das gelang ihr nicht, obwohl es auch Thom von Basileia aus versuchte. Dafür wurde sie selbst von jemandem kontaktiert der vorgab, RhiaKha zu sein. Sie öffnete sich und gab den Zugang zu ihren Gedanken frei. Eine weitere telepathische Kommunikation gelang Rhia in dieser Nacht nicht mehr. Wir haben nun herausgefunden, warum. Dieser Kontakt wurde nicht von ihrem ehemaligen Mentor hergestellt. Es war Ohlak, der, wie wir inzwischen wissen, die Fähigkeit hat, mehrere Telepathie-Kanäle parallel zu öffnen. Dabei ist er in der Lage, zeitgleich Kontakt mit dem Aka aufzunehmen. Er nutzte dafür jene Information, die Rhia während ihrer Jugendzeit an ihn preisgab.«

Ohlak, immer noch recht ruhig, meldete sich nun auch zu Wort: »Das ist völliger Unsinn und es könnte sich jeder ausdenken, der mich beschuldigen möchte. Offenbar ist Rhias frühere Liebe in Hass gegen mich umgeschlagen.«

Nun wurde es doch lauter im Saal und der Richter musste zur Disziplin rufen und erteilte dann RhiaKha das Wort.

»So wie es Bharu beschrieb, hat es sich tatsächlich zugetragen. Ich selbst bin erst darauf gestoßen, als ich später von dieser mysteriösen Verbindungsaufnahme erfuhr, die in meinem Namen erfolgte. Damit war klar, dass sich jemand meiner Identität bedient hatte. Der Sache bin ich nachgegangen. Ich bat den galaktischen Rat um Hilfe, da ich einen Verstoß gegen den Kodex vermutete. Die sahen diese Sache zunächst nicht als wichtig genug an. Als wir allerdings nachweisen konnten, dass auf Achala wiederholt neue humanoide Spezies geschaffen wurden, wurden sie sofort aktiv.«

»Was genau ist damit gemeint?«, wollte der Richter wissen.

»Wir konnten Aufzeichnungen über ein Genlabor in Ohlaks Anwesen sicherstellen. Rhia war tatsächlich mit der ETANA dort. Der Kodex sieht vor, dass Anlagen, die gegen die Regeln verstoßen, unverzüglich zu vernichten sind. Folglich sah sich die Mannschaft gezwungen, die Labore in Ohlaks Anwesen zu zerstören. Zuvor wurde alles sorgfältig dokumentiert und ins Zentralarchiv geladen.«

Während RhiaKha weiter sprach, wurden Bilder der Labore gezeigt, als diese schon verlassen und überflutet waren. Die Aufnahmen wurden von einem Tauchroboter gemacht. Aber auch Filmaufnahmen aus der Zeit, als die Labore noch in Betrieb waren, existierten. Man konnte künstlich erschaffene Kreaturen und sogar genetisch veränderte Menschen sehen. Ohlak war geschockt. Wie waren die an seine geheimen Filmaufnahmen gekommen?

Diese Frage beantwortete eine weitere Zeugin mit dem Namen Ihstriala. Sie gab zu, lange Zeit mit Ohlak zusammen gearbeitet zu haben. Ihre Familien waren seit Jahrhunderten befreundet. Die beiden entführten Wissenschaftlerinnen Chlora und Theara wollte Ohlak in Ihstrialas kleinem Labor verstecken.

»Wo sind Chlora und Theara und geht es ihnen gut?«, wollte Rhia wissen.

»Leider kann ich das nicht sagen. Shorak hat sie nach zwei Tagen wieder abgeholt.«

»Was hat dich bewogen, gegen Ohlak auszusagen?«

»Das ist eine alte Geschichte. Meine Familie gehörte früher zu den Meistern, jenseits des zweiundzwanzigsten Grades. Einige von ihnen sind nach *Ragfara* ausgewandert, als es in Atlantis keine Mysterienschulen mehr gab. Lange Zeit habe ich nichts mehr von ihnen gehört, bis sich vor ein paar Tagen Ahtla-Ahma bei mir meldete. Sie gehört zu meinen Vorfahren. Ein paar ihrer Freunde aus dem Aka haben sie darum gebeten, mich zu kontaktieren. Sie erzählte mir, was Ohlak wirklich mit unseren alten Gen-Laboren vorhat.

Ich bin inzwischen der Meinung, dass die Veränderung des Erbgutes künftig besser geregelt werden muss. Die Schaffung neuer Spezies muss ganz verboten werden. In diesem Fall sollten wir Manujas uns wieder am galaktischen Kodex orientieren.

Übrigens erzählte mir Ahtla-Ahma noch vom Wiederaufbau neuer Schulen für Meister. Ich hätte die Möglichkeit, meine Ausbildung dort weiterzuführen, aber ich müsste mich für den beschwerlichen Aufstieg entscheiden. Andere Meister ihres Grades beschrieben mir, was unsere Zivilisation in der Zukunft erwarten wird. Sie wissen davon, weil sie eine Schülerin gefunden haben, die noch die alten Fähigkeiten besitzt, ihr Bewusstsein über mehrere Stufen und vielleicht sogar bis in parallele Universen zu erweitern. Im Moment gelingt ihr das aber nur kurzzeitig und mit Hilfe bestimmter Tempelanlagen, über deren Ort und Namen ich nichts weiß. Der Name dieser Meisterschülerin ist Mhia und sie hat während ihrer Prüfung zum elften Grad kurzzeitig das Tor geöffnet, das uns allen vielleicht einmal den Weg des Aufstiegs ermöglichen könnte. Als das Tor offen war, wurde für Mhia einen Moment lang die Zeit eingefangen und dabei war es den Meistern möglich, mehrere Möglichkeiten unserer Zukunft zu sehen. Ich erfuhr von so schrecklichen Dingen, dass ich mich entschloss, dieses nicht zuzulassen.«

Welchen Eindruck Ihstrialas Aussage hinterließ, war für Rhia schwer abzuschätzen. Interessant fand sie aber, dass Ohlak den Fehler machte, sich selbst zu verteidigen. Dafür war er viel zu impulsiv und das öffnete für andere den Blick in sein Inneres. Obwohl er Wutausbrüche vermeiden konnte, war seine Mimik und Gestik für feinfühlige Manujas gut zu lesen. Die anwesenden *Kha* hatten bekanntlich noch weitreichendere Fähigkeiten, Gemütszustände zu erkennen. Ohlak entwaffnete sich somit selbst.

Emotionsgeladen schlug er dem Gericht vor, die komplette Besatzung der ETANA zu befragen, die während der Zerstörung seines Eigentums an Bord war. Er versprach sich wohl davon, dass auch noch andere Gesetzesverstöße von Rhia ans Tageslicht kommen könnten. Weitere Zeugenaussagen hielt das Gericht aber nicht für notwendig.

Thom erkannte, dass Ohlak in seine eigene Falle tappen könnte und bat das Gericht ebenfalls, die zusätzlichen Zeugen zu hören.

Nach einer Pause wurde Chira befragt, was ihn bewogen hatte, das Flugboot ohne Genehmigung zu nutzen. Das mit der

Genehmigung war schnell geklärt. Erst jetzt erfuhr auch Ohlak, dass sich Thom und Rhia die Rettungsaktion von Rhenus genehmigen ließen. Somit war auch klar, dass Rhenus ihn ebenfalls verdächtigt haben musste, Chlora und Theara entführt zu haben. Dass die ETANA während der Aktion defekt war, erwähnte erstmal noch niemand.

Aber nun kam Chira zu seinen Beweggründen und das sollte dem ganzen Tag eine Wendung geben. Er berichtete, dass sie Wochen zuvor bei einer Expedition im Atlasgebirge Messungen von magnetischen Anomalien vorgenommen hatten. Eine zweite Gruppe bestand aus Ohlak und Shorak. Als sich die Gruppen aufteilten, bemerkte Thim, dass Ohlak mehr Ausrüstungsgegenstände mit sich führte als für die geplanten Untersuchungen nötig war. Das machte sie neugierig und so beobachteten sie von einer Anhöhe aus, dass die anderen eine bereits entdeckte Höhle untersuchten. Zu ihrem Entsetzen mussten sie mit ansehen, wie Ohlak den Eingang der Höhle sprengte. Der Projektor zeigte auch noch eine kurze Filmsequenz von der Szene, wo Ohlak das vergessene Seil abtrennte.

Chira musste keine weiteren Fragen beantworten.

»Ist die Zeugenanhörung der Besatzung jetzt abgeschlossen?«, fragte die Protokollführerin.

Der Richter teilte mit, dass er genug gehört hatte.

»Ich schlage vor, auch die anderen Besatzungsmitglieder zu hören«, meldete sich jemand aus dem Gerichtsbeirat.

»Aber Thim könnte nichts anderes berichten als Chira.«

»Stimmt. Aber laut Bordbucheintrag gab es noch ein weiteres Besatzungsmitglied mit Namen Aron.«

Khi konnte ihr Lachen kaum unterdrücken und freute sich, dass sie zu dem Ganzen vielleicht doch noch etwas Gutes beigetragen hatte. Der Richter ließ sich erklären, wer Aron war und sagte: »Nun gut, da der Hund offenbar schon hier ist, lasst ihn seine Aussage machen.«

Unter dem Gelächter der Anwesenden, wurde Aron von Khis Sohn Pha in den Saal gebracht. Der Hund hatte beim Betreten des Saales einmal kurz gezögert und gebellt. An einem Seil geführt, lief er dann aber brav mit.

»In welcher Sprache soll der Hund seine Aussage machen?«, fragte der Richter ironisch, aber dennoch neugierig, was nun kommen würde.

Das beantwortete Rhia und konnte dabei ein Schmunzeln nicht verbergen:»Am besten in *Mani*. Aber wir benötigen zum Übersetzen einen der Ärzte, der den Hund nach seinem Einsatz in den *Bergen der Stille* behandeln musste.«

Ohlak fragte belustigt:»War der Hund mit seinen Aufgaben überfordert oder hat er nach dem Erlebten vielleicht sogar psychische Schäden erlitten?«

»Vielleicht beides, aber das war nicht der Grund für die Behandlung«, konterte Rhia.

Über das Ei wurde dann der Arzt zugeschaltet, der nicht nur den Hund, sondern einige Zeit vorher auch Shet im Krankengebäude behandelt hatte. Er beschrieb das Ganze so:

»Eigentlich war das alles nur Zufall. Seit Jahren erforschen wir die Veränderung, die sich bei Manujas in bestimmten Teilen des Gehirns vollzieht. Wir kennen noch nicht die Ursache dafür, warum sich bestimmte Hirnregionen zurückentwickeln. Möglicherweise hängt das auch mit dem Verlust bestimmter kognitiver Fähigkeiten wie der Telekinese zusammen. Für die Messung von Hirnströmen und die Aufzeichnung von Interaktionen des Gehirns mit dem Aka, bauten wir einen speziellen Helm. Khi und Shuk haben uns den Hund, den die Mannschaft der ETANA Aron genannt hat, für Versuche zur Verfügung gestellt. Irgendwann bekamen wir einen Menschen als Patienten, mit dem sich weitere Tests machen ließen. Sein damaliger Name war Set.«

»Wieso damalig?«, wollte der Richter wissen.

»Weil wir bei den Untersuchungen des Jungen herausfanden, dass er Erbanlagen eines Manujas hat. Daraufhin gaben wir ihm den neuen Namen **Sh**et und registrierten ihn im Einwohnerarchiv.«

»Aber wie konnte das denn passieren?«, wollte jemand wissen.

»Bitte eins nach dem anderen!«, mahnte der Richter zur Ordnung.

Der Arzt sprach weiter:»Also…, als der Helm für den Jungen nicht mehr gebraucht wurde, haben wir ihn wieder beim Hund verwendet. Erstaunlicherweise konnten wir in seinem Gehirn abgespeicherte Informationen abrufen und aufzeichnen. Wir haben hier einige Szenen davon zusammengestellt …«

Parallel lief wieder eine Filmsequenz über den Holografie-Projektor ab. Der Arzt erklärte, dass es lange dauerte, bis die Bilder für Manujas verständlich waren. Was nun in dem Saal gezeigt wurde, schockierte alle. Offenbar aus der Perspektive des Hundes, der sich in einem mit Glas abgetrennten Raum befand, sah man, wie zwei Frauen von ihren Meditationsliegen abtransportiert wurden. Man konnte die Gesichter der Frauen nicht erkennen. Da ein Hund Farben nur begrenzt sehen kann, war auch die Farbwiedergabe in den Filmsequenzen verwirrend. Es war aber eindeutig eine Entführung zu sehen.

Da kein einziges Gesicht oder besonderes Merkmal erkennbar war, blieben im Moment noch alle im Unklaren darüber, wer sich daran beteiligt hatte. Das änderte sich allerdings bei den nächsten Filmszenen. Diese stammten aus dem Cockpit der ETANA. Die Anzeigen auf den Monitoren waren erstaunlich gut lesbar. Dazwischen sah man unzählige Wiederholungen kurzer Sequenzen. Wie der Arzt erklärte, handelte es sich um Traumszenen des Hundes.

Interessant wurde es dann beim Blick aus dem Cockpitfenster der ETANA. Man konnte ein kleineres Flugboot sehen und Ohlak, der außen auf einer Kufe stand. Er trat mit den Füßen auf eine kleine Person ein, die sich mit den Händen an der Kufe festhielt. Nach den Tritten konnte sie sich nicht mehr halten und stürzte ab. Außer Ohlak befanden sich noch drei weitere Manujas in dem kleinen Fluggerät, deren Gesichter aber undeutlich waren. Die Bildschirme der ETANA zeigten auch eine Landkarte und das Datum. Das hatte den Hund sicherlich nicht interessiert, dafür umso mehr die Anwesenden im Gerichtssaal.

Die ganze Geschichte machte die Zuschauer im Saal fassungslos. Bis auf einen, aber der hatte die letzten Minuten dafür genutzt, den Saal zu verlassen.

Es verging etwas Zeit, bis das Gesehene unter den Anwesenden ausdiskutiert war. Letztlich wurde dem Arzt nochmal die Frage nach der Herkunft von Shet gestellt. So erfuhren sie, dass man auf Grund eines seltenen Gendefektes ermitteln konnte, dass mit großer Wahrscheinlichkeit Thom der Vater des Jungen und seiner Zwillingsschwester Phia sein musste. Thom wurde während der letzten Minuten sehr nervös. Er hatte nun das erste Mal das Gefühl, die Kontrolle über das Geschehen zu verlieren. Er war sich sicher, nicht der Vater dieser Kinder zu sein. Aber wie sollte er das Rhia erklären, die das Recht hatte, über so einen wichtigen Punkt in seinem Leben Bescheid zu wissen.

Nun meldete sich doch noch ein Zeuge über das Ei zu Wort. Es war Dhalius, der König des *Regenlands*. Er war bei diesem Termin nur deshalb dabei, weil ihn das Schicksal von Thom und Rhia besonders interessierte.

»Es ist richtig, dass die Zwillinge die genetischen Merkmale von Thom in sich tragen. Allerdings nicht, weil er der Vater, sondern, weil er mein Zwillingsbruder ist. Phia und Shet sind meine Kinder. Ich habe das erst vor ein paar Tagen erfahren, weil Tata, meine damalige Gefährtin, mir nichts von ihrer Schwangerschaft erzählt hatte. Inzwischen weiß ich, dass sie ihre Kinder damit schützen wollte. Kinder aus einer Beziehung von Menschen und Manujas haben nicht immer gute Chancen auf respektable Behandlung in Atlantis. Ich möchte in die Entscheidung des Gerichts nicht eingreifen, aber für mich sieht es so aus, als seien alle Punkte der Anklage gegen Rhia nichtig. Ich hoffe, dass sich noch mehr Leute dafür entscheiden, Rhia und Thom zu helfen. Meine Unterstützung haben sie jedenfalls.«

Dhalius war damit ein Risiko eingegangen, denn mit Ohlak als König von Terra Atla, würde ihm dessen Rache sicher sein.

Neben dem positiven Ausgang für Rhia und Thom, schien der Gerichtstermin noch etwas anderes bewirkt zu haben. Fhilos wurde ein paar Tage später mit einer knappen Mehrheit zum König gewählt.

Fhilos hatte es nicht einfach, seinen Plan für das Überleben von Atlantis umzusetzen. Das Volk war gespalten. Die Stärke des

Zusammenhalts früherer Generationen war nicht mehr die treibende Kraft der Zivilisation. Es fehlte einfach das spirituelle Leben der Vorfahren. Damit entwickelte sich mehr und mehr ein Streben nach materiellem Wohlstand. Technik wurde wieder weiterentwickelt, aber die Quellen der *Alten Meister* trockneten zunehmend aus. Ohne Kenntnis von der Physik der feinstofflichen Welt, wurde die Technik immer einfacher. Mit der verbliebenen Spiritualität verloren die Manujas den Zugang zur Magie, welche nur noch an einem einzigen Ort gelehrt werden konnte, im Land am *Großen Fluss*. Davon wussten in Atlantis aber nur wenige und die sahen keinen Grund, es preiszugeben.

Mit seinem Weitblick war Philos auch klar, dass sich das Volk der Atlanter neue Lebensräume suchen musste. Darin unterschied er sich nicht von Ohlak. Allerdings mit anderer Motivation.

Ohlak hatte sich die besten Ausrüstungsgegenstände, einen Teil der Wissenschaftler und auch den wohlhabendsten Teil des atlantischen Volkes gesichert. Mit diesem Vorteil ausgestattet, baute er die alte Stadt im ausgetrockneten See Maata-Shoa wieder auf. Sein Motiv war einzig und allein, die dort im Schlamm des ehemaligen Seebodens eingebetteten Pyramiden wieder in Betrieb zu nehmen. Er war fest davon überzeugt, dass das Wissen und die Magie der Alten Meister dort auf ihn warteten.

Nach den Naturkatastrophen und den chaotischen Zuständen in Basileia hatten sich die Prioritäten verändert. Das führte dazu, dass sich zu jener Zeit niemand um Ohlaks Vergehen kümmerte. Thom und Rhia gehörten zu den wenigen, die dieses Ziel aber nicht aus den Augen verloren. Um Ohlak einer Bestrafung zuzuführen, benötigten Sie noch mehr Einfluss im Senat. Rhia und viele ihrer Freunde waren sich außerdem sicher, dass Ohlak auch Chlora und Theara noch versteckt hielt. So hofften sie, dass diese noch lebten und eines Tages befreit werden könnten.

Stadt am Großen Fluss

Obwohl Mhia es nicht wollte, bekam sie ein paar Tage nach ihrer Prüfung neue Kleidung. Mit dem Winkel auf ihrer Brust war sie nun als Träger des elften Meistergrades zu erkennen. Dabei hatte sie unbeabsichtigt schon den zwölften Grad erworben, was aber nicht speziell gekennzeichnet wurde. Erst ab dem achtzehnten Grad käme später ein zweiter Winkel hinzu, der mit der offenen Seite zum Herzen zeigte und ein perfektes Dreieck im Verhältnis 3 zu 4 zu 5 symbolisierte. In diesem Dreieck beträgt der Basiswinkel 51,3 Grad, was genau dem Neigungswinkel der mittleren Pyramide entsprach.

Weil sie sich anfangs gegen das Tragen des Winkels weigerte, erklärte ihr ein Tempeldiener, dass es nicht nur ihr zu Ehren wichtig war, als Meisterin erkannt zu werden. Das Tragen des Symbols sei auch ein Zeichen der Ehrerbietung gegenüber den Erbauern dieser Stadt. Auch erinnere es den Träger an seine Verpflichtungen.

So plötzlich wie alle Priester vor ein paar Tagen verschwanden, tauchten sie auch wieder auf. Ahtla-Ahma sahen die vier Schüler dann einen Tag später bei Sonnenaufgang zum Frühstück. Sie schien gute Laune zu haben. Auf Nachfrage hörte Shet, dass sie gute Nachrichten mitgebracht hatte. So erfuhren die vier, was beim Gerichtstermin vorgefallen war und dass Rhia in allen Punkten entlastet werden konnte.

Endlich fragte die Priesterin auch nach der Lösung für die Aufgabe, die ihnen bei der letzten Lektion gestellt wurde. Stolz präsentierte Rhikeo die Antwort. Sie hatten herausgefunden, dass das Achsmaß der großen Pyramide in einem bestimmten Verhältnis zum Poldurchmesser stand. Außerdem hätten sie den Umrechnungsfaktor von *Meh* in *Meter* gefunden.

Ahtla-Ahma antwortete nur, dass sie nun zwei von insgesamt vier heiligen Längeneinheiten kannten, die in dieser Architektur versteckt wurden. Sie war nicht enttäuscht. Trotzdem hatte sie gehofft, dass ihre Schüler von selbst darauf kommen würden, dass man eine gefundene Lösung immer noch einmal hinterfragen müsse, bevor man es als Ergebnis präsentieren konnte.

Nun ging es an die heutige Lektion. Sie sollten sich Zeit für das Blumensymbol nehmen. Ahtla-Ahma begann zu erklären: »Einen Teil des Mysteriums kennt ihr ja schon, seit wir über den

Kreis mit der Spirale und den Goldenen Schnitt gesprochen haben. Heute schließen wir den Baustein der stofflichen Welt ab, wie ihr sie bisher kanntet.«

Das *Ei* zeichnete am Boden drei Blumensymbole nebeneinander. Dazu bekamen sie erklärt, dass darin alle grundlegenden Festkörper abgebildet seien. Im linken Bild war eine dreiseitige Pyramide, ein Würfel und ein Oktaeder zu sehen.

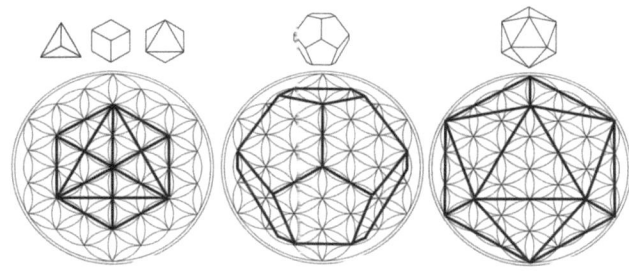

Blumensymbol mit allen 5 Formen von Festkörpern
der heiligen Geometrie
Links=Vierflächner + Sechsflächner + Achtflächner
Mitte=Zwölfflächner
Rechts=Zwanzigflächner

»Jetzt stellt euch vor, dass das Blumensymbol eine Kugelform hat. Falls ihr die Körper im linken Bild nicht räumlich sehen könnt, dann haltet eure Augen länger darauf. Gelingt es nicht, fehlen noch einige Verbindungen in eurem Gehirn. Das erfordert etwas Übung, aber ihr werdet es für die nächste Lektion brauchen!«

»Der Zwölfflächner in der mittleren Abbildung weist eine Besonderheit auf. Nicht alle Schnittpunkte harmonieren mit dem Blumensymbol. Es sieht sogar etwas chaotisch aus, aber es stellt in Wahrheit ein Naturphänomen dar. Der zwölfflächige Körper befindet sich an einem energetischen Grenzbereich. In der Biologie passiert in solchen Momenten etwas ganz Besonderes. Erreicht eine Körperzelle diesen Zustand, wird sie instabil und strebt eine Teilung an.

Noch interessanter ist der Körper in der rechten Abbildung. Er besitzt zwanzig gleichmäßige Flächen. Man sieht, dass er die innere Schale der Kugel mit allen 12 Eckpunkten berührt. Es gibt für diesen Körper keine Ausdehnungsmöglichkeit mehr. Er hat die höchste Entwicklungsform erreicht. Eine lebende Zelle befindet sich in diesem Moment an ihrem energetischen Maximum und sie muss sich nun teilen. Ihr seht also, auch hier wird mit der Zahl 12 ein Limit erreicht. Aber wo versteckt sich die 13, was glaubt ihr?«

Mhia und Rhikeo hatten es bereits Minuten zuvor erkannt. Sie nickten sich zu und Rhikeo traute sich zu antworten:»Es ist die innerer Schale der Kugel. Sie hält die Energie zusammen und umschließt die Zelle mit 360 Grad.«

Mhia war plötzlich ganz blass geworden und starrte auf eine imaginäre Stelle im Raum.

»Was ist, geht's dir nicht gut?«, sorgte sich Shet.

»Doch, alles gut! Ich habe mich nur gerade gefragt, ob…«

Ahtla-Ahma sah Mhia sofort an, was passiert war:»Du weißt es, hab ich recht?«

»Aber ich dachte, … ich meine, ich dachte, es sei ein Geheimnis der Alten Meister, von dem wir vielleicht niemals etwas erfahren würden.«

»Jedenfalls weißt du nun, dass sich alles mit Physik und Chemie erklären lässt. Wie du gerade begriffen hast, kann nur ein lebender Organismus Energie aus der Umgebung aufnehmen, um sich zu entwickeln. In gewisser Weise stellt der Zwanzigflächner also den Übergang von toter Materie zum Leben dar. Eure heutige Erkenntnis sollte sein, dass sich mit dem Blumensymbol alle denkbaren Strukturen im Universum darstellen lassen.«

»Warum hattest du vorhin die Zahl 120 erwähnt?«, fragte Rhikeo.

»Gute Frage! Ihr wisst doch, dass Wachstum immer eine Grenze hat, an der es nur nach einer sprunghaften Veränderung weitergehen kann. Das betrifft auch unser Bewusstsein. Erinnert euch an die Spirale des Goldenen Schnitts, die bei 120 Grad den Kreis durchbricht. An diesem Punkt erreichen wir Manujas ein Maximum mit unserem Bewusstsein. Gelingt es uns, genügend

Energie aufzunehmen, können wir die äußere Hülle durchbrechen. Dahinter befinden wir uns dann in der nächsthöheren Dimension.«

»Für mich ist das noch nicht klar«, gab Shet zu.

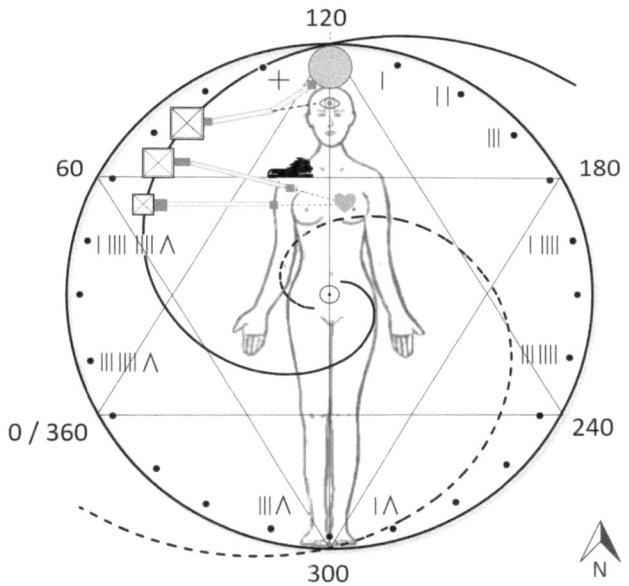

Weibliche Manuja in Relation zur heiligen Geometrie auf dem Pyramidenplateau

»Dann lasst uns noch mal zu dem Kreis zurückkehren. Wir zeichnen nun eine weibliche Manuja genau nach den Maßen des Goldenen Schnitts hinein. Wie ihr sehen könnt, liegt das Herz auf Höhe der kleinen Pyramide. Die mittlere Pyramide kennzeichnet den Übergang vom Körper zum Geist und die große Pyramide liegt auf Augenhöhe.«

»Warum verlaufen die Wege zu den Pyramiden in unterschiedlichem Winkel?«

»Zur kleinen und zur mittleren Pyramide führen die Wege vom Herzen weg. Das war genau die Stelle, wo Mhia mit dem Boot über den Fluss gebracht wurde. Für den 32. Grad beginnt der Weg zur großen Pyramide bereits im Kopf des Prüflings, ungefähr da, wo das dritte Auge sitzt. Deshalb ist dafür auch keine Rampe nötig. Der Weg zum 33. Meistergrad beginnt schon außerhalb des Körpers. Der Geist des Meisters ist dann bereits in der Lage, den Körper für eine Weile zu verlassen. Die große Pyramide verlässt der Großmeister aber schließlich ohne Körper. Die dritte Stufe seines Bewusstseins wird symbolisch auf der Spirale erreicht, wenn sie den Kreis schneidet. Warum das bei 120 Grad passiert, hängt mit dem Energiepotential zusammen. Die nächsthöhere Dimension erreicht die Spirale jeweils bei einem Vielfachen von Sechzig, wo sich natürlich auch wieder Kreise befinden. Wie bei einer Zwiebel mit mehreren Schalen.«

Nach einer Pause stand die Priesterin auf und gab ihren Schülern das Ah-ma.

»Glückwunsch, eure Lektion ist damit abgeschlossen!«

Nach weiteren Minuten Stille fragte sie:»Ist euch an dem Blumensymbol eigentlich etwas aufgefallen, über das wir noch nicht gesprochen haben?«

Die vier schauten nachdenklich auf die Zeichnungen. Mhia hatte einen kleinen Vorteil, denn ihr stand der Weg zum kollektiven Gedächtnis der Priester bereits offen. Sie spürte gelegentlich, dass ihr Dinge von ganz allein einfielen, als könnte sie auf fremde Gedanken zugreifen. So kam ihr das Wort **Hologramm** in den Sinn, allerdings fehlte noch der entscheidende Hinweis.

Anstatt es zu erklären, ließ Ahtla-Ahma ihre Schüler das Blumensymbol nun selbst zeichnen:»Wenn ihr es mit der Hand tut, passiert etwas in euren Köpfen!«

Als sie fertig waren, stellte sie die entscheidende Frage:»Was ist euch dabei aufgefallen?«

Rhikeo und Lheson erzählten eine Menge, aber Mhia und Shet schauten sich an. Sie tauschten ihre Ideen gedanklich aus, bis Shet sagte:»Etwas fehlt noch.«

»Gut. Dann zeichnet es ein!«

Mhia konnte geschickter mit einem Zirkel umgehen. Im Prinzip zeichnete sie ähnliche Kreise wie beim Blumensymbol, nur setzte sie den Zirkel nicht auf der vorherigen Kreislinie an. Sie platzierte alle Kreise nebeneinander. Das Ergebnis ihrer

Zeichnung zeigte sie stolz den anderen:»Jetzt ist irgendwie alles ausgeglichen und strahlt Harmonie aus.«

Die Priesterin freute sich über ihre gelehrigen Schüler und legte das von Mhia gezeichnete Bild auf die bereits vorhandene Blume. Sie zeigte auf das Ergebnis:»Mhia hat den fehlenden Teil des Blumensymbols hinzugefügt. Es ist die weibliche Seite! Zusammen mit dem männlichen Teil, den wir vorher schon kannten, bildet es ein Ganzes und jetzt wird die gesamte Dimension sichtbar.«

Der optische Effekt war sensationell. Die Formen passten perfekt zusammen. Aber etwas Entscheidendes war passiert. An sechs Stellen durchbrach je ein Kreis die äußere Schale des Blumensymbols.

Shet sagte:»Es sieht aus, als würde sich das Muster nach innen und außen endlos fortsetzen.«

Hologramm aus Blumensymbol mit männlicher und weiblicher Komponente

»Ja, das hast du richtig erkannt. Als die Alten Meister dieses Symbol für uns schufen, hinterließen sie eine Botschaft: Ihr könnt ein kleines Stück aus der Zeichnung herausnehmen und bekommt die gleiche Information wie bei einem größeren Stück. Was wir vor uns sehen, ist nämlich nicht nur ein Hologramm, es ist auch ein vereinfachtes Modell des *Aka*. Es ist älter als das Universum und was darin gespeichert ist, kann überall und jederzeit abgerufen werden.«

»Alle Informationen sagst du? Trifft das auch auf die Erinnerungen zu?«

»Das beantworte ich heute noch nicht. Darüber solltest du selbst noch einmal nachdenken!«

Um das Gehörte zu verdauen, machten sich ihre Schüler anschließend zu einem gemeinsamen Spaziergang auf.

Noch nicht in allen Punkten überzeugt, aber zumindest von der frischen Luft erholt, wollte sich Rhikeo nach seiner Rückkehr erstmal einem anderen Thema widmen. Er vertiefte sich noch einmal in die Zeichnungen, deren Originale Ohlak zerstört hatte. An Ahtla-Ahma richtete er die Frage nach dem Zweck der merkwürdigen Tasche, die einer der abgebildeten *Alten Meister* trug. Die Priesterin verlies daraufhin den Raum und kam mit einem anderen Priester zurück. Tatsächlich trug er genauso eine Tasche in der Hand. Und man sah auch, dass sie schwer war.

»Das ist Ohma-Ahma, unser ältester Priester. Er ist schon so lange hier, dass er Nehit noch persönlich kennt. Sicher kann er euch ein paar der Mysterien erklären, die unser Leben in dieser Stadt ausmachen. Ich komme dann später wieder.«

Diesen merkwürdig anmutenden Alten kennenzulernen, war für die Schüler eine spannende Sache, bei der sie sogar das Abendessen vergaßen. Die Kleidung des Priesters verriet, dass er den 32. Meistergrad erreicht hatte. Leider sprach Ohma-Ahma einen schwer verständlichen Dialekt. Deshalb einigten sie sich auf den telepathischen Austausch. Dafür konnte er aber auch das Geheimnis der alten Schrift *Tharal* erklären, die während des Störfalls auf den Anzeigefeldern der ETANA erschienen war.

Ohma-Ahma ließ sich viel Zeit beim Erzählen und begann mit einer langen Vorgeschichte. Während die Männer beim Zuhören ungeduldig wurden, verstand Mhia genau, warum er das tat. Es ging darum, die Schüler auf den Lernstoff vorzubereiten. Das

Gehirn würde nur das Wichtige abspeichern. Das erforderte Zeit. Während des nächsten Tiefschlafs würde dann auch nur das Wichtige ins *Aka* übertagen werden.

Die eigentliche Frage bezüglich der Tasche beantwortete Ohma-Ahma ganz nebenbei: *»Wer wie ich einen höheren Bewusstseinszustand erlangt hat, benötigt viel Energie für die Aufrechterhaltung der Schwingungen im Körper. Dieser Planet bietet nicht überall ausreichend davon. Ein energiehungriges Wesen wie ich muss sich also ständig in der Nähe einer großen Energiequelle aufhalten. Die Tasche enthält ein durchsichtiges Mineral, das permanent mit gleichbleibender Frequenz schwingt. Die Schwingungen wirken wie eine Energiepumpe. Das erzeugt einen ähnlichen Effekt wie die Pyramiden, nur mit geringerer Reichweite. Genauer werde ich es heute nicht erklären. Dafür fehlt euch noch das Wissen über diese Energieformen. Diese Taschen sollen den ersten Besuchern auf Achala einst das Überleben gesichert haben. Und nun muss ICH mich mit so einem Ding abschleppen, wenn ich diese Stadt für längere Zeit verlassen möchte. Ihr könntet für den alten Ohma mal etwas erfinden, das nicht so schwer ist. Aber das ist eben das Schicksal der Aufgestiegenen auf diesem Planeten. Jetzt versteht ihr wohl auch besser, warum hochentwickelte Wesen letztendlich doch ihre stofflichen Körper verlassen möchten. Solche Hilfsmittel machen auf Dauer einfach keinen Spaß.«*

Mit einem schelmischen Lächeln fügte er hinzu: *»Entweder du kannst die Last der Weisheit tragen, oder du machst dich aus dem Staub...«*

»Ist das der Grund, warum mir bisher noch keine der anderen höheren Lebensformen körperlich begegnet ist?«, wollte Shet wissen.

»So ist es. Haben sich alle aus dem Staub gemacht, ... lassen den alten Ohma hier allein seine Batterie schleppen und sich mit ungebildeten Manujas rumärgern. Das heißt aber nicht, dass sie nicht da sind. Mit dem 33. Meistergrad haben sie ihre Körper zwar verlassen, aber sie sind noch allgegenwärtig. Sicherlich werdet ihr schon Energiewirbel oder auch Lichterscheinungen gesehen haben. Ihr bemerkt sie vielleicht als unterschiedlich

große Lichtkugeln, im sichtbaren oder unsichtbaren Bereich. Auch spüren manche eine Wärmestrahlung, wenn sie in der Nähe sind. Kann das Gehirn die Frequenz ihrer Aura wahrnehmen, dann sieht man sie, als hätten sie physische Körper. Übrigens, wenn ihr einmal alle Kammern der zwei großen Pyramiden betreten wollt, solltet ihr vorher alles über das schwarze und weiße Licht lernen. Anderenfalls schmilzt euch die Birne weg und das ist immer so eine Sauerei hinterher. Aber dazu kommen wir in ein paar Jahren erst.«

Die vier schauten sich entsetzt an. Ohma-Ahma entging das natürlich nicht, weshalb er akustisch zu beruhigen versuchte: »Schon gut, mein Humor hat vielleicht auch schon etwas Staub angesetzt. Es war nicht wirklich ernst gemeint, aber ich habe viele Meisteranwärter gesehen, die einfach nicht fleißig genug waren und trotzdem darauf bestanden, die Prüfung zu machen. Selbstüberschätzung ist kein guter Ratgeber. Angst aber auch nicht. Sicher wisst ihr auch schon, dass jeder von euch bis an die Grenzen des Ertragbaren gebracht werden wird, damit ihr lernt, wann Angst schützt und wann sie euch vom Ziel abbringt.«

Später am Abend ließ die Konzentrationsfähigkeit nach. Deshalb verabredeten sie sich für den Morgen nach dem nächsten Vollmond, der in einer Woche sein würde. Der alte Priester versprach ihnen, dann das Geheimnis der Sprache *Tharal* zu erklären. Das war jene Sprache, die man im gesamten Universum lesen konnte.

Als Ohma-Ahma den Raum verlies, murmelte er kopfschüttelnd vor sich hin: »Eigentlich solltet ihr das mit der codierten Sprache schon wissen. Naja, vielleicht fällt es euch bis dahin auch wieder ein...«

Lernen einfach nichts mehr, diese Manujas aus Atlantis, dachte er und verschwand.

Als die Schüler Ohma-Ahma erneut trafen, hatten sie ein schlechtes Gewissen. So etwa, als hätten sie ihre Hausaufgaben vergessen. Aber sie mussten einmal mehr über den alten Priester staunen, als ihnen klar wurde, wie recht dieser mit seiner Vorhersage hatte. Gerade in dem Moment, als alle vier gleichzeitig an die merkwürdige Schrift im Blumensymbol dachten, fiel ihnen auch eine mögliche Lösung ein.

Der Priester kam langsam auf sie zu und fragte:»Wer will es erklären?«

Als sich niemand meldete, brummelte er:»Na gut. Ich spüre, dass es alle wissen. Offenbar ist von der Lektion zum Thema Hologramm noch etwas hängengeblieben…

Die Schriftzeichen innerhalb des Blumensymbols unterzubringen, war eine der genialsten Erfindungen! Durch den holografischen Aufbau kann man das Geschriebene an jeden beliebigen Ort versenden. Auch wenn man die Zeichen mit der Hand schreibt, kann es jede entwickelte Zivilisation lesen. Ich habe von einem Volk gehört, das längst vergessen hat, woher die Schrift stammt. Sie schreiben die Zeichen mit der Hand und nennen sie *Runen*. Im *Aka* ist es natürlich etwas komplizierter, weil man den Text noch an die richtige Stelle versenden und dann auch noch dafür sorgen muss, dass es der Richtige liest. Wer von euch herausfindet, wie das funktioniert, den nehme ich mit auf meine jährliche Reise zu meinen galaktischen Freunden. Ich möchte euch noch um eins bitten, ihr jungen Manujas. Lernt nicht nur die Mathematik und Physik. Die Kunst ist ebenso wichtig. Ohne sie werdet ihr mit eurem Wissen nichts anfangen können.«

»Wie ist das mit der Kunst gemeint?«, wollte Lheson wissen.

»Kunstwerke sind wie Fußabdrücke am langen Sandstrand einer Seele. Wenn die Wellen den Abdruck im Sand wegspülen, hat das Wasser die Form in sich aufgenommen. Zerstört deshalb niemals die Fußabdrücke eines anderen. Philosophisch gesehen würde ich sagen, dass der Umgang mit der Kunst ein Maß für den gesellschaftlichen Entwicklungsstand ist. Das kulturelle Niveau messe ich immer daran, wie auf fremde oder vergangene Kulturen geschaut wird. Wir sind hier in dieser Stadt geblieben, damit ihr Jüngeren das Gelernte vererben könnt. Zwei Dinge müsst ihr euch dafür merken…«

Anstatt weiter zu sprechen, schaute er durch Lheson hindurch ins Leere und verharrte für eine Weile in dieser Position. Nur Mhia und Shet spürten die gewaltige Ausstrahlung dieses alten Mannes. Niemand war erfahren genug zu bemerken, dass Ohma-

Ahma in Sekundenschnelle eine gigantische Reise antrat, um sich kurzzeitig einen Eindruck davon zu machen, was seine Schüler möglicherweise in der Zukunft erwartete. Offenbar hatte er eine Vision und sah für einen Moment etwas, das ihm Tränen in die Augen trieb. Er sprach sehr langsam weiter:
»Wenn ihr die Hinterlassenschaften alter Kulturen betrachtet, vergesst zuerst alles, was ihr zu wissen glaubt und stellt euch vor, deren Schöpfer hätten vielleicht mehr Wissen besessen als ihr. Wenn aber jemand etwas neu entstehen lässt, dann haltet es damit genauso. Vielleicht hat dieser Künstler etwas gesehen, dass euch erst viel später begegnen wird. Wer etwas nicht auf den ersten Blick versteht, sollte an sich zweifeln, nicht am Künstler.«
»Ohma-Ahma, ich höre aus deinen Worten ein wenig Pessimismus. Gibt es einen Grund dafür?«
»Manche meiner kosmischen Freunde beschäftigen sich noch mehr mit der Zukunft als ich. Sie haben diese Aufgabe übertragen bekommen und erzählen mir manchmal davon. Sie sehen viele Veränderungen kommen. Das ist auch nichts Schlechtes. Was wir heute kennen, wird verschwinden. So wie bei einem Eiskristall entsteht es immer wieder neu, wird aber jedes Mal aus veränderter Perspektive geschaffen. Es sieht dem Vergangenen dann sehr ähnlich, ist aber niemals dasselbe. So wie ihr jetzt gerade Altes neu entdeckt, wird es künftig auch wieder geschehen. Ihr solltet euch Gedanken darüber machen, wie die Zeit dazwischen überstanden werden kann, ohne dass alles verloren geht. Das *Aka* kennt das Wissen, aber es kann auf diesem Planeten nichts vermitteln, wenn keine gut ausgebildeten Empfänger vorhanden sind.«
Mhia hatte schon ihr ganzes Leben lang darüber nachgedacht, ob es ähnliche Welten irgendwo geben würde, von deren Fehlern sie lernen könnte. Sie fragte deshalb ganz gezielt: »Ich habe noch eine Frage. Kennst du eine Zivilisation, die so lebt wie wir?«
»Ich weiß von einer Welt, wo den Wesen die Sinne verlorengegangen sind, mit der Natur zu kommunizieren. Dadurch müssen sie Dinge neu erfinden, obwohl sie es nur in ihrer Umwelt abschauen müssten. Würde so ein Wesen einen unserer Tempel besuchen, könnte es nur Steine sehen und würde unsere Kultur

auf ein niedriges Niveau einstufen. Ich befürchte, unseren Nachfahren könnte so etwas auch passieren. Ein paar Freunde aus dem *Aka* sind fest davon überzeugt, dass die Manujas anfällig dafür sind. Zu stark ist der Glaube verbreitet, sie stünden auf der höchsten Stufe der Schöpfung. Vielleicht müssten ein paar von den *Kha* in jene Zeit reisen und in das Geschehen eingreifen, wo die fatale Entwicklung ihren Anfang nahm. Aber so einfach ist das leider nicht. Ein direktes Eingreifen wäre gegen den galaktischen Kodex.«

Rhikeo fand das Gesagte zwar interessant, aber er hielt diesen Pessimismus für übertrieben.

Δ

Für Mhia waren Wochen angestrengten Lernens vergangen und langsam hatte sie Sehnsucht nach ihrer Familie und Atlantis. Es war nicht immer leicht zu akzeptieren, dass seelischer und körperlicher Schmerz von nun an zu ihrer Ausbildung gehören würde.

Sie hatte sich für heute vorgenommen, Shet endlich zu sagen, dass sie gern mit ihm zusammen war. Es gab einfach keine Gelegenheit. Er hing ständig mit Rhikeo über irgendwelchen Berechnungen und hatte riesige Freude daran, die Sonnenfinsternis zu errechnen, die in zweihunderttausend Jahren genau über der großen Pyramide stattfinden würde. Sie hatte es sogar schon mal mit einem Trick versucht, als sie so auffällig wie möglich die Nähe eines jungen Priesters suchte, um sich von ihm in Musik unterrichten zu lassen. Inzwischen spielte sie zwei Instrumente, aber wohl immer noch keine Rolle im Herzen von Shet. Er schien nicht an ihr interessiert zu sein. Darüber hatte sich Mhia auch mit ihrem Mentor unterhalten. Der riet ihr, offen über ihre Gefühle zu sprechen. Sollte Shet etwas anderes fühlen, würde sie schnell darüber hinwegkommen. Musiklehrer seien am Ende auch keine schlechte Wahl, hatte er gescherzt.

Zu all ihrem Kummer kam noch etwas anderes hinzu. Mhia war an einem Punkt angekommen, wo sich ihr spirituelles Leben verändern sollte. Jede Woche erweiterte sich der Kreis ihrer

Lehrer. Viele von ihnen waren *Kha*, mit denen sie viel Zeit verbrachte. MhiaKha hatte ebenfalls neue Schüler bekommen und kündigte an, dass ihm der galaktische Rat eine neue Aufgabe übertragen hatte. Er würde deshalb kaum noch Zeit für Mhia haben. Heute hatten sie sich zum letzten Mal verabredet, um sich zu verabschieden. Mit Tränen in den Augen und mit gefalteten Beinen saß sie in einer der Kammern und versetzte sich in Trance. Trotz des Wehmuts unterhielten sie sich über Mhias Fortschritte. Dabei lachte sie viel und erzählte, wie humorvoll die Bewohner in ihrem neuen Umfeld lebten. Besonders war ihr aufgefallen, dass auch die Menschen hier intensiv lernen durften und genauso viel Liebe und Freundlichkeit ausstrahlten. Es war wirklich ein Ort, an dem man glücklich sein konnte. MhiaKha erzählte seinerseits von einem sehr begabten Wissenschaftler. Dieser versuchte in einer anderen Welt, Energieprobleme seines Volkes zu lösen. Von ihm hatte er vor Monaten schon einmal berichtet, aber Mhia muss das entgangen sein. Vieles dort sei der Welt von Mhia ähnlich, nur in einer ganz anderen Zeit.

Diese Form der Kommunikation mit anderen Welten und in anderen Zeiten faszinierte Mhia und sie wurde neugierig. Obwohl sie wusste, dass *Kha* eigentlich nicht über andere Schüler sprachen, fragte sie nach seinem Namen und MhiaKha antwortete:

»Sein Name ist Nikola Tesla.«

Δ

13 – Der Übergang

Freiburg, Deutschland, Oktober 2019

Das Wintersemester hatte für Anna gerade begonnen. Sie wunderte sich, warum ihr Vater um diese Uhrzeit eine Nachricht sendete. Es war etwas Erfreuliches, denn er würde nun doch Urlaub bekommen und somit könne die langersehnte Reise nach Ägypten endlich stattfinden. Da Anna neben dem Studium an der Musikhochschule auch noch Spezialkurse an der Universität in Freiburg besuchte, war der Kalender für Monate vollgestopft.

Die Dozenten hatten zwei Tage zuvor angekündigt, Anna ab sofort auf ihre anstehende Prüfung vorzubereiten. Es ging um die grundlegenden paranormalen Fähigkeiten und das dazugehörige wissenschaftliche Basiswissen. Vater hatte in seiner Nachricht erwähnt, dass ihr betreuender Professor, den sie auch Meister nannte, bereits alles geregelt hätte. Die zehntägige Reise könne ausnahmsweise auch während des Semesters stattfinden. Für ihren Bruder kam die Reise sowieso nicht in Frage, weil der gerade in den Vereinigten Staaten ein Schüleraustauschjahr verbrachte. Mutter war auf einer Dienstreise im gleichen Bundesstaat und wollte die Gastfamilie in ein paar Tagen besuchen. Somit würde Anna mit ihrem Vater allein reisen.

Erst beim zweiten Lesen sah sie, dass der Flug schon am kommenden Mittwoch stattfinden sollte. Sie bekam ein Kribbeln im Bauch und rief ihren Vater an: »Aber das wird nicht gehen. Jetzt beginnt doch meine Prüfungsvorbereitung!«

»Ich habe mich erkundigt. Die Uni unterstützt das, es wird für dich ja eigentlich eine Bildungsreise sein. Vom neuen ägyptischen Museum bekommen wir einen Reiseführer für Kairo und ganz Unterägypten. Der wird dir eine Menge Kulturgeschichte und Ägyptologie beibringen können.«

Spät in der Nacht erreichten sie das Hotel »Le Meridien Pyramids«. Manchmal konnte man von dort aus die große Pyramide sehen. Aber da musste man einen der wenigen smogfreien Tage im Jahr erwischen. Was Anna sah, konnte sie auch riechen. So schrecklich hatte sie sich die Luft in Kairo nicht vorgestellt. Vor dem Hotel wurden sie von ihrem Reiseführer Achmet empfangen. Anna schätzte ihn auf Anfang vierzig. Er trug einen Pulli, obwohl das Thermometer am Hoteleingang noch 27 Grad Celsius anzeigte. Sie verabredeten sich für den nächsten Morgen. Um 4:55 Uhr sollten sie vor dem Hotel von einem Kleinbus abgeholt werden. Bevor Vater eine gute Nacht wünschte, scherzte er noch über die Zeitangabe: »Mal sehen, was diese Uhrzeit zu bedeuten hat. Bei dem chaotischen Verkehr brauchen die Uhren eigentlich keinen Minutenzeiger. Ich würde mich wundern, wenn die einen funktionierenden Fahrplan haben.«

Achmet stand am nächsten Morgen schon in der Empfangshalle und bat die beiden Deutschen, sich zu beeilen. Der ausgedruckte Plan sah für diesen Tag die Fahrt zum Gizeh-Plateau und dem Sphinx vor. Weitere Ausflüge standen nicht auf dem Zettel. Der weiße Minivan war kaum losgefahren, da hielt er auch schon wieder. Direkt hinter dem Hotelgelände stand ein kleiner Helikopter. Achmet strahlte und erklärte ihnen, dass sie damit zu ihrem ersten Ziel fliegen würden.

»Papa, hast du dieses Ding bezahlt?«

»Ich habe nur das Hotel und den Reiseführer gebucht. Jetzt wird mir aber klar, was dein Professor damit meinte, dass alle Ausflüge organisiert seien.«

Der Helikopter landete auf dem Dach des »Sadr El Giza Hospitals«. Dieses Krankenhausgelände war einer der wenigen Orte in Kairo, wo es ein parkähnliches Waldstück mit größeren Bäumen gab. Wenig später saßen sie in einem klimatisierten Raum, der wie eine Moschee ausgestattet war.

Sie wurden von einer Frau begrüßt, die sich als Ela vorstellte und gerade mal Ende zwanzig zu sein schien. In einem angrenzenden Raum wurde ihnen ein kleines Frühstück serviert.

MANUJA - DAS VERSCHWUNDENE WISSEN

Die ist ungeschminkt und trotzdem sieht sie mit ihren langen schwarzen Haaren so perfekt aus, als sei sie gerade vom Clone-Designer gekommen, dachte sich Anna. Obwohl Ägypten ein muslimisches Land war, trug Ela kein Kopftuch. Das war in Kairo und den Touristenzentren auch für Einheimische inzwischen zur Normalität geworden. Sie war mit einem weißen knielangen Mantel gekleidet, den nur ein paar Stickereien schmückten. Um die Hüfte trug sie ein rechteckiges Stück Stoff, das ebenfalls bestickt war. Ela sagte, dass sie die Priesterin sei, die nun die Prüfungs-Zeremonie für Anna vorbereiten würde. Im Anschluss sollte auch gleich ein erstes Seminar beginnen. Danach könne sofort die Prüfung zum elften Grad stattfinden.

Ela hatte so eine beruhigende und sympathische Art an sich, dass Anna und ihr Vater die Neuigkeit ganz gefasst hinnahmen. Während Ela erzählte, stand sie vor einem Wandteppich mit einer Darstellung der Göttin Hathor. Anna kannte dieses Bild sehr gut. Hathor wurde auf verschiedene Arten abgebildet. Meistens erschien sie in Frauengestalt, manchmal aber auch in Gestalt einer Kuh. Auf diesem Teppich war sie als Schutzgöttin der Frauen, der Liebe sowie der Empfängnis und Niederkunft dargestellt.

Sie trug einen Kopfschmuck, vermutlich ein Kuhgehörn, das eine rote Scheibe einfasste. Dabei wurde eine Zeremonie dargestellt, bei der sie Pharao Thutmosis IV das *Ankh*-Werkzeug vor das Gesicht hielt.

Bevor Ela über die später stattfindende Prüfung sprach, wurde Annas Vater von Achmet in einen anderen Raum geführt. Bei der Vorbereitung und der Zeremonie selbst durfte er nicht dabei sein.

»Bitte entschuldigt, dass wir euch aus Sicherheitsgründen nicht über die heute stattfindende Prüfung informieren konnten. Dummerweise müssen wir auch noch den ursprünglichen Plan etwas ändern. Das ist auch der Grund, warum wir uns hier treffen und nicht gleich auf dem Gizeh-Plateau. Leider muss etwas von unserem Vorhaben an den amerikanischen Geheimdienst durchgesickert sein. Seit gestern Abend wird der gesamte Bereich um die Pyramiden verstärkt vom Militär kontrolliert. Besucher dürfen seit heute nicht mehr in die Pyramiden. Man will uns wohl

13 – Der Übergang | 343

den Zugang verwehren. Ich glaube aber nicht, dass sie wirklich wissen, was wir vorhaben. Den ersten Teil der Prüfung kannst du deshalb erstmal wie geplant ablegen. Dafür besuchen wir den Taltempel neben dem Sphinx.«

Wandteppich - Göttin Hathor mit Pharao Thutmosis IV
(in der linken Hand hält sie das Ankh)

»Wieso sind denn amerikanische Militärs in Gizeh?«
»In Ägypten hat das Militär großen Einfluss auf die Regierung. Deswegen brauchen die Amerikaner das ägyptische Militär für viele ihrer außenpolitischen Vorhaben in dieser Region. Da sind zum Beispiel Überflugrechte und der ständige Zugang zum Suezkanal. Ähnlich ist es mit dem Friedensvertrag mit Israel, für den Ägypten eine wichtige Rolle spielt. Im Gegenzug bleibt Ägypten trotz der brisanten Menschenrechtslage und der fragwürdigen Rolle im Nahen Osten, frei von amerikanischen Sanktionen.

Wer aber genau hinschaut, erkennt noch eine andere Rolle der Amerikaner in Ägypten. Deren Militär ist derzeit der einzige

Garant dafür, dass die alten Kulturschätze für die Welt erhalten bleiben. Mancher Fanatiker würde die Überlieferungen unserer Vorfahren gern in die Luft sprengen. Andere haben Interesse daran, sich Zugang zu hiesigen Anlagen zu verschaffen, um eigene Nachforschungen anzustellen. Auch die Regierungsorganisationen in den USA wissen inzwischen, dass sich in den antiken Anlagen noch viel mehr verbirgt, als uns die Geschichtsbücher erzählen. Sie haben zwar noch keinen Zugang zu den verborgenen Geheimnissen, aber sie möchten auch nicht, dass ihnen dabei jemand zuvorkommt.«

Die nächste Etappe war das Ausstellungsgelände um den großen Sphinx. Auch dorthin wurden sie mit dem Helikopter gebracht. Annas Vater war nun wieder dabei. Während des Fluges konnte Anna auf Elas Füße schauen, die sehr groß erschienen. Auch die Ohren fielen ihr auf. Die waren sogar noch länger als bei ihrer Großmutter. *Und die hat schon Apparate*, dachte Anna. Dann fiel ihr ein, dass auch alle auf den Reliefs dargestellten ägyptischen Götter und Könige auffallend große Füße, große Ohren und verhältnismäßig lange Arme hatten. Bei den überlebensgroßen Statuen konnte man auch besonders kräftige Beine erkennen, wofür bis jetzt noch niemand eine zufriedenstellende Erklärung geben konnte. Kaum zu Ende gedacht, hatte sie auch schon ein schlechtes Gewissen und es war ihr peinlich, als sie Ela schmunzeln sah. Hatte sie doch glatt vergessen, dass es auch andere Menschen gab, die sich auf Telepathie verstanden.

Ela begann noch während des Anfluges mit ihren Erklärungen zum Gizeh-Plateau und den Tempelanlagen. Aus der Luft war die Ausdehnung des Areals gut erkennbar. Es wirkte kleiner als auf Satellitenbildern. Dafür war die Übersicht besser und es wirkte plastischer. Eintrittskarten zum Ausstellungsgelände mussten sie nicht kaufen. Hierfür nutzte Ela einen Ausweis der ägyptischen Altertümerverwaltung und irgendein offizielles Schreiben, auf dem die Namen von Anna und ihrem Vater standen. Sogar ihre Passfotos waren aufgedruckt.

Vieles wusste sie schon über den Taltempel und die Pyramiden. Als Anna den Tempel durch ein unverschlossenes Stahlgitter betrat, spürte sie, worauf sie seit Jahren gewartet hatte. Von den Füßen herauf strömte etwas durch ihren Körper, was sie sonst nur an sehr großen Megalithanlagen wie in Stonehenge erlebt hatte.

Wie selbstverständlich steuerte sie sofort einen bestimmten Punkt zwischen den Säulen an. Sie wusste genau, wo sich das Energiezentrum des Tempels befand. Dort angekommen, schaute sie nach oben. Wo sie nur einen dunstverschleierten Himmel sehen konnte, befand sich vor tausenden Jahren eine flache Decke aus Granitblöcken. Im Originaltempel hatte es nur sehr wenige Schriftzeichen gegeben. Inzwischen sind alle davon zerstört oder beiseitegeschafft worden. Aber Anna wusste genau, was sich einst über dem Energiezentrum an der Granitdecke befand. Es war das Symbol der Blume des Lebens. Man vermutete, dass sich rund um dieses Symbol noch andere Zeichnungen befanden. Diese mussten aber viel später erst angebracht worden sein, wahrscheinlich lange nach der ersten Dynastie. Viele ägyptische Könige der jüngeren Dynastien haben sich Hinterlassenschaften ihrer Vorgänger einverleibt, indem sie ihre eigenen Namenskartuschen sowie Geschichten eigener Heldentaten anbringen ließen. Ein besonderer Experte auf diesem Gebiet war Ramses II.

Ela erklärte, dass die Hieroglyphen als Schrift der alten Ägypter entstanden, nachdem das Wissen über die energetische Form der Informationsübertragung mehr und mehr verlorenging. Dieser Tempel gehörte zu den allerersten Bauwerken am Nil, im alten Reich am Großen Fluss.

Es war noch früh am Morgen, weshalb sich nur einzelne Menschen in dem Gelände aufhielten. Anna erhielt nun ein paar Anweisungen, wie sie meditieren sollte. Im Schneidersitz und genau im Energiezentrum sitzend, war sie schon nach wenigen Minuten zusammen mit Ela in tiefe Trance gefallen. Bei dieser gemeinsamen Reise erfuhr Anna von der Geschichte der Göttin Nehit und von anderen ägyptischen Göttern, die beim Bau dieses Plateaus geholfen hatten. In Gedanken reisten sie in jene Zeit, als das Plateau, die Pyramiden und auch dieser Tempel der Messkunst entstanden. Auch die Geschichte des Sphinx wurde ihr erzählt. Als Anna wieder in der realen Welt zurück war, fragte sie, wann sie die erste Prüfungsaufgabe bekommen würde. Die Antwort überraschte sie etwas.

»Die erste Aufgabe hast du schon beendet. Du solltest die Energie dieses Ortes nutzen, während wir zusammen unsere Körper verlassen haben und an den Ort der *Wächter des Wissens* gereist sind. Da du keine Schwierigkeiten damit hattest, kann ich dir nun auch die zweite Aufgabe geben.«

Dieser zweite Teil der Prüfung sollte an der Mykerinos-Pyramide beginnen. Ela wusste, dass sich Anna mit dem inneren und äußeren Aufbau auskannte. Für dieses Thema hatte sich ihre Schülerin schon jahrelang interessiert und auch in Freiburg an Wissenschaftsforen teilgenommen. Deshalb wusste sie auch, dass die heute gebräuchlichen Namen der drei Pyramiden erst viel später von Historikern vergeben wurden. Allerdings irrte Anna in einem Punkt. Sie meinte bis zu diesem Tag, alle Kammern und Gänge zu kennen. Auch von dem verborgenen Geheimnis über die ursprünglich 16 unteren Steinreihen aus grob bearbeiteten Rosengranit wusste sie. Dass diese Granitverkleidung noch etwas ganz anderes verbarg, ahnte sie aber nicht.

Da der Zugang zu den Pyramiden wegen des Militärs nicht möglich war, saßen sie wenig später wieder zusammen mit Annas Vater und Achmet im Helikopter. Es ging rund 30 km in Richtung Süden, zur Stufenpyramide in Sakkara. Als sie gelandet waren, gab es die nächste Überraschung. Gerade fuhren zwei Militär-Jeeps vor und sperrten den Zugang zur Stufenpyramide ab.

»Wie ich vermutet habe. Sie kennen nicht unser wirkliches Ziel. Sie vermuten nur, dass wir in eine der Pyramiden wollen, sonst wäre noch mehr abgesperrt«, meinte Achmet erleichtert.

Anna wunderte sich: »Betreten wir gar keine Pyramide?«

»Schon, aber es ist ein gut gehütetes Geheimnis, welche Eingänge zum verborgenen Teil im Inneren führen. Offensichtlich beobachten sie jeden unserer Schritte und das kann noch ein echtes Problem werden. Wir müssen geschickt vorgehen.«

Als erstes winkte Achmet einen Mann heran, der mit seinen Kamelen auf Touristen wartete. Der schien sein Glück nicht fassen zu können und verschluckte sich prompt bei dem auswendig gelernten Ruf »Hoppe hoppe Reiter…«. Wenig später saßen alle vier auf einem eigenen Kamel und zogen langsam in Richtung Wüste. Ela war sich sicher, dass sie entweder mit einem Fernglas oder über eine Drohne beobachtet wurden. Nach einem Umweg stoppten sie in der Nähe eines unscheinbaren Holzverschlags. Den dortigen Eingang zum berühmten *Serapeum* hatte sich Anna etwas schöner vorgestellt.

Über die 24 riesigen Sarkophage, wegen derer diese Anlage so berühmt wurde, wusste sie schon einiges. Die meisten der tonnenschweren, makellos aus einem Stück geschnittenen Steinbehälter, waren leer vorgefunden worden. In einem fanden sich zerkleinerte Knochenreste eines Apis-Stiers, die in einer Teermasse lagen. Obwohl es Anna wirklich interessiert hätte, gingen sie nicht an den Kammern mit den Steinbehältern vorbei. Als Besucher sollten Achmet und Annas Vater die Aktion tarnen und sich die unterirdische Anlage in Ruhe anschauen. Ela gab Anna eine kleine Taschenlampe und dann krochen die beiden in einen schmalen Seitengang, der nach ein paar Metern an einem Stahltor endete. Ela hatte einen Schlüssel dafür und kurz darauf waren sie in dem dahinter befindlichen Gang verschwunden. Die Tür verschloss Ela von innen wieder.

Es roch nach Staub, gemischt mit einem undefinierbaren Duft. Auf jeden Fall roch es nicht nach abgestandener Luft, wie es oft in Tunneln und Höhlen der Fall war. Außerdem fühlte sich der Kalkstein merkwürdig warm an, als würde er etwas ausstrahlen. Es war unheimlich und die Atmosphäre verursachte bei Anna ein Kribbeln in der Bauchgegend.

»Wohin führt der Tunnel?«

»Das ist der Zugang zu einem ausgedehnten Gangsystem. Es war einmal der Weg zu einer unterirdischen Stadt. Drei übereinanderliegende Ebenen sind derzeit zugänglich. Einer der Gänge führt zur so genannten Halle der Aufzeichnungen, die sich in der Nähe des Gizeh-Plateaus befindet.«

»Was, so weit weg? Das schaffen wir doch niemals zu Fuß!«

»Mein Kind, wir wollen auch nicht dahin. Die Halle hat seit mindestens 5.400 Jahren niemand mehr betreten. Wie man dort hineingelangt, wirst du irgendwann sicher auch erfahren. Wir wollen zur Mykerinos-Pyramide.«

»Aber das ist doch genauso weit!«
»Du musst auch nicht die ganze Strecke laufen. Die meisten
der Gänge sind ohnehin verschüttet oder zugemauert.«

Achmet und Annas Vater stockte der Atem, als sie plötzlich von
hinten aufgefordert wurden, stehen zu bleiben. Ein Mann in Zivil
fragte nach ihren Pässen. Er wurde von zwei ägyptischen und einem amerikanischen Militärangehörigen begleitet. Der Mann
sprach ein akzentfreies, amerikanisches Englisch. Natürlich kam
die Frage, wo die beiden Frauen sich aufhalten würden. Das beantwortete Achmet mit Schulterzucken und »...die müssen wohl
schon wieder draußen sein.«

Die Verfolger hatten schnell herausgefunden, dass sich Anna
und Ela nicht mehr im Besucherbereich der Anlage aufhielten.
Zu dem Stahltor im Tunnel musste der Schlüssel erst beschafft
werden. Das hatte den beiden jungen Frauen zwanzig Minuten
Vorsprung verschafft. Achmet beruhigte Annas Vater, indem er
erklärte, dass Ela genau wisse, was sie tue. Die beiden seien nicht
in Gefahr. In Wirklichkeit war er sich aber gar nicht so sicher.

Ela blieb plötzlich stehen und horchte. Dann flüsterte sie: »Ich
spüre Schwingungen, aber die Priester können das noch nicht
sein.«
»Meinst du die Priester, die meine Prüfung begleiten?«
»Ja. Wir wollen uns vor dem Portal treffen. Vielleicht sind
aber doch noch andere Leute in den Gängen unterwegs. Wir sollten uns beeilen.«

Es waren noch etwa 200 Meter bis zu einem Schacht, der neun
Meter nach unten führte. Danach bogen sie noch mehrmals in
seitliche Gänge ab, bis sie vor einer Ziegelwand standen. Es sah
aus, als hätte man den Durchgang erst kürzlich zugemauert. In
der Mitte der Wand war auch schon wieder ein Loch hineinge-
brochen worden.

»Da war wohl jemand neugierig«, meinte Anna und versuchte, durch das Loch zu schauen. Das Ergebnis war ernüch-
ternd. Schon einen Meter dahinter war nur noch Felsen zu sehen.

Jeder müsste sich fragen, wer um alles in der Welt einen Gang zumauern würde, der nur einen Meter dahinter endete.
»Ela, ich würde von hier niemals wieder zurückfinden!«
»Ich bin mir sicher, dass du zurückfinden wirst. Von hier an musst du allein weitergehen. Du solltest dir jetzt genau überlegen, ob du es tun oder zurückgehen möchtest. Die Sache ist alles andere als ungefährlich. Solltest du nicht zurückfinden, wäre das nicht nur das Ende deiner Prüfung. Damit würde auch die Chance für einen Neubeginn in unserer Zeit vertan. Was ist, wie entscheidest du dich?«
Annas Herz pochte wie verrückt. Sie konnte das eigentlich gar nicht glauben und Zweifel gingen ihr durch den Kopf: *Hat man mir eine Aufgabe anvertraut, der ich noch gar nicht gewachsen bin? Lässt mich Ela hier wirklich allein zurück? Ich habe dieser Frau vollkommen vertraut und nun bin ich ihr ausgeliefert. Was für ein verrücktes Spiel wird das?*
Aufzugeben war für sie allerdings auch keine Option und deshalb sagte Anna:»Ich gehe weiter!«

Zwei Ebenen weiter oben, hatten drei der vier Männer das Tor zu den Tunneleingängen geöffnet und setzten ihre Verfolgung fort. Der ägyptische Soldat positionierte sich an dem Stahltor. Der Amerikaner in Zivil würde es mit seiner Körpergröße von knapp zwei Metern in den Gängen schwer haben. Allerdings trug er ein hilfreiches Gerät zur Orientierung bei sich. Etwa dreizehn Kilometer von den bereits entdeckten Gängen dieser Anlage hatte man schon kartographiert. Die Wege und Kammern waren so verzweigt, dass es selbst den Profis schwerfiel, sich zurechtzufinden.
Jedes Mal, wenn die Archäologen glaubten, die Ausmaße der Anlage zu überblicken, entdeckten sie neue Tunnel und auch Schächte, die in noch tiefere Ebenen führten. Während die Tunnel erkundet und verschüttete Bereiche wieder freigelegt wurden, hatte man an den Wänden Transponderchips angebracht. Das sind kleine codierte Plastikkarten, die eigentlich nur eine Nummer enthalten. Mit einer Software wurde der Standort aller Chips in eine virtuelle Karte übertragen. Wer wie der Amerikaner ein

Lesegerät bei sich führte, konnte sich sicher in diesem Höhlensystem bewegen. Auf einem kleinen Bildschirm wurde ihm das bekannte Tunnelsystem und der eigene Standort angezeigt. Bei der Freilegung der unterirdischen Anlage fanden die Archäologen organisches Material. Allerdings fiel auf, dass es entweder sehr alt war oder aus der Neuzeit stammte. Aus der Zeit dazwischen fand man nichts. Die Radiokarbonmethode ergab für das ältere Material ein Alter zwischen 5.200 und 5.600 Jahren. Jüngeres Material aus menschlichen Hinterlassenschaften war jedoch nicht älter als 250 Jahre, wurde also von den Menschen dorthin gebracht, die diese Anlage erst kürzlich wiederentdeckten. Deshalb war anzunehmen, dass das Gangsystem vor etwa 5.400 Jahren versiegelt wurde. Das wäre dann 1.000 Jahre vor dem offiziellen Bau der großen Pyramiden in Gizeh gewesen. Diese Erkenntnis muss die Ägyptologen so geschockt haben, dass fortan nichts mehr von den Forschungen an der unterirdischen Stadt und den Tunnelanlagen berichtet wurde.

»Wir müssen die Zentrale informieren, damit sie die anderen Ausgänge abriegeln«, sagte der Ägypter.

»Geh zurück und kläre das mit deinen Leuten!«, befahl der Amerikaner in Zivil, der sich von den anderen Fox nennen ließ.

»Ich kann euch hier nicht allein lassen. Das würde mich meinen Job kosten. Und ich will euch auch warnen. Es gibt mindestens 21 Ausgänge, über die uns die beiden Frauen entkommen könnten.«

Fox spekulierte: »Die wollen vielleicht zur Halle der Aufzeichnungen. Eine bessere Gelegenheit bietet sich uns nicht so schnell wieder. Wir suchen diesen Zugang schon seit zwanzig Jahren.«

»Aber ich dachte, die wollten ursprünglich in eine Pyramide, oder etwa nicht?«

»Von hier ist das zu weit. Entweder wurden wir falsch informiert oder die haben sich inzwischen für ein anderes Ziel entschieden. Nach unserer Erkenntnis soll das Mädchen eine Prüfung ablegen. Dafür wird eine geweihte Stätte benötigt. Zwar hat dieser verrückte deutsche Bauingenieur in seinen Büchern davon gesprochen, dass der elfte Grad in der Mykerinos-Pyramide abgelegt werden muss, aber wer weiß schon, ob das nicht eine bewusste Täuschung ist. Wie hieß dieser Kerl noch gleich... Ach, egal.«

»Ja, ich kenne diese bescheuerten Ideen. Es gibt esoterische Fanatiker, die der Welt die abenteuerlichsten Geschichten erzählen. Manche behaupten, die Tempelanlagen am Nil seien ursprünglich Schulen für die höhere Klasse der damaligen Gesellschaft gewesen. Dabei ist in den letzten hundert Jahren von den Ägyptologen belegt worden...«

Fox schien die Geduld zu verlieren. »Halten Sie endlich die Klappe. Die offizielle Ägyptologie kennt so wenig von der prädynastischen Zeit, wie unser Präsident von moderner Politik. Bekäme der nur einen Bruchteil des geheimen Wissens über Ägypten in die Hände, würde er hier sofort einen Deal machen wollen und dann gäbe es bald noch mehr Chaos.«

Inzwischen hatten die drei Verfolger auch den Schacht erreicht und stiegen die Holzleiter hinunter. Der Ägypter konnte sich nicht erklären, nach welchen Kriterien Fox die Richtung auswählte, um die beiden Frauen zu finden. Fox sah ständig auf das mitgeführte Gerät, bis er sich sicher war: »Sie können nur noch ein paar Meter entfernt sein.«

Ela begann mit der Initiations-Zeremonie. Zuerst holte sie aus einer Tasche einen *Ankh*-Schlüssel hervor, wie ihn die Göttin Hathor auf dem Wandteppich in der Hand hielt. Sie stieß das Werkzeug an der Felswand an, sodass es wie eine Stimmgabel zu schwingen begann. Danach hielt sie Anna das Ankh direkt vor die Nase. Den klaren und eindringlichen Ton prägte sie sich fest ein. Danach legte Ela ihre linke Hand auf den Kopf ihrer Schülerin und zeichnete mit der rechten ein T auf deren Brust. Dabei hörte man sie deutlich die beiden Silben *Ah-ma* sagen.

Ela setzte sich dann vor die Ziegelwand und gab ihrer Schülerin ein Zeichen, es ihr gleich zu tun.

»Jetzt solltest du deinen Talisman in die linke Hand nehmen und dich darauf konzentrieren, meinen Gedanken zu folgen.«

In den nächsten Minuten versetzten sich beide selbst in eine leichte Hypnose. Während sich ihre Gedanken gemeinsam in einen Raum begaben, blieben alle äußeren Sinne wach. Ela erläuterte ihr telepathisch im Schnelldurchgang die nächste Aufgabe der Prüfung. »*Wie du weißt, kann man die Pyramide über den künstlich geschaffenen Eingang an der Nordseite betreten. Dieser Zugang ist aber nicht für deine Aufgabe geeignet. Die besteht nämlich darin, die Energieschwelle zu durchbrechen, von der das Bauwerk umgeben ist. Mit deinem biologischen Körper ist das nicht möglich. Du gelangst nur auf geistiger Ebene hinein. Dazu brauchst du das morphische Feld, oder das* **formgebende Feld**, *wie es die Erbauer nannten. Nur so werden dir Dinge offenbart, die dem normalen Besucher verborgen bleiben. Bevor du das Gangsystem betreten kannst, musst du aber noch eine Aufgabe lösen. Erinnere dich daran, welche Funktionen die unteren 16 Steinreihen an der äußeren Verkleidung bei der Mykerinos-Pyramide haben. Inzwischen ist diese äußere Schicht zwar nicht mehr vollständig, aber die Energiefelder sind noch vorhanden und du kannst sie nutzen. Es verbirgt sich nämlich noch ein weiteres Geheimnis in diesen 16 Reihen aus Granit. Das musst du herausfinden und erst danach wirst du die Informationen in der Pyramide lesen können.*«

»*Wann kann ich mit der Aufgabe beginnen?*«

»*Sofort, nachdem du deinen Körper verlassen hast. Es ist hilfreich für unser Vorhaben, dass die Pyramide heute für Besucher gesperrt ist. Feinfühlige Menschen spüren manchmal die Energiespur, die unsere Schüler hinterlassen. Leider schließen manche danach völlig falsche Schlüsse. Es gab schon einige die behauptet haben, sie hätten Geister oder kleine Kugelblitze gesehen. Gleichwohl sollten wir froh darüber sein, dass nun endlich mehr Menschen die alten Fähigkeiten wiederentdecken. Ich hoffe darauf, dass wir Priesterinnen und Priester in ein paar Jahren wieder ganz offiziell die Mysterien des Universums lehren dürfen.*«

»Verdammt, soviel Vorsprung können die nicht gehabt haben«, fluchte Fox. Bei seiner Körpergröße musste er sich am häufigsten bücken. Die Höhe der Gänge muss ursprünglich einheitlich gewesen sein. Im Laufe der Jahrtausende hat sich Schutt und Sand am Boden abgelagert. Dadurch konnte man nun kaum noch erkennen, wie eben der Fußboden in den Gängen und Räumen ursprünglich war.

»Stopp! Ruhe! Ich höre etwas…«, flüsterte Fox und machte mit dem Zeigefinger vor dem Mund klar, dass sie sich die restlichen Meter nun anschleichen würden.

Die Verfolger konnten sehen, wie Ela und Anna im Schneidersitz vor einer Steinmauer hockten. Da die beiden kein Wort sagten und auch keine Anstalten machten wegzulaufen, näherte sich der ägyptische Offizier von hinten und sprach die beiden auf Englisch an: »Sie befinden sich hier in einem abgesperrten Bereich. Es herrscht Einsturzgefahr. Folgen Sie uns unverzüglich nach draußen!«

Diese Worte konnte nur noch Ela hören, denn Annas Geist hatte inzwischen den Körper verlassen und war auf dem Weg zur Pyramide. Ela brauchte noch ein paar Sekunden, um sich aus der Selbsthypnose zurückzuholen. Dann stand sie auf und antwortete: »Meine Herren, was kann ich für Sie tun? Ich begleite eine deutsche Studentin auf ihrer Bildungsreise. Dafür liegen uns alle Genehmigungen vor…«

Sie zeigte das mitgeführte Schreiben, das auch eine Zutrittsgenehmigung für das Serapeum enthielt.

»Ihre Genehmigung gilt nicht für diesen abgesperrten Bereich. Ihr Besuch ist beendet und ich nehme Sie beide vorläufig fest.«

Ela hatte einen Teil ihres Vorhabens erreicht, denn Anna war dabei, ihre Prüfung abzulegen. Allerdings konnte die Verhaftung noch Probleme machen. Nach fünf Stunden müsste Anna aus ihrer Selbsthypnose zurückkehren. Sollte der Geist in ihrem energetischen Körper nicht rechtzeitig in den biologischen Körper zurückfinden, würde das dauerhafte Schäden im Gehirn des Mädchens verursachen. Jetzt musste sich Ela etwas einfallen lassen. Auf jeden Fall war zu vermeiden, die Behörden unnötig zu reizen. Typischerweise führte so etwas oft zu unangenehmen Reaktionen der Beamten. Die neigten dann zum Einfrieren jeglicher Aktivitäten und das bedeutete endlose Wartezeiten. Letzteres musste sie also vermeiden.

Ela legte beide Hände auf Annas Schultern, die sich daraufhin neben sie stellte. Anna schwitzte sehr stark und ihr Blick ging ins Leere. Sie hätte in diesem Zustand auch nicht sprechen können. Deshalb antwortete Ela auf die Frage, ob Anna krank sei:»Irgendetwas stimmt nicht mit ihr. Seit ein paar Minuten benimmt sie sich ungewöhnlich. Ich glaube, wir sollten das Mädchen in ein Krankenhaus bringen.«

»Kann das ansteckend sein?«, wollte der Amerikaner wissen.

»Was weiß ich, heute Morgen hatte sie etwas gehustet.«

Das war natürlich gelogen, obwohl Ela ein Problem mit dem Lügen hatte. Ihr Charakter erlaubte das eigentlich gar nicht. Sofort verriet es auch ihre Körpersprache, wenn eine Aussage etwas Unwahres enthielt. Glücklicherweise waren die Umstände und die Lichtverhältnisse hier unten so, dass es wohl niemand bemerken würde. Ihren Zweck erfüllte die Lüge dennoch. Die drei Männer hielten sich weit von Anna entfernt, während sich alle gemeinsam zum Ausgang bewegten.

Auf dem Weg nach oben bereitete Ela eine Kurznachricht vor. Gleich nachdem das Empfangssignal des Mobilfunksenders angezeigt wurde, sendete sie diese dann an die Besatzung des Helikopters. Der kam auch sehr schnell und landete in der Nähe des Eingangs zum *Serapeum*. Der ägyptische Offizier, welcher am Eingang zu den Tunneln gewartet hatte, sollte die Patientin ins Krankenhaus begleiten. Natürlich hatte Ela organisiert, dass Anna wieder ins »Sadr El Giza Hospital« gebracht wurde.

Ihr Vater und Achmet waren gleich nach der ersten Begegnung mit den Beamten ins Hotel geflogen worden. Ela zog es vor, Annas Vater noch nicht über den aktuellen Vorfall zu informieren. Eigenmächtiges Handeln aus Sorge um seine Tochter hätte den ganzen Plan noch mehr durcheinanderbringen können. Im Krankenhaus angekommen, wurde Anna auf eine Station gebracht, wo Ela bei ihren Schülern auch sonst Gesundheitschecks durchführen ließ.

Es war völlig dunkel und kalt. Wegen ihrer durchgeschwitzten Sachen fing Anna bald an zu frieren. Ihre Taschenlampe war verschwunden, ebenso der Talisman, der doch kurz zuvor noch um ihren Hals hing. Sekunden zuvor hatte sich Ela bei ihr verabschiedet und für den weiteren Verlauf der Prüfung alles Gute gewünscht. Dabei erinnerte sie noch einmal daran, dass Annas Geist im Anschluss in eine energetische Kopie ihres Körpers übergehen würde. Das war nun offenbar passiert. *Komisches Gefühl*, dachte sie. Obwohl ihr realer Körper immer noch neben Ela vor der Mauer hockte, fühlte sie den kalten Boden unter sich und sogar ihre Kleidung trug sie noch. Das Prinzip war also einer Teleportation ähnlich. Über die Theorie dieses Phänomens wusste sie schon etwas. In den originalen indischen Veden war alles darüber zu lesen. Die westlichen Sprachen kannten allerdings für manche in den Veden beschriebenen Dinge noch keine Wörter. Deshalb wurde oft vom Übersetzer etwas hineininterpretiert, was die Texte zum Teil wertlos machte.

Anna hatte gelernt, dass jeder stoffliche Körper reproduziert werden konnte. Die Sache hatte aber noch einen Haken. Der Geist eines Wesens konnte nicht kopiert werden. Irgendetwas in der Natur stellte sicher, dass jede Seele einzigartig blieb. Somit war klar, dass die energetische Kopie von Annas Körper nicht dauerhaft existieren konnte. Menschen hatten noch nicht die Fähigkeit entwickelt, ihre energetischen Körper zu ernähren, also das benötigte Energieniveau dauerhaft aufrecht zu erhalten.

Das alles faszinierte Anna, und sie wollte jetzt unbedingt die nächste Prüfungsaufgabe lösen. Dann dachte sie noch darüber nach, ob sie wohl von den Menschen gesehen werden könnte, denen sie in diesem Zustand begegnen würde. Nun fiel ihr aber noch auf, dass etwas fehlte. Ela hatte von den zwölf Priestern gesprochen, die ihre Prüfung begleiten sollten. Gerade als sie entschieden hatte, sich erstmal keine Gedanken darüber zu machen, spürte sie um sich herum mehrere Wärmequellen.

»Hallo, ist hier noch jemand?«

Es kam keine Antwort. Nun wollte sie sich erstmal einen Überblick von der Umgebung verschaffen. Mit den Händen stellte sie schnell fest, dass sie sich in einem winzigen Behälter befand. Rundherum nur kalter Stein. Es kam ihr vor, als wäre sie in einem Würfel eingesperrt, der gerade mal so groß war, dass sie sitzend die Wände und Decke berühren konnte.

Die Tatsache, dass sie in einem Würfel saß und darin nicht einmal aufrecht stehen konnte, ließ Panik in ihr aufkommen. Zudem musste Anna annehmen, dass sie nicht nur durch die Wand transportiert wurde, vor der sie eben noch mit Ela gesessen hatte. Sie war irgendwo anders. Vielleicht in dem dahinter befindlichen Felsen oder bereits in der Pyramide? Keine zehn Sekunden später fing sie wieder an zu schwitzen. Schweißtropfen liefen über ihr Gesicht. Auch ein paar Tränen waren dabei.

Wie lange sitze ich hier schon? Was muss ich tun?

Anna konzentrierte sich darauf, was ihr beim Training im Umgang mit der Angst beigebracht wurde: *Was weiß ich über meine Lage?*

Der Begriff Würfel aktivierte schließlich den mathematischen Teil ihres Gehirns. Auf diesem Gebiet fühlte sie sich sicher: *Soll der Würfel eine Botschaft sein?*

Während sie ihre Gedanken ordnete, lief in ihrem Kopf ein Programm ab. Dabei listete sie für sich selbst alle Fakten auf, die mit der Form eines Würfels in Verbindung standen: *Komisch. Kann es Zufall sein, dass ich erst letzte Woche einen Artikel von der Universität Pennsylvania gelesen habe? Die schrieben doch, dass der Würfel statistisch gesehen die häufigste in der Natur vorkommende Form sei.*

Anna war auf dieses Thema gekommen, nachdem sie von den Platonischen Festkörpern geträumt und am darauffolgenden Tag in der Universitätsbibliothek nach passenden Artikeln gesucht hatte. Schnell stieß sie auf diesen Beitrag, den man sich in den Tagungsberichten der National Academy of Sciences anschauen konnte. Darin schwärmte einer der Autoren vom griechischen Philosophen Platon und seinem Konzept, dass der Würfel die vorherrschende Form fragmentierten Gesteins auf der Erde sei. Aus diesem Grund gab Platon der Erde auch das Symbol des Würfels. Was den Autor aber so begeisterte, war letztlich die Erkenntnis, dass geologische Prozesse in der Natur einem universellen Prinzip folgen.

Während sie darüber nachdachte, formte sich langsam eine logische Schlussfolgerung: *Der Würfel ist einer von fünf Platonischen Festkörpern. Es gibt 6 Flächen, 8 Ecken und 4 Achsen, die jeweils von den Ecken durch den Mittelpunkt führen. Aber was soll ich damit anfangen?* Inzwischen hatte sie mit ihren Händen den gesamten Raum abgetastet und im Kopf auch schon das Volumen ausgerechnet. Ihr fiel es nicht schwer, Längen exakt mit den Händen zu messen. Damit hatte ihr Gehirn bereits angefangen, als sie mit zwei Jahren in der Lage war, Maßeinheiten zu verstehen. Der Würfel hatte eine Seitenlänge von 1,57 Metern. Diese Länge kam ihr ungewöhnlich vor. Schnell versuchte sie eine Umrechnung in andere Längeneinheiten und kam auf die Königselle. Eine Königselle entsprach 0,5236 Meter. Also waren die Seiten des Würfels 3 Königsellen lang. Anders als das normale Volk nannten die ägyptischen Priester die Königselle auch *Meh-Nesut.*

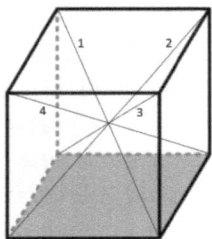

Würfel mit 4 Raumachsen

Im Kopf speicherte sie erstmal ab, dass der Würfel ein Volumen von $3 \times 3 \times 3 = 27$ Kubik-Königsellen (KE^3) hatte. Das brachte sie auch noch nicht weiter. Aber Annas hervorragender Verstand hatte schon lange begriffen, dass sie schneller ans Ziel kam, wenn sie mit viel Geduld alle Fakten sammelte und erst danach versuchte, sich darauf einen Reim zu machen.

Vielleicht kann ich aus dem Stein noch mehr herauslesen.

Bevor ihr das gelang, bekam sie eine Panikattacke: *Wie lange reicht die Luft zum Atmen? Je mehr ich mich anstrenge, desto mehr verbrauche ich. Bilde ich mir das ein, oder rücken die Wände immer weiter auf mich zu?*

Schnell maß sie nach, stellte aber keine Veränderung fest. Es war nur Einbildung. Sie erinnerte sich daran, was

Meditationslehrer gebetsmühlenartig wiederholt hatten: *»Lerne, die Angst als Warnung zu verstehen. Lerne aber auch, die Angst zu überwinden, wenn sie dich auf deinem Weg behindert. Letzteres wird Mut genannt. Wer nicht beides beherrscht, wird ewig auf gleicher Entwicklungsstufe verharren.«*

Dieses Zitat enthielt das Verb »überwinden«. Es konnte auch im Sinne von »Umwandlung« der Angst in Mut verstanden werden. Dafür war ein chemischer Prozess im Gehirn erforderlich. Die sowohl für Angst als auch für Mut verantwortliche Hirnregion war das *Amygdala*. Aus dem Biologieunterricht wusste Anna, dass diese Region nicht ohne Grund aus zwei gleichgroßen, mandelkernförmigen Teilen bestand.

Auch die alten Ägypter wussten anfangs noch darüber Bescheid. Sie setzten die gesamte zentrale Hirnregion (*Thalamus*) mit dem dritten Auge gleich. Immer wieder sah man die Hieroglyphe mit dem Auge des Horus, wie dieser Teil auch genannt wurde. Im Laufe der Zeit vergaßen die Gelehrten, dass zur Darstellung des Organs eigentlich zwei Hieroglyphen notwendig waren. Selten sah man das weibliche linke und das männliche rechte Auge gemeinsam auf einer Abbildung. Anna besaß zuhause eine Zeichnung, die ein Dozent von der Uni vor Jahren einmal im Kairoer Museum angefertigt hatte. Darauf waren beide Seiten des Horus-Auges abgebildet. Die Zeichen stammten von einem Pyramiden-*Schlussstein*.

Als sie die Zeichnung erhielt, unterhielten sie sich darüber, dass es sich hierbei um die gesamte Schöpfungsgeschichte handelte. Anna wusste danach auch, dass der Erschaffer des Schlusssteins der Pyramide nicht mehr die ursprüngliche Kunst der Hieroglyphenherstellung beherrschte. Es war eine rein zweidimensionale Zeichnung. Spätere Herrscher nutzten alte Steine nicht selten, um sich neue Tempel damit bauen zu lassen. Damit zerstörten sie die Energiesignatur, die danach für immer verloren ging.

Während einer Vorlesung in Freiburg gab es mal eine merkwürdige Begebenheit. Während der Dozent seinen Vortrag hielt und dabei auch Bildmaterial vom Niedergang der alten ägyptischen Königsdynastien zeigte, bekam er plötzlich einen Weinkrampf. Das Ganze dauerte mehrere Minuten. Eine Studentin näherte sich, um sich um ihn zu kümmern. Die meisten hatte dieser Gefühlsausbruch regelrecht mitgenommen und manche sogar angesteckt. Es gab aber auch ein paar Zuhörer, die es amüsierte, wie sich dieser alte Kautz da vorne zum Affen machte. Seit diesem Tag ging ihr nicht mehr aus dem Kopf, wie verschieden Menschen sein konnten.

Im Zentrum der Zeichnung, die Anna nun in Gedanken vor sich sah, war das Augenpaar dargestellt. Dabei ging es um das geistige Sehen. Würde man die zentrale Hirnregion mittig durchschneiden und aufgeklappt nebeneinanderlegen, könnte man so etwas wie ein linkes und ein rechtes Auge sehen.

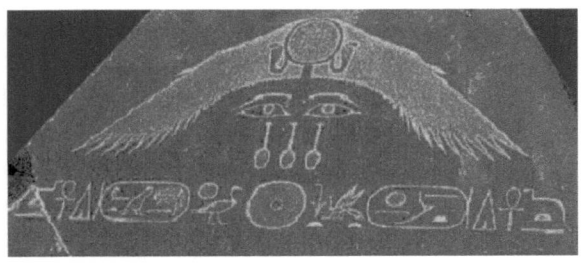

Inschrift auf dem Pyramidion der Schwarzen Pyramide in Dashur
(Pharao Amenemhet III, Regierungszeit 1842-1795 v.u.Z.)

Der *Schlussstein* stammte übrigens von der Schwarzen Pyramide in Dashur. Ganz oben auf der Abbildung thronte der Schöpfergott Atum mit dem runden Symbol des kosmischen Urgewässers. Das Urgewässer war von einer Membran umgeben.

Links und rechts ragten zwei Schlangenköpfe heraus. Diese Uräusschlangen symbolisierten etwas, das von vielen Wissenschaftlern anfangs meist abgelehnt wurde. Es stellte nämlich die ersten dualen Schwingungszustände im Ur-Universum dar. Was dort gezeigt wurde, war die beginnende Verdichtung des zunächst noch chaotischen Zustandes vor dem Urknall. Der Stoff, aus dem das Ur-Universum bestand, wurde in den meisten Schöpfungsmythen der Religionen Urgewässer genannt. Die Membran, die das Urgewässer auf Annas Zeichnung umschloss, hatte nach unten eine Öffnung. Von vielen Ägyptologen übersehen, war es doch eines der wichtigsten Details. Ihre Dozenten in Freiburg lehrten Anna eines der faszinierendsten Dinge überhaupt. Die Schöpfungsmythen in allen Religionen der Welt ähnelten sich, nur dass für die Details jeweils andere Wörter verwendet wurden. Die Darstellung auf diesem Pyramidion war trotzdem einzigartig. Auf ihm befand sich vielleicht die kürzeste, jemals gefundene Genesis-Darstellung.

Anna konzentrierte sich auf die Öffnung am unteren Rand der Membran, die das mystische Urgewässer umschloss. Es sollte die Stelle andeuten, wo das Ur-Universum seine unglaublich große Energiemenge ausstieß.

Dieses Detail war für Anna ein Indiz dafür, dass die Schöpfer der Zeichnung davon ausgingen, dass es kein Geist war, der das Universum schuf. Vielmehr besaß das gerade geborene Universum genug Informationen, um die spätere duale Ordnung hervorzubringen. Und diese Ordnung wurde durch das männliche und das weibliche Horus-Auge symbolisiert. Trotzdem fand Anna, dass es über diesen Teil der Schöpfungsgeschichte noch viel nachzudenken gäbe.

Am oberen Rand der Zeichnung breitete Atum seine Adlerschwingen über alles Darunterliegende aus. Atum konnte übrigens auch mit dem christlichen Gott gleichgesetzt werden. Hier erinnerte sich Anna an eine lustige Vorlesung zur Religionsgeschichte, wobei der Meister wörtlich erklärte:

»Die Adlerschwingen stellen nicht etwa echte Flügel eines Adlers dar. Es symbolisiert, was bei der Geburt des Universums geschah. Hier hat sich Gott so richtig danebenbenommen und einen unglaublich lauten Furz entfleuchen lassen.«

Das erklärte er dann so, dass man für das einfache Volk immer einfache Vergleiche verwenden musste. Spätere Generationen würden erkennen, dass mit den Adlerschwingen natürlich die erzeugten Schwingungen einschließlich der verursachten Geräusche gemeint waren. Alles im Universum bestand schließlich aus Schwingungen und jede Schwingung erzeugte ein Geräusch, den Sound des Universums, das »Wort« des Schöpfers.

Und genauso konnte man es im Johannesevangelium nachlesen…

»Im Anfang war das Wort (die Schwingung), und das Wort war bei Gott, und Gott war das Wort. Dasselbe war im Anfang bei Gott. Alle Dinge sind durch dasselbe gemacht (die Schwingungen), und ohne dasselbe ist nichts gemacht, was gemacht ist.«

Anna wusste, dass dieser Wortlaut zwar ungewohnt klang, dem Sinn nach aber einem Geniestreich glich. Nun wollte sie sich aber erstmal um ihr eigentliches Problem kümmern und dachte darüber nach, was sich noch auf der Zeichnung befand.

Die beiden Horus-Augen blickten nach unten auf drei längliche Symbole, die direkt nebeneinander angeordnet waren. Das war wirklich erstaunlich, denn es symbolisierte die drei Wege der Schöpfung. Und zwar die drei Wege der räumlichen Ausdehnung. Mit Länge, Breite und Höhe wurde ein dreidimensionaler Raum geboren. Als die richtige Temperatur erreicht war, bildete sich das erste Ur-Atom.

Die Genialität dieser Zeichnung endete noch lange nicht, denn links und rechts vom Ur-Atom ging die Schöpfung weiter. Nach der Entstehung der Materie und des Lebens tauchten die beiden Namenskartuschen des Königs auf. Links war der Eigen- und rechts der Thronname zu sehen.

Als vorletztes Zeichen vor dem Rand war das *Ankh* zu sehen. Es stellte die Entstehung des Lebens dar, aber auch ein Werkzeug zur Verleihung von Unsterblichkeit. Aber nicht etwa, indem der Körper des Pharaos ewig erhalten blieb. Ewiges Leben war nur der Seele vorbehalten. Zuvor gab es aber noch einen langen aufsteigenden Weg zu gehen. Dieses wurde durch die letzte Hieroglyphe am Rand des Steins dargestellt. Es handelte sich um eine angedeutete Stufe. Und das war wohl das Genialste an der ganzen Geschichte überhaupt.

Diese Hieroglyphe stellte eine Uräusschlange dar, während sie einen Berg hinaufkletterte. Schlangen symbolisierten in vielen Kulturen auf der ganzen Welt die Schwingungen, aus denen das Universum aufgebaut ist. Die Haltung des Kopfes der Schlange war typisch und ähnelte selbst auch einer Stufe. Das bedeutete nichts anderes als die Stufe des geistigen Aufstiegs, sozusagen die letzte Phase der Genesis.

Einen kurzen Moment erinnerte sich Anna an mittelamerikanische Pyramiden, wo die Schlangen nicht nach oben kletterten, sondern am Rand der Treppe herabstiegen. Sie wunderte sich, warum ihr diese Details gerade jetzt einfielen. Bekam sie vielleicht von den Priestern Hinweise, wie sie sich aus dieser misslichen Lage befreien konnte?

Dann erinnerte sie sich an Elas Ankündigung, dass sie den Weg zurück allein gehen musste. Das erhöhte ihren Stresslevel noch einmal. Der ganze Oberkörper war nass und sie zitterte. Unter normalen Umständen würde Anna bei Stress meditieren. Aber sie befand sich ja schon im Trancezustand. Diese Situation hatten sie in Freiburg noch nie geübt.

Schließlich versuchte sie, sich auf eine einzige Sache zu konzentrieren. Nur so würde die Angst in den Hintergrund gedrängt werden. Doch schnell war es mit der Konzentration schon wieder vorbei. Sie fühlte ein Rinnsal eiskalten Wassers unter sich hindurchfließen.

Was ist das denn nun wieder?

Es wurde immer mehr Wasser. Nach wenigen Augenblicken war der Boden bedeckt und bei dieser Geschwindigkeit sollte es keine halbe Stunde dauern, bis es ihr bis zum Kopf stehen würde.

Ich muss nachdenken, nachdenken, nachdenken…

Bis zu diesem Moment war trotz geöffneter Augen nichts zu sehen. Doch das änderte sich nun: *Oh je, was ist das denn jetzt?*

Eine tennisballgroße Lichtkugel schwirrte von einer Ecke in die andere und verschwand dort wieder. Könnte das vielleicht einer der sogenannten *Orbs* gewesen sein? Anna hatte von Besuchern der Mykerinos-Pyramide gelesen, die auf ihren Fotos und auch auf bewegten Kamerabildern in den Kammern immer wieder Lichtkugeln aufgenommen hatten. Das Internet war voll von solchen Bildern. Nach den offiziellen Erklärungen sollten es Lichtreflektionen sein. Nur komisch, dass sich diese Punkte auf Filmaufnahmen oft schnell bewegten. Nun hatte es Anna selbst gesehen. Und da… wieder eins, und noch eins. Sie blieben in den acht Ecken des Würfels hängen und brachten etwas Licht in die gruselige Finsternis. Selbst unter Wasser konnte sie die Orbs sehen. Annas Füße waren schon mit Wasser bedeckt. Nun kamen noch einmal vier der Lichtkugeln aus dem Boden hinzu und formten mit den anderen acht Punkten geometrische Körper. Das musste in Anna einen Schalter umgelegt haben. Ihr fiel ein, dass es sich um ein mathematisches Rätsel handeln könnte. *Willkommen und danke für den Hinweis*, dachte sie und hoffte, die Lichtkugeln würden es empfangen. Nun war klar, dass es sich dabei um die zwölf Priester und Priesterinnen handeln musste, die ihre Prüfung begleiteten. Mit deren Anwesenheit stellte sich eine innere Ruhe ein. Doch nun wollte sie sich sofort wieder ihrer Befreiung aus dem steinernen Würfel widmen.

Vor Annas Zimmer hatten sie einen Polizisten postiert. Wegen der Dehydrierung wurde ihr eine Infusion gelegt. Seit der Einlieferung saß Ela neben dem Bett und hatte sich inzwischen schon wieder in Trance versetzt. Es blieben noch vier Stunden, in denen Annas Körper wiedervereinigt werden musste, sollte sie keine körperlichen und geistigen Schäden erleiden.

Wer vom Flur durch die Glasscheibe schaute, sah nur eine Patientin und eine am Bett sitzende Angehörige, die für einen Moment eingenickt zu sein schien. Die Wirklichkeit sah aber anders aus. Ela war damit beschäftigt, Anna vor dem Hirntod zu bewahren. Es war notwendig, ihren realen Körper aus dem Bett auf das Gizeh-Plateau zu transportieren. Dabei mussten sie an den ganzen militärischen Kontrollen vorbei und das auch noch, ohne den anderen Geheimdiensten aufzufallen, die sich inzwischen ebenfalls in dem Gebiet herumtrieben. Es ging auch nicht anders. Die Kopie von Anna, welche derzeit in einer würfelförmigen Kammer festhing, musste auf jeden Fall in der Nähe der Pyramiden bleiben. Nur dort war das Energieniveau hoch genug, um ihren feinstofflichen Körper am Leben zu halten. Ela und ein paar Priesterkollegen versuchten unterdessen, die halbe Stadt in Bewegung zu setzen, damit bei ihrem Rettungsplan nichts schief ging.

*Vielleicht sollte ich die Idee mit den Platonischen Körpern nochmal aufnehmen? Welche Formen haben die **Orbs** bei ihrem Lichtspiel dargestellt?*

So sehr sie sich anstrengte, in ihren Erinnerungen fand sie keine Hinweise. Das Wasser stand ihr inzwischen bis zum Bauchnabel und bewirkte etwas Entscheidendes: Reflexartig spannten sich ihre Bauchmuskeln und noch etwas steigerte plötzlich Annas Hirnleistung. Es war die pure Todesangst. Mit rasender Geschwindigkeit fielen ihr plötzlich ganz andere Dinge ein. *Das könnte ein Weg sein! Was weiß ich über den Aufbau der Platonischen Körper und wie kann mir das helfen?* Im Kopf bauten sich die Modelle von Tetraeder, Oktaeder, Würfel, Dodekaeder und Ikosaeder auf. Sie stellte eine Datensammlung zusammen und verglich diese dreidimensionalen Körper miteinander. Ihr mathematisch gut trainiertes Gehirn lief zur Hochform auf. Dann fiel ihr ein, dass die Struktur der Körper etwas mit dem Gestein dieses Würfels zu tun haben könnte. Sie dachte: *Wasser, ...Wasser, warum das Wasser? Nur um mich in Panik zu versetzen?*

Wie ein Blitz schlug der nächste Gedanke ein. Ein weiteres Puzzleteil kam dazu, als sie sich an den Chemieunterricht erinnerte. *Im Chemiezimmer stand das Modell eines **Wassermoleküls!** Wie sah das aus? Genau, es hatte die Form eines Tetraeders.*

Nun waren in ihrer Prüfung schon drei der fünf Platonischen Körper aufgetaucht: Das Tetraeder wurde durch das Wasser verkörpert, der Würfel, in dem sie eingeschlossen war und schließlich das Oktaeder, denn die Prüfung fand in der Pyramide statt.

Jede Pyramide hatte ein energetisches Spiegelbild unter der Erde. Zusammen betrachtet entsprach das einer vierseitigen Doppelpyramide.

Aber jetzt wurde es kompliziert. Es fehlten noch Ikosaeder und Dodekaeder. Was war an diesen Körpern so besonders, dass es Anna weiterbringen würde? Sie kombinierte alle Merkmale dieser komplizierten Formen, aber die Zahlen verschwammen und langsam kam es ihr vor, als sei sie auf dem falschen Weg.

Was wollen die von mir wissen? Es kann doch nicht die Mathematik sein. Hierfür habe ich ja bestimmt schon genug Prüfungen geschrieben! Liebes Gehirn, lass mich jetzt nicht im Stich!

Oder habe ich noch etwas übersehen? Wie hatte Ela meine nächste Aufgabe beschrieben?

> »...erinnere dich daran, welche Funktionen die unteren 16 Steinreihen ... einmal hatten... Darin ist noch ein weiteres Geheimnis verborgen, das du herausfinden musst. Erst danach wirst du die Informationen in der Pyramide lesen können.«

Das Gehirn arbeitete wieder unter Volldampf und obwohl das kalte Wasser bis zu den Schultern stand, war ihr warm. Annas Körper nahm große Mengen Energie aus der Umgebung auf und was das Gehirn davon nicht verbrauchte, wurde als Körperwärme wieder abgegeben. Instinktiv hob sie schon ihren Kopf, um den Mund möglichst weit über der Wasseroberfläche zu halten. Die Angst vor dem Ertrinken hatte damit einen neuen Höhepunkt erreicht.

Anna glaubte, dass es hier eher um Chemie ging, aber die Mathematik der Schlüssel sein müsse. Mit dieser Hypothese ging sie alle Merkmale der Platonischen Körper nochmal durch. Dann erinnerte sie sich daran, dass in den Mathematikbüchern nicht darauf hingewiesen wurde, dass sich die Platonischen Körper auch noch durch die Anzahl ihrer Symmetrieachsen unterschieden.

Als sie einen Professor in Freiburg danach fragte, hatte der scherzhaft gesagt, dass es sich dabei um schwarze Magie handeln würde. Und das könnte Menschen dazu bringen, lästige Fragen zu stellen. Hier stießen Lehrbuchmathematiker nämlich an eine Grenze, die von antiken Wissenschaftlern schon gedanklich überwunden wurde. Diese Fantasien hätten aber in der modernen Wissenschaft keinen Platz und deshalb verschwieg man die Schwingungsachsen der Platonischen Körper. Es sei auch wirklich schwer zu erklären, warum die Griechen Platon und Euklid Jahrhunderte vor unserer Zeitrechnung schon wussten, dass sich mit diesen Festkörpern auch Energiezustände in der stofflichen Welt darstellen ließen. Wie sollte ein Philosoph der Antike die Welt der Atome und Moleküle gekannt haben?

Energiezustände der Moleküle? Energie bedeutet Schwingungen. Damit muss es zu tun haben!

In dem Moment hätte sie vor Aufregung beinahe Wasser geschluckt.

Natürlich! Die Achsen der Körper sind der Schlüssel. Aber mir fehlt noch der Bezug zum Ikosaeder und Dodekaeder. Die sind mir heute noch nicht begegnet!

Sie konzentrierte sich darauf, was ihr noch entgangen sein konnte: *Das Ikosaeder hat 6 Symmetrieachsen und beim Dodekaeder sind es 10. Moment mal..., 6 und 10, das sind 16! Es ging darum, ein weiteres Geheimnis der unteren 16 Steinreihen zu finden. Da war doch diese glatt geschliffene Stelle an der Nordseite der Pyramide. Die Fläche ist 6 Steinreihen hoch und etwas mehr als 5 Steinblöcke breit. Über diesen 6 Reihen befanden sich ursprünglich noch 10 weitere, grob behauene Steinreihen.*

Während sie weiter überlegte, musste sie sich nun schon auf die Füße stellen und ihren Körper beugen. Dabei stieß der Nacken an die Decke und sie hatte noch genau 20 Zentimeter, bis die Wasserkante den Mund erreicht haben würde. In dieser Stellung konnte niemand lange verharren, denn das strengte unglaublich an.

Was passiert, wenn ich diese zwei Platonischen Körper ineinanderschiebe? Wie verändert sich die Gitterstruktur des Stoffes?

Aus dem Physikunterricht wusste sie noch, dass jeder Körper ein eigenes Schwingungssystem ist. Die Achsen in einem symmetrischen Körper waren auch gleichzeitig deren Schwingungsachsen, die man Raumlemniskaten nannte.

Sie überlegte noch einmal, warum es genau fünf Platonische Körper und nicht sechs oder mehr waren: *Der Philosoph Platon beschrieb doch dasselbe, was ich auch aus den indischen Veden kenne: Jedes System besitzt ein Minimum und ein Maximum. Wird das Maximum überschritten, verliert das System seine Stabilität und es beginnt eine neue Qualität. Das System gelangt auf eine höhere energetische Stufe. Wie ist das in der Chemie? Mit Zuführung von Energie kann man die chemische Bindung spalten. Freiwerdende Atome neigen dann dazu, sich schnell wieder mit anderen Atomen zu verbinden, wodurch ein neuer Stoff*

entstehen kann. Nach diesem Prinzip entstanden doch aus Was-
serstoff im Laufe der Zeit alle anderen Elemente ... War da nicht
*auf dem **Pyramidion** auch ein Ur-Atom zu sehen? Genau!* Das
könnte der richtige Weg sein. Es ist nur noch ein Tor zu öffnen.
Aber wo hängt der Schlüssel?
Annas Denkapparat hatte sich nun derart in Fahrt gebracht,
dass sie beinahe vergaß zu atmen. Sie spürte den Schmerz im
Rücken und in den Beinen, die wegen der verkrampften Haltung
bereits zitterten. Diese Qual und die panische Angst vor dem Ertrinken waren es, was ihre Gedanken schließlich zum Stillstand
brachte. Nachdem das Wasser bereits Mund und Nase überdeckte
und Anna die Luft mehrere Minuten lang angehalten hatte, sackte
sie schließlich erschöpft in sich zusammen. Kraftlos lag der Körper am Boden des wassergefüllten Würfels. Kurz vor dem Ziel
schien Annas Prüfung damit ein fürchterliches Ende zu nehmen.
Ihr Wissen hatte wohl nicht ausgereicht, sich aus dieser misslichen Lage zu befreien.

Elas Hirnfrequenz war inzwischen wieder auf Normalniveau ge-
stiegen. Sie erwachte gerade aus der Selbsthypnose. Sowohl sie
als auch die anderen Priester hatten ihre Verbindungen zu Anna
verloren. Es musste etwas passiert sein und die Zeit wurde knapp.
Nun konnten Ela nur hoffen, dass ihre Schülerin den Weg aus
dieser bedrohlichen Lage auch ohne fremde Hilfe finden würde.
Anderenfalls müsste sie sterben. Aber selbst wenn sie es aus der
Pyramide schaffen würde, war ihr biologischer Körper noch
längst nicht für die Wiedervereinigung vor Ort.
    Während der Meditationssitzung hatten die zwölf Priester ei-
nen Notfallplan entwickelt, aber daran war alles riskant. Wenn
Anna überleben sollte, durfte nichts schiefgehen. Mehr als einhundert Menschen waren inzwischen alarmiert worden und be-
reiteten sich auf eine Rettungsaktion vor. Trotz der vielen Beteiligten blieb für die Öffentlichkeit verborgen, welche gigantische
Organisation in Kairo und Umgebung nun aktiv war. So eine aufwendige Operation zu starten, und gleichzeitig mehrere Geheim-
dienste an der Nase herumzuführen, war mehr als ein Abenteuer.

Nachdem der Wachmann vor Annas Krankenhauszimmer hypnotisiert wurde, saß er lächelnd in seinem Stuhl, als sei er der glücklichste Mensch der Welt. Ela hoffte, dass es niemandem auffallen würde, dass der arme Kerl jeden grüßte, unabhängig davon, wie oft dieser vorher schon vorbeigegangen war.

In der Zwischenzeit wurde Anna angezogen und gegen ein anderes Mädchen ausgetauscht.

Nachdem die echte Anna in den Minivan gebracht wurde, der in der Tiefgarage unter dem Krankenhaus parkte, wurde die falsche Anna offiziell aus dem Krankenhaus entlassen. Ein Taxi sollte sie zum Hotel bringen. Beim Einsteigen ließen sich alle viel Zeit, damit der Wachmann seinen Vorgesetzten noch über Annas Abfahrt zum Hotel informieren konnte. Der Taxifahrer mit der falschen Anna auf dem Rücksitz wartete so lange mit der Abfahrt, bis er über sein Handy eine Nachricht erhielt. Darin stand, dass sich ein schwarzer Toyota mit zwei Insassen gegenüber der Krankenhausausfahrt positioniert hatte. Damit war klar, dass die falsche Anna bis zum Erreichen des Hotels »in sicherer Obhut« sein würde.

Als in der Umgebung des Krankenhauses keine auffälligen Gestalten mehr auszumachen waren, fuhr auch der weiße Minivan los. Dessen Ziel war ein Lagerplatz für Baumaterialien am Rande des Gizeh-Plateaus. Dort angekommen, wurde der biologische Körper der echten Anna von Ela im Fahrerhaus eines kleinen Trucks versteckt. Als Tarnung dienten bunte Decken, leere und volle Wasserflaschen sowie in Plastiktüten verpacktes Zeug, das üblicherweise in allen Baufahrzeugen zu finden war. Was die Trucker üblicherweise in ihren Fahrzeugen mitführten, stellte sicher, dass sie auch bei einer Panne auf ägyptischen Straßen überleben konnten.

Die Ladung des Trucks bestand aus den Materialien, die Tage zuvor von der Altertümerverwaltung bestellt wurden. Es war üblich, das Baumaterial außerhalb der Öffnungszeiten im Ausstellungsgelände anzuliefern. Die beste Tarnung war allerdings, auf der Ladefläche noch zehn Bauarbeiter mitzuführen. Je mehr Menschen auf der Baustelle, desto authentischer. Die Wachen auf dem Gizeh-Plateau waren schon rechtzeitig über die anstehende Lieferung informiert worden.

Die nächste Herausforderung war nicht zu früh, aber auch nicht zu spät am Ausstellungsgelände anzukommen. Weil sie ungewöhnlich gut durch den Abendverkehr gelangten, hielt der Fahrer ein paar hundert Meter vor dem Ziel am Straßenrand an. Schließlich gab Ela ein Signal und sie fuhren bis zum Kontrollpunkt. Die stark nach Körperschweiß riechenden Sachen hinter dem Fahrersitz würden hoffentlich die Posten davon abhalten, dort genauer hinzuschauen.

In der Pyramide

Zuerst glaubte Anna an eine Vision, aber dann hörte sie deutlich eine weibliche Stimme in ihrem Kopf: *»Na endlich! Ich dachte schon, mir würde es nicht mehr gelingen, auf mich aufmerksam zu machen.«*

»Bin ich jetzt tot? Ich atme schon seit einer Weile nicht mehr. Ich weiß auch gar nicht, wie lange ich hier schon unter Wasser liege.«

»Es war schwer, in deinen Kopf einzudringen. Du warst so stark mit der Suche nach der Lösung beschäftigt. Vielleicht war es meine Schuld, dass du das Rätsel nicht rechtzeitig lösen konntest.«

»Wer bist du und wieso war es deine Schuld?«

»Ich hatte bereits viele Namen. Heute nennt man mich in meinem Volk Mhia-Ahma. Wenn ich in Zukunft deine **Mentorin** *sein darf, wird mein Name AnnaKha sein. Aber du kannst mich auch einfach Mhia nennen. Ich weiß, das mit den vielen Namen ist etwas kompliziert. Ich erkläre es ein anderes Mal. Du bist hier in meinem Tempelbezirk am Großen Fluss, den ihr Menschen Nil nennt. Als oberste Wächterin begleite ich dich bei deiner Prüfung. Da du sehr klug bist, dachte ich, ich könnte ein paar Hinweise weglassen und du würdest allein auf den Rest der Lösung kommen.«*

»Dann hast du mich wohl überschätzt, würde ich sagen. Sind denn die anderen Priester nicht mehr hier?«

»Nein, deine Verbindung zu ihnen wurde getrennt. Die Technik der Menschen erzeugt seit ein paar Jahren große Mengen elektromagnetischer Strahlung, die auch die Funktion der Pyramiden stört. Dabei sind die Pyramiden sowieso schon stark beschädigt. Weil ich das Risiko kenne, überwache ich die Prüfungen auch selbst.«

»Wird die Verbindung zu dir nicht gestört?«

»Ich lebe in einer weit höheren Schwingungsdimension. Damit kann ich auch andere Energiefelder nutzen, um mit dir zu kommunizieren.«

»Habe ich eine Chance, aus diesem Würfel herauszukommen?«

»Wie gesagt, du bist nicht weit vom Ziel entfernt. Deine Vermutung mit den Achsen der Platonischen Körper war richtig. Wie du inzwischen weißt, können die Atome und Moleküle in eurer dreidimensionalen Welt keine Formen mit mehr als 16 Raumachsen bilden. Es ist einfach nicht mehr Platz zum Schwingen vorhanden.

Es gibt eine natürliche Grenze bei 32 Flächen, 32 Ecken und 16 Achsen. Darin ist das Mysterium verborgen, wonach du suchst.«

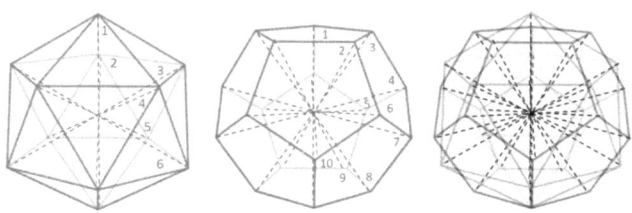

Ikosaeder (links) und Dodekaeder(Mitte) ergeben
ein Gebilde mit 6 + 10 = 16 Raumachsen (rechts)

Anna wurde ungeduldig: *»Ich sehe noch nicht die Lösung für mein Problem!«*

»Wenn das Maximum erreicht ist und dennoch weiter Energie zugeführt wird, zum Beispiel durch elektromagnetische Schwingungen, fängt der Körper an der äußeren Hülle zu vibrieren an.«

»Kommt das in der Natur überhaupt vor?«
»Ja. Ihr verwendet zum Beispiel Quarzkristalle bei elektronischen Uhren als Taktgeber. Dort wird das Prinzip ausgenutzt. Die Menschen ahnen aber noch nicht, was man mit diesem Kristall noch alles anstellen kann. Wird immer mehr Energie hinzugefügt, wird das System instabil und löst seine materielle Struktur auf. Das ist dann die Grenze zwischen der stofflichen und der feinstofflichen Welt. Bei Gestein fühlt sich das an, als ob es dickflüssig und transparent werden würde. Metall wird in dieser Phase weich und verbiegt sich. Leider nimmt Metall danach nicht wieder von allein seine alte Form an. Das ist auch einer der Gründe, warum man in den Pyramiden keinerlei Metalle verbaut hat.«
»Halt! Ich glaube, jetzt kann ich den Rest der Lösung erklären«, schoss Anna dazwischen. *»Ich muss mich nur darauf konzentrieren, die steinernen Wände des Würfels bis zum Maximum schwingen zu lassen. Damit müsste sich die Wand öffnen. Dann sollte ich doch beantwortet haben, was es mit den 16 Steinreihen und den 32 glatt geschliffenen Steinen auf sich hat, oder?«*

Mhia-Ahma antwortete nicht direkt darauf: *»Scheinbar hast du dir mehr Gedanken gemacht, als notwendig. Die Aufgabe war schon erfüllt, als du erkannt hattest, dass die glatt geschliffene Stelle am Eingang der Pyramide eine natürliche Grenze zwischen stofflichen und feinstofflichen Körpern symbolisiert. Außerdem, deine Antwort enthält noch Fehler, aber es sind auch noch andere Mysterien, die du später erst verstehen wirst. Um dich zu befreien, brauchst du nur das Werkzeug, welches dir Ela mitgegeben hat. Viel Erfolg bei deiner nächsten Aufgabe!«*
»Halt, warte noch!«
»Ja?«
»Wann treffe ich dich wieder?«
»Ich verspreche, mich bei dir zu melden, wenn es an der Zeit ist. Übrigens, so wie die Zahl 32 bei den Platonischen Körpern ein Maximum an Ecken und Flächen bedeutet, symbolisiert diese Zahl bei uns Priestern den höchsten Punkt der geistigen Reife. Danach tritt man mit dem 33. Ausbildungsgrad in die

feinstoffliche Welt ein. Vor etwa 41.000 Jahren eurer Zeit hat man mir erlaubt, diese Prüfung in der großen Pyramide abzulegen.«

Das waren die letzten Worte von Mhia-Ahma. Ohne Abschiedsgruß war sie wieder verschwunden. Anna hatte versäumt zu fragen, welches Werkzeug Ela ihr mitgegeben haben soll. Deshalb konzentrierte sie sich als nächstes darauf, mit ihren Gedanken Schwingungen zu erzeugen. Ihr Körper fühlte sich inzwischen wieder kräftiger an.

Vollkommen von Wasser umgeben, legte sie ihre beiden Hände auf jene Wand, hinter der sie einen Hohlraum vermutete. In diesem Moment fiel ihr ein, um welches Werkzeug es sich handelte. Es war das *Ankh*, womit Ela einen Ton wie mit einer Stimmgabel hervorgebracht hatte. Anna wusste nun, welche Tonhöhe sie erzeugen musste. Es dauerte nur Sekunden, bis die Wand nachgab und sie ihren Körper durchschieben konnte. Dahinter war ein trockener Gang, genauso hoch wie der Würfel. Sie kroch ein Stück weiter und nach ein paar Metern blickte sie in eine mit Leuchtstoffröhren beleuchtete Kammer. Diese erkannte sie sofort als die obere große Kammer der Mykerinos-Pyramide. Sie hatte es geschafft. Der Raum hatte eine Öffnung in der Wand über dem normalen Zugang zur Kammer, aus der sie nun herausspringen musste.

Nach dem Bau der Pyramide war dieser Schacht allerdings verschlossen und von der Kammer aus nicht sichtbar. Die Baumeister hatten ihn genauso geplant. Er wurde von den Ägyptologen Blindschacht genannt. Sie nahmen an, dass die Wand an dieser Stelle lange nach dem Bau der Pyramide von Grabräubern aufgebrochen wurde, weil sie dahinter einen geheimen Hohlraum vermuteten. Nun wusste Anna, welchem Zweck der Blindschacht wirklich diente und warum nur Eingeweihte den Sinn solcher Schächte und Hohlräume verstehen konnten.

Die große Kammer, deren geometrisch-mathematischen Geheimnisse sie schon länger kannte, musste nun nach einer vorgegebenen Schrittfolge abgelaufen werden. Die letzten Schritte endeten im hinteren Teil der Kammer. In die dort befindliche

Mulde im Boden hatte man nach Restaurierungsarbeiten eine Steinplatte gelegt, damit die Besucher nicht hineinstützen konnten. Auf diese Platte legte sie sich nun, wie sie es von den Pyramidenmeistern in Freiburg gelernt hatte. Trotz der zusätzlichen Steinplatte funktionierte der energetische Sarkophag noch. Hier konnte sie sich auf die nächste Phase konzentrieren. Sollte sie für den letzten Teil der Prüfung bereit sein, müsste ihr Körper bald zu schweben beginnen.

Ela versuchte noch einmal, sich mit Annas Energiekörper zu verbinden. Es gelang ihr nicht. Ihre Gedanken schafften es noch nicht einmal, ins Innere der Pyramide einzudringen, obwohl das eine ihrer regelmäßigen Meditationsübungen war. Irgendetwas störte das gesamte Energiepotential in diesem Gebiet. Somit blieb nur die Hoffnung, dass es Anna bis in die Kammern geschafft hatte und sie nun bereits auf dem Rückweg nach draußen sein würde. Es blieb jetzt noch eine halbe Stunde. Spätestens dann musste sie die Pyramide wieder verlassen haben.

20:30 Uhr

Langsam rollte der Truck an den Kontrollpunkt. Das Tor zur Zufahrt war schon verschlossen. Der Fahrer meldete sich bei den Posten. Die Wache war erwartungsgemäß mit zwei amerikanischen Militärangehörigen verstärkt worden. Außerdem mussten sie auf dem Gelände mit Patrouillen rechnen.

Die Prüfung der Papiere dauerte schon zehn Minuten, als plötzlich beide amerikanische Soldaten neben dem Fahrerhaus standen und befahlen:»Alle aussteigen!«

Es half nichts, diese Prozedur mussten sie über sich ergehen lassen. Sehr sorgfältig wurde der Truck mit Spiegeln nach angebrachten Sprengsätzen abgesucht. Auch das Baumaterial auf der Ladefläche verglichen sie mit den Papieren. Dann rief einer der Wachen:»Das Begleitfahrzeug ist gleich da!«

Das hat uns noch gefehlt. Wir dürfen also nicht allein auf das Gelände, dachte Ela, die immer noch mit Anna hinter dem Fahrersitz lag. Sie suchte verzweifelt nach einer Lösung für das neue

Problem. Dafür tauschte sie sich mit Achmet telepathisch aus. Inzwischen schwitzte sie unter den Plastiktüten so sehr, dass feinfühlige Menschen vielleicht ihre Energiesignatur spüren könnten.

Mehr Sorge bereitete ihr aber der Körper von Anna, der immer noch bewegungslos neben ihr lag. Mit beiden Händen wedelte Ela Luft in Annas Gesicht. Auf keinen Fall sollte sie unter Sauerstoffmangel leiden. Dann flüsterte sie Anna zu:»Wenigstens spürst du den Gestank nicht, mein Kind. Es tut mir so leid, dass ich dir keine würdevollere Zeremonie für diese wichtige Prüfung bieten kann. Wir holen die Feierlichkeiten nach. Ich verspreche es!«

Ein sandfarbener amerikanischer Militär-Truck der Marke Oshkosh näherte sich. Niemand stieg aus aber einer der Posten vom Kontrollpunkt kletterte hinein.

Der Fahrer des Baufahrzeuges bekam mit einer Handbewegung die Erlaubnis, aufs Gelände zu fahren. Vor Aufregung hatte er vergessen zu warten, bis alle Helfer wieder aufgestiegen waren. Ein markerschütterndes Hupen des Oshkoshs ließ ihn fest auf die Bremse treten, wobei sich einer der armen Kerle an der Ladebordwand den Kopf schlug. Die Aufregung des Fahrers fiel glücklicherweise niemandem auf. Militärangehörige waren es gewöhnt, dass man ihnen in diesem Land Respekt entgegenbrachte, wenn auch nur aus Angst.

Der Truck rollte langsam die Straße hinauf, die westlich an der Cheopspyramide und der Chephrenpyramide vorbeiführte. Das Gelände war mit Scheinwerfern beleuchtet. Allerdings galten die Lichtkegel fast ausschließlich den Pyramiden. Etwa einhundert Meter westlich der Mykerinospyramide war das offizielle Ziel erreicht. Die Baustelle war provisorisch eingezäunt. Der Fahrer erkannte sofort das Problem. Es hing ein Vorhängeschloss am Tor und niemand hatte daran gedacht, sich den Schlüssel zu besorgen.

Nachdem er ein Telefonat vorgetäuscht hatte, ging der Fahrer auf den hinter ihnen wartenden Oshkosh zu und klopfte an die Fahrertür. Es dauerte eine Weile, bis das Fenster herunterfuhr und der Amerikaner fragte, was los sei.

»Habt ihr einen Bolzenschneider dabei? Die Idioten von der Baufirma haben mir den falschen Schlüssel mitgegeben. Wir sollen das Schloss durchschneiden. Aus der hinteren Tür sprang jemand heraus und holte doch tatsächlich einen nagelneuen Bolzenschneider aus der Werkzeugkiste. Im Inneren des Militärfahrzeugs lästerten die Amerikaner inzwischen über die Ägypter. Das Werkzeug händigte der Soldat nicht aus und schnitt das Schloss gleich selbst durch. Dabei stützte er sich mit dem Fuß am Torpfosten ab, der daraufhin von allein mit samt dem Tor umfiel. Aus dem Oshkosh klang lautes Gelächter. Dann machten sich die mitgebrachten Helfer an die Arbeit, das Material auf die Baustelle zu tragen.

Ela wurde immer aufgeregter. Jetzt musste endlich etwas passieren. Die Zeit war schon um 45 Minuten überschritten und langsam wurde es für Anna kritisch. Es könnte auch sein, dass Ela den Energiekörper von Anna erst noch suchen musste, falls sie es nicht mehr bis zum Ausgang geschafft haben sollte.

In der Pyramide

Der Rausch, den die Schwerelosigkeit bei Anna erzeugt hatte, wurde von fürchterlichen Kopfschmerzen abgelöst. Sie lag noch auf dem staubigen Stein und zitterte vor Kälte. Eigentlich war es nicht so sehr die Kälte, sondern die Entkräftung.

Sie wollte aufstehen, aber es kam ihr vor, als hätte man Wassersäcke an ihre Gliedmaßen gehängt. Ein Schreck durchfuhr ihren Körper, als sie sich dann erinnerte, dass sie unbedingt vor 21 Uhr die Pyramide wieder verlassen musste. Auf den Knien vorwärtsrutschend, schob sie sich langsam zum Ausgang der Kammer. Das Licht war inzwischen ausgemacht worden, aber wie jeder fortgeschrittene Meisterschüler, konnte nun auch Anna im Dunkeln ein wenig sehen. Wenn die notwendige Feldstärke vorhanden war, konnten Sinne bei ihnen geweckt werden, die einem durchschnittlichen Menschen wie Magie vorkommen mussten.

Die Vorkammer mit den kleinen Nischen hatte sie bereits durchquert. Nun stand ihr noch der steile Aufgang durch den Eingangsschacht bevor. Ihr ging durch den Kopf, dass das Stahlgitter am Eingang verschlossen sein könnte. Mit letzter Kraft schleppte sie sich bis zu diesem Gitter, um dann festzustellen, dass ihre Vermutung richtig war. *Eine letzte Aufgabe? Obwohl, solch weltliche Dinge sind sicher nicht das, was die Priester für mich geplant haben,* dachte sie.

Statt über eine Lösung nachzudenken, wunderte sie sich erstmal, warum ein feinstofflicher Energiekörper sich so sehr über frische Abendluft freute. Während dieses Tages hatte Anna so viele neue Dinge gelernt, oder, wie die Priester immer sagten, sich an viele Dinge erinnert, dass ihr doch auch jetzt etwas Passendes einfallen müsste. Jedenfalls versuchte sie den Trick mit dem Weichmachen des Materials noch einmal.

Wenn Uri Geller vor laufender Kamera Löffel verbiegen kann, dann werde ich doch wohl mit diesem Gitter fertig werden, versuchte sie sich Mut zu machen.

Sie schaffte es. Aber die Holztreppe, die vom Eingang der Pyramide nach unten auf den Vorplatz führte, schaffte sie nicht mehr hinunter. Die Erschöpfung ließ sie einschlafen. Warum sie zuvor ausgerechnet darüber nachdachte, was das Aufsichtspersonal am nächsten Morgen zu dem verbogenen Gitter sagen würde, sollte für ewig ein Rätsel bleiben.

An der Baustelle

Ein lauter Knall war zu hören, als seien mehrere Fahrzeuge ineinander gefahren. Ela atmete auf. Das musste Achmet sein. Anstatt die Zufahrt über den Kontrollpunkt zu nehmen, kürzte er ab und rammte mit seinem Minivan den Zaun. Es kam wie geplant: Die Amerikaner wurden vom Lärm abgelenkt. Der Oshkosh heulte auf und fuhr zur Unfallstelle. Für einen Moment war Ela mit ihren falschen Bauarbeitern unbeobachtet.

Sofort machten sie sich daran, Annas Körper aus dem Fahrerhaus zu hieven. Zwei Männer trugen sie mit schnellen Schritten zur Treppe, die zum Eingang der Pyramide hinaufführte. Wenn jemand den Eingang in diesem Moment mit einer Digitalkamera fotografiert hätte, wäre auf dem Bild ein schwach leuchtender, tennisballgroßer Punkt zu sehen gewesen. Annas biologischen Körper und ihre energetische Kopie trennte nur noch die Holztreppe.

Als sie am Fuß der Treppe ankamen, war der Oshkosh wieder zurück. Schneller als erwartet hatten die Soldaten festgestellt, dass es nur ein betrunkener Autofahrer war, der den Zaun beschädigt hatte.

»Halt, bleiben Sie stehen!«, rief jemand von hinten und zielte mit seinem Maschinengewehr auf die Gruppe am Fuß der Holztreppe. Ela nahm Annas Arm über ihre Schulter und schleppte sie die Treppe hinauf. Schließlich traute sich auch einer ihrer Begleiter zu helfen.

»Bleiben Sie stehen! Sie befinden sich auf militärischem Gelände. Wir werden sie mit der Schusswaffe daran hindern, das Objekt zu betreten!«

Ela wusste, dass es jetzt nur noch eine Möglichkeit gab, Annas Leben zu retten. Sie mussten sie nach oben auf die kleine Plattform bringen, dorthin, wo der zweite Teil von Anna saß und hoffentlich noch stark genug war, um in den biologischen Körper zurückzukehren.

Oben angekommen, nahm Ela den kleinen Lichtpunkt in ihre linke Hand, während sich der Amerikaner aus etwa zehn Metern Entfernung die Kehle aus dem Hals schrie. Die rechte Hand legte Ela auf Annas Kopf und dann merkte sie, wie sich ein Energiebündel durch ihren Körper hindurch in Annas Kopf hineinbewegte. Sie hatten es geschafft. Nun brauchte Anna unbedingt Ruhe für die Heilung.

»Das ist ein Notfall! Diese junge Frau muss dringend ins Krankenhaus gebracht werden«, rief Ela den Amerikanern auf Englisch zu. Nach einigem Zögern kamen zwei von Ihnen und dann ging alles recht schnell.

45 Minuten später lag Anna wieder in einem Bett des »Sadr El Giza Hospitals«. Zurück in Freiburg, erhielt sie zwei Wochen später von Ela einen Mantel und einen weißen Brustlatz überreicht. Der Latz war lediglich mit einem Winkel bestickt, der mit der Spitze auf das Herz zeigte.

Zum Jahreswechsel bekam Anna einen Brief aus Ägypten ohne Absender. Es lag ein Foto dabei, auf dem Göttin Hathor und Pharao Thutmosis IV zu sehen waren. Da sie Ela mehrmals pro Woche in einem Videochat traf, konnte der Brief wohl nicht von ihr sein. Der Text war mit der Hand in keltischen *Runen* geschrieben und mit einem gedruckten Siegel unterzeichnet. Sie las das Geschriebene mehrmals, aber erst als sie das Papier Tage später noch einmal in die Hand nahm, begriff sie die Tragweite der letzten Worte …

»… Während deiner Ausbildung hast du bewiesen, dass du die Prinzipien des geistigen Aufstiegs verstanden hast. Was nun folgt, benötigt vielleicht noch etwas Zeit. Wie uns die Alten Meister vor vielen Generationen beigebracht haben, hinterlässt ein geschriebener Text auch immer eine energetische Botschaft. Versuche nicht, alles immer schon beim ersten Lesen zu verstehen. Jedem, der es wirklich will, wird sich das darin Verborgene im Laufe der Zeit automatisch erschließen. Wer wie wir seinen Geist dafür öffnet, erhält den Zugang zum universellen Speicher des Wissens.
…Meine Glückwünsche an eine bemerkenswerte junge Priesterin…
In untrennbarer Verbundenheit, von einer guten Freundin im Land am Großen Fluss«

Nachwort

Anna hat etwas gelernt, das auch Mhia 41.000 Jahre zuvor schon wusste. Dazu gehört das Geheimnis über die verborgenen Informationen in der Schrift. Aber wie wahrscheinlich ist es, dass Wissen für lange Zeit verschwindet und tausende Jahre später wiederentdeckt werden kann? Menschen der Neuzeit haben neue Formen der Kommunikation entwickelt. Dabei spielen Zeit und Entfernungen auf der Erde kaum noch eine Rolle. Leider sind unsere biologischen Rezeptoren dabei nicht mehr so sehr gefordert und verkümmern zunehmend. Ohne die räumliche Nähe zum Empfänger geht aber noch mehr verloren. Übers »Netz« fehlt die gemeinsam erzeugte Atmosphäre und die Gelegenheit, Körperschwingungen aufeinander einzustellen.

Was halten Sie eigentlich von Emojis, sind sie geeignet, Emotionen auszudrücken? Ich persönlich hoffe, dass diese Ergänzung der Schriftsprache nur eine Übergangslösung ist. Emojis riechen nicht, sie strahlen keine Schwingungen aus und sie können nicht auf die Emotionen des Empfängers reagieren, um sich nötigenfalls zu korrigieren.

Ich bin überzeugt davon, dass wir uns schon sehr bald auf einer neuen Stufe der Kommunikation bewegen werden. In Kürze besitzen wir die Technik und mittelfristig die biologischen Sinne, mit denen auch überlieferte Informationen in den prähistorischen Bauwerken gelesen werden können. Dann werden sich viele ungelöste Rätsel von selbst erledigen. Die nächste Stufe auf diesem Weg erreichen wir, sobald sich der Wille durchgesetzt hat, es zu tun.

Es bleibt zu hoffen, dass sich künftige Generationen noch die Zeit nehmen, in die Vergangenheit zu schauen. Wie Georg Orwell sinngemäß schrieb, wird unsere Zukunft nur dann erfolgreich sein, wenn wir unverfälscht auf die Vergangenheit schauen. Jede Manipulation der Geschichtsdarstellung führt unweigerlich in eine Spirale des Vergessens und zur Wiederholung der gleichen Fehler.

Beim Stöbern nach Fakten, die den Inhalt dieses Buches bereichern sollten, bin ich auf den Wortlaut des Newtonschen Trägheitsgesetzes gestoßen:

»Ein Körper bleibt in Ruhe oder in gleichförmiger geradliniger Bewegung, solange die Summe der auf ihn wirkenden Kräfte null ist.«

Ihnen wird nicht entgangen sein, dass dieses Zitat nicht nur für die Physik gilt. Naturgesetze haben in der Regel auch Auswirkungen auf die gesellschaftliche Entwicklung. Diese Weisheit wurde uns auch in Texten der Antike überliefert. Sie faszinieren mich, weil die Zeit ihren Wahrheitsgehalt bewiesen hat. Von dieser Erkenntnis inspiriert, habe ich begonnen, immer weiter in die Vergangenheit zurückzugehen, auch in jene Zeit, aus der angeblich keinerlei Schrift überliefert wurde.

Die heute lebenden Menschen haben die Fähigkeit entwickelt, sich dennoch dieses alten Wissens zu bemächtigen. Eine der bekanntesten Quellen befindet sich auf dem Gizeh-Plateau in Ägypten. Hier findet sich auch die Antwort darauf, warum gerade in den ältesten Bauwerken (zum Beispiel dem Taltempel der Chephren-Pyramide) keine Schriftzeichen gefunden wurden. Die Architekten wussten, dass eine Schrift nur für Schriftkundige zu lesen ist und auch nur so lange, wie diese alte Kunst nicht ins Vergessen gerät. Dazu kommt, dass unverstandene Informationen von späteren Generationen nicht nur abgelehnt, sondern oftmals auch zerstört wurden.

Will man heute die »Schrift« der Erbauer finden, die Jahrtausende und wahrscheinlich sogar die Sintflut überlebt hat, muss man einen Schritt zurücktreten, das Ganze betrachten und alte Denkweisen ablegen.

Auf- und Niedergänge von Kulturen passieren immer wieder, weil die Lehren aus der Geschichte nicht in unsere Entscheidungen einfließen. Schlaue Köpfe wussten das schon, bevor es auch in Ägypten vor langer Zeit passierte, und haben die »Schule« am Nil gebaut und dort ihr Vermächtnis in Stein hinterlassen. Damit sollte künftigen Kulturen ein Rückblick in die Geschichte erlaubt werden. Wir sind eine dieser jungen Kulturen und sollten unsere Chance nutzen. Wir müssen nur unsere Augen öffnen und uns von Vorurteilen und Dogmen befreien.

Geschichte ist die Lüge, auf die man sich einfach geeinigt hat.

Voltaire (François-Marie Arouet)

Tabus sichern der materialistischen Welt die Vorherrschaft und deren Dogmen. Die ideale Wissenschaft ist die, welche ohne Tabus arbeitet.

Dr. Rupert Sheldrake

Wenn Sheldrake von einer Wissenschaft ohne Tabus spricht, sieht er es meiner Meinung nach in einem Sinne, der nicht gegen ethische und moralische Grundsätze verstößt. Gemeint sind zum Beispiel Regelungen, die auch im deutschen Gentechnikgesetz (GenTG)[42] verankert sind. Ich habe die Hoffnung, dass sich auch künftige Regierungen von humanitären Grundsätzen leiten lassen. Hier ergibt sich für mich die Gelegenheit, noch einmal klar hervorzuheben, dass die in diesem Buch beschriebenen Genmanipulationen zu verurteilen sind, ungeachtet dessen, ob sie jemals stattgefunden haben oder nicht.

Die mathematikbegeisterten unter Ihnen bitte ich um Verzeihung für meine oberflächlichen Betrachtungen der geometrischen Zusammenhänge. Sicherlich wäre einiges wissenschaftlich korrekter darstellbar gewesen, dafür für einen anderen Teil der Leser Schlaflektüre. Wer es genauer wissen will, dem empfehle ich die Quellenangaben am Ende des Buches.

—— Δ ——

*Falls Ihnen das Buch gefallen hat, würde ich mich über eine Re-
zension im Online-Shop oder auf Ihrer Bücherplattform freuen.
Sie können mich auch gern über meine Internetseite kontaktieren:* **www.karsten-lehmann-books.de**

Scan mich!

Namen im Buch

Achmet	Reiseführer in Kairo (Ägypten)	Mensch
Ahtla-Ahma	Oberste Priesterin in der Stadt am Gro-ßen Fluss	Manuja
Ami	Ertrunkener Fischerjunge und Freund von Set	Mensch
Anna	Mädchen mit besonderen Begabungen aus Süddeutschland	Mensch
AnnaKha	Name der geistigen Mentorin von Anna	Kha (feinstoffliches Wesen)
Aron	Haustier von Khi und Shuk	Hund
Atum	(auch Atum-Re) Höchste Gottheit und Schöpfergott im alten Ägypten [39]	Göttliches Wesen
Aum	Name einer Gottheit der Menschen in Atlantis	Göttliches Wesen
Bharu	Pilot der ETANA	Manuja
Bodhana	Junge, der in einem Genlabor entstand. Bedeutung des Namens im Sanskrit: klug, ein kluger Mann	Mensch
Chira	Techniker aus Basileia	Manuja
Chlora	Mitarbeiterin im Forschungsinstitut, ihre Fachgebiete sind Geologie, Biologie und Genetik	Manuja
Dhalius	König des Regenlandes	Manuja
Ela	Ägyptische Hohepriesterin	Mensch
Fhilos	Ehemaliger Bürger von Basileia, lebt in **Brahmas Land** und ist Kandidat für das Königsamt	Manuja
Fox	Mitarbeiter eines amerikanischen Geheimdienstes	Mensch
Ihstriala	Bekannte von Ohlak aus **Roanalua**, betreibt ein kleines Genlabor	Manuja
Khi	Beamtin aus Basileia, Lebenspartnerin von Shuk, Mutter von Pha	Manuja
Lheson	Stationstechniker in der Forschungsstation	Manuja
Mhia	Tochter des Statthalters Thom	Manuja

MhiaKha	Name des geistigen Mentors von Mhia	Kha (feinstoffliches Wesen)
Mhilea	Ozeanologin und Lebensgefährtin von Shorak	Manuja
Nehit	Gottähnliches Wesen. In den Erinnerungen der Alten Meister plante sie unter anderem die »Neue Stadt« am Großen Fluss. (Entspricht im alten Ägypten vermutlich der Göttin **Neith**.)	Transdimesionales Wesen
Ohlak	Leiter des Wissenschaftsrates in Atlantis	Manuja
Ohma-Ahma	Ältester Priester in der »Neuen Stadt« am Großen Fluss	Manuja
Pha	Sohn von Khi und Shuk	Manuja
PhaKha	Name des geistigen Mentors von Pha	Kha (feinstoffliches Wesen)
Pheso	Stellvertretender Stadtrat von Basileia (Stellvertreter von Thom)	Manuja
Pia (Phia)	Freundin von Mhia, lebt in einem Dorf in der Nähe von Basileia, Zwillingsschwester von Set (Shet)	Mensch und Manuja
Rhe	Sohn des Statthalters Thom und Bruder von Mhia	Manuja
RheKha	Name des geistigen Mentors von Rhe	Kha (feinstoffliches Wesen)
Rhenus	König des Weltreiches **Terra Atla**	Manuja
Rhia	Lebenspartnerin von Thom, Wissenschaftlerin	Manuja
Rhikeo	Stationstechniker in der Forschungsstation	Manuja
Set (Shet)	Freund von Mhia, lebt in einem Dorf in der Nähe von Basileia, Zwillingsbruder von Pia (Phia)	Mensch und Manuja
Shoa	Leiterin der Forschungsstation in der auch Rhia arbeitet. Sie besitzt einen der höchsten Ausbildungsrade in Atlantis.	Manuja
Shorak	Ozeanologe und Lebensgefährte von Mhilea	Manuja

Shuk	Wissenschaftler aus Basileia, (Lebens-partner von Khi, Vater von Pha)	Manuja
Tata	Mutter von Pia (Phia) und Set (Shet), Heilerin aus dem Dorf bei Basileia	Mensch
Theara	Mitarbeiterin im Forschungsinstitut, ihre Fachgebiete sind Physik, Biologie und Genetik	Manuja
Thim	Techniker aus Basileia	Manuja
Thom	Statthalter, Führungsmitglied der Regionalregierung von Atlantis	Manuja
Thut-Ahma	Herrscher im Land der Wächter	Manuja

Glossar

Achala: Bezeichnung des Planeten Erde, wie sie von den Manujas verwendet wird.

achalisch: Adjektiv / von Achala stammend

Ah-ma: Rituales Wort, von Lehrmeistern für ihre Schüler verwendet. Oft in Verbindung mit einer Geste. Der Lehrmeister führt Zeige- und Mittelfinger der rechten Hand in Form eines T (TAU) über die Brust des Schülers. Das geschieht bei Eröffnung und beim Beenden der Lehrstunde. Bei Eröffnung als Vorbereitung des Geistes und nach der Lektion, um das empfangene Wissen zu prüfen und im Körper und Geist zu manifestieren. Vergleichbar mit dem heute verwendeten Wort »Amen« bei Gläubigen.

Aka: Eine feinstoffliche Welt, welche für die Manujas neben ihrer materiellen/stofflichen Welt existiert. Nach deren Auffassung ist jeder Körper von einer Aura (**morphisches Feld**) umgeben. Belebte und unbelebte Natur ist von dem Aka durchdrungen und steht mit jeder einzelnen Aura in Verbindung. Die Manujas glauben an das Prinzip, wonach es möglich sei, zwischen der feinstofflichen und der materialisierten Welt zu reisen. Dabei handelt es sich um geheimes Wissen der **Alten Meister**.

Alte Meister: Die Erschaffer der ersten technologischen Zivilisation auf dem Planeten **Achala** und dem Kontinent Atlantis. Es wird angenommen, dass es diese Vorfahren der Manujas waren, die das Wissen über das Universum für die nachkommenden Generationen hinterlassen haben.

Amygdala: Ein paariges Kerngebiet des Gehirns im medialen Teil des jeweiligen Temporallappens, auch Mandelkern genannt. Spielt allgemein eine wichtige Rolle bei der emotionalen Bewertung und Wiedererkennung von Situationen sowie der Analyse möglicher Gefahren. Sie verarbeitet externe Impulse und gibt Signale an andere Hirnregionen wie den **Hypothalamus**.[1]

Ankh (Anch): Das Ankh, auch Anch-Symbol (lateinisch Crux ansata), ist ein altägyptisches Symbol, das für das Weiterleben im Jenseits steht. Es wird oft als rituelles Werkzeug dargestellt. Als Hieroglyphe steht das Zeichen (nach neuzeitlicher Deutung) für das körperliche Leben. Das Symbol besteht aus einem T (TAU) mit einer aufgesetzten halben Lemniskate.[41] Die Vorfahren der Manujas stellten das Symbol immer dreidimensional (im Hochrelief) dar und gaben ihm eine ganz andere Bedeutung. Das T kennzeichnete einst den dreidimensionalen Raum und die Lemniskate die Erhöhung des Schwingungszustandes. In Verbindung mit intelligentem Leben stellt es den Schlüssel zum

geistigen Aufstieg in die feinstoffliche Welt dar, womit ein Wesen geistige Unsterblichkeit erlangen kann.

Atlantis: Reste eines ehemaligen großen Kontinents im Atlantik, westlich des
afrikanischen Kontinents.[2] [22]

Ausbildungsgrad: Ähnlich wie bei den Freimaurern der Neuzeit, erhalten die
Manujas ihr Wissen über 33 Ausbildungsgrade. Diese werden in 3 Stufen eingeteilt, mit deren Erreichung in eine jeweils höhere Schwingungsebene eingetreten werden kann. Mit dem Erreichen des 33. Grades soll das Wissen des Universums offenbart und der Übergang in die feinstoffliche Welt vollzogen werden.

Basileia: Basileia[2] ist die Hauptstadt von Atlantis und dem Weltreich Terra
Atla und liegt an der Ostküste des Kontinents.

Berge der Stille: Hochebene mit flachem Gebirge im Westen von Atlantis. Der
Name rührt von der Legende, dass jedes Wesen taub und stumm wird, wenn es
sich dort lange aufhält. Sie liegt in der Nähe von Ohlaks Anwesen und direkt
auf einem Schnittpunkt der Energielinien von **Achala**.

Bön-Religion: Bevor der Buddhismus in Tibet bekannt wurde, war dort die
Bön-Religion vorherrschend. Die Religionsvertreter der Neuzeit beziehen sich
in den Ursprüngen ihrer Tradition auf den Buddha Shenrab Miwoche als Grün-
der der Tradition, der vor 18.000 Jahren (ca. 16.000 v.u.Z.) gelebt haben soll.[27]

Bur: Temperatureinheit der Manujas. Der Null-Punkt der Bur-Skala entspricht
der Temperatur, wo Wasser sein kleinstes Volumen und damit die größte Dichte
hat. Gemäß einer Anomalie des Wassers [38], entspricht das genau 4°C. Dieses
Verhalten weicht von fast allen anderen Flüssigkeiten ab.
Umrechnung Bur in Grad Celsius:
  0 Bur =   4°C
100 Bur = 104°C

Butterbaum: Afrikanischer Butterbaum und Heilpflanze. In der Neuzeit bekannt als Karitébaum, auch Shea Nussbaum oder Schibutterbaum.[3]

Dharma: Dharma beinhaltet Gesetz, Recht und Sitte sowie ethische und religi-
öse Verpflichtungen. Das im Englischen oft einengend mit Religion übersetzte
Wort steht auch für Ethik und Moral. Von der Erfüllung des Dharmas hängt für
die Hindus (auch in modernerer Zeit) das **Karma** ab, das die aus den Taten des
Individuums entstandenen Resultate beinhaltet (Dharma=Ursache und

Karma=Wirkung). Dem Dharma zufolge ist jedes Wesen des Universums an den Pflichten zu erkennen, die es erfüllen muss.[18]

Dopamin: Dopamin ist ein im Gehirn produzierter Botenstoff (Neurotransmitter), der Wohlbefinden und Glücksgefühle hervorrufen kann. Es hat eine motivations- und antriebssteigernde Wirkung.[4]

Dvar (Dwara): (Aus dem Sanskrit: Tor oder Portal[5]) Die Manujas glauben, dass einst ein Wesen namens **Mha** durch dieses Tor auf den Planeten **Achala** kam. Der Begriff hat auch eine astronomische Bedeutung. Das Universum sei voll von kleinen und großen Dvars. Ein sehr kleines davon, ein primordiales schwarzes Loch, soll sich am Rand unseres Sonnensystems befinden und ist nicht durch den Kollaps eines Sterns entstanden, sondern in der Frühphase des Universums.

Ei: Kurzbezeichnung der Manujas für den zentralen Datenspeicher von **Terra Atla**. Diese Bezeichnung stammt eigentlich von den Menschen, die, ohne Kenntnis der Funktionsweise, die einem Ei ähnelnden Terminals so nennen. Diese Terminals bzw. Ein- und Ausgabegeräte, gibt es in allen wichtigen Gebäuden, die dadurch Zugang zum zentralen Datenspeicher erlauben.

Formgebendes Feld: Ein Feld, das Informationen über Strukturen der materiellen Welt enthält. Wir kennen den Begriff heute als morphisches Feld (ursprünglich auch morphogenetisches Feld). Nach Dr. Rupert Sheldrake handelt es sich um ein Feld, das als »formbildende Verursachung« für die Entwicklung von Strukturen sowohl in der Biologie, Physik, Chemie, aber auch in der Gesellschaft verantwortlich ist. Formgebende Felder können mit Messgeräten der materiellen Welt nicht direkt erfasst werden. Wegen der Wechselwirkung mit der Materie sind aber deren Auswirkungen auf Materie, einschließlich Lebewesen, messbar.[6]

Große Reihe: Bezeichnung der Obersten Kaste mit besonderen Privilegien und Zugang zum heiligen Wissen der **Alten Meister**. Sie ernennen die **Wächter des Wissens**. Manche Könige von **Terra Atla** gehören der Großen Reihe an. Es gibt immer dreizehn Mitglieder, welche die wichtigsten Gesetze festlegen und den König von Terra Atla bestimmen. Es gibt Mitglieder aus der stofflichen und feinstofflichen Welt. Der galaktischen Allianz zugehörig, unterstehen sie dem galaktischen Rat und sind zur Einhaltung des galaktischen Kodex verpflichtet.

Großer Fluss (Großer Strom): Der größte Fluss in Ragfara (Afrika). In der Neuzeit als **Nil**[7] bekannt. Auch noch im alten Ägypten wurde der Fluss nur Großer Strom oder Großer Fluss genannt.

Großes Jahr: Als Großes Jahr wird der Zyklus (die Präzessionsperiode) von etwa 25.700 bis 26.000 Jahren bezeichnet. In diesem Zyklus pendelt die Erdachse, die schräg zur Ebene der Ekliptik steht, einmal um die Achse durch den Erdmittelpunkt, die senkrecht auf der Ekliptik steht. Dadurch wandert der Frühlingspunkt einmal durch alle Tierkreiszeichen (Sternbilder).[28]

Hippocampus: Der Hippocampus (Plural Hippocampi) ist ein Teil des Gehirns. Er befindet sich am inneren Rand des Temporallappens und ist eine zentrale Schaltstation des limbischen Systems. Es gibt einen Hippocampus pro Hemisphäre. Er ist enorm wichtig für die Überführung von Gedächtnisinhalten aus dem Kurzzeit- in das Langzeitgedächtnis. [43]

Hypothalamus: Ein Abschnitt des Zwischenhirns (Diencephalon) im Bereich der Sehnervenkreuzung (Chiasma opticum). Ist die wichtigste Hirnregion für die Aufrechterhaltung des inneren Milieus und seiner Anpassung bei Belastungen des Organismus. Hat zahlreiche neuronale Verbindungen zu anderen Hirnregionen. Steuert Hormonabgabe und produziert selbst Hormone.[9]

Ionen: Atome haben normalerweise eine neutrale Ladung, indem sie gleich viele Protonen (Atomkern) und Elektronen (Atomhülle) haben. Besitzt ein Atom mehr oder weniger Elektronen als Protonen, hat es eine elektrische Ladung und wird Ion genannt.[10]

Iteru: Längenmaß in Atlantis. 1 Iteru[11] entspricht 20.000 **Meh**/meh-nesut (etwa 10,5 km). Diese Maßeinheit wurde auch noch im alten Ägypten verwendet.

Jakka: Gentechnisch hergestellte Mischwesen und Versuchstiere.

Karma: (Aus dem Sanskrit: Wirken, Tat) Das Karma bezeichnet ein spirituelles Konzept, nach dem jede Handlung – physisch wie geistig – unweigerlich eine Folge hat. Diese Folge muss nicht unbedingt im gegenwärtigen Leben wirksam werden, sie kann sich auch erst in einem zukünftigen Leben manifestieren. [19]

Kha: Wesen aus der feinstofflichen Welt **Aka** (siehe auch **Mentor**). Geht ein Manuja und ein Kha eine Verbindung ein, erhält der Kha den Namenszusatz seines Schützlings. Sie können durch Meditation angerufen werden. Manujas und Mentoren leben in einer kulturellen und spirituellen Symbiose. Die Kha können direkte mentale Verbindungen zu anderen Wesen nur aufnehmen, wenn diese eine ähnliche Entwicklungsstufe erreicht haben.

Konvektionsströme: Konvektionsströme werden auch Mantelkonvektion genannt. Es ist ein Wärmetransport-Mechanismus, bei dem heißes Material vom Planetenkern nach oben bis zur kühleren Planetenkruste transportiert wird.[12]

Kreiskonstante: Die Kreiszahl Pi (= 3,1415…) entspricht dem Quotienten aus Umfang und Durchmesser eines Kreises. Wenn der Durchmesser den Wert 1 hat, ist der Umfang des Kreises = Pi. Dieser Umstand scheint zunächst trivial, bildet aber die Schnittstelle zu anderen wichtigen Konstanten und zur Umrechnung in andere Einheiten. Da diese Zahl nach dem Komma unendlich viele Stellen hat, die sich niemals wiederholen, bildet sie jeden in unserem Universum vorkommenden Zustand mathematisch ab. Die Schüler der Mysterienschulen lernen, dass das Blumensymbol mit dem darin verborgenen Hologramm eine grafische Darstellung der Kreiszahl Pi und des gesamten Universums ist.

Levitation: Technisches Verfahren, bei dem ein Objekt zum Schweben gebracht werden kann.

Maata-Shoa: Großer See (Maata) im Westen von **Ragfara** (Afrika). Dieser See wurde von den Manujas nach der Wissenschaftlerin Shoa benannt. In der Neuzeit ist der See trockengefallen.

Mani: Sprache der Manujas. Diese Sprache kann gut mit **Telepathie** kombiniert werden, weil sie auch Begriffe aus der feinstofflichen Welt **Aka** kennt.

Manuja: Humanoide Wesen. Auffällige äußere Merkmale: Langschädel, lange Arme und Beine, große Füße und Ohren, helle Haut. Intelligenz und Kommunikationsfähigkeiten scheinen höher entwickelt zu sein als beim Menschen. Heute finden wir das Wort im Sanskrit[45]. Es bedeutet dort wörtlich »aus Manu geboren«. Manuja kann in anderem Kontext auch heißen »Menschensohn« oder »edler Mensch«.

Meh (Königselle): Längenmaß in Atlantis. 1 Meh (meh-nesut[13] = 1 Königselle[8]) entspricht 0,5236599 Meter. Es gibt heute noch mehrere Versionen der Elle. Die hier verwendete Maßeinheit wurde auch noch bis ins alte Ägypten verwendet und wird heute als »alte Königselle« bezeichnet. Der Ursprung des meh-nesut ist der sechste Teil der Kreiszahl π (Pi), also keinesfalls ein willkürlich festgelegtes Längenmaß der alten Ägypter oder ihrer Vorfahren.

Meister: Lehrer und Koordinator für Meditation

Menschen: (humanoide Wesen) Auffällige äußere Merkmale: Kurzschädel, etwas kleinerer, dafür stärkerer Körperbau als bei den Manujas. Der robuste Körperbau ergibt eine physische Überlegenheit gegenüber den Manujas.

Mentor: Geistwesen aus dem **Aka** (siehe auch **Kha**). Manujas und Mentoren leben in einer kulturellen und spirituellen Symbiose. Kha können direkte mentale Verbindung zu anderen Wesen nur aufnehmen, wenn diese eine ähnliche Entwicklungsstufe erreicht haben. Alternativ kann auch ein Medium dazwischengeschaltet sein. Auch in der Neuzeit wird vermutet, dass Kha einseitig versuchen, zum Beispiel über Kornkreise, mit den Menschen zu kommunizieren.

Meter: Längenmaß der **Alten Meister** (Bestandteil des heiligen Wissens). **Entspricht exakt dem heutigen Meter**. Der genaue Ursprung des Namens ist nicht vollständig geklärt (aus lat. metrum, griech. métron). Ein Meter ist die Strecke, die das Licht im Vakuum während der Dauer von 1/299792458 Sekunden zurücklegt.[32]
Auch die Erbauer der Pyramiden in Gizeh (Ägypten) verwendeten dieses Maß und stellten es in Relation zu anderen Maßeinheiten.
1 Meter = 1,909 Meh, 1 Meh = 0,5236 Meter.

Mha: Geist aus dem **Dvar** (Tor/Porta). Die Manujas kennen diesen Begriff von den **Alten Meistern**. Es war ein feinstoffliches Wesen, das ursprünglich durch ein Tor (Dvar) auf den Planeten **Achala** kam und das Leben mitbrachte.

Mittelatlantische Schwelle: Wird auch mittelatlantischer Rücken [14] genannt. Eine unterhalb des Meeresspiegels liegende Gebirgskette, die den Atlantischen Ozean in Nord-Süd-Richtung fast mittig teilt. Dort entfernen sich auch heute noch die nordamerikanische und eurasische sowie die südamerikanische und afrikanische Platte voneinander und spreizen in diesem Bereich den Ozeanboden.

Morphisches Feld: (auch morphogenetisches Feld) Siehe *Formgebendes Feld*

Orbs: Auf digitalen Fotos und Videoaufzeichnungen sichtbare, meist kugelförmige, bewegliche(!) Lichtpunkte.[40] Neuzeitliche Besucher der Pyramiden von Gizeh können die Orbs auf ihren digitalen Aufnahmen sehen, die im Inneren gemacht werden. Orbs sind auch im Zusammenhang mit der Entstehung von Kornkreisen zu finden.

Pamu: In Atlantis sehr beliebter Speisefisch. In der Neuzeit als Blauflossen-Thunfisch bekannt.

Phi (φ): Das Verhältnis des **Goldenen Schnitts** ist nicht nur in Mathematik, Kunst oder Architektur von Bedeutung, sondern findet sich auch in der Natur, beispielsweise bei der Anordnung von Blättern und in Blütenständen vieler Pflanzen wieder.[29]
Berechnung des Goldenen Schnittes Phi (φ) [24]:
$$\varphi = (1 + \sqrt{5}) : 2 = 1,618...$$
oder
$$\varphi^2 - \varphi - 1 = 0$$

Portstein: Rituelles Artefakt der Manujas. Diese Steine verstärken die Energiesignatur von Lebewesen. Sie können bei Meditationen helfen, Verbindung in die feinstoffliche Welt aufzunehmen und mit dortigen Wesen zu kommunizieren.

Pupo (Pupofarn): Ein Farn, der als universelle Heilpflanze dient. Gedeiht in gemäßigten und tropischen Gebieten. Heute bekannt als Tüpfelfarn.

Pyramidion (Schlussstein): Pyramidenförmiger oberster bzw. (letzter) **Schlussstein** einer Pyramide oder eines Obelisken. Im Alten Reich in Ägypten wurde diese Form aus einem Steinblock von Diorit, Granit oder Kalkstein herausgeschlagen. Oft sind die Seitenflächen mit Inschriften versehen und mit Metall überzogen worden.

Quantenfeld: Die Quantenfeldtheorie stellt eine Synthese der Speziellen Relativitätstheorie und der Quantentheorie dar – also der beiden großen Theorien, die am Anfang des 20. Jahrhunderts (u.Z.) entstanden.[25]
Viel weiter gehende theoretische Beschreibungen zur Quantenmechanik sollen nach Auffassung einiger Wissenschaftler in den indischen Veden beschrieben sein.

Ragfara: Von den Manujas benutzte Bezeichnung für Afrika.

Rahik: Einer der jungen aktiven Vulkane an der Ostküste von Atlantis. Er befindet sich nördlich der Hauptstadt Basileia.

Roanalua: Stadt im Westen von Atlantis auf einer Hochebene, genannt die *Bergen der Stille.*

Runen: (siehe *Tharal*)

Serapeum: Das Serapeum von Sakkara (30 km südlich von Kairo) liegt unweit der Stufenpyramide des Königs (Pharao) Djoser. Es handelt sich um einen Teil einer unterirdischen Anlage.[37] Die Ägyptologen bezeichnen es als Grabanlage für heilige Stiere, weil die 24 Granitsarkophage fast 4 Meter Länge haben. Bis auf ein paar Knochenreste in Teer, wurden dort weder Reste von Stieren noch von menschlichen Mumien gefunden.

Sisal: Sisal wird aus den Blättern einiger Algavenarten gewonnen. Es sind sehr stabile gelbliche Fasern, die beispielsweise zur Herstellung von Seilen und groben Garnen verwendet werden.[15]

Skalarwellen: Skalarwellen breiten sich als gerichtete Wellen in Richtung eines Feldzeigers aus (longitudinale Wellen). Sie wurden im zwanzigsten Jahrhundert von Nikola Tesla (1856 – 1943) technisch genutzt. In seinen Versuchen übertrug er drahtlos Energie, entwickelte die Eindraht-Übertragung und zog Energie aus dem Feld, indem er Resonanz herstellte.[26]

Steine der Meister: Von den Manujas rituell und spirituell genutzte Felsen oder megalithische Steine. Während der Rituale kann Wissen und Energie empfangen werden. Diese Energie ausstrahlenden Orte bestehen in der Regel aus mindestens 2 Steinsäulen. Sogenannte megalithische Kultstätten sind heute noch rund um den Planeten zu finden.

TAU: T-förmiges Zeichen, gleichzeitig zwei Hälften eines rechten Winkels. Besteht aus zwei einfachen Linien im Längenverhältnis 1:1, verkörpert damit im mathematischen Sinne die Einheitslänge 1, womit sich die ungewöhnlichsten Zusammenhänge ableiten lassen. Stellt ein Symbol für die sichtbare und verborgene Ordnung kosmischer Grundprinzipien dar. Ist noch heute in ägyptischen Tempeln (Tempel des Amun in Luxor) oder beim Freimaurer-Orden zu finden.[8.3]

Telepathie: Meist mit Hilfe der Meditation von den Manujas genutzte geistige Kommunikation untereinander. Durch die Meditation erlangt man u.a. die Fähigkeit, seinen Geist von den äußeren Reizen abzukoppeln. In der zweiten Stufe lernen die Manujas, wie sie sich selbst hypnotisieren und wieder in den Wachzustand zurückbringen können. Entscheidend für eine gezielte telepathische Kontaktaufnahme ist die Beherrschung des Trancezustandes, wobei man die Schwingungen seines Gehirns auf die Frequenz des Gesprächspartners einpegelt.

Terra Atla: Weltreich der Manujas. Die größten Länder: **Atlantis** mit Hauptstadt Basileia (Sitz der Weltregierung), **Brahmas Land** (heute indischer Subkontinent), nach dem Glauben der Manujas begann hier die Zivilisation auf Achala, **Gelbes Land** (In der Neuzeit das Gebiet der Mongolei und China), **Goldland** (heutiges Südafrika), **Regenland** (aus neuzeitlicher Sicht in Mittelamerika und dem Nordwesten von Südamerika. Siedlungen der Manujas gab es hauptsächlich in den Hochlandgebieten in Mexiko und Peru).

Thalamus: Bei den gelehrten Manujas auch als drittes Auge bezeichnet. Der Thalamus bildet den größten Teil des Zwischenhirns. Er setzt sich aus vielen Kerngebieten zusammen, die eine besonders starke Verbindung zur gesamten Großhirnrinde aufweisen. Seine Aufgabe ist die Modulation der ein- und ausgehenden Informationen zum Großhirn und somit der kortikalen Erregung.[21]

Tharal: Alphabet und wissenschaftliche Schrift der **Alten Meister** (Tharali = Buchstaben, pl.). Die Zeichen des Tharal sind vergleichbar mit den in der Neuzeit noch bekannten **Runen** [23]. Möglicherweise fanden die keltischen Runen ihren Ursprung in dieser alten Schrift mit 28 Zeichen. Diese Zeichen können mathematisch und energetisch mit Hilfe der »Blume des Lebens« dargestellt werden und sind Bestandteil des kosmischen Wissens.

Übersetzung lateinische Großbuchstaben in Tharali (keltische Runen):

Beispiel:

A= ⸜	H= ᚺ	O= ⟨	V= ᚹ
B= ᛔ	I= ᛁ	P= ᛈ	W= ᚹ
C= ⟨	J= ⟩	Q= ⟨	X= ⟨⟩
D= ᛞ	K= ⟨	R= ᚱ	Y= ᛁ
E= ᛗ	L= ᛚ	S= ⟩	Z= ᛉ
F= ᚠ	M= ᛗ	T= ↑	TH= ᚦ
G= ᚷ	N= ᚤ	U= ᚻ	NG= ᛝ

Ursprungszah: (Primzahl [20]) Die Manujas kennen die Primzahlen unter dem Namen Ursprungszahlen. Zu ihrem Wissen gehört, dass diese Zahlen, ebenso wie die transzendenten Zahlen Pi und Phi, eine fundamentale Bedeutung für die Mathematik und den gesamten Kosmos haben.

Verschränkung: (Quantenverschränkung) Von Verschränkung spricht man in der Quantenphysik, wenn ein zusammengesetztes physikalisches System, z.b. ein System mit mehreren Teilchen, als Ganzes betrachtet einen wohldefinierten Zustand einnimmt, ohne dass man auch jedem der Teilsysteme einen eigenen wohldefinierten Zustand zuordnen kann.[35]

Visrishti: Aus dem Sanskrit: Loslassung, Schöpfung [16]

Wadi-Rag: Tal mit Flusslauf im Westen des großen Sees **Maata-Shoa**. Ein Wadi führt häufig erst nach starken Regenfällen vorübergehend Wasser.

Wächter des Wissens: Speziell ausgebildete Kaste bei den Manujas mit besonderen genetischen Merkmalen. Diese Wächter haben die Aufgabe, das von den Vorfahren überlieferte Wissen über das Universum aufzubewahren und zu schützen. Das Wissen ist auf verschiedenen Datenspeichern rund um den Globus verteilt, damit es auch Naturkatastrophen übersteht. Zu den Aufgaben der Wächter des Wissens gehört der Schutz vor unbefugtem Zugriff auf gefährliche Technologien, um dessen Missbrauch zu verhindern.

Wassermolekül: Das flüssige Wassermolekül bildet die Form eines Tetraeders. In der Mitte das Sauerstoffatom, an den vier Ecken die zwei Wasserstoffatome und die zwei nicht bindenden Elektronenpaare. [46]
Der Tetraeder ist der einfachste von fünf Platonischen Körpern.

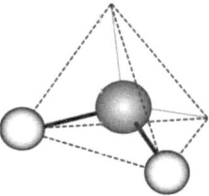

Zweite Reihe: Höherer Grad eines spirituell lebenden Wesens, der nur erlangt werden kann, wenn dem Wesen zuvor der Weg in eine zweite Bewusstseinsebene, in die Ebene der feinstofflicher Welt, eröffnet wurde. Dieser Grad erfordert besondere Erbanlagen. Mit dem Erreichen dieser Stufe verbinden die Manujas, dass sich das dritte Auge (innere Auge) öffnet beziehungsweise zu sehen beginnt.

Quellen und Internetseiten

1	https://de.wikipedia.org/wiki/Amygdala (**Amygdala**), 2019
2	Platon: **Spätdialoge** 2. Übers. v. Rudolf Rufener, Zürich / München, 1974
	https://atlantisforschung.de/index.php?title=Kritias (**Atlantis**), 2019
3	https://de.wikipedia.org/wiki/Karit%C3%A9baum (**Karitébaum / Butterbaum**), 2019
4	https://neurolab.eu/infos-wissen/wissen/neurotransmitter/dopamin/ (**Dopamin**), 2019
5	https://wiki.yoga-vidya.de/Tor_Sanskrit (**Übersetzung Tor in Sanskrit: Dvar/Dwara**), 2019
6	Sheldrake, Rupert: **Das schöpferische Universum**, Berlin 2009
	https://de.wikipedia.org/wiki/Morphisches_Feld (**Morphisches Feld** / Morphogenetische Felder), 2019
	https://de.wikipedia.org/wiki/Morphisches_Feld (**Morphisches Feld** / Morphogenetische Felder), 2019
7	https://de.wikipedia.org/wiki/Nil (**Nil / Der große Fluss**), 2019
8.1	Klitzke, Axel: **Die Kosmische Ordnung der Schöpfung**, Wien 2018
8.2	https://hores.org/wp-content/uploads/2019/07/Geometrie_des_Giseh-Plateau.pdf (**Geometrie auf dem Gizeh-Plateau**), 2016
8.3	https://hores.org/wp-content/uploads/2019/07/Aegyptische_Grundlagen_der_Freimaurerei.pdf, 2008
8.4	Axel Klitzke: YouTube Video »**Neue Mysterien im Gizeh Plateau - Das verborgene Kammer- und Gangsystem**«: https://www.youtube.com/watch?v=sF6Myu98plQ 2019
8.5	Axel Klitzke: YouTube-Video »**Die verborgene Ordnung der Schöpfung**«, 2006
9	https://de.wikipedia.org/wiki/Hypothalamus (**Hypothalamus**), 2019
10	http://www.luftreiniger-abc.de/ratgeber/was-sind-ionen/ (**Luftreinigung mit Ionen**), 2015
	https://www.chemie.de/lexikon/Ion.html (**Chemie des Ions**), 2019
	https://de.wikipedia.org/wiki/Ion (**Ion**), 2019
11	https://de.wikipedia.org/wiki/Iteru (**Iteru** – altägyptisches Längenmaß), 2019
12	https://de.wikipedia.org/wiki/Mantelkonvektion (**Mantelkonvektion** im Erdmantel), 2019
13	https://de.wikipedia.org/wiki/Meh (**meh-nesut** – altägyptisches Längenmaß), 2019
14	https://www.lexas.de/ozeane/atlantik/mittelatlantischer_ruecken.aspx (**Mittelatlantischer Rücken**), 2019
15	https://de.wikipedia.org/wiki/Sisalfaser (**Sisal** - Pflanzenfaser), 2019
16	https://wiki.yoga-vidya.de/Visrishti (Übersetzung **Visrishti** aus dem Sanskrit), 2019
17	https://neutrino-wiki.de/
	https://firmen.n-tv.de/neutrino-inside.html
	https://de.wikipedia.org/wiki/Neutrino (**Neutrino**), 2019
18	https://de.wikipedia.org/wiki/Dharma (**Dharma**), 2019
19	https://de.wikipedia.org/wiki/Karma (**Karma**), 2019
20.1	Plichta, Peter: **Gottes geheime Formel. Die Entschlüsselung des Welträtsels und der Primzahlcode.** Verlag Langen Müller, München, 1995
20.2	https://www.plichta.de/plichta/das-primzahlkreuz-und-die-zahl-24 (**Primzahlkreuz** und die Bedeutung der Zahl 24), 2019
21	https://de.wikipedia.org/wiki/Thalamus

	(Thalamus), 2019
22	Berlitz, Charles: Geheimnisse versunkener Welten. *Vergessenen Kulturen auf der Spur*, Verlag Bastei-Lübbe, 1972
23	https://de.wikipedia.org/wiki/Runen (**Runen**), 2019
	https://www.youtube.com/watch?v=enunEz9H7_M (Video: **Runen in der Blume des Lebens** , 2019
	http://www.phoenixmasonry.org/sacred_geometry_the_flower_of_life.htm (Video: Älteste bekannte Symbole aus der **Blume des Lebens**), 2020
24	Melchizedek, Drunvalo: Die Blume des Lebens - Band 1, KOHA-Verlag, Burgrain, 16. Auflage (deutsch), 2016
25	https://www.weltderphysik.de/gebiet/teilchen/quanteneffekte/quantenfeldtheorie/ (**Quantenfeldtheorie** - Inhalt verfasst von Andreas Schäfer, 2006)
26	https://iddd.de/umtsno/odpsejm/Skalarwellen.pdf (**Skalarwellen**), 2020
27	https://de.wikipedia.org/wiki/Buddhismus_in_Tibet (**Buddhismus** in Tibet), 2019
	https://de.wikipedia.org/wiki/B%C3%B6n (**Bön Religion**), 2019
28	https://de.wikipedia.org/wiki/Zyklus_der_Pr%C3%A4zession (**Präzession**), 2019
29	https://de.wikipedia.org/wiki/Goldener_Schnitt (**Goldener Schnitt** in Mathematik und Natur), 2020
30	https://www.wissenschaft.de/erde-klima/die-erde-schwankt-im-eiszeittakt/ (**Erdklima und Eiszeiten**), 2005
31	https://www.newslichter.de/2019/10/die-frucht-des-lebens/ (**Die Frucht des Lebens**), 2020
32	https://de.wikipedia.org/wiki/Meter (**Meter** – Längeneinheit), 2020
33	https://de.wikipedia.org/wiki/Melatonin (**Melatonin**), 2020
34	Mark Lehner: Das erste Weltwunder – Die Geheimnisse der ägyptischen Pyramiden. Econ, Düsseldorf/ München 1997
35	https://de.wikipedia.org/wiki/Quantenverschr%C3%A4nkung (**Verschränkung / Quantenverschränkung**), 2020
36	https://de.wikipedia.org/wiki/Guelb_er_Richat#/media/Datei:Richat_Structure_-_SRTM.jpg (»**Das Auge der Sahara**« – Quelle: NASA – Gemeinfrei), 2019
37	https://www.giza-vermaechtnis.ch/die-unterirdische-stadt/ (**Sakkara - Serapeum** und die unterirdische Stadt), 2020
38	https://www.lernhelfer.de/schuelerlexikon/physik/artikel/**anomalie-des-wassers**# (**Anomalie des Wassers**), 2020
39	https://de.wikipedia.org/wiki/Atum (**Atum**– Urgottheit oder Schöpfergott, altes Ägypten), 2020
40	https://www.newsage.de/2011/02/die-geistige-welt-wird-sichtbar-2/ (**Orbs** – Lichtpunkte, Sichtbare Energie, Geistige Energie), 2020
41	https://de.wikipedia.org/wiki/Anch# (**Ankh oder Anch-Symbol** / Altägyptische Hieroglyphe), 2020
42	https://www.gesetze-im-internet.de/gentg/BJNR110800990.html (**Deutsches Gentechnikgesetz GenTG**), 2020
43	https://de.wikipedia.org/wiki/Hippocampus (**Hippocampus**)
	https://www.mpg.de/11238987/dendritische-dornen-synaptische-uebertragung (Vernetzung und Funktionen des **Hippocampus**), 2020
44	https://www.scinexx.de/news/geowissen/die-erde-ist-wuerfelig https://www.pnas.org/content/early/2020/07/16/2001037117 (Fragmentierte **Gesteinsformationen im Sonnensystem vorwiegend würfelförmig**..., Quelle: University of Pennsylvania, USA / Proceedings of the National Academy of Sciences), 2020
45	https://wiki.yoga-vidya.de/Manuja (**Manuja** und dessen Bedeutung im Sanskrit), 2020
46	https://www.planet-schule.de/warum_chemie/eisblumen/themenseiten/t4/s3.html (Flüssiges **Wassermolekül in der Form eines Tetraeders**), 2020
	https://www.chemie.de/lexikon/Wassermolek%C3%BCl.html (Chemie des Wassers – **Molekül in Form eines Tetraeders**), 2020

Besonderer Dank

Tatsächlich muss ich feststellen, dass sich mehr und mehr Leute Gedanken darüber machen, wie alt unsere menschliche Zivilisation wirklich ist. Meine anhaltende Begeisterung für Science-Fiction Literatur hat mich wahrscheinlich dazu bewogen, alte Kindheitsträume nicht sterben zu lassen. Oft habe ich mir auch noch Sachbücher besorgt, um festzustellen, wie andere über bestimmte Ideen der SF-Autoren denken. Wahrscheinlich wäre keine Zeile dieses Buches geschrieben worden, wenn ich nicht Gelegenheiten gehabt hätte, mich intensiv mit deren Ideen zu beschäftigen.

All den Querdenkern, die sich die Mühe machen, scheinbar Unmögliches mit **wissenschaftlichen** Methoden zu untersuchen, danke ich von ganzem Herzen.

Auch Axel Klitzke hat mir mit seinen Büchern und Veröffentlichungen geholfen, ein grundlegend anderes Verständnis für manche Dinge zu bekommen. Das trifft jedenfalls auf die mathematischen Zusammenhänge, die Geometrie und die genial miteinander verknüpften Maßsysteme zu, wie wir sie beispielsweise auf dem bebauten Gizeh-Plateau in Ägypten vorfinden.

Besonders danken möchte ich meiner Frau Ines, die wieder viel Geduld mit mir aufgebracht hat, während ich ungezählte Abende und Wochenenden mit diesem Buch verbrachte. Ihre kritischen Einschätzungen und die Geduld beim Korrekturlesen waren unglaublich wertvoll und inspirierend.

Unsere Tochter Maja hat mir an vielen Stellen mit ihrem ingenieur-technischen Sachverstand zur Seite gestanden. Viele Details hat sie kritisch hinterfragt und auch dabei geholfen, manches besser zu erklären. Danke, für die vielen Stunden deiner oft knapp bemessenen Freizeit!

Eine große Hilfe bei der Prüfung von Formulierungen zu anatomischen und medizinischen Sachverhalten war mein Bruder Dr. med. Lutz Lehmann. Für die meinem Manuskript gewidmete Zeit bin ich ihm außerordentlich dankbar. Natürlich konnten die fiktiven Bestandteile im Roman nur bedingt einer fachkundigen Prüfung unterzogen werden.

Dank schulde ich auch Martin Kaiser für seine Zeit, die er mit der Prüfung des Manuskriptes verbrachte. Er konnte sich immer wieder in die Sachverhalte hineindenken und dabei helfen, komplexe Themen verständlicher darzustellen.

Schließlich möchte ich auch allen Probelesern und Helfern für ihre Zeit und die interessanten Diskussionen danken. Das Hinterfragen von Details, besonders wenn es darum ging, ob es sich um Fakten oder Fiktionen handelt, war unglaublich wertvoll für mich.

Der Autor

Karsten Lehmann (Jg. 1965) studierte Ma-
schinenbau und ging später in die Informati-
onstechnik. Mit seinen Büchern begibt er sich
auf Zeitreisen und in Grenzbereiche der Wissenschaft, um den Spuren alter Zivilisationen
zu folgen. Wie die Digitalisierung das Leben
und die Verhaltensweisen verändert, spielt in
allen Romanen eine Rolle. Lehmann konfron-
tiert uns auch mit der gezielten Manipulation
unserer Psyche im Alltag. Seit den 1980ern
beschäftigt sich der Autor mit Menschheits-
Frühgeschichte und antiken Baustrukturen.
Wie auch andere Zeitgenossen stieß er dabei
auf ein Paradoxon. Einige der ältesten kulturellen Hinterlassenschaften scheinen perfekter zu sein als jüngere. Auch die Suche nach den Geheimnissen dieser
prähistorischen Epoche zieht sich durch seine abenteuerlichen Geschichten.

Besuchen Sie die Webseite des Autors: **www.karsten-lehmann-books.de**

Weitere Bücher von Karsten Lehmann

Chromosom: Das verschlüsselte Paradies
Paperback, 400 Seiten, ISBN 978-3-7693-5037-1
Ein Wissenschaftsroman | Fiktion

Ethisches Dilemma in einer fesselnden Geschichte über eine kaum erforschte Kultur...

Eine Forschungseinrichtung geht rätselhaften Phänomenen nach. Gerüchte verbreiten sich und verunsichern die Bevölkerung Ein Vorfall mit Institutsbesuchern lässt die Sache eskalieren.

Das Eis der vergessenen Seelen
Paperback, 396 Seiten, ISBN 978-3-7578-9084-1
Ein Wissenschaftsroman | Fiktion

Mysterien, die sich nach geltender Geschichtsschreibung nicht erklären lassen...

Der junge Archäologe Tony wird nach Indien geschickt, wo rätselhafte Artefakte am Meeresboden gefunden werden. Genauso rätselhaft ist die hübsche Dyani, die er beim Tauchen kennenlernt.

Z-ALPHA: Die Spur des eisernen Drachen
Paperback, 396 Seiten, ISBN 978-3-7583-2008-8
Ein Techno-Thriller

Der Ozean lässt keine Zeit für Angst!

Die amerikanische Navy wirbt Brian Wilson an. Als ausgebildetes Medium und Computerlinguist wird er zu einer Marine-Einheit nach Deutschland geschickt. Bald muss er erkennen, dass es bei dem Auftrag um Geheimnisse aus alten asiatischen Texten geht.

Scan mich!

www.karsten-lehmann-books.de